U0618655

新世纪
河南女作家
作品选

总主编　张莉
主编　程帅

—— 中篇小说卷 ——

（上册）

北 京 出 版 集 团
北京十月文艺出版社

图书在版编目 (CIP) 数据

新世纪河南女作家作品选．中篇小说卷．上册 / 张莉总主编 ； 程帅主编．— 北京 ：北京十月文艺出版社，2023．8

ISBN 978-7-5302-2284-3

Ⅰ．①新… Ⅱ．①张… ②程… Ⅲ．①中国文学—当代文学—作品综合集②中篇小说—小说集—中国—当代 Ⅳ．①I217.1 ②I247.5

中国国家版本馆 CIP 数据核字 (2023) 第025647号

新世纪河南女作家作品选 中篇小说卷 上册
XIN SHIJI HENAN NÜ ZUOJIA ZUOPIN XUAN ZHONGPIAN XIAOSHUO JUAN SHANGCE
总主编 张莉 主编 程帅

出 版 北 京 出 版 集 团
北京十月文艺出版社
地 址 北京北三环中路 6 号
邮 编 100120
网 址 www.bph.com.cn
发 行 新经典发行有限公司
电话 010-68423599
经 销 新华书店
印 刷 北京盛通印刷股份有限公司
版 次 2023 年 8 月第 1 版
印 次 2023 年 8 月第 1 次印刷
开 本 850 毫米 ×1168 毫米 1/32
印 张 16.75
字 数 303 千字
书 号 ISBN 978-7-5302-2284-3
定 价 128.00 元（全 2 册）
如有印装质量问题，由本社负责调换
质量监督电话 010-58572393

版权所有，未经书面许可，不得转载、复制、翻印，违者必究。

目　录

最慢的是活着

乔　叶

1

那一天，窗外下着不紧不慢的雨，我和朋友在一家茶馆里聊天，不知怎的她聊起了她的祖母。她说她的祖母非常节俭。从小到大，她只记得祖母有七双鞋：两双厚棉鞋冬天里穿，两双厚布鞋春秋天里穿，两双薄布鞋夏天里穿，还有一双是桐油油过的高帮鞋，专门雨雪天里穿。小时候，若是放学早，她就负责烧火。只要灶里的火苗窜到了灶外，就会挨奶奶的骂，让她把火压到灶里去，说火焰扑棱出来就是浪费。

“她去世快二十年了。”她说。

“要是她还活着，知道我们这么花着百把块钱在外面买水说闲话，肯定会生气的吧？”

“肯定的，”朋友笑了，“她是那种在农村大小便的时候去自家地里，在城市大小便的时候去公厕的人。”

我们一起笑了。我想起了我的祖母。——这表述不准确。也许还是用她自己的话来形容才最为贴切:“不用想，也忘不掉。钉子进了墙，锈也锈到里头了。”

我的祖母王兰英，一九二〇年生于豫北一个名叫焦作的小城。焦作盛产煤，那时候便有很多有本事的人私营煤窑。我曾祖父在一个大煤窑当账房先生，家里的日子便很过得去。一个偶然的机会，曾祖父认识了祖母的父亲，便许下了媒约。祖母十六岁那年，嫁到了焦作城南十里之外的杨庄。杨庄这个村落由此成为我最详细的籍贯地址，也成为祖母最终的葬身之地。二〇〇二年十一月，她病逝在这里。

2

我们一共四个兄弟姊妹，性别排序是：男，女，男，女。大名依次是小强、小丽、小杰、小让。家常称呼是大宝、大妞、二宝、二妞。我就是二妞李小让。小让这个名字虽是最一般不过的，却是四个孩子里唯一花了钱的。因为命硬。乡间说法：命有软硬之分。生在初一十五的人命够硬，但最硬的是生在二十。“初一十五不算硬，生到二十硬似钉。”我生于阴历七月二十，命就硬得似钉了。为了让我这钉软一些，妈妈说，我生下来的当天奶奶便请了个风水先生给我看了看，风水先生说最简便的做法就是在名字上做个手脚，好给老天爷打个马虎眼儿，让他饶过我这个孽障，从此逢凶化吉，遇难呈祥。于是就给我取了让字。在我们方言里，让不仅有避让的意思，还有柔软的意思。

“花了五毛钱呢。”奶奶说，“够买两斤鸡蛋的了。”

“你又不是为了我好。还不是怕我妨了谁克了谁!”

这么说话的时候我已经上了小学，和她顶嘴早成了家常便饭。这顶嘴不是撒娇撒痴的那种，而是真真的水火不容。因为她不喜欢我，我也不喜欢她。——当然，身为弱势，我的选择是被动的：她先不喜欢我，我也只好不喜欢她。

亲人之间的不喜欢是很奇怪的一种感觉。因为在一个屋檐下，再不喜欢也得经常看见，所以自然而然会有一种温暖。尤其是大风大雨的夜，我和她一起躺在西里间。虽然各睡一张床，然而听着她的呼吸，就觉得踏实、安恬。但又因为确实不喜欢，这低凹的温暖中就又有一种高凸的冷漠。在人口众多川流不息的白天，那种冷漠引起的嫌恶，几乎让我们不能对视。

从一开始有记忆起，就知道她是不喜欢我的。有句俗语：“老大娇，老末娇，就是别生半中腰。”但是，作为老末的我却没有得到过她的半点娇宠。她是家里的慈禧太后，她不娇宠，爸爸妈妈也就不会娇宠，就是想娇宠也没时间，爸爸在焦作矿务局上班，妈妈是村小的民办教师，都忙着呢。

因为不被喜欢，小心眼儿里就很记仇。而她让我记仇的细节简直俯拾皆是。比如她常睡的那张水曲柳黄漆大床。那张床是清朝电视剧里常见的那种大木床，四周镶着木围板，木板上雕着牡丹荷花秋菊冬梅四季花式。另有高高的木顶，顶上同样有花式。床头和床尾还各嵌着一个放鞋子的暗柜，几乎是我家最华丽的家具。我非常向往那张大床，却始终没有在上面睡的机会。她只带二哥一起睡那张大床。和二哥只间隔三岁，在这张床的待遇上却如此悬殊，我很不平，一天晚上，便先斩后奏，好好地洗了脚，早早地爬了上去。她一看见就着了急，把被子一掀，厉声道：“下来!”

我缩在床角，说：“我占不了什么地方的，奶奶。”

“那也不中!”

“我只和你睡一次。”

“不中!”

她是那么坚决。被她如此坚决地排斥着，对自尊心是一种很大的伤害。我哭了。她去拽我，我抓着床栏，坚持着，死活不下。她实在没有办法，就抱着二哥睡到了我的小床上。那一晚，我就一个人孤零零地占着那张大床。我是在哭中睡去的，清早醒来的第一件事，就是接着哭。

她毫不掩饰自己对男孩子的喜爱。谁家生了儿子，她就说：“添人了。”若是生了女儿，她就说：“是个闺女。”儿子是人，闺女就只是闺女。闺女不是人。当然，如果哪家娶了媳妇，她也会说:“进人了。”——这一家的闺女成了那一家的媳妇，才算是人。因此，自己家的闺女只有到了别人家当媳妇才算人，在自己家是不算人的。这个理儿，她认得真真儿的。每次过小年的时候看她给灶王爷上供，我听的最多的就是那一套:“……您老好话多说，赖话少言。有句要紧话可得给送子娘娘传，让她多给骑马射箭的，少给穿针引线的。”骑马射箭的，就是男孩。穿针引线的，就是女孩。在她的意识里，儿子再多也不多，闺女呢，就是一门儿贴心的亲戚，有事没事走动走动，百年升天脚蹬莲花的时候有这双手给自己梳头净面，就够了。因此再多一个就是多余——我就是最典型的多余。她原本指望我是个男孩子的，我的来临让她失望透顶：一个不争气的女孩身子，不仅占了男孩的名额，还占了个男孩子的秉性，且命那么硬。她怎么能够待见我?

做错了事，她对男孩和女孩的态度也是截然不同。要是大哥和二哥做错了事，她一句重话也不许爸爸妈妈说，且原因充分：饭前不许说，因为快吃饭了。饭时不许说，因为正在吃饭。饭后不许说，因为刚刚吃过饭。刚放学不许说，因为要做作业。睡觉前不许说，因为要睡觉……但对女孩，什么时候打骂都无关紧要。她就常在饭桌上教训我的左撇子。我自会拿筷子以来就是个左撇子，干什么都喜欢用左手。平时她看不见就算了，只要一坐到饭桌上，她就要开始管教我。怕我影响大哥二哥和姐姐吃饭，把我从这个桌角撵到那个桌角，又从那个桌角撵到这个桌角，总之怎么看我都不顺眼，我坐到哪里都碍事儿。最后通常还是得她坐到我的左边。当我终于坐定，开始吃饭，她的另一项程序就开始了。

“啪！”她的筷子敲到了我左手背的指关节上。生疼生疼。

“换手！”她说，“叫你改，你就不改。左耳朵进，右耳朵出！”

“不会。”

“不会就学。别的不学这个也得学！”

知道再和她犟下去菜就被哥哥姐姐们夹完了，我就只好换过来。我咕嘟着嘴巴，用右手生疏地夹起一片冬瓜，冬瓜无声无息地落在饭桌上。我又艰难地夹起一根南瓜丝，还是落在了饭桌上。当我终于把一根最粗的萝卜条成功地夹到嘴边时，萝卜条却突然落在了粥碗里，粥汁儿溅到了我的脸上和衣服上，引得哥哥姐姐们一阵嬉笑。

“不管用哪只手吃饭，吃到嘴里就中了，什么要紧。”妈妈终于说话了。

“那怎么会一样？将来怎么找婆家？”

“我长大就不找婆家。”我连忙说。

“不找婆家？娘家还养你一辈子哩。还给你扎个老闺女坟哩。”

“我自己养活自己，不要你们养。”

“不要我们养，你自己从石头缝里蹦出来的？自己给自己喂奶长这么大？”她开始不讲逻辑，我知道无力和她抗争下去，只好不作声。

下一次，依然如此，我就换个花样回应她：“不用你操心，我不会嫁个也是左撇子的人？我不信这世上只我一个人是左撇子！”

她被气笑了，“这么小的闺女就说找婆家，不知道羞！”

“是你先说的。”

“哦，是我先说的。咦——还就我能先说，你还就不能说。”她得意洋洋。

“姊妹四个里头，就你的相貌稀肖她，还就你和她不对路。”妈妈很纳闷，“怪哩。”

3

后来听她和姐姐聊天我才知道，她小时候娘家的家境很好，那时我们李家的光景虽然不错，和她王家却是绝不能比的。他们大家族枝枝杈杈四五辈共有四五十口人，男人们多，家里还雇有十几个长工，女人们便不用下地，只是轮流在家做饭。她们这一茬女孩子有八九个，从小就大门不出，二门不迈，只是学做女红和厨艺。家里开着方圆十几里最大的磨坊和粉坊，养着五六头大牲口和几十头猪。农闲的时候，磨坊磨面，粉坊出粉条，牲口们都派上了用场，猪也有了下脚料吃，猪粪再起了去壮地，一样也不耽搁。到了赶集的日子，她们的爷爷会驾着马车，带她们去逛一圈，买些花布、头绳，再给她们每人买个烧饼和一碗羊杂碎。家里哪位堂哥娶了新媳妇，她们会瞒着长辈们偷偷地去听房，当然也常常会被发现。一听见爷爷的咳嗽声，她们就会作鸟兽散，有一次，她撒丫子跑的时候，被一块砖头绊倒，磕了碗大的一片黑青。

嫁过来的时候，因为知道婆家这边不如娘家，怕姑娘受苦，她的嫁妆就格外丰厚：带镜子和小抽屉的脸盆架，雕花的衣架，红漆四屉的首饰盒，一张八仙桌，一对太师椅，两个带鞋柜的大樟木箱子，八床缎子面棉被……还有那张水曲柳的黄漆木床。

“一共有二十抬呢。”她说。那时候的嫁妆是论“抬”的。小件的两个人抬一样，大件的四个人抬一样。能有二十抬，确实很有规模。

说到兴起，她就会打开樟木箱子，给姐姐看她新婚时的红棉裤。隔着几十年的光阴，棉裤的颜色依然很鲜艳。大红底儿上起着淡蓝色的小花，既喜悦，又沉静。还有她的首饰。“文革”时被破四旧的人抢走了许多，不过她还是偷偷地保留了一些。她打开一层层的红布包，给姐姐看：两支长长的凤头银钗，因为时日久远，银都灰暗了。她说原本还有一对雕龙画凤的银镯子，三年困难时期，她响应国家号召向灾区捐献物资，狠狠心把那对镯子捐了。后来发现戴在了一名村干部的女儿手上。

“我把她叫到咱家，哄她洗手吃馍，又把镯子拿了回来。他们到底理亏，没敢朝我再要。”

“那镯子呢？”

“卖了，换了二十斤黄豆。”

她生爸爸的时候，娘家人给她庆满月送的银锁，每一把都有三两重，一尺长，都佩着繁繁琐琐的银铃和胖胖的小银人儿。她说原先一共有七把，破四旧时，被抢走了四把，就只剩下了三把，后来大哥和二哥生孩子，生的都是儿子，她就一家给了一把。姐姐生的是女儿，她就没给。

“你再生，要生出来儿子我就给你。”她对姐姐说，又把脸转向我，“看你们谁有本事先生出儿子。迟早是你们的。”

“得了吧。我不要。”我道，“明知道我最小，结婚最晚。根本就是不存心给我。”

“你说得没错，不是给你的，是给我重外孙子的。”她又小心翼翼地裹起来，“你们要是都生了儿子，就把这个锁回回炉，做两个小的，一人一个。”

偶尔，她也会跟姐姐聊起祖父。

“我比人家大三岁。女大三，抱金砖。”她说，她总用“人家”这个词来代指祖父。“我过门不多时，就乱了，煤窑厂子都关了，你太爷爷就回家闲了，家里日子一天不如一天。啥金砖？银砖也没抱上，抱的都是土坷垃。”

“人家话不多。”

“就见过一面，连人家的脸都没敢看清，就嫁给人家了。那时候嫁人，谁不是晕着头嫁呢？”

“和人家过了三年，哪年都没空肚子，前两个都是四六风。可惜的，都是男孩儿呢。刚生下来的时候还好好儿的，都是在第六天头上死了，要是早知道把剪刀在火上烤烤再剪脐带就中，哪儿会只剩下你爸爸一个人？”

后来，“人家”当兵走了。

“八路军过来的时候，人家上了扫盲班，学认字。人家脑子灵，学得快……不过，世上的事谁说得准呢？要是笨点儿，说不定也不会跟着队伍走，现在还能活着呢。

“哪个人傻了想去当兵？队伍来了，不当不行了。”她毫不掩饰祖父当时的思想落后，“就是不跟着这帮人走，还有国民党呢，还有杂牌军呢，哪帮人都饶不了。还有老日呢。”——老日，就是日本鬼子。

“老日开始不杀人的。进屋见了咱家供的菩萨，就赶忙跪下磕头。看见小孩子还给糖吃，后来就不中了，见人就杀。还把周岁大的孩子挑到刺刀尖儿上耍，那哪还能叫人?”

老日来的时候，她的脸上都是抹着锅黑的。

“人家”打徐州的时候，她去看他，要过黄河，黄河上的桥散了，只剩下了个铁架子。白天不敢过，只能晚上过。她就带着爸爸，一步一步地踩过了那条漫长的铁架子，过了黄河。

“月亮可白。就是黄河水在脚底下，哗啦啦地吓人。”

“人家那时候已经有通信员了，部队上的人对我们可好。吃得也可好，可饱。住了两天，我们就回来了。家属不能多住，看看就中了。”

那次探亲回来，她又怀了孕，生下了一个女儿。女儿白白胖胖，面如满月，特别爱笑。但是，一次，一个街坊举起孩子逗着玩的时候，失手摔到了地上。第二天，这个孩子就夭折了。才五个月。

讲这件事时，我和她坐在大门楼下。那个街坊正缓缓走过，还和她打着招呼。

“歇着呢?”

“歇着呢。”她和和气气地答应。

“不要理她!”我气恼她无原则地大度。

“那还能怎么着？账哪能算得那么清？她也不是蓄心的。”她叹气，“死了的人死了，活着的人还得活着。”

后来，她收到了祖父的阵亡通知书。“就知道了，人没了。

那个人，没了。”

“听爸爸说，解放后你去找过爷爷一次。没找到，就回来了。回来时还生了一场大病。”

“哦。”她说，“一个人说没就没了，一张纸就说这个人没了，总觉得不真。去找了一趟，就死心了。”

“你是哪一年去的?”

“五六年吧。五六五七，记不清了。”

“那一趟，你走到了哪儿?”

“谁知道走到了哪儿。我一个大字不识的妇女，到外头知道个啥。”

4

因为是光荣烈属，新中国成立后，她当上了村里的第一任妇女主任，妇女主任应该是党员。组织上想发展她入党，她犹豫了，听说入党之后还要交党费，还要参加各种各样的活动和会议，她更犹豫了。觉得自己作为一个寡妇，从哪方面考虑都不合适。“我能管好我家这几个人就中了，哪儿还有力气操那闲心。”她说。

她谢绝了。但是后来时兴人民公社大食堂，她以烈属身份要求去当炊事员。

“还不是为了能让你爸爸多吃二两。”她说。

随着我们这几个孩子的降生，家里的生活越来越紧巴。在生产队里的时候，因为孩子们都上学，爸爸妈妈又上班，家里只有她一个劳力挣工分，年终分配到的粮食就很少，颗颗贵似金。肯定不够吃，得用爸爸的工资在城里再买。这种状况使得她对粮食的使用格外细腻。她说有的人家不会过，麦子刚下来时就猛吃白面，吃到过了年，没有多少白面了，才开始吃白面和玉米面杂卷的花馍。后来花馍里的白面也吃不上了，就只好吃纯黄的窝窝头，逢到宾来客往，还得败败兴兴地去别人家借白面。到了收麦时节，这些人家拿到地里打尖儿的东西也就只有窝头。收麦子是下力气活儿，让自己家的劳力吃窝头，这怎么说得过去呢？简直就是丢人。

她从来没有丢过这种人。从一开始她就隔三岔五让我们吃花馍，早晚饭是玉米面粥，白面只有过年和收麦时才让吃得尽兴些。过年蒸的白面馍又分两种，一种是纯白面馍，叫“真白鸽”，主要用于待客。另一种是白面和白玉米面掺在一起做的，看起来很像纯白面馍，叫“假白鸽”，主要用于自家吃。

“人过留名，雁过留声。客人当然得吃好的。”她说，“自己家嘛，填坑不用好土。——也算好土了。”

杂面条也是我们素日经常吃的。也分两种：绿豆杂面和白豆杂面。绿豆杂面是绿豆、玉米、高粱和小麦合在一起磨的。

白豆杂面是白豆、小麦和玉米合在一起磨的。杂面粗糙，做不好的话豆腥味儿很大。她却做得很好吃。一是因为搭配比例合理，二是在于最后一道工序：面熟起锅之后，她在勺里倒一些香油，再将葱丝、姜丝和蒜瓣放在油里热炒，炒得焦黄之后将整个勺子往饭锅里一焖，只听哧啦一声，一股浓香从锅底涌出，随即满屋都是油亮亮香喷喷。

那时候没法子吃新鲜蔬菜，一到春天就青黄不接，她就往稀饭里放榆叶、黑槐叶、曲曲菜、马齿苋、荠菜和灰灰菜，还趁着四季腌各种各样的酱菜：春天腌香椿，夏天腌蒜苗，秋天腌韭菜、辣椒、芥菜，冬天腌萝卜和黄菜。仅就白菜，她就又分出三个等级，首先是好白菜，圆滚滚，瓷丁丁。其次是样子好看却不瓷实的，叫青干白菜。最差的是只长了些帮子的虚棵白菜。她让我们先吃的是青干白菜，然后是好白菜。至于虚棵白菜，她就放在锅里煮，高温去掉水分之后，再挂在绳子上晾干，这时的白菜叫作“烧白菜”。来年春天，将烧白菜再回锅一煮，就能当正经菜吃。有几年春天，她做的这些烧白菜还被人收购过，一斤卖到了三毛钱。

“它们喂人，人死了埋到地下再喂它们。”每当吃菜的时候，她就会这么说。

一切东西对她来说似乎都是有用的：玉米衣用来垫猪圈，玉米芯用来当柴烧。洗碗用的泔水，她从来不会随随便便地泼掉，不是拌鸡食就是拌猪食。我家要是没鸡没猪，她就提到邻居家，也不管人家嫌弃不嫌弃。“总是点儿东西，扔掉了可惜。”她说。内衣内裤和袜子破了，她也总是补了又补。而且补的时候，是用无法再补的那些旧衣的碎片。“用旧补旧，般配得很。”她说。我知道这不是因为般配，而是她觉得用新布补旧衣就糟蹋了新布。在她眼里，破布也分两种，一种是纯色布，那就当孩子的尿布，或者给旧衣服当补丁。另一种是花布，就缝成小小的三角，三角对三角，拼成一个正方形，几十片正方形就做成了一个花书包。

路上看到一块砖，一根铁丝，一截塑料绳，她都要拾起来。“眼前没用，可保不准什么时候就用上了。宁可让东西等人，不能让人等东西。”她说。

“你奶奶是个仔细人哪。”街坊总是对我们这么感叹。

这里所说的仔细，在我们方言中的含义就是指“会过日子”，也略微带些形容某人过于吝啬的苛责。

她还长年织布。她说，年轻时候，只要没有什么杂事，每天她都能卸下一匹布。一匹布，二尺七寸宽，三丈六尺长。春天昼长的时候，她还能多织丈把。后来她学会了织花布，将五颜六色的彩线一根根安在织布机上，经线多少，纬线多少，用哪种颜色，是要经过周密计算的。但不管怎么复杂，都没有难倒她。五十年前，一匹白布的价是七块两毛钱，一匹花布的价是十块六毛钱。她就用这些长布供起了爸爸的学费。

纺织的整个过程很繁琐：纺，拐，浆，落，经，镶，织。织只是最后一道。她一有空就坐下来摩挲那些棉花，从纺开始，一道一道地进行着，慢条斯理。而在我童年的记忆中，每每早上醒来，和鸟鸣一起涌入耳朵的，确实也就是唧唧复唧唧的机杼声。来到堂屋，就会看见她坐在织布机前。梭子在她的双手间飞鱼似的传动，简洁明快，娴熟轻盈。

生产队的体制里，一切生产资料都是集体的，各家各户都没有棉花。她能用的棉花都是买来的，这让她很心疼。一到秋天，棉花盛开的时节，我和姐姐放学之后，她就派我们去摘棉花。去之前，她总要给我们换上特制的裤子，口袋格外肥大，告诉我们：“能装多少是多少。”我说：“是偷吧？”她就“啪”地打一下我的脑袋。

后来，她织的布再也卖不动了，再后来，那些布把我们家的箱箱柜柜都装满了，她的眼睛也不行了，她才让那架织布机停下来。

她去世那一年，那架织布机散了。

5

小学毕业之后，我到镇上读初中。三里地，一天往返两趟，是需要骑自行车的。爸爸的同事有一辆半旧的二十六英寸女车，爸爸花了五十块钱买了下来，想要给我骑。却被她拦住了。

“三里地，又不远。我就不信会把脚走大了。”

“已经买了，就让二妞骑吧。”

“她那笨手笨脚的样儿，不如让二宝骑呢。”此时我的二哥正在县里上高中。他住校，两周才回家一次。我可是每天两趟要去镇上的啊。

爸爸不说话了。我深感正不压邪，于是决定要为自己的权利做斗争。一天早上，我悄悄地把自行车推出了家门。谁知道迎头碰上了买豆腐回来的她，她抓了我一把，没抓住，就扭着小脚在后面追起来。我飞快地蹬啊，蹬啊。骑了一段路，往后看了看，她不追了，却还停在原地看着我。

我知道这辆车我大约只能骑一次了，顿时悲愤交加。沿路有一条小河，水波清澈，浅不没膝，这时候，一个衣扣开了，我懒得下车，便腾出左手去整衣服，车把只靠右手撑着，就有些歪。歪的方向是朝河的。待整好衣服，车已经靠近河堤的边缘了，如果此时纠正，完全不会让车出轨。鬼使神差，我突然心生歹意，想：反正这车也不让我骑，干脆大家都别骑吧。这么想着，车就顺着河堤冲了下去。——在冲下去的一瞬间，我清楚地记得，我还往身后看了看，她还在。一阵失控的跌撞之后，我如愿以偿地栽进了河里。河水好凉啊，河草好密啊，河泥好软啊。当我从河里爬起来时，居然傻乎乎地这么想着，还对自己做了个鬼脸。

那天上学，我迟到了。而那辆可爱的自行车经过这次重创之后，居然又被修车师傅耐心地维修到了勉强能骑的地步。我骑着它，一直骑到初中毕业。

很反常地，她没有对此事做出任何评论，看来是被我的极端行为吓坏了。我居然能让她害怕！这个发现让我又惊又喜。于是我乘胜追击，不断用各种方式藐视她的存在和强调自己的存在，从而巩固自己得之不易的家庭地位。每到星期天，凡是有同学来叫我出去玩，我总是扔下手中的活儿就走，连个招呼都不跟她打。村里若是演电影，我常常半下午就溜出去，深更半夜才回家。若是得了奖状回来，我就把它贴在堂屋正面毛主席像的旁边，让人想不看都不成。如果还有奖品，我一定会在吃晚饭的时候拿到餐桌上炫耀。每到此时，她就会漫不经心地瞟上一眼，淡淡道："吃饭吧。"

她仍是不喜欢我的。我很清楚。但只要她能把她的不喜欢收敛一些，我也就达到了目的。

初中毕业之后，我考上了焦作市中等师范学校。按我的本意，是想报考高中的，但她和爸爸都不同意。理由是师范只需要读三年就可以参加工作，生活费和学费还都是国家全额补助的，而上高中不仅代价昂贵且前程未卜。看着我愤愤不平的样子，爸爸最后安慰我说，师范学校每年都组织毕业生参加高考。只要我愿意，也可以在毕业那年参加高考。于是去师范学校报到那天我带上了一摞借来的高中旧课本。我暗暗发誓：一定要考上大学。

但是，毕业那年，我没有参加高考。我已经不愿意上大学了。我想尽早工作，自食其力。因为我师范生活的最后一年冬天，我没有了父亲，我知道自己面临的首要任务就是养活自己。

大约是为了好养，父亲是个女孩子名，叫桂枝。小名叫小胜。奶奶一直叫他小胜。第一次看见父亲的照片成了遗像，我在心里悄悄地叫了一声"小胜"，突然觉得，这个名字和我们兄弟姊妹四个的名字排在一起非常有趣：小强小丽小杰小让，而他居然是小胜。听起来他一点儿也不像我们的父亲，而像我们的长兄。

父亲是患胃癌去世的。父亲生前，我叫他爸爸。父亲去世之后，我开始称他为父亲。——一直以为，父亲、母亲、祖母这样隆重的称谓是更适用于逝者的。所以，当我特别想他们的时候，我就在心里称呼他们：爸爸、妈妈、奶奶。一如他们生前。至于我那从来未曾谋面的祖父，还是让我称他为祖父吧。

如果用一个字来形容奶奶对于父亲这个独子的感觉，我想只有这个字最恰当：怕。从怀着他开始，她就怕。生下来，她怕。是个男孩，她更怕。祖父走了，她独自拉扯着他，自然是怕。女儿夭折之后，她尤其怕。他上学，她怕。他娶妻生子，她怕。他每天上班下班，她怕。——他在她身边时，她怕自己养不好他。他不在她身边时，她怕整个世界亏待他。

父亲是个孝子，无论她说什么，他都俯首帖耳。表面上是他怕她，但事实上，就是她怕他。

没办法。爱极了，就是怕。

从父亲住院到他去世，没有一个人告诉奶奶真相。她也不提出去看，始终不提。我们从医院回来，她也不问。一个字儿都不问。我们主动向她报喜不报忧，她也只是静静地听着，最多只答应一声：“噢。”到后来她的话越来越少，越来越少。父亲的遗体回家，在我们的哭声中，她始终躲着，不敢出来。等到入殓的时候，她才猛然掀开了西里间的门帘，把身子掷到了地上，叫了一声：“我的小胜啊——”

这么多天都没有说话，可她的嗓子哑了。

6

我回到了家乡小镇教书。这时大哥已经在县里一个重要局委担任了副职，成了颇有头脸的人物。姐姐已经出嫁到离杨庄四十多里的一个村庄，二哥在郑州读财经大学。偌大的院子里，只有我、妈妈和她三个女人常住。父亲生病期间，母亲信了基督教。此时也已经退休，整天在信徒和教堂之间奔走忙碌，把充裕的时间奉献给了主。家里剩下的，常常只有我和她。——不，我早出晚归地去上班，家里只有她。

至今我仍然想象不出她一个人在家的时光是怎么度过的。只知道她一天天地老了下去。不，不是一天天，而是半天半天地老下去。每当我早上去上班，中午回来的时候，就觉得她比早上要老一些。而当我黄昏归来，又觉得她比中午时分更老。本来就不爱笑的她，更不笑了。我们两个默默相对地吃完饭，我看电视，她也坐在一边，但是手里不闲着。总要干点儿什么：剥点儿花生，或者玉米。坐一会儿，我们就去睡觉。她睡堂屋西里间，我睡堂屋东里间。母亲回来睡厢房。

每当看到她更老的样子，我就会想：照这样的速度老下去，她最终会变成什么样呢？一个人，每天每天都会老，最终会老到什么地步呢？

她的性情比以往也有了很大改变。不再串门聊天，也不允许街坊邻居们在我家久坐。但凡有客，她都是一副木木的样子，说不上冷淡，但绝对也谈不上欢迎。于是客人们就很快讪讪地走了。我当然知道这是因为父亲，就劝解她，说她应该多去和人聊聊，转移转移情绪。再想有什么用？反正父亲已经不在了。她拒绝了。她说：“我没养好儿子，儿子走到了我前边儿，白发人送黑发人，老败兴。他不在了，我还在。儿子死了，当娘的还到人跟前举头竖脸，我没那心劲儿。”

她硬硬地说着。哭了。我也哭了。我擦干泪，看见泪水流在她皱纹交错的脸上，如雨落在旱地里。这是我第一次那么仔细地看着她哭。我想找块毛巾给她擦擦泪，却始终没有动。即使手边有毛巾，我想我也做不出来。我和她之间，从没有这么柔软的表达。如果做了，对彼此也许都是一种惊吓。

父亲的遗像，一直朝下扣在桌子上。

有一天，我下班早了些，一进门就看见她在摸着父亲那张扣着的遗像。她说:“上头我命硬，下头二妞命硬。我们两头都克着你，你怎么能受得住呢？是受不住。是受不住。”

我悄悄地退了出去。又难过，又委屈。原来她一直是这么认为的！原来她还是一直这么在意我的命硬，就像在意她的。——后来我才知道，她生于正月十五。青年丧夫，老年丧子，她的命是够硬的。但我不服气。我怎么能服气呢？父亲得的是胃癌，和我和她有什么关系?！我们并没有偷了父亲的寿，为什么要自己给自己栽赃？我不明白她这么做只是因为无法疏导过于浓郁的悲痛，只好自己给自己一个说法。那时我才十八岁，我怎么可能明白呢？不过，值得安慰的是，我当时什么都没说。我知道我的委屈和她的悲伤相比，没有发作的比重。

工资每月九十八元，只要发了我就买各种各样的吃食和玩意儿，大包小包地往回拿。我买了一把星海牌吉他，月光很好的晚上就在大门口的石板上练指法。还买了录音机，洗衣服做饭的时候一定要听着费翔和邓丽君的歌声。第一个春节来临之前，我给她和妈妈各买了一件毛衣。每件四十元。妈妈没说什么，喜滋滋地穿上了，她却勃然大怒。——我乐了。这是父亲去世后，她第一次发怒。

“败家子儿！就这么会花钱！我不穿这毛衣！”

“你不穿我送别人穿。”我说，“我还不信没人要。”

“贵巴巴的你送谁？你敢送？”她说着就把毛衣藏到了箱子里。那是件带花的深红色对襟毛衣。领子和袖口都镶着很古典的图案。

九十八元的工资在当时已经很让乡里人眼红了，却很快就让我失去了新鲜感。孩子王的身份更让我觉得无趣。第二个学期，我开始迟到，早退，应付差事。校长见我太不成体统，就试图对我因材施教。他每天早上都站在学校门口，一见我迟到就让我和迟到的学生站在一起。我哪能受得了这个，掉头就回家睡回笼觉。最典型的一次，是连着迟到了两周，也就旷工了两周。所有的人都拿我无可奈何，而我却不自知——最过分的任性大约就是这种状况了：别人都知道你的过分，只有你不自知。

每次看到我回家睡回笼觉她都一副忧心忡忡的神情：一个

放着人民教师这样光荣的职业却不好好干的女孩子，她在闹腾什么呢？她显然不明白，似乎也没有兴致去弄明白。她只是一到周末就等在村头，等她的两个孙子从县城和省城回来看她。——她的注意力终于在不知不觉间从父亲身上分散到了孙子们身上。每到周末，我们家的饭菜就格外好：猪头肉切得细细的，烙饼摊得薄薄的，粥熬得浓浓的。然而只要两个哥哥不回来，我就都不能动。直到过了饭时，确定他们不会回来了，她才会说："吃吧。"

我才不吃呢。假装看电视，不理她。

"死丫头，这么好的饭你不吃，不糟蹋东西？"

"又不是给我做的，我不吃。"

"不是给你做的，给狗做的？"

"可不是给狗做的吗？"我伶牙俐齿，一点儿也不饶她，"可惜你那两只狗跑得太远，把家门儿都忘了。"

有时候，实在闲极无聊，她也会和我讲一些家常话。话题还是离不开她的两个宝贝孙子：大哥如何从小就爱吃糖，所以外号叫李糖迷。二哥小时候如何胖，给他擦屁股的时候半天都掰不开屁股缝儿……也会有一些关于姐姐的片段，如何乖巧，如何懂事。却没有我的。

"奶奶，"我故意说，"讲讲我的呗。"

"你？"她犹豫了一下，"没有。"

“好的没有，坏的还没有？”

“坏的嘛，倒是有的。”她笑了。讲我如何把她的鞋放在蒸馍锅里和馒头一起蒸，只因她说她的鞋子干净我的鞋子脏。我如何故意用竹竿打东厢房门口的那棵枣树，只因她说过这样会把枣树打死。我如何隔三岔五地偷个鸡蛋去小卖店换糯米糕吃，还仔细叮嘱老板不要跟她讲。其中有一件最有趣：一次，她在门口买凉粉，我帮她算账，故意多算了两毛钱。等她回家后，我才追了两条街跟那卖凉粉的人把两毛钱要了回来。她左思右想觉得钱不够数，也去追那卖凉粉的人，等她终于明白真相时，我已经把两毛钱的瓜子嗑完了。

我们哈哈大笑。没有猜忌，没有成见，没有不满。真真正正是一家人在一起拉家常的样子。她嘴里的我是如此顽劣，如此可爱。这是我万万没有想到的。

但这种和谐甚至是温馨的时光是不多的。总的来说我和她的关系还是相当冷漠。有时会吵架，有时会客气——一个人随着年龄的增长也会获得某种自然而然的程度加深的尊重，她对我的客气显然是基于这点。

我的工作状态越来越糟糕。学年终考，我的学生考试成绩在全镇排名中倒数第一。平日的邋遢和成绩的耻辱构成了无可辩驳的因果关系，作为误人子弟的败类我不容原谅。终于在一次全校例行的象征性的应聘选举中，我成了实质性落聘的第一人。惩罚的结果是把我发配到一个偏远的村小教书。我当然不肯去，也不能再在镇里待下去，短暂的考虑之后我决定停薪留职。之前一些和我一样不安分当老师的师范同学已经有好几个南下打工，我和他们一直保持着联系。

正犹豫着怎么和她们开口，一件事加速了我的进程。那天，我起得早，走到厨房门口，听见妈妈正在低声埋怨她："……你要是当时叫大宝给她跑跑关系，留到县里，只怕她现在也不会弄得这么拾不起来。"

"她拾不起来是她自己软。能怨我？"

"丝瓜要长还得搭个架呢。一个孩子，放着关系不让用，非留在身边。你看她是个翅膀小的？"

"那几个白眼狼都跑得八竿子打不着，不留一个，有个病的灾的去指靠谁？"

——一切全明白了。原来还是奶奶作祟，在清晨明媚的阳光中，我气得脑门发涨。我推开厨房的门，目光如炬，声音如铁，铿锵有力地向她们宣言："我也是个白眼狼！别指靠我！我也要走了！"

7

我一去三年没有回家，只是十天半月往村委会打个电话，让村长或村支书向她们转达平安，履行一下最基本的告知义务。三年中，我从广州到深圳，从海口到三亚，从苏州到杭州，从沈阳到长春，推销过保险，当过售楼小姐，在饭店卖过啤酒，在咖啡馆磨过咖啡，当然也顺便谈谈恋爱，经历经历各色男人。后来我落脚到了北京，应聘在一家报社做记者。

人在江湖漂，哪能不挨刀。吃过几次亏，碰过几次壁之后，我才明白，以前在奶奶那里受的委屈，严格来说，都不是委屈。我对她逢事必争吵，逢理必争，从来不曾“受”过，哪里还谈得上委和屈？真正的委屈是笑在脸上哭在心里的。无处诉，无人诉，不能诉，不敢诉，得生生闷熟在日子里。

这最初的世事磨炼让我学会了察言观色，看菜下碟。学会了在第一时间内嗅出那些不喜欢我的人的气息，然后远远地离开他们。如果迫不得已一定要和他们打交道，我就羽毛奓起，如履薄冰。我知道，某种意义上讲，他们就是我如影随形的奶奶。不同的是，他们会比奶奶更严厉地教训我，而且不会给我做饭吃。而在那些喜欢我的人面前，我在受宠若惊视宠若宝的同时也是小心翼翼的。生怕失去了这些喜欢，生怕失去了这些宠。——在我貌似任性的表征背后，其实一直长着一双胆怯的眼睛。我怕被这个世界遗弃。多年之后我才悟出：这是奶奶送给我的最初的精神礼物。可以说，那些日子里，她一直是我的镜子，有她在对面照着，才使得我眼明心亮。她一直是我的鞭子，有她在背上抽着，才让我不敢昏昏欲睡。她让我知道：这个世界上，总会有人不喜欢你，你会成为别人不愉快的理由。你从来就没有资本那么自负，自大，自傲。从而让我怀着无法言喻的隐忍、谦卑和自省，以最快的速度长大成人。

我开始想念她们。奇怪，对奶奶的想念要胜过妈妈。但因记忆里全是疤痕的硬，对她的想也不是那种柔软的想。和朋友们聊起她的时候，我总是不自觉地忿怨着她的封建、自私和狭隘，然后收获着朋友们的安慰和同情。终于有一次，一位朋友温和地斥责了我，她说："亲人总是亲人。奶奶就是再不喜欢你，也总比擦肩而过的路人对你更有善意。或许她只是不会表达，那么你就应该去努力理解她行为背后的意义。比如，她想把你留在身边，也不仅仅是为了养老，而是看你这么淘气，叛逆，留在身边她才会更安心。再比如，她嫌你命硬，你怎么知道她在嫌你的时候不是在嫌自己？她自己也命硬啊。所以她对待你的态度就是在对待她自己，对自己当然就是最不客气了。"

她对待我的态度就是在对待她自己？朋友的话让我一愣。

我打电话的频率开始密集起来。一天，我刚刚打通电话，就听见了村支书粗糙的骂声："他娘的，你妈病啦！住院啦！你别满世界疯跑啦！赶快攥着你挣的票子回来吧！"

三天之后，我回到了杨庄。只看到了奶奶。父亲有病时似乎也是这样：其他人都往医院跑，只有她留守在家里。我是在大门口碰到她的，她拎着垃圾斗正准备去倒。看见我，她站住了脚。神情是如常的，素淡的，似乎我刚刚下班一样。她问：“回来了？”

我说：“哦。”

妈妈患的是脑溢血。症状早就显现，她因为信奉主的力量而不肯吃药，终于小疾酿成大患。当她出院的时候，除了能维持基本的吃喝拉撒之外，已经成了一个废人。

妈妈病情稳定之后，我向报社续了两个月的假。是，我是看到她和妈妈相依为命的凄凉景象而动了铁石心肠，不过我也没有那么单纯和孝顺。我有我的隐衷：我刚刚发现自己怀了孕。孩子是我最近一位男友的果实，我从北京回来之前刚刚和他分手。

我悄悄地在郑州做了手术，回家静养。因为瞒着她们，也就不好在饮食上有什么特别的讲究和要求。三代三个女人坐在一起，虽然我和她们有十万八千里的隔阂，也免不了得说说话。妈妈讲她的上帝耶稣基督主，奶奶讲村里的男女庄稼猪鸡狗。我呢，只好把我经历的世面摆了出来。我翻阅着影集上的照片告诉她们：厦门鼓浪屿、青岛崂山、上海东方明珠、杭州西湖、深圳民俗村和世界之窗……指着自己和民俗村身着盛装的少数民族演员的合影以及世界之窗的微缩模具，我心虚而无耻地向她们夸耀着我的成就和胆识。她们只是默默地看着，听着，没有发问一句。这在我的意料之中。我知道自己已经大大超越了她们的想象——不，她们早已经不再对我想象。我在她们的眼睛里，根本就是一个怪物。

讲了半天，我发现听众只剩下了奶奶。

“妈呢?”

“睡了。”她说，“她明儿早还要做礼拜。”

“那，咱们也睡吧。”我这才发现自己累极了。

“你喝点儿东西吧。”奶奶说，“我给你冲个鸡蛋红糖水。”

这是坐月子的女人才会吃的食物啊。我看着她。她不看我，只是颠着小脚朝厨房走去。

报社在河南没有记者站。续假期满，我又向报社打了申请，请求报社设立河南记者站，由我担任驻站记者。在全国人民过分热情的调侃中，河南这种地方一向都很少有外地人爱来，我知道自己一请一个准儿。果然，申请很快就被批准了，我在郑州租了房子，开始了新一轮的奔波。每周我都要回去看看妈妈和她。出于惯性，我身边很快也聚集了一些男人。每当我回老家去，都会有人以去乡下散心为名陪着我。小汽车是比公共汽车快得多，且有面子。我任他们捧场。

对这些男人，妈妈不言语，奶奶却显然是不安的。开始她还问这问那，后来看到我每次带回去的男人都不一样，她就不再问了。她看我的目光又恢复到了以前的忧心忡忡。其实在她们面前，我对待那些男人的态度相当谨慎。我把他们安顿在东里间住，每到子夜十二点之前一定回到西里间睡觉。奶奶此时往往都没有睡着。听着她几乎静止的鼻息，我在黑暗中轻轻地脱衣。

“二妞，这样不好。”一天，她说。

“没什么。”我含糊道。

“会吃亏的。”

“我和他们没什么。”

“女人，有时候由不得自己。”

似乎有些谈心事儿的意思了。难道她有过除祖父之外的男人？我好奇心陡增，又不好问。毕竟，和她之间这样亲密的时机很少。我不适应。她必定也不适应——我听见她咳嗽了两声。我们都睡了。

日子安恬地过了下来。这是我期望已久的日子：有自由，有不菲的薪水，有家乡的温暖，有家人的亲情，还有恋爱。在外奔波的这几年里，我习惯了恋爱。一个人总觉得凄冷，恋爱就是靠在一起取暖。身边有男人围着，无论我爱不爱他们，心里都是踏实的，受用的。虽然知道这踏实是小小的踏实，受用是小小的受用，但，有总比没有要好。

“没事不要常回来了。我和你妈都挺好的。不用看。”终于有一天，她说。

“多看看你们还有错啊。我想回来就回来。”我说。

“要是回来别带男人，自己回来。”

“为什么？不过是朋友。”

“就因为是朋友，所以别带来。要是女婿就尽管带。”她说，“你不知道村里人说话多难听。”

“难听不听。干吗去听！”我火了。

“我在这村里活人活了五六十年，不听不中。”她说，“你别丢我的人了！”

“一个女人没男人喜欢，这才是丢人呢！”

“再喜欢也不是这么个喜欢法。”她说，“一个换一个，走马灯似的。”

“多了还不好？有个挑拣。”

“眼都花了，心都乱了。好什么好？”

“我们这时候和你们那时候不一样。你就别管我的事了。”

“有些理，到啥时候都是一样的。”

“那你说说，该是个什么喜欢法？”我挑衅。

她沉默。我料定她也只能沉默。

“你守寡太多年了。”我犹豫片刻，一句话终于破口而出，“男女之间的事情，你早就不懂了。”

静了片刻，我听见她轻轻地笑了一声。

“没男人，是守寡。”她语调清凉，“有了不能指靠的男人，也是守寡。”

“怎么寡?”我坐起来。

“心寡。”她说。

我怔住。

8

我和她之间再次陷入了冷战期。我长时间地待在郑州，很久才回去一次。回去的时候，也不再带男人。我开始正式考虑结婚问题。一考虑这个问题，我就发现奶奶是多么正确：因为经历太多，我已经不知道什么人适合和我结婚。我面前的男人琳琅满目，花色齐全，但当我想要去捉住他们时，却发现哪个都没有让我付账的决心。

我确实是心寡。

其间有个男孩子，各方面条件都很不错，要说结婚，似乎也是可以的。但我拒绝了他的求婚，主要原因当然是不够爱他，次要原因则是不喜欢他的妈妈。那个老太太是一个落魄的高干遗孀，大手大脚，颐指气使，骄横霸道。她经常把退休金花得光光的，然后让孩子们给她凑钱买漂亮衣服和名贵首饰。她的口头禅是：“吃好的，买贵的。人就活一辈子，不能委屈自己！”

是，这话没错。人能不委屈自己的时候是不该委屈自己。我也是这样。可我就是不喜欢她这个腔调，就是不喜欢她这个做派，就觉得她不像个老人。一个老人，怎么能这样没有节制呢？怎么能这么挥霍无度呢？怎么能这么没有老人的样子呢？——忽然明白，我心目中的老人标准，就是我生活在豫北乡下的奶奶。如果她和我的奶奶有那么些微一样，我想，我一定会加倍心疼她，宠她，甚至会为此加重和她儿子结婚的砝码。但她不是我的奶奶。我的奶奶不是这样。我不能和这样的老人在一起生活。

常常如此：我莫名其妙地看不惯那些神情自得生活优越的老人，一听到他们说什么夕阳红、黄昏恋、出国游，上什么艺术大学，参加什么合唱团，我心里就难受。后来，我才明白：我是在嫉妒他们。替奶奶嫉妒他们。

两年之后，当我再带男人回去的时候，只固定带了一个。后来，我和那个男人结了婚。用奶奶的话，那个男人成了我的丈夫。他姓董。

和董认识是在一个饭局上。那个饭局是县政府为在省城工作的本籍人士举办的例行慰问宴。也就是定期和这些人联络一下感情，将来有什么事好让这些人都出力的意思。所谓“养兵千日，用兵一时”，这饭局就是养兵的草料。那天，我去得最晚。落座时只剩下了一个位置。右边是董，左边是一个女人。互相介绍过之后，我对左边的女人说："对不起，我是左撇子，可能会让你不方便。"对方还没有反应，董马上站起来对我说："我和你换换吧。"

他坐在了我的左边。吃饭期间聊起家常，他告诉我他大学毕业后工作没有着落，就留在郑州做了一家报社的记者。偶尔回县城看看退休的父母。和我一样，他也只是个应聘记者。

"好听的说法是随时会跳槽。"他说。

"不好听的说法是随时会被炒。"我说。

我们相视而笑。有多少像我们这样貌似齐整的流浪者啊。没有锦衣，就自己给自己造一件锦衣。见到生客就披上，见到自己人就揪下。

后来我问董对我初次的印象如何，董说："长相脾气都在其次。我就是觉得你特别懂事。"

"懂事？"我吃惊。哑然失笑。第一次听到有人这么评价我，"何以见得？"

"我吃过的饭局千千万，见过的左撇子万万千，仅仅为自己是左撇子而向自己左手位道歉的人，你是第一个。"

只有懂事的人才能看到别人的懂事。活到一定的年纪，懂事就是第一重要的事。天造地设，我和董一拍即合。关系确定之后，我把他带了回去，向奶奶和母亲宣告。奶奶第二天就派大哥去打听董的家世，问得清清白白，无可挑剔之后，才明确点了头，同意我和董结婚。

“这闺女这般好命，算修成正果了。”她说，“真是人憨天照顾。”

妈妈什么也做不了，奶奶就开始按老规矩为我准备结婚用品：龙凤呈祥的大红金丝缎面被，粉红色的鸳鸯戏水绣花枕套，双喜印底的搪瓷脸盆，大红的皂盒，玫瑰红的梳子……纺织类的物品一律缝上了红线，普通生活用品一律系上了红绳。做这一切的时候，她总是默默的。和别人说起我的婚事时，她也常常笑着，可是那笑容里隐隐交错着一种抑制不住的落寞和黯然。

两亲家见面那天，奶奶作为家长发言，道：“二妞要说也是命苦。爹走得早，娘只是半个人。我老不中用，也管不出个章程，反正她就是个不成才，啥活计也干不好，脾气还傻倔。给了你们就是你们的人，小毛病你们就多担待，大毛病你们就严指教。总之以后就是你们多费心了。”

公公婆婆客气地笑着，答应着，我再也坐不住，出了门。忍了好久，才没让泪滚出来。

婚礼那天清早，我和女伴们在里间化妆试衣，她和妈妈在外面接待着络绎不绝的亲友。透过房门的缝隙，我偶尔会看见她们在人群中穿梭着，分散着糖果和瓜子。她们脸上的神情都是平静的、安宁的，也显示着喜事应有的笑容。我略略地放了心。

随着乐曲的响起和鞭炮的骤鸣，迎亲的花车到了。按照我们的地方风俗，嫁娘要在堂屋里一张铺着红布的椅子上坐一坐，吃上几个饺子，才能出门。我坐在那张红布椅上，端着饺子，一眼便看见奶奶站在人群后面，她的目光并不看我，可我知道这目光背后还有一双眼睛，全神贯注地凝聚在我的身上。我把饺子放进口里，和着泪水咽了下去。有亲戚絮絮地叮嘱："别噎着。"

到了辞拜高堂的时候了，亲戚们找来她和妈妈，让她们坐在两张太师椅上。我和董站在她们面前。周围的人都沉默着。——我发现往往都是这样，在男方家拜高堂时是喧嚷的，热闹的，在女方家就会很寂静，很安宁。而这仅仅是因为，男方是拜，女方是辞拜。

"姑娘长大成人了，走时给老人行个礼吧。"一位亲戚说。

我们鞠下躬去。在低头的一瞬间，我看见她们的脚——尤其是奶奶的脚。她穿着家常的黑布鞋，白袜子，鞋面上还落了一些瓜子皮的碎末儿。这一刻，她的双脚似乎在微微地颤抖着，仿佛有一种什么巨大的东西压在她的身上，让她坐也不能坐稳。

我婚后半年，妈妈脑溢血再次病发，离开了人世。

遗像里的母亲怎么看着都不像母亲。这感觉似曾相识——是的，遗像里的父亲曾经也让我感觉不像是父亲，而像我们的长兄。原谅我，对于母亲，我也只觉得她是一个姊妹。我们的长姊。而且因为生了我们，便成了最得宠的姊妹。父亲和奶奶始终都是担待她的。他们对她的担待就是：家务事和孩子们都不要她管，她只用管自己这份民办教师的工作。柴米油盐，人情世故，母亲几乎统统不懂。看着母亲甩手掌柜做得顺，奶奶有时候也会偷偷埋怨，“那么大的人了！”但是，再有天大的埋怨，她也只是在家里背着母亲念叨念叨，绝对不会让家丑外扬。

因为他们的宠，母亲单纯和清浅的程度几乎更接近于一个少女，而远非一个应该历尽沧桑的妇人。说话办事毫无城府，直至已经年过半百，依然在不经意间流露出一些浓重的孩子气。——多年之后，我才明白，自己其实也是有些羡慕她的孩子气的。这是她多年的幸福生活储蓄出来的性格利息。

父亲像长兄，母亲像长姊。这一切，也许都是因为奶奶太像母亲了。

母亲去世的时候，奶奶哭得很痛。泪很多。我知道，她把对父亲的泪也一起哭了出来。——这泪水，过了六年，她才通过逐渐消肿的心，尽情释放了出来。

“对不起，也许我的命真是太硬了。”办完丧事之后，我看着父亲和母亲的遗像，在心里默默地说，“这辈子家里如果还有什么不幸的事，请让我自己克自己。下辈子如果我们还是一家人，请你们做我的儿女，一起来克我。”

9

母亲的丧事之后，报社又进行了机构改革，河南记者站被撤并，我不想服从调配去外省，于是顺理成章地失了业，打算分娩之后再找工作——我已经怀孕三个月了。我们都劝奶奶去县城：大哥二哥和我都在县城有了家，照顾她会很方便。可她不肯。

“这是我的家。我哪儿都不去。你们忙你们的，不用管我。”她固执极了。

没办法，只有我是闲人一个。于是就回到了老家，陪她。

那是一段静谧的时光。两个女人，也只能静谧。

正值初夏，院子里的两棵枣树已经开始结豆一般的青枣粒，每天吃过晚饭，我和她就在枣树下面闲坐一会儿。或许是母亲的病逝拓宽了奶奶对晚辈人死亡的认知经验，从而让她进一步由衷地臣服于命运的安排，或许是母亲已经去和父亲做伴，让她觉得他们在那个世界都不会太孤单，她的神情渐渐呈现出一种久远的顺从、平和与柔软，话似乎也比以往多了些。不时地，她会讲一些过去的事："……'大跃进'时候，村里成立了缝纫组。我是组长。没办法，非要我当，都说我针线活儿最好，一些难做的活儿就都到了我手里。一次，有人送来一双一寸厚的鞋底，想让缝纫组的人配上帮做成鞋，谁都说那双鞋做不成，我就接了过来。晚上把鞋捎回了家，坐在小板凳上，把鞋底夹在膝盖中间，弯着上身，可着力气用在右手的针锥上，一边扎一边拧，扎透一针跟扎透一块砖一样。扎透了眼儿，再用戴顶针的中指顶着针冠，穿过锥孔，这边儿用大拇指和食指尖捏住针头，把后边带着的粗线再一点一点地拽出来……这双鞋做成之后，成了村里的鞋王。主家穿了十几年也没穿烂。"

"那时候，有人追你吗?"

"我又没偷东西，追我干啥?"她很困惑。

我忍不住笑了,"我的意思是，有没有人想娶你。"

她也笑了。眼睛盯着地。

"有。"她说，眼神涣散开来,"那时候还年轻，也不丑……你爸要是个闺女，我也能再走一家。可他是个小子，是能给李家顶门立户的人，就走不得了。"这很符合她重男轻女的一贯逻辑——她不能容忍一个男孩到别人屋檐下受委屈。

睡觉之前，她习惯洗脚。她的脚很难看，是缠了一半又放开的脚。大脚趾压着其他几个脚趾，像一堆小小的树根扎聚在一起，然而这树根又是惨白惨白的，散发着一种莫名其妙的恐怖气息。

“怎么缠了一半呢？怕疼了吧？”我好奇，又打趣她，“我一直以为你是个挺能吃苦的人哩。”

“那滋味不是人受的。小脚一双，眼泪一缸……是四岁那年缠上的。不裹大拇哥，只把那四个脚指头缠好，压到大拇哥下头。用白棉布裹紧……为啥用白棉布？白棉布涩啊，不会松动。这么缠上两三年，再把脚面压弯，弯成月亮一样，再用布密缝……疼呢。肉长在谁身上谁疼呗。白天缠上，到了晚上放放，白天再缠，晚上再放。后来疼得受不了了，就自己放开了，说啥都不再缠。”她羞赧地笑了，“我娘说我要是不缠脚，就不让我吃饭，我就不吃。后来还是她害怕了，撬开了我的嘴，给我喂饭。我奶奶说我要是不缠脚就不让我穿鞋。不穿就不穿，我就光着脚站到雪地里。……到底她们都没抗过我。不过，”她顿了顿，“我也遭到了报应，嫁到了杨庄。我这样的脚，城里是没人要的，只能往乡下嫁，往穷里嫁。我那姊妹几个，都比我嫁得好。”

“你后悔了？”

“不后悔。就是这个命。要是再活一遍，也还是缠不成这脚。”她说。

有时候，她也让我讲讲。

“说说外头的事吧。”

我无语。说什么呢？我不知道该说什么。转了这么一大圈，又回到这个小村落，我忽然觉得：世界其实不分什么里外。外面的世界就是里面的世界，里面的世界就是外面的世界，二者从来就没有什么不同。

偶尔，街坊邻居谁要是上火头疼流鼻血，就会来找她。她就用玻璃尖在他们额头上扎几下，放出一些黑黑的血。要是有不满周岁的孩子跌倒受了惊吓，也会来找她，她就把那孩子抱到被惊吓的地方，在地上画个圆圈，让孩子站进去，嘴里喊道：“倒三圈儿，顺三圈儿。小孩魂儿，就在这儿。拽拽耳朵筋，小魂来附身。还了俺的魂，来世必报恩。”然后喊着孩子的名字问：“来了没有？”再自己回答：“来了！来了！”

有一次，给一个孩子叫过魂后，我听见她在院子里逗孩子猜谜语。孩子才两岁多，她说的谜语他一个都没有猜出来。基本上她都在自言自语：“……俺家屋顶有块葱，是人过来数不清。是啥？……是头发。一母生的弟兄多，先生兄弟后有哥。有事先叫兄弟去，兄弟不中叫大哥。是啥？……是牙齿。红门楼儿，白插板儿，里面坐个小耍孩儿。是啥？是舌头。还有一个最容易的：一棵树，五把杈，不结籽，不开花，人人都不能离了它。是啥？……这都猜不出来呀……”

这是手。我只猜出了这个。

我的身子日益笨重起来，每天早上起床，她都要瞄一眼我的肚子，说一句："有苗不愁长呢。世上的事，就数养孩子最见功。"

董也越来越不放心，隔三岔五就到杨庄来看我，意思是想要我回县城去。毕竟那里的医疗条件要好得多，有个意外心里也踏实。但这话我无法说出口。她不走，我就不能离开。我知道她不想走，那我也只能犟着。终于犟到夏天过去，我怀胎七月的时候，她忍不住了，说："你走吧。跟你公公婆婆住一起，有个照应。"

"那你也得走。"我说，"你要是不想跟哥哥们住，我就再在县城租个房子，咱俩住。"

"租啥房子，别为我作惊作怪的。"她犹豫着，终于松了口，"我又不是没孙子。我哪个孙子都孝顺。"

她把换洗的衣服打了个包裹，来到了县城，开始在两个哥哥家轮住。要按大哥的意思，是想让奶奶常住他家的。但是大嫂不肯，说："万一奶奶想去老二家住呢？我们不能霸着她呀。人家老二要想尽孝呢？我们也不能拦着不让啊。"这话说得很圆，于是也就只有让奶奶轮着住了。这个月在大哥家，那个月在二哥家，再下一个月到大哥家。

她不喜欢被轮着住。我想，哪个正常的老人都不会喜欢被轮着住。——这真是一件残酷的事，是儿女们为了均等自己的责任而做出的最自私最恶劣的事。

“哪儿都不像自己的家。到哪家都是在串亲戚。”她对我说。

有我在，她是安慰的。我经常去看她，给她零花钱，买些菜过去，有时我会把她请到我家去吃饭。每次说要请她去我家，她都会把脸洗了又洗，头发梳了又梳，她不想在我公婆跟前显得不体面。在我家无论吃了什么平凡的饭菜，她回去的表情都是喜悦的。能被孙女请去做客，这让她在孙媳妇面前，也觉得自己是体面的。——我能给予她的这点心酸的体面，是在她去世之后，我才一点一点回悟出来。

10

在大哥家的日子让她这辈子的物质生活到达了丰盛的顶端：在席梦思床上睡觉，在整体浴室洗澡，在真皮沙发上看电视，时不时就下馆子吃饭。大哥让她吃什么，她就吃什么。大哥让她喝什么，她就喝什么。当着他们，她只说：“好。”大哥很是欣慰和自豪，甚至为此炫耀起来。他认为自己尽孝的方式也在与时俱进。我不止一次听他说：“奶奶说她喜欢万福饭店的清蒸鲈鱼。”“奶奶说她喜欢双贵酒楼的太极双羹。”

我不信。悄悄问她，她抿嘴一笑，“哪儿能记住那些花哨名儿，反正都好吃。”不过，对日本豆腐她倒是印象深刻，“啥日本豆腐，我就不信那豆腐是日本来的。从日本运到这儿，还不馊？”

夏天，大哥家里的空调轰轰地响着。他们一出门，她就把空调关了。

“冬天不冷，夏天不热。就不是正经日子。”她说。

“热不着也冻不着，不是福气吗？”我问。

“冬天就得冷，夏天就得热。”她说，“不是正经日子，就不是正经福气。”

吃着大棚里种出来的不分时节的蔬菜，她也会唠叨：“冬天就该吃白菜，夏天就该吃黄瓜。冬天的黄瓜，夏天的白菜，就是没味儿。”

“你知道这些菜有多贵吗？”

“是吃菜，又不是吃钱。”她说，“再贵也还是没味儿。”

看到大嫂二嫂都给儿子们买名牌服装，她就教训我，“越是娇儿，越得贱养。这么小的孩子，吃上不耽误就中，穿上可别太惯了。一年一长个子，穿那么好有什么用。”

“你就只会说我，怎么不说她们？”我说，“吃柿子拣软的捏！”

“看你这个柿子多软呢。”她不由得笑了，“好话得说给会听的人。媳妇的心离我百丈远，只能说给闺女听。”

“你的好话还不就这几句？我早就背会了。”

“好文不长，好言不多。背会了没用，吃透了才中。”

…………

那天，小侄子的随身听在茶几上放着，她突然有些不好意思地指了指，问我这是做什么用的。我说可以听音乐。她害羞地沉默着，我明白过来，连忙去找磁带，找了半天，都没有合适的。只好放了一盘贝多芬的《命运》。

听了大约十几分钟，她把耳机取了下来。

“好听。”她说，“就是太凉。”

她也看电视。有时候，我悄悄地走进大哥家，就会看见她正规正矩地坐在那台三十四英寸的大彩电面前，静静地看着屏幕，很专注的样子。边看她边自言自语。

“这嗓子真亮堂。一点儿都不费力。”是宋祖英在唱歌。

“可不是，那时候穿的就是这衣裳。”画面上有个女人穿着旗袍。

“哎呀，咋又死了个人？”武侠片。

大哥回来，看的都是体育节目。她也跟着看。一边叹息：滑冰的人在冰上滑，咋还穿那么少？不冻得慌？那么多人抢一个球，咋就抢不烂？谁负责掏钱买球？开始我们还解释得很耐心，后来发现这些问题又衍生出了新的问题，简直就是一个无穷无尽的连环套，不由得就有些气馁，解释的态度就敷衍起来。她也就不再问那么多了。

一九九八年“法兰西之夏”世界杯，我天天去大哥家和他们一起看球。二哥也经常去。哥哥们偶尔会靠着她的肩膀或是枕在她的腿上撒撒娇。——她现在唯一的作用似乎只是无条件地供我们撒娇。多年之后，我才明白：能容纳你无条件撒娇的那个人，就是你生命里最重要的人。她显然也很享受哥哥们的撒娇。球赛她肯定是看不懂的，却也不去睡，在我们的大呼小叫中，她常常会很满足地笑起来。

看到球员跌倒，她会说：“疼了吧？多疼。快起来吧。”

慢镜头把这个动作又回放了一遍，她道：“咋又跌了一下？”

球进了网，她说：“多不容易。”

慢镜头回放，她又道：“你看看，说进就又进了一个。”

我们大笑，对她解释说这是慢镜头回放，是为了让观众看得更清楚些。

“哦，不算数啊。”她不好意思地笑了，“这我哪儿懂。”

刚才进球的过程换了个角度又放了一遍慢镜头。

“看看，又进了。又进了。”她说。听我们一片静默，她忐忑起来，“这个算数不算数？”

住了一段时间，她越来越多地被掺和到两个哥哥各自的夫妻矛盾中。——真是奇怪，我婚后的生活倒很太平。这让我觉得，每个人都有不安分的毒，这毒的总量是恒定的，不过是发作的时机不同而已。这事不发那事发，此处不发彼处发，迟不发早发，早不发迟发，早早迟迟总要发作出来才好。我是早发类的，发过就安分了。哥哥们和姐姐却都跟我恰恰相反。一向乖巧听话的姐姐在出嫁后着了魔似的非要生个男孩，为此东躲西藏狼狈不堪，怀了一个又一个，流产了一次又一次，现在已经有了两个女孩，那个儿子的理想还没有实现。大哥仕途顺利，已经由副职提成了正职，重权在握，趋奉者众，于是整天笙歌艳舞，夜不归宿，嫂子常常为此猜疑，和他怄气。二哥自从财经学院毕业之后，在县城一家银行当了小职员，整天数钱的他显然为这些并不属于自己的钱而深感焦虑，于是他整天谋算的就是怎么挣钱。他谋算钱的方式就两种，一是炒股，二是打麻将。白天他在工作之余慌着看股市大盘，一下班就忙着凑三缺一，和二嫂连句正经话都懒得说，二嫂为此也是怨声载道。

没有父母，奶奶就是家长。她在哪家住，哪家嫂子就向她唠叨，然后期望她能够发发威，改改孙子们的毛病。她也说过哥哥们几次，自然全不顶用，于是她就只有自嘲：“可别说我是佘太君了，我就是根五黄六月的麦茬，是个等着翻进土里的老根子。”

我每去看她，她就会悄悄地对我讲：这个媳妇说了什么，那个媳妇脸色怎样。她的心是明白的，眼睛也是亮的。但我知道不能附和她。于是一向都是批评她：“怎么想那么多？哪有那么多的事?”

“哼，我什么都知道。”她很不服气，“我又没瞎，你怎么叫我假装看不见?”

“你知道那么多有什么用? 你懂不懂人有时候应该糊涂?”终于，有一次，我对她说。

“我懂，二妞。”她黯然道，“可世上的事就是这样，想糊涂的人糊涂不了，想聪明的人难得聪明。”

“这么说，我奶奶是糊涂不了的聪明人了?”我逗她。她扑哧一声笑了。

最后一次孕前检查，医生告诉我是个男孩。婆家弟兄三个里，董排行最小。前两个哥哥膝下都是女孩。

“这回你公公总算见到下辈人了。”奶奶很有些得意地说。

儿子满月那天，她和姐姐哥嫂们一起过来看我，薄棉袄外面罩着那件带花的深红色对襟毛衣。我刚上班那年花四十元给她买的这件毛衣，几乎已经成了她最重要的礼服。她给了儿子一个红包。

“放好。钱多。”她悄悄说。

等她走后，我把这个红包拿了出来，发现除了一张一百元，还有一张十元。——那一百元一定是哥哥们给她的，那十元一定是她自己的私房。

我握着那张皱巴巴的十元钱，终于落了泪。

11

儿子一岁的时候，我找到了一份新工作，被聘为北京一家旅游杂志驻河南记者站的记者。杂志社要求记者站设在郑州，那就必须在郑州租房子。我把这点意思透露给奶奶，她叹了口气，“又跑那么远哪。”

和董商量了一下，我决定依然留在县城，陪她。董在郑州的租住地就当成我的记者站处所，他帮我另设了一个信箱，替我打理在郑州的一切事务。如果需要我出面，我就去跑几天再回来。

工作进展得很顺利。因为打着旅游的牌子，可以免费到各个景区走走，以采访为借口游玩一番。最一般的业绩每月也能卖出几个页码，运气好的时候甚至可以拉到整期专刊的版面。日子很是过得去，很对我的胃口。闲时还能去照顾照顾奶奶，好得不能再好了。

仿佛是为了应和我留下来的决定，不久，她就病了，手颤颤巍巍的，拿不起筷子，系不住衣扣。把她送到医院做了CT，诊断结果是脑部生了一个很大的瘤，虽然是良性的，却连着一个大血管，还压迫着诸多神经，如果不做手术切除，她很快就会不行。然而若要做，肯定又切不干净。我们兄弟姊妹四个开了几次会，商量到底做不做手术——她已经七十九岁，做开颅手术已经很冒险。总之，不做肯定是没命。做了呢，很可能是送命。

我们去征求她的意见。

“我的意思，还是回家吧。”她说，“我不想到了了还光头拔脑，破葫芦开瓢的，多不好。到地底下都没法子见人。”

“你光想着去地底下见人，就没想着在地面上多见见我们?”我笑。

“我不是怕既保不了全尸又白费你们的钱吗?你们的钱都不是好挣的。”

“我们四个供你一个，也还供得起。”大哥说。

“那，”她犹豫着，“你们看着办吧。”

两周的调养之后，她做了开颅手术，手术前，她果然被剃了光头。她自言自语道：“唉，谁剃头，谁凉快。”

“奶奶。”我喊她。

“哦。”

“你知不知道现在很多女明星都剃了光头?你赶了个潮流呢。”

“我不懂赶啥潮流。”她笑，“我知道这是赶命呢。”

被剃头时她闭着眼躺着的样子，非常乖，非常弱。像个孩子。

瘤子被最大程度地取了出来。手术结束后，医生说，理论上讲，瘤根儿复发的速度很慢，只要她的情绪不受什么大的刺激，再活十年都没有问题。她的心脏状况非常好，相当于二三十岁年轻人的心脏。

我们轮流在医院照顾她。大哥的朋友，二哥的朋友，我的朋友，姐姐的亲戚，都来探望，她的病房里总是一番欣欣向荣的景象。大约从来没有以自己为中心这么热闹过，一次，她悄悄地对我说："生病也是福。没想到。"

总共两个月的术后恢复期。到后一个月，哥哥们忙，就很少去医院了。嫂子们自然也就不见了踪影，医院里值班最多的就是我和姐姐。姐姐的儿子刚刚半岁，三个孩子，比不上我闲，于是我就成了老陪护。

"二妞，"她常常会感叹，"没想到借上你的力了。"

"什么没想到，你早就打算好了。当初不让大哥调我去县里，想把我拴在脚边的，不是你是谁?"我翻着眼看她，"这下子你可遂了心了。"

"死牙臭嘴!"她骂，"这时候还拿话来怄我。"

渐渐地，她能下床了。我就扶她到院子里走走，说些小话。有一次，我问她："你有没有?"

"有啥?"

"你知道。"

“我知道？”她迷惑，“我知道个啥？”

“那一年，我们吵架。你说有了不能指靠的男人，也是守寡……”

“我胡说呢。”她的脸红了，“没有。”

“别哄我。我可是个狐狸精。”

“还不是你爷爷。”她的脸愈发红了。这说谎的红看起来可爱极了。

“我不信。”我拖长了声音，“你要再不说实话，我可不伺候你了。”

她沉默着，盯着脚下的草。很久，才说：“是个在咱家吃过派饭的干部，姓毛……”

“毛干部。”

“别喊。”她的脸红成了一块布，仿佛那个毛干部就站在了眼前。然后她站了起来，“唉，该吃饭了。”她拍拍肚子，“饿了。”

她是在夜晚关灯之后，接着讲的。

那是在一九五六年底，县里在各乡筹建高级农业生产合作社，派了许多工作组下来。村里人谁都想要工作组到自己家里吃派饭，一是工作组的人都是上头下来的，多少有些面子。自家要是碰到了什么事，好跟他张口。二是工作组的人在哪家吃饭都不白吃，一天要交一斤粮票：早上三两，中午四两，晚上三两。还有四毛钱：早上一毛钱，中午和晚上各一毛五。这些钱粮工作组的人是吃不完的，供派饭的人家就可以把余额落了，赚些小利。

她原来没想去争，只等着轮。“可等来等去发现轮到的总是你小改奶奶那几个强势的人家。我心里就憋屈了。”她说。那天，她在门口，看见村长领着一个戴眼镜的人往村委会走，就知道又要派饭了。她就跟了去，小改已经等在那里了。一见她来，劈头就说：你一个寡妇家，还是别揽这差事吧。

“我一听就恼了。我就说：我一个寡妇家怎么啦？我为啥当的寡妇？我男人是烈士，为革命掉的脑袋！我是烈属！为革命当的寡妇！我行得正，走得端，不怕是非！我就要这派饭！我能完成任务！”

话到这份儿上，他们也只好把这派饭给了她。派饭期是两个月，吃住都在一起。

“有白面让他吃白面，有杂面让他吃杂面。我尽量做得可口些。过三天他就给我交一回账。怕我推辞，他就把粮票和钱压在碗底儿。他也是迂，我咋会不要呢？……开始话也不多，后来我给他浆洗衣裳，他也给我说些家常，慢慢地，心就稠了……”

再后来，县里建了耐火材料厂，捆耐火钢砖的时候需要用稻草绳，正好我们村那一年种了稻，上头让村民们搓稻草绳支援耐火厂，每家每天得交二十斤。那些人口多的家户，搓二十斤松松的，奶奶手边儿没人，交这二十斤就很艰难。

“到了黄昏，他在村里办完了事，就替我把稻草领回来，先洇上水，洇上水草就润了，有韧劲了，不糙了，好搓。吃罢了饭，他就过来帮我搓草绳。到底是男人的手，搓得有劲儿，搓得快……”

“搓着搓着，你们俩就搓成了一根绳？”

“死丫头！”她笑起来。

我问她有没有人发现他们的事，她说有。那时候家家都不装大门，听窗很容易。发现他们秘密的人，就是小改。她记挂着没抢到派饭的仇，就到村干部那里告了他们的黑状。他们自然是异口同声地否认。

“他不慌不忙地对大家伙儿说：你们听我姓毛的一句话，这事绝对没有！你小改奶奶说：你姓毛的有啥了不起！说没有就没有？你就不会犯错误？这可让他逮住了把柄，他红头涨脸地嚷：你说姓毛的有啥了不起？毛主席还姓毛呢！你说毛主席有啥了不起？你说毛主席也会犯错误？我看你就是个现行反革命！一句话把你小改奶奶吓得差点儿跪下，再也不敢提这茬了。”她轻轻地笑出来，“看他文绉绉的，没想到还会以蛮耍蛮。也对。有时候，人不蛮也得蛮呢。”

“还怀过一个。”沉默了很久，她又说。

我怔住。

“那该怎么办啊?”半天，我才问。

“那一年，就说去打探你爷爷的信儿了，出去了一趟。做了。”

原来她说那一年去找爷爷，就是为了这个。

“那他知道不知道?”

“没让他知道。”她说。她也曾想要去告诉他，却听村干部议论，说他因在“大鸣大放”的时候向上头反映说一个月三十斤粮食不够吃，被定性是在攻击国家的粮食统购统销政策，成了右派，正在被批斗。她知道自己不能说了。

“他知道了又咋的?白跟着受惊吓。”

“你就不怕自己有个三长两短?”

“富贵在天，生死由命。不想那么多。”

“你不恨他?”

“不恨。”

“你不想他?”

“不想。”

“要是不想早就忘了，”我说，“还记得这么真。”

“不用想，也忘不掉。”她说，“钉子进了墙，锈也锈到里头了。”

“你们俩要是放到现在……”我试图畅想，忽然又觉得这畅想很难进行下去，就转过脸问她，“是不是觉得我们现在的日子特别好？”

“你们现在的日子是好。”她笑了笑，“我们那时的日子，也好。”

我再次怔住。

12

她去世后的第二年，一天，我去帮婆婆领工资，正赶上一帮老人的工资户头换了代理银行，所有储户都需要重新填详细资料。其实也没几项，但对于那些得戴着花镜才能看清字迹的老人来说，就很是琐碎辛苦。先是一个老人让我帮着填。我就填了。结果一发而不可收，很多老人都挤过来让我帮忙。在人群中，有个老人也递来了身份证。我一看，他姓毛。一九二〇年出生。

“你当年下过乡吃过派饭？”

“你咋知道？”他说，“你认得我？”

“不认得，冒猜的。”我说，“你在哪里下过乡？”

“高村、马庄、五里源……”

“杨庄去过吗？”

“去过。”

我没再问，他也没再说，他看着我的脸。一眼，又一眼。我规规矩矩地给他填好表，双手递给他。

“谢谢。”他说。

“谢谢。”我也在心里说。我就是想感谢他。哪怕就是因为奶奶为他堕过胎，流过产，我也想感谢他。哪怕他不是那个人，仅仅因为他姓毛，我也想感谢他。

13

她很快就恢复了健康。住院费是两万四。每家六千。听到这个数字，她沉默了许久。

“这么多钱，你们换了一个奶奶。”

生活重新进入以前的轨道。她又开始在两家轮住，但她不再念叨嫂子们的闲话了——每家六千这笔巨款让她噤声。她觉得自己再唠叨嫂子们就是自己不厚道。同样地，对两个孙女婿，她也觉得很亏欠。

“你们几个嘛，我好歹养过，花你们用你们一些是应该的。人家我没出过什么力，倒让人家跟着费心出钱。过意不去。”

“你的意思是说，我以后也不该孝敬公婆？”我说，“反正他们也没有养过我。”

“什么话！”她喝道。然后，很温顺地笑了。

冬天，家里的暖气不好，我就陪她去澡堂洗澡，一周一次。我们洗包间。她不洗大池。她说她不好意思当着那么多人赤身露体。我给她放好水，很烫的水。她喜欢用很烫的水，说那样才痛快。然后我帮她脱衣服。在脱套头内衣的时候，我贴着她的身体，帮她把领口撑大，内衣便裹着一股温热而陈腐的气息从她身上弥漫开来。她露出了层层叠叠的身体。这时候的她就开始有些局促，要我忙自己的，不要管她。最后，她会趁着我不注意，将内裤脱掉。我给她擦背，擦胳膊，擦腿，她都是愿意的。但是她始终用毛巾盖着肚子，不让我看到她的隐秘。穿衣服的时候，她也是先穿上内裤。

对于身体，她一直是有些羞涩的。

刚刚洗过澡的身体，皮肤表层还含着水，有些涩，内衣往往在背部卷成了卷儿，对于老人来说，把这个卷儿拽展也是一件很吃力的事。我再次贴近她的身体，这时她的身体是温爽的，不再陈腐，却带着一丝极淡极淡的清酸。

冬天过去，就是春天。春天不用去澡堂，就在家里洗。一周两次。夏天是一天一次，秋天和春天一样是一周两次，然后又是春天。日子一天天过去，平静如流水。似乎永远可以这样过下去。

但是，这个春天不一样了。大哥和二哥都出了事。

大哥因为渎职被纪检部门执行了“双规”，一个星期没有音信。大嫂天天哭，天天哭。我们就对奶奶撒谎说他们两口子在生气，把她送到了二哥家。一个月后，大哥没出来，二哥也畏罪潜逃。他挪用公款炒股被查了出来。二嫂也是天天哭，天天哭。我又把奶奶送到了姐姐家。

她终于不用轮着住了。

三个月后，哥哥们都被判了刑。大哥四年，二哥三年。我们统一了口径，都告诉奶奶：大哥和二哥出差了，很远的差，要很久才能回来。

“也不打个招呼。”她说。

一个月，两个月，她开始还问，后来就不问了。一句也不问。她的沉默让我想起父亲住院时她的情形来。她怕。我知道她怕。

她沉默着。沉默得如一尊雕塑。这雕塑吃饭，睡觉，穿衣，洗脸，上卫生间……不，这雕塑其实也说话，而且是那种最正常的说。中午，她在门口坐着，邻居家的孩子放学了，蹦蹦跳跳地喊她：

“奶奶。”

“哦。”她说，“你放学啦？”

“嗯！”

“快回家吃饭。”

孩子进了家门，她还在那里坐着。目光没有方向，直到孩子母亲随后过来。

“奶奶还不吃饭啊?”——孩子和母亲都喊她奶奶，是不合辈分规矩的，却也没有人说什么，大家就那么自自然然地喊着，仿佛到了她这个年岁，从三四岁到三四十岁的人喊奶奶都对。针对她来说，时间拉出的距离越长，晚辈涵盖的面积就越大。

“就吃。”奶奶说，“上地了?”

“嗳。”女人搬着车，“种些白菜。去年白菜都贵到三毛五一斤了呢。”

“贵了。”奶奶说，“是贵了。”

话是没有一点问题，表情也没有一点问题，然而就是这些没问题的背后，却隐藏着一个巨大无比的问题：她说的这些话，似乎不经过她的大脑。她的这些话，只是她活在这世上八十多年积攒下来的一种本能的交际反应。是一种最基础的应酬。说这些话的时候，她的魂儿在飘。飘向县城她两个孙子的家。

我当然知道。每次去姐姐家看她，我都想把她接走。可我始终没有。我怕。我把她接到县城后又能怎么样呢?我没办法向她交代大哥和二哥，即使她不去他们家住，即使我另租个房子给她住，我也没办法向她交代。我知道她在等我交代。——当然，她也怕我交代。

二〇〇二年麦收后的一个星期天，我去姐姐家看她。她不在。邻居家的老太太说她往南边的路上去了。南边的路，越往外走越靠近田野。刚下过雨，田野里麦茬透出一股霉湿的草香味。刚刚出土的玉米苗叶子上闪烁着翡翠般的光泽。我走了很久，才看见她的背影。她慢慢地走着。路上还有几分泥泞，一些坑坑洼洼的地方还留着不少积水——因为经常有农民开拖拉机从这条路上轧过，路面被损害得很严重。我看见，她在一个小水洼前站定，沉着片刻，准确地跨了过去。她一个小水洼一个小水洼地跨着，像在做着一个简单的游戏。她还不时弯腰俯身，捡起散落在路边的麦穗。等我追上她的时候，她手里已经整整齐齐一大把了。

“别捡了。”我说。

“再少也是粮食。”

“你捡不净。”

“能捡多少是多少。”

于是我也弯腰去捡。我们捡了满满四把。奶奶在路边站定，用她的手使劲儿地搓啊，搓啊，把麦穗搓剩下了光洁的麦粒。远远地，一个农民骑着自行车过来了，她看着手掌里的麦粒，说：“咱这两把麦子，也搁不住去磨。给人家吧。给人家。”

我从她满是老人斑的手里接过那两把麦粒。麦粒温热。

那天，我又一次去姐姐家看她。吃饭的时候，她的手忽然抖动了起来，先是微微的，然后越来越快，越来越剧烈。我连忙去接她的碗，粥汁儿已经在霎时间洒在了她的衣服上。

她的脑瘤再次复发了。长势凶猛。医生说：不能再开颅了，只能保守治疗。——就是等死。

奶奶平静地说：“回家吧。回杨庄。”

出了村庄，视线马上就会疏朗起来。阔大的平原在面前徐徐展开。玉米已经收割过了，此时的大地如一个柔嫩的婴儿。半黄半绿的麦苗正在出土，如大地刚刚萌芽的细细的头发，又如凸绣在大地身上的或深或浅的睡衣的图案。是的，总是这样，在我们豫北的土地上，不是麦子，就是玉米，每年每年，都是这些庄稼。无论什么人活着，这些庄稼都是这样。它们无声无息，只是以色彩在动。从鹅黄、浅绿、碧绿、深绿到金黄，直至消逝成与大地一样的土黄。我还看见了一片片的小树林。我想起春天的这些树林，阳光下，远远看去，它们下面的树干毛茸茸地聚在一起，修直挺拔，简直就是一枚枚排列整齐的玉。而上面的树叶则在阳光的沐浴下闪烁着透明的笑容。有风吹来的时候，它们晃动的姿态如一群嬉戏的少女。是的，少女就是这个样子的。少女。她们是那么温柔，那么富有生机。如土地皮肤上的晶莹绒毛，土地正通过她们洁净换气，顺畅呼吸。

我和奶奶并排坐在桑塔纳的后排。我在右侧，她在左侧。

我没有看她。始终没有。不时有几片白杨的落叶从我们的车窗前飘过。这些落叶，我是熟悉的。这是最耐心的一种落叶。从初秋就开始落，一直会落到深冬。叶面上的棕点很多，有些像老年斑。最奇怪的是，它的落叶也分男女：一种落叶的叶边是弯弯曲曲的，很是妖娆妩媚。另一种落叶的叶边却是简洁粗犷，一气呵成。如果拿起一片使劲儿地嗅一嗅，就会闻到一股很浓的青气。

“到了。”我听见她说。是的，杨庄的轮廓正从白杨树一棵一棵的间距中闪现出来，越来越近，越来越近。

14

那些日子，我和姐姐在她身边的时间最久。无论对她，对姐姐，还是对我，似乎只有这样才最无可厚非。三个血缘相关的女人，在拥有各自漫长回忆的老宅里，为其中最年迈的那个女人送行，没有比这更自然也更合适的事了。

她常常在昏睡中。昏睡时的她很平静。胸膛平静地起伏，眉头平静地微蹙，唇间平静地吐出几句含混的呓语。在她的平静中，我和姐姐在堂屋相对而坐。我看着电视，姐姐在昏暗的灯光下一边打着毛衣一边研究着编织书上的样式，她不时地把书拿远。我问她是不是眼睛有问题，她说：“花了。”

“才四十就花了?”

“四十一了。”她说,“没听见俗话?拙老太,四十边。四十就老了。老就是从这些小毛病开始的。”她摇摇脖子,“明天割点豆腐,今天东院婶子给了把小葱,小葱拌豆腐,就是好吃。”

我的姐姐,就这样老了。我和姐姐,也不过才差八岁。

她在里间叫我们的名字,我们跑过去,问她怎么了。她说她想大便。她执意要下床。我们都对她说,不必下床。就在床上拉吧。——我和姐姐的力气并在一起,也不能把她抱下床了。

“那多不好。”

“你就拉吧。”

她沉默了片刻。

“那我拉了。”她说。

“好。”

她终于放弃了身体的自尊,拉在了床上。这自尊放弃得是如此彻底:我帮她清洗。一遍又一遍。我终于看见了她的隐秘。她苍老的然而仍是羞涩的隐秘。她神情平静,隐秘处却有着紧张的皱褶。我还看见她小腹上的妊娠痕,深深的,一弯又一弯,如极素的浅粉色丝缎。轻轻揉一揉这些丝缎,就会看见一层一层的纹络潮涌而来,如波浪尖上一道一道的峰花。——粗暴的伤痕,优雅的比喻,事实与描述之间,是否有着一道巨大的沟壑?

我给她清洗干净，铺好褥子，铺好纸。再用被子把她的身体护严，然后靠近她的脸，低声问她：“想喝水吗？”

她摇摇头。

我突然为自己虚伪的问话感到羞愧。她要死了。她也知道自己要死了，我还问她想不想喝水。喝水这件事，对她的死，是真正的杯水车薪。

但我们总要干点什么吧，来打发这一段等待死亡的光阴，来打发我们看着她死的那点不安的良心。

她能说的句子越来越短了。常常只有一两个字：“中”“疼”“不吃”。最长的三个字，是对前来探望的人客气：“麻烦了。”

“嫁了。”一天晚上，我听见她呓语。

“谁嫁？”我接着她的话，“嫁谁？”

“嫁了。”她不答我的话，只是严肃地重复。

我盯着黑黝黝的屋顶。嫁，是女人最重要的一件事。在这座老宅子里，有四个女人嫁了进来，两个女人嫁了出去。她说的是谁？她想起了谁？或者，她只是在说自己？——不久的将来，她又要出嫁。从生，嫁到死。

嫂子们也经常过来，只是不在这里过夜。哥哥们不在，她们还要照顾孩子，作为孙媳妇，能够经常过来看看也已经抵达了尽孝的底线。她们来的时候，家里就会热闹一些。我们几个聊天，打牌，做些好吃的饭菜。街坊邻居和一些奶奶辈的族亲也会经常来看看奶奶。奶奶多数时间都在昏睡——她昏睡的时间越来越长了。她们一边看着奶奶，一边聊着各种各样的话题，偶尔会爆发出一阵欢腾的笑声。笑过之后又觉得不恰当，便再陷入一段弥补性的沉默，之后，她们告辞。各忙各的事去。

奶奶正在死去，这事对外人来说不过是一个应酬。——其实，对我们这些至亲来说，又何尝不是应酬？更长的，更痛的，更认真的应酬。应酬完毕，我们还要各就各位，继续各自的事。

就是这样。

祖母正在死去，我们在她熬煎痛苦的时候等着她死去。我甚至怀疑自己是否曾经恶毒地暗暗期盼她早些死去。在污秽、疼痛和绝望中，她知道死亡已经挽住了她的左手，正在缓缓地将她拥抱。对此，她和我们——她的所谓的亲人，都无能为力。她已经没有未来的人生，她必须得独自面对这无尽的永恒的黑暗。而目睹着她如此挣扎，时日走过，我们却连持久的伤悲和纯粹的留恋都无法做到。我们能做到的，就是等待她的最终离去和死亡的最终来临。这对我们彼此都是一种折磨。既然是折磨，那么就请快点儿结束吧。

也许，不仅是我希望她死。我甚至想，身陷囹圄的大哥和二哥，也是想要她死的。他们不想见到她。在人生最狼狈最难堪最屈辱的时刻，他们不想见到奶奶。他们不想见到这个女人，这个和他们之间有着最温暖深厚情谊的女人。这个曾经把自己的一切都化成奶水喂给他们喝的女人，他们不能面对。

这简直是一定的。

奶奶自己，也是想死的吧？先是她的丈夫，然后是她的儿子，再然后是她的儿媳，这些人在她生命里上演的是一部情节雷同的连续剧：先是短暂的消失，接着是长久的直至永远的消失。现在，她的两个孙子看起来似乎也是如此。面对关于他们的不祥秘密，我们的谎言比最薄的塑料还要透明，她的心比最薄的冰凌还要清脆。她长时间地沉默，延续的是她面对灾难时一贯的自欺，而她之所以自欺，是因为她知道：自己再也经不起了。

于是，她也要死。

她活够了。

那就死吧。既然这么天时，地利，人和。

反正，也都是要死的。

我的心，在那一刻冷硬无比。

在杨庄待了两周之后，我接到董的电话，他说豫南有个景区想要搞一个文化旅游节，准备在我那家杂志上做一期专刊。一期专刊我可以拿到八千块钱提成，是一笔不小的数目。奶奶的日子不多了。我知道。或许是一两天，或许是三四天，或许是十来天，或许是个把月。但我不能在这里等。她的命运已经定了，我的命运还没有定。她已经接近了死亡，而我还没有。我正在面对活着的诸多问题。只要活着，我就需要钱，所以我要去。

就是这样明确和残酷。

“奶奶，”我尽力让自己的声音明朗和喧闹一些，“跟你请个假。”

“哦。”她答应着。

“我去出个短差，两三天就回来。”

“去吧。”

“那我去啦。”

“去吧。”

三天后，我回来了。凌晨一点，我下了火车。县城的火车站非常小，晚上觉得它愈发的小。董在车站接我。

“奶奶怎样？”

“还好。”董说，“你还能赶上。”

我们上了三轮车。总有几辆人力三轮此时还候着，等着接这一班列车的生意。车到影剧院广场，我们下来，吃宵夜。到最熟悉的那家烩面摊前，一个伙计正在蓝紫色的火焰间忙活着。这么深冷的夜晚，居然还有人在喝酒。他在炒菜。炒的是青椒肉丝，里面的木耳肥肥大大的。看见我们，他笑道：“坐吧。马上就好。”

他的眼下有一颗黑痣。如一滴脏兮兮的泪。

回到家里，简单洗漱之后，我们做爱。董在用身体发出请求的时候，我不假思索地就接受了。他大约是觉得歉疚，又轻声问我是否可以，我知道他是怕奶奶的病影响我的心情。我说：“没什么。”

我知道我应该拒绝。我知道我不该在此时与一个男人欢爱，但当他那么亲密地拥抱着我时，我却无法拒绝。也不想拒绝。我也想在此时欢爱。我发现自己此时如此迫切地需要一个男人的温暖，从外到里。还好，他是我丈夫。且正在一丈之内。这种温暖名正言顺。

奶奶，我的亲人，请你原谅我。你要死了，我还是需要挣钱。你要死了，我吃饭还吃得那么香甜。你要死了，我还喜欢看路边盛开的野花。你要死了，我还想和男人做爱。你要死了，我还是要喝汇源果汁嗑洽洽瓜子拥有并感受着所有美妙的生之乐趣。

这是我的强韧，也是我的无耻。

请你原谅我。请你，请你一定原谅我。因为，我也必在将来死去。因为，你也曾生活得那么强韧，和无耻。

15

第二天早上，我赶到杨庄，奶奶的神志出现了将近半个小时的清醒——这是她生前最后一次清醒。有那么一小会儿，房间里没有一个人。我静静地守着她，像一朵花绽放一样，我看见她的眼睛慢慢睁开了。我俯到她的眼前，她的眼睛定定地看着我。眼神如水晶般纯透、无邪，仿佛一双婴儿的眼睛。

她就那么定定地看着我，好像我是她的母亲。

“我回来了。”我说。

“好。”她说。她的胸膛有力地鼓动了几下，似乎是在积攒力气。然后，她清晰地说：“嫁了。”

“谁？”

“让她们，”她艰难地说，“嫁了。”

我蓦然明白：她是在说两个嫂子。我的大愚若智的奶奶，她以为她的两个孙子已经死了。她要两个嫂子改嫁。她怕她们和她一样年纪轻轻就守寡。

我不由得笑了。原来，对她撒谎没有一点儿必要。在她猜测的所有谜底中，事实真相已经是一种足够的仁慈。

我把嘴巴靠近她的耳朵。我喊：“奶奶。”

“哦，”她最后一次喊我，“二妞。”

“你别担心。”我说,“他们都没有死。”

她的眼睛一下子亮得吓人。

“他,们,两,个,都,好,好,的。”我一字一字地说。

她不说话,眼睛里的光暗了下去。我知道她是在怀疑我。用她最后的智慧在怀疑我。

“他,们,都,不,听,话。犯,了,错,误。被,关,起,来,了。”我说,“教,育,教,育,就,好,了。”

慢慢地,奶奶的嘴角开始溢出微笑。一点一点,那微笑如蜜。

“好。”她说。然后她抬起手,指了指床脚的樟木箱子。我打开,在里面找出了一个白粗布包袱,里面整整齐齐地叠放着一套寿衣。宝石蓝底儿上面绣着仙鹤和梅花的图案,端庄绚丽。寿衣旁边,还有一捆细麻绳。孝子们系孝帽的时候,用的都是这样的细麻绳。

下午四点四十五分,奶奶停止了呼吸。

那些日子实在说不上悲痛。习俗也不允许悲痛。她虚寿八十三,是喜丧。有亲戚来吊唁,哭是要哭的,吃也还要吃,睡也还要睡,说笑也还是要说笑。大嫂每逢去睡的时候还要朝着棺材打趣,“奶奶,我睡了。”又朝我们笑,“奶奶一定心疼我们,会让我们睡的。”

棺材是两个，一大一小。大的是她，小的是祖父。祖父的棺材里只放了他的一套衣服。他要和奶奶合葬，用他的衣冠。灵桌上的照片也是两个人的，放在一起却有些怪异：祖父还停留在二十八岁，奶奶已经是八十三岁了。

守灵的夜晚是难熬的。没有那么多床可睡，男人们就打牌，女人们就聊天。有时候她们会讲一些奶奶的事。大嫂是听大哥说的：小时候的冬天仿佛特别冷，每天早上起床的时候，奶奶都会把大哥的衣服拿到火上烤热，然后合住，尽力不让热气跑出来，她紧着步子跑到他的床边，笑盈盈地说："大宝，快起来，可热了，再迟就凉了。"大哥赖着不肯起，她就把手伸到被子里去胳肢他，一边胳肢还一边念叨："小白鸡，挠草垛，吃有吃，喝有喝……"好不容易打发他穿好了衣服，就把他抱到挨着煤灶砌着的炕床上，再从温缸里舀来水，给他洗脸。然后再喂他饭吃。温缸就是煤灶旁边嵌着的一个小缸，缸里装着水，到了冬天，这缸里的水就着炉灶的热气，总是温的。

二嫂说的自然是二哥的事，她说二哥小时候很胆小，每当在外面被人欺负了，就哭着回家喊奶奶，边喊边说："奶奶，你快去给我报仇啊。"她还讲了二哥小时候跟奶奶睡大床的事，说因为奶奶不肯让我睡大床，二哥为此得意了很久。

"那时候你是不是有老大意见？"二嫂问。

"没意见没意见。"我说，"我要是在她棺材边还抱怨小时候的事，她会半夜过来捏我鼻子的。”

她们就都笑了。笑声中，我看着灵桌上的照片，蓦然发现，二哥的面容和年轻的祖父几乎形同一人。

因为是烈属，村委会给奶奶开了追悼会。追悼会以重量级的辞藻将她歌颂了一番，说她爱国爱家，遵纪守法，和睦相邻，处事公允。说她的美德比山高，她的胸怀比海宽，她的品格如日照，她的情操比月明。这大而无当的总结让我们又困惑又自豪，误以为是中央电视台在发送讣告。

追悼会后是家属代表发言。家属就是我们四个女人，嫂子们都推辞说和奶奶处的时候没有我和姐姐长，不适合做家属代表。我和姐姐里，只有我出面了。我说我不知道该说什么，姐姐道：“你是个整天闯荡世界的大记者，你都不会说，那我去说？”

众目睽睽之下，我只好站了出来。大家都静静地候着，等我说话。等我以祖母家属的身份说话。我却说不出话来。人群越发的静，到后来是死静，我还是说不出一个字。我站在她的遗像前，像一个木偶。

“说一句。”主持丧礼的知事人说，“只说一句。”

于是，我说：“我代表我的祖母王兰英，谢谢大家。”

然后，我跪下来，在知事人的指挥下，磕了一圈头。回到灵棚里，一时间，我有些茫然。我刚才说了句什么？我居然代表了我的祖母，我第一次代表了她。可我能代表她吗？我和她的生活是如此不同，我怎么能够代表她？

——但是，且慢，难道我真的不能代表她吗？揭开那些形式的浅表，我和她的生活难道真的有什么本质不同吗？

我看着一小一大两个棺材。它们不像是夫妻，而像是母子。

我看着灵桌上一青一老两张照片。也不像是夫妻，而是母子。——为什么啊，为什么每当面对祖母的时候，我就会有这种身份错乱的感觉？会觉得父亲是她的孩子，母亲是她的孩子，就连祖父都变成了她的孩子？不，不只这些，我甚至觉得村庄里的每一个人，走在城市街道上的每一个人，都像是她的孩子。仿佛每一个人都可以做她的孩子，她的怀抱适合每一个人。我甚至觉得，我们每一个人的样子里，都有她，她的样子里，也有我们每一个人。我们每一个人的血缘里，都有她。她的血缘里，也有我们每一个人。——她是我们每一个人的母亲。

不，还不只这些。与此同时，她其实，也是我们每一个人的孩子，和我们每一个人自己。

16

这些年来，我四处游历，在时间的意义上，她似乎离我越来越远，但在生命的感觉上，我却仿佛离她越来越近。我在什么地方都可以看见她，在什么人身上都可以看见她。她的一切细节都秘密地反刍在我的生活里，不知道什么时候就会奇袭而来，把我打个措手不及。比如，我现在过日子也越来越仔细。洗衣服的水舍不得倒掉，用来涮拖把，冲马桶。比如，用左手拎筷子吃饭的时候，手背的指关节上，偶尔还是会有一种暖暖的疼。比如，在豪华酒店赴过盛宴之后，我往往会清饿一两天肠胃，轻度的自虐可以让我在想起她时觉得安宁。比如，每一个生在一九二〇年的人都会让我觉得亲切：金嗓子周璇，联合国第五任秘书长佩雷斯·德奎利亚尔，意大利导演费里尼……

那天，我在一个县城的小街上看到一个穿着偏襟衣服的乡村老妇人，中式襻扣一直系到颈下，雪白的袜子，小小的脚，挨着墙慢慢地认真地走着。我凑上前，和她搭了几句话。

“您老高寿？”

“八十有六。”

我飞快地在脑子里算着，如果奶奶在，她比奶奶大还是小。

“您精神真好啊。”

“过一天少一天，熬日子吧。坐吃等死老无用。”

那天，我采访到了安徽歙县的牌坊村，七座牌坊依次排开，蔚为壮观。导游小姐给我们讲了个寡妇守节的故事，其实也都听说过：一个壮年失夫的少妇每到深夜便撒一百铜钱于地，然后摸黑一一捡起，若有一枚找不到，就决不入睡。待捡齐后，神倦力竭，才能乏然就寝——只能用乏然，而不能用安然。

我微笑。这个少妇能够以撒钱于地的方式来转移自己和娱乐自己，生活状况还是不错的。而我的祖母，这位最没有生计来源的农妇，她尚没有这种游戏的资本和权利。一个又一个漫漫长夜，用来空落落地怀想和抒情，这对她来说是太奢侈了，她和自己游戏的方式多么经济实惠：只有织布。只有那一匹又一匹三丈六尺长二尺七寸宽的白布。

那天，我在图书馆查阅资料，翻到一本关于小脚的书，著作者叫方绚，清朝人。书名叫《香莲品藻》，说女人小脚有三贵，一曰肥，二曰软，三曰秀。说脚的美丑分九品：神品上上，妙品上中，仙品上下，珍品中上，清品中中，艳品中下……还说了基本五式：莲瓣、新月、和弓、竹荫、菱角。而居然那么巧，在这层书架的下一格，我又随便抽到一本历史书，读到这样一条消息："……光绪二十三年（公元一八九七年），六月，梁启超、谭嗣同、汪康年、康广仁等发起成立全国性的不缠足会。不缠足会成为戊戌变法期间争女权、倡导妇女解放的重要团体，它影响深远，直至民国以后。"

那天，我正读本埠的《大河报》，突然看见一版广告，品牌的名字是"祖母的厨房"。一个金发碧眼满面皱纹的老太太头戴厨师的白帽子，正朝着我回眸微笑。内文介绍说，这是刚刚在金水路开业的一家以美国风味为主的西餐厅。提供的是地道的美式菜品和甜点：鲜嫩的烤鲑鱼，可口的三明治，美味的茄汁烤牛肉，香滑诱人的奶昔，焦糖核桃冰激凌……还有绝佳的比萨，用的是特制的烤炉，燃料是木炭。

我微笑。我还以为会有烙馍、葱油饼、小米粥，甚至腌香椿。多么天真。

那天，我在上海的淮海路闲逛，突然看到一张淡蓝色的招牌，上面是典雅的花体中英文：祖母的衣柜Grandmother's Wardrobe——中式服装品牌专卖店Brand Monopolized Shop of the Chinese Suit，贴着橱窗往里看，我看见那些模特——当然不是祖母模特——她们一个比一个青春靓丽——身上样衣的打折款额：中式秋冬坎肩背心，兔毛镶边，一百三十九元。石榴半吐红中绣花修身中式秋衣，一百六十元……

“小姐，请进来吧，喜欢什么可以试试。”服务生温文尔雅地招呼道。

我摇摇头，慢慢向前走去。

还会有什么是以祖母命名的呢？祖母的鞋店，祖母的包行，祖母的首饰，祖母的书店，祖母的嫁妆……甚或会有如此一网打尽的囊括：祖母情怀。而身为祖母的那些女人也许永远也不会知道，她们会成为一种商业标志，成为怀旧趣味的经典代言。

当然，这也没什么不好。

我只微笑。

我的祖母已经远去。可我越来越清楚地知道：我和她的真正间距从来就不是太宽。无论年龄，还是生死。如一条河，我在此，她在彼。我们构成了河的两岸。当她堤石坍塌顺流而下的时候，我也已经泅到对岸，自觉地站在了她的旧址上。我的新貌，在某种意义上，就是她的陈颜。我必须在她的根里成长，她必须在我的身体里复现，如同我和我的孩子，我的孩子和我孩子的孩子，所有人的孩子和所有人孩子的孩子。

——活着这件原本最快的事，也因此，变成了最慢。生命将因此而更加简约、博大、丰美、深邃和慈悲。

这多么好。

本文初刊于《收获》2008年第3期

乔叶，河南省修武县人，中国作家协会全委会委员。主要从事小说和散文创作，已发表作品两百余万字。多部小说入选中国小说年度排行榜，并获得人民文学奖、华语文学传媒奖、庄重文文学奖、北京文学奖、锦绣文学奖、郁达夫小说奖、杜甫文学奖、《小说月报》百花奖以及中国原创小说年度大奖等多个文学奖项。2010年中篇小说《最慢的是活着》获得第五届鲁迅文学奖。作品被译介到英国、西班牙、俄罗斯、意大利、埃及、墨西哥、日本、韩国等多个国家。

天　河

计文君

一

秋小兰去医院看姑妈秋依兰，她得给姑妈汇报团里重排大戏《天河配》的进展情况。说是重排，其实是新编，连戏名都改作了《织女》。

秋依兰从小气管和肺就有些弱，唱戏练功倒好了，老了却又娇气了，这场肺病从春天开始闹，小半年都没能从医院出去。想想也不可思议，那么孱弱的胸腔竟也成就了戏曲舞台上的一代名伶。

佳人老了，姿态却没老，秋依兰婉转有致地斜靠在枕上听秋小兰说话。

秋小兰在削一只苹果，“角色还没定，挑了些孩子，先在那儿排舞蹈呢。”

“你跟那个萧舸谈过吗？”秋依兰问。

萧舸是这次《织女》的编剧兼导演，从省艺术研究院请来的。

秋小兰旋转着苹果，红色带着蜡光的果皮从淡黄的果肉上滑下来，螺旋着垂在她纤细的手指间，越来越长，秋小兰摇了摇头，笑一下，继续削苹果。

秋依兰思忖了一下，“有空跟他说说新本子，他是导演，你是织女嘛……”

“团里还没定，谁知道……”秋小兰遮掩着自己多少带点儿得意的喜悦。

秋依兰笑了，笑得咳嗽起来，她咳嗽着说：“谁都知道！”

秋小兰也笑了。这时苹果削好了，她把一条完整的果皮放在盘子里，拿着那只苹果，不知道该拿它怎么办，秋依兰不吃，她也不想吃，最后，她把苹果也放进盘子，用那条苹果皮照原样围上去，孩子似的认真而又兴致盎然。

秋依兰抬手，她的手里总是抓着条手帕，手挥目送之间流连飘摇着略显夸张的柔媚，她用手帕擦了擦嘴角，说：“也该来了……”

秋依兰忽然顿住，不再往下说。秋小兰摆弄果皮的手停下，看着那只苹果在空气中开始氧化，果肉上生出点点浅褐色。病房安静了，窗外树荫里的鸟声脆而响，滴溜乱跳的鸣声滚得哪哪儿都是，像戏台上的花旦彩旦。

秋依兰工的是闺门旦。豫剧里的闺门旦和帅旦，都是因着一代名伶而成就的行当。顾名思义，闺门旦演的自然是闺中佳人，比大青衣柔艳，比小花旦雅致，想一想林黛玉、崔莺莺，约略就知道一二了。1957年秋依兰一出《白蛇传》，红遍豫鲁晋陕甘，一直唱进北京城。秋依兰扮出来的白娘子，真是神仙中人。扮相好，唱更好。她的气不是很足，但她聪明，“大换气，小偷气，不蛮喊，留余地”这样平常的口诀，竟让她悟到了出神入化的程度，师父都纳罕，百十句的大段她唱来竟比中气十足的人还要气息自如。秋依兰是被老郎神灵光罩着的，天生一副碎玉裂帛的好嗓，又被她用得温醇含蓄，行腔如酒一般醉人。旁人更无法比的是她那股亦嗔亦喜噙羞含怨的劲儿，端庄的底子上自有妩媚流光溢彩、勾魂摄魄。团里刻薄人的话，别人是人演妖精戏，秋依兰是妖精演人戏，怎么比？

秋依兰不怕做“妖精”，秋小兰怕。不过也没人会把秋小兰说成妖精，短发削至耳朵，冬天夹克夏天T恤，永远的牛仔裤，小兰倒像个俊美的男孩子。

可秋小兰毕竟是秋依兰的亲侄女，老话说，侄女仿姑，外甥仿舅，裹在中性装扮里的秋小兰依旧袅袅婷婷，她挣不脱连着秋依兰的血脉，何况，她还是秋依兰的衣钵传人。

小兰5岁就跟着姑妈开始学戏了，她自小就乖，不用打不用骂，小小的一个人在秋依兰的小院里转着圈踢腿，一转就是一下午，阳光在墙上摇着斑驳的树叶的影子，她懵懂地想着遥远的美若仙境的舞台。

有人说秋小兰命好，秋依兰就是她的好命；也有人说她命不好，该有的全有了，可熬到三十有三了，好时候眼看要过，还是不上不下难成气候。

命好和不好是从结果上说的，还有更高明的说法，比如当年唱须生、如今成了团长的周祥甫就说，秋小兰的命太软，什么都扛不住，多小的事搁她命里弄不好就是道越不过去的坎儿；而秋依兰，那就是老话里说的，“命硬撞得天鼓响”。秋依兰弱的是姿态，烈的是心性。老天爷把她摁到烂泥里，她都能在烂泥里开出香飘千里的花来。

姑妈昔日的苦难和辉煌，小兰感觉是缥缈的传说，关于姑妈的真实记忆，是从部队大院里的那个小院开始的。姑妈是个美丽得惊人的女人，不年轻了，可她丝毫不衰老，像勃勃开在院子里的那些紫红色花朵巨大的花。那花不会枯萎凋谢，开够了，带着花萼一下就掉在了地上，就是掉在地上，花朵依然完整美丽。

姑父比姑妈大27岁，历史证明了秋依兰当初的果敢是英明的，这个当年有着正团职务的中年军人好歹庇护了她快20年，让17岁成角儿的秋依兰不残不废地熬到了“文革”后新编大戏

《天河配》开锣的时候。年届不惑的秋依兰脱掉打着补丁的样板戏服，重新换上云裳霓裙，依旧还是仙女。

小兰印象中的姑父，是个穿着白衬衣绿军裤的老爷爷，雪白的头发很短，一根根在头上站着，手里握着根油亮的藤质拐杖。秋小兰给他拿报纸不得不走近他的时候，就垂着眼睛始终警惕地看那根拐杖，生怕它会挥过来。

姑父挥动拐杖也没固定的原因，有时候正吃饭一抬眼，看见秋依兰翘起兰花指拿馒头，那根藤拐杖隔着桌子就砸过来。姑妈立刻拉着小兰往屋里跑，小兰躲到床下，而秋依兰是躲不掉的，她拼命护住自己的脸，像刺猬似的缩成一团，把脊背交给丈夫去抽。好在这样的暴打像夏日雷雨一样持续不长，但后面会有长长的满是脏话的咒骂。这时秋依兰仍像个刺猬似的缩着不动。年幼的小兰在床下哆嗦，像被人扒光了衣服一样羞耻恐惧。小兰连哭都哭不出，只觉得胸腔脖子一抽一抽地剧烈疼痛。小兰曾经咬破过一次嘴唇，姑妈告诉她，嘴是用来唱戏的，要知道爱惜。后来，小兰就把床下自己棉鞋的鞋帮塞进嘴里咬着。

终于咒骂停止了，外面没了动静，秋依兰开始伸展四肢，把小兰从床下面叫出来，让小兰给她往背上擦药，擦的是一种气味浓烈的药油。至今秋小兰一直不能闻红花油的味道，闻到喉头就会出现窒息般的疼痛。姑妈挨过打不哭，总是冷笑。到了戏台上，她还是翩若惊鸿婉若游龙美目流连巧笑嫣然的仙女，带着红花油气味的仙女。

这样的日子过了几年，姑父又一次暴打姑妈的时候突发中风，就瘫在了床上。姑妈一下子变了，娇弱柔媚得像戏台上的莺莺小姐，成天在家娇滴滴拖着腔叫小兰、小兰，叫小兰也不为什么，有时候叫过来抱着小兰亲，咯咯地笑。

小兰没有姑妈那么坚强的神经，瘫在床上的姑父更让她感到恐惧，就连姑父房门打开时，猛地散出的那股腥腻腻臊乎乎的味道，小兰要是闻到，恶心的同时还会浑身一凛。

姑父死在1986年。小兰在上戏校。上戏校的小兰并不快乐，谁让她叫秋小兰呢？花名册上这三个字已经让人对她另眼相看了，后来有人说她大眼睛尖下巴，就像动画片里的“花仙子”，被男生叫成花仙子的小兰，成天沉默寡言，别的女生觉得她傲，自然也不来巴结，撇得小兰一个人形只影单地打水吃饭。于是小兰就经常逃学，反正她有姑妈。姑妈要是忙着演出，小兰就一个人在家看书练功。秋小兰喜欢一个人在姑妈的院子里练功。

姑父死后，姑妈和前房儿女就断了来往。姑妈和小兰两个人过日子，间或姑妈会请一堆朋友来玩，这些朋友很有趣，小兰喜欢有他们的夜晚。当然还有另外的夜晚，有单独来的男客人，这时小兰总是早早地去睡了。她在睡梦中有时候听见姑妈在唱戏，有时候听见姑妈在哭泣……某个清晨，小兰从姑妈半开着的卧室门看见姑妈玉体横陈在地板上，宿醉未醒，凌乱的被子从床上耷拉下来，光着身子的姑妈可能感到了冷，身子蜷缩了一下，却仍没醒，那个男客人不知道什么时候走的。

秋小兰一步步退回到自己的卧室里去了，她把冰凉的双腿抱起来，抵在一天天饱满起来的乳房上，突然她受惊地把腿伸直了，哗地拉过被子蒙严了身体，膨胀的青春的身子越长越沉重，越长越可怕，小兰拖着它可怎么办呀?

少女小兰拒绝穿裙子，一头秀发结结实实地扎着辫子，连根鲜艳点的头绳都不用，她只用黑毛线缠过的皮筋。大人们都说小兰乖，不过也有点儿怪。秋小兰不爱打扮，却格外地爱干净，能把家里水磨石地板擦成镜子。小兰成天洗洗涮涮的，她总是不怕麻烦地把自己的床单衣物和姑妈的床单衣物分开洗，用不同的盆子，晾在不同的绳上。她做这些的时候异常小心，从来没让姑妈发现过。

当然，姑妈也没心思留意这种小事。她好贪啊，不顾一切地霸着所有的机会，抢所有的荣誉，一丝一毫都不给别人剩。她不容人，连自己的徒弟也不容。那时候谷月芬是她唯一的入门弟子，可她给老师当B角纯粹是摆设，唱吐了血秋依兰也不会让一场的。秋依兰到底靠着《天河配》拿到了全国大奖，成了德艺双馨的艺术家，拍了电视艺术片《秋依兰》，她的舞台生涯再次步入辉煌的时候，一次严重的肺病突然宣告了它的结束。

秋依兰那只柔弱的握着手帕的玉手总能用力抓牢命运的缰绳，哪怕抓得两手血肉模糊，也绝不放松。可那根缰绳把她拖到了“老”和“病”跟前，就是秋依兰又能如何呢？脱下仙女的云裳霓裙，一个肉体凡胎的女人就这样老了，病了。英雄末路，美人迟暮，那掬无奈而悲凉的泪也不能当着人洒，秋依兰告别了舞台，也从团长位子上退了下来，在外人眼里从容优雅地老着病着，内里的挣扎，也只有小兰知道。

小兰毕业进市一团的时候，姑妈秋依兰还是团长，现成的舞台给小兰预备着呢。小兰扮上装，也是仙女，上台一开腔，也有碰头彩，可一出戏下来，总让人觉得差那么点儿意思。秋小兰的戏，无一句无来历，中规中矩，挑不出她哪儿错了，可就是觉得不够好。戏哪有什么对错呀？抓人迷人就是好戏！小兰的戏怎么就那么不抓人呢？

戏不好，眼上找。秋依兰当着人自然不说，但她深知小兰的毛病，这孩子眼太静了，你看她的眼神，就是唱“左瞻望右顾盼棺材一个，阴森森情惨惨使人难活”的秦雪梅，那双眼睛里也是波澜不兴的。

眼上没戏，其实是心里没戏。心不在戏上还唱什么戏?!

秋依兰一急，小兰就哭。秋依兰看不惯小兰的娇气样，怎么着了就那么些眼泪？太容易了，一切来得太容易了！一点儿都不知道珍惜！秋依兰从不当着人挑剔小兰的戏，她在背地里下狠劲，弄得小兰成天眼泪汪汪看见她像个避猫鼠似的畏畏缩缩，秋依兰恨她不大方，通身没气派，更生气。

戏曲不景气也不是一年两年了，团里改行的演员也不少。秋依兰疑心小兰的心里也长了草，这才是秋依兰最怕的。她逼问小兰，小兰哭着说不是不是。

小兰后来真的不唱戏了。有人说小兰为了男人抛弃了姑妈和舞台，也有人说秋依兰脾气太暴逼走了小兰。小兰和姑妈之间发生的事情，当然不足为外人道，离开了四年，26岁的秋小兰又回到了姑妈的小院，跪在门外请求姑妈原谅，说这辈子她想唱戏。

轻易不落泪的秋依兰哭了，她一把拉起了秋小兰，像攥着自己的命似的攥着秋小兰的胳膊。

秋依兰对失而复得的秋小兰，珍惜得近乎溺爱。秋小兰一下又掉回了童年，和姑妈彼此疼爱着。只是两个人亲得有些小心翼翼，心里揣着热切的情感，却又彼此看着脸色。关于这次回来，秋小兰没有对姑妈做过多的解释，秋依兰也没有问，也许她不敢问，她宁肯相信秋小兰的话，回来，就是因为这辈子要唱戏。

秋小兰的戏没有丢，可心里还是怯，毕竟离开舞台几年了。老辈艺人爱说，练千遍不如排一遍，排千遍不如演一场。秋依兰越发耐心，秋小兰越发刻苦，她们都怀抱希望，只要唱，只要演，总有一天老郎神的灵光能照到小兰身上，小兰的戏会好的，一定会好的！

秋小兰的工作又调回了市一团。这些年戏曲的形势比20世纪90年代倒好了些，可团里日常演出多半还要下到农村去，所以秋小兰唱的大都是高台戏，从北部油田颠簸到南面茶山，荒天野地里搭起台子也能唱。他们团在省内外都是有些名气的，出过秋依兰的剧团，从“戏窝子”里出来的剧团嘛。除了日常演出，秋依兰想方设法给小兰争取各种露脸的机会，电视晚会，梨园芬芳，以秋派传人的身份唱一段已经算是难得了，有时候费了半天劲，一段戏四五个人分着唱，分到小兰嘴里的也就一两句词了，如果不是因为秋依兰，谁也不会对秋小兰留下印象。

这些也就是让秋小兰在省里戏曲圈里混了个脸熟，有什么用呢？秋小兰要想有出头之日，还是得排自己的戏。没有戏，你拿什么展示你的艺术？没有戏，你就成不了角儿！

在高台上顶着野风唱老戏，过了30岁的秋小兰还在盼着梦中的舞台，一如那个在姑妈小院里踢腿的小姑娘。舞台似乎更遥远了。

那魂牵梦萦遥远的舞台，说近忽然也就近了。

团里这次排《织女》是市里申报全国“戏曲文化之乡”的配套工程。市里申报“戏曲文化之乡”对剧团来说是天赐良机，可机会抓住了才会变成好运气。市里本来打的是农村牌，“板车剧团”和十几个“戏曲文化村”是工作的重点，热火朝天地宣传“田间地头都有戏，遍地都是秋依兰”，倒把专业剧团给冷落了。团长周祥甫脑子灵光，觉得是个机会，上蹿下跳地去争取。秋依兰听说了，专门把周祥甫叫来问情况，帮他联系能说上话的人。终于，诸多申报活动中到底加进了重排秋派代表剧目《天河配》这一项目。排戏要钱，好在政府牵线，很快有了合适的投资人。

外聘编剧导演，是投资方、文化局领导、戏曲专家以及团领导的共同意见，要做就做够档次有影响的精品工程。既然如此，本子和导演就得好，不然投再多的钱进去也有可能成为“豆腐渣工程”。秋依兰的老朋友、剧协主席杜易非向剧团大力推荐了萧舸。

秋小兰早就知道萧舸，四年前省三团的新版《白蛇传》就是萧舸的大作。新版真的很新，让看惯老戏的观众看得目瞪口呆。故事里面没有了青蛇，白娘子一个人到金山寺外寻夫，唱词是哈姆雷特式的自我诘问，“断桥”一折里白娘子那段脍炙人口的“恨上来”也消失了，由背景群舞重现西湖初逢，表达重获失落的爱情。秋小兰不大习惯这种改动，但她却很喜欢萧舸营造的舞台氛围，写意，雅致，让人心旌荡漾。

秋小兰梦想中的舞台，落到人间就该是这个样子。

“也该来了……”姑妈欲言又止的半句话里有太多的心酸，秋小兰的心里也酸酸的，想到那忽然近的舞台，那酸里又渗出一丝丝甜来。

秋小兰心里酸酸甜甜地回旋出一段旋律，是织女在机房中唱的那段慢板，她仿佛看见了萧舸为她布置的织女在天上的机房，青天浩渺，月魄清凉，流云裁幅，彩霞成锦……

二

秋小兰和萧舸也算认识，说过一次话，去年剧协和文化局举办“戏曲资源开发及区域协作研讨会”，萧舸是请来的省里的专家之一。

那次，秋小兰对萧舸并没什么特殊的感觉。

这几个月团长周祥甫没少往郑州跑，可团里还没见萧舸的人影子。有一天，萧舸忽然自己就来了，开了辆半旧的灰蓝色雪佛兰。他把车开到挂着市豫剧一团牌子的楼下，自己站在那儿看着牌子发愣，他找不着剧团的大门。挂牌子的楼是商住楼，一楼门挨门开着饭店美容店音像店社区医疗卫生站，楼梯上去都是住户，往旁边看，是住宅小区的入口，有物业有保安，小区门口有烟摊、烧饼摊、水果摊、修鞋摊，几个半老不老的女人在楼前台阶上坐着织毛衣说闲话，眼睛不时扫扫萧舸，扫扫车，车牌表明这人从省会来。

萧舸是那种不算俊秀却很有型的男人，烟灰色T恤，牛仔裤，衣服颜色洁净得让人眼睛舒服，忍不住要再看一眼。他惊讶得嘴巴都张开了，有些孩子气。他也不是头一个找不着剧团大门的外来者，那几个女人中有谁猜到了，说了句什么，女人们嘎嘎地笑起来。

萧舸与那些女人应该是同龄人，他两鬓的发根处也能看到萧萧白发影了。可四十出头的男人和四十出头的女人不是一代人，即使是夫妻，这个年龄段也活成了母子。他表情惊讶，肢体还是放松从容的，有点儿长身玉立的意思。他的洁净和从容，逼出女人们的邋遢和窘迫来了。

这几个女人都是剧团的人，市一团就藏在小区里头，可她们中没谁来主动帮萧舸指点迷津。萧舸让她们突然羞恼起来，不过这种羞恼藏在佯作漠视之后，因为真的漠视就不会再一眼一眼地瞄着萧舸的举动。

萧舸来回找了找，自己笑着摇摇头，摸出手机。

有个女人嘟哝了一句，“长途加漫游，又得一块多。”

她的伙伴们又嘎嘎地笑起来，这阵笑声让在小区门口买西瓜的秋小兰扭了下头。她只瞥了一眼，看到萧舸打电话的侧影，并没多想，拎着称好的半个西瓜走进小区。那辆灰蓝色的雪佛兰从秋小兰身边驶过去了。

秋小兰也不知道为什么还在想刚才那个男人的侧影，她忽然想起来那人是萧舸。她也没想到，萧舸的身体轮廓给她留了这么深的印象，眉毛眼睛什么样倒想不清楚了，但秋小兰很肯定地认出来那是萧舸。

秋小兰心里一阵高兴，戏真要开始排了。秋小兰一高兴，心竟扑通扑通地跳快了，她回到自己的宿舍，朝镜子里看，眼睛晶亮，两颊绯红，更像姑妈秋依兰了，镜子里年轻的“秋依兰”在挑眉，运眼，顾盼，娇俏俏地亮相，咿呀出一句念白，“女儿家的心事，妈妈，你问不得的……”

秋小兰忽然用双手握住了脸，镜子里的她还在笑，笑着笑着泪滚下来，她没有擦泪，两条软绵绵的胳膊抛出去，“画堂红烛永夜烧，辜负了罗衾春宵……”胳膊上没水袖，却酸得抬不动了，秋小兰扑在床上，欢欢喜喜地哭了一阵。

魂梦中的舞台近了，萧舸给她布置的舞台，让人心旌摇荡的舞台，天上织女的机房……她把枕边一件只在房间里穿的柔软稀薄的绛红色纱衫拉过来，盖在了脸上，泪眼蒙胧，隔着那纱去看灯，是丝绸还是流云，是锦绣还是霞光……

秋小兰也弄不清楚自己什么时候开始对萧舸有了异样的感觉。

也许是那天看排“祭春”那场群舞吧。

萧舸来之后，他的班子跟着也到了，音乐、舞美、服装设计、灯光等等，都是由萧舸带来的人弄。不知道为什么，萧舸开始并没先排戏，而是让那些从戏校或艺术学校挑出来的孩子先跟着辅导老师排伴舞。团里不少人去看，秋小兰也去了，她没跟人扎堆，远远地在场边找了把折叠椅坐了。

辅导老师在给孩子们讲这段舞，春天到了，牛郎和村人祭祀春牛。老戏里的牛郎是青衣短打黄帕系头的乡下孩子，可在新戏里，牛郎要裸露出了健美的肢体，一件褐色短打敞着胸，胯上挂着黑色的扎口裤子，短靴，散着头发，褐色带子抹过额头勒着，显得原始，强壮，野性。

老师强调了服装的区别，伴舞和牛郎一样装束，要在牛郎的唱段中一直跳着萧舸脑子里的原初民的巫舞。动作很简单，老师强调要大家找祭祀的感觉，然后喊着节拍开始练。

萧舸看了一会儿，低声和舞蹈辅导老师说了句什么，辅导老师大声叫停，然后示意大家安静，萧舸这才走过去，他的声音不高，却很有穿透力，“大家不要被祭祀两个字吓着了，祭祀，就是仪式化的表达、沟通。跳舞唱戏磕头烧香，都是表达，表达是为了沟通，沟通人和神明，沟通人和天地万物。你们是在对着那头牛表达，说话，让牛知道你的心，知道了你的心才能给你幸福！胳膊腿伸出去，不能硬不能僵，要充满强烈的欲望和情感——把那头牛想成你们的梦中情人！”

男孩子们被最后那句话弄得哄堂大笑，萧舸也笑了，他走到场边，朝着大家把手举起来，“来吧！”

那只手的手指是收拢的，但并没完全并在一起，随着他自己的话轻轻挥了一下。从秋小兰坐的角度，自下而上仰视到的是手背，这只干净的男人的手，幅度很小地挥了一下，像敲门的动作。

这一下，敲在了秋小兰的心上，她一直盯着萧舸的手，心猛地一撞，哗地血液都涌到了脸上，好像别人能看到她的心这不正常的一跳。秋小兰慌乱地扫了一眼排练场，并没遇到任何人的目光。她吁出口气，双手无意识地紧紧握在一起，因为用力指端失了血色，她放松了，血液又流回到指甲里，粉粉的，玲珑饱满的指甲，一粒粒罩在无色的指甲油里，欢喜地闪着光。

秋小兰翻转自己的手，爱怜地看着掌心。放在那只干净的男人的手里，放在他拢起的掌心里，像一朵雪白的半开的栀子花，被他用力一握，芬芳地碎了吧！

秋小兰觉得胸口很疼，有些凉，好像心有了缝隙，风吹了进去，欢喜里混进来忧伤，还有一点儿恐惧的战栗，会死的，会死的……担忧的心小声嘀咕着，很想哭，却忍不住微笑了，微笑着，泪还是流出来了一点。

那一点泪被睫毛挂住了，一抖，也没了。秋小兰心醉神迷地忖着自己的感觉，半天没有抬头看萧舸，不过她知道，他在那儿，在离她不到两米的地方站着。

秋小兰只是在这个瞬间被提醒了，也许开始得更早，早到萧舸的轮廓烙进她眼睛的那一刻，只是秋小兰自己不知道罢了。

那天排练结束，秋小兰走出去的时候，萧舸就在她身后，和一个女演员说话，秋小兰没有回头，听声音就知道是谁。女演员的声音很兴奋，说笑着，不是她平时侉侉的调子，声音里有东西紧绷绷的，萧舸是个让女人呼吸急促的男人。

秋小兰不由得加快脚步，几乎是逃跑地离开了。

秋小兰爱上了萧舸。

秋小兰被这个从天上掉下来的“爱”字惊着了。

秋小兰不是惊讶，而是实实在在地被吓坏了。这是一个和灾祸、动荡紧密相连，危险无比的字啊，这一个字，让秋小兰平静的生活变得岌岌可危了。

小兰吃了多少苦才找得到了这个平静的容身之处呀！在同龄人叫嚷绝对隐私大闹风流韵事的20世纪末，秋小兰就像被封闭在凝固熔岩里的罕见的古老昆虫，有血有肉全须全尾地活在幽闭里，孤寂，却安全。她的时间早在凝固的那一刻起就不再前行，成了一个原地滚动的圆壳。

停在那个圆壳里的秋小兰在21世纪初被一只干净的男人的手敲醒了，幽闭的外壳被爱敲开了一条裂缝，秋小兰惊恐之下，本能地要退缩到更深的地方去了。可惜诱惑之所以会成为诱惑，是因为力量并不真的来自那个诱惑者，而是来自被诱惑的心。小兰自己会安抚惊恐的心，不越雷池，她以为就没有危险了。

秋小兰躺在宿舍的床上，温热的手搁在小腹上，刚洗过澡的身体有些凉，那股温热让她觉得安慰，也觉得伤感。一直躺得深夜成了晨曦，秋小兰的心才在诸多思虑中慢慢定了下来，没关系，没关系，她想清楚了，她什么也不做，什么也不要，只这么看着他，不会发生任何可怕的事情……秋小兰放心了。

秋小兰放心地每天去看萧舸排练，放心地回来把他的动作再温习一遍，放心地用缠绵悱恻的情丝去缠绕萧舸烙在她心里的影子。秋小兰享受着这种新鲜奇妙的感觉，暗自惊讶，她连着两个晚上梦到了萧舸，是美梦，春梦。秋小兰的季节都跟着这梦倒错了，清晨醒来，她会把仲夏当作春天。

这几天，秋小兰无论在做什么，都会忽然想起萧舸的某个动作或者某句话，唇边就会噙住一点微笑。秋小兰甘心“忆君君不知”，甘心辗转反侧地单相思，她的枕畔一直放着本《婉约词》，以前没事儿翻两页，泛泛地觉得好，现在她有鉴别了，有些写得真好，切切的就是你的心，有的似乎有点儿隔了……

日子无端就诗意盎然地美丽起来。

也有某个瞬间，秋小兰心里会闪过一丝痉挛似的痛苦。秋水长隔，怅惋总是难免的。好在还有盼头，秋小兰不只做梦，有时候白天也呆呆地想，她在萧舸为她布置的舞台上飞舞水袖和裙袂……

关于角色的事情，出了一点小小的意外，也说不上意外，算是小插曲吧。投资方早就开始在省电视台那个颇有影响的戏曲栏目上炒这个戏了，不炒怎么能热呢？炒作手法就是“海选织女”，报名没有任何限制，参加的多是各地戏校的学生，戏迷票友也不少。这当然只是投资方的宣传策略，为的是在电视上热闹热闹，剧团的人谁也没认真，大家心知肚明，秋小兰就是织女。

关于角色的事情，秋依兰曾在排戏的事情确定后专门找周祥甫谈过一次，周祥甫当时的态度很明白，唱功、扮相、年龄，团里的其他几个旦角演员都不具备和小兰竞争的实力。秋依兰想想也是，自己多虑了，于是就放心地让周祥甫去办了。后来周祥甫还专门就“海选”的事去跟秋依兰解释过一回，说是宣传策略，这么大的戏，最后肯定是要由团里的专业演员来担纲。秋依兰一听就笑了，说：“祥甫你不说我也知道，又不是戏迷擂台赛，谁上来都能唱。排戏是团里的大事，团领导看着决定吧，我说多了该讨人嫌了！”

终于团里开会了，抓业务的副团长宣布，通过“海选”和层层淘汰赛选上来的六个“织女候选人”最后要和团里的专业演员一起进行一次比赛，形式也罢，过场也好，总得给人家参赛选手个交代。说是比赛，其实很简单，一会儿开完会去排练场唱一段就行。接着，副团长念了几个需要参加比赛的人的名单，包括秋小兰和谷月芬。

副团长刚开始说，秋小兰就觉得脸上刺刺地疼，好像大家的眼光在剥她的脸皮，不过她忍得住，眼睛里连个波纹都没有。谷月芬听到副团长念了她的名字，哗地笑了，扯着嗓门大嚷嚷，“团长，就我还跟人家小姑娘PK呢？你们也睁眼瞅瞅我，都成猪八戒他二姨了……”

大家都笑了，这时团长周祥甫说：“参加参加，都得参加，让他们听听你的唱，你是正宗秋派传人嘛！”

谷月芬哈哈一笑过去了，团长这话有毛病，大家都听出来了，少了个“也”字。是啊，谷月芬是正宗，秋小兰往哪儿放呢？

如果是秋依兰，她能闻出危险和阴谋的味道，看似无心的一着着棋，步步紧逼朝秋小兰而来。可秋小兰的心思是简单的，她只是觉得尴尬，有些放不下身段去参加这个所谓的比赛。

比赛现场显得很不正规，团领导、萧舸、戏校的几个老师，散散落落地坐在几把折叠椅上。秋小兰和谷月芬各自端着个大茶杯在一边说话。那六个孩子进来了，个个从头到脚整整齐齐一丝不苟地扮着织女的装，这么热的天，如此灰扑扑的环境，只有她们粉黛俨然明艳不可方物。

她们六个让排练场的气氛陡然改变了。

梆子一敲，弦子一响，开始了。

自然是那六个孩子先按抽签顺序唱。听了两个，秋小兰平心而论，除了一两句裉节上要给劲的地方唱白了，也就是轻松放过去了，其余的真不错，嗓有嗓，腔有腔，再就是年轻啊，年轻特有的那种新鲜灵动的美，四散飞扬，就是功夫不到的地方，也让人喜欢，肯原谅。第三个不知道是不是紧张，唱的是“机房”，放得出去收不回来，把织女快唱成窦娥了，行里有句不好听的话说这叫“洒狗血”。

人家洒了狗血秋小兰却开始心慌气短，她一直抱着茶杯，没有喝，眼睛只盯着唱的那个女孩子。其实她很想看看萧舸的表情，可她不敢。

第四个女孩子叫韩月，她跟头两个一样，唱的也是“滔滔天河水”，这是整本《天河配》中最华彩的段落，唱到那段二八板转紧打慢唱时，还有繁复的水袖动作，接下去，大起大落的舞蹈后，流水板转紧二八板转非板转紧二八板，七八十句唱词滚滚而出，选这段自然很能展示实力。这女孩子身量高挑，体态娴静，上场用的都是秋派典型的流云步，裙幅微摆，脚不能踢到裙子，因此根本看不到脚的动作，身子不动不摇，仙子一样飘到了场子中间，她也没有鞠躬，而是颔首福了一礼。她抬起头，秋小兰看到了她眼中盈盈闪动的光。

也就这一低头一抬头，韩月从一个乖巧的戏校女生变成了站在天河边的织女，她的身姿沉静忧伤，像一枝孤零零临水而开的花，可她眼中闪动的光炽热、愤怒、悲怆而且勇敢……秋小兰在哪里见过这光，在哪儿?

秋小兰的头嗡的一下，秋依兰！她姑妈的眼中就有这样的光呀!

秋小兰几乎没听见这女孩子唱的是什么，她慌了，慌得想从排练场逃出去。秋小兰抱着茶杯的手哆嗦了，半天才觉出小腹处一振一振的，她的手机在裤兜里振动，秋小兰把茶杯交给身边的谷月芬，快步跑出排练场去接电话。

外面强烈的阳光照得她头晕眼花，“喂……”她的声音也在颤。

“你怎么不告诉我比赛的事?”秋依兰的声音很生气。

秋小兰听到姑妈的声音，突然很想哭，她咬着嘴唇忍住了，没应声。

电话那头，秋依兰调整了一下气息，口气缓和了，“小兰，放心，好好唱……你准备唱什么？”

秋小兰说：“‘机房’。”

秋依兰说：“不要唱‘机房’，也不要唱‘天河水’，你唱中间那段流水板，‘青山绿水农人家’，记住了吗？”

秋依兰到底是秋依兰。团里的会计早上来医院给她送报销的药费，无意间说刚碰见几个“海选”出来的戏校学生，现在的孩子，一个赛一个的漂亮。秋依兰追着一问，立刻意识到了事态的严重性，既然已经不能阻止比赛，让秋小兰现在肚子疼也不合适，至少她不能让秋小兰跟那些小丫头硬磕。秋依兰很清楚，她的小兰是琉璃，一磕就碎。

秋小兰失魂落魄地回到排练场，在大家的掌声中，提了口气，扎扎实实地唱完了那段，她的嗓子枝繁叶茂，装饰音华丽流畅，温和淡然的情绪与唱词中的田园风光倒也和谐一致。她有些凄婉地把目光投向萧舸。他在给她鼓掌，注意到她投来的目光，他就微笑着点头致意，站了起来，举高了双手鼓掌，在他的带领下，秋小兰获得满场持久而热烈的掌声。

秋小兰回到宿舍，哭了，她拿枕巾盖住了脸，在黑漆漆的猜测中哭了，没有丝绸，没有锦绣，没有流云，没有霞光……

三

小插曲改变了主旋律，下午管业务的副团长就来找秋小兰征求意见了。

他先是绕着圈子赞美秋派艺术，然后又谈当前的豫剧发展形势，秋小兰只是听着，没吭声。最后落到了主题上，说到了这出戏。这个戏虽说是为了申报工作造势，可说到底是要市场化运作的，人家投进来的钱是要收回去的，上百万哪！所以这个戏的运作就跟以往团里自己排戏不大一样了，得听人家的意见，得看市场的脸色，最后定的是把这个戏搞成能吸引人眼球的“青春版”，织女的A角B角都是“海选”中获胜的新人，俩孩子都不到二十，如今兴这个，啥办法呢？你看电视上，女演员越弄越小，二十五六都老了！秋小兰算是为集体利益、为大局做牺牲吧！以后机会还有，等“戏曲文化之乡”申请下来，机会多呢，可以再搞秋派经典版《天河配》嘛！

最后副团长说请秋小兰担任这部戏总的唱腔艺术指导，问秋小兰的意见。

秋小兰的意见在姑妈那儿，她还没来得及拿回来。

与此同时，团长周祥甫在秋依兰那儿，唠的也是这套嗑，就是句子短点儿，说得艰难点儿。秋依兰仍是笑笑，说：“我说过，排戏是团里的大事，团领导看着决定，我说多了讨人嫌！”

周祥甫为难地说：“秋团长，我这也是……”

秋依兰微笑着拦住了他的话，“祥甫，现在你是团长，我就是秋依兰。”

没有秋依兰的慧眼识英大力保举，周祥甫当不上团长，秋依兰欣赏他，是因为他聪明能干，而且懂戏，喜欢戏，不会像上一任团长那样糟蹋剧团。在秋小兰这件事上，周祥甫知道自己是恶人当定了，挨骂是肯定的，周祥甫愿意挨骂，打他一顿都行，只要秋依兰出了气，团里能顺顺当当排出一本好戏。可秋依兰不骂他，周祥甫尴尬地坐了会儿，告辞了。

秋依兰悲凉的微笑，让周祥甫心里很不是滋味，可他有什么办法？

排练开始了。

开始排练，先是说戏，就是说唱腔，一句一句、一段一段地说。豫剧是板腔体剧种，说来也就二八板、慢板、流水板和非板四大板类，就像产生豫剧的那方中原水土一样，它是简单的，但又是丰富的，它未必是精致工整的，但却是盈润细腻的。写戏的要有才华，同板异调，死曲活用，千变万化，花团锦簇；唱戏的要会演绎，戏留给人进退的空间越大，人要往里头填的东西就越多，同样的段子，有人唱得空洞平淡，可有人就唱得活色生香，天地动容，“一声唱到融神处，毛骨萧然六月寒”。

说唱腔，说到根儿上说的是对戏的理解。戏是人唱的，生旦净末丑，神仙老虎狗，不管怎么扮，里头都是人，人唱戏，戏唱人。“不像不是戏，真像不是艺。”人跟戏之间的这点儿玄妙，唱戏人一代一代都在咂摸，先人悟出来的，掰着嘴一点一点说给后人，至于后人能领悟修行到什么地步，那要看各自的机缘造化了。

秋小兰是唱腔艺术指导，可秋小兰病了，排练没有来。不病才怪呢？谷月芬和另一位戏校的老师看着本子在给新人们说戏，心里笃定戏排到底也未必能看见秋小兰这个艺术指导。然而第二天，大家意外地在排练场看到了秋小兰。

秋小兰碰到喊她秋老师的学生，就笑着点头。周祥甫也来看排练，碰上了，就说小兰真是难得啊，主动给年轻人让台，病着还这么关心排练。秋小兰就笑笑，咳一下，指指嗓子，意思是嗓子疼。

秋小兰奇怪的姿态自然引起大家的猜度，排练场上的人百忙当中扫一眼场边坐着的秋小兰，好像期待能发现点什么。

秋小兰却让大家很失望，她只在角落里安静地坐着，认真地看谷月芬给韩月她们两个“织女”说戏，间或朝带来的本子上写几句，有时也会转开目光，看看那些群舞演员穿插跳跃。

可她某一瞬间流露出的凄清神色还是被谷月芬抓到了。

既然说病了，还来排练场干啥？自己给自己找刺激呢？谷月芬将心比心地以为秋小兰是故意来恶心人的。谷月芬也是演员，女演员，如花美眷，似水流年，青春淌走了，她也觉得心酸，自己心酸心酸算了。她认为秋小兰这样很丢人，像个哀怨的寡妇赖在热火朝天准备婚事的人家里，自己难受，还让人家讨厌。

谷月芬是直性子人，又是小兰的同门师姐，她不能看着自家人丢人现眼，想到这儿她就对秋小兰嚷嚷："小兰你回去吧，待在这儿还不够难受的呢！"

小兰被她弄得很尴尬，可小兰就是不回去，低头坐在那儿，谁也不知道她要干什么。

秋小兰自己也不知道自己要干什么。她带着疯狂的绝望安静地坐在那里，目光并不敢落在萧舸身上，她知道他大致在什么方向，她只要能感觉到他和她在一个空间内存在就好。

这个意外让她真如高楼失足，一脚踏空跌下来，粉身碎骨，魂飞魄散，舞台没了，织女没了，天河却还在，横在她和她的梦之间，一条波涛滚滚的泪河呀！

第三天萧舸到场边跟她说了几句话，说的是共同的病，萧舸的嗓子是真疼，第一天排练结束他嗓子就哑了。秋小兰得体而平淡地仰头微笑着听，用力地按着自己的腿，好像一松手自己就会跳起来，扑到他怀里去。萧舸递过来一袋润喉片，秋小兰从里面取了一片，含在嘴里，又笑了一下。

萧舸收起了润喉片，礼貌地点点头，又去工作了。秋小兰咽下了一口清凉得近乎辛辣的唾液，喉头泛出苦来，还有咸，眼泪流到喉咙里去了。

第三天下午，秋小兰被姑妈召去了。

秋依兰真是大意了。从她现在掌握的情况看，秋小兰被“拿下”应该是有预谋的。至于谁是阴谋的策划者，说法倒是不一。最主流的说法是投资方，这次定下来的织女A角是韩月，而韩月跟出钱排戏的老板关系非同一般，甚至有人说，所谓的“海选”其实就是为了韩月。另一种说法是团长周祥甫，他背后说秋依兰是这个团的“慈禧太后”，他这个团长当得憋屈，周祥甫想通过这个戏来宣告秋依兰“垂帘听政”时代的终结，让秋小兰在团里无法立足。说这话的人跟周祥甫有恩怨，可信度存疑，但周祥甫即使不是主谋，肯定也是同伙。还有种说法是萧舸，说这话的是团里原来的导演，这话不免有借刀杀人的嫌疑，秋依兰认为，萧舸一个外聘来团的导演，既没有左右大局的力量，也没有跟秋小兰为难的必要。

秋依兰冷笑着：“真是欺人太甚……”

秋小兰毛骨悚然地看着姑妈，好多年没见过姑妈冷笑了，姑妈挨了姑父的打，让小兰帮她擦红花油的时候就这样冷笑。

第四天，秋小兰没有去排练场，她在宿舍里忐忑不安地等待着，姑妈让她等，但没告诉她要等什么。姑妈的生活里悬着道黑黑的幕布，那幕布后面的东西，姑妈不愿意让小兰看到，小兰也没胆量去窥视，因为不知道，更加不安，更加担忧。

等到九点多钟的时候，小兰等不下去了。她还是去了排练场。

萧舸没有来。管业务的副团长正在那儿宣布什么，大伙儿议论纷纷的。副团长扭头看见刚到门口的秋小兰，“秋老师，正要找你……”

秋小兰离去背影的轮廓，让剧团的人忽然想起了好久不见的秋依兰。

秋依兰还是秋依兰哪！

周祥甫在会议室里叹了口气，隐约担心过的事没想到会真的出现。戏停排了，问题太突出，当然是从艺术角度来说，这都什么年月了，行政命令怎么能干涉艺术创作呢？本着对这部戏负责的态度，局里建议召集专家开会再研究一下。

虽然是文化局通知的剧团，可从局里的口气知道劲儿还在上面。周祥甫感叹，他们这些凡夫俗子忘了，那个病病歪歪年近七旬的老太太，是水袖一抖能招来满天风雨的白娘子呀！

周祥甫抬眼看见了走进会议室的秋小兰，清秀的瓜子脸上闪动着一双惊恐不安的大眼睛，三十多岁的秋小兰还是个孩子，小兰哪……

小兰被团长哀怜的眼光弄糊涂了，好像她是个病人，她低了头，没再向里面走，门边靠墙的一排椅子，小兰就在那儿坐了。坐下才发现，她视线的落处是萧舸的后背。萧舸在会议桌边上坐着，他竟然穿了件蓝白波纹条条的短袖T恤。秋小兰平白觉得萧舸的衣着很刺眼，那白太亮了，那蓝太艳了，那波纹的线条太动荡了，看一会儿，让人头晕得想闭着眼睛靠在他身上……秋小兰狠狠地拧自己的腿，你疯了吗？疯了吗?!

这时秋小兰的手机响了，萧舸凑巧回了一下头，看到秋小兰，礼貌地笑了一下。秋小兰还没放松拧自己的手，慌张中咧了咧嘴，她还没笑完萧舸的头就又扭回去了。秋小兰羞恨得想扇自己一耳光，她咬牙低头出去接电话了。

电话是丈夫打来的，丈夫问，上星期没回来，这星期回来吗？秋小兰忘记了今天是周六，她在70公里之外，还有一个家。虽然丈夫的口气很平和，丝毫没有责怪的意思，秋小兰还是有了压力，她说尽量回去，正要开会，不知道开到什么时候，开完会要是没别的事她就回去，到时候她会给他打电话的。

秋小兰重新回到会议室，副团长叫她到会议桌边坐，秋小兰抬眼，谷月芬正冲她招手，也就过去了。

开会的人不多，除了几个老演员，就是投资方的一个副总，文化局一位搞过创作的副局级调研员，团长、副团长，宣传部的一位副部长，不过部长今天来开会的身份不是领导，而是专家，因为他还是剧协副主席。剧协主席杜易非，很喜欢小兰的杜伯伯倒没有来，这有些奇怪。部长的身边坐着一个陌生的男人，头发略长，微微有些波浪，盖过耳朵。那男人好像跟萧舸很熟悉，抽着烟和萧舸说着话，萧舸微笑着，笑得有些不以为然。

会议刚开始就出现了一边倒的局面。

先发言的是那位文化局的调研员，他主要针对剧本内容谈看法，指出改编的种种不恰当，最不能让人接受的是结尾，织女不是被天兵天将抓走的，而是因为误会伤了心，自己插上王母给她的发簪飞回天上去的，银河也不是王母娘娘划的，而是织女听到牛郎的呼唤一回头，簪子掉了，银河就把两个人隔开了……这样改有什么意义？能说明什么？

萧舸很平和地听着，没有说话。

副团长朝会议桌的另一边扬下巴：“大家都说说，月芬说说，你跟着排了这几天了。”

谷月芬笑了一下：“我也说不好，萧老师是专家，水平高，大家都知道。可这新戏……我看了新本儿，有一点儿我觉得别扭，给牛郎加了个青梅竹马的村姑，牛郎也包二奶，不是品质有问题吗?”

谷月芬的话让大家都笑了，萧舸也笑了，笑得有些嘲讽。谷月芬自己倒为自己的机智幽默很得意地看了秋小兰一眼，秋小兰勉强笑着回应她，却不敢再看萧舸的表情。接着就听到副团长点自己的名字，她浑身一凉，她能说什么呢?

秋小兰说:“我……没想好，先听大家的吧。”

副团长催促着:“说吧，咱们先说，说得不对没关系，一会儿省艺术研究院的林宏老师还要说呢。”

秋小兰觉得有一条百足虫沿着她的脊椎在爬，一直麻到头顶，她执拗地说:“我真的没想好……”

秋小兰低头不说话了。

谷月芬诧异地看了看秋小兰，这闺女到底是有城府还是缺心眼呀?

另两位老“牛郎”也谈了看法，说的着三不着两，可知道说不好就行了。

投资方那位副总态度暧昧，听到请他发表意见，就笑着说:“我是外行，不懂，今天就带了俩耳朵来，听完专家意见，回去给我们老总汇报。”

副团长就请林宏发言，林宏笑着点上支烟，说:“老萧我们很熟，这个戏我们也交流过多次，他的不少想法，我觉得很好。老萧的创作有个特点，老萧，不知道你自己感觉到没有，你似乎总是在对抗戏曲最本质的东西，戏曲是程式化的表演艺术，离开程式化的表演，戏曲还是戏曲吗？这是戏曲的局限，也是戏曲的生命。悖论，我们永远躲不开悖论，对吧？关键是我们要找一个恰当的融合点。挑战观众的欣赏习惯不是不行，新鲜的东西比陈词滥调有吸引力，但有句俗话，书听新书，戏看老戏，为什么？这里面是有很深的道理，观众的期待视野在哪里，我们必须清楚，挑战过了头，一定会被拒绝。你看川剧的例子,《图兰朵》《美狄亚》，用的还是地道的川剧程式化的艺术手段，观众接受了。三团的新版《白蛇传》，老萧你下了多大的功夫，结果如何？没出剧院就有人骂，观众不接受，同行也不接受，我觉得，老萧，这个问题你得想想了。还有你借用‘青春版’这个概念，不是不可以，两本‘青春版’的昆曲,《牡丹亭》《桃花扇》，可从形式上是在往回走，向后退。21世纪了，先锋是20年前的旧账，人家早不算了，人家在展示古典，展示正宗，谁更古典谁就更时尚，十几岁的少男少女都看戏去了，我们是不是该受点启发？不过话说回来，这个戏是为了咱们市申报全国‘戏曲文化之乡’扩大影响才排的，要突出地方特色，要充分整合咱们市的资源，秋派艺术这个曾经有过全国影响的宝贵资源，不充分整合进来，反而弄什么青春版，咱有点儿拿着金饭碗要饭的意思吧？”

林宏云山雾罩指东说西，最后却不偏不倚落到了点子上，周祥甫不知道这位林老师是谁请来的，反正局里通知他开会有这么一位，看来他很清楚这个会的目的，其他的人都是揣摩着胡说，说反正得罪死萧舸也无所谓。

萧舸一直很平和地微笑着听，林宏说完了，大家都看着萧舸。萧舸根本没迎着林宏的话上，半开玩笑地说："林老师说话总这么有高度！我就不谈艺术了，说点儿俗事，我和剧团签订合同之前，充分讨论过剧本和我的构想，现在的方案是综合各方意见后决定的。如果现在让我对剧本进行颠覆性的修改，有点儿难为我。当然了，"他笑对团长，"周团长，团里要是对我不满意，可以解雇我。"

周祥甫笑了："萧老师说笑话了……"

副团长也跟着打了个哈哈，突然他又想起了秋小兰。秋小兰正在那儿琢磨萧舸的话。副团长又请秋老师谈意见了，秋小兰像只被揪住耳朵拎起来的兔子，她不知道自己脸上是什么表情，可她惊慌中碰到了萧舸的目光，他不解地看着她，似乎有点儿被触动，她的惊恐让他觉得不可思议吧？

秋小兰泪都要出来了："我……不熟悉新本……"

她哽咽了，哑哑的声音倒真有些嗓子发炎的感觉，为了掩饰哽咽她咳嗽起来，她咳嗽完，又执拗地沉默了。

冷场就得有人救，周祥甫自己说了些车轱辘话，然后请在场最大的官做总结。

部长慢条斯理地吐了口烟，开始从哲学的高度谈戏曲艺术发展中继承与创新的辩证关系，然后再谈戏曲事业发展跟整个文明城市建设的关系，最后落到这个戏，他说没做调查研究，所以没有发言权，不过原则上他觉得林宏刚才谈的意见很有价值，结束时，他用诙谐的口吻说："刚才啊，就林老师最后说的那个意见，我倒是很赞成的。我们要充分利用各种资源，我看团里可以研究一下，把林老师这个资源也充分利用一下，请他也来做导演，萧老师，林老师，加上在座诸位，群英荟萃，我们这个戏想不是精品都难！"

大家都笑了，热烈鼓掌。周祥甫张了张嘴，终于什么也没说，跟着笑，鼓掌。

部长是内行，给一个戏弄俩针锋相对的导演，这种外行话在他嘴里是带着修辞色彩的，一句话很艺术地点了此次开会的实际主题，又不落痕迹地表明了态度。

领导表了态，团里领导诚惶诚恐，投资方圆滑暧昧，只有倒霉的萧舸成了受攻击的对立面，他还那么坦白率直地为自己的剧本坚持。利害攸关，秋小兰也只能在他的对面站着，可她却揪心扯肺地心疼着他，为他的无辜，为他的孤立。

周祥甫又客气了几句，向关心新戏的各位专家表示感谢。大家鼓掌，部长起身，会也就散了。

秋小兰被谷月芬拉了一把，她回过神来，跟着谷月芬朝外走。秋小兰走到门口的时候，团长和萧舸站着在说话。她回头看了看他那件蓝白条条的T恤，那颜色让他在她眼里忽然成了个男孩子，平白被位高权重的老人欺负了的稚气的年轻人，她真想把他揽在怀里安慰他鼓励他。

秋小兰偏偏是他被欺负的原因呀!

秋小兰凄恻地转回头，走了。

秋小兰回到宿舍，胡乱收拾了一下，拎着包锁了门。她准备去汽车站坐大巴，回70公里外那个家。是家，就得回呀。

她掏出手机给丈夫打电话，刚拨了一个数字，听到身后有汽车喇叭声，回头，看到萧舸从车窗里探出头打招呼。

“秋老师，出去吗？我送送你吧。”萧舸说。

“噢，不……不用了，我回……郑州。”秋小兰竟然有些结巴，她把手机塞进包里，站到一边，意思是让萧舸的车先过去。

萧舸说：“真巧，上车吧，我也回去。”

秋小兰被将在那儿了，萧舸伸手推开了另一边的车门，秋小兰只能上车了。突如其来的单独相处，是幸福也是受罪，秋小兰身上一阵凉一阵热一阵麻，面红耳赤起来，鼻头满是汗。

萧舸看她一眼，伸手调了调空调的送风口，秋小兰的脖子和胸口吹来一阵凉风，皮肤上一粒一粒的鸡皮疙瘩起来了，温热的手摸上去很不舒服。

是近在身边了，可萧舸的平静让秋小兰感觉他很遥远，小兰心里泛起莫名的怨。等这怨沉淀下去，委屈又泛上来了。

秋小兰在沉默中满腔的委屈都要溢出来了，说不清道不明的委屈，溢出来就成了眼泪，萧舸会被这莫名其妙的眼泪吓到的，所以秋小兰瞌睡似的闭了眼。

萧舸打开了音响，有了音乐，沉默变得不那么难以忍受了。

也没有沉默到底，间或说了些闲话，家在哪条路，爱人在哪儿上班，秋小兰知道了萧舸有个女儿，他回家给女儿过生日。

他心里到底是怎么想的呢？他怎么想秋小兰跟他的这个戏？从他的言谈神情中什么也看不出来，秋小兰不敢问，连旁敲侧击都不敢，自己在心里盘旋着猜，念头一动心就朝喉咙外头蹦了，怎么开口？

萧舸把秋小兰送到楼下，下车的时候，他递给她一个袋子，说："这是剧本，秋老师得空看一看，要是再开会讨论，也好提意见。"

萧舸笑了笑，升起车窗，走了。

秋小兰被这个男人彻底弄糊涂了，他那么从容淡定，那么心中有数……秋小兰呆呆地抱着剧本站在那儿，想着萧舸在会上说的话。他的坦白坚决表达得亦庄亦谐，可进可退，他也许是率直的，可他绝不莽撞，更不天真。他就像一泓深潭，水是清的，但映了周遭山林的影子，又看不透。秋小兰白心疼他了一番，想想实在让人失落沮丧。

四

秋小兰犯了一个很小但后果严重的错误。

她忘记给丈夫打电话了。

通常周末回家，她总是出发时给丈夫打电话，告诉他车次，到达的时间，下了大巴她打车回家。她总是这样做，丈夫嘱咐她小心，在车上别睡觉。可今天碰到了萧舸，秋小兰就忘记打电话了。而且坐萧舸的车，自然比等班车快了许多。秋小兰在电话里告诉丈夫不知道会开到什么时候，可两个小时后，她用钥匙打开了自己的家门。

丈夫只穿了条内裤在客厅拖地，听见门响诧异地抬头，他看见秋小兰，说不出话来。

秋小兰也被丈夫的表情钉在了门口，厨房里有哗啦啦的水声，碗碟叮当的声音。秋小兰朝厨房的方向看，丈夫丢了拖把，“小兰……”

碗碟叮当声停了，水还在哗哗地淌。

秋小兰拉开餐厅通厨房的推拉门，挨着门的洗碗池边站着一个穿围裙的女人，只穿着围裙的女人。

那条玫红的小围裙肚兜似的挂在她丰腴的裸体上，她的手还泡在水里，背对着门，后背、臀部和两条腿白花花的一片，只有两条细细的玫红的带子刺人眼。

秋小兰真后悔怎么就拉开了门，她不敢看那个女人，水在流，小兰伸手按下了水龙头，好像她拉开门就是为了关水龙头似的。哗哗的水声停止了，秋小兰躲闪着目光扫了一眼那女人，她只看见了雪白的脖子，脖子上有一块胭脂记。秋小兰被烫着似的退了出来，跑进自己的房间，关上了门。

秋小兰的房间铺着厚厚的练功毯，靠墙的一侧，有张绿色的蒲席铺在毯子上，那就是她睡觉的地方。秋小兰踢掉鞋，一下扑倒在席子上，身子被安稳地托着了，她不能再动，枕头就在前面，她却没力气去伸手拉过来，她把手里拿着的萧舸的剧本塞到脸下面枕着了。

秋小兰想不明白，丈夫既然和情人在一起，为什么还打电话催她回来？

原来那只是他的客气呀，秋小兰竟然当真了，人的心哪……

丈夫被介绍给秋小兰的时候，是刚分配到师范工作的年轻大学生。他看秋小兰的眼神很着迷，可有时候又带着点儿审视的疑惑，这点疑惑让秋小兰胆战心惊。她更加矜持，矜持得近乎呆板。他们的恋爱不像恋爱，倒像是定力考验，看谁熬得过谁。

熬的结果，他提出了分手，是在公园里，黄昏的时候，秋小兰不知道该怎么办。秋小兰没有吭声，他起身走了。秋小兰伏在长椅上开始哀哀地哭，她想哭死在那里，等着别人来看她的尸体好了。

他走了，又回来了，天都黑了，秋小兰还在那儿哭。他把她抱了起来，她趴在他怀里哭，不是结结实实地趴，虚虚地用手撑着他的肩，泪却弄湿了他的衬衣。公园溜冰场改成的露天舞场里正在放着节奏很快的流行歌曲，“红尘呀滚滚，痴痴呀情深……”

秋小兰后来在人家怀里的哭多少有些讹人的意思，偏那年轻人吃这套，这让他感到自己强大、重要，是一个拯救者，在男人心里，怜跟爱本来就界限模糊分不清楚。

秋小兰自己是清楚的，她的泪水虽然是被他伤出来的，可她的悲怆其实跟他没多大关系。

秋小兰谈恋爱那年21岁，是秋依兰从团长的位子上退下来的第二年，小兰已经是团里的当家女旦了，反正团里有机会都是她的。可是那些年戏曲寥落到了可怜的地步，真正算得上机会的机会根本没有。秋小兰有时候也被继任的团长央求着去某农民企业家的寿宴上唱一段，她年轻漂亮，她叫秋小兰，这两条就够让人兴奋了。可让人兴奋的秋小兰又总是让人沮丧，喝高了的某某长或某某总拉一下她的手，她吓得当场就能哭出来。

团长说秋小兰真把自个儿当公主娇着了。

小兰不是娇气，是真害怕。剧团那时候搞得挺乱，一会儿承包一会儿组合的，怎么折腾都是为了钱，正经功也没人练。那时候排练场常常空无一人，小兰喜欢去，周祥甫偶尔也去。小兰还记得唱须生的周祥甫拍着空戏箱在那儿念白："礼崩乐坏天道何堪哪！"

周祥甫莽苍苍问天诘地的念白，恰印合了小兰的心境，排练场外是天塌地陷无处遁逃的恐怖世界，粉白黛绿飘在动荡幽暗的底色上，转瞬会被吞噬。小兰就想躲起来练功。可功夫再好都是皮毛，演戏演的是灵魂，演的是神韵，登台几年了，小兰的戏也就是差强人意。

你是木头还是死人哪？你的心，你的心呢？

秋依兰给小兰说戏说急了就揪着她的头发问她。

小兰的心里盛满了铁一样沉冰一样冷的恐惧，她哭着说她怕，她怕！你怕什么呢？小兰绝望地看着姑妈，她怕遍体鳞伤怕弥散的红花油气味，怕在冰冷的晨曦中蜷曲赤裸的身体……她能说吗？

秋依兰恨铁不成钢地把传艺变成了折磨。老了病了的秋依兰把秋小兰的身体看成是自己的，要是死了能把魂附在小兰身上唱戏，她即刻就死。秋依兰快疯了，她打着骂着，掐着拧着，喊着求着，咳着喘着给小兰说戏，怎么就化不开点不透她呢?

秋小兰也快疯了，不过她的疯狂是安静的，无声无息，漆黑的眼珠冷冷地瞪着癫狂的秋依兰。

她们彼此是彼此的命运，不过一个逆来顺受，一个至死抗争。

秋依兰也就是在戏上疯，其余的时候她完全是一个疼闺女的好母亲。本地姑侄之间的称呼就是姑，或姑姑，可秋依兰愿意让小兰洋里洋气地叫她姑妈，她喜欢听那个妈字。秋依兰没有疏忽，小兰大了，男大当婚，女大当嫁，秋依兰从众多的介绍对象中挑了一个让小兰去见。秋依兰给小兰挑对象是有标准的，得是读书人，性情要温和，人要老实。

小兰见的那个人就是后来的丈夫。

谈恋爱这个过程对小兰来说是多余而沉重的。那段日子她心里太艰难了，担惊受怕地唱着戏，在外头唱怕人轻薄纠缠，在家里唱怕姑妈疾言厉色。秋小兰被戏折磨苦了。

姑妈让她去见对象的时候，她既高兴又害怕。她高兴的是忽然她找到一条生路了。她一厢情愿地想，要是跟一个性格温和的男人结婚了，她就安全了，就不用担惊受怕了，就可以安心了，要是安心了，她也许就能唱好戏了！害怕的是她不知道怎么跟一个男人谈恋爱。

她不需要恋爱。要是能像戏台上那样就好了，媒人来回一说，姑妈替她相准了，蒙上盖头坐上轿子交拜花堂，一段姻缘就成就了，让人揪心的闺阁女安稳地成了常人妻。现实中的小兰劳心费神地谈着恋爱，可他一句性格不合适就不要她了。小兰怎么能不哭呢？

秋小兰哭回来了自己的婚姻机会，小兰放心了，心刚放回去，羞耻的小火苗就在里面烧起来，她在他怀里哭，他细长的出汗的手抓着她的胳膊，小兰觉得恶心，可她得忍着，哭是乞怜，忍是讨好……玉壶冰心的小兰哪，真受罪了！

这些事姑妈当然不知道。秋依兰只知道小兰的恋爱谈得还顺利。小伙子不错，家庭条件也不错，双方家长很正式地见了一面，秋依兰开始给秋小兰准备陪嫁了。

小兰的心刚安稳了没两天，未婚夫说他的工作要有变化，现在有机会可以带小兰一起走，反正剧团效益也不好，改行算了。

自己这是什么命啊？为了唱戏才要结婚，可要结婚就不能唱戏了。小兰该怎么办？小兰只低低地说了声："姑妈不会答应的。"

未婚夫把这话当成她已经答应了，于是他去找秋依兰说。

秋依兰没有办法听懂那个年轻人的话，什么调动工作？什么工作？唱戏咋能叫工作？不唱戏了?！为啥不唱戏?

小兰在里屋听见他们的对话吓得不敢出来，秋依兰冲过来揪着她的辫子拉到了客厅，秋小兰跪在了地上。秋依兰拧着她问，你是不是早就不想唱戏了？你为啥不想唱？你咋会不想唱？你命中注定是唱戏的，你跑不了！你不唱戏你干啥?！

小兰的泪淌成了河，她小声说不是，不是，两记愤怒的耳光落在她的脸上。

未婚夫惊呆了，暴虐的老女人欺凌孤女，这样的场面要是放在电影电视里就滥俗不堪了，可是发生在你眼前，那种震撼和冲击却是无法言达的。小兰后来才知道，丈夫从来没下过跪，在生活中也没见人跪过，他又一次地充当了拯救者。

被推开的秋依兰急了恼了疯了，抓起桌上的茶杯茶壶牙签盒绢制兰花一股脑砸向秋小兰。头破血流的秋小兰在未婚夫的挟裹下逃离开姑妈的小院。

被打得头破血流的秋小兰，抱着一怀浓重的阴郁嫁出闺门。

秋小兰离开了原来的城市，在陌生的省会被一群陌生人簇拥着举行了婚礼。新娘的美丽让人惊叹。可秋小兰在婚礼上感觉像深夜走在结冰的河面上，脚下是暗的亮的黑，下一步踩下去也许就掉进刺骨的冰河里去了。

新婚之夜，秋小兰疼得眼泪纵横，她没有喊，她也没舍得咬自己的嘴唇，只是无助地不停地拼命吸气，她想要是能把姑妈床下那只棉鞋帮塞进嘴里就好了。

丈夫开了灯，秋小兰知道他要看什么。离开姑妈家后小兰只能住在他那儿，小兰好不容易才把处子之身保留到了新婚之夜。她的身体还在余痛中，麻麻的下身有热热的液体淌出来，丈夫给她擦拭，秋小兰闭着眼。

很长时间，丈夫没有说话。秋小兰感觉他起身出去了，她挣扎着起来，看看床下扔着的那团纸，纸是白的，只是白的，她看看身下，没有丝毫血的痕迹。

秋小兰的头嗡地大了，她也没法解释是怎么回事。

抽水马桶一响，丈夫趿拉着鞋回来了："别哭了，没事儿，别哭了，啊？"

丈夫想显得平静而温和，可温和得很吃力，很虚假，他还递给她毛巾让她擦眼泪，可关了灯躺下，他叹息一样沉重的呼吸，把秋小兰抽了个遍体鳞伤。

秋小兰带着周身的疼痛昏沉沉躺到次日清晨五点，她起身了，从家里出来，到街心公园去吊嗓子。秋小兰在跌宕的唱腔中恢复了正常的呼吸，忍着疼把日子一天天过下去了。

丈夫和她，两个人都是性子柔和得有点儿软弱的人，他们几乎没吵过架，就是生气，闷一阵子，自己也把自己劝好了，接着过日子。日子过得是真委屈呀，这委屈还没地方去说，说出去，会被人笑死的。两个性情柔和的好人，残酷地把婚床变成了刑床。刚结婚的时候两个人在一张床上睡，丈夫的手伸过去，秋小兰的身体会下意识惊栗地一缩，眼睛闭上了，一副待宰羔羊的样子。她没有拒绝，可他却受了伤害，一生气，手收回来，各自睡觉了。后来时间长了，实在熬不住，他就不管不顾地在秋小兰身上发泄一通，他得闭上眼睛，他的身下，秋小兰无声无息地流淌着眼泪，像被强暴，像被迫卖淫。

丈夫就这样被逼成了一个施暴者，而秋小兰在屈辱中泪水不干，殊不知，那泪水也冷冷地泛着暴力的金属色。

秋小兰和丈夫之间，隔着一条眼泪汇成的天河。

除了床上的事困难，吃饭穿衣说话事事都困难。小兰天天洗澡洗床单，洗自己任何被丈夫碰触过的衣物，而她洗丈夫衣物的时候，除了用另外的盆子，还戴着口罩手套，把自己弄得像生化战士。至于吃饭，小兰一天只吃一顿高蛋白低脂肪的正餐，体形是女演员的命，时刻都得警惕，虽然小兰不再是女演员，成了工会女干部，可她从不肯放松对自己的要求。小兰的食谱永远不变，豆腐鸡蛋青菜，少量面食，早晚是面汤，喝面汤是姑妈的护嗓秘诀。半年之后，丈夫开始吃单位食堂了。最难的还是说话，丈夫一直引以为豪的是把小兰从秋依兰的魔爪中拯救了出来，一提这事秋小兰的泪就断线珍珠似的往下落，说自己没良心，该天打雷劈，对不起姑妈。丈夫说年纪轻轻你怎么奴性这么强呀？小兰说你懂人心吗？话不投机，渐渐也就不说了。

夫妻两个之间多少是积累了些恨的，只是这恨说不得。

可他们俩还是把婚姻维持下来了。究竟是依靠了什么力量，秋小兰也不是很清楚。秋小兰在婚姻里有种寄人篱下的凄惶，但她又害怕被赶出去，流离失所。这种压力大的时候，她会委曲求全地讨好丈夫，表演得很勉强很拙劣，也很可怜，让人心酸。丈夫也许因为心软，或者因为别的，反正日子过下去了。

丈夫单位房改他们有了这套房，三室一厅，两个人就分房睡了。有一段日子，两个人就是在同一所房子里各过各的，从经济到精神互不干涉。丈夫的日子到底是怎么过的，秋小兰不清楚也不想清楚，她只是寄居在他给她的房子里，以每月一两次质量不高的性交来支付对价。

秋小兰在婚姻里凄凉地继续做她的闺门旦。

秋小兰想念姑妈，满怀的愧疚和伤感。从那天离开姑妈的小院，小兰无数次想着跑回去，丈夫陪着她办调动手续的时候，她又希望姑妈能从中阻拦，或者揪着她的辫子把她拉回去，可什么也没发生，她一步一步走得离姑妈越来越远。没有姑妈的日子，秋小兰过得像个孤儿。岔路走得越远，就越没办法回头。

小兰也知道自己回不去了，练功成了想念的形式。她把自己的房间变成了练功房。她跟人没话说，自然也没有朋友，电视只看戏曲频道，几乎不参加新单位的应酬，就是强被拉去了，除了几片青菜什么也不吃。新单位的人也开始说她人挺好，就是有点怪。下班她就往家跑，她恋着她的那间练功房。她独自一个人踢腿，下腰，练水袖……秋小兰在幻觉中又回到了姑妈的小院，她还是那个小姑娘，墙上叶影斑驳，她想着遥远的舞台。

直到有一天，她一个“卧鱼”倒下去，起不来了，地毯上有了血，她打电话叫人，送到医院她才知道自己流产了。她一直悄悄地避孕，不知道怎么还是怀孕了。丈夫当然也不知道，在医院病房，丈夫还是没有说一句抱怨责备的话，只是摸了摸她被汗浸透的鬓角，叹了口气，说：“你这个女人啊，想想也可怜……”

秋小兰不知道丈夫想说什么，丈夫看着她，“早知道你这么喜欢唱戏，当初我不会……你还回去唱戏吧！”

躺在病床上的秋小兰感觉像被赦免的死囚，又像被捆绑着从船上抛进大海执行死刑的犯人，她脸色苍白，看着丈夫，没有说话。

她摔得重了，竟然要做手术修复破裂的子宫。终于出院了，丈夫开车把秋小兰送到了秋依兰的小院外，他留下秋小兰，自己走了。

秋小兰回了剧团，如果没有演出，每周回家一次，周末两个人会在一起吃顿饭，有些温情脉脉的意思。只是两个人再也没有了性生活。小兰出院半年后，他们试过一次。她破碎的身体让丈夫有了心理障碍，他满头大汗地从她身上起来，说:“不行，我不敢用劲，我怕……”

两个人相安无事相敬如宾地又过了一年多。秋小兰一次回家，主动提出再试一次。秋小兰也不很清楚，没这种事丈夫是不是愿意维持婚姻，至少她能获得的所有相关的信息都警告秋小兰，没有性的婚姻是危险的。秋小兰一点也不想那事，只是疼她就受不了，可她得让婚姻安全哪。丈夫听了她的提议竟有些为难，可能怕推托太伤人了，于是就试。还是很疼，她吸气的声音让丈夫没办法进行下去，秋小兰就用枕巾堵上自己的嘴，丈夫动了一阵停下来，秋小兰等了半天，他没再动，她拿掉毛巾，轻声问:“好了吗?”

丈夫说:“好了。”

秋小兰擦了擦额头的汗，说:“好了就好。不然怎么办呢?”

她声调里的忧伤和释然让他把汗津津的头抵过来，友好地安慰地碰了碰小兰的额头。

两个人平静地过到现在，性，依旧艰难，不过间或还有，有，秋小兰就觉得安心。秋小兰害怕离婚，被婚姻收留，只用忍受丈夫带给自己的疼痛和屈辱就行了，而且这屈辱是隐蔽的，她不说也没人知道；一旦失去了这个庇护，她就变成任人欺凌的可怜女人了。秋小兰希望婚姻就这样平稳地存在着，即使她需要付出一些痛苦的代价，只要让她安心地好好唱戏。想想姑妈当年，秋小兰觉得自己也没那么痛苦了。

早知道丈夫有情人，秋小兰就会躲得远远的，不去踩这个雷。秋小兰也许潜意识早就怕这样，不然怎么解释她回家前总是反复打电话呢？

今天要不是因为萧舸……秋小兰的手抚摸着枕在脸下面的装剧本的袋子，她不也渴望投到萧舸的怀里去吗？

秋小兰带着真实的疑惑在蒲席上翻了个身子，躺平了，她最放纵的想象，即使在她的春梦中，也就是短发成了飘散的长发，她穿着漂亮的裙子被他抱着，手被他的手握着，依偎在天风浩荡人籁尽消的地方……

再想一想丈夫和他的情人，秋小兰忽然被震撼了，他们几乎全裸着在拖地刷碗，争分夺秒地算着她回来的钟点才分开……性忽然向秋小兰展示了另外一种强大而陌生的力量，跟伤害、屈辱、暴力、交换都没有关系，是单纯地把男人和女人黏合成一体的力量，就像爱……

性本来应该是和爱一体的呀！

丈夫和他的情人带给秋小兰的东西无法言说，她的世界裂开了，强光照进来，没有黑暗再让她遁逃……

五

第二天中午，秋小兰回到了剧团。

和丈夫之间还是僵着，她不说，他也不说。

秋小兰很怕出去面对丈夫，好像丈夫也怕见她。她躺在自己房间看了一天的剧本，听见丈夫出去了，又回来，不过一直没过来打扰她。两个人都回避着对方，听着动静，各自吃，各自睡，第二天上午，等丈夫出去了，秋小兰就走了。

谷月芬刚在小区门口买了一兜西红柿，看见秋小兰，一把拉住，低声说："你来，我有话告诉你。"

谷月芬经常告诉秋小兰各种各样的话。剧团是女人成堆的地方，女人跟女人是靠交换秘密来获取友谊的，秋小兰不跟别人交心，自然跟谁都隔着一层。谷月芬虽然明知秋依兰对她和秋小兰厚薄两重天，可她一直跟小兰很亲。谁在背后说小兰的长长短短，只要她听到，她一定会告诉小兰。

秋小兰不想听这些话，她也弄不清楚这位豁达直率的师姐怎么就这么喜欢告诉她这些话。小兰有时候觉得谷月芬是好心，有时候又觉得她是故意要自己难堪，所以小兰听了总是努力装得淡淡的。即使这样，谷月芬有话就告诉小兰的热情也从没被打击。

秋小兰被谷月芬拽着到了自己的宿舍门口。剧团本来挺大的一片院子，前面跟房地产商合作开发了，职工的住房得到了解决，后面办公用的还是老楼。秋小兰住的宿舍就是座50年代建的两层小楼，对面是团里四层的办公楼。

小楼上住的只有秋小兰一个，其余的都成了仓库。前面住宅楼上就有一大套属于秋依兰的房子空着，小兰却更愿意住单身宿舍，她自己也说不清楚原因，敞在众人眼前的单身宿舍似乎是她的某种表白。

宿舍真的就是宿舍，进门一张写字台，里面是张单人床，两把单薄的靠背椅，一把放在床脚，挨着那个小书柜，一把规整地塞在写字台下。一个乳白色的简易衣柜靠墙立着。当时稍微费事的就是在里间收拾出了一个盥洗室，上下水管原来也有，就是装个坐便器、浴桶和热水器，小兰对洗澡的需要超过了吃饭睡觉。小兰喜欢清晨冲个澡从宿舍出来，在滴答着露水的桐树下吊嗓子练功。

星期天，没人上班，剧团后面的院子静悄悄的。秋小兰的宿舍在二楼尽头，她开了门，谷月芬没进去，“外头说吧，你那屋干净得我都不敢进！”

秋小兰进屋放下包，慢慢走出来，谷月芬摸出个西红柿咬了口，又让秋小兰，秋小兰不吃。

谷月芬说：“昨儿晚上，毛圈儿、‘老东乡’去我家打牌，说闲话的时候说起来，我才知道，原来这船是在萧舸那儿湾着呢。就是他在为难你，没想到吧？谁能想到呢？”

谷月芬说的那个毛圈儿是团长的司机，姓毛，人太精，成天编圈让人跳，索性都叫他“圈儿”，而“老东乡”是剧团里有名的“搅屎棍子”，秋小兰一听这俩人，就不想再听了。

她的目光落到对面，忽然看见了萧舸的车在办公楼下停着，他也回来了。

谷月芬并没有因为小兰挪开了目光而停下话头，“毛圈儿说他开始没听懂那句话，后来角色的事出了意外，他才突然想起来那次萧舸在车上跟周祥甫说的话是啥意思。萧舸说要是秋依兰能上台，他就不弄青春版了。用一个缺乏表达能力的演员，会毁了这个戏！周祥甫叹了口气，说不好办。萧舸说应该可以，青春版这个说法能说得过去。毛圈儿说现在一想，萧舸那话说的肯定是小兰哪！这小子早就憋着不让小兰上了，那时候还正弄着剧本呢。我一听，觉得这话不像毛圈儿编的，是萧舸的话，表达，萧舸最喜欢说这个词……”

秋小兰浑身哆嗦起来，手抓着铁栏杆，说不出话。

谷月芬推了推呆着脸的秋小兰，“你别怕，没事！周祥甫多滑头啊，他知道哪儿轻哪儿重！再说人得讲良心，没有秋老师也没他的今天！你放心，萧舸他能耐，团里不用他了，他能耐屁？不信你看吧。”

谷月芬这些实诚话，却像一记一记耳光打在秋小兰脸上。秋小兰松开了抓着栏杆的手，忍着满脸的烧和痛，低头拍了拍沾在手上的铁锈，说："进来喝口水吧，我是渴死了。"

谷月芬把剩的西红柿一口塞进嘴里，"不了，得回去做饭，给你搁这儿俩。"

说着她抓了俩大个的西红柿伸手放在靠门口的写字台上，走了。

谷月芬因为胖，走路一晃一晃的，背影看上去志得意满。

谷月芬的背影消失好半天了，秋小兰还站在栏杆前，连目光都没有移动，阳光把栏杆的影子画在走廊的地上、墙上，阳光很明亮，影子的线条浓黑清晰。

有时候人生是经不起蓦然回首一看的。

秋小兰在七月正午的阳光下，白皙的手掌上沾着红色的铁锈，回头看了看自己从5岁起跟戏苦苦纠缠的这28年，心瞬间成了灰。

秋小兰回头，又看见了那个在小院里踢腿的小姑娘，秋小兰一直是那个小姑娘，她还在那堵叶影斑驳的墙前面踢着腿，想着舞台，而这些年扮装上台的，不过是秋依兰的影子，一个没有生命的影子。

小院里的秋小兰和舞台上的秋小兰隔着时间的河流互相注

视。小姑娘心里藏着恐惧，藏着渴望，她用力地踢腿，想寻求足够的自信和勇气，然后翩然化身为仙子，飘落到舞台上。舞台上的秋小兰眼睛里空空荡荡，身体也空空荡荡，她在那里，她也不在那里。

秋小兰在哪儿呢？

秋小兰被恐惧封在某段凝固的时间里了。被姑妈掐着拧着问你的心呢你的心呢？小兰也问自己的心，如果她是织女，她是白蛇，她会怎么爱怎么恨，怎么欢喜怎么流泪？秋小兰像盲人一样摩挲着自己的心，她摸不出那上面有纹理，她只能触摸到光滑冰冷的壳，不知道那是不是她的心。

秋小兰心里还藏着个谁都不知道的秘密，是关于她演戏的秘密。她必须把自己想成姑妈秋依兰才能表演，如果某一瞬她的意识感觉到是她自己在做眉做眼扮哭扮笑，那种被扒光的羞耻和恐惧就从天而降，把她抓得死死的，她肌肉僵硬，一身一身地出汗，别说唱戏，就是张嘴说话都不能够了。秋小兰几乎从学戏的最初就是这样了，她也弄不清楚自己为什么会这样。把自己想成姑妈，就可以抵抗恐惧和羞耻了，她开始还为此感到狂喜，以为找到了金钥匙。后来才知道，这不是金钥匙，是紧箍咒，是幽冥中一张看不见的嘴随时念动就能让秋小兰生不如死的恶毒咒语。

秋小兰恨自己，怎么就那么怕呢？她究竟在怕什么呢？

没人知道秋小兰的心里发生了什么。大家觉得秋小兰的戏不好，那是跟风华绝代的秋依兰比，要是跟一般演员比，秋小兰也就不算差了，一百年才出一个秋依兰嘛！内行些的人还会说，小兰之所以出不来，就是她一直在学秋依兰，学得太拘泥、太具体了。不是常说，学我者生，像我者死嘛。

小兰所能做的就是更加专注更加刻苦地练功。近两三年秋依兰开始阻止小兰过分练功了。老话说，功夫在戏外，谁知道在什么地方，一回首一转弯一低头的那当儿，老郎神的灵光就照到你的天灵盖上了。秋依兰现在喜欢说命。秋依兰说唱戏功夫到了小兰这份上，剩下的就是命了。

命里注定，你能修成一个什么样的女人，你才能唱成什么样的戏。闺门旦演的是佳人呀！就是天上的仙子，山中的妖精，落进红尘故事里，成的也是佳人。哪个佳人不是柔肠百转寸心万绪呀？花落水流红，闲愁万种，是佳人。天寒翠袖薄，日暮倚修竹，是佳人。佳人一笑万古春，一啼万古愁，一顾倾人城，再顾倾人国呀！

想演绎出这样绝世的风华，天分要高，修行要到。什么是天分，什么是修行？能修行就是有天分，有天分才能真修行哪！秋依兰悲哀地意识到小兰也许真的没天分，或者天分太低。一个有天分的人能把吃饭穿衣这样的小事都变成修行。再看看小兰过的日子，太单调太拘谨太寒素了，这样干巴巴无情无欲无趣无味的日子能修出绝代佳人才怪呢！

小兰真没这个命吗？

秋依兰不死心，她对小兰有种感觉，这孩子的心被什么堵住了，冻住了，透了化了就好了！

秋依兰觉得人力是不能为了，她盼着灵光一闪，奇迹出现。

姑妈的心思，小兰能从只言片语眼光神色中判断出来。小兰也盼着命运在前方不远的地方忽然转弯，豁然开朗。人就这么容易自欺，小兰在姑妈的平和里慢慢恢复了一点信心，她本来以为萧舸就是那个带给她命运转折的人，他带着《织女》来成全她……可惜，他不仅无心成全，无意间还造就了毁灭。

偏偏是他，戳破了秋小兰生活中最大的两个谎言。

她的婚姻是假的，空的，她的戏也是假的，空的，秋小兰虚度韶华吃苦受罪维持的不过是两份假，两份空……

他举手轻轻一叩，她自欺欺人的世界破碎了。

秋小兰好像掉进了一个残酷的玩笑里，她被捉弄了，被命运捉弄，被舞台捉弄，被自己的心捉弄……阳光亮白得刺眼，水泥地也失掉了灰色，成了一片白，秋小兰忽然想起戏校宿舍楼的天台，她去晾洗过的床单，也是夏日阳光下的白得刺眼的水泥地，不知道是谁用樟脑球画了一个圈，一只黄蚂蚁在圈里惊慌而疯狂地奔跑，碰到那个樟脑圈又拐回来，再跑……

如果没有萧舸，秋小兰就算是遭遇到黄蚂蚁一样的残酷命运，她多半会逆来顺受筋疲力尽地死去。可现在有了他，她不想那么卑贱，丑陋，可笑，哪怕死，她也想死得美一点儿！

她不恨他。

即使他毁灭了她，她依旧想在毁灭的灰烬中为他的目光开出一朵花，哪怕只是让他觉得很悲惨，很不可理解。

秋小兰对萧舸没有多少了解，也无法对他判断，她对他只有感觉，甚至连感觉都谈不上，只是她雨丝风片般的想象，无从捉摸，但无处不在。

萧舸就这样笼罩着她，像光一样，她也被他困住了，比那个樟脑圈更残酷更逼仄的牢笼，前进不得，后退不能，升天无路，入地无门，无法呼救，无力挣脱。

秋小兰无可奈何，秋小兰欲哭无泪。

隔绝和囚禁是她的命运，无论源于时间，还是空间，现实，还是欲望。

六

秋小兰把自己关在房间里整整一天了。

近黄昏的时候，周祥甫的电话把小兰从昏昏沉沉中唤醒，他叫小兰吃晚饭，就在剧团后面的饭店，他本来是跟萧舸说闲话，到饭时候了，想着小兰家也不在这儿，一个人回来也是吃食堂，过来吧，他们已经到了。

团长的口吻轻松随意，秋小兰先是沉默，后来带着疼痛滚一下干涩的喉头，说了声好。她挂了电话，汗津津地呆坐着。

怕，怕得要死，想逃，可又舍不得，萧舸的名字是生着倒钩刺的箭头，扎在她心上，向里推向外拔，都疼。她心慌意乱地起身，拉开简易衣柜上的拉锁。她脑子里闯出穿裙子的念头，她有不少很喜欢的裙子，说来也奇怪，她喜欢并且买来的裙子大多艳丽张扬，买是买了，但从没穿出去过。

裙子，当然还是没有穿，她穿着件白T恤墨绿休闲裤去吃晚饭了。

饭店房间里除了萧舸还有团长周祥甫，另外就是韩月。

秋小兰看见韩月怔了一下，韩月穿了条开满橙红色非洲菊的太阳裙，一见秋小兰就站了起来，规规矩矩地叫了声秋老师。

秋小兰被叫到团长身边坐，和萧舸面对面，萧舸朝她一笑，秋小兰也一笑。

萧舸说秋老师穿衣服很有格调，清水出芙蓉。

四个人都笑了，秋小兰脸红了，坐下后好像没那么怕了，晕腾腾地听着那三个人说闲话，她只管笑一笑就行了。

所以秋小兰一直微笑着。可能因为一天没有吃饭，她想让自己吃点东西，一开头竟收不住了。十几年来头一次毫无节制地在晚餐时吃了烧得味道不错的牛肉和鳜鱼，还有香软浓郁的纸包茄子，放纵了口腹竟能产生晕眩一般的快感，秋小兰的微笑更深了，给她敬酒她也没力量坚辞，都喝了。

她的笑早就有了醉意，恍惚中她觉得很幸福，原来幸福这么容易，只要这么面对面坐着，看着，全世界都有了，整个宇宙都不寂寞了。

金风玉露一相逢，便胜却人间无数。

她缱绻在自己的心境中，有点旁若无人，眼波从萧舸的身上滑过，像抚摸。这是秋小兰惯有的安静的疯狂，狂喜大恸都是安静的，眼波无声，却肆无忌惮。

团长借着酒笑说韩月很想拜秋小兰为师。

韩月很诚恳地表达了对秋派艺术的向往，她说她一直在跟两代秋老师的演出录像学，很想得到秋小兰老师的指导。

团长说韩月是个好苗子，很有希望发扬光大秋派艺术。

秋小兰微笑着说好。

萧舸似乎感觉到秋小兰笑得不对劲了，他伸手挡住了韩月倒酒的手。

秋小兰平生第一次喝醉了。

她不知道怎么就在了他的怀里，也不知道团长和韩月怎么消失的，她靠在了他的胸口，感觉天旋地转。

没有光，也没有灯，她不知道是什么地方，天风浩荡，人籁尽消，他带她飞到夜空中去了吗？

风很凉，很大，她什么也看不见，紧紧地抱着他，手能感觉到棉布的质地，也能感到棉布下面他皮肤的质地，秋小兰仰头碰到了他的嘴唇，他吻了她，还是她吻了他？她的身体弯了下去，跌倒了，跌到云上去了，他的身体还在，胳膊还在，手还在，她是被他揽着的，隔着衣服，她的乳头上有轻轻的摩擦的热，她没觉得害怕，很享受那温和的绵软的手指的抚摸……他的手，敲在她心上的那只干净的男人的手……在他手里芬芳地碎了吧！

秋小兰的眼泪流到了他的手上。

他的手离开了，离开得很缓慢，好像怕她跌倒，秋小兰不会跌倒，她被软软的云托着，就是跌倒，在青冥长天中也只能飘浮，不会坠落的。

他的手就这样离开了。

昏沉中闷热盖下来，她翻滚着推开那积聚起来的云，撕扯着身上所有的束缚，一阵尖锐的疼痛带来片刻清凉，云散了，她落在水里，水结成了冰，光滑，坚硬，所有的束缚都挣脱了，身体某个地方远远地疼，可没关系，那疼让她觉得自己的意识还在，她伸手想摸那疼的地方，很远，她摸不到，她的手没了力气，软塌塌落在胸上，碰到自己的乳头，痒痒的，再碰一下，秋小兰忽然笑起来，咯咯地笑起来。

她用手背滑过自己的乳房，饱胀的线条，像鼓着腮努起嘴的孩子的脸……怎么会想到孩子？她不会有孩子的，她的身体碎掉了，像碎掉的花萼，结不出果实。向上，纤细的锁骨，伶仃的脖子，玲珑的耳垂……疼爱我吧！疼爱我吧！

那些小小的声音在她身体里叫着。

我要爱死你们！

秋小兰是大叫了，她的手热烈地去抓那些呢喃着的小声音，细嫩的饱满的鲜艳的浆果一样的声音，在她颤动的手指下，一个一个地破了，淌出汁水来……

秋小兰在黎明时醒来，薄阴的微蓝的天色就在她眼前，她躺在宿舍的地上，玉体横陈，她觉得冷，蜷缩了一下身子，然后才完全醒了。

秋小兰拉过床上的薄毯盖住身子，靠着床坐着，她还不能起来。毯子下的左脚，她看着觉得有些异样，那只脚的脚踝看上去颜色形状都不大对，她半天才明白过来，她昨天从床上跌下来的时候把脚给崴了。

这样一想，疼痛一下鲜明起来。

秋小兰倒很享受这疼痛，还有浑身的酸软。那酸从骨头缝里一丝一丝地渗出来，是酒，浸透了她身体的酒。酒真是诡异的东西呀，它能成就，能毁坏，让你沉溺，也给你自由……

门上面的玻璃，蓝一点一点褪掉了，开始变得一片白亮。

秋小兰没意识到自己在看着自己的脚踝微笑，散漫的意识流云一样来了又去，她却微笑着，像早春忽然看到一朵刚刚开放的花。

有人来敲门，隔着门谷月芬的声音响起来，“小兰，开会。”

秋小兰还在地上坐着，她平和地回答：“月芬姐，我一会儿就去。”

谷月芬踢趿踢趿地走了。

秋小兰掀掉了毯子，慢慢起来，她站到了浴桶里，放开水龙头，没有开热水器，夏天水管里的水，凉得很温和，秋小兰的手跟着那水抚摸自己的身体，她的手有些羞怯，虚虚地拢着，似乎有些畏惧那饱满得开得极盛的身体，或许不大习惯没有了通常用来隔膜遮蔽它的浴棉。她深吸了口气，闭上眼睛，放松，自己的手伸展开，热烈地用力地滑过自己的肌肤。自己被自己冷落亏待多少年了，她几乎是愧疚地把自己揽在怀里，恣肆地疼爱着……

她不着急，她不在乎那个会。

秋小兰穿上了一条秾艳得近乎妖冶的裙子。她买了有好几年了，从来没想过要穿，猩红的缠枝玫瑰，绿得汁水滴答的叶子，缝隙间塞着孔雀蓝的猫脸花。裙子是真丝的，所以那秾艳的色彩上蒙着一层灰灰的珠光，款式很简单，一字领，八幅裙，腰间一根带子，长长地打个结垂下去。

秋小兰从来没觉得自己这样娇弱，因为脚踝的疼，她觉得自己很娇弱，对自己满心的怜惜，她踩着一双暗红色的皮拖鞋扶着墙一瘸一瘸地下楼去了，她没有去开会，她去小区门口的社区医疗站看自己的脚。

秋小兰看着脚上热敷着的药袋，目光从医疗站开着的门扫了出去，白花花的日光落了一地，没有风，合欢树的叶子没精打采的。秋小兰恍惚想起萧舸头一次来的那天，大概就站在那棵合欢树的位置张望。秋小兰想起了那些坐在台阶上打毛衣的女人……秋小兰悲凉地摩挲着开满花朵的裙子，想自己放弃了舞台，很快也会老去，恍惚中她把自己变成了那些女人中的一个，衰老、邋遢、窘迫，他依旧长身玉立干净从容，举起手还能叩开女人的心，而他永远不会知道秋小兰的心……秋小兰近乎自虐地想象着，他不会知道的，永远都不会知道……秋小兰要为他做的事情。这种浪漫的牺牲的念头，让小兰内心体验到一种前所未有的强大的感觉，心里的那点悲凉，也成了悲壮。

秋小兰的心里一直汹涌着那股悲壮的情绪。等她给脚做完热敷从医疗站出来，穿着那条开满玫瑰的裙子，直接打车去了医院。

姑妈住的是疗养病房，在住院部旁边一个幽雅的小院里，小院中间还有一个喷泉，四只交颈嬉戏的仙鹤口中喷出水柱来。路边夹竹桃过人头了，红的白的花在毒日头底下盹着，被风一晃，嘟哝出混浊的梦呓似的香气。

秋小兰在夹竹桃下喘了口气，路的尽头，头一间就是姑妈的病房，窗子开着，窗帘拉了一半，上午姑妈通常会开着窗子，到中午才开空调。

小兰忽然听到姑妈房间里有人在唱戏，老折子戏《宝玉探病》里林姑娘的唱段，“风摇竹影惊窗梦，苔痕青青上帘栊……”

唱戏人的行腔酷肖秋依兰，只是比秋依兰的亮，哀而不伤，媚而不妖，端庄清丽，似与不似之间，把秋派不带人间烟火气的神仙味道传达得淋漓尽致。

秋小兰朝前挪了两步，心也咯噔咯噔地跳起来，她在门外站下，静静地听里面唱完，唱得真美，秋小兰听着，热热地抓了两手心的汗。

忽然她听到了萧舸的声音，秋小兰浑身一战，她知道刚才唱戏的人是谁了，一定是韩月，萧舸带着韩月来见秋依兰……

另一个人的声音响起来了，是剧协主席杜易非，小兰的杜伯伯，秋依兰的老朋友。屋里的气氛倒是一团和气，萧、杜两个人在说韩月的唱腔，秋派的味道很地道，秋依兰含混地笑着说是啊是啊。

秋小兰的心被妒嫉的毒牙咬着了，火辣辣地疼，肿胀起来，她不能呼吸了。

秋小兰站了半天，伸手推开了门。她丝毫没感觉到自己像个浑身燃烧着火焰的复仇女神一般进了房间。

杜易非先笑着说：“哟，小兰，这是怎么了？”

秋小兰说：“脚崴了。”

秋依兰在床上坐直了，“怎么把脚崴了？”

秋小兰感觉姑妈的眼睛没看自己的脚，却上下打量自己的裙子。秋小兰走到床边，拉开椅子坐下，“我也不知道怎么就崴了……”

她说到这儿，突然抬眼看在窗下沙发上坐着的萧舸，萧舸被她的目光弄得一怔，他近乎无辜的表情让秋小兰的眼睛被剜了一刀似的疼起来。

杜易非说：“肿得可不轻……”

看来话题是从秋小兰的脚上挪不开了。秋小兰也不知道今天怎么突然变得如此敏感，她觉得自己的出现让房间里所有的人都变得尴尬，他们似乎在背着她做一件对不起她的事情，包括姑妈秋依兰。

秋依兰先转开了话题，“小韩，你刚才说老家不是河南的？”

韩月说：“安徽蚌埠，农村的，因为秋老师，我才跑到咱们这儿考戏校的。”

秋依兰笑起来，“哦？这么说是我害了你啊，唱戏这条路太苦了。”

韩月的睫毛抖抖地笑，说：“我这么说可不是想讹秋老师，不过学了戏才知道有多苦，想跑也晚了，被戏抓住了，怎么逃也逃不掉，就认命了！”

除了秋小兰，其余的人都笑了。韩月殷勤地起身倒了杯水，递给秋小兰。

秋小兰才发现韩月和秋依兰从嘴巴到下颌的轮廓有些相像，都是鸭蛋脸，饱满玲珑的嘴微微嘟着，这种很宽泛的相似竟给了秋小兰巨大的刺激，她想起姑妈挑剔她的瓜子脸，尖尖的下巴扮出来，小姐也成了梅香。

秋小兰的手哆嗦起来。她的目光盯在韩月下巴上的一粒浅色的雀斑上，白皙的皮肤因为这雀斑却更显白皙了。她什么都有，什么都有！秋小兰什么都没了，秋小兰只剩下一个姑妈了，她现在又要来抢秋依兰了！

杜易非笑指韩月，“这丫头，可真会表达！”

“表达”这个词像一把黑色炸药，撒在了秋小兰浑身燃烧的火焰上。秋小兰手哆嗦得把杯子里的水洒了一裙子。

“秋老师……”韩月提醒地叫了声。

秋小兰突然扔掉了手里的杯子，那只一次性纸杯落地的时候跳了一下，水溅到韩月的脚上，韩月也跳了一下，好在水是温的。

秋小兰自己都被自己的爆炸惊呆了。她恍惚想起不过几分钟前，她还是悲壮地来做牺牲的，她是来成全萧舸、成全韩月的，人家不用她成全，人家有力量来赢得一切！秋小兰可真是自以为是自作多情自说自话了！

秋依兰“呀”了一声，接着说：“这种一次性纸杯，质量都不行，一倒热水就软得端不住了。”

韩月低眉顺眼地把纸杯扔进了垃圾桶，还从卫生间拿了拖把拖干了水。

秋小兰就是爆炸了，也弄不出多大动静。

杜易非猛地一拍脑袋，“忘了忘了，”他对萧舸说，“忘你车上了，我给依兰带的东西。”

萧舸借机很有礼貌地起身告辞，祝秋老师早日恢复健康。韩月笑着给两代秋老师告辞。杜易非跟着他们去拿东西。

房间里，秋依兰责备地看了看小兰，叹了口气，“你怎么就长不大呢？三十多了，还没人家十八九的老成有心眼……”

秋小兰的泪滴到了手上，秋依兰就不说了。

这时候，杜易非拿着东西回来了，展开，是他最近写的一幅手卷，“王者之香”，他故作轻松地问小兰：“闺女，伯伯的字怎么样？”

秋小兰泪眼蒙眬看着那四个字，三者之香，兰是王者之香，秋小兰是什么？秋小兰是枝没有香气的影子兰花。

秋小兰悲怆地笑了一下，突然说：“姑妈，你真不该带我从老家出来，我根本就不是唱戏的材料！”

秋依兰的脸色变了，不过没有说话。

杜易非瞪眼说：“这孩子今天是怎么了？小兰你没头没脑说什么呢？”

秋小兰突然朝秋依兰喊起来，“我根本就不想唱戏，我根本就不想当秋小兰，我根本就不想，不想，不想！”

“忘恩负义的东西！”秋依兰从牙缝里迸出一句。

杜易非知道秋依兰的性子，他把痛哭的秋小兰朝门外拉，秋小兰抓着姑妈的床脚处的栏杆，哭着叫：“你折磨我了28年！ 28年！你毁了我，戏毁了我，毁了我一辈子！”

秋依兰一掀毯子，光脚跳到了地上，扯起枕头朝秋小兰身上抽打着。秋小兰死死抓着床头的栏杆哭，她感到杜易非在拉她，就更用力地抓着栏杆，她不走，她再也不能走了，谁也不能把她从姑妈身边拉走了，就让她打吧！秋小兰有多怨就有多依恋，爱的光有多亮，恨的影就有多黑，她在用愚蠢的极端的方式讨要姑妈、讨要舞台应允给她的不离不弃的爱！

这是笨拙残酷的撒娇，是本真扭曲的表达，可那声音里真实的恨，怎么听都像压抑已久的心里话脱口而出。秋小兰两句话，喊塌了姑妈和她共同的天空。

秋依兰的抽打虚弱无力，可她执拗地用一个姿势反复抽打着，绾着的头发也摇散了，住院没能染，大片的白头发拖着个黑黑的尾巴，显得苍老而怪异，她干瘦的脖子上青筋暴起，眼泪狰狞地在扭曲多皱的脸上流着。

杜易非丢开秋小兰，叫了两声依兰，秋依兰根本就听不见，他只得上去横着抱住秋依兰的胳膊，秋依兰的身子被杜易非揽着，喘得说不出话来，盯着秋小兰的眼光里游移着愤怒，愤怒的后面却是深深的恐惧和悲哀。

秋小兰哭着给姑妈跪下了，手依旧拉着床栏杆，她不敢松。

七

排练暂停四天后，又继续进行了，不过织女一角的演员略做调整，团里通知秋小兰参加排练了，原先确定的韩月两人仍参加排练，至于谁A谁B谁C，团里没有说。既然没说，按资排辈，自然是秋小兰在前头。

杜易非专门又拐到团里找了秋小兰，秋小兰在宿舍休息，看上去形容憔悴，心绪沉重。

杜易非叹了口气，说：“你这孩子啊……你是被依兰惯出花儿来了！她七十的人了，病得要死要活，为了你，声泪俱下地去求人……要不是还有老朋友可怜她的老命，这回她就是一头撞死又能怎么样呢？你以为那天来开会的人是冲你姑呀？你以为你姑真能呼风唤雨呀？我的傻闺女，你醒醒吧！”

秋小兰低头抽泣起来。

杜易非说：“我对你姑的做法一直不赞成，她以为罩着你护着你就是向着你了，大树底下长不成大树！要是早让你一个人摔打出来，还用得着她现在替你争戏吗？那次开会我没来，我是不愿意来，不想听那些昏话。另外，我答应过萧舸，不给他帮忙，但也不给他捣乱。萧舸这人很单纯，我认识他很多年了。这戏对你很重要，对他一样重要，这么多年，他才有机会独立弄第二部作品，不容易，难免有求全的意思。小兰哪，我知道为着这个戏，乱七八糟说什么的都有，你什么都别听，只一个心思，把戏排好。伯伯看过你不少戏，你什么都不缺，就缺一股力量，这次排戏，得逼着自己找着心里那股力量，排好戏，成全自己，成全萧舸，也成全成全你那可怜的老姑姑！”

秋小兰无声地淌下两行泪：“杜伯伯，谢谢你。我明白。”

杜易非笑着拍了拍秋小兰的手，拿墨迹历历的白折扇呼扇着对襟短袖大褂下楼走了，他不让秋小兰送，秋小兰还是送到了门外，看着他牙白色的衣服消失在楼梯拐角。

秋小兰心里对杜易非充满了感激。

秋小兰和姑妈之间太复杂了，外人不会知道，小兰更不会解释，无论如何，秋小兰感激他的用心。但对小兰来说，更重要的是杜易非的话把笼在萧舸身上的阴霾驱散了。小兰心里的萧舸又恢复了光风霁月的本来面目。

为这个，秋小兰对杜易非万分感激。

小兰转身进屋，桌上还放着那两个西红柿，是那天谷月芬放的，两三天了，熟透了的红透出些暗色来，但依旧汁液饱满……秋小兰猛地想起醉酒那夜，那些诱惑她的鲜艳的浆果一样的声音，脸烫起来，那夜都发生了什么？用力这么一追，那些不知道是醉还是梦的影子在记忆里碎得捞也捞不起了，是自己的幻觉，还是他真的在呢？

秋小兰拿起个西红柿，用指甲揭掉一点皮，从那破开的地方，用力吮吸，这个动作让她的嘴唇一麻，浑身都滚烫起来，酸酸的汁液流进嘴里去了，流到喉咙里去了……胃却火烧火燎得难受起来。

秋小兰颓然坐在床上，怔了半天，倒下去，头很晕，病了一样的难受，汗津津的脸粘在枕席上，她得起来洗……四顿饭都没吃，躺不住了，却又起不来，闭着眼睛缓了一会儿，她终于起来了，想喝口水，拉过暖瓶，发现是空的。

秋小兰拎着暖瓶穿过剧团的院子到后面的水房去打水，顺便解决午饭。水房在食堂旁边，饭时已过，食堂师傅的饭也吃完了，只剩下包子馒头了，秋小兰买了两个素包子拎在手里，拐到旁边去打水。

谷月芬在水房费力地用热水刷着一个大蒸锅，抬头看见小兰，“煮了一大锅羊杂碎，我那口子喜欢吃，说外面的不干净。孩子不吃，闻都不闻，让我出来刷……哎，脚好点儿没？”

小兰看看脚踝，“好些了。不着急，你先刷。”

谷月芬又接了一锅热水，“怎么崴了脚了？”

这话问得也没什么不正常的，不知道是自己心虚，还是谷月芬真的语气里有些异样，秋小兰觉得她问得居心叵测。

秋小兰含糊地说：“下楼，不小心。”

谷月芬没再说，把锅端开，秋小兰也有点儿受不了那膻膻的羊油气，匆忙地灌了大半瓶热水。谷月芬却刷干净了锅，抢过小兰手里的暖瓶，陪着她往回走。

暑天午后，因为有蝉声，院子显得更安静了，桐荫洒了一地。

谷月芬看着小兰，眼睛眨巴眨巴，有些碍口的样子，终于忍不住了：“小兰，姐是个直肠子，有什么话也憋不住，我是拿你当我亲妹妹我才问你的，你跟那个萧舸……怎么回事？”

秋小兰头皮一紧，“怎么……什么意思？”

谷月芬说：“全团人都知道了，我算是最后一个……我说一早去喊你，你不给我开门呢。不是姐说你……你就是缺心眼！”

秋小兰站下了，“月芬姐，你，你听清楚……”

谷月芬愣了一下，看了看周围，嗓门放低了，“‘老东乡’说她在院里凉快时看见你跟萧舸在你那楼上抱着，然后两个人进屋了。有没有吧？”

秋小兰眼前都黑了，她闭了下眼，轻声说：“我们没有……”

谷月芬胖胖的胳膊一挥，把秋小兰这句无力的辩白当成蛛丝抹掉了。

“小兰你傻呀！说实话，现在谁跟谁上床不算啥事，可你得看看人！我知道你的心思，为了戏……可你也看看萧舸是个啥人？我给你说，他阴得狠，搂草打兔子，捎带的事。白占你的便宜，也未必向着你！你知道他跟韩月啥关系？团里都传遍了，不止一个人看见韩月半夜往他住的那屋钻。你看看韩月在他跟前那劲儿，他跟她没事儿，明里暗里他那么向着那小妖精？‘老东乡’那张破嘴，都没法听！她说真是俗话说的，‘尻谁待谁亲’，现在俩都尻过了，就一般亲了。你听听，你听听！小兰，咱不值啊！”

那恶毒而下流的一句脏话，让秋小兰饿着的空胃一翻，她竟然打了个满是酸腐味道的嗝，从自己身体里弥散出的污浊肮脏的气味让秋小兰恶心得无法忍受，她扶着一棵合欢树，吐起来。吐出来的只是一些酸苦的水，后来连水都没了，只是无法抑制地干呕，炙肺煽肝地疼，满头满脑地涨，太阳穴处的血管都要爆了。

谷月芬被她吓到了，连声说："怎么了？小兰，你这……咱们去医院吧？"

秋小兰几乎要昏厥了，装包子的袋子也脱手了，谷月芬汗津津滑腻腻带着羊油膻味的胳膊揽住了她，她想推开，却没了力气，秋小兰感到脸上有泪流下来，凉凉的，意识恢复了一点，说："不用，空胃，闻见油腥气受不了……"

谷月芬把锅撇在了院子里，扶着她拎着水送到楼上，给小兰倒了杯水，说："可真是个林妹妹！赶快喝口水压压吧……这西红柿，还没坏，吃口酸的压压。"

秋小兰昏沉沉地坐在桌边，扯了张纸巾擦了擦汗，说："月芬姐，锅还在院子里呢，我躺会儿就好了。"

"哦，锅。"谷月芬把个西红柿塞到她手里，"你吃点儿东西。"

谷月芬看她成了这样，心里有些不忍，声音也柔和了，"小兰，吃亏占便宜的咱先不说，你心里可不敢糊涂，我觉得萧舸这人挺阴的，闲话没有，主意特别正，你可别他说啥你听啥，小心他坑你！"

秋小兰忽然浮出一个恍惚的微笑，算是回应，谷月芬怔了一下，也没啥说的了，又想着自己的锅，就转身走了。

秋小兰脸上的笑还在。

那个在她记忆里碎掉的夜晚，到底刺伤了她。她到底还是这样了，像姑妈，赤裸的身体从癫狂和宿醉的夜色里跌进冰凉孤单的晨曦，她怎么逃也逃不掉的宿命。只是她的癫狂和宿醉是一个人的，并没有男主角——秋小兰呛咳似的笑出来声，她被自己的笑声惊了一下，脸上的笑跟着也凝住了。

小兰挂着冷冷的笑，看着手里的西红柿，艰难地站起来，又看看桌上那个刚才被她吸了一口的西红柿，像个歪着嘴坏笑的桃。秋小兰也拿了起来，挪了两步走到门外，手伸过锈迹斑斑的栏杆，翻转，松手，两只西红柿掉了下去。

秋小兰没有朝下看，她想那烂熟的果实一定摔成了浆水，哀艳艳溅了一地。

秋小兰虽然脚受伤了，可每天还是准时出现在排练场，而且是盛装出现在排练场。当她穿着那条满是缠枝玫瑰和猫脸花的连衣裙出现的时候，团里人的目光多少都带了些惊异，不过很快互相看看，从彼此的目光中求得了某种默契的印证。

秋小兰依旧是话不多的秋小兰，可她一天一变绚烂恣肆的裙子在替她说话，声音大得把排练场的喧嚣都盖下去了，所以，秋小兰又不是秋小兰了。

秋小兰也无法解释自己的行为，她就想这么做。小兰觉得那句脏话反而在她心里完成一次清洗，硬生生把多年积淀在心底的干锅巴一样恐惧恶心的东西擦了个干净。她心理上完成了一次脱敏，本是禁忌的能让她过敏窒息的东西突然失去了控制她的力量，她的心里像灌满了腊月的风，冷飕飕，但干净、透明。

只是秋小兰再没有勇气去看萧舸，她甚至没办法在萧舸的目光里自如地呼吸。秋小兰有一次正在完成一段唱，忽然她感到了旁边有个人影，猛地就停下了，是萧舸踱了过来，秋小兰咳了一下，伸手去拿水杯喝水了。

秋小兰的心被痛苦锻打成了薄薄的一片，风一吹，铮铮地发出凄凉的鸣叫。只有在他面前，她才觉得被羞耻压得抬不起头，除了躲，小兰没有其他办法。

脚的红肿退了不少，还很疼。秋小兰倒不盼着脚赶快好，她似乎很留恋那点疼，都是他给的，肉体上的疼，多少分担了心里的苦。

韩月倒是成天和秋小兰在一起了，谷月芬老是用一种憋不住笑的眼光打量她俩。韩月拼命巴结着秋小兰。秋小兰一动，她就问秋老师你要什么我去拿。秋小兰去厕所，她立刻也跟着去，路上扶着她。秋小兰面上淡淡的，心里却是连她都怕了。秋小兰一点都不相信那些龌龊的流言，萧舸在她心里依旧是干净的，可秋小兰也说不清楚，她就是想躲着韩月。韩月不怕冷淡，就这样热热地贴上来，揭都揭不掉。

继续排练的第三天，韩月忽然注意到秋小兰的脚没有擦药。

秋小兰说："晚上用酒搓一下就行，没关系的。"

下午，那瓶红花油出现了。

韩月说："我练功也扭伤过脚，擦擦就好，秋老师，我来帮你擦。"

秋小兰在一把圆高凳上坐着，韩月拧开药瓶盖，秋小兰被那药油的气味攥住了咽喉，她几乎不能呼吸了，艰难地说了句："不用……"

韩月一笑，蹲下脱了秋小兰的皮拖鞋，秋小兰求救似的叫了声："你干什么？"本能地把受伤的脚往回抽，身子慌乱地向后躲，结果连人带凳子摔倒了。

秋小兰整个后背重重地摔在了地上，谷月芬刚倒了缸子茶，看见这情形也吓了一跳，过来扶着秋小兰坐起来，韩月拿着那瓶红花油，嘴唇和手都在哆嗦。

这边的动静让萧舸扭头看了一下，走了过来。

秋小兰还在谷月芬的胳膊里喘着粗气，韩月还拿着那瓶子药油，委屈的眼泪扑簌簌地滚了下来。

萧舸走过来，他也没问是怎么回事，扶起凳子。

秋小兰的喉咙被浓烈的红花油气味抓得死死的，她说不出话，也不敢看他的表情。谷月芬把秋小兰扶回到圆凳子上，一直蹲着哭的韩月突然站起来朝外跑。

"韩月。"萧舸平和地叫了一声，那口吻就像什么也没发生。

韩月背影一板，站住了。

萧舸说："给秋老师倒杯水去。"

韩月转回身来，泪花还在睫毛上，可已经不哭了，她把那瓶红花油放到萧舸手里，又从萧舸手里接过秋小兰的茶杯，朝排练场门口的茶桶走去。

萧舸把松着的瓶盖拧紧了，递给了谷月芬，什么也没有说，就去看其他人的排练了。秋小兰绝望地低头坐在那儿。他一定以为秋小兰又是在故意给韩月难堪，在他的心里，秋小兰一定是个刻薄、恶毒、贪婪、徒有虚名却嫉贤妒能、仗势欺人、可鄙又可笑的女人吧？加上那夜的失态，或许他还会觉得她是个投怀送抱轻浮放荡的女人，是个青春不再却装纯扮嫩让人作呕的女人……就算秋小兰敢在他面前说话，她除了说"我不是……"之外，她还能怎么解释呢？

秋小兰和萧舸之间也落下了一枚王母的发簪，银汉迢迢，足以让好事的鹊儿们也沮丧地放弃了架桥的幻想。

小兰摩挲着疼得不停抽搐的心，那上面有了被雕镂的痕迹。刻骨铭心呀！不然，刻骨铭心还能是什么意思？秋小兰朦胧感到有某种深切的东西在自己身体里涌动，当她揣摩织女的唱词时，她也有贴心贴肺的疼痛。这种感觉让她萌生出一丝幻想，她或许能用戏来向萧舸表达！当初想成全他的牺牲是无声的表达，可现在她不想那样了。碎了的世界就继续让它碎吧，那些肮脏的吐沫星子继续让它飞吧，那些焦首煎心的事都丢开吧，秋小兰多想在他布置的舞台上完成她自己的诉说呀！天河滔滔，她想让对岸的他听到她真实的声音……

幻想终归是幻想，秋小兰没有能力动用那强烈却又混沌的体会，就像不能用山洪来发电一样。秋小兰捧着剧本，心同时被冲动和绝望塞满，一半是烈焰，一半是冰窟。

秋小兰白天排练，晚上去看姑妈。这次天塌地陷的冲突，小兰却当时在病房里就得到了姑妈的原谅，伤害与隔阂却也被这即时的原谅速冻在了两个人中间。血脉相连的秋依兰和秋小兰站在隔阂的两边，无能为力地说着互相关怀的话。秋小兰让姑妈放心养病，秋依兰要小兰好好排戏。

排练又过了一周，秋小兰突然接到医院的电话，秋依兰因为肺衰导致了一次短暂的心力衰竭，好在发现及时，没出什么危险，但主治大夫要求秋依兰进重症监护室观察。

秋依兰睁开眼睛，看着小兰，说了句，“妞儿，不想当秋小兰，就不当吧……”

小兰心里一惊，还没等她说话，秋依兰又说，“别耽误了排戏……”

秋小兰才发现姑妈的意识并没完全清醒。

无意间窥到姑妈内心深处的矛盾，秋小兰无比心酸。秋小兰所能想到的唯一安慰姑妈的办法，就是好好排戏，她要用这台戏让姑妈知道自己的心。

秋依兰后来就昏睡了，大夫说没有危险了，秋小兰一直守到午后两点才从医院回来，她让出租车一直把她送到排练场门口。

一个肌肤丰泽的女人在院子里打转，秋小兰没在意，那女人看见一瘸一拐的她，愣了一下，忙过来，扶住了她。秋小兰说了声谢谢，这人眼生得很，不像团里的人，她忽然有了点异样的感觉，不由得抽回了胳膊。

那女人不好意思地笑了一下，“秋老师，我是来找你的。”

秋小兰认出了她雪白脖子上那块胭脂记，碎花短袖上还有玫红的颜色，黑色的短裙，前襟扣门那儿被丰满的胸部撑得张着口，这女人得有40多岁吧？

秋小兰的脸涨得通红。

总不能在这儿站着，一会儿人都来了。秋小兰只得领着女人回了宿舍。

进了屋，紧张慌乱的倒是秋小兰，女人打量了一下屋子，叹了口气，自己拉出椅子坐了。秋小兰在床边坐下，素花棉布的窗帘拉着，可屋里还能感到亮白刺眼的光线，门开着，扑进来的风也是热的。

“有水吗？不好意思……”女人看了眼暖瓶。

秋小兰哦了声，起来倒水，她习惯地抓了点茶叶，是花茶，可以遮蔽锅炉水不大纯净的味道。那杯茶递到女人的手里，女人道了谢，喝了口，说："你觉得我这女人，特别不要脸吧？他也不让我来……"女人的目光落在秋小兰脸上，秋小兰倒不敢去接那目光了。

"你也看出来了，我比你们大，我比他大7岁，儿子今年都上大一了。按说我不该来，我是可怜他，豁出去这张脸让人啐，也没什么。秋老师，你是艺术家，是有水平懂感情的人，今天见了你，我觉得你也是个好人，他也是个好人，好人干啥要难为好人呢？他过的那日子……"

女人哽咽了。

秋小兰有些恍惚，丈夫的情人，这女人是丈夫的情人呀！

女人深吸了口气，"他过得苦啊，苦得可怜人……他说自己到底是结婚了还是没结婚呢？可他心善，他说你很可怜……"

秋小兰见她顿住了，就说："他说我不能生孩子，离了婚没人要，是吧？"

女人默认了，又喝了口水，忽然嘤嘤地哭起来，边哭边说，"他说只要你不跟他离婚，他就跟你这么过下去……"

秋小兰没再作声。

女人自己止住了哭，说："秋老师你别误会，我不是非要你们离婚，我是想想他就难受，你说，他凭啥该受这罪呀？"

女人抽泣了一会儿，又说：“你要是不离婚，就对他好一点儿，把他当你的男人，你们好好过，我不会缠着他的。要是你心里觉得过不下去了，就离了。离了，都解脱了……真的，一个人过日子不容易，我是离婚女人，我知道，可再不容易也比不上不下受折磨强……”

女人又哭了起来。那哭声很痛很委屈，她想把自己的意思说清楚，可话说出来，怎么说都让人误会！她说不让人离婚，可还是要人家离婚……她不知道该怎么把自己的意思表达清楚，怎么就这么难呢？难得让人恨天恨地，难得让人伤心沮丧绝望，难得让人干脆放弃语言，回到混沌初开时最本能的表达，哭吧，除了哭还能干什么呢？

女人哭着走了，秋小兰又去排戏了。

八

排练已经进入连排了，又叫拉场，演员开始搭手按故事情节一场一场戏地串，萧舸盯得很组，秋小兰在排练场上的日子于是就成了自己跟自己的搏斗。

一个秋小兰拉着她要逃，他看不起你，他不要你，他讨厌你，你还在这儿恬不知耻地卖弄，给自己留一点儿脸吧……而另一个秋小兰死死地拽着她，强迫她去完成每一个动作，每一句唱，告诉她，现在这个戏就是她的命，没有了这个戏，姑妈就没有了，萧舸也没有了，秋小兰活着也就死了。

逃跑的秋小兰到底被留下的秋小兰摁倒了，逃跑的秋小兰被踩在了脚下，可还会发出凄厉的警告的声音，秋小兰只能狠狠地掐着她的脖子，同时也分享那瞬间窒息的黑暗痛楚。

没有人知道秋小兰心里发生了什么。

从来没人知道秋小兰心里发生了什么。外表平和内心高傲的秋小兰，公主一样生活在剧团里的秋小兰，逢山有人开路遇水有人铺桥的秋小兰，没人知道，这样的秋小兰内忧外患孤立无援进退维谷心力交瘁……

秋小兰就这样一天一天地在排练场坚持。

织女唱："你恋慕我天仙容貌，可知道落凡尘红颜易老，据说呵，最无常男子心性，薄幸故事古今不曾少。"

这是四句滚白，有唱有白，韩月处理得不是很好，第二遍拉的时候，秋小兰跟牛郎搭戏，所谓"千斤念白四两唱"，你要在一句中，从千斤换成四两再从四两回到千斤，的确不好唱。这样的滚白唱段，小兰是被姑妈一点一点捏出来的，她自然驾轻就熟。谷月芬听了直点头。牛郎刚要接唱，萧舸叫停。

萧舸走到秋小兰身边，说："秋老师，是这样，织女这四句，表达的不是怀疑，更不是指责，而是淡淡的忧伤，她内心已经接受了牛郎的爱情，所以才会担心，是对未来茫然的担心，此刻她心里的情绪主调还是喜悦，不能处理得太哀怨。”

他说得很耐心，也许说得太细致了，秋小兰反而被他说呆了，可她不说话的样子倒像是跟导演别扭。萧舸就说：“那韩月再走一遍，注意你的气息，来吧。”

韩月果然聪明，只看了一遍，她就学会了怎么换从“白”滚到“唱”的那口气。韩月可能是想求证自己的表演，她起唱的时候扫了一眼萧舸，那眼波含情脉脉似喜非喜，羞涩里有一些埋怨，埋怨不是拒绝而是想要更多……

秋小兰盯着韩月，脸突然烧了起来，独自抱着水杯躲到一边去了。

他们搭完这段，萧舸说很好。谷月芬一听就大腔大嗓地嚷开了：“导演，看你刚才说得恁复杂，你直接说大闺女谈情说爱心口不一我们不就懂了？再俗点儿，俺们管这股劲气叫闷骚！”

谷月芬是替小兰出气，大家爆笑一阵也解疲乏，萧舸笑笑，又往下走了。

九点多排练结束，秋小兰跑到姑妈很喜欢的甜食店去买了份百合莲子粥，这时医院的电话打过来，说秋依兰再度心力衰竭，正在抢救。

秋小兰捧着那份百合粥，站在急救室外头。她想起自己十八九的时候，姑妈给她说戏，恨得姑妈掐着她的肉说：“我死吧？我死了把魂给你好不好？”

死亡突然就在那写着红字的玻璃门后面，露出了冷冷的脸。秋小兰被巨大的恐惧攫住了，没有眼泪，眼睛疼得要爆出来，极度的恐惧反而压出了罕见的勇气，那么容易被恐惧骇得苟且躲避的软弱的小兰，此时毫不退让地盯着那扇玻璃门，她眼对眼地看着死亡，她不退，她不能退，她一退，姑妈就没有了！

玻璃门里的死亡到底带走了姑妈。

秋依兰死在8月19号，农历七月初七。

织女回到天上去了。

秋小兰和姑妈从此天人永隔。

秋小兰回到剧团的时候，迎接她的是一片担忧同情的目光。担忧同情背后，一跳一跳的也有幸灾乐祸。

谷月芬淌眼抹泪地说："老师哪怕再等等，等到看一眼你的新戏呢？"

言下之意很明显，没了秋依兰，秋小兰的命运就成了风中之烛。

织女一角演员的顺序还是一片混沌，这个敏感的问题似乎没人愿意去碰了。秋小兰回到排练场那天，遭遇了前所未有的尴尬。人心真是诡异莫测的东西，没人组织安排，甚至谁也没做什么暗示，排练自然而然地就开始以韩月为主了。当然，要是秋小兰说："这遍我来！"估计没一个人敢说不行。秋小兰不说，不说就没人请她，秋小兰被恭恭敬敬地晾到了一边。

谷月芬善解人意地替在场边发呆的小兰解围，说，小兰太伤心了。

伤心的秋小兰次日仍然按时到排练场去了。

副团长兴冲冲地拿着张“戏曲教学研修班”的报名表在场边找着了秋小兰，问她想不想去北京学习，机会难得。秋小兰冷冷地说，排着戏呢，怎么去？

这就是秋小兰，她的疯狂总是安静的、执拗的，把别人眼里无谓的不可理解的沉默坚持到让人胆战心惊的地步。秋小兰不退让，决不退让！萧舸不成全秋小兰，她自己成全秋小兰！为了秋依兰，她也要成全秋小兰！

现在谁要是敢把小兰从这个戏里撤下来，她肯定以性命相搏。

让人想不到的是，秋依兰的死不但没有动摇秋小兰在这本戏里的位置，而且越发让秋小兰显得不可替代了。秋依兰的追悼会，戏迷倾城相吊。省里不少报纸的文化版还在登载怀念秋依兰的文章，她的传人自然要被提及。最近市里开会，主抓文教卫的副市长下楼的时候和团长周祥甫走在一起，还特意问了问秋小兰排戏的情况，颇为关心地嘱咐了两句。

周团长很为难。

周祥甫一直想在艺术、人情和各种力量之间寻求到最理想的中间道路，不想亏了好不容易弄起来的戏，方方面面又得交代过去，连把韩月变成秋派传人这种不是路的路他都试着走了，走不通也是情理中的事。投资方一直在催促，宣传海报的版都制好了，就空着织女后面的演员名字呢，怎么排？

周祥甫召集班子成员开会，导演也被邀请参加。空调房间里四五个人吞云吐雾，大家都拿着根烟卷挡着脸，没人愿意再去秋小兰那儿碰钉子，和稀泥看来是唯一可行的道路了，萧舸不知道是受不了那呛人的烟气，还是不想听这毫无价值的会议内容，他借接手机的机会离开就再没回来。

这时办公室的门被人敲响了，门外站的竟然是秋小兰。她要请一天假，家里有急事。周祥甫哦了声，很关心地问什么事啊？

秋小兰淡然一笑，说："家务事。我不会耽误明天的排练。"

面对这样的秋小兰，周祥甫忽然有了面对秋依兰的压力，他准了假，小兰说了声谢谢团长转身走了，周祥甫有些沮丧地回头看了看屋里的人，说散会。

秋小兰离婚去了。

入夜的郑州车站广场上，不少人惊讶地看着一个身形绰约的年轻女人在奔跑，好像有十万火急的事情，那是办完离婚手续的秋小兰，她买到了末班车的车票。秋小兰回到宿舍倒头睡下，浓黑的睡眠，像出生之前，像死亡之后。

次日秋小兰头一个到了排练场，她开始耍水袖。秋小兰喜欢长水袖，那是柔荑一样女人手指的极度夸张，攫取缠绕，绵延不绝，柔情蜜意，执拗疯狂，可终究什么也抓不到呀！连绵不绝的白练一样的水袖绕着小兰的身体飞舞，她的舞姿美得忽然有了些魔意，妖气……

连绵的白练忽然断了，落到了地上，秋小兰拖着水袖，看着墙上镜子里的自己，还有站在她身后的萧舸。

萧舸说："心情好些了吗？"

他没有使用称呼，秋小兰一下子被他亲近的口吻弄得泪眼婆娑了。

萧舸看着镜子里的她说："快排练了，别太累了。"

秋小兰也在镜子里恍惚地看着他，他点了点头，走开了。

进入响排，演员开始跟乐队配合。那天上午的排练，萧舸似乎有意让耽搁了排练的秋小兰跟上来，一直在给她一个人排，可秋小兰的状态让人无法理解。

乐队都感到奇怪，唱戏唱老了的，怎么一张嘴竟紧张得冷板凉弦呢？秋小兰是怎么了？秋依兰死了，把秋小兰的魂也带走了？

秋小兰立刻停下了，不好意思地给乐队笑了笑，再来，就好了，只是那声音还是有些紧，绷着。萧舸耐心地举起手，说："情绪可以再强烈点儿。"

秋小兰从冷一下变烫了，越唱越激越，后来几乎就成"洒狗血”了。

谷月芬也在人堆里看着秋小兰出丑，她首先注意到了小兰的眼神，秋小兰的眼神有点儿迷乱，死死地缠向萧舸，满腔满板地唱着。唱满，这是秋派闺门旦的大忌，留余，是秋派魅力的精髓，秋小兰怎么连这个都忘了呢？

秋小兰的确什么都忘了，她感觉有一个东西在她心里的最深处，她已经穿破了一重又一重的屏障，小心地，大胆地，她就要抓到它了，真的，那东西就在她手指的前方，飞快地向后躲避，秋小兰的手几乎能碰到它光滑的外壳了，抓住它，弄破它，最真最美的东西就淌出来了……

她勇敢地看着萧舸，内心战抖着狂喜，她想让自己的唱有力些，再有力些……

谷月芬心里叫了声不好，果然，秋小兰在一串垛子板后的那句高腔“唱破”了。排练场一静，乐队也停了下来，秋小兰尴尬地呛咳起来，听起来格外响。

依然没人知道秋小兰心里发生了什么，大家只看到她大失水准犯了低级错误。谷月芬忽然觉得很愤怒，看神情，小兰对这男人是着迷了，她一定上萧舸的当了，不然小兰怎么会如此章法大乱呢？这个缺心眼的小兰哪，到底是让那个阴人给坑了！

秋小兰在一片寂静中依旧站在乐队的前方，右手还在胸前，翘起的兰花指还没收起来，那一瞬，她被绝望钉住了。差一点，就差一点，功亏一篑，她到底是自己成全不了自己呀！命哪！

谷月芬的大嗓门打破了寂静，“导演，看你把小兰的唱腔导成什么了？”

谷月芬是无心之失，可那个“导”字，让人想到了同音的“捣”，本地粗话中这个字用来指性交动作。她话音刚落，排练场轰的一声笑翻了。

这无聊却恶毒的笑像烧着的山火，扑都扑不下去了，再贫乏的人关乎性的想象力仍旧强大，脑子里越想越多，嗡嗡的影影绰绰有所指的能话也越说越多，不过表面都是朝着谷月芬去的，谷月芬就鳖鳖兔兔地骂回去，引得对方的话更过分些，新的笑声又起来了，后面的男孩子们吹起了尖厉的口哨。

秋小兰胸前的右手慢慢放下，栉风沐雨地顶着那些笑声和粗口，缓步朝排练场外走去。

已故著名豫剧表演艺术家秋依兰的传人秋小兰开门收徒，让周祥甫团长头疼的织女角色问题圆满解决了。

周祥甫如释重负的同时，心情复杂地长叹了一声，“小兰哪，小兰哪！你的命咋就这么软呢？关键时刻，咋就扛不过去呢？”

收徒仪式很正式，投资方老总在四星级酒店包了个小礼堂，有嘉宾有记者，杜易非主持仪式。秋小兰穿了条颜色很深的真丝裙子在仿明式圈椅上坐着，头发略长了些，洁净蓬松，却有了些风鬟雾鬓的味道。韩月在红垫子上磕头，这个头磕下去，韩月就成了小依兰。

小依兰接着排戏，而秋小兰则拿着副团长填好的表格准备去学习了。一个女记者追着问小兰为什么选这么沉重的裙子颜色，和心情有关吗？秋小兰愣了一下，说这就是茶叶末色，我没觉得沉重。女记者就在本子上写，茶叶末色，茶叶忍受过揉搓和火炙，那种颜色该透着生命在大挫伤中历练过的幽沉芬芳吧？

她写完这句足以让自己得意的话，就匆匆忙忙去领红包和纪念品了，然后找有熟人坐着的桌子去谈笑吃饭了。

和其他房间的热闹相比，秋小兰所在的这桌气氛略有些沉闷。周祥甫可能喝了点儿酒，忽然很动情地说："小兰哪，你不容易呀，不容易！"

秋小兰笑了笑，桌上的人却不约而同地静了一下。秋小兰微笑着环视桌上，坐在小兰身边的杜易非也有些难过，无言地拍了拍小兰的手，大腔大嗓的谷月芬低头忽然哭了，老总尴尬地咳嗽了两声，小依兰也垂下了眼帘，萧舸的表情有些怔，倒是迎着她的目光，没躲没闪。

秋小兰眼睛里盈盈转动了泪光，可嘴角依旧有着笑，她没说话，等着那泪慢慢洇回眼底，脸颊却浮动出绯色来，那些说不出的话，在心里蒸腾出的热炙烤着她，冰玉一样的肤色映了熔岩的红光，美得让人愕然，让人揪心……

结束的时候有些乱，没有人在意秋小兰的离开。周祥甫还在门口台阶上问小兰呢小兰呢，秋小兰已经转过酒店前面养着锦鲤的水池，走到被紫薇树夹着的甬道上去了。晚风里她朦胧听到有人叫自己的名字，她没有回头，风里能听到谷月芬哈哈的笑声，小依兰嗓音清亮的喊声，萧老师，团长叫你……萧舸的声音却没响起来。也许小兰走得远了，没听到……

秋小兰的心里有种被永隔的痛，因为这不可逾越的隔绝，她更不会把一丝一毫不美好的猜度放在他身上的。他依旧混沌又洁净地存在着，她给自己那些雨丝风片的美丽想象，找了个实实在在的着落处——爱情。

33岁那年，秋小兰有了初恋。

夜风凉得像泉水，剧团院子的暗影里，依旧有乘凉的人。秋小兰没有直接回宿舍，她在平素练功的桐树下慢慢地走，耳边是一片虫声。古诗词里老是写到虫声，童年的乡村里从春经夏到秋，密匝匝漫山遍野洒的也是这样的虫声。这虫声是古典的，雅致的，但又是世俗的，喧嚣的，像戏台边的锣鼓家伙，像戏台上搬演的天上人间的故事。

漆黑寂静中喧嚣的虫唱，辽远的仙境一样的戏台，完整记忆之前的某些断片忽然浮到了小兰的脑子里，她趴在娘的怀里侧着脸睡着了，睡梦中知道在台上哭商郎夫的秦雪梅香魂袅袅地到天上去见爱的人了。

戏台是通天的路，是从凡尘到仙境的彩虹桥，一个肉体凡胎的女人靠服食自己的眼泪修成了虹桥上的仙子，就像姑妈秋依兰……秋小兰的脚步迟滞了，她又到了排练场外。

秋小兰凝视着练功场的大门，一如那天凝视着医院急救室的玻璃门，心中的眷恋和痛楚如此强烈——有些隔绝也许永远无法逾越无法克服，譬如死亡，譬如人心，长久的凝视也许徒劳而悲哀，可那目光中的勇敢却让这凝视的姿态获得了永恒的美丽，一如天河边的织女……

她轻轻推开了排练场虚掩的门，打开门边的一盏壁灯，黑沉沉的排练场被一道光斜切出一块昏黄，墙上的镜子泛着光。不知道谁的一副带长水袖的练功戏服扔在一把椅子背上，秋小兰没有嫌恶，抓起来套在了身上，她抬手收好了水袖，转了个身，一抖胳膊，水袖出去了，秋小兰的耳边响起了锣鼓点，她应声开始唱。

秋小兰听见了自己的声音，也看到了镜中的自己，镜子里盘旋挣扎着被天河隔断挚爱的织女，不是别人，就是秋小兰。

沉碧奈何天，幽明相思地，怨到无可怨，恨到无可恨，一条天河耿耿，唱不尽那一回首的万古伤心！

天河在天上，天河也在红尘。尘世上淌满了波涛滚滚的泪河。人哪，你是别人的天河，别人是你的天河，你是自己的天河，自己是你的天河！到处都是障碍，到处都是破碎，到处是受苦的人心，到处是隔绝圆满的欠缺。天河滚滚，泪浪滔滔，我们借着什么来渡河？

秋小兰一个“卧鱼”倒下，长长的水袖抛向空中，泪水和汗水在脸上纵横。无人看到，一个风华绝代弥散王者之香的秋小兰在这一刻破茧成蝶！秋小兰仰视着雪白的水袖从沉沉的黑暗中飘落，她轻呵出胸中滚烫的感恩，“你把魂给我了！”

秋小兰抬头，看见镜子里好像有斑驳的叶影，知道只是光和影的错觉，还是痴痴地看。秋小兰真的看到了姑妈那个寂静的小院，那堵叶影斑驳的墙，只是那个练功的小姑娘不见了，太阳还那么高，叶影还在那个位置摇……

2007-5-26　河大一稿

2007-6-12　河大二稿

2007-6-24　河大三稿

本文初刊于《人民文学》2008年第8期

计文君，河南许昌人，文学博士。著有长篇小说《化城喻》，小说集《问津变》《帅旦》《剔红》《窑变》《白头吟》等，曾获《人民文学》中篇小说金奖、杜甫文学奖、郁达夫小说奖等，著有《红楼梦》研究专著《曹雪芹的遗产：作为方法与镜像的世界》《曹雪芹的疆域：〈红楼梦〉阅读接受史》等。现居北京。

白衣胜雪

申　剑

一

一道乳沟，很深的乳沟，忽地横在眼前挡住何无疆的去路。是个30多岁的女人，女人捂着胃部，声音发颤，医生，我胃病犯了，疼死了，求你给我开支杜冷丁吧。何无疆摇头，懒得说话，向走廊尽头的电梯口加快步子，他并没有穿白大褂，一身便装，出差回来刚下飞机，先到科室看看几个重患者，正急着回家。这女人偏就能一眼看出他是医生，可见是个常来医院纠缠的老江湖。也许每个城市的每个医院，午夜之后都难免会出现几个这样的男女，满楼乱串，阴魂似的，见到穿白衣的就死缠不放，千般疼万般苦，就为了讨一针杜冷丁。

他们是吸毒者，大半夜犯了瘾，口袋里没银子买不来毒品，只能到医院装病装疼，两元钱一支的杜冷丁可以让他们撑过漫漫长夜，不用那么痛苦。当新的太阳升起，他们会和常人一样奔波劳作。常人是为了把日子过下去过得更好，他们是为了把毒资挣出来，越吸越纯。毒品和抗生素同理，用着用着就疲了，得不断升级。凡是值过夜班的医生，都对这种人高度警觉，根本不予理睬。何无疆进电梯，女人不管不顾地追过来，挤进电梯，一把抱住他的胳膊，拽住他的手就按在了那道乳沟上。女人哆嗦着说，给我打针，不然我告你流氓。

乳沟这种东西，对男人很管用，对有些男人就不怎么管用，对何无疆则是一点作用也不起，他是外科医生，普外科主任，手术刀捏了20年，见过的乳房成千上万，割过的乳房不计其数，黑的白的大的小的圆的扁的，各种各样的乳房，在他手下不过平平常常的两团组织。若用这种东西来砸他，苏妲己和杨玉环的也许管用，普通女人的，那是瞎子点灯——白费蜡。何无疆快速抽手，指指电梯顶棚，说，你记住，所有医院的所有电梯都有视频头，诬告没用。你这种毒瘾只是初级阶段，再吸下去，打杜冷丁也不行，赶紧戒毒吧。女人浑身发抖，眼泪鼻涕糊了满脸，她说难受，受不了。我明天就戒，你快开一针给我，你让我干什么都行。何无疆不理睬，出了电梯，刚走出病房楼大门，就听到身后咚咚的闷响，回头看看，女人在撞墙，脑袋一次次向墙上猛撞，显然是毒瘾发作，忍受不了，很快血流满面，瘫倒在地。

何无疆给急救中心打电话，值班医生一溜小跑赶来，何无疆说我是普外科何无疆。这女人是从20楼普外病房走廊冒出来的，不是我们的患者。大半夜毒瘾发了，给她静脉推支安定，让她睡到天亮该去哪儿去哪儿。值班医生说何主任，这种吸毒的不能沾，不然她每天都来缠你。何无疆说你新来的吧？值过几个夜班？你知道这种人撞完墙会干什么？找刀片剪子自残，哪儿有刀片剪子？急救中心！等她割完你不仅得给她缝合，还得给她打杜冷丁，你不打她就一直打滚惨叫，你打不打？值班医生说是是是，何主任，我刚来咱们医院，今天是我第三个夜班，我这就去推担架床过来。何无疆说不用，她根本没昏迷，他们撞墙是技术活，雷声大雨点小。值班医生半信半疑，扭头冲女人喊道，你起来，跟我去急救中心。女人扑棱一下就起来了，动作比运动健将还麻利。值班医生说这么大岁数还吸毒，也不知道替你的孩子想想。何无疆说你错了，她最多20岁，只是看着面老。值班医生连说不可能，领着女人走了。何无疆伸出手，摊开，他低声说，脸会骗人，乳房可不会骗人。人体的哪个器官，都比人脸诚实。韩心智，就你这心智也敢叫这名字，幸亏你不是我的兵。

韩心智是值班医生的名字，何无疆刚就着月光看的胸牌，上面显示是急救中心主治医师。从住院医师到主治医师，从主治医师到副主任医师，再到主任医师 这个职业走的是职称，职称是五年一升级，所谓升级，可不是五年期满就可以自动升上去的，要经过很多道关卡，过五关斩六将，发论文、出专著、答辩、评审，上下求索八方奔走，见神磕头遇鬼下拜，和走官道的人要给乌纱帽加品级难度不相上下，力度稍逊风骚。何无疆算是走得快的，20年前硕士研究生毕业，直接分进丹青市人民医院。当年医院也就几百号人，各科室医生之间都彼此熟悉，这几年医院升级三级甲等医院，急速扩张，大院里齐刷刷立起三座高楼，医生护士猛增，调进来的少，聘进来的多，很多生面孔，何无疆往往是到会诊的时候才认识。何无疆早已熬成元老，他没换过地方，就在普外科生根发芽，一步一个坑，而今职称是主任医师，已经走到这个职业的尽头。职务是普外科主任，似乎前景光明前程无量。他从不去想什么前程，他只关心眼下，每一天都是眼下，每一天都是将来。把眼下干好，不惹麻烦不出事，不让任何患者家属披麻戴孝拉白色条幅抬黑色棺材堵医院大门，就算圆满就算心安就算问心无愧两下无亏。

如果可以从头来过，何无疆不知道自己还会不会选择这个职业。医生这个职业早已不比当年，20年前第一次穿上白大褂，他只觉得白衣胜雪丹心火红，那个时候的医生和患者还算彼此信任，患者大难临身时，是可以对医生托付生命的。不知道是从什么时候开始，当社会上所有的关系都变着，医患关系也不得不变，不变就是落伍，从来没有哪一种关系可以在大环境的剧变之中独善其身。就像花儿不能够向冰绽放，百灵不能够在黑夜里鸣唱，医患关系走到今天，已成功跌破几千年的冻点。柳叶刀捏了20年，何无疆炼成了全医院公认的头把刀，可他心里越来越怕，刀还是那把刀，人却不是当年那个人了。手术台是几乎每天都要站的，他是上台也怕下台也怕站在台上更怕，不怕刀法不好，就怕运气不佳。很多时候，很多事情，无关刀法，只看命运。普天下所有的工作都允许犯错，都允许错了重来，就连报纸头版也还允许万分之几的错字率，唯独医生这个职业不行，医生错不起，一错就是大事，一错就是别人的生死存亡。一个永远不敢犯错的人，只能日夜活在刀光之中。何无疆每天上班，只感到到处是刀，寒光闪闪，手里捏着刀，脚下踩着刀，头顶悬着刀，心头还插着刀。那是忍，不忍不行，都得忍。放眼天下，哪个国人不是心字头上一把刀，不会忍，就会疯，不懂忍术都不配当华夏儿女炎黄子孙。何无疆只在一个人面前不忍，从来不忍，面对她，他不是何主任不是何医生，也不是谁的上级谁的下级谁的同学谁的朋友，他是他自己，百分百本色的自己。何无疆到家时已经深夜1点出头，他掏出钥匙哗哗抖了抖，根本没往锁孔里插，果然，门自动开了，滔滔顶着张绿幽幽的脸喜笑颜开，无疆，告诉你个天大的喜事，丹青房地产就你走这几天工夫，狂升十个点，咱们发大了。何无疆不能不笑，滔滔的语气俨然坐拥万亩土地的地产大亨，事实上，除了医院的这套住房，两人名下统共只有一套房产，还是分期付款月月还贷的正在进行时。

滔滔的脸，每周七天，七种颜色，赤橙黄绿青蓝紫，每晚临睡前，分别用红豆泥、橘子皮、黄豆渣、绿豆粉、菜椒片、蓝莓酱、茄子皮，仔仔细细敷上一个小时，不管生活怎么变化，她的脸色雷打不动，永不含糊。她对待生活就像对待她的脸，变并热爱着。她对他，比对自己的脸更甚。她总能让他笑，多苦多累的日子都过过，什么都缺过，缺钱缺势缺人脉缺背景，但他没缺过笑，她让他每天都还会笑。何无疆说滔滔，我脑门上是不是刻了医生两个字？不穿白大褂都能让人认出来。

滔滔立刻捧着何无疆的脑门左看右看，哎呀真有两个字，不是医生，无疆，你知道是什么字？完人！何无疆又笑，冲儿子房间努努嘴问小完人几点睡的？滔滔叹气，我都管不了他了，作业没写完，不到11点就睡了。高考倒计时就一年，我看也就是个二本了。何无疆说二本就二本，几本都有饭吃。咱俩都是一本出身，和院子里这些二本三本甚至没本的，也没多少区别，不要总逼他。滔滔说当年咱俩要不考出来，现在你是农夫我是村姑，就算到了丹青市，你是农民工我是菜贩子，不逼他行吗？何无疆说，你说过家里大事我当家，这20年我也没当过几回家，家里哪来的大事，都是小事，都是你说了算。这回听我的，就把二本当目标，就这么定了。滔滔气鼓鼓盯着何无疆，刚要张口，何无疆伸手捏住她的嘴唇，不让她发声。

出差几天，按道理似乎是要表现一下的，何无疆选择演文艺片，而不是动作片，他把窗帘拉开，夜色如网，天地万物尽在网中，俱是伏贴和沉寂的，只有几粒星星，啪嗒啪嗒泛着银光，漏网之鱼般，得意地不时翻腾几下子。何无疆说一天都在路上，真是累。滔滔把脸埋枕头里头，狂笑，她说那就讲个故事赎身吧。何无疆觉得讲故事更累，他最怕讲故事，两害相权取其轻，他快速钻进了她的被窝。滔滔推他，我故事不听了，人也不要，赶紧睡吧。滔滔推不动，何无疆说这会儿可由不得你了。

二

手术台上，何无疆一眼就认出了这个患者。他不认识他的脸，这张脸沧海桑田，不复当年。他认得他身上的刀口，胃腹部，近半尺长的刀口，这是他亲手划开的，也是他亲手缝合的。手术医生看刀口，恰似艺术大师欣赏自己的作品，眼神大多比较自我迷恋。何无疆的眼神却很冷，也很冷，冷得瞳孔都收缩了。

这是一个犯人，监狱里的犯人。省第一监狱是全省模范监狱，监狱很大，关了几千号犯人。监狱和丹青市人民医院是常年的合作关系，监狱有重患者，监狱医院处理不了的，就往这里送，何无疆多次给犯人做过手术。他历来注重和患者的沟通，他认为沟通和医术同样重要，甚至比医术还重要，沟通不到位，迟早出问题。即便是犯人，做手术前他也会详尽沟通。但这个犯人是特例，大清早被警车送来的，来了四个狱警，这就有点超规格了。犯人出门和老板差不多，老板讲究带了几个跟班的，犯人的身份也要靠狱警的人数来体现，一般犯人都是两个狱警押送。四个狱警跟着，要么是重犯，要么是危险系数较高的。

狱警老李是何无疆的老熟人，当年他是小警察，他是小医生，凡是小的，都得受气，受了十几年，都练成了海纳百川。老李是防暴警察出身，腰身壮胆气豪嗓门粗，年轻时抓捕一个挟持幼儿园孩子做人质的歹徒时，身体落下残疾。歹徒从三楼跳下逃走，老李紧跟着跳下，膝盖骨摔碎了。后来转到监狱工作，多年来，他给何无疆送来过百十号犯人做手术，两人说话极其随意。老李说这回可没有家属跟着结账，你给省着点，监狱经费很紧张，你懂的。何无疆说我不懂。你当省点钱容易？我手机整天当成计算器用，一开药就得左算右算，真是日子艰难的患者，我算算账也不嫌麻烦。你监狱装什么穷，我每次去你们监狱医院给犯人做手术，我都感叹你们真富，你那小医院的设备快赶上我们了。老李说设备顶个屁用，我们狱医不行，玩地雷的要不动火箭炮呀，只会治治发烧感冒皮外伤。何无疆说我得进手术室，你去门口等着，这人疼痛成这样，要么肠穿孔要么胃穿孔，溃疡引起的好办，要是肿瘤引起的，你得拿主意。老李问，你觉得呢？何无疆说不知道，这会儿没办法检查，做检查得排空肠胃，没那个时间了，只能直接剖腹检查，再耽搁会夺命的。

何无疆只当是个寻常的犯人，寻常的手术。这犯人大半夜捂着肚子满地打滚，嗷嗷惨叫，狱医给打止痛针，一点也没用。何无疆根据检查、症状及体征判断，是胃穿孔或肠穿孔，就直接把人送进手术室了，这种手术预计一小时足够。可是骤然间，患者身上这道刀口，像金环蛇的芯子，冰冷滑腻的，蜇疼了何无疆的眼睛。他站了一阵子没动。助手小刘手起刀落，沿患者胃腹部原有刀口，划了下去。这是惯例，一道疤总比两道疤好。

小刘双手拉钩，撑开刀口，这个时候何无疆应该操作了，他忽然说，小刘，我来拉钩，今天你主刀。

小刘做得很顺利，他把患者肠子掏出腹腔，翻了个遍，很快找到穿孔的部位，看看穿孔有点大，就把这一截切掉，缝合。就在他准备把满堆肠子放回患者腹腔时，何无疆说慢着。小刘有点诧异。这截切下来的肠子，送病理科快速冷冻活检，确认没有问题，也就是说，这个穿孔是由溃疡引起，和肿瘤及结核无关。何无疆捏起患者体外那大堆肠子仔细看，看着拽着，把患者腹腔中的肠子又抽出来一大截。人体的肠子几米长，颜色形态和超市里的猪肠同样，胡吃海喝的人，肠内壁挂满油脂，糊满肠道；生活不规律饥一顿饱一顿的人，肠色发暗，粗大肥腻却欠缺弹性；相对来说，饮食讲究的人，肠色粉嫩，肠壁厚而紧，只有一层薄油。人体的每个器官都没有学会说谎，它们忠实地守护着主人的全部秘密。这个人的肠子可谓清汤寡水，松垮垮的颜色十分暗淡。显然是饮食太差，缺乏运动。

何无疆指着肠体上靠近直肠位置的一小块灰斑对小刘说，把缝合拆开，从这里取样，再送病理科。小刘说何老师，不可能有问题，如果是肿瘤引起，刚才整个肠子就是糟腐的，根本缝不住，只能皮外引流。这块斑会不会是先天的胎记？

胎记每个人都有，大多数人长在脸上或身上，极少数奇葩，他们的胎记会比军统特务的暗号还隐秘，干脆藏在内脏上。何无疆就是天生破解暗号的人，他说八成是胎记，两成不是，但我们必须把这两成也完全排除掉。这世上什么样的怪事都有，碰巧看见了，就得弄清楚。江河有源，如果洪水泛滥，找源头就没意义了，那时候得把整个河道都切掉。

二比八的比例，二胜。病理科很快打来电话，这块黄豆大小的灰色斑块，并不是胎记。它是源头，细微得根本不会让当事人感觉到异常的源头，正在积蓄力量养精蓄锐的源头，当它泛滥开来，它有一个惊世骇俗的名字，癌。

按照惯例，手术过程中发现其他情况，主刀医生必须亲自出去向患者家属说明，取得共识，让患者家属签字，方可继续手术。何无疆没出去，他给老李打电话。老李嚷嚷，无疆你就宰熟吧，肠穿孔咋就变成癌了？你们医院不能这么搞创收呀。看我们是公款是不是？你当他是公务员全报销啊？我们监狱经费很紧张，全是纳税人的钱呀。何无疆说少废话，我让人接你进来，眼见为实。老李换手术衣，消毒。跨到手术台前一看那具开膛破肚的身体和那堆血糊淋拉的肠子，一个没忍住，哗哗地呕吐起来。何无疆让他看清楚那块灰斑，老李说，这玩意要发作得多长时间？何无疆说纯属碰巧看见。不是发现得早，是发现得太早。肠穿孔和它没有关系，它还在萌芽状态。我也是头一次碰见这种事。半年之内，应该不会出现问题。老李说无疆，他刑期还有四个月。我们今天送他来，是做肠穿孔手术。你也知道我们的情况，犯人需要手术，都是通知家属全程负责。这犯人抢劫盗窃，这回是三进宫了。他没有任何亲属，这种人就是枪毙都没人收尸。

老李，我这里只有患者。只要他躺在我的手术台上，他就是我的患者。何无疆盯着老李说，都是人，老李，你要是为难，打电话给你们监狱长，我跟他解释。

解释个啥，做！老李手一挥，宣布命令似的，所有费用记到肠穿孔上，我可从没进过手术室，我没见过这块斑。我们不能开这个先例，把他出狱之后的癌都包了，我们几千号犯人呢。

手术室气氛陡转轻松，麻醉师和护士甚至聊起了一部刚上映的电影，只有小刘没话，他得全神贯注地操作。这种手术是全麻，患者跟死过去一样，什么也听不见，张天师来了都叫不醒他，所以手术室每逢这种毫无悬念的手术，都是边聊边做，话题包罗万象，女的说减肥美容，男的说国际风云。反正每天都是给人开肠破肚，面对没完没了的血色和肿瘤不说点闲话，简直会憋闷死。大手术就不行，气场不一样，过于肃穆和压抑，稍有疏忽，台上的人随时可能变成死尸，没人敢开玩笑。

这个犯人，是何无疆的老相识，何无疆从来不愿意想起，却是锥心刺骨，怎么也无法忘记。

犯人叫梁小糖，名字很甜蜜，命却苦，苦得比黄连还噎人。梁小糖的老家离何无疆的老家不足百里地，分属两个县。何无疆的老家很普通，普通农家有多穷，他家就有多穷。梁小糖的老家很拔尖儿，穷得拔尖儿，全省近百个县，他们县穷成了冠军。何无疆和梁小糖并不认识。何无疆和滔滔都是考学考出来的，那个年代大学生比较稀罕，何无疆医科大学毕业后，理所当然地分进了丹青市人民医院。梁小糖走不了科举的路子，他小学都没念完，只能走草莽路线。他是背着铺盖卷儿来的丹青，在工地干活，那时还不叫农民工，就是个乡下的农民，小农民。他和何无疆相识在15年前的一个深夜。梁小糖今生注定了无法站着面对何无疆，他每一次都是被抬到他面前的。

当时，18岁的梁小糖深夜正在工地干活，挑灯夜战赶工期。他在18层楼，踩着架子给大楼外部贴瓷片。他不知道自己的脚是怎么踩空的，也不知道11楼那根钢筋怎么就接住了他。那根钢筋从梁小糖右臂刺入左肩刺出，贯穿整个上半身，把他吊在了11楼。

梁小糖的手术做了一夜，胸外科心外科普外科骨科紧急联动，联手完成。光是取出那根钢筋，就用了差不多半个小时。手术台上站满医生，各做各的，何无疆在梁小糖上腹部划开三四寸长的刀口做剖腹探查，双手往里一伸，知道不妙，梁小糖的半个胃毁坏了，那根钢筋从他的胃部穿过，梁小糖吃的晚饭溢出，流满腹腔，何无疆清理干净，开始给他补胃。这种情况之下，何无疆有两个选择，他完全可以胃部全切，保命要紧，这样做没有后患，但患者太年轻，这么年轻的体力劳动者，如果没有了胃，吃的东西从嘴巴直接进肠道，毫无生活质量，那活着岂非和死了一样。何无疆选择补胃，比女娲补天还艰险，术后稍有感染，就得二次手术，二次手术就没有选择了，只能全切。

梁小糖命大，那根钢筋像死神的一个玩笑，他的肝脏、胃、心脏受到重创，胯骨、肋骨、肩骨均有骨折。他的腹腔内大动脉令所有手术医生惊叹，大动脉紧贴着那根钢筋，甚至为钢筋调整了自身的弧度，好像是缩着身子给钢筋让的道，他太年轻，血管弹性超好，钢筋刺入时，他的大动脉应急性收缩。要是中老年人，大动脉硬且脆，绝对让不开，一被刺破几分钟就完了，神仙也留不住。

梁小糖术后住在普外科，何无疆是他的主治医生。他躺了两个多月，才可以拄着拐杖下床。梁小糖的治疗费用惊人，两个多月花了快10万，15年前的10万，在丹青市很不错的地段，可以买一套80平方米的房子。包工头每过几天来交钱，回回唉声叹气，他说何医生，这工程是层层转包的，到我手上也落不下几个钱，我怎么这么倒霉。就是死个人，10万也足够打发了。何无疆说，梁小糖逢人就说老板是菩萨心肠，怎么也不会让他就这样成个残疾人。

何无疆是替梁小糖说话，他把他当同乡看，他对这个无父无母的小同乡充满同情。他觉得自己如果不是会念书会考试，那么，他就是另一个梁小糖，30岁的梁小糖。当时科里人手紧，何无疆隔天值一个夜班，夜班随时被叫起来手术，从来不敢脱衣服睡，从来不敢放心睡过去，天亮了交完班，接着查房换药，上手术台，写病历干杂活，没有节假日，没有星期天。何无疆是一台永远转动的机器。梁小糖开始叫他恩人，后来叫何医生，再后来叫何大哥，最后他叫，哥。梁小糖说，哥，考学有啥用呀，你看你，咋就比我还累呢？

何无疆鼻子发酸。他说小糖，18岁刚进大学的时候，我以为毕了业有个工作就什么都好了，可现在我还和当年一样，一无所有。我爸我妈岳父岳母，都老了，干不动活了，全指着我和你嫂子这份工资养活。梁小糖说，哥，我每个月都买彩票，我要是中了大奖，第一件事就是买套房子送给你和嫂子住，你们三口人挤那一间小房，和我们工棚差不多。何无疆问，第二件事呢？梁小糖说，我想谈恋爱，找个念过书的姑娘谈恋爱，念过书的姑娘不一样。何无疆说都差不多吧，你嫂子名牌大学毕业，还不是整天蓬头垢面接送孩子买菜做饭上下班，看不出来她念的那些书有什么用处。梁小糖很认真，那可不一样，到事儿上就不一样了。我都没见她凶过你。何无疆笑，这倒是真的，她几年不发一次火。

梁小糖没人照顾，也没钱，包工头后来干脆不露面，打电话不接，去找就躲起来。不仅包工头，梁小糖几个要好的工友也不再来了。何无疆不担心，梁小糖说过他老家还有两个姐姐，日子过得不错，梁小糖是怕她们受不了，才不告诉她们的。当时梁小糖欠医院费用近7000元，恢复得不好，头晕胸疼胃肠疼骨头发冷，拄着拐杖勉强能走路，走几步就喘，一喘就出虚汗。

梁小糖手术后严重贫血，低蛋白血症，电解质紊乱，多脏器功能不全，何无疆每天给他补血补蛋白补营养，氨基酸脂肪乳葡萄糖都是大量补充。他去找过梁小糖的工友，工友支支吾吾的，都不肯再来照顾，问包工头的去向，工友异口同声，不知道。何无疆说小糖，要不把你姐姐叫来吧，你这样不能没人照顾。梁小糖说哥，我两个姐姐把我带大的，跟我妈一样，看到我这样，她们受不了。再说家里头都是姐夫当着家，一下子拿出这么多钱，我怕姐夫给姐姐气受，得等我好了，慢慢地和她们说去。

滔滔每天炖汤，鱼汤鸡汤红枣汤人参汤，小火慢炖，熬得浓浓的，她怕何无疆累垮了，做饭炖汤分外上心。梁小糖足足喝了她两个多月的汤，每天两碗，一早一晚，何无疆用保温杯带去的。何无疆隔天值一个夜班，都是滔滔送饭，她不让他吃食堂的饭。他面对的世界凄风冷雨，她挡不住，她能做的只有做饭，变着法子做，让他吃饱吃好，五脏相连，胃暖了，心就不会太凉。后来滔滔做两份饭，何无疆一份，梁小糖一份。住院近三个月，梁小糖脸上有了光，被滔滔的饭菜滋养的。

何无疆30周岁生日，是在家里过的，滔滔做了几个菜，开了瓶酒，梁小糖吃到一半，把筷子放下，他说哥，我也没啥送你的，我身上一点钱也没有，明年生日我再补给你吧。这么说着，梁小糖忽然站起来，然后跪下去，砰砰砰冲何无疆磕了三个响头。声响太大，吓得滔滔怀里两岁的何有疆哇哇大哭。何无疆拉起梁小糖，小糖，你心里别觉得欠我的，我有个弟弟跟你同岁，小时候得病，治不起，死了。我就是因为他，我才选择学医。你长得跟他很像，我看着你亲。梁小糖放声大哭。

梁小糖失踪了。过完生日的第二天就失踪了。何无疆在护士站放了200元钱，让值班护士在他不在时，给梁小糖打饭用的。梁小糖把剩下的100多元也从护士手里要走了，护士都知道何无疆和梁小糖的关系，没多想就给了他。

当时梁小糖欠医院的费用是9394元，何无疆签字做的担保。不然医院早给他停药了。何无疆胸有成竹，他说小糖是回老家找他姐姐去了，过几天就会回来。一个月后，何无疆去了梁小糖的老家。梁小糖根本没有姐姐，一个也没有。他只有两个堂哥，早已形同陌路。他没有任何亲人，他在这个村子，是吃百家饭长大的。自从15岁离开这里，他再也没有回来过。没有人知道，他去了哪里。

梁小糖以暖流的方式涌入何无疆的生活，以寒流的方式消失。何无疆被医院通报批评。按照医院规定，那笔欠款医院和何无疆各承担一半。他当时的基本工资每月400元出头，他每月只能领一半工资，另外一半，还债，还梁小糖欠下的债。

何无疆是名牌大学毕业，硕士研究生专攻肝胆外科，院长比较看好他，把他叫到办公室说，规定就是这样，医院每年被患者逃账上百万，我也是没办法。我跟财务说过了，全走医院的账，你这年龄上有老下有小，你不用还了。你知道就行了。

不，何无疆一字一顿，院长，我得让自己记住。何无疆足足还了23个月，才把那笔债了结。他一直在等，等他来对他说，哥，我不是存心的，我是真没办法。只要这么一句话，何无疆就觉得足够。但是没有，连一个电话一封信也没有。从始至终，他对他全是真情，而他对他，全是算计。30岁的硕士研究生被18岁的文盲给耍了。就是耍了。不然他不会连一句话都不留下，连一个电话都不再打来，一切都是经过算计的。他给他手术、治病、买饭送饭、买内衣外衣买一切生活用品；他甚至给他洗过澡，像给儿子洗澡一样，下手无比轻柔，怕碰着那些刀口；他把他治好了。他把他扔下了。

从那以后，何无疆的心一寸寸地冷，一寸寸地硬，他再也没有和任何患者交过朋友。

三

癌细胞，在显微镜下，它的分子呈现出的图案，比绝代妖姬还要摄魂夺魄。晚霞晨露，凤凰牡丹，哪个也不及癌细胞绝美。美到极致是一种罪，绝色女子一般人见不到，她们只能是君王的掌中宝，癌细胞却是大美无疆满人间，谁都有机会遇见，谁都有机会沾上。几十年前得癌症，相当于彩票的头奖二奖，人数甚少，而今的癌症，和彩票末尾那种5元钱安慰奖一样，中奖幅度巨大，任何人都很容易得到。每一个生活在雾霾中的人，随时都有可能和癌细胞致命邂逅。

梁小糖肠子上的癌细胞，已被成功截掉，前延后伸，截掉六寸。就像女人子宫中的胚胎还不能被称为人，梁小糖肠子上这块斑，也不能叫癌症，只能叫准癌症。何无疆坚信它已被扼杀在摇篮里。他没有让他放疗化疗，没有那个必要。他给他开了些抗肿瘤药物，跟老李交代清楚，让连服一个月。

何无疆每天早晨查房，身后带两个医生，两个护士，还有护士长，梁小糖身边三个狱警，总共九个人，可谓济济一堂。何无疆照例是问几句惯话，感觉怎么样？排气没有？梁小糖不明白排气，小刘会代何无疆解释，排气就是放屁，放了没有？很多手术术后的重要指标之一，就是排气与否。梁小糖说放了。他无论说什么，都是垂着眼皮。犯人都这样子，一个比一个低眉顺眼，没有底气。但何无疆觉得梁小糖如此，是他没脸见他。何无疆没拿他当梁小糖，他拿他当患者看待。躺在他的病床上，就是他的患者，他得管到底。直到梁小糖一周后拆线，何无疆也没有看到他的眼睛，他的头总是垂得很低。何无疆问老李，别的犯人都是一手输液，一手铐床架上，这人怎么脚也铐上了？不是四个月刑期就满了吗？谁也不会这时候逃跑，抓回来又多判几年，这笔账谁都算得清。老李说高危，明白吗？你们有高危患者，我们有高危犯人。这犯人有严重暴力倾向，犯人和犯人打架是常有的事，十几个男人塞一间屋子里，打架免不了，别人打架最多头破血流，这个梁小糖打架，回回从人身上咬下一块肉，他连狱警都咬过。昨天你们护士给他扎针，扎三次没扎上，我们怕他发狂，赶紧过去按着他。无疆，你交代一下，你们跟他说话都站远点。何无疆去护士站找了几块绷带，厚实绵软，他扔给老李，垫一垫，你们那铐子太紧，影响输液效果。

聪明人都喜欢和笨人相处，拿笨人开涮兼练智商。何无疆手下的小刘很聪明，他和急救中心的韩心智很要好。两人夜班对上了，没事就凑一块，主要是吃，在小刘这里吃，医生值班室总有吃的，住院患者送的，烤鸭烧鸡牛肉猪肘，牛奶果汁各式水果，什么都有。何无疆办公室也有，他在护士站留了把钥匙，让谁愿意吃什么，自己去挑。很多患者亲朋好友众多，来看望患者总不能空手，病房里的东西常被患者家属拎到医生办公室，名正言顺，借花敬佛。韩心智没吃的，谁也不会看急诊还带着美食去，韩心智就吃小刘的。何无疆每晚都到科室看看，他就住在医院家属院，十分钟就到，很方便。这是他自己定的规矩，多年从未中断。他上午下午都在科室，患者随时找得到他。晚上再看一眼，他放心，患者也安心。

何无疆每次见到韩心智，都是小刘值班，两人似乎很投机，大吃大嚼，高谈阔论。只要桌上没酒，何无疆就不制止，有时随手抓把干货，他也坐几分钟，聊几句话。韩心智说何主任，上次那个吸毒的，她果真才19岁。你怎么看出来的？何无疆问她现在干什么？韩心智说戒毒了。强制戒毒，现在推销保险。卖保险怎么比吸毒还能缠人呢，整天缠着我买保险。何无疆就笑，这个韩心智不光是笨，他还文人拉不下脸，他不被缠才怪呢。

有一种水果叫怪兽，深咖啡色，长长的像香蕉，皮上长满红色的软毛，削了皮，果肉淡蓝色，糯糯甜甜，汁水如牛奶。怪兽来自大洋彼岸，丹青市场上几乎见不到。何无疆看完重患者，拐到办公室提起一纸箱怪兽，下午患者家属送的，打开看看，12只，他先揣夹克兜里4只，给滔滔和儿子带的。路过护士站给值班护士3只，夜班护士都是两人值班，其中一个的男朋友来探班，也坐护士站里头，叽叽咕咕，浓情蜜意，两人见到何无疆有些慌乱，何无疆只当没看见。他只会和护士长沟通这类事。

小刘和韩心智见到怪兽眉开眼笑。何无疆坐下，三个人各拿一把小刀，削怪兽的皮。刀是手术刀，刀片寸长，刀柄四寸，刀是侧锋，锋利无比，普外科医生值班室的桌子上，永远有手术刀，裁个纸片什么的方便随手。三人干的都是刀口上的营生，使起手术刀削怪兽，比屠夫切猪肉还顺手。护士的声音就是这时响起来的，护士喊道，刘医生，快来，58床患者窒息！小刘跑得比兔子还快，韩心智紧随其后，何无疆在最后，三人都是左手怪兽右手刀，来不及放下。58床患者是科室赵医生的患者，73岁，直肠癌切除，有心脑血管高血压病史，术后情况平稳，差不多就要出院了，患者是吃馄饨噎着了，老伴儿给他包的菜肉小馄饨，他吃得太香太快，一口没下去卡在了咽喉部位。老伴儿给他拍背，同时按护士铃，护士走过去用了半分钟，跑到医生值班室叫值班医生又是半分钟。58床在走廊最东头，离医生值班室较远。所以有经验的老病号，在住院时会强调要求安排离医生值班室最近的病房。

这种时候，人命以秒来计数。何无疆他们赶到时，患者已经满脸青紫，一动不动，陷入休克状态，小刘在最前面，他直接扑到患者身上进行心脏按压，同时对护士喊，上呼吸机上吸痰器！护士迅速跑出去，等她回来最快也要一分钟。把呼吸机管子插入患者气管，最麻利的医生15秒可以完成。

已经来不及了。这个患者不可能等来呼吸机救命，他只需要一口空气，他的气管被馄饨堵死了，上不去下不来，再有两三分钟，他会死亡。再有一两分钟，他极有可能因这次窒息导致大脑高度缺氧，而成为植物人。何无疆上前，刚把手中的刀举起来，只见韩心智的刀已经落下，落在患者的咽喉，照着那只馄饨的位置切了下去。噗的一声，馄饨带着脓血从刀口迸出，直接击在韩心智的脸上。这时患者的气管中全是高压，馄饨是被强气流顶出来的。

就是这一口空气，救了这个患者的命。他很快缓过来了。他的老伴儿又哭又笑，情绪完全失控。这两个老人，儿女都在国外，两人都是医院的老病号，每年轮着住院，互相陪护，相依为命。小刘开始给患者喉部切口消毒并缝合。赵医生接到电话，正往病房赶过来。谁的患者谁负责，这是铁打的行规。值班医生只能代为处理紧急事宜，主治医生是每逢自己的患者有事，就必须到场的。所以医生大多会选择住在医院附近，不然大半夜的动不动跑来跑去，谁都受不了。

何无疆让小刘和韩心智到他办公室，他对韩心智说，你犯了两个大忌，知道吗？韩心智说知道。第一，这是普外科患者，你们都在，我无权处置。第二，那把刀是切怪兽的，刀上都是红毛和果浆，如果一刀下去，没能把人救回来，患者家属要是追究，我们不占理。小刘的抢救措施才是无懈可击，即便没救过来，人死了，或是成为植物人，我们没有半分过错。

知道你还切？何无疆说，小韩，你不笨啊。

我没想那么多，来不及去想。我在急救中心，每天都是应急的事儿，我不可能先把情况都想清楚，我就一个宗旨，能救的我一定要救，能活的我就不能让他死。

我确定你是第一次面对这种情况。当时你不切，我也会切。但是我会在落刀时，把头部错开，这样就可以避开那只馄饨。我被鸡蛋羹和花生米打过脸，打得挺疼的。馄饨力道更大呀。何无疆说，而今的医患关系，已经十分恶劣和可怕，你是干急诊的，我相信你体会更深。今天你不作为，我不认为你有错；你做了，我个人向你致敬。

何无疆和急救中心主任老王关系很好，当年两人一同来的医院，住同一间宿舍，滔滔来了，老王立刻卷被子走人，老王的女朋友光临，何无疆也得快速消失。老同事老室友老交情，是可以交底的关系。何无疆知道韩心智是应聘来的，调不进来，于是常常值夜班，他好说话，同事有事都是让他顶班，或和他换班。韩心智被人打过两次，一次是一群酒棍，喝多了来医院输液醒酒，横七竖八躺在抢救室，发生争执，几个人打他一个人。第二次是一个中年男人大半夜送小女友来缝针，小女友割腕自杀，韩心智看过那道浅浅的刀口，说只破了皮，都没挨到血管，不用缝，消消毒就行。中年男人当即挥拳，还发了微博，说丹青市人民医院急救中心医生见死不救，不给红包不救人命。此微博被大量转发，医院的辩解在网上显得苍白无力。很多网民只相信他们自己想相信的，他们相信这个世界官必欺民，强必凌弱，医生宰患者，卖家欺买家，弱者永远无辜，强者一定有罪，玩自杀的必是危急的，穿白衣的必是冷血的。

韩心智被网民人肉，手机经常接到辱骂短信。他已经交了辞职报告，这个月干满就走人。老王对何无疆说，我这急救中心成了流动站，有办法的都走了。剩下的面对患者就一个心思，来看病是不是？那好，你说吧，你说怎么治就怎么治，全听你的。

何无疆对韩心智说，小韩，你到我这儿怎么样？我这儿比急救中心好一些，都是住院患者，只要沟通到位，一般情况下，没有暴力事件。当然，吵闹和纠纷也是免不了的。你们王主任那里，我和他协调。

小刘早已满脸通红，何无疆如此肯定韩心智，那就是对他的否定。不料何无疆说，小刘，你做得也没有错。这种情况下落不落刀，医学没有界定，我们，也有选择权。

四

何无疆每天早晨6点半吃饭，6点45分出门，到离家很近的丹青市人民公园沿湖走半圈。他是听着蛙鸣长大的，他痴迷公园的荷塘，晓风玩弄着荷叶上的露珠，吹过来，推过去，当露珠跌落，碰巧砸着水面上小青蛙的脑袋，小青蛙总是大惊小怪的，于是一呼百应，满塘的蛙鸣，这样的声音，就是童年。7点15分，何无疆会准时出现在普外科主任办公室。穿上白衣，他就不是何无疆了，他是一张绷得紧紧的弓，箭在弦上，随时发射，每射出一箭，都关乎别人的命和钱，不敢放松，只能绷着。在这里，他没有独处的时间，永远有患者在等着他。

何无疆一到，早就守在办公室门口的七八个人一拥而上，立刻包围了他。这些人都是朋友的朋友，熟人的熟人，或者远的近的老乡，拐了弯的他根本就无从回忆的什么从前某患者的亲朋好友。他的回头客太多，常常是一个患者经他治愈出院后，再介绍亲戚朋友七姑八姨的找他看病，呈几何状扩散，雪球越滚越大，大得他只知道那是一个雪球，而无法弄清楚雪粒和雪粒之间，谁是谁的谁。何无疆迅速问清情况，八个人，六拨人马，他用半个小时全部处理妥当。

8点整，何无疆到医生办公室，普外科九个医生全在，都已换过衣服，白墙白桌白衣，清一色的白。值夜班的医生小陈开始交班，通报夜间所有住院患者情况，何无疆知道整夜太平，没有大事。有大事，电话早打家里把他叫来了。他能睡到天亮，就是没大事。整个普外科60张病床，住了70多个患者，走廊里加了十几张床，今天会有几个出院的，走廊能清凉点，但最多到明天，新的患者就会填进来。新旧交替，周而复始，这些患者只有三个去处，要么治愈回家，要么转进重症监护室，要么送进太平间。归根到底，希望永在人间，普外科的患者，还是站着出去的多，躺着出去的少。

外科是以做手术为主的科室，同时也医治感染和肿瘤，以及创伤。外科主要有脑外科、胸外科、普外科、神经外科、心外科、骨科、肿瘤外科和泌尿外科，普外科是外科当中第一大科室，什么手术都做，肝、胆、肺、脾、胃、肠、乳腺、胰腺、阑尾、甲状腺等，这里的医生全是大拿，要的就是杂项，拿不下来，就混不下去。目前九个医生，全是男性，女医生吃不了这碗饭，站手术台是重体力劳动，有时一天十几小时地站着操作，女医生无法承受。

眼下普外科缺人，其实一直都缺人，缺真正能干活的人。科里医生分四组，老赵老钱老孙都是副高职称，手下各带着个主治医师，都是一老一少自成一组。何无疆患者最多，他自己带了两个人，小陈和小刘。韩心智来了得先练手，何无疆让他有机会就上手术，谁有手术都跟着上。小陈是住院医师，还不能独立做手术，主要干杂活；小刘是主治医师，已经跟了何无疆6年，聪明能干，迟早青出于蓝。可惜聪明人是人人都喜欢，男人女人都抢着喜欢。小刘在当今医患关系很恐怖的大背景下，居然惊世骇俗地和女患者恋上了。女患者挂的何无疆的号，何无疆每周二上午在门诊坐诊，属专家号。何无疆忙不过来，常派小刘替他去坐诊，需要手术治疗的收进来住院，小毛病就地解决。女患者胳膊上有个皮下脂肪瘤，小刘三下五除二给解决了，不料女患者每个周二上午都来，美其名曰复诊。女患者貌如海棠，是丹青人，在加拿大留学，读水利，正读硕士学位。小刘抵挡不住，两人很快热恋。何无疆问小刘，是你去加拿大，还是女朋友回丹青？小刘说，我不想走，她不想回，每天打着时差视频，何老师如果你是我，你怎么办？何无疆说我不大能体会这种风火雷电的感情。小刘说挺难抉择的，这年头有个好上级比有个好配偶还不容易。我跟你6年，何老师你从没欺负过我。我们一开同学会，好几个同学喝点酒就哭，被科主任和上级医生踩得受不了。到现在都中级职称了，还不会做手术，主任只让他们拉钩，不让他们动刀。我觉得我挺幸福的。老师不会变，女朋友我可拿不准，好好的工作总不能说不要就不要了。何无疆感喟，人生百年眉不展，神仙万载无欢颜。抉择确实不容易。这样，你请两个月的假，去实地感受一下。小韩也是熟手，干活不错，两个月科里能应付。小刘没再说话。何无疆自己多年没休过假，小刘看得清清楚楚，韩心智虽是熟手，却只擅长应急性外伤，他做手术还不行，手还没练出来。两个月，何无疆的手术按正常流量，是200台左右，小刘如果不在，有大手术，他得经常向老赵老孙求援。何无疆说事关个人前程，再困难也得让你去看看。你能回来，我是最高兴的。你要是不回来，只要日子好，我同样高兴。

小刘第一次主刀，是夜班值班，急救中心120拉回来的急性阑尾炎患者。当时是夜里3点，做好术前检查，麻醉就绪，小刘一刀划下去，傻了，一寸长的口子，患者的肠子呼地冒出来一大截，把刀口堵得严严实实，塞进去拽出来都不容易。是麻醉师的原因，这个手术麻醉师用硬膜外麻醉，属于局麻，从后腰扎进去，针管要准确推进椎骨缝隙，把药物注入脊髓硬膜外。麻醉师归手术室管，女的，50岁还值夜班，心里很不爽，半夜被叫起来上手术更不爽。医院不成文的规定，各科室只有主任和副主任不用值夜班，其他医生轮转。女麻醉师竞争手术室副主任失利，看哪儿哪儿不顺，小刘这种级别的医生，她都不带正眼看的。小刘按按患者腹部，硬邦邦的如铁皮，知道是麻醉效果不行，他对麻醉师说，老师，静脉滴注全麻药吧。小刘错在没用问号语气，他用的是句号式，这就有指挥的嫌疑了。麻醉师全当没听见。小刘让护士赶紧给何无疆家里打电话，叫他快来手术室。手术医生的双手在手术中不属于自己，只属于患者和那把柳叶刀。他们接打电话，全靠护士，护士得把电话举到他耳朵边说话。

何无疆没说来，也没说不来，只说你先进行，把肠子推回刀口，正常进行。小刘满头大汗，再次对麻醉师说，静脉滴注全麻药，不然会出事故的。麻醉师慢悠悠地，小伙子，我在手术室干了大半辈子，出不出事故不用你教。天下手术事故多了，哪个事故都一样，手术医生负责，轮不着别人。

患者忍无可忍，躺在手术台上破口大骂，他是局麻，腰部以下没知觉，上半截可好好的，患者骂麻醉师骂小刘骂医院，骂医改骂世道骂全人类。何无疆进来时，麻醉师正和患者激烈理论，小刘边哭边做手术，两个护士围着他转。手术室护士分两种，器械护士和巡回护士，器械护士和手术医生一样，双手必须保证绝对无菌，巡回护士负责备药、杂活、接电话什么的，此刻器械护士给小刘递器械，巡回护士用纱布给他擦眼泪，不擦不行，怕眼泪掉刀口里头。何无疆对麻醉师说，全麻药静脉滴注，必要时气管插管！李姐，你别跟小刘一般见识，他年龄跟你儿子差不多大。麻醉师笑骂，无疆，你就这么损你姐？姐可没亏待过你。这么说着，全麻药物已推入，患者不得不昏迷过去，患者用最后的意识咬牙切齿，我要告你们草菅人命，我告你们全是白狼。何无疆说别不识好人心，刘医生要是多给你切开两寸，就什么事都没了，他是想用小刀口完成手术，减短愈合时间减少感染概率。

那台手术仍是小刘主刀，何无疆给他打下手。事后，何无疆对小刘说，手术是必须多人配合的，哪个环节出错都要命。手术成功是全体医护人员的共同努力，手术失败，主刀医生首当其冲，第一责任人。你得记住，任何情绪，你不能传到手术刀上。上了台你就得是机器人，无情无欲无悲无喜，六亲不认，只认得那把刀。就算家里房倒屋塌，你也得当作没事，下了台再去救灾。你手上捏的是刀，是人命。你当时哭着做着，那是大忌，下手稍偏半毫，把他肠子划漏，那就叫医疗事故！小刘悲愤难抑，何老师，她是欺负人。你来了就什么都行，你没来她就等着看我笑话，她根本没把患者当人看，麻醉效果那么差她还理直气壮。何无疆说下回再若台，记着说话客气点，李医生其实很好相处。

何无疆觉得小刘运气不错，李姐充其量算个炸药包，光明磊落的炸药包，想爆炸还提前打招呼，很够意思了。何无疆做过一台无比惨烈的手术。交通事故，患者送来时肝脾破裂失血过多。麻醉师操作有误，全麻，从口腔插管入气管，管子插得太深，导致手术过程中患者心脏停跳。最致命的，这患者的身份证是狮子村的。

丹青市有八大城中村，分别以狮、虎、豹、熊、鳄、雕等凶猛动物命名。城镇化之后，八个村子的村民成为市民。历届市领导为参评全国文明城市，多次想给这些村子改改名字，改得和谐美好一些。村民们不答应，他们集体上访，高举八大猛兽的头像静坐市委市政府。市领导很快妥协。村民们开了窍，悟到上访和静坐，才是对付利器的利器，他们融会贯通，举一反三。丹青市有几支在医疗行业很出名的队伍，相当专业的医闹队伍，就来自这几个村子。

这人一死，何无疆就完了，狮子村的专业医闹队伍会日夜围困医院，不给巨款誓不退兵。任何医生遇到这种情况，只能有三种结局，要么辞职，要么调动，要么灰头土脸地往下熬，没有三五年，别想缓过那口气。何无疆把这台手术拿下了，他自己都不知道怎么会那么如有神助。也许逼到极限，人的潜力会超常爆发。

麻醉师黄海，事后找何无疆喝酒，他说无疆你仗义。何无疆说，拉不拉你下水，我都是同样的结局，何必拉你垫背。手术过程中，患者几次出现危险，何无疆察觉和麻醉管有关，他只是轻声问黄海，深了？浅点！黄海很快修正过失。黄海说，换个医生还不得嚷嚷得全院皆知，得把八成责任推到我身上。何无疆说即便推给你，主刀医生也脱不了干系，同端一碗饭，保一个是一个。

黄海和何无疆成为铁杆，何无疆渐渐人气飙升，铁杆众多。医院同事三亲六戚生了病，需要手术的，大多都会交给他，他都尽心关照，关系近的，他让滔滔提些水果鲜花再去病房看望看望。后来几个院长的家属手术，也都放在何无疆手里。就这么过了三年，何无疆被任命为普外科主任。

梁小糖出院前夜，老李递给何无疆几张纸，复印件，梁小糖三次入狱的犯罪记录。老李说，我猜你们以前认识。你给很多犯人做过手术，从来没有好奇心。何无疆把当年抢救梁小糖的事说了，他说，15年过去，我没想到他会这样。老李说我在监狱干了半辈子，看犯人看得奇准，哪个出去是永别，哪个出去是小别，我从来没看错过。这个梁小糖，他一定还会再进来。他这辈子就是在监狱进进出出，直到老死里头。

为什么？何无疆用眼神问老李。老李说，中邪，鬼上身，不偷不行，不抢不行，每年到了那个时候，他非去作案不可。只见过结婚择吉日的，没见过抢劫还挑时辰的。不是鬼迷心窍是什么？这回出去了，他会把案子作得更大。他同屋有个专撬保险柜的惯犯，两人私下拜把子，那个犯人把撬门撬锁的绝技都传给他了。不瞒你说，很多犯人在监狱互相交流，出去之后本事倍增。

何无疆翻看那几张纸，看得心乱如麻。老李喜欢说话，说个不停。何无疆打开柜子，里面几条好烟，他说老李，你全拿走吧，你知道我从来不抽烟。给你那两个小兄弟也拿两条。病房楼禁烟，你们到我办公室来抽，让我跟梁小糖单独去说几句话，行不？

老李说靠山吃山，靠水吃水，医生就得吃患者，这烟谁送你的？2000多一条。何无疆回敬，我看你平时抽的烟也挺贵，吃犯人的？我这是某县太爷送的，在这儿住院割个要害物件，左侧睾丸一粒。老李啧啧，他的蛋可真贵，独蛋，没法玩了吧，谁呀？何无疆呵呵笑，说出来雷死人，你听听就罢，不得外传。这县长和我们卫生局长连襟，局长指示院长，为这粒睾丸专门成立了医疗小组，由组长、副组长、专家和顾问组成，已经多次会诊和研究。这台手术阵容强大，有三组医生同时进行，我这组摘睾丸，整形美容科主任给他进行腹部抽脂，牙科主任给他拔牙。每个主任带两个助手，加上麻醉师和器械护士，十几个人围着他，站都站不下。趁着这次全麻，人家把大肚子和烂牙都消灭了。不仅如此，我们都签了保证书，要本着对某县百万群众负责的精神，把这台手术做好做精。

这号货迟早得找我报到。老李胸有成竹，在外头越能作，进去了越没种。就他这破级别，进去了可没单间，住大房少不了挨打。我们犯人专打两种人，贪官和强奸犯，管都管不了。到时候可别把他剩下的独蛋也给打烂。

五

何无疆进了梁小糖的病房，是深夜，窗帘没拉上，大灯已经关了，只有廊灯亮着，夜色水似的泼了大半个屋子，梁小糖就在水中央。他睡着了，睡得像只折翅的鸟，他的左手高举过头，被铐在床沿上。何无疆把大灯按开，屋里雪亮，夜色瞬间退潮。何无疆坐到另一张病床上，他说，梁小糖，你没睡，坐起来吧。梁小糖睁了一下眼睛，又闭上，他说是何医生？谢谢你治好我的病。我一定好好改造重新做人。何无疆说小糖！梁小糖坐起来，蹭着坐起来的，他的全身都得配合那只被固定的手。他看着何无疆，眼神很麻木，可医生，我好像隐约记得，15年前也是你给我做的手术，对吧？何无疆说不是隐约记得，是时刻不忘，对吧？小糖，事实上你从来没忘记过，就像我一样，对吧？梁小糖说所有帮助过我的人，我都记得，我们的每个管教干部，我都记得，何医生救过我的命，我当然不敢忘。可我现在这个样子，也报答不了你什么。出狱之后要是混好了，我会好好回报你。

回报？去偷，还是去抢？何无疆看手机，老李给他20分钟，他没时间做铺垫了，只能直捣主题。他说小糖，你几乎颠覆我的人生观。从你之后，我再也没有轻易相信过谁。我怕被骗我怕被耍我怕再次遭到背叛。不是钱的问题，是信任被粉碎了。在我替你还账的那两年里，七月天的太阳，也让我觉得冷。谁想接近我，我都往后退，我怕人，怕每一个人，我觉得普天之下全是梁小糖。

刀锋出鞘似的，梁小糖眼中闪出两线簇亮，直勾勾砸向何无疆，何无疆接住了，用眸子。他在等待梁小糖说出真相。他渴望这个真相，这个真相可以让他瞬间破冰，直抵春天。更重要的是，这个真相，可以给梁小糖招魂，把他弄丢了15年的魂给叫回来，让他灵魂复位，再不必活在鬼上身的状态，再不会中邪似的去偷去抢去进监狱。

何无疆和梁小糖四目相对，很久。何无疆说，小糖，我刚才看了你的记录。我可以肯定，你三次进监狱，都是为了那笔钱。你想还给我，想在八月十五中秋节还给我，因为那个日子对我们很特殊。这些年，你什么都干过，工地、煤窑、货场装卸，火车站擦过皮鞋，市场上卖过爆米花，你干过二十多种职业。第一次被抓，是14年前，中秋节黄昏，丹青大酒店停车场，你盗窃一辆私家车上的公文包。丹青大酒店离我的医院4公里。第二次作案是10年前，中秋节当晚7点，你在莲花商场侧门口抢劫一个年轻女人的手提袋。莲花商场离医院1公里。第三次你是抢劫加盗窃，之前的两次监狱生涯，你又学了本事，艺高人胆大，你在中秋节夜晚9点30分，金连天珠宝专卖店，从后门撬锁进去，目标是保险箱，可惜还没打开，被夜班保安发现，你用铁棍击昏保安，迅速抢劫一批珠宝，出门沿梧桐路由西向东逃走，在梧桐路中段被抓获。当时你离丹青市人民医院，不足200米。你是要来找我，小糖，不管用什么手段，你要把那笔钱还给我，对不对？

不对不对不对！梁小糖大声喊，你别自作多情，何医生，根本就没你的事。我抢我偷算什么，这回再出去，我杀人。我什么脏活累活都干过，可我永远也攒不下钱。我连顿肉都不敢吃，我每天干活累半死，为什么我这么穷？我下煤窑干了大半年，那底下比地狱都黑，发到手的工钱东扣西扣的，就那么点儿啊。我第一次偷的是工地老板，他欠我们5个月工钱，怎么要都不给，我不该偷他吗？第二次抢的是煤老板的小老婆，她在商场光买衣服就买了十几万的，她凭什么？他们吃的喝的花的，全是我们的血。他们越有钱，我们越没钱。他们有多富，我们就有多穷。我们为什么怎么干都这么穷，全被他们搞走了。他们是天生的老虎狮子顿顿吃肉喝血，我们是天生的牛羊兔子连草都吃不饱还要被他们吃被他们嚼被他们吸血吸髓。我要杀了他们，我只要出来，我见一个杀一个，一个都不放过。我这是替天行道！

梁小糖眼中是火，全身都是火，他整个人就像一团火焰。仇恨的火焰，毁灭一切的火焰，和这个世界同归于尽的火焰。他三次入狱，罪行一次比一次重，这15年，他在监狱蹲了11年，剩下的4年，他到处挣扎，为了活下去，更为了攒出那笔钱。只是，他无论怎么卖力，得到的报酬都是只够糊口，不够还债。他只有三个中秋节是自由的，他一次也没浪费，作了三次案。每次偷到抢到，他只有一个方向，他向着丹青市人民医院狂奔，他要把那笔钱还给他。他是这世上唯一一个对他好的人，可是他却不辞而别，在吃完他的生日饭后不辞而别，把那笔债留给了他。他说过，来年生日来找他。他觉得一年可以挣出那笔钱，9394元，可他没有挣到，他拖着满是病痛的身体，在工地上卖死卖活一年，包工头说过中秋节给大家结账，可是包工头跑了。他白干了半年活。他什么都不信了，他对这个世界只有恨，遮天蔽日的恨。他想杀了那个包工头。他好不容易找到他，整整跟了他三天。就是这三天，让他把杀心压下去了。包工头像只没头苍蝇似的，在这个城市东走西窜，到处求爷爷告奶奶，求人家把工程款给他结了。包工头都给人家下跪了，才要到那一笔钱。梁小糖决定不杀他了，他只要拿回他和工友们的钱就行。他知道钱就在车上那只皮包里。于是他砸开车窗取走了那只皮包。他觉得天经地义。可包里的钱太多，远超过包工头欠他们的工资。他进了监狱。从他坐牢的第一天起，他就决定了，此生，他梁小糖和何无疆，只还钱，不相认。要相认就等下辈子，下辈子干干净净地再相认。

何无疆知道，梁小糖根本没打算认他。他给他的，梁小糖早就无力承受了。梁小糖是个吃百家饭长大的孤儿，一路走来，爬冰卧雪，他的人生是没个尽头的北极，千里冰封，万里雪飘，满心满腹都是冻得死人的冰碴子。只有他给过他温暖，万分火热的暖，他把他烧得都要融化了。一个雪人，是见不得火的，尽管他总觉得冷。

八月十五，中秋节，是何无疆的生日。梁小糖每到中秋节，都着魔似的要扑向那堆火。他必须来找他，找他还债，不把那笔债还了，他过不下去，过不去自己。可他每次都被抓，足足15年，他还是欠了他的。他是一个人见人厌的罪犯，连监狱里的犯人都嫌弃他，他们只崇拜铁血英雄，铁血英雄都是杀过人的犯人。有些英雄已经成了鬼魂，可监狱里仍然流传着他们的传说。梁小糖要做英雄，出狱之后，他要做个替天行道的英雄。究竟杀谁，他还没想好，但是杀人是必需的，不杀人，他简直对不起这个世道，对不起那些一次次把他送进监狱的食肉动物。

何无疆清楚，梁小糖是绝对不会认他了。他绝不会以一个罪犯的身份和他相认。自卑跌破极限，很多人会以极度自尊自傲的方式来自我保护。梁小糖是个几乎不识字的文盲，他心里的扣越扣越死，砸不掉解不开，勒得他皮开肉绽。如果说那笔钱是何无疆心口的一根刺，想起来就疼；那么对梁小糖来说，那是一座塔，一座镇妖降魔的塔，每分每秒都压在他的头顶，压得他无法喘息不敢面对，压得他只有举起屠刀才能解脱自己，才能跟这个世界平起平坐。

何无疆站起来，看着梁小糖，梁小糖不接他的目光。何无疆说保重小糖。何无疆走到门口，梁小糖的话追过来，我就是要杀人，我出去就杀人。何无疆笑了。对着门板笑，没有回头。滔滔有时生气，会噘着嘴对他说，不过了，无疆，我就是不想过了，咱们不过了吧。何无疆就得哄，三言两语哄好，该怎么过还是怎么过。梁小糖说杀人，和滔滔说不过一样，是发泄，更是撒娇，只能向最亲的人撒的娇。滔滔撒娇炉火纯青，有人疼的女人到90岁也会撒娇。梁小糖撒娇是张飞绣花，架势不对，滋味拙劣。最关键的是，他自己根本没意识到，这句话剥光了他，一下子就把他打回原形。他还是当年那个人，那个渴望烤火的小雪人。

六

梁小糖出院，老李的警车开不出去，医院大门又被堵了。这回是豹子村的医闹队伍，雇主嫌狮子村老虎村要价高，退而求其次。豹子村来的都是老弱病残，先头部队有二十几个人，活儿却干得老到专业。一口黑色棺材横在医院大门口，十几个老头老太太围着棺材排开，齐齐跪在大门口车道上，把大门堵得水泄不通，七八个学龄前孩子披麻戴孝，给过往路人散发传单。老老少少满脸悲怆，哭着喊着，老的喊，哥哥，弟弟你死得冤；小的喊爷爷啊爷爷还我爷爷。三条白布横幅触目惊心，上面的黑字适用于所有雇主：草菅人命还我亲人。苍天有眼严惩凶手。誓向白衣恶魔讨回公道。

医院门口乱糟糟，里面的车出不去，外面的车进不来。老头老太太各司其职，烧纸的、喊冤的、哭号的，合作默契，纹丝不乱。医院保安走上前劝阻，几个老太太就地躺倒，打着滚儿哭喊。他们只是先头部队，他们的任务是造势，造上几天，火候差不多了，青壮年骨干出场，文戏武戏就看医院的态度。医院同意赔钱，那就坐下来讲价钱；医院要是想走法律途径，那就打，到死了人的科室去打，打不着当事医生就打其他医生，医生不在就打护士，只要不打出人命不打成重伤，打完了再谈，谈完了再打，医院不赔款，他们绝不收兵。哪个医院也架不住他们的持久战，终究是要给钱的。他们还从没败过。

老李自恃开的是警车，穿的是警服，别的车辆拿这些老头老太太没辙，老李不怕，他跳下车对他们喊，让开让开，执行公务，赶紧让开听见没？老李想错了。他的两条腿被两个老太太迅速抱住，老太太是膝行，跪着扑来的，她们抱得紧紧的，老太太哭喊，警察同志啊求你给我家老头子做主啊他死得冤啊你不能不管啊我们孤儿寡母就靠他养活啊……

老李动弹不得，老太太力气很大，她们多次抱过多家医院院长的腿，抱住了就不松手。没人敢对她们动手，谁也不敢动她们一指头。她们身上什么病都有，都是原装的老毛病，正愁着没人给她们进行全面体检和治疗呢。

这帮老人很敬业，跟着村里唱戏的练过舞台上的膝行，吊过嗓子，可以跪一天哭一天，不带换岗的。老李想打110，一抬眼，看到两个巡警就站在几米开外，满脸的爱莫能助。老李打何无疆电话，何无疆说没办法，我们院长昨天偷偷走侧门都被抱住了，抱了两个多小时。你千万别动，你一动她们就会昏过去，说警察打老人。现在就一个办法，你让梁小糖下车救你。老李火冒三丈，他奶奶的没王法了？你让犯人救警察？何无疆说快点，不然你今天出不去，趁现在120通道还没堵上。这帮人就是要让医院一个患者也进不来，颗粒无收，就看谁能撑了。

梁小糖往跟前一站，两个老太太吓得不知所措，梁小糖穿着囚服戴着手铐，他没表情，就说了一个字，滚。老太太不撒手，梁小糖抬腿就踢，一脚踢翻一个老太太，同时两手一伸，揪住了另一个老太太的头发。老李紧抱住梁小糖的腰，他说快放手快上车，撤！

何无疆坐在警车里，似笑非笑望着老李和梁小糖，他是刚才趁乱上的车。何无疆指挥警车后退，拐弯，绕到大楼另一侧的120紧急通道，快速开出大门。何无疆让司机绕医院一周，把他送到后门放下。老李训斥梁小糖，谁让你真打人的？打出毛病怎么办？梁小糖不服，你们这身警服也就是压压良民。梁小糖的目光比刀子还利，刀锋上全是杀气。何无疆盯着他的眼睛，梁小糖眼中的火焰渐渐熄灭。老李问何无疆怎么回事，何无疆说一个86岁的老人，半月前入院，全身癌扩散，骨质疏松得一碰就折，先住神经内科，后来转ICU，再后来ICU要求转消化内科，消化内科不要，把人推回ICU，ICU又要求转胸外科，胸外科主任当时不在，手下医生收了，主任回来一看，让人又推回ICU。ICU这种地方，一进去就得上各种设备，家属嫌贵，要求换科室。哪个科室都不收。13天，死了，花了14万。家属要求ICU少收一半，ICU不同意，闹到医院，医院不减。家属就雇医闹队伍，狮子村要价最高，要二八分成的八；老虎村要三七分成的七；豹子村只要四六分成的六，家属就雇的豹子村，豹子村跟医院开价180万，正在谈判中。

老李问最终会赔钱吗？何无疆说会，医院每年赔钱超过上千万，你不给他他就天天堵门，堵得患者进不来，损失更大。报警没用，找谁都没用，只能破财消灾。现在神经内科，还有ICU的主任和当事医生不敢来上班，不然挨打也是白挨。老李关切地问，无疆，你遇到过这种事没有？何无疆苦笑，我天天上班如履薄冰，看病用的心思少，判断患者动机费心多。你比如这个老人，癌细胞扩散全身，之前会出现各种反应，可他家人不送他治疗。等到全扩散才送来，摆明是想让他快点死在医院，花钱越少越好。这种情况，我绝对不会收。因为你怎么做都是错。你让他死在普外科，他说你救治不到位；你送到ICU，他说你推卸责任。说来说去就两条，第一，他要当孝子，他不能让人说他不给老人治病。第二，他要花钱少，花多了他得讨回来。就是现在这样，还能倒赚一笔。说实话老李，从医20年，我真没有见过真的孝子。有退休金的老人情况好一些，那些贫病交加的老人，会让你觉得，所谓人间亲情，那只是一个幻觉。病房楼上以前每年都有人跳楼，现在窗户封死，只能开一道15厘米的缝，跳不成了。跳楼的多数是老人，得了绝症的，得了重病的，儿女无力负担或是不愿负担的。你见过老人给满堂儿女下跪叩头要钱治病吗？我见得多了。有些病能把几个家庭快速耗干，那些当儿女的也没办法，动不动就来跪我们，我们有什么办法？医药费欠一分，计算机自动锁死，半片药也取不出来。最终是老的也恨，小的也恨，老的恨小的不孝，小的恨老的不死，然后老的小的都来恨医院，恨我们，都是悲苦，都是恨，越跪越恨啊。一瓶药从药厂出来4元钱，扎到患者手上70元，所有人认定我们赚了66元，事实上这瓶药进到医院60元，医院只能加价15%，这是铁的。没人追究从4元到60元去哪儿了。都把怨气出到这最后的70元上头。反正是谁也不信谁，谁都防着谁。患者防我们，我们更防患者，现在动不动打医生杀医生，哪个医生不得高度防范？哪还有心思去钻研医术，全琢磨着怎么规避风险。我的患者就几类，一是老家来的，拐着弯都认识；二是前患者的三亲六戚，有口碑，好沟通；再就是熟人朋友介绍的，中间扯着关系呢。全然陌生的找我，我说没床位。说得难听点，混到我这个份上，完全可以挑患者，可以只做熟客，不接生客。没到这份上的医生不行，他们风险更高，我们医院的急救中心和ICU已经多次被砸，医生经常挨打，于是流动性极高，现在大多数医生是聘用的，很多我都不认识。不怕你笑话，我们医院多年来非正规硕士研究生学历不要，现在成什么样了，一降再降，急救中心招不到人，连地级市医专毕业的都聘。医学专业不同别的行业，学历是必需的。其他专业，本科都是四年制，医学是五年，那是给人治病的底子。一茬不如一茬了，医生是这样，护士也是这样，我上班敢有半分盯不到，就会出麻烦。就刚才下楼前，我去查房，进病房一瞄，出了两身冷汗，一个昨天手术插着尿管的女患者，她尿袋里头是空的，一夜没有尿那可能吗？护士下尿管插错道儿了！另一个更恐怖，输液瓶子是葡萄糖，这是个糖尿病患者，做的结肠癌手术，我开的氯化钠盐水，护士给她挂的是糖水，这是杀人啊！我还不敢动声色，这话一说出来，家属就得炸锅，立马就是纠纷。我让护士长赶紧给换了。分分钟都是生死都是人命，站手术台比农民工累，给人治病比封疆大吏搞阴谋累，我这职业就是风箱里的老鼠啊。

车就停在医院后门，何无疆没下车。后门也被堵了，他身上穿着白大褂，根本进不去。何无疆把白衣脱了，从车上抓了个黑塑料袋，把白衣塞进去就要下车。老李拦住他，无疆，放半天假吧，别去了。我把人送回监狱就没事，咱到监狱后面的麦田转转去。何无疆说不行，待会儿两台手术，一个乳腺癌全切，一个颈动脉肿瘤。那个瘤很奇特，长在颈部大动脉上，红枣大小，一旦碰破，鲜血会像高压水枪般狂喷。这人去了五家医院，没人接这个手术。不切不行，再拖下去，这人随时没命。他睡觉都不敢翻身，怕压破。

你让他去北上广切去，没风险。老李说。何无疆说，他没钱，他去不起。我也是斗争好半天，才咬了一回牙。这人和鬼差不多，我比他还害怕。

什么人？老李问。

是豹子村村民，老李。何无疆说，这是我患者中的第四类，我刚才只说了前三类。第四类，实在走投无路的，我有能力拿下的。我接。

好半天，老李说，无疆，你有种。

逼出来的，自己逼自己。何无疆说，不逼怎么办？

三十几岁的人，我明明能救，我看着他去死？

要是做失败呢？梁小糖忽然问。

何无疆抖抖手中的塑料袋，笑看梁小糖，小糖，失败迟早会来，谁也不是神。但是今天不会，我有把握，放心。

老李跳下警车，几步追上何无疆，低声说，无疆同志，提醒一句，豹子村的红包可不敢要哦。连他的水你都一口也别喝。

老李同志，本人绝对清白，我这身衣服白衣胜雪，你信不信？何无疆也压低声音，红包从没收过，你不赞一个？

七

老李当然不相信，没有人会相信 何无疆从没收过红包。但他就是没有收过，一次也没收过。他真不敢收，自从梁小糖事件，他已经无法相信任何人。他甚至一度觉得，每一个刻意接近他的患者，都是为着有朝一日暗算和背叛他。他对患者很好，脸是人间四月天，心是北国万年霜，他再也没有跟任何患者建立过医患关系之外的感情。基于这种心态，他视红包如炸弹，怎么给他都不会收。这种事同事不知道，患者都清楚，于是就成了口碑。事实上，他是怕患者一个转身，拿着他收红包的录音或视频，交给领导或放到网上。这样的事情在医院时有发生，外科医生和红包，如同贪官和赃款，没人能绕得过去，久在河边站，不是湿鞋的概念，巨浪滔天，得脱光了下河游泳，不然上不了岸。淹死的也有，上岸的更多。鱼过千层网，网网有漏鱼，漏鱼都活得很滋润，每片鳞甲都金光闪闪。

外科医生收红包，是从主刀的那天起。小手术小红包，大手术大红包，十之八九都会给，早些年三五百，随着物价飞涨，红包也年年看涨，而今一两千是常态，两三千不罕见，遇到富贵的主儿，更多的也有。何无疆能做到心如磐石不接红包，是被梁小糖彻底伤透了，他害怕，害怕他人如地狱。

别人收不收，他从来不管，他觉得收了也没错。做手术太劳累，空喊“视患者如亲人”的口号是没用的，那种巨大的心力付出，又岂是一份工资能涵盖得了的。工资是干不干都有，如果医生只挣工资，可以把工作干成机关的样子，喝茶看报聊天上网，一个患者也不接。服务员干活好还有小费，医生为什么不可以有红包？所以医院对红包的态度，就和有些机关对官员一样，不举不究。举了也不深究，大不了全额吐出来还给你，就是了结。而今医患关系如同谍战，步步惊心，哪个医生也不敢给了就收，多数医生只收放心红包，所谓放心，就是不熟不收，熟人的收，熟人的熟人也收，没人引见的不收，敌我难测的更不收。收了和不收，当然有区别，区别不在手术上，在态度上。手术是医生的饭碗，谁也不会对自己的饭碗不精心。所以有没有红包，做手术都是一样的。态度却可以分很多层次，远的近的亲的疏的，如鱼饮水，双方意会。亲近些的，医生会把手机号和家里电话给患者，术后有任何情况，24小时随时联系沟通，稍有不妥，主刀医生会很快出现在病床前。远的疏的就不行，有情况先跟护士说，再跟值班医生说，值班医生打电话问主刀医生，主刀医生遥控指示怎么调药怎么处理，不是紧急情况，主刀医生不用到场。

外科是医院最尖端的科室，外科医生从入行到独立主刀，整整十年岁月。很多医院都曾出台过一项政策，外科主刀医生，可获得当台手术20%的收入。众志成城，该项政策很快土崩瓦解，麻醉效果不行，器械递慢递错，术中用药速度慢，有时干脆没有药。于是政策取消，手术室这才回归精诚团结之局面。

外科医生做手术，和巨额手术费没有半毛钱关系，纯属工作。如果手术时间过长耽搁吃饭，所有人员一律是20元的误餐补助，叫上份食堂的盒饭刚刚好。何云疆这种级别的医生，并不只是在自己医院做手术，都会找时间转台子。和所有的圈子一样，医疗圈子也有自身独特的运行规则。丹青市大小医院几十家，三级甲等医院屈指可数。在大码头砸响了名头，到小码头那是屈尊降贵，比明星走穴还有范儿。给自家医院手术站台子，分文皆无，那就到别的医院走台子，市医院区医院甚至县医院，周六周日去连站两天，患者都是预约过的，推下台一个，又推上来一个，连着做。一天做四五台手术不在话下，每个周末硕果累累。累是很累，数数钱就不累了，不仅不累，还很亢奋。

任何行业都一样，金字塔结构，从业者万千，顶尖的高手寥若晨星。高手有两种，头一种声名在外，没事上电视搞讲座，找上级立项目，专著几十部，名字不时见报，享受多种特殊补贴，等等。这种高手运作成名之后，很少上手术台。实在是盛名之下没有患者，门可罗雀。动手术是生死攸关的事，哪个患者也不会贸然决定，都会先找业内人士打探清楚。这个环节很致命，相当于三打白骨精，几句话真相立见，真相就是会咬人的狗从来不叫，手术做得好的医生从来不上报纸和电视。患者多如过江之鲫，都是口口相传，根本看不过来，哪有闲工夫去干赚吆喝。何无疆就是同行口中很会咬人的狗，不用汪汪吠叫，太多人排着队等着他咬。何无疆在自己医院，什么手术都做，出去走台子，他只做肝胆手术。硕士三年他专攻肝胆，主要做胆癌肝癌手术。丹青市割肝摘胆的名刀，不过区区几把，在这几把刀中，他是最年轻的。故而不敢太放肆，只能周末行动。那几把老刀则是快意江湖，每周能有两天待在自己医院就不错了，其他时间全在外面叱咤。

县长的睾丸，摘得何无疆心头发堵。对这台手术，何无疆有苦难言，按道理，这是泌尿外科的手术，可局长偏偏要让他做，搞得泌尿外科主任这几天都不怎么搭理他。局长才不管何无疆的难处，他只关心连襟的睾丸。那个泌尿外科主任和局长很熟，局长年年都给他发获奖证书，全市先进甚至全省先进他都没少当。局长领导卫生系统多年，他是很少用先进和标兵们给自己的亲属做手术的。这可是真刀真枪的事，不像获奖证书那样，要的都是意识形态。

卫生局长和院长都亲临手术室，局长先讲话，同志们别紧张，首长也是人嘛，一定要把手术做好，记住，某县一百多万百姓正在看着你们，看着你们手中的刀。何无疆割得很慢，局长就在他身后看着，割得太快显得不够重视。何无疆的手机响了，有点不合时宜，他让护士去挂掉，调静音。护士到台子上拿起手机直接按掉了。紧接着，手术室电话响，护士接了，声音有点紧张，何主任，急救中心王主任让你立即进手术室。高速公路车祸，咱们医院去了5辆120，王主任说全是大学生，120马上到医院，他说三个学生大出血，让你立即到位！

何无疆此刻是在9号手术室，这是县长亲选的吉祥数字。医院有20间手术室，可以同时展开手术。何无疆回头看院长，他们都戴着手术帽和口罩，脸上只露出一双眼睛。两人对视几秒，何无疆很想让院长说，无疆你去。院长却说，无疆你继续，我亲自安排。院长想出手术室，局长咳嗽两声，咳得很重，院长调整方向，从走向门口调整为走向电话机，拿起电话开始调兵遣将。

急救中心主任老王欲哭无泪，高速公路上一辆中巴被超速行驶的大货车撞翻，翻出十几米高的高速公路，落地的瞬间已经死亡一半人，中巴上全是去春游的大学生。市急救中心从较近的医院紧急调拨20辆救护车到现场，老王带了5辆120，车上拉了五个较重的学生。回程遇到堵车，无论怎么鸣笛，前头的车都不肯让道。120司机直接驾车冲上人行道，猛踩油门奔向医院。

老王在第一辆救护车上，车上是个女学生，也就20岁的样子，她的脸部没有破损，但她的皮包整个插进了腹部，只有皮包的提手露在身体外面，老王拔出提包，给她腹腔打上绷带。皮包提手上满是紫红色的碎末，这是她的肝脏，被撞碎的肝脏。皮包插进身体，老王还是头次见到，他见过方向盘、保温杯，甚至整颗头颅被窝断，嵌在身体里。老王猛拍女学生的脸，他说娃娃你别睡，坚持，坚持！咱们马上到医院了。女学生眼珠转得很慢，转向老王，她喃喃道，爸爸，爸爸，救我爸爸。老王想到自己的女儿，也是20岁，正在外地上大学，也许今天也会和同学去春游。老王知道女学生还有救，她在迷幻状态，这种时候的清醒才是最可怕的，往往就是传说中的回光返照。

救护车又停了，是离医院最近的十字路口，前面是红灯，三辆小车并排占满三个车道，纹丝不动。红灯下面有倒计时显示屏，84秒，83秒，82秒……老王跳下救护车，冲到前面小车前敲开车窗，直接拍进去两张百元大钞，他说，给你闯红灯罚款，让路！这司机是个中年男人，眼神很不以为然，他说，罚款是小事，扣分怎么说？老王又拍进去两张钱，老王说兄弟你行行好，车上这娃娃快不行了！司机愣一下，看看老王急救服上的大摊鲜血，他把四张钱一把拍回老王手上，他说，谁也不是天生冷血，就是他妈整天上班如上坟，活得气儿不顺。嗖的一下，这司机的小车蹿向前方的红灯。

院长坐镇9号手术室指挥全局，所有在岗的外科医生都立即奔向各个手术室，对五个学生进行施救。五个学生活了两个，其中一个手术后被送回病房，另一个进了ICU。进ICU的是脑部手术，生死还不好断定，得过了危险期才有分晓。死亡的三个，一个死在来医院的路上，直接送进太平间；一个刚上手术台，全身指标跌破手术标准，这个男大学生身体破碎得不成样子，肋骨歪七扭八，骨头碴探向四面八方，整个胸腹腔下陷，五脏六腑全受到重创。胸外科普外科骨科六个医生，一秒钟不敢耽搁，立时投入手术。指标不行也得硬上，这种情况只能硬上。不做手术他就是必死，做手术或许还有半分生机。手术进行到20分钟，这个学生心脏停跳，抢救无效，他死在了手术台上。医生们把他身上所有管子拔掉，支叉出来的骨头归位，刀口缝合，用纱布给他擦净脸上的血污，盖上白床单，送入太平间。没有人说话，医生们都很清楚，只需要10分钟，只要10分钟，只要能早10分钟开始手术，这个学生就不会死。他才刚满20岁，他的人生才刚刚开始。可是没有人肯给他10分钟，他并不是死于交通事故，是那些不肯给救护车让道的车主，联手杀死了他。

八

老王车上的女学生被送进13号手术室，五个外科医生都已到位，普外科老赵老钱老孙都在，老王扫了一眼，心往下沉。他是医院的老人，对每个同行的底细了如指掌，这五个人不是不行，都行，却都是大溜上的行，不是那种最尖端的行。外科医生和屠夫一样，都是耍刀的，行不行，有多行，是刀锋上的本事。有的屠夫杀猪，一刀捅下去，会搞得猪猛地挣脱了绳索跳起来满院子跑；有的一刀下去，猪一声不吭，仿佛没有感觉，只见鲜血狂涌，片刻间猪已毙命。大多数屠夫是一刀杀下去，猪嗷嗷惨叫不休，直至血流尽还在哼哼。前两种屠夫很少见，属于极端的两头，绝大多数屠夫是第三种，能杀，能杀死，落刀不偏也不错，手艺足够养家，但也仅此而已。谈不到出神入化，算不得鬼斧神工。

刀锋上玄机万千，说不清道不明，谁也不知道自己会遇上哪口刀。猪不知道，人更不知道。很多时候，命运只是一把刀，是生是死，只看那把刀捏在谁的手中。此刻，这个女学生就是这样，按照正常情况，她该不该死？她是该死的。她的血流满了救护车车厢，肠穿肚烂，肝脏近一半稀碎，脾脏胃胆破裂。她的死亡，将是最为正常的结果。但是，她有没有可能被救活呢？她不知道，老王知道。老王在医院20年，血雨腥风尽收眼底，他见过太多不该死的人，死了；见过不少很该死的人，活了。有些医生能把不该死的人救死；还有些医生，能把很该死的人救活。但凡这种重大突发性手术，患者只能赌命。命是什么？命就是他正好赶上的那把刀。老王要让这个女学生活下来，她一直叫他爸爸，叫了十几声。这世上，除了他远在外地的女儿，从没有人这么叫过他。老王就是要让她活下来！

9号手术室的手术，实在是毫无悬念。抽脂、拔牙、割睾丸，能有什么悬念呢？这三组医生的阵容，可谓高射炮打蚊子，超豪华配置。何无疆全程亲自动手，两个助手只有看的份，根本伸不上手，手术太小，一个人足矣。局长全神贯注，他和连襟县长感情很铁，虽然两人的夫妻关系都不怎么样，但县长和局长历来铁板一块，牢不可破。

老王是闯进来的，没换衣服没消毒，衣服上全是血渍，他不管不顾地，闯进了局长和院长同时坐镇的9号手术室。老王知道何无疆在这里割睾丸，他觉得很扯淡，他并不知道是谁的睾丸。老王说无疆，把睾丸交给小韩做，你跟我到13号手术室，快来救命啊！局长很不满，问院长是什么人，院长叫着老王的名字说，出去，立刻给我出去。老王这才看清楚，局长和院长都在这里，老王蒙了。老王说院长对不起，我接回来五个学生，死了两个了，13号手术室这个女娃娃危在旦夕啊。局长对院长说，立即安排精兵强将全力抢救，有半分希望尽百分努力。何无疆闻言，把手里活计交到韩心智手上，就要往外走。局长说何主任，你不能离开，你是县长的主刀。你走了算怎么回事？咱们人民医院人才济济，你就安心做好县长的手术吧。何无疆说局长，手术已经完成，只剩下缝合了。院长说无疆，这台手术很重要，你知道的！

这台手术事关全局，局长亲临医院十几趟，就为着这台手术。所有手术医生都是局长钦点的。时值医院有几个项目正向局里报批，事关全院职工福利，这台手术意义深远。院长对何无疆如刘备对孔明，局长对院长如孔明对黄忠。三国英雄拼的就是个知恩图报。这所有的因素汇在一起，比泰山压顶还重。何无疆对老王说，你去吧，我做完就来。

何无疆是18分钟之后过去的，他缝得很快，只用了2分钟。另外16分钟是等待病理科的活检结果，那粒割下来的睾丸上有个肿瘤，目测良性，但必须经过活检确定。如果是恶性，他得把另一粒睾丸也做切除。局长不放他离开，并不是在意由谁缝合，而是担心连襟肿瘤万一恶性，手术还须继续。

女学生的手术，何无疆没做成。从9号手术室到13号手术室，不过十几米，何无疆是跑着过去的，边跑边脱手套。县长有丙肝，他戴了双层手套。手套脱掉的同时他摘掉手背上的几块湿透的纱布，手术手套是超强防渗透薄乳胶材质，不透气，戴一会儿满手是汗。他常年戴手套，手背皮肤严重过敏，红肿刺疼，一出汗蜇得难受，只能往里面垫纱布吸汗。

何无疆推开13号手术室的门，站在门口没动。老孙正在进行心脏按压抢救，这个环节谁做都一样。晚了。回天无力。何无疆来晚了。他没能赶上这台手术。

老王坐在手术室更衣间的长椅上，手里捏一只扁扁的锡质小酒壶，壶里是68度的高粱酒。他是东北人，只喜欢高粱酒。他和何无疆同样的学历，名牌大学毕业，硕士主攻心外科。来医院后他在心外科，何无疆在普外科。他跟科室副主任一组，拉钩整整拉了三年。拉钩就是刀口划开，双手用两把钩子拉着刀口，让主刀医生操作。每一个外科医生都是从拉钩起步的。三年后，他终于有机会摸手术刀，但是副主任被科主任挤走，科主任让他重新开始拉钩，拉了两年，还是没机会做手术。五年时光，他整整给人拉了五年的钩。无路可走，他去了急救中心，那时还叫急诊科。急诊科没有什么专业可言，危险系数却最高，是个谁都不愿去的地方。熬了15年，从小王熬成老王，他成了科主任。从放下手术刀的那天起，他的口袋里就永远揣上了这只酒壶。

何无疆在老王对面坐下，老王把酒壶递给他，何无疆喝了两口。两人是同一间宿舍住出来的交情，都听到过对方深夜捂在被窝里的抽泣，没有什么话是不能说的。老王说无疆，怎么混到今天，我们还和当年一样，怕这个，怕那个，他叫我出去我就得乖乖滚出去，他叫你缝你就得趴到那个蛋上给他缝，活得就像一条狗。这娃娃不该死啊，是那粒睾丸把她给杀了。无疆，我们是医生还是凶手？我们是人还是狗？

何无疆夺下老王的酒壶，他说都一样，都是狗，也都是人。记得今天夜里别开窗户。

医院家属院就在医院后边，距太平间直线距离100多米。太平间是经常有哭声的，什么样的哭声如释重负，什么样的哭声纯属过场，什么样的哭声撕心裂肺，医生们是一听就知道，他们听得太多了，熟能生巧，一听就能判断出是什么人在哭什么人。这几个学生的父母都在路上，当他们赶到，看到自己的孩子已经成为支离破碎的死尸，那种哭声是喷血的，是能够把人心哭裂的。老王有经验，他会多安排一个医生上夜班，白发人送黑发人，常常会哭得昏迷，休克，甚至脑溢血，他得做好抢救学生家长的准备。

何无疆给老王兜底，已经无数次了，前几天有个患者大半夜腹疼如绞，叫120拉回来，急救中心医生诊断肠绞痛，小毛病，挂了几瓶消炎止痛水，就让患者回家了。次日深夜患者再次剧疼，老王意识到出事了，让何无疆无论如何给他兜住。急救中心刚被砸过，电脑都是新买的，不能才用几天又被砸。何无疆大半夜进了手术室，一刀划下去，患者满肚子脓血，残羹剩饭从胃部的烂孔源源溢出，溢满腹腔。何无疆清理好半天，才开始做手术。这患者有高血压，一旦疼痛引发休克，死亡只是三五分钟的事儿。何无疆做完手术对患者家属说放心，手术效果很好，胃穿孔部分已经切除缝合，没有任何问题。家属质问为何昨夜急救中心医生诊断肠绞痛？明明是误诊嘛。何无疆说什么误诊？医生当时已经怀疑胃穿孔或肠穿孔，但是当时的仪器检查并不支持这种怀疑，这样的情况也是常见的。家属说穿孔总不至于就是今天发生的吧？何无疆很耐心，讲解了大量胃肠医学知识，掺杂海量医学术语，他说根据手术情况，这个胃穿孔恰是刚刚发生，食物只是微量渗出，引发疼痛。家属说那你们急救中心也不能挂几瓶水就让我们回家吧?！何无疆说观察期间没有发生问题，当然是让你回家，总不能让患者一直住在观察室吧？你要明白一点，这个穿孔可能是今天发生，也可能是一周或一个月，甚至更长时间发生。我手术中看到他胃里还有残存的辣椒，这么刺激的食物，你想想它跟穿孔有没有关系？你要不给他吃辣椒，他今天怎么会穿孔？回头我让人写个单子给你，什么能吃什么不能吃，你们做家属的得做到心中有数。家属满脸愧色，连说谢谢啊谢谢。何无疆说不客气，都是我应该做的。

这个穿孔，起码是昨夜发生的。急救中心医生属于严重误诊，他当时应该立即让普外科医生来会诊，共同做出结论，但是普外科医生当时在手术台上，到天亮还没有下台。急救中心医生只能自己给出结论。如果继续观察，而患者又没有什么事，他怕患者家属说他宰人，挨骂是轻的，他更怕挨打。观察一夜，患者没事，他下夜班时并没有让患者回家。他交给了下一班。下一班医生是同样的心理，当时夜班开的药已输完，是接着开药输水还是让患者回家，他没态度，他先征求家属意见，家属说没事就走，有事就治。那就走嘛！既然此刻没事，他就让他们回家了。不然再开药输水，挂一天，一天都没事，那他不就成了宰患者吗？这两个医生都是从县医院聘来的，医专毕业，他们不能确定这个患者当时是否穿孔。他们在县医院，常年面对乡下患者，省钱是乡下患者看病的大前提。不省钱是要常常挨骂的，治好治不好都是宰人。他们的工作心态是不求有功，但求无过。事实上，很多医生而今都是这样的心态，反正治好了病是分内的事，治不好就成了罪。谁也不想有罪，那就全面采取守势，自己在岗的8小时只要保证无事，管他日后洪水滔天。天下医生同病相怜，谁也不会刻意去拆同行的台。互相兜底是弱者的本能，今天你兜我，明天我兜你。那都是辣椒惹的祸。

九

小刘将赴加拿大见女友，何无疆带他出去做了九台手术，周六和周日两天，市四院五台，市九院四台。平时走台子，何无疆从来不带助手，请他做手术的医院会做好所有安排，用不着他带人。两人站得腰酸腿疼，何无疆把全部手术费一分为二，分给小刘一半，他说算我送你的往返机票，个人前途第一，怎么选择我都理解。不过我真是希望你能够回来。假以时日，你的成就一定在我之上，你是我带过的最有悟性的学生。小刘摇头，老师，我永远都超不过你。你还记得那个吃馄饨卡住的患者吗？我当时一进病房，大脑的第一反应就是，如果这个患者死了，他的老伴儿一定会闹事，因为他们相依为命，感情太深，她绝对不能接受这种突发性死亡。所以我绝对不能给她留下任何把柄，我所做的一切救治措施必须完全合乎规范。就算他死了，官司打到天边去，我也没有任何错误。老师，这就是我和你最大的不同，你没有杂念，你只想救人，你才是真正的医生。何无疆说错了，小韩才没有杂念，他什么都没想就下刀了。我当时想的和你一样，你想到的我都想到了。我是掂量过后才举的刀。

小刘走了。老王也走了。老王还是当他的急救中心主任，到丹青市最大的外资医院，爱命医院。这医院在丹青市东部，依山临水，建筑风格如豪华度假村，没有一座高楼，主楼不过九层，附楼八座，整个建筑群采用朱红色调，低调沉稳。爱命医院建于五年前，发展得不温不火，对其他医院一直没构成什么威胁。前不久医疗政策放开，外资医院和私立医院再不受药价只准加15%的限制，一切收费实行自行定价。爱命医院一夜东风催花开，迅速崛起壮大，它定位贵族路线，价格贵得惊人，护士训练得比五星级酒店服务员还要善解人意。这里没有人事处，叫作人力资源部，这个部门挖走了丹青市各医院的许多骨干。爱命医院已成为丹青市所有公立医院的头号公敌，每逢卫生局召开全市医院院长会议，讨伐爱命医院已成每个医院的迫切诉求，卫生局局长恨得咬牙切齿，却是无可奈何。这些年，他把这些私立医院捏得死死的，隔三岔五派个检查督导组下去，查药价查病历查医生行医资格证，什么都查，稍有疑问，重罚，甚至停业整顿。这下子好了，这些私立医院自由了，他卫生局管不着了。就像报复一样，爱命医院不择手段，用高薪加分红挖走了丹青市各医院无数尖端人才。局长对院长们拍桌子，跟我诉苦有什么用？我老母鸡护小鸡一样，护了你们多少年。这些年我一手护着你们，一手卡着那些外资医院私立医院的脖子，我硬是大气都没让他们喘上一口。他们喘得欢了，咱们就没气了。关起门来说句话，真正能干活的人才，一个都不许再放走。威胁、利诱，不管用什么手段，你把人才给我留住了。谁的医院再敢流失人才，你把院长的帽子给我交回来。

院长刚开完会回来，老王就来找他辞职，院长如雷轰顶，拉着老王的手低声下气好半天。他在会上受到严重批评，他的心外科主任带着四个医生投入爱命医院的怀抱，心外科几近瘫痪，心脏手术全面停顿。不仅如此，脑外科副主任、妇产科主任，还有检验科两个医生，都奔着高薪分红而去了。他的医院损失最大，因为他的医院力量最强，尖端医生最多。这里已成为爱命医院的头号靶子。局长说再走一个人才就摘掉他的乌纱帽。如果可以，他多么想让这顶乌纱帽化成传说中的血滴子，立马飞出去取了爱命医院老板的人头。

院长开出很多条件给老王，安排子女在医院就业；优先挑选医院的集资分房；年底当选全市卫生系统先进；急救中心干了多年，受委屈了，到心外科上任吧，明天就去当心外科主任，你原来就是心外科的，手生了不要紧，赶紧招兵买马，把手术开展起来；三年之内，不，五年之内，心外科就一个主任，医院保证不安排副主任，永无内讧，心情舒畅。

老王油盐不进，铁了心要走，院长气得热泪滚滚，抹把眼泪，拉着老王参观了自己的四个办公室。狡兔只有三窟，院长却有四窟，一窟在地下室，二窟在后院家属院的单身宿舍楼，三窟在病房楼顶层大平台上的电梯值班房，四窟就是众所周知的院长办公室，内里却暗藏杀机。院长拉开大书柜，像武侠电影中的邪教教主般，伸手拧动机关，机关不是电影中常见的佛头、太极盘之类，而是一只袖珍版白骨精。医院每个科室都有这样的模型，真人大小的人体骨骼模型，乍看就是金箍棒下被打回原形的白骨精。院长的白骨精只有半尺来高，小巧玲珑，黑洞般的眼眶，万语千言深不见底。

白骨精被院长拧得转了个身，无声无息地，书柜霎时侧移，墙上露出一扇门，这是一间密室，情况危急时，院长可化身东瀛武士，立地土遁。院长和老王钻进密室，书柜鬼魅般复位。院长的四窟，除了办公桌沙发电脑电话，最让老王感慨的装备，是俄罗斯军用望远镜，每当医闹队伍堵门，院长是他们的主攻目标，哪里敢露头，只得转战四窟，用望远镜洞观全局，根据战况随时调整应敌方针。

院长哽咽，光你们委屈？这些年我容易吗？我是医生出身，我知道医生所有的苦。你们跟着我干，来事了，我不能把你们推出去任他们打任他们杀任他们拖着游街任他们拖到灵堂给死人下跪。我当一把手，好事坏事我都得先上，我上！我跟他们磨跟他们谈跟他们委曲求全跟他们割地赔款，不给钱他们没完没了，可回回狮子大开口，我得先隐身，耗他们，耗得差不多了，我出来一点一点往下压价。前不久豹子村要180万，我领着院办几个人跟他们谈了一天一夜啊，谈成了78万。78万就这么扔了，我们上哪儿说理去？不被打死杀死，没人管我们的事，没人管啊。去年一年医院赔出去1223万，其中真正的医疗事故赔款不到200万。真是误诊真是事故真是我们的责任，当事人家属都是走法律途径进行医疗事故司法鉴定，判赔多少我们都认，我们应该赔的，没有二话。凡是来堵门的，全是不占理的！占理的跟我们打官司；半占理的到医疗调解委员会，患者和医生在这个部门达成协议，私了完事。只有不占理的才堵我们的门。就这么一笔一笔往里砸钱，没个尽头啊，全社会都说医院喝人血，我们的血又被谁喝了？去年医院总收入6个亿，其中药品收入3亿，全国公立医院药品利润都是铁定的15%。另外3个亿的治疗等费用，医院利润是20%，谁来给我们算算账？我们医院去年利润总计是1亿5千万元。我都不知道年底奖金能不能发得出来。我们的大楼是贷款建的，年年巨额还贷；高端医疗设备动辄几百万一台，24小时开机使用，总是成本还没收回，机器就用坏了；病房楼三五年一装修，不装修就落伍，落伍就没人住；家属楼不盖，新进来的职工没房子住，拢不住人；全院职工加上离退休的，2000多人的工资奖金福利，我是天天左算右算，焦头烂额。说我们姓公，每年的拨款不够吃饭；说我们姓私，我们一切得按规定规章规则出牌。你说这牌我怎么打？

院长越说越悲愤，干脆拉开抽屉，一把拽出个假发套扔到桌子上。这是个板栗色的大波浪假发套，挺风情的，院长说我帽子都要被摘了，这张脸我也不要了，看吧，你看看吧，当那些人把所有大门都堵住，我车开不进来，人走不进来，那些人一见我就抱大腿，揪领子，缠住不放。我无路可走，我从太平间临街小门进来，太平间里常年有我一张担架床，我躺上去，戴上这个假发套，长头发露出来，白被单拉脸上，双手放胸前，我装成女尸，太平间黄师傅推着我一溜小跑，把我推到办公楼。我长年累月就是这么过的。除了医闹，我还得扛着卫生局卫生厅行风办省市医保中心，今天来督导，明天来检查，查查查，罚罚罚。和医闹一样，最终都是要钱，是神是鬼都得用钱砸。医院不创收，我领着全院职工喝风吗？都说咱们是白衣恶魔，只认钱不认人，我搞不起慈善啊。我领着你们当天使吧，没奖金没福利没房子，谁还跟着我干啊。这几年骨干人才不断流失，我不搞创收我一个人也留不住。昨天接到文件，要求提高医疗服务水准，细则N条，第一条，即日起全市医护人员对患者实行礼貌用语和微笑服务，微笑标准参照宾馆酒店，见人露出八颗牙。我就不明白，我们学医的十年寒窗，什么时候沦落成服务员了？这社会是要我们的医术还是要那八颗牙？再说了，对着癌晚期患者那样笑，那不是幸灾乐祸吗？别说患者想杀人，我还想杀人呢。

老王根本插不上话，他今天大开了眼界，见识了望远镜、白骨精，还有假发套，他很震撼。他从没想过，院长的日子并不比他们好过，甚至还要更难过。放眼四周，简直没一个好过的，个个满肚子苦满肚子怨，苦久了，怨稠了，就成了恨，个个都恨，谁都恨，都恨人，恨来恨去，恨得救护车永远不能畅行，恨得不该死的无辜者死了一个又一个。也不知道下一个死的会是谁。也不知道这种找不着凶手的死亡何时才能有个尽头。

老王和院长执手相看泪眼，最终院长表态，去吧，我放你走。咱们君子协定，你们不能从我这里再挖人了。我心外科瘫了，脑外科妇产科半瘫。我自问对得起你，你新老板要是再敢盘算我的人，你别怪我翻脸无情。集资房尾款你还没交吧？再挖我的人，前期款项退还，房子我不给了。老王频频点头，满脸郑重，院长，我这代人是老观念，认公不认私，不到万不得已，谁愿意跟着私人老板干？可是上有老下有小，几个老的整天生病，小的念书、就业、买房，我哪个都得管好，我只能把自己给卖了，卖上个十年八年的，老的小的就都圆满了。对不起你了，院长。我不会从咱们这儿带走任何人，但我此后只是个打工的，老板的事我也管不了啊。院长说我更管不了，我就只能管房子，从今天起，谁走我收谁的房。

医院新盖的集资房，每平方米4000多元，地段绝佳，市场价超过万元。房子已验收完，就差给职工发钥匙了。院长决定延期发放，先把这段危险期顶过去再说。

十

是个大晴天，少见的大晴天，万里无云，阳光白亮亮的，融化的冰雪般，泛着刺眼的光。丹青市每到夏末秋初，总有一阵子秋雨缠人，下几分钟停几小时，接着再下，整天整月也不见个晴好的天。何无疆下车，看看天望望地，心情就像逃学般，很爽。他很少能在上午出来，今天太特殊，他查完房就走了。他的车停在监狱门口，已经半个小时。

梁小糖走出监狱，头也没回，他并没有四下张望，他直奔这辆车而来，仿佛算准了会有专车接他。梁小糖上车，何无疆说祝贺自由。梁小糖说你也不问问我去哪儿？何无疆咦呀一声，你不就是杀人吗？我挺支持你的，有些人确实该杀。但是杀人之前，你得把那笔账给我清了。你不能欠着账上刑场。我从来不信鬼神不信轮回不信下辈子。穿白衣的都不信这些，鬼神全是人造产品，极少数人造出来专用来忽悠绝大多数的人。造神的没有一个信神的。当然，从心理医学来讲，鬼神的存在有其合理性，等同于精神麻醉剂。你别跟我说下辈子，人没有下辈子，除了天地光阴，世间所有生命都是过客，过完就没了。我经手死人无数，医院里哪一张床上没死过人？我每天工作累半死，我就是想把患者留在这辈子！人要真能投胎转世，世上就不必有我们这个职业了。那笔账你必须这辈子还给我。还完了再去杀人，记住要把功夫练好，一刀致命，别杀个半死弄到医院来，上周我给一个挨了二十几刀的女人做手术，救过来了。这凶手太窝囊，你可别这么不中用。

梁小糖哈哈大笑，笑完了低下头不说话，何无疆也不说，一路沉默。路上有点堵，车走得慢，何无疆把车开到一个商场停车场，这是丹青市最大的仓储式商场，老板是何无疆的患者，在他手下割过肺肿瘤。他们很熟，也很近，这老板全家族有病都找他看。何无疆有无数这样的患者，三教九流干什么的都有，很多事对他而言，只是一个电话的事。但梁小糖的事他没用电话解决，他亲自来找了一趟老板，席间把所有的细节都敲定了。

何无疆说小糖，你没亲人可投奔，我给你找了个活，你得养活自己，你得还账。何无疆打电话，很快，老板带着助理亲自迎出来了，何无疆给双方做介绍，老板对梁小糖说，英雄，何主任说你想当英雄，先跟我干吧，把功夫练好再出去替天行道。梁小糖表情复杂。他说谢谢老板收留，我这种人都没人要的。老板说好好干，现在就去办手续换工服，今天正式上班，先从码货干起，重体力劳动，不能偷懒。我这里管吃管住，工资加奖金每月从3000元开始，宿舍四个人一间。干好了我给你升职！

何无疆给梁小糖一个旧手机，一只信封。何无疆说，有事给我打电话。从下个月开始，每月初你还我200元，咱们分期付款，慢慢来。我知道你身上没钱，这信封里头是零花钱。这个钱不用还，这是我给你的。梁小糖问，为什么？为什么这样？

何无疆煞费苦心，想把梁小糖拉回15年前。他一直以为那笔钱对自己造成了精神重创，却不知梁小糖比他受伤更重，几乎粉身碎骨。梁小糖已成为老李口中的无药可救型犯人，老李断定，他要么回监狱要么上刑场，没有任何别的可能。何无疆从来不信邪，他救活过无数命悬一线的患者。和死神交手20年，他始终是赢家。他和梁小糖从医患关系开始，一步步沉沦，一度甚至成为至亲。第一次手术，他们关系质变，从医患关系成为亲人，谁都没落着好。可见医患就是医患，亲不得的。第二次手术，他终于成功地把梁小糖重置于患者序列。只有归于这个序列，他才能救活他。

梁小糖在商场干得不错，除了过于沉默寡言，没犯过错。三个月后他升为小领班，工资涨了500元。梁小糖每月初来找何无疆，钱到，人不见。何无疆每月1日早晨，打开办公室的门，地上会有一只信封，印着商场广告语的信封，里头装了200元，从来不多，从来不少。梁小糖是在每月的30日或31日，深夜或者大清早，从门缝塞进去的。何无疆发短信：收到。好吗？梁小糖回复：我很好，放心。中秋节时，何无疆开车给梁小糖拉过去一后备厢的东西，吃的穿的用的，什么都有。梁小糖领他在商场食堂吃饭，何无疆这才真的放心，梁小糖脸上一派祥和，没有戾气，也没有不平，三十几岁的准中年男人该是什么样子，梁小糖就是什么样子。何无疆挺得意的，他一贯拙于人际关系，只擅长梳理医患关系，滔滔常说他是个大笨蛋，只会耍刀的大笨蛋。他向滔滔表功，滔滔说大笨蛋，我就不信梁小糖真能改邪归正，狗改不了吃屎鬼改不了吃人，他天生就是个蹲监狱的货色。

滔滔一语成谶。大半年后，梁小糖从商场不辞而别，每月200元的还款戛然而止，手机也停机了。梁小糖失踪了，再次失踪了。何无疆过上几天，就在网上百度一下梁小糖的名字，杀人放火总是会有消息的。但他什么也没搜到，梁小糖这回玩得更绝，人间蒸发。

老王走后，院长经常到各科室转悠，几个重要科室一坐大半天，嘘寒问暖，殷切备至。韩心智问何无疆，咱们院长葫芦里卖什么药？昨天竟然亲手帮我整理两份病历，还说老看电脑伤眼睛，送给我一包枸杞。何无疆也搞不懂，院长最近频频送礼，刚给他办公室送了一大盆仙人掌，说吸毒效果很好。更离奇的事情发生在家里，晚上9点多，何无疆给滔滔剪头发，滔滔每年换个发型，今年是直板，发梢需要剪得齐整又有层次，何无疆的手使起刀子剪子，准头远强过美发师，一溜儿下去，从不带回剪子的，只是他必须使用手术刀剪，家常刀剪他没感觉。门铃响，何无疆一开门就惊呆了，院长抱着大包小包站在门口，笑容标准，正好露出八颗牙。何无疆快如闪电，把手上的刀子剪子塞进了睡衣口袋。院长的礼物很杂，海鲜、干货、豆浆机、豆芽机、酸奶机，还有一台最新款的电饭煲。何无疆极其不好意思。院长说到老王，问何无疆有没联系，何无疆说都挺忙的。院长说医院集资房，你的多大？何无疆说150平米，我只能要这么大的。院长说我的180平米，我嫌大，我跟你换换吧。何无疆说不不不。院长说就这么定了。你回头把差额给我就行了。

何无疆和滔滔送院长到楼下，院长深情地，阿疆，真不能失去你。院长生在广东长在丹青，只有在特别激动的时刻，才会迸出一半句广东方言。何无疆和滔滔半夜还没睡着，想破了头，滔滔说我看就是黄鼠狼给鸡拜年，他是不是要给你安排副主任？先礼后兵。何无疆说几个大科室这两年都没设副主任，不然个个枕戈待旦，梦回吹角连营。我那里老赵老钱老孙，资历年龄能力都差不多，都找过他，他傻了才会提拔一个得罪两个。滔滔说那就是爱命医院老板找你的事，让他知道了。何无疆说老王领着他新老板，每次找我都很隐蔽，都是在郊外碰的头，医院没人看见。滔滔说老王会不会是双料间谍？他想给新老板立功，又怕院长收他的房，两头报料，两头卖好？何无疆说你谍战片看多了吧，老王不是那种人。仗义每多屠狗辈，负心从来富贵人。我和老王是寒窑住出来的交情。滔滔反击，寒窑有屁用，你对梁小糖，那还是过命的恩情呢，都是喂不熟的。我告诉你呀，如果有朝一日梁小糖再被抬到你跟前，你要是再敢救他，我就不过了，无疆，我真就不过了，我一想起他来就眼冒金星，气的。

滔滔只要生气，何无疆就哄，没原则没对错，就一个字，哄，怎么哄都成，哄到她高兴为止。何无疆不愿意惹滔滔生气，他亏欠她太多，多得都没法偿还。两人属于青梅竹马，小学一年级就认识，此后一直同学，考大学时，何无疆要学医，滔滔很务实，她说那职业太耗神，家里两个医生怎么行，我干个轻松点的活吧。滔滔学的是园林设计，毕业后分进丹青市园林规划局。然后结婚生子，何无疆根本管不了家事，孩子全是滔滔带大。他做主治医师第二年，滔滔自作主张，调进了丹青市人民公园。人往上走难，人往下走很容易，滔滔此举，宛若壮士断臂，个人事业和前程全线崩盘。园林规划局离家太远，人民公园就在医院对面，此后她包办了所有家事，老的小的吃的喝的穿的用的，人情交往人际关系人脉资源。她在公园上班很轻松，每年春秋两季负责两次大型花木展览，其他时间都是自己的。人到中年，她干脆每天上午下午去公园遛一圈，然后打道回府，买菜做饭洗衣拖地，说起来是职业女性，干的是不折不扣的家庭主妇的活计。

何无疆这把快刀，是两个人齐心合力，耗尽半生心血，共同祭出来的。何无疆从没有外遇，调情是个技术活，偷情是个体力活，外遇是闲人的游戏，何无疆从没闲过，他玩不起。何无疆有情敌，他此生唯一的情敌是香港某天王，他很乐得有这么个情敌，看得见摸不着，自是有比无强。情敌来丹青开全球巡回演唱会，何无疆托前患者搞了两张好票，陪同滔滔前往观看。滔滔几天说不出话来，嗓子都喊哑了，由于整晚举着荧光棒振臂狂呼，肩周炎也搞犯了。何无疆又买来情敌的半裸体签名大海报，滔滔看得目光发痴，状如怀春少女，何无疆说看什么看，看他那乳房比你还大，人妖一个嘛。滔滔愤怒，这是胸大肌！你嫉妒了吧？看看何无疆的脸色，滔滔又问，要不卷起来吧？免得你老是吃醋。何无疆说千万别卷，我衷心祝他老人家美色永存，常驻你心。

何无疆半夜时常被叫走，120拉来重患者，车祸或斗殴性质的，属于大手术的，他都得上，做完就在办公室沙发上眯一会儿，接着上班。凡有大手术做完，他会马上往家里打个电话，跟她说一句没事，睡吧。家里电话在客厅沙发旁的茶几上，他总是一拨，她就接了。他知道从他下床出门起，她就坐在客厅一直等，等着他跟她报一声平安。有时坐半夜，有时坐一夜。他夜里去做过无数台手术，她同样熬过无数个长夜，她比所有的患者家属都要虔诚，虔诚地祈祷患者平安，手术顺利。家属只是担心自家患者，她却担心着每一个患者，她总在担心，总在祈祷。她从不给他打电话，怕影响他做手术，她只能等。就这么等了20个年头，等得他和她，还有情敌，都生出了白发，不再年轻了。

十一

心外科主任带走了科里四个医生，能干的都带走了，把个爱命医院的心外科立马顶起，傲视丹青。这科室原本也就七个医生，剩下的三个，一个太老，即将退休，两个太小，只会拉钩，心外科没有小手术，这三人合到一起，手术一台也拿不下来。心外科牌子还在，事实上却是瘫痪了。院长急得不行，人事处面向全国招聘人才，走年薪制，科主任年薪30万，医院给住房，带家属的给家属安排工作。很快，西北某省人民医院心外科主任被诱到丹青，走马上任。全院科主任会议上，院长隆重介绍这个据说是号称西北心脏之王的新同事，掌声寥寥。会后何无疆和这人同台电梯返回病房楼，这人踌躇满志，何无疆眼中只有怜悯，他很清楚这人将要遭遇什么。全院都是工资制，冷不丁来这么一个拿年薪的，能撑过半年算他有定力。果然，这位心脏之王每台手术都做得不那么顺畅。手术这回事，如同舞台演出，主刀医生是编导兼领衔主演，从前期诊断到拟定手术方案，从术前准备到手术操作，从术后治疗到痊愈出院，才算剧终，谢幕。问题是任何演出都需要全体演职人员的精确配合，假如灯光、音乐、布景、配角都不怎么入戏，样样慢半拍，主演是怎么卖力也救不了场的。舞台表演演砸了最多被观众扔几个臭鸡蛋饮料瓶，心脏手术丝丝毫毫可都是人命。心脏之王到何无疆办公室给一个96岁的老人做术前会诊，手术是何无疆做，腮腺肿瘤手术，手术不大，老人心脏不好，岁数又太大，何无疆请心脏之王做个会诊，属正常工作程序。何无疆给心脏之王倒了茶，问他到丹青饮食习惯不，夸他力挽心外科狂澜于既倒，每天展开大手术。不料心脏之王一听手术这两个字，情绪完全失控，一米八几的西北壮汉面对何无疆红了眼圈，他说何主任，我们都是做手术的，就刚才，我患者在台上差点出事。样样不得力，我说不出道不明，我在丹青谁也不认识，你给我指条路？何无疆无语，他不了解这个人，不敢随便说话，他也没有什么路可以指给人家，这人只有快速招来两个得力助手，同时和手术室紧密团结互动，否则他待不下去。院长那30万年薪不是白给他的，医院不会长期白养着任何科室，这人得创收，得立招牌，得用连续不断的心脏手术把心外科倒掉的招牌重新擦亮。何无疆问，快50岁了吧？怎么这个年龄还出来闯世界。据我所知，哪个省人民医院都是该省医疗系统王牌，虽然丹青市经济较发达，你从省医院到市医院，也算是往下走呀。心脏之王说，我那医院本来胸外科心外科都是独立科室，多少年各干各的，前不久老院长退休，新院长原是胸外科主任兼副院长，他一上台就把我们心外科给合并到胸外科了。合就合吧，我想着低调点也就行了吧，可是不行，我患者太多，名声也那个，比他要大，他不舒服，给我排夜班，派我到地震灾区，派我下乡防治艾滋病，派我到社区讲保健……何主任，咱们手术医生，哪个敢常年不摸手术刀，一年手就生了，最多两年手就废了。看到你们的招聘启事，我想着换个环境就好了，可是都一样啊。何无疆说既来之则安之，先立足再发展嘛。这样，我手上有两个离休老干部常年住院，心脑血管不太好，老年人都这样，是吧？转到你那儿，你给好好调理调理？

同行之间，总是心有灵犀，一点就通。心脏之王感激道谢，邀何无疆晚上喝两杯，何无疆说好，正好手术室黄海黄主任约了我好几天，一起喝吧。他老家也是西北的，丹青医学院毕业，今天就算是老乡见老乡吧。

何无疆这么做，等于是给了心外科一大笔常年而固定的收入。这个人情不算小。离休老干部，都是打江山打出来的，劳苦功高，属于当今医疗界的珍稀资源，堪比大熊猫。何无疆手上有四个这样的老人，一人一间病房，常年不出院，医院住成了疗养院，祖孙三代都用老人的医保卡看病吃药做检查。离休医保卡上不封顶，个人不用掏钱，花多少都行。老人嘛，总有这样那样的不舒服，治疗和预防同样重要。何无疆手上这四个老人都很慈祥可爱，每天上午打针输水，调理血管补充能量营养骨骼和大脑，下午在病房练书法下围棋，晚上到公园做健身操打太极拳。老人们常给护士讲故事，讲当年炮火纷飞的壮烈故事，护士都管他们叫爷爷，叫得可亲了。食堂过些日子会推出新的营养套餐，护士们会及时建议爷爷们更换菜谱，永葆健康。何无疆科室共有七个爷爷，他手上四个，老赵老钱老孙各一个，这七个爷爷每月的医疗费，就是普外科的半壁江山。给爷爷们看病，医生们煞是轻松愉快，没纠纷没吵闹，没有任何对费用的质疑和不满。四个老人多次对何无疆说，小何，你要什么药，都开到我卡上，千万别客气啊。何无疆从没开过，但他有时会代护士们开几盒药，开几张检查单，都是爷爷们让他给开的，他当然得遵旨。

普外科是外科第一大科室，只有七个爷爷实属自制力超凡。何无疆一直尽心平衡着爷爷们的人数，普外科是手术科室，不是度假村疗养院，爷爷太多不像话。但科室的收入他也得招呼着，他周末可以出去走台子挣钱，别人不行，作为科主任，他不能让科里医护人员的奖金在医院做垫底的。总垫底，他的主任就做到头了。何无疆知道有些科室，爷爷们占了一半的病房，医患关系简直亲如家人。有些医生只喜欢招呼爷爷，闲了跟爷爷下棋打牌其乐融融，不怎么待见其他患者，挑患者挑得厉害，离休医保公务员医保患者他们会收，普通居民医保患者有时收有时不收，新农合医保患者来了，他们会说没床位。这样的医生并不多，但每个医院都有。他们挑患者，患者也挑他们，久了，路越走越窄，除了老年病，别的病症无从下手，渐渐沦为庸医。

何无疆也挑患者，但他的挑与医保卡无关，与贫富无关。他是农村考出来的，父母是农民，他对农民有着天生的情感与同情。四海无闲田，农夫犹饿死；遍身罗绮者，不是养蚕人。他从不拒绝任何贫困的患者，尽管他们真的很难缠，贫穷是尊严的杀手，这种患者常常会因为医疗费跟他纠缠跟他理论甚至对他开骂，他也会很反感很厌恶，但当又一个这样的患者出现，他还是会收下。他无法拒绝他们，他和他们是同样的来处。同一个来处，相煎何太急。

他只拒绝高度危险型患者，他有他的直觉，职业直觉，于万千患者中，他能准确判断出哪一个是要闹事的，哪一个是打算用自己父母的这台手术来谋财的。从医二十年，他遇到过这样的情况不下一百次，他都避开了。也有破例的时候，豹子村那个颈动脉肿瘤患者，叫作林爱火，林爱火是豹子村医闹队伍骨干成员，他去了丹青市六家医院，看了十个医生，都说没床位，没法做，手术难度太高，建议他去北上广治疗。何无疆也是这么说的，说完多加了几句话，他说你无论是坐火车还是飞机，路上记得用毛巾把脖子缠住，千万不能碰到这颗瘤，另外不能情绪太激动，不能有任何剧烈运动。你身上带着颗定时炸弹，你要时刻小心。林爱火扑通跪下，抱住何无疆的大腿苦苦哀求。医闹干久了，下跪已成为条件反射，看见穿白衣的就想跪，跪完再打。林爱火三十几岁，却生了四个孩子，前三个都是女孩。孩子多，家里就穷，他没钱去北上广，关键是医闹队伍带不去，做完了没法跟医院折腾要钱，他只能在丹青市解决自己的脖子。

何无疆对下跪没什么感觉，他脚下曾跪过很多人，求他救命的人，和被他救了命的人。国人跪了几千年，站了几十年，对站立还不太习惯，一到绝处就会下跪。何无疆只对没钱有感觉，他的弟弟很小就病死了，他是眼睁睁看着他死去的，就因为没钱看病。林爱火痛哭流涕，何医生，求你救救我，我保证不来找你闹事啊。何无疆说你实在很危险。好吧，办住院吧。

林爱火的手术做了三个小时，手术不大，但是从大动脉上剥瘤，着实惊险万分。术后，何无疆怕感染，一旦感染把动脉表皮蚀穿，林爱火丢命，他丢饭碗。何无疆给林爱火连用了一周进口高效抗生素，一般患者他都是两天一调药，把抗生素等级不断地下调，一是怕太贵，再是怕患者产生耐药性。林爱火半个月才出院，刀口不彻底长好，何无疆不让他走。林爱火总共花2万多元。林爱火说何医生，我知道去北上广得花十几万，可2万多也不少呀，你能不能告诉我，我这2万多里头，你的药品回扣占多少呀？何无疆不理他，他从不跟他说任何多余的话。当时两人已经相对熟悉，林爱火笑说，我会回来找你的，何医生。何无疆还是不理他，只是看他一眼，眼神似铁。

十二

何无疆并不惧怕林爱火闹事。近期针对医闹各种猖獗行为，上级各部门联动，加大扼制和打击力度，医闹已不似此前那般肆无忌惮，他们不敢随意堵门，干扰医院正常工作秩序，也不敢动辄打人，打伤人立马被拘留。他们不得不改变战术，下跪动作保留，抱大腿、揪领子、打耳光三招并上，打不伤也打不残，警察来了最多是批评教育。自从每个城市都成立了医疗调解委员会，遇到说不清楚的纠纷，够不上打官司标准的，医生和患者会到这个机构去调解解决。多数以医生赔钱为结局，不过数目都不算庞大，权当破财消灾。医闹生意锐减，到处张贴小广告，医院病房和洗手间随处可见。

老赵老钱老孙都是元老级别的医生，都比何无疆大10岁上下，当初何无疆管他们叫老师，现在也称老师。何无疆越过他们升了主任，他们不好再叫他小何，也不愿叫何主任，就叫无疆，显得亲切随意。普外科几年不设副主任，他们着急，分头去找过院长。院长让何无疆推荐一个人，何无疆又没吃错药，他只能说都好，三位老师谁当都好，于是就谁也没当成。何无疆从来不管他们，按道理科主任每周一上午得全楼查房，前呼后拥地把全楼所有患者看望一遍，何无疆不查，他只查自己的患者，老赵老钱老孙的患者，他们不说起，他从不过问。他们有大手术要做，叫他了，他就去；不叫，那就不知道。他只能这么做，管得太多是要冒火花的，星星之火，燎原了可不得了。普外科多年来风平浪静，在全医院实属罕见。有好几个科室闹得刀光剑影，弄到头谁都落不着好。有患者家属找何无疆告状，说老孙拿了红包，却没把手术做好，患者术后病情反复，何无疆说孙医生早就和我说过这个事情，那2000元早已交由科室保管，只等患者出院，完璧归赵。现在世风如此，孙医生也是为了让你们放心，用心良苦啊。这类事几次三番之后，老赵老钱老孙心里不再别扭，对何无疆这个上级彻底认了。但他们三人之间，始终在较着劲，都是奔退休的人了，职务上想升一级，是正常而迫切的心态。何无疆对此毫无办法，院长都没办法，他能有什么办法呢。这世上，从来就没有什么救世主，也不靠神仙皇帝，老赵老钱老孙，其心各异，志向相同，他们自己想出了办法，既然这口气咽不下去，那就吐出来吧，老赵调到了丹青市血站，是个福利超好的单位；老钱调到丹青市医学院当教授去了，工作闲，没风险，也是个好地方；老孙跟院长咆哮，不放我档案是吧？好，我告诉你，我积劳成疾了，我站手术台站得腰椎间盘突出，我先卧床休息半年再说。

两个月不到，三个元老都走了。普外科空得压人，何无疆独撑危局，他手下只剩下四位年轻医生，他们只能独立完成一些常见小手术，大手术做不了，全得何无疆操刀。何无疆累得头晕，晕得厉害就吃片降压片。他整天跟院长要人，院长说阿疆，眼科阿国也天天找我，他手下两个副主任医师走了。眼科和普外科，现在就靠你们两个了。我招聘启事天天发，来应聘的医生挺多，可真能顶用的，没有啊。何无疆说院长，我们这行业是怎么了？我同学当年遍布全省各大医院，现在搞得七零八落的，出国的，下海搞药品搞器械的，到医学院当教授的，到研究所搞基础医学的，到外资医院的，干什么的都有，现在还当医生的，不到一半啊。院长警告，阿疆，你千万别学他们，你要给我顶住啊。现在各医院都在扩建，医生又有不少转行的，有临床经验的医生奇缺，我们当领导的都当成宝贝来捧着。我是谁也不敢惹，医生患者我都不敢惹。那个爱命医院到处挖人，丹青市大大小小几十家私立医院，全想从我们这些公立医院挖人才，我们培养多年的人才，动不动被他们挖走。这些私立医院被压了多少年，现在全面松绑，丹青市，不，恐怕全国医疗系统，一场公私大战就此拉开帷幕。医院和医院能拼什么？只能拼医生！医生不中用，患者迟早流失殆尽。可是我们怎么拼得过爱命医院，他们敢给你年薪百万，我敢吗？我招来一个年薪30万的心外科主任，多少人到卫生局告状你知道吗？还有人说我每年都从这30万里头抽走10万好处费。阿疆，不说上下级，咱们单论情分，我对得起你吧？

何无疆心虚，爱命医院老板和他会晤三次，确实给他开出了年薪百万的价码，年底还有分红，不仅如此，爱命医院鼓励医生收红包。红包在公立医院是阴沟里的老鼠，藏头藏尾的；在爱命医院，红包是公开的，合情合理。爱命医院只为5%的人群服务，传说中，这5%的人群掌握着社会上95%的财富。丹青市人口几百万，本省人口几千万，几千万的5%，足够爱命医院财源滚滚。至于那95%的人群，他们永远也不敢踏入爱命医院的大门，生一个孩子十几万，做一个手术几十万，做台大手术要上百万，他们是想都不敢想的。老王他们到爱命医院后，没几个月就鸟枪换炮，大奔宝马取代了原先的国产车日系车，老王的年薪是70万，心外科主任80万。爱命医院老板按人划价，也按科室划价。他给何无疆开的价码是目前最高的。

何无疆一直在犹豫。公立医院和私立医院，他不知道自己的后半生，到底应该在哪条船上渡河。他昼思夜想拿不定主意。他给人民医院干了20年，如此离开，他也不亏欠这里的。他对滔滔说，有点本事的都把孩子送走了，何有疆是走是留？

滔滔说大不了卖房，我单位你单位的集资房一起卖，够他出国念大学。无疆，你别光是因为钱换地方。如果只为钱，人是一定会后悔的。何无疆说也不单单是钱。这院子里的几棵树，我是看着它们老去的，它们若是有眼睛，看我也是同样的，都老了，在这里见了谁都是满肚子旧事，满肚子恩怨，我够够的了。还有一条，很重要，爱命医院的保安队伍很强悍，一半是退伍的特种兵，另一半是刑满释放人员，他们绝对效忠老板，万一有人闹事，这支队伍能保护我们。我胆战心惊20年，不就是没人保护吗？滔滔说无疆，可我知道你还是放不下，你每时每刻都在抉择，就是定不下来，因为你不想只为那5%的人群做事。何无疆说是，我们自己就是95%里头的。老王说好好干几年就能挤进5%里头，我倒也不稀罕那个，可是残害我们医生的，大都是这95%，自相残杀啊。

何无疆给老李女儿做了个小手术，在科室换药室做的，友情出演，分文不取。他偶尔会给亲朋好友做这类小手术，乐此不疲。老李女儿乳腺增生，乳房上大大小小十几粒囊肿和纤维瘤，大如花生，小如黄豆，何无疆领着韩心智做的，他告诉韩心智，姑娘还没结婚呢，缝得仔细点，别落疤。老李说无疆，我老伴儿也增生，过几天你给她也做掉？何无疆说老李，姑娘家增生是青春期激素过剩导致，你老伴儿更年期都过了，可未必是增生，你带过来让我先检查一下再说。老李笑说，你这职业真好，整天看乳房。何无疆说不只乳房，我整天看裸体，信不信我看得想吐？老李说，我要是看了谁的裸体，那叫流氓，我要是摸了，那得判刑。你这职业好呀，人家得花钱挂号求着你摸。何无疆说代价惨痛，跟你说你也不懂。艳舞表演，你一看就激动吧？我看着看着能睡着。老李惊呼老天爷呀，无疆你障碍了？这活干得可赔大了。何无疆说障碍谈不上，就是没你那么快春暖花开。老李抽了支烟才迷瞪过来，他又被何无疆占了便宜，他总是说不过他。

何无疆接到医院办公室主任电话的那一刻，他下定了决心，离开这里。就此离开吧。院办女主任声调紧张而惶恐，她说何主任，你快躲起来！豹子村百十号人指名道姓要找你。院长说他顶着，让你快走，快走！何无疆接电话时正在看两张螺旋CT片子，韩心智就在他身边，听得一清二楚。何无疆挂了电话，大脑一片空白，韩心智不由分说，三两下扒下何无疆的白衣，拽着他就钻进了消防楼梯，一层层往下跑，韩心智说何老师你别怕，这种事我有经验，急救中心的医生护士个个都被打过。你先回家躲着，千万别出门。我在科里应付着，我随时给你打电话，这几天你别接陌生电话。何无疆猛地停下，他说小韩，你为什么干这一行，你是无处可去吗？韩心智说，我就是喜欢这个职业，我从上幼儿园就喜欢。我爸是县医院医生，我爸去世时送葬队伍十几里地，殡仪馆人多得站不下，都是他以前的患者，我们一个也没通知，可是他们都来了。我们只让三鞠躬，可是那么多人都是跪送我爸。人心是有一杆秤的，何老师，我就是要做这样的医生。当警察还得牺牲呢，当官还得被查呢，吃药治病还有副作用呢，干啥行能不受伤呀？何无疆缓缓点头，小韩，我没看错你，你比我强。何无疆走到电梯口按了电梯，电梯开门的刹那，韩心智拉着何无疆闪到一侧，他怕和找事的人迎头撞上。何无疆直接下到负二楼，他的车停在这里，他上车，开车走120通道出了医院，他把车开到自家楼下，给滔滔打电话，他说我在楼下，你带钱带证件，快点下来。然后，何无疆就把手机给关了。长年累月，他手机24小时开机，每天至少接三五十个电话，患者大多是一生上一次手术台，总在问他这样那样的问题，半夜接电话也是常事，出院的患者随时觉得身体有情况就会找他，他已经不会烦了，习惯了，也认命了。这是他第一次关机，他就是要关，他不想听见他们的声音，再也不想听见。他们全是梁小糖。全是梁小糖。

这天是周一，何无疆和滔滔开车去了华山，到周五才回来。何有疆住校，周五回家，他们拐到学校接孩子，何有疆一上车就惊呼，父皇母后，几天不见，你们怎么又黑又瘦？滔滔佯怒，你爸超级神经病！院长超级大白痴！大白痴让神经病逃跑，神经病吓得魂飞魄散。人家豹子村林爱火组织全村男女老幼百多号人，敲锣打鼓，举着大红幅，走了十几里路，来医院给他送锦旗。你爸可倒好，拉着我亡命天涯，一口气跑出几百里，上华山避难去了。何无疆苦笑，儿呀，不是你爹胆小，那个林爱火先给医院办公室打电话，说豹子村百十号人要来找我。我们院长哪见过这种招数，他以为医闹队伍这回换战术了，先亮剑，后出招。他让我赶紧跑，我和你妈跑到华山，心里凉，我昨天才开机。听说院长接锦旗时，激动得吃了两回速效救心丸。

何有疆说爸爸，我要考医科大学，我毕业跟你干，男人耍刀才叫真酷。何无疆说学医可以，去国外学，考医师资格证，考得过去你就是一座金矿，一生被人尊敬。在这里穿白衣，你将和我一样，一辈子都是惊弓之鸟，我绝不允许。这事没有商量的余地，就这么定了。滔滔哼哼，我可不想现在跟丈夫避难，以后跟儿子逃亡。这是大事，大事你爸说了算。

何无疆把滔滔和儿子送回家，他说就这五天，回来已是百年身。林爱火这出闹剧惊心动魄，现在闹剧都像正剧，正剧反倒成了闹剧。再这么干下去，这种事情迟早会来。我承认我胆子不大，我让吓破胆了。何无疆出门，到办公室坐了半天，把自己的私人物品收拾好，他办公室有三个大文件柜，一个柜子里头，全是卷着的锦旗，没数，数不清楚，他不是江湖郎中，不用挂这些东西撑门面，扔了也不合适，就一直占了个柜子。何无疆分四次把锦旗运出去，运到走廊东头的垃圾箱。

何无疆出了医院，漫无目的绕着医院散步，绕了一周，走走停停，又走到大门口。菊花是冷不丁夯入视野的，砸得他不由眯起眼睛，都是怒放的菊花。菊花有两大桶，一桶黄的，一桶白的，在路灯下，白菊似金，黄菊如血，艳得揪人。这是一间很小的店，每个医院附近，都分布着很多小商店，卖鲜花水果的，鸡蛋牛奶的，快餐盒饭的，还有卖寿衣花圈的，这间小店就是专卖死人用品的，做这种生意，老板不能揽客，只能等客上门。何无疆往店里头瞅，没有人，一道布帘子把小店隔成里外两间，何无疆闻到鸡蛋番茄的味道，老板该是在享用夜宵呢。何无疆喊一声，有人吗？我买花。何无疆对死人从无忌讳，他只觉得这桶黄菊好看，开得热气腾腾，怪暖人的，他打算买一捧回家插花瓶里头，满室尽带黄金甲。

老板应一声，声落人现，老板挑开布帘子端着碗出来了。何无疆看着老板，老板也看着他。何无疆脸上是惊愕，不能置信的惊愕；老板脸上是笑意，蛰伏已久的笑意。

这个老板，是梁小糖，失踪许久的梁小糖。

梁小糖放下饭碗，他说哥，我每天早晨都能看见你去公园，我知道你迟早会走进来。何无疆叹气，你从商场离开，就来了这里？梁小糖说是，我不放心你，你活得太险，我得看着你。梁小糖从一摞绣着盘龙飞凤的寿衣底下，抽出一卷报纸，展开报纸，是把一尺多长的刀，尖头，窄身，刀刃薄如蝉翼，青光凛冽。梁小糖说，我的店守着你的门，任何人来闹事，我都会问个清楚。五天前，豹子村来找你，我就揣着这把刀跟着他们，我怀疑他们使诈，一直跟到会议室，后来我弄清楚他们是来谢你的，我才离开。如果不是，他要敢动你，我一刀捅了他，大不了再回去蹲几年。我就是要让他们个个都知道，你不是好欺负的。

小糖，你不应该这样。你这样，我承受不了。何无疆说，我和你，归根到底是医生和患者，我为你做得并不多。你不要再这样。

你那把刀，只会救人。我这把刀，却会杀人。你说到底是个书生，你总是心软，我怕你吃亏上当，怕你着了别人的道儿，怕你被人打被人杀，梁小糖笑嘻嘻的，哥，我在这儿，你就不用害怕了。你只管救人，我保护你，我总在这儿护着你。这天下，我就只认得你。

何无疆蹲下挑菊花，一枝，又一枝，挑得很仔细。他从来不知道，在这世上，他还有这样一个死士，日日夜夜都在守护着他。他非王非侯，非富非贵，他只是一个穿着白衣的芸芸众生，但他有死士。他竟然有死士。何无疆挑了满抱的菊花，多得都抱不住了，他还在挑，他不肯抬头，他早已满面狼藉。

本文初刊于《山花》2015年第3期

申剑，河南郑州人，主要作品有中篇小说《岳千年的江湖》《乌木》《太平天下》《完全抑郁》《气死风》《大地节理》等，发表于《十月》《作家》《山花》《芙蓉》等杂志。

危险时请敲碎玻璃

孙 瑜

1

苏影转头望向窗外。阴郁不安的天空，瘀青越积越重，已可嗅出隐约的雨感。一只低飞的蜻蜓没头没脑地撞向玻璃窗。或许是擦得太干净了，蜻蜓看不出那是障碍。苏影对着玻璃窗扇哈了一口气，那个位置马上变成了半透明。虽然只维持了数秒，迟钝的蜻蜓已经消失了。

激光打印机还在敬业地吐纸，林律师也摆好了职业的微笑，但苏影头颈僵硬，简直无法转头，连盘在脑后的发辫都感觉像一顶沉重的铁帽子，压得她燥热难耐。她不想回头。不想回头看林律师刚打印好的那几张离婚协议。离婚协议上冰冷的条条款款，苏影越想越寒心，这几张纸背后的婚姻被过滤到，只剩下孩子需要分配，只剩下纸面上的房子和票子可以计算。苏影在尽量抑制泪腺的功能。她知道，任何时候，哭都是没用的，尤其现在。

桌边放置的证据材料，其中一沓就是梁鸿安挽着大肚子的年轻女人在某小区散步的照片，角度不同，表情不一，但张张都清晰得能数清脸上的毛孔——证明苏影高薪聘请的私家侦探确实很具职业操守。

照片中的女人那张脸真是年轻啊，在正午太阳直射的硬光下，依然明艳可人。当年的苏影不也这么年轻过吗？一条粗辫儿直直垂至腰下，在曲线分明的臀部甩来荡去，甩晕了多少双眼睛啊！父母都在局机关工作，还是独生女，师院毕业后分配的工作岗位也不错。要不是看梁鸿安老实执着有发展，无论比哪条，农村出身的他都高攀了。

遥想当年？苏影根本就不能想，也不敢想，一想血压就脱离降压药的管理往上蹿。关于梁鸿安，执着还真是他最大的优点。推个破自行车，见天蹲守在苏影家楼下，等着给她送信。虽然理工男的情信大都那样，言志大于抒情，不过写信与收信这种形式，已经远大于内容了。苏影不让上去也没关系，她不搭理也没关系。反正梁鸿安天天都让她看见。最后连苏影她爸都被感动了，认为这农村小伙坚强、皮实，能干成事。事实证明，她爸确有长远眼光，梁鸿安果然就这么硕士、博士一路苦读下来了，竟然还当上了博导和院长，大大超出了她爸当年的预期。

可如今的家庭状况更超出了苏影她爸当年的预期，原本最看重的是梁鸿安老实本分的人品，觉得农村苦孩子出身，找个城市姑娘，会感恩戴德，更知道珍惜家庭，闺女跟着他不会受罪。谁承想，梁鸿安珍惜的只是他自己，墙内墙外遍地开花。苏影看着手里的照片，心头的愤恨是“万丈高楼平地起”。再看看律师草拟的离婚协议书，一阵悲凉涌入眼眶，真正“未来只能靠自己”了。

当初结婚时，苏影不仅美丽，更重要的是健康。生完孩子，美丽打了折扣，健康更是每况愈下。原因是苏影怀女儿后期罹患妊高征，低压100多，高压能冲到170~180，尿蛋白三个加号。好容易坚持到三十五周把女儿剖腹产出来，她已转成了慢性高血压，肾脏功能也遭到了部分损坏。大多数的妊高征，一旦解除妊娠，血压就可以恢复正常。苏影显然不是那幸运的大多数。好在早产的女儿是幸运的，在她的精心养育下一切发育正常，让苏影觉得自己所受的罪都是值得的。但高血压却成了横亘在她和梁鸿安之间的巨大障碍，那就是——梁鸿安一直想再要个男孩。

苏影单位的计划生育查得很严，育龄妇女每半年都得去做一次孕检，真要生个二胎，工作肯定保不住，她可就真成个家庭妇女了。即便为了二胎，苏影下决心辞掉工作，她目前的体质显然不适合冒险怀孕。她有过妊高征史，再次怀孕还很可能是妊高征，这无疑拿命搏子。而且，也未必能搏出个健康的孩子——这是她屡次咨询妇产科专家得出的统一论断。

梁鸿安是典型的“山窝里飞出的金凤凰”，集全家族之力于一身，奋发读书十多年，才进入城市，并且娶了她这个条件不错的“孔雀女”，过上了真正的城市生活。梁鸿安的身份虽是变成了城里人，但他的身体早被农村打下了深入骨髓的烙印。听说，一些在海外出生的华人孩子被戏称为“香蕉”——外黄内白，也就是说这些孩子虽然是黄皮肤的中国人，但内心早被白种人的价值观与生活方式同化了。而从农村杀进城市的梁鸿安呢，则是典型的“鸡蛋”——外皮是红色，中间是白色，而内核是根深蒂固的土地黄。这样的“鸡蛋”，有着体面的红色政治身份，也具备资产阶级们的鼓胀腰包，骨子里却仍然免不了农民的生活方式与思维方式的局限。

20世纪60年代中期生在城市的苏影，家境一直不错，没挨过什么饿，没受过什么苦，身体在抽条期没被亏空，在女孩子中算高个了。而梁鸿安是六一年出生在豫南农村，正是困难时期，全家都吃不饱饭，男孩子饭量大，挨饿更是常态，错过了关键的发育期，个头一直没冲过一米七。后来，遭遇“文革”，罢课、上山下乡，都赶上了，真是多灾多难，前途渺茫。好在他们俩还都赶上了恢复高考的头班车，幸运地迈进了大学校园。

梁鸿安一入校就递交了入党申请书，三代贫农成分，成为学校首批通过严格政审的大学生党员。这也为他当上学生会干部起到直接作用。梁鸿安这人，性格坚韧、能吃苦，很快就取得了老师的信任，学业也不错，毕业后直接留校担任系辅导员。然后，硕博连读六年，职务也一级一级升上去。再加上改革开放，全国的热点都在经济建设上，创造了无数发财致富的良机。连大学这样的“象牙塔”也被周遭物质日益丰盈、精神渐渐空虚的环境浸染，挣钱早已不再是大家羞于启齿的话题，渐渐冠冕堂皇起来。梁鸿安正好借坡赶驴，单独成立了一个学院研究所，既有大学的金字招牌招揽经费，财务上又独立核算，真好比嫁接了一根两头甜的甘蔗。

进城二十余年，梁鸿安这枚“土鸡蛋”，早已彻底煮成了熟鸡蛋。生鸡蛋只有一层保护皮，稍碰即碎；而熟鸡蛋呢，心儿早就硬了，摔摔打打至多伤及外皮儿，柔韧的躯壳更是泥鳅般滑不留手。成熟了？还是进化了？这些虚无的问题苏影无暇顾及，她只是希望梁鸿安那颗变硬的心在家是柔软的，那滑不留手的身体对她尚保留真诚的一面。

买猪要看圈——这是句大实话。苏影明白梁鸿安想要男孩，其实也并不是他自己想要男孩，他身后的老梁家才是真正的助推器。“不孝有三，无后为大”，这句话被梁鸿安父亲见天挂在嘴边。这个“后”字，指的不是后代，而是后辈——只有姓梁的男孩才够资格把辈分延续下去！

三年前的冬天，梁鸿安的父亲来城里看哮喘病，苏影专门请了假，在家里忙前忙后地伺候，却无意中听见梁鸿安父亲在书房压低嗓子教训儿子的一段话："早知道你念了书，娶个城里媳妇，却让我抱不上孙子，还不如当初不供你念书，就在老家种地，那还不想生几个就生几个！你妈当年不是一溜儿生下七个妞，才有的你！我告诉你，隔壁老陈家，都添俩大胖孙子了，你这是让我在村里抬不起头啊！你就是不为我想，也得想想你自己啊！我死了有你摔瓦盆，你死了谁摔？你再想想，年年清明烧纸，你是去你姥爷坟上烧，还是去你爷爷坟上烧？你死了还想不想让人给你烧纸了？我告诉你，我也活不了几年了，你得让我闭眼前看到孙子，不然我烧成灰也饶不了你……"

苏影差点要推门冲进去，这梁老爷子不是活欺负人吗？您那亲孙女就不算梁家的人吗？她气得浑身哆嗦，连抬腿的力气都没有。只好强忍住心头的悲愤，调整粗重的呼吸，把注意力集中到耳朵上。她也想听听梁鸿安自己究竟什么态度。

屋内的梁鸿安沉默了一会儿，嗫嚅道："苏影也不是不想生，她头两年都说辞职在家生孩子了，可是看了一圈大夫都说她的身体不允许啊，怕万一冒险生个不健康的病孩子，还不如不生。"

梁鸿安父亲“哼哧哼哧”地咳嗽了一大阵子，撂出几句话：“当初挑老婆你也不知道眼长哪儿了，偏偏挑个有毛病的！人家古时候都还兴三妻四妾呢，你就这一条暗道走到黑了？”

梁鸿安底气不足地接腔：“爹，你看你说哪儿去了，我好歹还是个党的干部、高校的教授，党纪校规都不允许乱来的。”

梁鸿安父亲又“哼哧哼哧”地咳嗽了一阵子，带着“嗞嗞”的痰音，开腔道：“报纸上还说哩，不换思想就换人。办法是人想出来的！你好歹念过博士哩，脑筋还能不比我这种地的老农民活泛？”

梁鸿安沉默无语。

门外的苏影更是恨得一口气差点没喘上来。“不换思想就换人”，那意思不就是——“你不行，我就换掉你”！她是偷了，还是抢了，是吃了别人的，还是喝了别人的，就这么不齿于人？难道他们真不知道，那十几年前的超生游击队们都具备的基本常识——生男生女老爷们儿是关键！你种的是茄子能长出辣椒来吗？

不知什么时候，梁鸿安和父亲推门而出，看见立于门外的苏影，都吃了一惊。梁鸿安手足无措地张着嘴，不知说什么才好。梁鸿安父亲“哼哧哼哧”地咳嗽上一阵子，粗声粗气地说：“饭不吃了，我这就回。”说完，径直往大门外走。梁鸿安看看苏影，又看看父亲，犹豫片刻，到底追着父亲的身影去了。

苏影反而像被抓了现行的窃贼，蹿在原地，欲罢不能，欲哭无泪。门外的俗世繁闹纷扰，她清醒也无用。在聒噪刺耳的杂音中，她安静也无用。生活的悲剧不在于身在悲剧，也不在于身在悲剧不自知，而在于自知身在悲剧却无力做任何抗阻。若不是因为政策不允许，再加上身体的局限，她何尝不想再生个儿子？怎么就没有人站在她的立场想想，为她说句公道话？她只能把那份沉重这么沉甸甸地捧着，呆滞地盯着门口。

直到梁鸿安回来。他望了她一眼，她也望了他一眼。

他明白她知道了，她也明白他明白她知道了。

明白对方明白了。苏影仍然望着他。面对苏影眼神里不断的追问，神情倦怠的梁鸿安，并没有如她盼望的那般——摆出一副义正词严的腔调谴责他父亲刚才那番毫无道理的话，而是转脸将视线移开了。那转脸的动作，透着一种小心翼翼的回避，又明显用力过猛。

不用问了！苏影明白，这回避，已是答案，放不下，也哭不出。苏影的脑子像被吸尘器抽空了，耳中那些巨大的杂音仍压得她直不起腰来。直到十岁的女儿放学回家，用清脆悦耳的童音填满空寂的房间，这个家才算又正常运转起来。苏影强装笑颜，去厨房做饭。不管自己怎样委屈，苏影还是想给女儿一个完整的家。女儿天真无邪的笑脸，已完全覆盖她皱纹的印记。虽然她已是“落叶归根成老藕”，但愈来愈青春美丽的女儿，可是“吹糠见米现新粮”。眼下，女儿这新粮还需旧粮仓好好保护，何时这新粮变成了“新娘”，有了自己的新粮仓，苏影肩上的担子才能卸下。不论自己如何生气，也不能主动把旧粮仓给拆了！

婚姻里，有些事情就是很无奈，谁对谁错，根本没有权威的评判。权衡再三，苏影还是决定忍辱负重，冒险怀一次孕——赌一把幸福！下了这个决心，她便积极做着各项准备：补钙，补叶酸，吃维生素，吃蛋白粉，严格控制饮食摄盐量，只服用进口的高价降压药（据医生说对妊娠期副作用最小），还频繁去郊县一座香火很盛的庙里烧香拜佛，祈求各路神仙的庇佑。

谢天谢地！谢地谢天！终于，顺利怀上了！梁鸿安显得比苏影还要兴奋，第一时间给他爹打电话报喜。这回如果能顺利怀个男婴，也算解了他爹的心病。梁鸿安还想办法帮苏影从单位请了长期病假，在家安心养胎。由于妊娠早期用药对胎儿致畸性最强，苏影停用了降压药，以尽量减少药物对胎儿产生的副作用——只要能生个健康的孩子，她什么罪都能忍受，怎么忍受都值得！

还不到三个月，梁鸿安便催促苏影赶紧去做B超。苏影嘴上笑话梁鸿安的心急，说至少要三个半月后才看得出来性别，心里其实比他更焦虑。她每天都要自测几次血压，虽说血压现在还没有大的波动，但妊高征可是一天一个变化，并且毫无征兆，令人猝不及防。盼星星盼月亮，好容易熬到三个多月，苏影孕早期的疲劳、恶心以及尿频均已减少，心情亦日趋稳定。她的腹部开始隆起，看上去已是明显的孕妇模样。尽管现在离分娩的时间还很长，但乳头已经发硬变黑，甚至可以挤出微量的乳汁了，黄黄的，黏黏的，看上去就像分娩后分泌的初乳。

苏影是多么盼望，此刻怀里就有个男婴在叼着乳头吃奶啊！她非常喜欢看那个撒尿男孩的笑脸——比利时首都布鲁塞尔的那个小于廉，那个光着身子叉腰撒尿的小于廉，那个翘着小鼻子，调皮可爱的小于廉，就是她一直梦想着的儿子啊！她让梁鸿安去工艺品商店买来十多个仿制品，放在床头，放在客厅，放在厨房，放在她目光所及的每个地方。

日有所思，夜有所梦！终于，这个梦想中的儿子如愿出现了！近四个月的他，在B超影像仪上舒展着四肢，已经长到90毫米，重达26克，从外生殖器已可确定他是男孩。他的器官每时每刻都在迅速地发育，皮肤长出了少量细毛，已开始有呼吸运动，胎心搏动增强，手指、足趾明显可见。并且，手指上已经出现独一无二的指纹印。苏影激动得热泪盈眶。一种骄傲感瞬间晕染她的全身。她双手合十，不断感谢上天恩赐的神迹！梁鸿安也表现出异乎寻常的温柔，在她脸颊吻了又吻。让苏影觉得，自己的放命一搏，还真是值得！

然而，谁都没有想到，这美好的神迹竟如海市蜃楼般稍纵即逝。

苏影腹内的胎儿在长到四个半月时，胎心彻底消失，终止了发育，不得不紧急入院实施人工引产手术。手术中，由于胎盘植入，不容易剥离，又引发子宫大出血，为了保住苏影的命，手术台边的医生不得不临时决定切除她的子宫。需要家属在病危通知书上签字时，梁鸿安尚且正常。待看到医用托盘里引出来的男胎时，再也控制不住，在手术室外失态地号啕痛哭。

本以为接下来的日子，就这么日复一日、月复一月，磕磕绊绊地顺延下去。但苏影意外收到的一条短信，却把貌似正常的日子，戳得漏洞百出。

短信来自梁鸿安，内容却是："好想你，今日自京返回。"

这短信太蹊跷了！因为一小时前，梁鸿安还打电话到家里，说后天到家。最关键的是"好想你"这样的词组，多年前便已剔除出他们的话语体系。那么，这条短信将延伸出两种可能：第一种，短信是发给她的，那就是梁鸿安突然改变了行程，同时有出乎意料的好事。（结果今晚即可见分晓，她清楚这种概率微乎其微。）第二种，不是发给她的，发错人了，那问题就大了。苏影想起她在学校学过的新闻学，六个"W"霎时罗列在苏影眼前：

1.Who——发给谁的？2.When——何时开始的？3.Where——在哪里开始的？4.What——都发生过什么事？5.Why——怎么会这样？

对了，还漏掉一个How——现在到什么程度了？什么都不能阻止苏影在这六个“W”之间，无边无际地细想下去！她本以为她已经修炼得很豁达，已经可以看得很开，已经可以面对纷繁波澜不惊拈花微笑。但是，苏影显然高估了自己。这六个“W”后面的真相，让她越想越心寒！梁鸿安真是把开出刃的刀，稍不留神就在她心里划出血口。苏影握着手机，脑子里像有一百只蜜蜂在转圈，“嗡嗡”直响，不知道该如何是好。

忽然，手机又发出振动的“嗡嗡”声。还有什么新情况？苏影急忙打开短信，却是条广告。正欲删掉，苏影的眼睛却被短信的内容吸引了：

想知道你的爱人（上司、对手）每天打电话发短信的内容吗？只要提供号码，帮你做一张卡，就可以轻松锁定。另有专业侦探负责调查婚外情。电话139138×××××刘先生。

这简直像上帝之手！难道有人倾听到她的心声了吗？苏影想了想，还是留下了这条短信。但她也冷静了一些，先忍过一晚的观察期，明日再做定夺。不到万不得已，苏影实在不愿把女儿与她父亲分开。

即便那晚梁鸿安果然没回家，即便她到底给短信上的刘先生打了电话，即便她亲眼看见了汪虹被梁鸿安包养的照片，她还是想继续“掩耳盗铃”下去，做最后的挣扎，做没有底线没有尊严的“装死”。梁鸿安只要回来，家就还算个家！把流血的伤口擦拭干净，裹扎好，哪怕里面化脓溃烂，只要无须面对，就能假装它正在痊愈。

直至——看到那堆大肚子的照片，看到那张八个月胎儿的三维彩超照片——很像梁鸿安的五官的照片，苏影明白，一切已经不可挽回。而且，一看到照片中梁鸿安那久违的满脸爱意的表情，苏影就知道这事远不是代孕那么简单。更不是苏影当初一厢情愿所臆测的——生下来送给她抱养。如果那大肚子女人再生个儿子，生个梁鸿安及其整个老梁家愿盼多年的儿子，那整个事情的结局，此刻即能预见到。

苏影甚至有些怨恨这个鬼调查公司太敬业，太遵照顾客的指令机械从事。他们难道不明白她的这些指令是口是心非吗？他们难道不明白她需要的根本不是真实答案，而是她想听到的标准答案吗？

2

梁鸿安开着黑色路虎刚从高速路下到市区的入口，远远望见前方收费口排了不少车，他拿起手机看了看时间，顿生烦躁，不由得猛捶了几下车喇叭。让他格外烦躁的，不仅是已经过了本该他主持的研究所新学年首次课题会的时间，还有刚才半路收到的那条报喜短信：

“诸位爷爷奶奶伯伯婶婶叔叔阿姨姑姑姑父哥哥姐姐，我在今晨6:30出生，我是男孩，我的体重是七斤半，先借老爸的手机短信向您问声好，希望您喜欢我鼓励我支持我哦！”

后缀的署名竟然是——“雷跃健和米荔的宝宝”。

米荔可是他前年力排众议，一手提拔上来的。否则，博士毕业没多久，尤其是女博士，想爬到正教授，还得熬上几年。为此梁鸿安可落下不少口实，被匿名信告到校办好几次。雷跃健更是他从海归中精心挑选的后备力量之一，人品好，能力强，长相也英俊，特意分派给米荔帮忙攻关新的大项目，没承想给分派到米荔的新房里去了——那套新房也是他帮忙找校领导特批的——梁鸿安这个忙帮得可真不小！

这事是挺堵，但不至于骨鲠在喉。若按轻重缓急，此刻是梁鸿安体内最小的堵气孔了。何况，他和米荔的那篇小暧昧，多年前就翻过去了。更何况，多年前也只是个创意的开始，就被妻子苏影宣传得天翻地覆，尽人皆知。也正因此，梁鸿安一直觉得对不住米荔，才把她调到院系研究所，又解决了位子、房子、车子等。虽然米荔和雷跃健的这场“教室别恋”和由此引申的新问题不在他意料之中。毕竟米荔的到来也切实帮了自己不少忙：成功主持了好几个大课题，给所里进账好几百万。再者说，米荔的终身大事得以成功软着陆，也使自己避免了一些不必要的麻烦——那些匿名信上的谣言显然不攻自破。

那条报喜短信的内容让梁鸿安对比起自己可恼的现状，不胜其烦。他刚才下的高速路，不是通往北京，而是通往X市。去的原因只有他自己知道：汪虹刚在X市人民医院分娩了一个足月婴儿——性别：女！

刚听护士告诉他这个性别的时候，梁鸿安完完全全傻掉了。待他清醒过来，第一反应就是质问那报信的护士：“不可能是丫头，绝对不可能！是不是你抱错了？”

那女护士使劲剜了梁鸿安一眼，没声好气地抢白道：“请你这家长说话负点责任啊！想抱错也没孩儿抱了，产房里就剩你老婆一个人了。”

梁鸿安只觉大脑一片空白，呆愣无语。在此之前，产房已经陆续抱出了五个婴儿，无一例外全是大胖小子，怎么到他这里就逆市下行，换成了丫头片子？况且，打汪虹怀孕起，梁鸿安托医院的可靠关系用B超和彩超偷偷检查了三次，影像结果全是带把儿的——否则梁鸿安根本不可能鼓励汪虹把孩子生下来。

没想到千算万算，还是空欢喜一场，随之而来的麻烦却难以估量。懊恼不已的梁鸿安已经没任何耐心等到那个丫头被抱出来了，在雇来的月嫂那里放了一万元现金，交代月嫂说他有急事必须先走。电梯下到一楼，梁鸿安又拐到住院处补缴了一万元押金，驾车匆匆离去。万万没想到的是，刚上车就接到那条报喜短信。“毫不利己”的米荔生了个儿子，“专门利人”的汪虹倒生了个丫头。梁鸿安觉得，比想象更荒诞的，还是女人的肚子。

况且，这丫头还刷新不了研究所已金钗数目。因为她妈汪虹尚不是梁鸿安的法定妻子，虽然梁鸿安已经这样允诺数月了，并当场立下字据，还按了血指印，以表诚意——否则汪虹也不愿意这么没名没分地生下孩子，这对一个没结婚的女孩子来说可不是一般二般的风险。

但所有这一切的前提条件就是——生个儿子！

只要生个儿子，梁鸿安就有底气，也有勇气对苏影提出离婚了。只要生个儿子，估计苏影也无话可讲——谁让她自己没能耐生呢。只要生个儿子，老梁家就有后了，他爹和整个老梁家也都会暗中支持他离婚，还可以先把汪虹和儿子都放在老家养着，等离婚手续办好后再接回去，免得授人把柄。

一切的一切都安排妥当。万事俱备，只待儿子！

现如今，生下来的竟然还是丫头，怎么办？唉！梁鸿安长叹一口气，老父亲又要失望了！苏影引产那次，父亲就大病了一场，再遭受这次打击，还不知他老人家身体扛住扛不住。他盼望的这个儿子，难道真要如自己出生前的七个姐姐一样，也凑够七个数才得见吗？那梁鸿安可实在受不了，就目前这第二个数，还不知该如何收场呢！

梁鸿安使劲向后捋了几把额前的头发，强迫自己立刻冷静下来，想想下面的麻烦事该怎么捋才能顺下去。首先，离婚得暂缓。毕竟和女儿已有十多年的感情，是他一手养大的，不到万不得已，他也不忍心破坏女儿的幸福。其次，更要稳住汪虹，马上给她买套现房，但不能让她带孩子回老家坐月子了。暂时还是住在X市最安全，这里谁也不认识他，再给月嫂多涨些工钱，让月嫂好好照顾娘儿俩。没生出儿子之前，梁鸿安还不能确定就一定能与汪虹结成婚，万不能搞出太大的动静。

苏影那边的情绪，也得好好稳一稳，无论如何都不能走漏风声。如果她先闹开，更不好往下运作了。女人就是这样，不同意离婚不见得还多爱丈夫，或是为了维持安定的生活，她更加无法忍受的是丈夫提前找到幸福。虽然汪虹也不见得是他将来的幸福，但是汪虹年轻，这使一切皆有可能。梁鸿安在脑海中不停盘算着轻重缓急的各种方程式。再往后的安排，只能走一步看一步了。

特别是苏影，尤其要小心应付。婚后，真正与她生活在一起了，梁鸿安才发现他之前对城里姑娘的美好幻想完全止步于幻想。像苏影这样的城市知识女性，所谓的矜持和个性，说到底就是一个字：“冷”——感情上不冷不热，生出矛盾冷嘲热讽，看不惯便冷眼旁观，动辄心灰意冷，家里总是冷冷清清，对他是冷心冷面。打新婚之夜起，苏影始终性冷淡，甚至基础体温都偏低——她经常抱怨自己的双手双脚冰凉，连夏天也很少出汗。

这种“冷”，并不是说她不爱你，或者不好好过日子，更不是移情别恋。而是“隔”——不管在一起生活多久，不管床上还是床下，两个人始终隔着一层，即便脱去衣服也隔着一层。苏影对他，缺乏那种奋不顾身的勇敢，没有那种贴心贴肺的热度，不存在委曲求全的宽容，更不具备“生是你家的人死是你家的鬼”那种决绝。毕竟，苏影这样的城里姑娘生来什么都有，也什么都不用求你，房子、票子、工作，她一样不少，她还有知识、有修养、要个儿有个儿，要样有样，凭什么对你低三下四。

“大不了分开单过，这世上谁离开谁不能活！”这就是苏影的口头禅。正因为有这样的底气，所以她把自己的底线定得很高，身边布满雷区，稍不小心就可能踢爆一个。所以，梁鸿安一直认为苏影是妻子，而不是老婆。什么“红袖添香”啦，“举案齐眉”啦，都是文化人给妻子的定义。男人挑选什么样的女人结婚，就是给自己的将来定一种理想的生活模式，也影射出男人在生活中需要什么样的角色来契合自己。从不同地位、不同年龄的男人对妻子迥异的称谓上，也能窥个大概。比如：皇帝称妻子为“梓童”，宰相称妻子为“夫人”，商贾称妻子为“贱内”，秀才称妻子为“娘子”，文人把妻子谦称为“拙荆”，雅士把妻子谦称为“执帚”，庄稼汉叫妻子“婆娘”，年轻人喊妻子“媳妇儿”，老头子则唤妻子为“老伴儿”。在梁鸿安看来，他还是喜欢，或者说更适合，再准确些的表达应该是——更习惯于“老婆”这种称谓。在梁鸿安老家，农村男人结婚，就叫“讨老婆”。而在城市，男人结婚则是“娶妻”——这两种说法，本身就是两种不同的生活模式。“娶”字，拆开来就是“取、女”，本身就含着恭敬及匹配、平等的意思。而“讨”字，既有“治”的意思，也有“诛”的意思，还有得到的意思。这些口语上的习惯用词，即是当地风俗对伦理文化的巧妙取舍。

他一直觉得男人与女人结婚，其实最在乎的还是情感上的相容程度——你中有我、我中有你，其次才是能否持家教子，才是能否勤劳能干，末位才是知识和修养。农村泼妇般张狂的嘴巴，会直接减损婚姻的融洽，而高高挂起的“冷”，则是婚姻中最致命的毒，多少爽利持家、勤劳能干与知识修养都无法化解这种毒。两口子，其实就是个伴儿，渴了有人帮你端水，饿了有人陪你吃饭，累了有人给你温存，痒了有人帮你挠背，甚至想发泄时有人陪你吵架。“老婆”的叫法，本身就含着相濡以沫的亲切，含着慈悲善良的母性，含着无私卑微的态度。

梁鸿安心里真正想要的，就是这样的老婆——离开你就不能过，离了你就不能活，不管你地位高低、少老丑俊，不管你是香还是臭，都任劳任怨，把你看作自己唯一的世界。正如他的母亲。

这一回，让梁鸿安下决心出此险棋的，也正是他的母亲，他那苦了一辈子的母亲，他那没享过一天福的母亲，他那已经不在人世的母亲。两三年前，父亲在书房的一席话，并没让他痛下决心。但在他追出门去，送父亲去车站的路上，父亲老泪纵横着对他说：

“因为你没儿子，你妈当年走时都没闭眼，你不能让我走时也闭不上眼啊！”

这句话，打垮了他！母亲临终时，梁鸿安正处在博士答辩的关键期，没见着最后一面，等他风尘仆仆赶回老家，母亲已永远变成一张黑白照片了。这是他一辈子无法弥补的遗憾，任何时候想起来都会泪湿眼眶。

母亲真正苦了一辈子，生了十个孩子，前两个都因病夭亡，直到第三个才存活下来，就是他的大姐。为了再要个男孩，母亲的大半生一直处在怀孕、生子、哺乳的过程中，有一年甚至年头生一个，年尾生一个，就是他四姐和五姐，直到有了他。母亲对他，那真是含在嘴里怕化了，握手心里怕碰了，什么都紧着他吃，什么都由着他的性子。记忆中，只要放学一回家，母亲第一件事总是先用温暖的手掌包裹住他冰凉的小手，送到嘴边，不停地哈着热气。他这个宝贝疙瘩吃母乳一直吃到七岁多。瘦弱的母亲那低垂干瘪的乳房，竟被一大窝孩子吮吸了那么多年，养活了那么多孩子，不能不说是个奇迹。梁鸿安至今还记得自己上小学时，放学回家先到厨房找着母亲，扒开衣服嘬上几口奶，才进屋写作业。其实那低垂干瘪的乳房早没几滴奶了，到后来，任他使多大劲，再也吸不出一滴奶了，吸出来的只是红色的血水，一点也不好吃，才算彻底断了。

已经七岁多的他，断奶时还任性地哭闹了一大场，母亲愧疚地搂着他一起淌眼泪，比他还要难过。母亲低声啜泣着，说特别对不起他，让他托生到这个穷家，当妈的没什么可给他的，唯一能给的就是自己的奶水，现在却连这个也给不了他了……

母亲那天的哭声，梁鸿安一直忘不掉。真正的记忆，是不用记的。在时间的长河里，涤荡过来，涤荡过去，母亲曾经丰沛的乳汁，母亲低垂干瘪乳房里的血水，母亲瘦小佝偻的背影，母亲压抑无奈的哭泣，反而越来越清晰……

梁鸿安一直觉得最对不住母亲，等他后来终于有能力让母亲过上好日子的时候，天上的母亲却再也感受不到了。幸好父亲健在，梁鸿安只得把对母亲的思念都转嫁到父亲身上。虽然他年少时也恨过父亲。因为父亲脾气暴虐，经常为一点小事打骂母亲、打骂孩子，但毕竟是亲父亲 而且是衰老的亲父亲。衰老的父亲哆哆嗦嗦的再也握不紧的拳头，想打谁也打不动了，骂人也没人听了，虽强撑着凶悍的表情或话语，却经常泄露出老狗般乞怜的眼神——就像老家那栋破败的无人居住的祖屋，顾得了前面护不住后面，四处漏风。

“临死前，看一眼孙子。”

这就是父亲现在活着的唯一动力，甚至是多病的父亲能坚持活到现在，并且还将继续活下去的救命良药。也是他能对母亲所做的唯一补偿。梁鸿安已被逼上梁山了。无论如何，必须生个儿子！这已变成了他——这个老梁家唯一的男丁——对老梁家的责任与使命。

其实，梁鸿安何尝不想要个儿子呢！虽然在城市过了那么多年，但他毕竟生在农村，一直长到20岁考上大学，才算离开了那片贫瘠的土地。他深知在重男轻女的农村，没儿子的家庭总被人说成“绝户头”，还会被那些有儿子的人家欺负，大事小事总被压上一头。毕竟农村都是粗重活，犁地、种田、盖房，哪样离了男人也不行。农村人几千年来的传宗接代思想，一家若没个男孩子支撑门户，是要被人欺负的。男人是保护家庭的核心力量，只要有个男丁在家，很少受人欺负。在母亲没有生他之前，老梁家的其他亲戚经常借故打骂母亲，挨父亲的打骂更是经常事。就连村里的小孩子也经常欺负姐姐们，骂他们家是“绝户头”。在当地的方言中，“绝户头”的意思就是家里没有男孩子，这户人家从你家这代绝了。因为女孩子一嫁人就随夫家的姓了，是“人家人”。母亲坚持生到四十岁，终于得了个他来撑门户。可他如果没有儿子，照样是“绝户头”。在他们老家，绝了户头的家庭跟犯了罪一样，被人瞧不起，说话也挺不直腰杆，大家都不愿意帮他们说话。小事不找你，大事也没人想起你，在家族宗庙祭祀或抛头露面的时候，被永远遗忘在凄凉的角落。

残酷的方法也是方法。不然，他的后半生会被不孝的愧疚压得抬不起头，将来到了阴间，父母亲也不会原谅这个让他们绝门户的儿子。梁鸿安甚至有些嫉妒年轻的雷跃健，什么力气都没费，儿子、房子、妻子、车子都有了。

不，梁鸿安现在嫉妒身边每一个有儿子的男人，他们都比自己幸运百倍。就好像真正需要房子的人现在未必买得起房子，不是不想买，更不是不需要，而是“年景不好”。梁鸿安也觉得这几年真是“年景不好”，苏影好容易怀上个男胎，又没保住，悄悄换个年轻健康的汪虹，偏偏生了个丫头。这老天爷，简直处处跟他作对。而且，买房子完全可以与劳动成正比，无非早几年住或晚几年住；生儿子却无法与劳动成正比，看不见也摸不着，有钱有力气也无处使。

他真是不甘心啊！梁鸿安愤怒地捶了一下方向盘，没想到碰响了喇叭。前方的一个人回过头来看了看，赶紧往旁边躲让，竟是胡海洋。看来胡海洋认识他的车，脸上瞬间已经堆满谦卑的微笑。原来，不知不觉中，他已将车驶回了校园。

胡海洋脸上那层谦卑的微笑，使得梁鸿安脑海中灵光一闪。他终于想到了一个主意。

3

儿时的天空总是蓝到透明，儿时的家门外开满五颜六色的小野花，在任何一朵花蕊上面，时刻会立上一只蜻蜓，或者一只忙碌的小蜜蜂。随便的一场小雨都能让那些花瓣泥泞一地，但几阵山风拂过，一缕阳光穿过，那些小野花又嘻嘻哈哈着摇曳出来。院内，几只闲适的麻雀，觊觎着散落在鸡窝附近的麦粒和玉米，不断向墙角的鸡窝跳近，可始终警觉的芦花公鸡张开翅膀一扑，就烟花般四炸开去……

偶尔，胡海洋会想起儿时那些简单、平静的生活图画，向往着如儿时那般，提着个草编的蝈蝈笼子也能嬉闹着玩上一天；向往着拿把小铁铲，随着性子挖出地道、筑起土堡，任意一片宽宽的土地都可以是快乐的天堂。这些场景，这些隐藏在记忆深处的场景，胡海洋经常忙得顾不上一页页翻开找寻。城市的脸面就像个气球，需要不断往里面吹气才能一直撑下去。比起那些生在城市的同学同事，他只能加倍努力。

胡海洋刚刚离开学院研究所会议室，那群以博士头衔为起点的精品小众，那一个个由理工科训练出来的逻辑脑袋，在新学期课题会上讨论的焦点竟是雷跃健和米荔，还有那条群发的短信。加上他俩去年那场尽人皆知的“教室别恋”作背景，该短信的意义更非同寻常。

梁鸿安梁院长还在返院途中，课题会暂由副所长范博后主持。范博后大名范仲民，与先天下之忧而忧的仲淹前辈仅差一字，然其忧国忧民之心有过之而无不及，常当众发表世界各地的时事短评，还有个更频繁的口头禅——“我读博后时……如何……如何”，“范博后”据此固名。在这博士窝里，多个“后”字毕竟不是啥坏事。

“简直就是诱拐青少年，诱拐青少年呀！那雷跃健可是我看着长大的，读本科时还是系学生会主席呢，多老实多本分的孩子呀，我真不该介绍他来的，真是摧残了！摧残了！这又整出个小孩来，两座大山，可是翻不得身喽。世风日下，世风日下呀！”

忧国忧民的范博后把两根手指都敲痛了。他这个资深副所长已经送走了四任所长，所谓事不过三，到他这儿都已经四了，扶正的路途依然是望山跑死马——路漫漫其修远兮！他激愤些大家都能理解。毕竟，范老祖宗那“不以物喜、不以己悲”的境界，可不是后世玄孙顶个“范”字就能继承的。况且，范博后不仅是雷跃健读本科时的老师，自家的女儿也在研究所有名的十三朵金钗之列。万万没料到全地球人都不看好的这场姐弟恋，不仅恋出了正果，而且破了研究所数年来阴盛阳衰的生育记录——造了个儿子，能不让这群博士（加后）的厚眼镜片儿跌得粉碎吗！

“您老别跟这儿杞人忧天了，人家雷跃健算过账的，找个大他一轮的米荔，至少省去奋斗十二年，刚一结婚房子、车子全有了，再添上个大胖儿子，赚大发了！还有什么憋屈的？各尽所能，各取所需。算提前十二年进入共产主义了！”

说这话的是今年新分配来的孟长春，哈工大的博士，油光可鉴的胖脸上带着讪讪的表情，似乎颇为遗憾为什么这等好事没落到自己身上。听说他刚被分手的女友卷了大半家产，任什么事儿都要拿算盘珠子拨拉一遍。只有胡海洋心里清楚，孟长春号称的那大半家产，其实也就一万零一元钱，是孟长春偕女友一块儿回东北老家过年时，长辈们给未来儿媳的“万里挑一”见面礼。没承想两人在回来的火车上就闹翻了，出站便一个奔东，一个朝西，谁也不肯服这个软。见面礼自然还在女友身上。孟长春博士学位读了六年才毕业，哪还好意思再向家里伸手？毕业时想留京又没办成，勉强栖身在这省级的学院研究所，月工资才三千来元，新人又暂时没什么课题和科研项目，那一万出头可不就是他的大半家产！

“热闹热闹真热闹！研究所最近正愁没什么像样子的课题，干脆好好研究咱学院的‘教室别恋’吧，群策群力，写篇论文贴到学校论坛，准能一夜上新浪、网易、百度点击量榜首。”温彩霞温副教授撇着一张凉薄的“八万”嘴，酒瓶底后的眼珠子翻得只剩下鱼肚白了。

这段危险的舆论导向一刮出口，谁也不敢往下接了。博士（加后）们也就是课余时间“务务虚”，借个火点根嘴边的烟，谁也不想引火烧身。何况，对温彩霞的风凉话，大家早习惯了，也一向宽容。已婚的博士们各家有各家的事务，未婚的都在急急忙忙奔小康、准备结婚，谁有闲暇惹温彩霞这根老棒槌的麻烦？跨四奔五的“老处女”——白日愁论文、晚上愁嫁人，已经快被博士帽压成“灭绝师太”了。估计她这只原始股的股东可以一直当到老。

“自古以来，谣言止于智者。只可姑妄听之，不可姑妄信之。只要人家两人感情好，我看也没什么大不了的，现在社会上不是流行什么姐弟恋吗？据权威数据考证：从生物学的角度，这样的搭配更适合人种的优势传播。现在生个男孩出来不就是证明吗？正好给我们研究所增添新生力量。大家还是议议正事吧！”

一向沉稳的吴老教授不紧不慢地开了腔。他是早年的留苏高才生，梁鸿安读本科阶段的恩师，退休后，又被返聘回研究所主持一个专项科研课题。吴老教授的话得到好几个年轻博士的随声附和：

“就是，就是，吴老所言极是，这年月八十二的都能配二十八的，差个十来岁根本不算啥稀奇。继续开会，继续开会。”

…………

学院会议室的杂音，米荔和雷跃佳都听不见。他们正在医院怀抱着儿子，幸福着手里的幸福。那些无聊群众的“民主评议”，如果在乎的话，也就不会有那条短信的诞生了。事实上，促使米荔下决心的，正是那场被传得沸沸扬扬的“教室别恋”。

女博士似乎已被单列为男人、女人之外的第三种人。比如温彩霞，俨然一副“我是女博士我鸟谁”的模样——酒瓶底眼镜，瘦高微驼的体形，智慧含量颇高的尖刻语言，褪色落伍的衣着，永远的低跟浅口黑皮鞋，等等等等，使得男人们敬而远之，女人们退而观之，所以至今待字闺中，未来也毫无悬念。可女人与博士之间的比例关系非常微妙：成反比时是“摩擦力”，成正比时却可以变成“加速度”。米荔已完全颠覆了关于女博士的“UFO”定义（丑、胖、老的英文缩写），亦充分验证了正比的结果。“就怕美女有文化”是米荔的网名，足见自信程度。当然，人家也有自信的资本，读个博士不简单吧，女博士更是个中翘楚，再前缀个美女，所向披靡也就没什么可质疑的了。而且，米荔这个博士方向也读得颇有意味——GPS数字处理，与她的硕士专业哲学简直风马牛不相及，本科出身却是数学。虽然只有米荔自己清楚她这三级跳的背后原因，但这跨界巨大的三级跳，亦公开证明了她米荔是全能型“铁人三项”选手。况且米荔不仅知识渊博，且涵养极佳，在任何场合都能使人解颐。哪怕领导形象再猥琐，再没文化，只要身份到，她都能坦然地恭维，技巧地博弈。虽温彩霞们对此极为不屑，但梁鸿安的重点课题和重要项目（例如申报新的博士点）都安排米荔出马。

成语“幸灾乐祸”，指的就是人对发生在别人身上的倒霉事，总会产生愉悦的快感——自己幸福不算幸福，别人不幸才算。这四个字能穿越几千年流传至今，看来擅长吟风弄月的古人也高尚不到哪里去。这四个字，在一群博士身上自然不会失手——当研究所的博士群众听说米荔和雷跃健在实验室的桌子上被撞了个现形的时候，大家集体并同时感到了肾上腺素的加强分泌。

毕竟，博士也是人嘛！去年发生在眼皮子底下的那场“教室别恋”，茶余饭后可是娱乐了博士群众不短时间。有些话大家早就在肚子里快憋出大肠癌了：就算米荔你是名校毕业的博士，就算你的论文被EI选了N篇，就算你工作能力出色，又比在座的男博士们高强多少呢？还不是因为性别脸蛋身材的优势，又被梁院长罩着，才会手气这么好。也不知道梁院长对这碗已成熟饭的米会作何反应。

不过，这后面两句，得在嘴巴里悄悄咕哝，再赶紧蓄口唾液咽回肚里去。虽然大家对此都心照不宣，虽然知道靠精细演算和严密推理做出的结论也有其合理性，但毕竟没有“教室别恋”那样的真凭实据，不能乱讲——学理工的博士脑袋还是比较重证据的。梁鸿安梁院长可不是那种吃素的软柿子，如果发现谁背后嚼他的舌头，后果将很严重。

但凡这样的语境，胡海洋从来都是不露牙齿地挑高嘴角，做出若有所思的微笑状。巧言令色，非君子所为，而且他自知尚不具备评头论足的资格。没有表情或者目露反感，会触犯众怒，异化自己的群众关系，但是评论与己无关的八卦新闻除了过过嘴瘾，不具备任何现实意义。反之，不做任何评论才能带来现实意义——梁院长对他胡海洋的信任都是被这样的细节反复描红的——不在场的证明才是最有意义的证明。

胡海洋生在农村，长在农村，被“身在农村心在城”的历任民办教师们接力棒般传递着，总算普及了九年制义务教育。那群委屈在原地“以身饲农”的民办教师，强忍着被拖欠工资的无奈，给少年胡海洋们上着课，心情的悲愤程度毫不逊色于“以身饲江”的屈原。尤其民办教师李国军李老师，身兼数理化三职，在破庙改就的村小教室里，在菩萨居住过的断壁残垣间，在苟延残喘的低瓦灯泡下，在“顾头不顾腚”的破黑板前，重复最多的话就是：“你们这群泥娃子呀，一定要好好学，考出去！这直接牵扯到你们后半辈子穿皮鞋还是穿草鞋的问题！”

虽然，直到胡海洋终于考上大学，退休的民办教师李国军李老师也终于没能转正，但学生中究竟还是出了一个穿皮鞋的，好歹算个心理安慰。

胡海洋是个知道感恩的人。大学一年级的课外时间，他几乎都用来做家教、打零工。终于在暑假前，挣到了人生的第一笔钱。这笔钱，虽然不能算第一桶金，但如果全换成一毛的钢镚儿，装个大半桶应该没问题。他拿着这相当于大半桶钢镚儿的钱，买了四只烧鸡，正宗的道口烧鸡——这可是他惦记了十几年的理想。第一只鸡当然是送给父母，第二只鸡送给了启蒙老师李国军，第三只鸡送给了故居内的菩萨佬，第四只鸡，悄悄奖励给了自己。自己吃一只正宗的道口烧鸡，这个他苦读时最令他振奋的理想，现如今实实在在触摸和咀嚼到了，真爽快呀！

不过，那只烧鸡，吃起来并没有想象的香，让胡海洋很是意外。

两年后，胡海洋又买了四只烧鸡，正宗的道口烧鸡，全数送到了恩师梁鸿安的家中。还在这四只喷香流油的烧鸡旁，给梁恩师讲了当年关于烧鸡的理想，还添油加醋讲了那四只烧鸡的故事。讲得梁恩师触景生情，眼眶湿润，不仅硬留下他吃了顿包含烧鸡的午饭，还当场允诺做胡海洋的硕士研究生导师。打那以后，胡海洋就把梁恩师的家当成了他的另一门政治选修课，没事就去干点杂活、打个下手。当然每次去都不空手。他把做家教、打零工的钱都集中在这门选修课上了，哪怕只是一小袋新鲜花生或一个西瓜，都是一种表达心情的手段。他发现城市的关系需要精心喂养，就像在家里养鸡喂猪一样，逢年过节不能断顿，一旦断了顿，就很难再续下去。

这门特殊的选修课归纳起来就是两句话：化整为零，零存整取。其中利滚利的好处，胡海洋在博士毕业顺利留校时便体会到了。他知道，自己能一路走到今天，得以变身为今天的胡博士，有多么不容易。他更清楚，如果没有梁恩师的始终关照，这变身不可能如此顺利。

能碰上梁恩师真是胡海洋的福分。梁鸿安这样讲，胡海洋也发自内心这样想。从他大学毕业考上硕士到博士毕业，又顺利留在省城重点大学重要院系，还破格住上了小两居（虽然是单位的过渡房，没产权，但能给他而不是给早于他进校的博士，显然是梁恩师力排众议的结果），哪一关没有梁恩师这尊活菩萨的佛指点化？因为尊敬的梁恩师、梁硕导、梁博导，不仅兼任本院系的院长，还在全国的学术界颇有影响力。据秘不外传的消息，梁院长的下一个目标将是冲刺院士。所以想见梁院长越来越困难了，上次的院系年终考评会他也没来主持，据说继续在北京为冲刺做准备。

并且，这样的城市化进程才刚刚开始。他还要娶妻生子，还要晋升副教授、教授，现在仅仅是跨过了起跑线，离既定目标还远着呢。他土里刨食的父母，他的不出水已见两腿泥的农民兄弟，他那仍在菩萨故居内苦读的众乡亲，他毫无疑问地永远爱他们，他们也毫无疑问地永远帮不上他。他只有在城市混出个样子，才对得起他们，才有可能帮到他们。

当然，胡海洋也是梁鸿安从众多学生中筛选出来的。梁恩师挂在嘴边的一句话就是:“态度比能力更重要。”搁明处，这句当然讲的是——做研究，态度是一种比技术知识更重要的能力。其潜台词是：忠诚是他选人的首要条件。态度忠诚，能力可以再培养；否则再有能力也是“他山之石”，一不留神，就可能临阵倒戈“攻己之玉”。胡海洋的忠诚度很让梁鸿安满意。他也只能忠诚——自己别无靠山，只有死心塌地跟梁院长干，才会更有前途。他读硕士研究生时的两个学弟学兄，能力毫不次于他，甚至更优秀，但毕业后反复跳槽，到现在仍居无定所。本来嘛，工作就像“一站到底”的游戏，你不行就让别人上。他胡海洋这么个农村的烂泥巴孩儿，能有今天，没有理由不诚惶诚恐，没有理由不夹着尾巴，没有理由不庆幸。

4

晨光在窗格间，如超载的重车般一站一站缓慢经过。

日历上的数字显示，应该是春天了。寒冷却仍延宕着，街头的人们照旧捂着厚笨的冬装。相比之下，植物们反而更信任春天，枝头添满新绿，一腹即将盛开的自信。那每一朵即将盛开的身后，都在珠胎暗结。

汪虹的肚子，在并不明媚的春光中，也弃暗投明，彻底告别了她曾经引以为傲的窈窕，一天一天变得鼓胀、臃肿起来，并且，诞生出一个活生生的孩子。但是，她直到最近才不情愿地感觉到，只有自己陶醉在结婚的想象中，没得到来自梁鸿安的任何回应。也就是说，她这张暗房中的底片，如果没有梁鸿安出来显影，将可能一直敝帚自珍下去，甚至中途曝光。

怀孕之初，梁鸿安倒还提过结婚的计划。汪虹当时没怎么响应。孩子都有了，结婚还不是顺水推舟吗？过于着急反而有失身份。

那时的心情，紧张而雀跃。不过汪虹的这些情绪都来自对婚礼的盼望，而不是准妈妈的欣喜。对于当妈妈，汪虹实在没有一丁点儿思想准备，她更熟悉的是以前声色并茂的单身生活：流连于各式各样的歌厅、酒吧和咖啡屋，见见老友，结交新人，逛街、喝酒、聊天、跳舞。对怀孕带来的丑陋，汪虹更无心理准备。曾经洁白光润的脸上出现对称的褐色蝴蝶斑，曾经圆润流畅的腰腹出现甲骨文般的妊娠纹，而怀孕后期那臃肿变形的身躯，虚软肥硕的手脚，她以前更是想也不敢想。汪虹最心疼的，还有那引以为傲的一柜子漂亮衣裙和与之配套的塞满鞋柜的细高跟鞋，恐怕再无用武之地了。

汪虹发自内心地无比钟爱那种奢华的美丽——玫瑰、香槟、大花园，还有红地毯，一切都像是华美的梦境——热烈的阳光透过尖顶教堂五彩的玻璃窗，折射出奇幻的光与影，美得令人心醉。她那优雅的王子，将在这样的背景中徐徐走来，在庄严的《婚礼进行曲》中走来，在红地毯的那端微笑着，手里拿着代表永恒幸福的大钻戒……好几次，她都在这样的梦中笑醒过来。醒后还意犹未尽地咂着嘴，试图重回到刚才的梦境中去。

“判断一个男人爱不爱你，不是看他有没有钱，而是舍不舍得为你花钱。”这是汪虹曾经在女伴们面前高调宣扬的爱情公式，也确实是她的经验之谈。梁鸿安更是贯彻这条公式的楷模，高档衣物、手表、钻戒、皮包、汽车，全是大手笔。而且，自打发现怀孕以后，梁鸿安似乎比她还要紧张，每次去医院做检查都是他亲自安排，处处嘘寒问暖，让汪虹实在感动。不然，她也不会这么顺从他的安排。毕竟，他没有离婚。不，应该说，他没有离完婚。“还在办手续。”梁鸿安一直这么回答。当然，离婚是件伤筋动骨的麻烦事，她能理解。再说了，只要这男人的心在她这里，孩子在她肚子里，钱花在她身上，她着什么急啊。

可是，汪虹发现自孩子出生后，完全不是这么回事了。梁鸿安再不提离婚的事了，也不提结婚的计划了。任汪虹怎么花样翻新地暗示过来暗示过去，梁鸿安就是不接茬。就连来X市的频率，也大大降低了，看着可爱的小女儿也总是一副心不在焉的样子，真让她想不通。

这个周末，梁鸿安来了X市。汪虹特意放了月嫂一天假，她必须开门见山了。关灯睡觉前，汪虹直截了当地问梁鸿安："你直说吧，咱们到底什么时候去登记结婚?"

“不是说了吗，别着急，给我些时间，我会把事情都处理好。”

“那你也要给我个时间，我不可能无限期地等下去，说吧，一个月、两个月，还是半年、一年?”汪虹越说越气，一改平日的温柔，咄咄逼人。

梁鸿安揉了揉太阳穴，闭上眼睛：“不是说了吗，先买房子，把家安顿好，再从长计议。”

“别想着拿套房子就能打发我们娘儿俩，不结婚，这孩子怎么上户口?”

“慢慢来嘛，别着急，这根本不是着急的事，孩子户口的事我会解决好的，你放心吧。”

梁鸿安的表情，从微笑渐变成假装沉睡。汪虹冷笑地望着他僵硬的表演，不祥的预感在心中黑烟一般愈散愈大。她真是后悔，千不该万不该，不该拿自己的身体做赌注，先把孩子生下来。原本必胜的一张王牌，偏偏碰上了对方这样的十三不靠，根本就不在一个局。悲愤交集的汪虹跳到地上，一把掀开被子，质问假装沉睡的梁鸿安：

“你睁大眼睛好好看看，孩子都快两个月了，你是不是想一直这样拖下去？”

梁鸿安一言不发地起身穿衣，动作毫不拖泥带水，更证明他刚才完全是装睡。汪虹的眼泪像拧坏了的水管，再也关不住闸门。她已准备好大干一场，今晚一定要拼他个鱼死网破，非把事情搞搞明白。可不待她把自己武装好，梁鸿安已经摔门离去，楼下很快响起汽车马达的轰鸣声，由近及远。倒让她半天没反应过来——好比做爱的动作还在进行，可是那玩意儿提前溜出来了——那么做到一半的动作，是完成，还是结束？

人家是竹篮子打水一场空，她是竹篮子打水掉井绳。不仅跌破了市场价，配送新股以后，还不耽误逆势跌破发行价！再低头瞧瞧自己丑陋臃肿的腹部，蔓延至大腿的妊娠纹，简直像个愚人节的大玩笑，更是对她当初自以为探骊得珠的嘲讽。汪虹的脑子越想越乱。记忆中梁鸿安那些不计其数的温情脉脉，梁鸿安虚伪冷酷的陌生面孔，离散成一派扑朔迷离的混沌空间，令她百思不得其解。

如果丧失了身份的定义，这个孩子是谁？她又是谁？

在没有赋予生命之前，这孩子只是寄生在子宫内多余的一坨肉，这坨肉与一个肉芽，一个囊肿，一个纤维瘤，一只寄生在肠道的绦虫，甚至一个肿瘤，又有多大区别呢？它固然是自己的血肉，那绦虫、那肿瘤难道就不是血和肉滋养出来的吗？人工流产又与切除手术有多大区别呢？可是，晚了。全晚了！自从孩子呱呱坠地，发出第一声哭啼，她就已经是个“人”了，不容任何人忽视的——“人”了。

她该拿这个“人”怎么办？她怎么办？窗外黑着，灯也黑着，梁鸿安还没回来，或者根本不打算回来。如果他不回来，她和孩子靠什么将生活继续下去？早知道，根本不该生下这个孩子。汪虹气愤地将手旁的小被子掷向婴儿床，倒在床上大哭起来。

哭声变得嘶哑，变得气若游丝，汪虹才沉沉昏睡过去。现实太丑陋，太让她失望，她宁愿昏睡，干脆就这样睡过去好了。最好再不醒来。

黑暗中，房间出奇的安静，静得像一架纸钢琴，像哑女唱歌的口唇，像偷偷溜进子宫里捉迷藏。她感觉特别冷，仿佛在寒冬赤脚踏进冰冷的溪流。她蜷缩成婴儿的姿势，真希望能就此缩回子宫里去，或者回到盖着粉红色帷幔的婴儿床内，盖上轻柔的充满阳光香味的棉被，被温软的手掌轻轻拍打着疲惫不堪的脊背。棉被的周围，开始被彩色的小蘑菇和淡紫色的薰衣草填满。屋顶映出绚烂的彩虹，如宽袤无垠的卷轴，在眼前徐徐铺陈开来：一片是橘色，一片是海蓝，一片是西瓜红，一片是茄子紫，一片是芭蕉绿，一片是银杏白，一片是向日葵的明黄，一片是雨后的丹青，一片是月光下的碎银，一片是麦田收割后的赭石，一片是沐浴着夕阳的赤金……不知过了多久，无数个金色的小天使从彩虹的缝隙间飞落下来，被她的呼吸吹拂荡漾着，试探着降在睫毛边，降在脸颊上，降在鼻翼，降在唇间，降在额侧，降在发内。它们越来越多，像飞舞着的金色雪花片，包围着她，掩埋住她。

就这样睡过去吧！让她和孩子都这样睡过去吧！屋顶，墙的四壁，巧克力一般融软落去。周围的一切，瞬间都不复存在了。只有越来越多的金色——金色的小天使们，托起盖有粉红色帷幔的婴儿床，托起床内熟睡的婴儿，伴着悠长悦耳的鸽哨，伴着若有似无的天籁圣歌，伴着轻轻扬扬的雪白的芦苇絮，在满河的绿草上，滑翔着，滑向重漫叠复的幻美境地。渺如空气般，无休止地旋转，旋入遥远的星空，越飘越远……

待汪虹睁开眼睛，胸前鼓胀的乳房逼迫她走到婴儿床边。

一低头，竟看见孩子的小脸被她刚才随手扔的小被子盖着，一动不动。难道?！血液瞬间停止了流动。她猛地拽开那个小被子，孩子没有动静。她哆嗦着将手指探到孩子的鼻子下面，有微弱的热气呼出来，孩子是在睡觉。她又将手指放在孩子胸口，有心跳的感觉。

感谢老天爷，没有惩罚她的试图放弃！汪虹浑身瘫软，大汗淋漓，就要站立不住，赶紧扶握住婴儿床的护栏。这动静惊醒了床上的婴儿。这个天使般的孩子竟然微笑了。是的，不到两个月的女儿已经开始对她微笑，对她这个并不合格的妈妈微笑！那天使般的笑颜，像一股清凌凌的山泉，每一次的涌动都涤荡去她心头悲伤的沙尘。这涌动，如同匍匐于荒凉戈壁的一丛野花，纤弱，却让她在蔓延无边的孤寂中，不致失去对希望的期许。

汪虹朝圣般地抱起女儿，望着怀中的她迫不及待吃奶的样子，骤然升腾起一团勇气。

5

一周后，当汪虹接到梁鸿安让她准备身份证和照片的电话时，暗自窃喜，以为自己那晚的勇敢奏效了。待梁鸿安将她接到省城的一个区民政局，找到认识的熟人，在下班时间悄悄地把她和一个叫胡海洋的人登记结婚了，她才知道，自己低估了梁鸿安。这个人情至上、金钱往来的社会，没有梁鸿安这种人变通不成的事。

除了结婚照片是电脑合成的，大红的结婚证盖着钢印，户口本上的名字印着夫妻，孩子的户口也已登记，这个婚似乎真的结过了。梁鸿安再三安抚她，说这只是一时的权宜之计，为了将她和孩子的户口尽快转入省城，还可以避免学校对他二胎的处罚，一旦他那边离婚手续办好，便可尽快结婚，还能再要个孩子。这让汪虹不得不佩服梁鸿安的缜密构思，大处小处都考虑得周全。

但关键问题是，梁鸿安丝毫没有考虑她的感受。似乎只要把她的生活安顿好，其他的都可以忽略不计。这种应付的态度让她极不舒服。再对比起怀孕之初梁鸿安的殷勤备至，使汪虹觉得像迈进了一个圈套。她忽然记起，梁鸿安在当时还立下了一张承诺结婚的字据，并当场刺破指尖按了个血指印，令她甚为感动。赌的就是他爱她，否则她真不愿意这么没名没分地生下孩子。

没想到的是，一旦孩子生下来，她将被这种非正常的生活彻底套牢。

可她以前的生活就是正常的吗？汪虹很愿意让自己的生活从之前的那几年迅速滑过去，滑过她不愿意触及的那些暗夜。

与梁鸿安学院里那些优秀的女博士不能比，汪虹在学业上从来没有出彩过。脸蛋长得好，脑瓜也不算笨，就是学习不开窍，勉强在艺校混了个中专，学唱了一些流行歌曲，便跑到南方混社会去了。一个十几岁的女孩子混社会，还能有什么好选择，无非是发廊或者歌厅。刚出道时到处打杂，很快便在男人们的纠缠中练熟了打情骂俏，学会了让自己待价而沽。这种不是正经日子的日子，什么都不想，倒是过得飞快。几年的日月转瞬即逝，黑白颠倒的作息时间，使年纪轻轻的她精神萎靡，脸色苍白。开始惶恐和反省这种生活，从她一次意外的看房经历开始。

刚进城时，汪虹租住的是都市村庄的一个小单间，除了一张床什么也放不下，房租确实便宜，每月只要250元。低廉的价位，使都市村庄变成了大多数打工仔趋之若鹜的城市一站。汪虹当时住的地方叫圣岗村，居民鱼龙混杂，基本上都是小商贩、民工和无业游民。令人提心吊胆的治安，拥挤肮脏的环境，让汪虹每次在回家的路上都心生厌恶。圣岗村原本离市中心有段距离，可是城市越扩越大，宽阔的道路很快就把圣岗村包围了，逐渐接近了繁华的商业区。就在汪虹租住的出租屋对面，不经意间，已拔地而起了好几座高层。现代建筑都是框架式结构，只见几台巨大的起重机日夜晃来晃去，似乎没多久便盖好了一座大楼，简直如搭积木般神奇。

那天暴雨如注，汪虹站在路边等了很久，实在拦不到出租车。看到旁边豪华的售楼部，便拐进去躲雨。没想到被热情的售楼小姐引领着转了好几种户型。站在二十多层高度，从几个不同的角度，鸟瞰脚下的圣岗村，简直就像个杂乱无章的大垃圾场。从那一刻起，她便暗自立下决心，一定要在这个城市拥有一套像样的大房子。

正巧当晚有一档电视访谈类节目，一位成功的女老板讲述自己毕业之初关于租房的选择：收入并不高的她，没有选择便宜的城中村，而是与同学合租了高档小区内两室一厅的精装修房。她说，好的环境会直接影响到一个人的人生观和价值观，不仅能培养高雅的生活品位，也会帮助自己树立更加清晰的人生目标与追求。这些话对汪虹触动很深，她认真考虑了一夜，第二日便从歌厅辞职去了X市。

汪虹首先在市区的高档小区租住下来，虽然预交的房租花掉了大半存款，但她并不心疼。这是投资，更是鞭策，逼着自己朝着新的目标努力。而且，她很快便发现了住在高档小区的好处，周围的邻居大多是成功人士，言语礼貌，举止规范，这样的环境也对她起到了潜移默化的作用。那些在歌厅发廊穿的袒胸露乳的衣裙，在这个地方根本穿不出去，没人说你什么，但自己都羞于往人前站。就好比在一个干净优雅的地方，谁都不好意思随地吐痰或是乱丢垃圾。接下来，她又找了份售楼小姐的工作。这种岗位门槛低，年轻漂亮会讲话就行，这恰是汪虹的强项。成功卖出去几套房子以后，汪虹从头到脚置办了白领的行头，谈吐也换了模式，卧室床头柜还像模像样地摆了几本营销的书，算是成功把自己洗白了。

焕然一新的白领小姐汪虹，在这个点上遇上梁鸿安教授，不算偶然，即使不遇上梁鸿安，也会遇上李红安或者王宏安，因为汪虹已经装扮好了，也准备好了，遇上谁，她都会把人生按她的计划向前推进。梁鸿安也算是合适的人选，除了结过婚。可是，但凡有像样身份地位的男人，哪个不是人海游龙，断然不会被身边的女人忽视。最重要的是，梁鸿安那时是真想和她结婚，他被她迷上了。

汪虹虽然年轻，毕竟是江湖中混过的，尤其男女情事上，说是科班出身也不为过。梁鸿安梁教授哪经得起这种诱惑，几个回合便臣服裙下。当然，房租很快便转为梁鸿安定期汇款，还给她办了张信用卡的副卡。原来，恋爱中的美好词语除了“我爱你”之外，还有三个字同样神奇——“随便刷”。

没多长时间，汪虹便怀了孕，售房的工作辞了，改为各处看房。她原本的意愿是直接在省城买房，就在圣岗村旁边的那几栋高层里选，以圆她当年住在圣岗村的梦。但梁鸿安说先给她在X市买一套，等结婚时再在省城买一套，都办成她的房产证。这条件当然划算，有助于她安心养胎。至此，似乎一切都顺风顺水，朝着汪虹愿望的港湾顺利航行。

可孩子出生后，她反而被绕在梁鸿安的旋涡内出不来了。

梁鸿安前后判若两人的表现，让汪虹匪夷所思，无所适从。尤其办过那个莫名其妙的结婚证以后，她更连他的面也见不着了。这令她甚为惶恐，难道，梁鸿安就这么把她打发了吗?

不！不能！不能让事情滑往那个控制不住的方向，她得想办法从旋涡间挣出来。

6

运转了一天的城市，到处都是颓败的肮脏。夜空笼罩着灰色的雾霾，月亮灰扑扑的，街道两边的树木落满尘埃。萧瑟的阵风，不断带起路面的灰尘，还有街角尚未清扫的垃圾。快车道上，一个白色的破塑料袋，打着小旋升上去再落下来，升上去再落下来，乐此不疲，像只试图飞离草垛的可笑的母鸡。

胡海洋的户口本，前几天被梁院长借走，还回来时才告诉他：这户口本被借用了，它已经代表“胡海洋”与一位名叫“汪虹”的女人结过婚了，“汪虹”的女儿也登记在上面。梁院长说他是帮一位省里领导的忙，时间不会太久，等那边事情办妥当，找关系悄悄把结婚证换个离婚证就行了。只是借用一下

"胡海洋"这个空名，对胡海洋的现实生活丝毫不影响。

面对梁恩师菩萨一般布施恩泽的目光，胡海洋什么也说不出来。这菩萨一般布施恩泽的目光，当然还得照亮现实，不然效果肯定大打折扣。梁恩师当场许诺胡海洋，今年就帮他提前解决副教授的问题。梁恩师还告诉他，学校即将新建两栋引进人才的高知楼，售价超低，配有房产证，到时一定想办法帮他落实一套。

最后，梁菩萨拍着胡海洋的肩膀，语重心长地对他说：

"海洋啊，你能有今天，老师我很欣慰呀！比老师当年自己从农村出来，光杆打天下强太多啦，有老师在背后撑着，到底是不一样。年轻人嘛，先立业，后成家，你自己的标杆拔高了，眼界也就放宽了。只有登高望远，才会发现世界很大，可以给你更多启发——站的位置不一样嘛！到时候，结婚对象的挑选范围必然大得多。你放心，等你这副教授解决了，房子解决了，老师好好帮你物色一个。年年有四季，季季现新红！何必急在这一时三刻？现阶段，正是你奋力一搏的大好时光，把心思都用在学问上，不要三心二意！你回去就准备资料，尽快写个报告递上来，我先想办法帮你申请个省里的科研课题。你要知道，有很多双眼睛盯着副教授的名额呢！你提前搞出些研究成果来，我在会上也好说话。好好干吧，将来我身上的这副担子，还是交给自己人放心啊。"

这席话，句句敲到胡海洋的心坎上，勾起他无限的工作激情和征服欲望。他频频点头，连叩首谢恩的心都有。做男人，就得把自己建设得如梁恩师这般霸道、强悍，才不用在生活面前叹息贫困的悲哀，才有资格挑选——否则只能备选。在梁恩师面前，胡海洋口腔深处那根细短的声带，根本发不出任何声音。有阳光，就会有背光！那背光的黑洞就融于空气间，隐着形，却一直存在。

反正梁院长说至多一两个月，事情处理妥当，立刻就把离婚手续给办了。仅仅是借用“胡海洋”这个单身身份，又不疼不痒的，用就用去。身份这东西，不用的时候，搁那儿一点用没有。要真能帮自己换回点实惠的东西，倒不是坏事。而且，立竿见影：梁院长昨天已把批下来的科研报告转给他了。虽是个六万元的小课题，但对胡海洋来说，已经算天文数字了。也着实令他兴奋了一把——这下子，与女朋友窦豆豆结婚的钱就差不多够了！等钱拿到手，先去买个小钻戒哄哄她。

一想起窦豆豆，胡海洋的心就柔软起来。窦豆豆是校医院的牙科护士，胡海洋去年长智齿时认识的，那颗令他疼痛难忍的智齿被拔掉了，空缺的日子却从此被窦豆豆填满。

自从见到长发飘飘清纯活泼惹人怜爱的窦豆豆，胡海洋就缴械投降，“手无缚鸡之力”了。即使窦豆豆只是个小护士，即使她头脑简单学问不高，胡海洋依然满心喜欢，依然拒绝了校内外几个或暗示或明示的适龄女博士与大龄女副教授，以及她们含金量颇高的附加值。学问就像内衣，穿在里面，但不能逢人就去证明自己确实穿在里面了，还是鲜艳精致的世界名牌！胡海洋搞不懂，那些既懂天下还懂全球化的女博士，怎么就不懂毛爷爷当年的“绝不称霸”的苦心呢？

那些女博士根本没闹明白：想抓住男人，需要示弱，示弱复示弱；而不是旁征博引、据理力争且辩论再辩论——而辩论恰恰是女博士们的强项，任什么事都要搞透彻整明白，要明辨是非，要黑白分明！女人的复杂与可爱向来成反比（例如温彩霞博士）。莫说恋人间、夫妻间，就是国家大事，又有多少绝对的是与非、黑与白呢？对男人来说，女人崇拜的眼神（加上无知，好糊弄），才是最有效的催情灵药。

他真的喜欢窦豆豆，喜欢她温柔地依偎在他身边。哪怕安安静静的，什么也不说，什么也不做，只是彼此感受着彼此的体温。“最是那一低头的温柔……”只要窦豆豆那双凝脂般的小肉手往他脖颈里一环，那凹凸有致的腰身在他身边一贴，那飘柔洗过的长发往他脸上一扫，那完美的椭圆脸蛋朝他怀里一偎，那散发着无限妩媚的大眼睛冲他一眨，胡海洋所有的不快顷刻烟消云散，每一个细胞都魂不守舍——没办法，美丽就是女人的独门必杀绝技。

胡海洋到现在还清楚记得，小时候有一只小虫子爬入了他的耳朵，半夜将他惊醒！哇！那个声音和打雷、敲鼓没什么两样。显然，那虫子在他耳膜旁乱蹦乱跳！他吓得要死，跑到爸爸身边哭。爸爸赶紧下床找手电，边找边叮嘱他：“千万别乱掏耳朵，越掏小虫越会向里钻，容易伤着里面的耳膜。”找到手电后，爸爸就在暗处用手电筒的光照射他的外耳道。不一会儿，一只小跳蚤探头探脑地爬了出来。虚惊过后，爸爸告诉他，蚊虫等这一类小生物都有趋光的特点，所以见到亮光后会自己爬出来。

谁不想往温暖的地方靠靠？人对人的选择，也有些像寄生虫选择宿主——在哪里能得到安慰和营养，就奔向哪里。

7

窦豆豆倚靠在床头，望着窗外新鲜阳光，透过微荡的窗帘，在床单边沿投影出一串串轻灵炫动的光斑，曼舞着，逐渐靠近她，勾起她绽开的唇角。

真的好美！这个干净宁谧的清晨！她起身拉开窗帘，打开窗户，阳光争先恐后拥挤进来，房间立时被盈盈暖暖的晨曦充满，被日常的喜悦浸润着。她开始想有一个家，就像现在这样的简单的小家——有大大的窗和温馨的窗帘就够了！关上窗帘，是一家人的安全港湾，打开窗户，是阳光灿烂的美好天堂。这就够了！

这个美好的早晨柔如雀羽，将窦豆豆的不安抹去大半。这月大姨妈推迟了一个多星期，她昨天悄悄买了验孕棒，刚才已经在卫生间证实了她的预感——她怀孕了。

桌上放着两个新鲜的蛋挞，下面压着一张胡海洋写的字条：

“豆，院里临时派我去西安出差，蛋挞放微波炉热半分钟再吃，小心别烫着。”

他，是爱她的！窦豆豆无比幸福地拿起那两个蛋挞，各吻一下，舍不得吃掉它们。她起身冲了一杯甜牛奶，捧在手里，小口喝着，让带着温度的液体包装出甜蜜的体感。以什么方式告诉他怀孕的事呢？一定要给他个不一样的惊喜。窦豆豆闲散着目光，在不大的卧室里慢慢踱着步，寻思着将来的小婴儿床放在哪个位置最适合。看着看着，她的目光落在书柜下一个半敞的抽屉上。那抽屉一向是锁着的，是胡海洋专门用来放钱和重要物品的，怎么开着？

窦豆豆赶紧过去把抽屉拉出仔细端详。锁眼周围并无被撬的痕迹，抽屉里的东西也不见乱翻的狼藉，她放下心来。估计是胡海洋赶着出差，拿完东西忘了上锁。等他出差回来，一定要提醒他注意安全。她想顺便把抽屉里的东西摆放整齐，却忘了手里还端着牛奶，没喝完的半杯一下子倾洒到抽屉里。

她赶紧手忙脚乱地找来纸巾和抹布打扫战场。忙乱中，一个褐色的户口本掉在了地板上，敞开的那一页，“户主或与户主关系”一栏印着——妻，姓名栏——汪虹！

汪虹是谁？难道这是别人放在胡海洋这里的户口本？

窦豆豆赶紧翻回首页，一个字一个字地点着辨认。没错啊，户主是胡海洋！名字、年龄、籍贯，都是她认识的那个胡海洋。这到底是怎么回事？她深吸一口气，哆嗦着手指，一页一页地往后翻。竟然还有更匪夷所思的——在子女那一页，赫然打印着：长女，汪蓝蓝！再看出生日期，竟是一个多月前！

这到底是怎么回事？窦豆豆感觉脑袋里似乎有无数面巨鼓在擂响，她仓皇地抱着头原地打转，似乎抱着的是即将爆炸的原子弹！那眩晕感越来越难以忍受，她疾步奔向卫生间，把刚喝下的那半杯牛奶全吐了出来。吐得没什么可吐了，还在不停地干呕。

颓然地跪坐在地板上，望着马桶内令人恶心的呕吐物，窦豆豆很怀疑这竟是刚才喝下去的那杯牛奶——那杯雪白的、温热的、带给她幸福和甜蜜的牛奶。仅仅过了几分钟，这些二手牛奶已经如此不堪？她伸手去按冲水开关，马桶里发出海浪一般的抽水声。所有的虚假都令她无法忍受。她趴在马桶上继续干呕，又碰倒了马桶圈和马桶盖。它们轮流落在她的头上，一个接着一个。连它们也要来敲打她吗？

窦豆豆很想放声大笑。这一切，难道还不够搞笑吗？尚未结婚就莫名其妙变成了二奶，而肚里这个孩子刚怀上就已经是“老二”了。她的生活还真是“二”得可以！

她勉强扶着马桶站起身，一步一挪地来到洗手池前，把嘴伸进水龙头下漱口。冰凉的水流冻得她一哆嗦，牙根疼得像被钝锯拉来扯去。她拧开牙膏挤进嘴里，抽根牙刷就在嘴里来回地刷。直刷到牙龈出血，满嘴都是红沫子。窦豆豆出神地盯着镜子，无法确认那是不是自己？亦无法确认那个自己到底站在镜子的前面还是后面。

水一直不停地流着。直到冷水溢出洗手池，淌到脚上，窦豆豆方从恍惚中惊醒过来。她关上水龙头，扶着墙来到窗前。太阳已高高升起，如针扎般刺目，她抬手遮着眼，眺望远方灯红酒绿处喧嚣的浮华，心底不禁升起无尽的凄凉。以前的她，就像这片浮华下可怜的拾荒者，低垂着颈，对每一个角落都再三张望，希望能碰巧捡拾到属于她的幸福，难道眼前的“二手生活”，就是她拼命捡拾到的幸福吗？她微微仰起头，眼底笼上了一层浅浅的薄雾。

清晨那个为了美好的阳光而感动的小女人，瞬间已成了她的前生。她不知道该干些什么，便按下电视遥控器。电视机里回旋出朴树低沉、寂寞的嗓音，唱着忧伤的词句：

“我梦到一个孩子，在路边的花园哭泣。昨天飞走了心爱的气球，你可曾找到，请告诉我。那只气球，飞到遥远的遥远的那座山后，老爷爷把它系在屋顶上，等着爸爸他带你去寻找。有一天爸爸走累了，就丢失在深深的陌生山谷，像那只气球，再也找不到。这是个旅途，一个叫作命运的茫茫旅途。我们偶然相遇，然后离去，在这条永远不归的路……我们路过高山，我们路过湖泊，我们路过森林，路过沙漠，路过人们的城堡和花园；路过幸福，我们路过痛苦，路过一个女人的温暖和眼泪，路过生命中漫无止境的寒冷和孤独……”

窦豆豆一直不是有多少文艺情怀的人，但在这个时刻这种心情听到这首歌，心底好似有东西弹跳了一下，堵在喉咙口。突然，她无法自制地感到深深的痛。那痛发自身体深处，不是心脏，不是胃或者肝，也不是子宫。那痛窜来窜去，找不到支点，也寻不到出口。

她艰难地折叠起身体，抱住自己。那痛就那样卡在那里，卡在深处深深地痛着……

8

梁鸿安将车拐进大学家属院时，忽然发现了一个熟悉的身影，定睛一看，竟是汪虹。她在家属院门口的超市旁摆了个地摊，上面放着些毛绒玩具、电动小汽车什么的，地摊边还搁着辆婴儿手推车。

这明显就是冲着他来的。梁鸿安愕然过后，气不打一处来。没想到汪虹貌似柔弱的一个小女人，还会使这样的损招。梁鸿安一脚油门踩到底，路虎轰鸣而过。他倒要看看，她能摆多久！

车是开过去了，人没开过去。梁鸿安在家吃了晚饭，坐到电视机前，不断换着台，心里愈来愈忐忑。不由得反复掏出手机查看，没有汪虹打来的任何一个电话，也没有短信。睡觉前，梁鸿安到底没憋住，下了趟楼，溜到超市侧边悄悄查看。超市关门了，汪虹的地摊也不见了。他暗暗松了口气。

第二天傍晚，汪虹和她的地摊居然又出现了。

第三天……第四天……第五天……汪虹的地摊生意居然越来越好。她又进了不少有趣的玩偶，价格也不贵。连梁鸿安的女儿都在回家的途中，拐到汪虹的地摊上买了一个可爱的八音盒，追着梁鸿安要放给他听。

一向才思敏捷的梁鸿安，在这件事情上却彻底没了招数。原以为汪虹闹两天逼宫的小游戏，吓唬他一下也就算了，没想到竟然扎起了长摊。虽然学校里没人认识汪虹，但长此以往，国定将不国了。

梁鸿安本想着好好晾上汪虹一段时间，待她的心气往下落落，再给她点甜头哄哄，也就掌握了以后的主动权。万没想到，汪虹放下身段使出这等苦肉计，他还真是小瞧了这个女人。这也给梁鸿安释放出了一个危险信号，这个年轻女人可不像他以为的那样好糊弄。

因为这些烦恼，梁鸿安还真是生出了对苏影的些许留恋。苏影和他十几年夫妻，没有背后算计过他，金钱上也无任何计较，他帮衬老家亲戚们的钱和物，苏影历年来从无二话。还有，对他事业上的理解与支持，对女儿的悉心教育，为人处世的大方大度，等等，梁鸿安愈发回忆起苏影身上的种种优点来。结发夫妻毕竟不一样，那种经年的信任，后来者很难居上。

汪虹摆地摊，较量的其实是两个人的心理。看谁先扛不住，先打电话者一定会先妥协。梁鸿安是最反感被人威胁的硬脾气，愣憋了一个星期没打电话。直到那天吃饭时，苏影有意无意地对他说，女儿很喜欢在超市门口地摊上买的那个八音盒，他才惊出一身冷汗，感觉到了兵临城下的压力。这汪虹，还真不是一般人！

梁鸿安装作才发现的语气给汪虹打了个电话："我刚出差回来，路过校门口怎么看见你在卖东西呀？"

汪虹回答得也极其自然："哦，我是想自食其力挣点奶粉钱，孩子一天天长大，越来越能吃了，不提前想办法怎么能行啊？"

梁鸿安嗔怪道："别瞎折腾，玩两天就行啦，奶粉钱根本不是女人操的心。你这两天赶紧再去看看房子，确定合适的赶紧签合同，再考虑考虑装修的方案，尽快开工。”

“好，都听你的。”汪虹乖巧地应承着。挂断手机，便开始收拾那些玩具，超市地摊的表演即将落幕。

9

梁鸿安当然无法知晓，其实打汪虹第一天在超市门前支起地摊，苏影就认出了这个照片中的主角。她不动声色地观察着梁鸿安的反应。近几日，他倒是每天都按时回家吃饭，看不出明显的异样。但苏影猜得出，他俩之间一定出了某些问题。

他俩在明处，她在暗处。苏影觉得这场戏蛮有意思。她故意每次都在那地摊附近逗留一会儿，看汪虹讨价还价地卖东西，看她当街喂孩子吃奶，听她接打手机，看她茫然地望着大马路上的车流发呆。而且，苏影还看出来了，手推车里的婴儿是个女孩儿。怪不得呢，以苏影对梁鸿安的了解，她多少摸着点头绪了。

这个小婴儿的性别，让苏影的心情，立刻多云转晴起来。看来风并没有往梁鸿安希望的方向刮。如此下去，牌局的走向还未可知。自打那次鬼门关走过一遭，又切除了子宫，苏影对很多事情都看开了。记得出院后不久，苏影有一次半开玩笑地对梁鸿安说：

“我这残花败柳是彻底没能耐给你梁家续香火了，干脆你在外面找人代孕生个儿子吧，生下来我给你养，对外就说是抱养的，找关系上个户口。这样不影响女儿的成长，不耽误我工作，更不影响你的前程。一举三得。”

情绪沮丧的梁鸿安当时并无响应，还责怪苏影多是非，让她别再提孩子的话题了，还长声吟叹“命里只有七斗米，走遍天下不满升”。打那以后，梁鸿安确实再未提过生孩子的事。还借口课题繁忙，搬去书房住，再未上过苏影的床。他和她，在这个家，看得到彼此，却再也不属于彼此。似乎，除去生孩子这个原因，性再无任何意义，切掉子宫的女人身体，也不再具备女人的意义。

原本苏影便一直有洁癖。而梁鸿安偏又不愿意去医院做环切手术，任苏影怎么给他讲解科学知识也没用。梁鸿安害怕万一手术中把哪根神经碰坏了，那可真是废物一根了，臭点怕什么？又不耽误用。手术的风险可不是单凭医疗知识便能绝对避免的。何况，梁鸿安根本不觉得它有什么臭味，还总说苏影的鼻子有病。现在婚内分居，苏影反而觉得挺省事。她愈来愈觉得夫妻这种生活模式，对孩子的意义更大些，甚至是全部。夫妻之间，如果剔除掉性的交换，就只剩下物种的延续了。

探流溯源——所谓夫妻的义务，家庭的责任，物质的供给，都是为了建构让人信服的理论，使物种的延续更纯，成活率更高，更顺理成章，更理所当然。让两颗毫不相干的心，在共同组合的DNA序列中，找到长期安放的载体。

不知为什么，自从看见超市门前的地摊，苏影感觉心口一直堵着的那口浊气，居然不那么明显了。她甚至对梁鸿安生出了一丝同情——他也不容易。也从梁鸿安对那女人的态度中，看出了他对这个家的留恋和珍惜。更有意思的是，她居然对那个女人也生出了一丝原谅。毕竟，对于女人来说，生孩子是件大事，这弃妇般的境遇，站在女人的立场看，确实令人难过。

婴儿车里的孩子，苏影特意借着女儿买八音盒的机会，仔细端详了，眉眼还真挺像梁鸿安的，跟女儿小时候的模样也有相似之处。不管怎样，孩子不能当牺牲品，而且这不仅是梁鸿安的孩子，还是女儿同父异母的妹妹。若是他俩因为那个女婴发生了矛盾，苏影还真心愿意收养那个孩子，视如己出，让她在这个家健康成长。

苏影忽然发现，一旦她愿意放自己一马，很多纠结的问题都可以找到线头。梁鸿安也不再那么面目可憎，那女人也不再是她一直咒骂的“骚狐狸精”了。她有些后悔不该找人在背后对梁鸿安那般精心调查。那些证据一旦亮相，哪条都是致命的。幸亏，那些证据都在自己手里。如果梁鸿安不提离婚的事，就让它们永远石沉大海。

10

上个月，胡海洋去成都出差，顺道去了趟峨眉山。山道边蹲着个貌似道士的人，非说他乃贵人之相，要免费给他相相面。他当时正好走累了，也就驻足听了听，无非是什么天庭饱满、地阁方圆之类，但有句话说得他心里一动。那道士说他今年命犯桃花。不过听罢也就一笑了之，给那人十元钱便走了。

正是在那次从成都回来的动车上，胡海洋巧遇到高中的女同窗陈戈澜。不过，他可没把个子瘦小，相貌平平的她当朵“桃花”看。但是，与他同龄的陈戈澜当年在班里虽成绩中等，如今居然在全国排行前十的房地产公司做到副总，年薪好几十万，真让胡海洋汗颜！

一路畅谈，深觉相见恨晚。陈戈澜说现在一线城市地价太高，而且很难拿到好位置，公司去年便把开发重点放在二线、三线的中小城市，眼下她负责的X市就有个大楼盘正在运作中，他若有兴趣，可考虑辞职过去做个项目经理，每年至少能有一二十万的进项。陈戈澜还提议，待他熟悉了这块业务，可以一起合股注册个房产公司，专做中小城市。她早想拉杆旗出来单干，一直没找到适合的合伙人，到时她负责拿地，他专管工程，两个楼盘做下来就盆满钵满了。

胡海洋被陈戈澜煽呼得热血偾张，恨不得立刻辞职跟着她走。似乎X市有座金山，只等着他拿麻袋去装回家！可转念又一想，开弓可就再无回头箭了！学院旦的位置也不错，梁院长还说要帮他解决副教授，如果能做个兼职最恰当。这才冷静下来，决定先去X市考察几趟，心里有底了再做定夺。于是，这趟从西安折返时，胡海洋直接买了去X市的火车票。

然而，胡海洋怎么也没想到，在陈戈澜那个楼盘的售房中心，他竟遇上了梁院长——梁鸿安！

好在梁鸿安的注意力全在沙盘上，并未在意他。胡海洋赶紧背过脸，悄悄潜进大厅后面的走廊，找到总经理办公室。门开着，陈戈澜却不在。办公室的窗户正对着沙盘，胡海洋迅速放下百叶窗，一边在窗后观察着梁鸿安的动向，一边寻思着万一被发现他在这里，该怎么解释。

不待他想出结果，百叶窗外面的梁院长，已被胡海洋窥出了异样的端倪：梁院长身旁除了身着工装的女售房员，还站着一位年轻女人，女人手里抱着个裹了粉红色襁褓的小婴儿，而且，状似亲密！

这究竟是怎么回事？胡海洋暗自揣测。梁院长的原配苏影师母，他可是很熟的，那眼前的女人和孩子又是谁？

再后来，那年轻女人的声调越来越高，似乎很生气的样子，把臂弯内的小婴儿猛地塞入梁鸿安怀中，哭着跑出大门。

那小婴儿骤然受惊，更是扯开嗓子哭号不止，梁鸿安尴尬地四下望望，疾步追出去。

陈戈澜闻声也到大厅探问情况，女售房员告诉她，刚才那两个人，因为买两室一厅还是买小高层复式的问题意见不一致，女的想一步到位买大的，男的不同意，女的说了不少难听话，还说要告那个男的……陈戈澜阻止住女售房员兴致勃勃的讲述，让她不要议论顾客的家务事，等顾客商量好了，再给他们办手续，以免将来出现纠纷。

胡海洋正犹豫是否要把梁鸿安的真实身份告诉陈戈澜，梁鸿安与那年轻女人又推门走回大厅，婴儿也重回年轻女人的怀抱，安静得像是睡着了。这戏剧性的一幕，恰好阻止住他的犹豫。

见刚才的两个人又重新进来，售房中心的人都会意地交换了一下眼神，刚才接待他们的女售房员赶紧微笑着迎上去，简单交谈了几句，便满脸堆笑地去拿购房合同了。

陈戈澜推门进来，见胡海洋扒着百叶窗向外看，笑道：

“你在高校工作，环境还是单纯得多。我初来房产公司时干的就是售房员，各种稀奇见得多了。像外面这两位，一看就是老板带着二奶买房，二奶想买大的，老板不想花太多钱，二奶一闹，老板妥协了。瞧，合同正在签，230平方米的小高层复式，一百多万呢！”

胡海洋心头一跳，光给二奶就一百多万？梁鸿安还真是大方！可他又不是商人，哪儿来那么多钱？

幸亏刚才没挑明梁鸿安的真实身份。这种蹊跷事还是避远些为好。胡海洋有些滑稽地缩了缩脖子，正欲从百叶窗前离开，却看见那年轻女人心满意足地接过合同，又从皮包里拿出一张纸递给梁鸿安。梁鸿安打开扫了一眼，便几把扯得粉碎，丢进墙边的垃圾桶。

陈戈澜拿出厚厚的一沓资料，准备详细介绍这个楼盘的施工和销售情况，还有将来的价格走势。但窗外的大厅里坐着梁鸿安，心神不定的胡海洋只能做出倾听的样子，实则什么也没听进去。直到大厅响起女售房员热情洋溢的告别声，他一直紧绷的身体才松懈下来。可仍有个小毛毛虫样的东西在体内爬来爬去，也说不清是什么原因，但就是让他坐立不安。

胡海洋去了趟卫生间。膀胱排空了，可仍有隐隐的尿意。拿凉水洗了把脸，镜子中的他仍是萎靡不振的样子。今天也不知是怎么了，状态这么糟糕！只得借口学校找他有事，与陈戈澜匆匆告别。

走过售房大厅时，鬼使神差地，胡海洋拎走了墙边那个垃圾桶里的垃圾袋。

没有人在意这个小细节，连他自己都不觉得手里多了样东西，直至看见那把应急锤。那把应急锤的形状是这样的：塑料把手部分为红色，长方环状，握手处有四处手指状的凹凸，便于握紧。不锈钢的柱体锤头顶端是圆锥形，圆锥形的尖部坚硬得精致。它被卡挂在车窗右上角的玻璃边侧，与一张红色透明标贴近邻，那张红色透明标贴上印着一行带惊叹号的红字：危险时请敲碎玻璃！还附有一张指导使用姿势的图示，形象，明确。

登上这趟火车，胡海洋便一直站在这把应急锤的旁边，盯着那行红字和那个大大的惊叹号。也不知道为什么，下车前他取下了它，并装进裤子的侧兜。如同拎走那个黑色的垃圾袋一样，没有一个人注意到或者试图阻止他这种偷窃行为。胡海洋也没有意识到这是什么偷或者窃，他只是觉得自己或许会用到它。用完了，再还回去。至于怎么用，用来干什么，他尚无构思。

11

窦豆豆发现胡海洋裤兜里的那张纸时，还以为又是他搞的什么猫腻，打开却发现这张被撕烂又拼粘在一起的纸，竟是梁鸿安写给汪虹的结婚保证书，签名处还有醒目的血指印。梁鸿安这个名字她不认识，但汪虹可不就是胡海洋户口本上的“妻子”吗？既然汪虹与胡海洋结婚了，那为什么这个梁鸿安还要给汪虹写结婚保证书？

简直乱七八糟！她还以为像胡海洋这样的理科博士，生活肯定高雅而简单，哪想到会是这般龌龊的多角关系，若不是碰巧这个当口怀了孕，她一定会毫不犹豫地离开胡海洋。窦豆豆心乱如麻，拿起手机把这张保证书悄悄拍了下来，又塞回原位，踌躇片刻，又翻出胡海洋的户口本拍下几张照片。事已至此，最起码要让自己搞明白到底是怎么回事。

窦豆豆心烦，但胡海洋出差回来这两天，更是一副心事重重的样子，她决定过了这几天再找他好好谈一次话。自己也需要好好想想清楚，即使怀孕使她格外被动，也不能把自己的将来搅和到这么一摊子烂泥里去。胡海洋欠她一个说法。

胡海洋这两天确实顾不上窦豆豆，院里又出了件蹊跷事。不知道谁把梁鸿安和米荔的旧情捅到校园网的论坛上了，还编了个抢眼球的名字——《一个美女博士的情爱自白》。虽然是匿名的帖子，但全地球人都知道，一定是那个“灭绝师太”温彩霞干的。原本这件事已是炒了几年的冷饭，没几个人关注，那文章文笔很像小说，很多情节明摆着是杜撰的，但问题却从一些意想不到的角度不断冒出泡来。

电脑屏幕后面的梁鸿安铁青着脸，腮帮子上绷出明显的牙槽骨。见胡海洋进门，没有说一句话，只用手势示意他赶紧站过来看电脑。

胡海洋一看就傻了！这篇匿名帖子后面，已经有了几十上百条跟帖（还在继续增加），揶揄者有之，怒骂者有之，看热闹者有之，评论者有之，闲逛者有之，这些都还算正常；但有些跟帖显然别有居心，一看就是熟人趁机“杀熟”——把梁鸿安和米荔的真实身份给爆料出来，包括手机和家庭住址，还故意往黑处描，说什么米荔都已经打过好几次胎了，还说梁鸿安在学校里是公开的“一夫二妻”，不仅有严重的经济问题，并且存在严重的学术腐败，民愤极大什么的。

全是扯淡话，但这些扯淡话也确实扯得梁鸿安蛋疼！就像以前的匿名告状信，不管你有没有事，先把你查个底掉再说！到了如今的信息时代，连邮票都可以省了，鼠标轻轻一点，全地球都能看见！

怪不得梁鸿安紧张呢！又有谁的私处经得起光天化日之下的经久暴晒！经过紧急商讨，梁鸿安想了两个补救措施：一、他亲自找温彩霞谈谈话，争取花点钱，让她直接把原帖删除；二、胡海洋在网上化名注册多个马甲，在跟帖中反复说温彩霞患妄想症很多年了，还有忧郁症，暗恋好几个男老师，几次试图自杀云云。总而言之，争取引领舆论导向，使风向朝着温彩霞精神不正常的方向刮。

12

胡海洋领旨到家，立即打开电脑忙活起来。舆论这东西，时间节点极其重要。很像癌细胞，早期尚可消灭在萌芽状态，一旦扩散至全身，神仙也无回天之力了。

忙活半晚上，饭都没顾着吃。胡海洋被咕咕叫的肚子逼迫着站起身，准备泡点快食面充饥。这才看到静音的手机，有好几个苏影的未接电话。他拍拍脑袋，想起来答应帮师母修笔记本电脑的事情。苏影的笔记本最近总是死机，上周就打电话让胡海洋抽空帮她修理修理，他一出差，把这茬儿给忙忘了。也不知是为什么，此刻看到这几个未接电话，胡海洋感觉到身体内有根隐秘的神经抽动了一下，有种“风吹藤条藤铃动”的异样。

跟着那点小异样，胡海洋在电话中告诉苏影，他刚出差回来，如果师母着急，他完全可以远程解决好这个小问题，只要打开QQ的对话框，一步步按照他的指令做即可。

希腊神话中“特洛伊木马”的故事尽人皆知，但很多人都不知道自己的电脑其实也相当于一座特洛伊城，只要被“木马程序”潜入，就相当于被木马腹中躲藏的希腊士兵潜入城池，沦陷只是时间的早晚。

不到半小时，胡海洋已经把苏影所烦恼的死机问题搞定，而且把一个名为“黑鸽子”的木马程序，成功栽种进她的电脑。从此刻开始，苏影的电脑在他眼中完全透明化了。即使近在咫尺，开启程序前，胡海洋还是犹豫了。这毕竟是不道德的行为，虽然看不见，但与偷窃没什么两样。而且，师母一直对他很信任，偷窥她确实有点对不住。

思来想去，胡海洋到底没经住好奇心的蛊惑，还是打开了“特洛伊木马”的门，跳将出去。他宽慰着自己，只随便逛逛，没什么特别的就关了它。然而，他刚逛到第一个D盘，就呆愣住——大量的照片和调查文件居然全是关于梁恩师的，远比他想象的还要多得多，详细得多。这些东西，如果转到法院，甚至连调查取证都可以免了。女人太可怕，即使是夫妻，一旦翻脸，什么事都做得出来。

胡海洋迅速将那些东西拷贝过来，终止并删除了木马程序。直到此刻，他的心脏仍在怦怦乱跳。这些威力无比的“定时炸弹”幸亏被自己及早发现，得赶紧告诉梁恩师，让他有所提防。胡海洋一边想，一边随手浏览着那些照片、文件。

看着看着，胡海洋竟然听见了自己不熟悉的怪异的笑声！可他丝毫没意识到自己在笑。没想到啊没想到，他一直仰慕的梁恩师，竟是他所不认识的“梁鸿安”。那个梁鸿安不仅包养了一个大肚子二奶，居然还有大大小小近十套房产——其中一套在北京，两套在海南——怪不得他经常去北京出差呢！海南这两套更让胡海洋憋气，自己至今从未去过海南（连飞机都没坐过），梁鸿安居然都有两套房产了．他从哪里搞了那么多钱呢？

再仔细翻阅那些材料，“汪虹”这个名字很快进入视野。一看见这个名字，胡海洋眼神都直了，眼镜片恨不得贴到了电脑屏幕上。照片中的大肚子二奶竟然就是“汪虹”，而他户口本上所谓的“妻子”也是“汪虹”！胡海洋又想起裤兜里拼贴出来的那张纸，赶紧掏出来，上面的名字仍是“汪虹”！这几个名字让眼冒金星的胡海洋，呆愣良久。

他把电脑上的照片放大，端详半天，终于确认——那个在X市售楼处遇见的年轻女人，应该就是真实的“汪虹”了。这“汪虹”，正是梁鸿安的大肚子二奶，也是自己户口本上所谓的“妻子”，还是迫使梁鸿安买复式楼房的年轻妈妈。

这都什么事啊！怎么会拧巴成这样！胡海洋越想越气，原来自己一直在被梁鸿安当枪使。还是成本最低的枪。自己可一直是梁鸿安最忠心耿耿的学生，还暗中帮他干了那么多见不得人的事，他梁鸿安不仅隐瞒真相，还拿什么省领导来压他，用那些不着边际的空头支票糊弄自己！干革命，不怕抛头颅洒热血，就见不得不公平。怪不得那年月一搞“打土豪分田地”，大家个个那么有劲——解气！公平！连他都想“打土豪分田地”

了。胡海洋暗自盘算，自己手头的这些资料能值多少钱，如何匿名向梁鸿安张口？要什么价？以何种方式安全拿到手？万一梁鸿安不同意怎么办？万一自己暴露怎么办？

胡海洋又想起自己偷偷从垃圾桶里捡到的那封保证书，那应该算个像样的筹码了。为了安全起见，他应该先注册一个新信箱，再找到学校的举报信箱，预设一封定时发送的举报信，万一梁鸿安不同意，就拿这个威胁他（正如间谍片里经常演的那个模式）。胡海洋高兴地想着：如果这个计划成功，至少少奋斗二十年，足够资本娶窦豆豆了！

注册新信箱简单，一分钟搞定。举报信要复杂得多，关键是不知道如何写。不过这难不住胡博士，网络上什么模板都有。待胡海洋精心编辑完举报信，尚未定时，手机又响了，担心是梁鸿安来问情况，胡海洋赶紧敛拢心情按下接听键。万万没料到的是，这个电话里的女声居然自称是——“汪虹”。

他没听错，就是他的法定妻子“汪虹”。

胡海洋再次呆愣住！今天是什么日子？怎么像七星伴月似的，全凑到一起了。不过，汪虹带来的倒算个好消息：民政局只周三办离婚，通知他明日下午三点准点到场离婚，带上户口本、身份证原件，并提前写个放弃全部财产和孩子抚养权的声明。

接完那通电话，胡海洋发现自己大汗淋漓，刚才紧贴着耳朵的手机屏幕全是汗水，他下意识地用手指去抹，这才发现整个手掌也是湿漉漉的，便将手机在胸前的衬衫上蹭了蹭。蹭掉了汗水，却仍有一层雾气，原来衬衫也是湿的。胡海洋都想不到自己接个电话能出这么多的汗，现在的季节，还远没到真正的伏天，经过这么长时间，折腾出这么多事，这个“汪虹”居然自己冒出来和他离婚了！真让胡海洋哭笑不得。

莫名其妙地“被结婚”，现在又突然“被离婚”，这都是什么事儿啊！

“胡海洋”这个“人名”的意义就存在于此吗？他们把他当作有血有肉一撇一捺的人了吗？不需要就在食物链的末端垫底，需要时就推在牺牲的最前线？他这会儿还真不着急离这个婚了呢！明天，好好去会会这个“妻子”，还有那位他户口本上的“孩子”，“胡海洋”，这个过期的面团，已经越变越硬了。

要么忍，要么残忍。胡海洋下定决心，拍案而起！却没意识到，自己是坐在电脑桌前，这愤怒的一巴掌，不仅拍到了他的电脑键盘，还拍到了那个Enter键。他刚制作好的那封举报信，尚未设置定时，居然已“被发送”了出去，电脑可不理会这个指令是不是偶然，它只严格地判断对错。只要指令无误，它就立即执行，哪怕是死刑。

待胡海洋发现这个偶然，电脑已执行完毕，界面上只剩下一个微笑的小浣熊，欢蹦乱跳地举着一面鲜红的小旗：

“发送成功。把心放下，做个好梦吧！”

只要操作一小步，必然会引出第二步。机械的电脑程序一贯如此。操作电脑的手指，也很难脱离这种惯性，网络——这个真正的潘多拉魔盒，一旦被激活，所有人的意识控制都消失了，它将机能自主，它将自动运转，它将不断升级，它将拳拳到肉……

胡海洋冒出一身冷汗，像是被人迎面打了几拳，头一阵阵地眩晕，在电脑椅上都有点坐不住了。他虚虚地靠在椅背上，完全被自己的行为给吓住了。他不是坏人，却似乎一直在做坏事。他下意识地把那只手插进裤兜，试图躲起来，却再次触到那把红色的应急锤。五根指头在暗中寻找着，摸索着，终于握紧了它。它像个努力探出头的小怪物，力图挣脱身边的一切束缚。既然拿出来，就干脆破坏点什么吧。胡海洋恢复了一些气力。行走半程的刀刃，想回头也是要带上血的。

一切，真正才——刚刚开始……

13

校BBS论坛跟帖摘录：

网友“蓝色的蓝”：

这场“真人秀”大多数观众都在笑，但他们并不知道自己为什么笑。

网友“愤怒的烧鸡”：

听说梁院长联系不上了。这年头的领导，超过三天联系不上就有麻烦了！

网友“杜甫很忙”：

经济问题不少，最好再查查学术腐败的问题。看看那些“火箭”教授的论文到底是不是自己写的？

网友“一万元美金加一欧元”：

要放手发动群众，依靠群众，相信群众，利用群众。哪些群众还有需要检举揭发的，请拨打24小时反腐热线：12309。

网友“WWWWWW”：

马克思说：人类的最终解放取决于妇女是不是彻底的解放。中国人的最终解放取决于女博士是不是彻底的解放。

网友“我不是灭绝师太”：

不自杀，不他杀，不杀他。

网友“自由泳”：

严重同意楼上的“我不是灭绝师太”，不自杀，不他杀，不杀他——很经典，我们搞安全生产有个“三不”，叫作“不伤害自己、不伤害他人、不被他人伤害”，可见生产、生活的哲理有异曲同工之妙！

网友“面和心不和”：

灭绝师太不敢招惹啊，逮着谁灭谁！这梁鸿安真是倒了血霉了，碰上这个变态狂，可惜了！

网友“黑寡妇蜘蛛”：

互联网是照妖镜，毒蛇猛兽都害怕。

网友“宝塔尖上的女博士”：

其实我们的生活圈子很窄，“三点一线”为主的生活可以用“三位一体”来形容：一个狭小的床位、一个固定的机位、一个随便的食堂座位，加上一个瘦弱的身体。这种生活紧绷得就像一根弹簧，几乎到了崩溃的边缘。我真担心，某一天突然就断开了。我们也是需要关爱的弱势群体！

网友“吃葡萄不吐葡萄皮”：

官员下马四大利器：家中失窃、日记丢失、二奶翻脸、旧爱上网。

网友“长着猫脸的狗”：

想起赖昌星曾说过的一句话：“不怕领导讲原则，就怕领导没爱好。”

网友“玉帝老二”：

网络反腐，妙到毫巅的杀人艺术。传统的道德观在高精尖的网络武器面前分外幼稚。

网友“花间一壶酒”：

经济学有一个理论叫“破窗现象”，任何一件事在被搞砸后，几乎没人会往积极的方向看待它，而都会弃之如敝屣。

…………

14

网络的迷人之处，还在于它像一个没有地域限制，没有时间限制，无须考虑成本的戏剧舞台，永远上演着流水席般的连载故事。观众可以即兴参与进来，随时上场，随时下场，高兴了就看会儿，不高兴了就去忙别的。那些潜伏于网络间的散兵游勇，就像海里的鲨鱼，能嗅出几百米以外的血腥味。如果水里没有异样，那它就若无其事地游向别处；一旦有血流出，那远处的鲨鱼也会跟踪追赶过来，群起而攻之。电脑的鼠标就像孩童手中的积木，能按自己的意愿堆砌出属于自己的“虚拟宫殿”。每个网民都能在这个虚拟世界中定义自己的生存法则，犹如看名胜风景一样，“横看成岭侧成峰，远近高低各不同”。对于他们来说，结局并不重要，重要的是等待结局发生，观看结局发生，或者——帮助结局发生。

那些“随风潜入夜，润物细无声”的众多跟帖，将蛰伏已久的触动终于释放开来。显然已经把这个开始的情爱事件，导引到奇怪的方向。

而胡海洋，仅仅是这出戏剧的群众演员匪兵甲，或者匪兵乙。原本应该与他干系不大，但关键的关键是，在关键点的星期三，也就是汪虹约见胡海洋离婚的星期三，在只办离婚手续的星期三下午，胡海洋并没有等来汪虹。而且，这个汪虹，就像她刚开始神秘地出现于胡海洋生活中那样，再次神秘地消失在胡海洋的生活外。这次的消失，比之前的出现更让胡海洋揪心。

为此，胡海洋亲自跑了趟X市找陈戈澜，想查出当初梁鸿安给汪虹买的那套房的地址，结果那套房已被汪虹转手卖出了，卖出时间竟在出事的前一周，登记的户主地址也是个出租房，早就人去楼空。这让胡海洋倒抽一口冷气，看来那个半面之缘的“妻子”汪虹，根本无从寻找了。虽然汪虹打来的那个号码再无接通过，但胡海洋还是抱着侥幸心理，发给那个号码很多条短信，说自己有急事想面见她，所有的事都好商量，他愿意付出经济补偿，云云。短信全部石沉大海，胡海洋照样时刻关注着手机的动静——像蹲在森林里狩猎的猎人，对身边每一个路过的响声蠢蠢欲动。即便洗澡时，他也用个塑料袋套上手机挂在卫生间，唯恐“汪虹”万一在那个时刻联系他却无人接听。

胡海洋去民政局悄悄咨询过离婚的事，得到的回答是：任何人想办离婚手续，夫妻双方都必须亲自到场，还要两张结婚证原件及相关证件都齐全，缺一不可。胡海洋也去律师那里咨询过起诉离婚的事，得到的回答是：要想证明汪虹失踪必须有确凿的证据，比如宣告失踪的证明。而宣告失踪又需要好几个条件：比如要有下落不明的事实，要亲属亲自申请，而且下落不明必须满两年以上，还必须经人民法院依照法定程序宣告失踪。

那个看不见摸不着的“汪虹”，把“胡海洋”这个名字，壁画一般，永远贴到墙上了。真正是“此恨绵绵无绝期”了！胡海洋没想到一个虚无的名字，威力如此强大，一个看似来历荒谬的名字在户口本上的去与留，竟直接牵扯到他的未来身份和未来中可能参与的其他人，比如窦豆豆。

窦豆豆竟然早知道了这件事。胡海洋也无从知晓她是通过什么渠道知道的，也没时间吃惊了，反正窦豆豆是以知情者的态度来与他摊牌的。事已至此，胡海洋干脆把事实和盘托出。

可是，那真实的事实经他的嘴巴叙述出来，竟然漏洞百出，根本无法自圆其说。比如窦豆豆问他没有到场怎么领的结婚证？他无法回答；问他汪虹那个孩子的父亲是谁？他无法确认；汪虹如果不回来办手续该怎么办？他也不知道；汪虹如果找他要孩子的抚养费怎么办？他愕然——如果窦豆豆不问，他还根本没想过这个问题。将问题这么一罗列，胡海洋才发现，自己未来的生活还真是充满了未知和风险。“胡海洋”这三个字，是他，又显然不归他管理，不是他，却要他承担所有的经济后果和法律责任，几乎是个闭合的死循环，把胡海洋这个

“人”堵在两头中间。

最最关键的是，这件事导致窦豆豆丧失了对胡海洋的信任。简单的窦豆豆向来喜欢清爽的生活，对这份复杂的爱，不由得退避三舍。即使，她仍爱胡海洋，愿意为了他忽略这次莫须有的婚姻，那么她下一步应该和谁结婚？肚子里的孩子出生后登记在谁的名下，父亲是谁？这些貌似莫须有的事情，桩桩件件都要落实到身份的实处，落到名字的下面。

身份这东西，不用时永远没用，如果需要还真非它莫属。

所以，到底要不要参与进胡海洋前途未卜的未来，窦豆豆十分犹豫。不过，她必须在胎儿三个月内做出去与留的决定，替未来的孩子，也是替自己。她暗自掐算了一下，还有将近一个月的时间来犹豫。

15

到X市寻找汪虹的，除了胡海洋，还有苏影。因为梁鸿安被检察院叫去协助调查，已经三天没回家了。

这三天，憔悴不堪的苏影头发急白了一半，她无论如何也没想到自己精心设计的陷阱，竟然套牢了自己的丈夫。这是她调查的初衷，又完全不是她情愿的初衷。当初，她只是一门心思想着千万不能让那个女人把财产拐走，却无论如何没估计到这种不可收拾的局面。

搞成现在这个烂摊子，苏影的肠子都悔青了！真不知道是谁把那些秘密材料捅出去的，她怀疑是那个调查公司两面通吃。如果是为了钱，还好商量一些，她愿意付出全部的家当来救梁鸿安。可当苏影哭哭啼啼找上门去，调查公司的联络人刘先生坚决否认，说绝对不可能是从他们这个渠道泄密的，保密是他们这行当的职业道德，也是生存饭碗，泄密的事一旦被捅出去，哪还有顾客上门，谁也不愿意自砸门面。

最后，瞧着不成人形的苏影实在可怜，那刘先生动了恻隐之心，愿意免费帮她查找汪虹的住址和电话。就这样，苏影也找到了X市，但和擦肩而过的胡海洋一样——铩羽而归。只是，她找到的情报更翔实一些：汪虹不仅提前卖掉了那套复式楼房，得到现金一百多万，还提前从梁鸿安的信用卡上转走了五十多万，最要命的问题是，汪虹失踪了，带着那个孩子一同失踪了，失踪的时间就在梁鸿安被带走之前。

难道，这事是汪虹捅出去的？

不大可能。苏影很快把这条疑虑给打消了，那些证据连梁鸿安都不清楚，汪虹又从何而知呢？再说，梁鸿安倒霉，对汪虹并无任何好处，她缺少动机。其实，苏影此趟寻找汪虹，并不是来兴师问罪的，而是想把汪虹拉成统一战线，梁鸿安的好几套房产都尚未办理房产证，如果能说服汪虹把一些房产归属到她名下，说不定就能减轻梁鸿安的部分罪责。但这显然已经是苏影的白日梦。

现在的麻烦还不在这件事情究竟是谁泄露出去的，而在于一旦泄露到网上便覆水难收了。是的，覆水难收，苏影到此时才深刻领悟到了这个成语的含义。

女儿一夜间懂事了很多，沉默着上学、放学、吃饭，连咀嚼的声响都没有，更不会发出任何笑声，像个装了消音器的机器人。但苏影也顾不得操心女儿了，她还是不死心，一趟趟地往检察院、法院跑，病急乱投医，到处托人打点关系，可根本没人敢接她的钱物。一旦变成公开的案子，也就开始变得公平了。那些屡次奏效的潜规则，都是诡异的“夜来香”，只适合暗箱操作。

剩余的将来时，都将变得无比漫长。

失眠已是常态。黑暗中，孤独的苏影只能在回忆中徜徉。梁鸿安为什么会是现在的梁鸿安？是一夜的变异吗？苏影环抱双膝，头深埋在膝盖间，感觉到巨大的无力感从周围拥袭过来，挤压得她喘不过气。对于完美的追求，人们都有点叶公好龙的。其实梁鸿安的那些旁逸斜出的苗头，苏影早有觉察。只是不愿意相信。好比她当年坐月子，母亲按照老规矩不让刷牙也不让洗澡，开始两天她都快急疯了，可是一周后就渐渐习惯了，身上不痒了，也不觉得口气难闻了。待月子坐完，已经对这种近乎原始人的生活习惯泰然处之。

苏影紧紧闭着眼睛，恍惚中觉得以前的梁鸿安就在她身边，从身后轻轻拥着她的肩膀。她涩涩地咽了口唾液，依着墙角，蜷缩成狭小的一疙瘩。似乎，现在的她没资格睡这张双人床。

生命中那些掉头远去的春夏秋冬，又被暗夜的咒语召唤而来。它们被漫无边际的回忆滋育出丰茂的枝丫，弥散在房间的角角落落。她徜徉在这些苏醒的春夏秋冬中，像个孤独的泅渡者，一步一步向深处行进——周围的水缓慢而有力量，从开始时她在主导，逐渐变成了水流对她的控制，她经常被湮没在回忆之下，无法辨识回忆的真假。

房间内，唯一有效的时间参照，是台灯旁立着的一张老照片。

那是一趟偶然同去秦皇岛的旅行，起早看海上日出时，梁鸿安用傻瓜相机帮她抓拍的。那时的苏影多年轻啊，从拍摄的角度看，一轮冉冉上升的新日，正毫无悬念地托于她的掌心，金色的光芒让人心旌摇曳，似乎所有的美好尽在掌握。不过，由于没有开灯，那个装照片的镜框根本没有人物显影。黑暗中的它，更像一块切割齐整的玻璃，透过轻薄的蒙尘，折射出与时针同步的微光。

本文初刊于《小说月报（原创版）》2014年第3期

孙瑜，中国作家协会会员。河南省文学院签约作家，新浪网签约作家。曾获河南省第四届文学艺术优秀成果青年鼓励奖，河南省“文鼎中原”——长篇小说精品工程优秀作品奖，河南省第二届杜甫文学奖（中篇小说）。

迁　徙

李小琳

1

早晨六点闹铃响起之前，阿倩做了一个梦。梦见她和泽熙并排躺在床上，赤身裸体地搂抱在一起。泽熙一边亲吻她的耳朵，一边说喜欢她。梦里的阿倩还是年轻时候的样子，跟泽熙之间，既像是谈恋爱，又像是偷情。心里甜蜜又紧张，担心被别人看见。

阿倩醒来口干舌燥，浑身软绵绵的，一点力气都没有。她奇怪做这样的梦，泽熙妈妈知道了会不会追到梦里来拿刀砍她？想起前同事因愤怒而变了形的脸，阿倩心里滋生出一丝报复他人的快感。两年前她辞去恒远公司办公室主任一职就是拜这位前同事所赐。她丢盔弃甲，好在南方阳光充沛，空气质量上乘，她的新生活过得相当不错，女老板待她不薄，她都乐不思蜀了。王帅三番五次打电话劝她辞职，在他附近找份工作，阿倩每次都答应，但每次都不为所动，一直拖到现在。这次是因小冬怀孕了。

这是个好消息，阿倩听了当然很高兴。可是辞职的事又让她犯难。于是她就旁敲侧击，兜着圈子把话题往小冬她娘身上引。她以为她还有机会逃过此劫。

阿倩说，小冬她娘咋说?

王帅说，能咋说?！高兴呗。

阿倩说，除了高兴没说去你家?

王帅说，来我家干啥?她家恁多的事，来不了。

阿倩说，你咋知道她来不了?你又不是她肚里的蛔虫。人家妈心疼姑娘，说不定想去你家住段时间呢。

王帅说，人家说了她帮不上忙，让我找你。

阿倩说，找我——我在上班啊。你咋恁傻啊，胳膊肘往外拐。知道心疼丈母娘，就不知道心疼你娘。再说，孩子又没长你身上，你急啥急。

她话音刚落，王帅就不乐意了：你咋说话的?什么叫孩子没长我身上?!

声音高八度，震得阿倩耳膜发颤。她赶紧把手机拿开一点，可那吼声还是一字不落地刺进她耳朵里：你说那是不是我的孩?是不是你的孙?

阿倩忙说，是啊，是啊，没人说不是。

王帅说，哼！我以为你糊涂得连这都拎不清了呢！知道就好。这是我们家的事，跟别人家没关系。小孩怀谁身上不重要，重要的是，我的孩，以后要跟我姓。

阿倩说，你说得没错。跟你姓，那你去找王森，让他那个八婆去你家照顾小冬好了。

她说完，耳畔瞬间安静了几秒钟。

几秒钟之后，她听见王帅笑了几声说，你兜这么大个圈子，绕来绕去，原来你是不想来我家啊，不想来你就直说嘛！

阿倩也笑了几声，说，去，能不去嘛！阿倩心里明白得很。她要是不答应，就把儿子得罪了。关键时候不赴汤蹈火，往后恐怕真要活成孤家寡人，连弥补的机会都没有。

后来阿倩去辞职的时候，女老板劝她再考虑考虑，能不回去尽量别回去。婆媳是天敌，你回去就是跳火坑，出力不讨好，一旦陷进去，没个十年八载出不来。不如我给你加薪，你拿钱让他们请保姆，这样岂不是皆大欢喜？

她觉得言之有理，就把这话说给王帅听。王帅一口回绝。

王帅说，这能比吗？保姆在我家你放心？就你挣的那点钱，你以为能请得起保姆？

2

现在阿倩每天的任务就是买菜、做饭、清洗、打扫。一日三餐，给他们做两餐，午饭自己随便对付。早晚两餐，用点心去做就是了。不过也不复杂，菜谱是王帅拟定好了的，打印出来用磁铁固定在冰箱门上，阿倩挑着做就是了。比如早餐，有红枣豆浆、黑芝麻糊、绿豆沙、红豆沙、小馄饨、牛奶、鸡汤挂面、西红柿鸡蛋面、大肉包、素菜包、煎饼、油饼、鸡蛋等。这天是周三，阿倩打了豆浆，馏了包子，煮了鸡蛋，拍了黄瓜，切了两个苹果，一小碟核桃仁。

七点钟准时开饭。每天王帅往餐厅走心情都特别好，他饥肠辘辘的肚子提前对食物唱了赞歌，于是他吸着鼻子，眼睛瞅着桌子上的食物，好心情地夸了句，好丰盛呀！话音刚落，跟他并排走过来的小冬立马呕了一声，捂住嘴巴就往卫生间里跑。她怀孕五个月了，反应还是很厉害。吃饭不用嘴巴，眼睛瞧瞧就过敏。闻不得油烟味，吃不得各种肉食，有时别说吃了，听别人说呕吐她就要吐，看见这两个字也要干呕几声。几乎每顿饭都要来两下，成了她的开场白。阿倩早已见怪不怪，只在心里默默地叹了口气。

王帅跟进卫生间，过了一会儿出来说，小冬不吃猪肉包，看见就恶心，你赶紧端走吧。

阿倩说，她不吃你吃。

王帅说，我也不吃，以后早晨不吃包子，免得让她恶心。

这天的包子不受人待见，小冬不吃，王帅不吃。三个包子整整齐齐卧在盘子里。他们上班走后，阿倩看了也吃不下，胃里不舒服，感觉自己也像怀了孕似的。

3

八点钟左右，阿倩乘公交车去农贸市场买菜。

乘电梯下楼的时候，她一迈进轿厢里，就被热气腾腾的气味弄得差点吐了。她奇怪，怎么就像被小冬传染了似的，如果怀孕也能传染的话。

当年她怀王帅的时候，除了脸上长雀斑，没有孕吐，能吃能喝。雀斑还以为是晒斑。两个多月不来月经才知道怀孕了，然后草草结婚。当年为这事她婆婆没少在背后嚼她舌头。她哪里知道，她要是不怀孕，压根就不可能嫁给王森。要不是她才二十岁，软弱，得过且过，二十八岁的王森就该去坐牢。所以她二十岁结婚，二十岁生孩子，每一步都比别人跑得快。虽然结婚的时候没少让人诟病，可等孩子生出来，也没少让人羡慕。这本身就是个悖论。年纪轻轻牵着半人高的孩子，谁见都夸好福气。现在每次她跟王帅出门，旁人闹不清他们之间的关系，有人惊艳，有人侧目。这让她好不得意。

但是她打心眼里不希望儿子早结婚，也不希望他早生子。他的婚姻，她竭力反对。当然，其中原因，不是嫌小冬姑娘不好，换成别的人娶小冬，她都觉得挺好。她长得水灵，个子也高，这是优点。学历跟王帅一样，都是本科。王帅在国企工作，小冬在银行工作，两人收入相当，算比较般配。可是，她希望王帅能娶个好家庭的姑娘，不缺爹少娘，有父疼母爱。结婚以后，有人帮着呵护小家庭，让她少操点心。可是小冬的爹娘，加起来是别人家的两倍，阿倩就不愿意了。偏偏她又做不了主。王帅一句话就把她噎个半死：我们家还不是一样？你当我有多好？我有什么资格嫌弃别人？

阿倩说，正因为你没有，我才希望你有。

王帅说，在我看来，小冬不嫌弃我就已经不错了。

没过多久，王帅私下里跟小冬把结婚证领了。领完证发了条短信给阿倩，阿倩气得一夜没睡。

又是个大热天。太阳已经亮得吓人。阿倩快走几步，皮下的水分蜂拥而出。上了公交车，身上的汗才慢慢收了。

公交车一路摇晃，半个小时后到农贸市场。阿倩第一次来这里的时候，手里还捏着手机导航，如今已经是轻车熟路，混在一群提着菜篮的大爷大妈身后，在菜市场指点江山，一点都没有违和感。

阿倩本来要乘扶梯上楼的，蔬菜区在二楼。一楼卖水果、水产品、活禽、生鲜肉之类的。她不打算买肉，可是经过一楼生鲜区的时候，一个发广告彩页的小伙子拦住了她。小伙说，大姐，看看啊。我们今天做活动。

小伙子一口一个“姐”，大有卖猪肉把自己也卖出去的架势，硬把彩页往阿倩手里塞。

那时候猪肉还没涨价，开张酬宾，买三斤送一斤，充值一千送三百，还有帅哥站队促销。潜在的广告词就是，只要你常吃某某家的猪肉，就能遇见眼前这么帅的小伙。

阿倩看了一眼手中的广告彩页，问肉咋样？

小伙子说，好得很！你去看看就知道了，我们是全省唯一一家经营原生态土猪肉的店。

小伙子说话的神态、声音，以及甜腻的笑容，让阿倩脑子瞬间短路，霍然弹出早晨那个梦，顿时汗流浃背。

这天她原本没打算买肉的，最后却拎回去了三斤排骨、一斤肉馅。

4

阿倩不打算吃猪肉，到家就分割好，装成小袋，丢进冰箱里。到了晚上居然派上了用场。下午，阿倩还在午睡，小冬打电话说，她爸妈要来，四点多钟到家。问她在不在家。

阿倩当然在家。问要不要去火车站接他们？

小冬说不用接，让他们自己打车过去。她跟王帅都上班，接不了。她已经跟他们说过了。

阿倩说，那晚饭咋安排，在家吃还是出去吃？

小冬说，在家吃吧。

阿倩问的意思其实是不想在家吃。但是小冬说了，她就只能照办。

她快速在脑子里盘点了下冰箱里的食物，排骨就成了晚饭待客的首选。从上午扔进去到吃饭前取出来，五个小时不到，冻得还不算结实，操作起来应该比较方便。

红烧排骨，卤牛肉（熟食，真空包装），烧一个冬瓜虾仁，炒一个青菜，配两个凉菜。主食，小米南瓜粥，馒头。

把菜理出来，阿倩就去收拾房间，做了清扫和归拢。活还没做利索，客人就已经敲门了。

亲家母和小冬长得很像，简直就是一个模子里刻出来的，尖下巴，窄额头，薄嘴皮，想认错都不可能。旁边亲家公的模样则完全是另一番走势，肤色黑灰，头发花白，人瘦得只剩下皮包骨头，佝偻着腰，矮了一大截。要不是亲家公先开口跟阿倩打招呼，她差点以为小冬娘换人了。她曾经就换过一次，这个男人是小冬的继父。

你咋瘦成这样了呢？阿倩吃惊地问。她以前见过的亲家公，黑、粗、壮，就像一头蛮牛。

噢，病了。他不好意思地说。说完松垮垮地笑了笑。

他们这次是来看病的。聊了几句，小冬继父就咳了好几回，但是他认为自己的病不要紧，就是着了凉。一个多月前他从修车铺回家，因为天气太热，冲了个冷水澡，打那之后就吃不下东西，浑身没劲。他以为是天热的缘故，没当回事。直到有一天，洗澡时摸到身上的骨头了，这才慌了神，赶忙去县里看医生。医生做了一大堆检查，结论是问题不大，胃口不好是胃受寒、饭吃得少的缘故，人才瘦成这样的。给开了些胃药，回来吃了，胃口好转了，饭也能吃下。可是人还在继续瘦，走路都走不稳，风一吹，眼看就能刮倒。这才想起来省城看医生。

阿倩说，你们应该早点来，小地方医生技术不行，看病容易耽误人。

小冬她娘也说，主要是他身体一向很好，就没当回事。我早说要来找小冬，可他不肯来。说孩子们上班忙，来了添麻烦。

阿倩说，一家人说啥麻烦不麻烦的，明天就让王帅请一天假，陪你们去医院，找个专家给看看。

晚上吃饭的时候，阿倩在饭桌上说上医院的事，让王帅请假。

王帅说，等我打完电话，才知道能不能请到假。下周一上级单位要来人检查，领导说了，不让大家请假，周末还要加班。

王帅在一家货运公司上班，做网络维护。

小冬娘说，你忙你的，我们自己去就行了。

阿倩说，那怎么行，再忙也得去。领导不让员工请假，有本事别让员工家里人生病。生病这事谁管得了。

小冬不置可否，面无表情。

饭毕，阿倩进厨房洗碗。小冬她娘和继父留在客厅看电视。俩年轻人早就出去散步了。等她收拾完毕，天已经黑了。本来想出去走走的，但客人不想出去。主要是小冬继父是个病人，坐车跑来跑去已经很累了，愿意在家里待着。他不出去，小冬娘自然也不出去。这样一来，原本想出去透透气的阿倩也只好留在家里，陪客人说闲话。关键是，闲话太闲，纯属没话找话。你抱怨天气太热，他们说确实太热，热得不得了，快热死个人。你招呼他们喝水，他们说，好好好。其实大家的眼睛都盯着电视机，看上一阵子，想起来说两句。中间阿倩去厨房切了西瓜，小冬娘说小冬继父不敢吃西瓜，西瓜属于寒凉食物，病人吃不得。阿倩和小冬娘两人一人吃了一小块。

等王帅和小冬散步回来，阿倩就去她睡的小卧室替他们安顿卧具，把自己用过的床单揭掉，换了干净的铺上去。这间卧室显然已经不属于她了，她得把屋里的物品连同她一起收拾出去。从这天晚上开始，她得睡客厅，一直睡到客人离开为止。

阿倩在客厅里等他们洗漱结束，小两口进了他们的卧室，客人走进了小卧室。客厅里空出来，阿倩才在沙发上安营扎寨，铺被单，躺下休息。这一晚阿倩失眠了。沙发太软，睡着热。空调开着也热，感觉像睡在陷阱里，出了一身汗，贴着皮肤极不舒服。半夜，她爬起来把睡衣脱下，换上白天穿的裙子，躺下又心疼裙子给揉皱了，又谋划次日的一天三餐怎么安排。脑子里轮换浮出一些人脸，叫人好不喜欢。

这样思来想去，睡意全无。

5

五点半，阿倩起床。她把客厅收拾利落，洗漱完毕，接着就开始准备早餐。要不然，五口人赶在同一个时间点起床洗漱，就全乱套了。就一个卫生间，当年王森买房的时候没想到这一点。换作是她，她会考虑买套大的，至少三室两卫，老少都能挤下，也不至于这么尴尬。

问题是阿倩没钱买房，就这套八十九平方米的房子她把自已卖了也买不起，三室两卫不过是想想而已。如今这个地段的房价据说已经过了两百万，当年王森买的时候二十万还不到，充分说明这家伙太鬼了，鬼精鬼精，不知道哪儿来的钱。他背着他家八婆买下，偷偷写在王帅名下。从这一点看，他还算有点良心。王森向来保密工作做得好，房子的事连阿倩都不知道。

王帅结婚前夕，两路人马聚集在省城，商讨结婚事宜。王帅这边，王森带着八婆，加上阿倩，原本三口之家，被加塞成了四口。小冬那边亲爹亲娘，后爹后娘并驾齐驱，跟要参加拔河比赛似的。后来阿倩才知道，小冬亲爹后娘是小冬做主请来的，没跟她娘和继父商量。小冬说，既然她身体里流淌着她爹的血，就得让他出点水，权当零存整取，让他一次性结清。但是这个抠门货，辜负了小冬对他的厚望。结婚当天，他给小冬封了一个据说是很大的红包，一万块。小冬拆开红包大哭一场。她继父那边，给配了一辆海马福美来。

小冬娘当时提出的结婚条件是，有房，有车，有三金，彩礼钱给十万。她解释说，这是他们小县城的规矩。他们执行的是县城最低标准。如果啥都不要，别人知道了就会笑话他们家，养的女儿不值钱，嫁的人家不好。

他们提的要求，阿倩知道她满足不了，就旁敲侧击地跟他们说，省城跟县城不一样，大城市房子贵，买一套房的钱，能在小县城买一栋别墅。

小冬的亲爹，那个在小冬成长过程中一直缺席的男人，在关键时候，居然附和着阿倩说，是这么回事，省城的房子太贵，买房哪有那么容易，能付个首付就不错了。年轻人结婚，都是家里出首付，以后自己还房贷。

他这么一说，就没人接茬，房子的话题就被终结了。买一套房变成了付首付，等于血本大甩卖，打三折甚至打两折处理。至于房子买多大面积也没人再提，也不知道忘记了还是故意没说，给足了阿倩面子。

不过，就算小冬家不提，阿倩也在心里盘算着，私下里要找王森商量付首付的事。情况特殊，没法当众说。小冬亲爹刚说完首付的事，王森家八婆就表态说，礼金三金他们给。她这一说，就等于其他的事他们撒手不管。他们不管就得阿倩管。

阿倩拿什么管？她没钱。她挣的钱只够维持他们母子生活，剩下供王帅上学用了。其他的要说有，就是撕碎某人的心分分钟都有，要搁以前，她早发作了。但现在，看在王帅要结婚的分上，阿倩忍了，什么话都没说。

出了酒店，两派人马散了。王帅拉着小冬去逛街，剩下三对也扬长而去。落单的阿倩坐上公交车，去长途车站搭班车回县城。坐上车她听见手机叮了一声，掏出来看，是王八发过来的短信。王八就是王森。自从王森扶小三上位，他在阿倩的手机通讯录里，名字被标注成了王八。

王森说：不用愁，房子的事我自会安排。

阿倩撇了撇嘴，回了一条：好，首付你出。

王森爽快地回了一个字，好。

好？答应得这么痛快。阿倩追问一句：你出多少？

王森说，这个我们私下谈。这要看你的诚意了。你愿意请客的话，我保证赴约给你个满意答复。

阿倩是个急性子，看到这条信息哪里还顾得了其他？她生怕夜长梦多，钱的事鸡飞蛋打，立马答应请客，并从公交车上下来，临时决定不回县城了。

她下车的地方，马路对过有家星巴克。她发定位给他。

半小时后，王森乘出租赶过来，坐在她对面笑眯眯地看着她，装腔作势跟她讨价还价。问阿倩手里有多少钱，准备买多大面积的房子，希望他出多少。

阿倩说你出五十万吧。

王森摇头。你以为我是开银行的，狮子大开口。

阿倩自觉降价，说，你五十万没有三十万总该有吧，不是还傍了个老富婆嘛。老富婆总不至于花你的钱吧。

王森扯着嘴角说，你说话咋还那么难听？你再胡说八道信不信我立马走人?！人家是不是富婆跟你有啥关系？王帅又不是她生的，我总不能拿她的钱去给你儿子结婚吧！

阿倩很想说，王帅不是她儿子，难道也不是你儿子吗？但她只是拿眼瞪了他几秒钟，然后说，你能给多少你说吧！

王森两手一摊，无赖似的来了句，我没钱。

那你什么意思?！阿倩顿时火冒三丈，不自觉站起身，拍了一下桌子：还这么无耻，我真是眼瞎了信你这种人！

啧啧！都快十年了你还这个样，一点长进都没有。快坐下，坐下说——他捏了她胳膊一把，看她怒容满面，松开手，赔着笑脸说，算了，算了，你这人不经逗，不跟你兜圈子了。我说正经的。说话间他从随身带来的包里掏出一只牛皮纸袋，慢吞吞解开棉线，从里面掏呀掏的，张开手，手心里是一串钥匙。他拎起钥匙环朝阿倩晃晃，再把房屋合同掏出来拿给她看。

看见王帅的名字，阿倩吃惊不小，眼睛瞪得溜圆。

我说了，要给你个满意答复。咋样？满意不？没耍你吧。王森笑嘻嘻地说。

嗯，算你还有点良心。

房子的难题就这样解决了。至于王森提出的无理要求，阿倩是这样回答的：回去先把屁股擦干净了我们再说其他。

6

不等开饭，王帅钻进厨房跟阿倩说，他已经请好假，一会儿陪他岳父上医院。

阿倩说，要不要我跟你们一起去？

王帅说，你去能干啥？打辆车还挤得坐不下。你就操心买菜，把午饭准备好，说不定我们早早就回来了。

还真让王帅说准了，十一点刚过，他们就回来了。因为挂号是网上提前预约过的，排在前面，去了不用等。事先就猜到医生可能要让做检查，也没让小冬继父吃早饭，所以去了就做，节省了时间。

午后预报有雨，可是雨下不下来，外面热得像蒸笼，没人敢出门。阿倩跟亲家公亲家母都闷在屋里，吹空调看电视，无聊透顶。

可能是天气太热的缘故吧，小冬的情绪并没有因她母亲和继父的到来得到缓解。她被热得垂头丧气，回家就僵着一张脸，连说话的劲儿都没有了，不是呆坐着，就是在床上躺着。有一回，阿倩在厨房干活，一回头，瞧见母女俩站在客厅窗户那里叽叽咕咕。不知道她娘说什么了，小冬脸拉得老长。阿倩敏感地以为她们议论她。这天晚上晚饭她继父没吃。医生不让吃。医生让喝甘露醇和番泻叶，并大量饮水，排泄，第二天要做胃镜，肠道得提前冲洗干净。所以整个晚上，他都在频繁使用卫生间。

这一晚阿倩又睡不了。脚步声摩擦着她耳畔，门的开合声，马桶的冲水声，以及排泄的声音像榔头，一下一下砸进她的身体里。第二天她脸色黑灰，比小冬的脸色还难看，整个人疲惫不堪。

王帅又请了一天假，陪小冬继父去做胃镜，还是跟前一天一样不吃早餐，空腹去医院。阿倩给他准备了煮鸡蛋和牛奶，让王帅拎着，做完胃镜再吃。阿倩担心等的时间太长，病人受不了。

王帅说，做完要是晚了，我们就在医院门口吃饭，你不用等我们。

要是晚了——要是不晚呢，午饭准备还是不准备？但这种话阿倩不能问。问了也是白问。只是在买菜的时候，准备了些能存放的蔬菜，以备不时之需。果然跟前一天一样，胃镜做完，十一点刚过，他们就到家了。小冬继父胃里长了个鸡蛋大的疙瘩，医生取下一块做病检，三天后取结果。这次连药也不用开，就打发他们回来了。

午饭简单，阿倩煮了西红柿鸡蛋挂面。连汤带水似乎还挺对小冬继父的胃口，也可能是他饿坏了的缘故，居然吃了大半碗。

饭后昏昏欲睡，大家分头进屋休息，阿倩则继续留在客厅。她累坏了，床单也懒得往沙发上铺，他们一走，她就赶紧躺下休息。腰酸得要断了似的，头也疼得厉害，太阳穴处突突突地跳。她疲乏得快要断气了，可是躺下又憋气。赶忙连滚带爬蹿到窗户那里。尽管外面热浪滚滚，冒着肉身被烤化的危险，她还是毫不犹豫地将窗户推开。

傍晚的时候下了一阵急雨，跟尿尿似的，来得快，去得也快。地皮刚刚被打湿，就没影了。灰尘都浮到半空里，太阳一晒，简直就是洗桑拿，湿，热，黏滞，人只能在屋里待着。空调调到24摄氏度，还是感觉到憋气。

阿倩去小超市买了一袋馒头回来。晚饭喝绿豆汤，吃馒头，再准备几个小菜。如果是自己，她宁愿饿着肚子，也不愿在这种天气跑出去。出去一趟，衣服都湿透了。T恤衫紧贴在肉上，牛仔短裤都成迷彩裤了。她去小卧室找了条裙子来换，将湿衣服脱下，但身上还在继续冒汗，裙子很快又沾在背上。

这一天她经历了湿衣服变干，干了又湿的恶性循环。整个人从里到外都是湿漉漉的。明显笨手笨脚，粥煮溢了，还打烂一个盘子。于是，大家都盯着她面面相觑。

晚饭做好，她吃不下，嗓子里堵着一团火，胃里也难受。糟糕的是，她并没有因此病倒。要是那样倒好了。只是饭做好，她不吃而已。他们吃饭，她喝冰镇芬达。

这两天，小冬继父比刚来的时候精神一些。他喜欢喝热粥，也喜欢吃阿倩做的菜。

他用筷子指着盘子里煮熟的嫩玉米说，等下次来，他要给他们扛一麻袋过来，这玩意儿地里多的是。

但是他不吃玉米，他说那东西吃了胃里糟得很。

阿倩说，新鲜玉米是好东西，软黄金。小冬多吃点好，补充DHA。

小冬娘问DHA是啥东西，吃了能干啥？

小冬说，补脑子的，谁吃谁聪明。

小冬娘就说小冬，看你多有福气，你婆婆天天给你做好吃的，伺候你。

小冬说，是啊，我是有福之人。你赶紧吃饭吧。

阿倩说，我做的菜不一定合小冬的胃口。小冬是吃你做的菜长大的，你最了解她。你这次来，就多住一阵子吧。

小冬娘说，家里走不脱，哪里住得了。等他看完病我们就得赶紧回去了。家里一大摊事。她弟弟开学上高三，他又这个样子，都靠着我哩。我们不在家这几天，小冬他弟在邻居家混饭吃。家里还种了十多亩地，修车铺的活他干不动，雇了人干，不回去招呼不行，不然工钱就白瞎了。

听她絮叨着，阿倩在心里直叹气。当初她不同意这门亲事，没人听她的。王帅不听，王森也跟王帅一个鼻孔出气，说什么儿大不由娘，跟谁结婚是儿子的事。可是结了婚，麻烦事都扔给她了。

阿倩说，你能来住段时间，小冬肯定很高兴。婆婆再好也比不过亲妈。婆媳待久了容易产生矛盾，丈母娘跟女婿就没这个梗。丈母娘看女婿，越看越欢喜。所以，你要经常过来住住，现在都是高速，开车过来两个多小时就到了。

小冬娘说，等她爸病好了，我就过来住一阵子。现在你先招呼着。你对小冬好，我们都知道。一家人闹个矛盾也很正常，牙跟舌头那么好，也会磕碰一下，何况人。小冬是晚辈，做得不对的地方，你当长辈的该说说，该骂骂，当成你自己的闺女看待。俗话说，嫁出去的闺女泼出去的水……

能不能别说了？小冬说。

这天饭后阿倩喊王帅刷锅。你刷锅，我要出去一趟。

干吗去？王帅问。

你管我！阿倩赏了个白眼给他。

7

周一病理报告出来，上面写着胃低分化腺Cancer。

Cancer翻译过来就是癌症。胃镜做完当天，医生已经找王帅谈过话了。他问王帅跟病人的关系，说病人的胃里长了个疙瘩，需要进一步做活检。

王帅说，做吧。

医生又说，如果是坏东西的话，你们让不让病人知道。

王帅说暂时不让。

医生说，我只是怀疑。一般胃里长东西，还挺大的话，就需要进一步做病检确诊。如果是良性的，手术摘除就是了。

医生说得比较含蓄，王帅就没有往坏处想。医生习惯把芝麻说成西瓜，他以前脖子上长了颗黄豆大的皮脂瘤，切下来的时候医生也是这么说的，做个病理，鉴别一下良性恶性。

他当时吓得不轻，还问医生，要是恶性怎么办？

既然不想让病人知道，医生简单聊了几句，就打发小冬继父去走廊里等着了。美其名曰医生要跟家属商讨一下治疗方案，病人不宜旁听。实际上是背地里给他判死刑，而且是很快执行的那种。

这天他们到家的时间比往常又提前了半小时。医生下达判决书之后，就没有必要再跟他们啰唆了，他的使命已经完成，啰唆毫无意义。他既治不了他的病，又救不了他的命，所以连一粒药都没舍得给他们开，就把他们打发走了。意思是你们回家去吧，该吃吃，该喝喝，该咋正咋的。医生说，想开就赚了。

他们到家那会儿，阿倩还在公交车上，拎着两大兜菜，摇摇晃晃往家赶。

太阳还是那么毒辣，一点也没有衰败的迹象。车里的冷气冷到不行，冰火两重天，阿倩上车就打了三个喷嚏，起了一身鸡皮疙瘩。

看到他们，她颇感意外。因为他们到家的时间太早了，早得有些离谱——她每天都在心里盼望着，他们能早点出去，晚一些回来，给她留够喘气的时间，不要弄个措手不及。

显然这不可能。她每天都在忍耐中度过，明知道他们迟早会离开，时间不会太久，可还是因为不知道具体离开的日子而失去耐心，心情焦虑。后来只要他们离开这所房子，让她单独待上一小会儿，她瞬间觉得房子变大了，变宽敞了，呼吸也变得顺畅起来，就像一双脚穿着小鞋子太久，忽然松绑，光脚暴露在空气中，享受轻风吹拂，阳光抚摸的那种惬意，忍不住要从心底爆发出阵阵的尖叫声。那是怎样的一种好呀！

但不幸的消息来得过于突然，同样令人措手不及。小冬继父不久将辞世的噩耗，让阿倩心中聚集的焦虑情绪得到了缓解。好死不如赖活，在死亡前面，她遇到的事儿那都不叫事儿了。

阿倩看向小冬继父的眼神也莫名地复杂起来，就像眼见溺水的人见死不救，或者无法施救，让她内心惊恐不安。她越发觉得当初反对跟这家人结亲无比正确。她不想要这样的亲戚，更不想看到一个跟自己毫无瓜葛的人，在成为自己的亲戚之后，忽然间死去，这让她觉得晦气。尤其是这人还很年轻，才刚刚满五十周岁。

小冬是最后一个知道她继父要死的人，除了他继父本人。

被判决之后，死神就与他形影不离。

小冬躲在卧室里抽泣。一墙之隔，她尚且蒙在鼓里的继父正在享受尘世最后的为数不多的电视剧。那应该是一部神剧，枪炮声没完没了，仗似乎永远打不完，枪林弹雨中，英雄永生不死。而看神剧的人，恐怕等不到剧终，却要先一步去送死。

小冬说，你们就让他在家里等死啊？哭声陡然升上去。

王帅连忙说，嘘！病人听见了不好。你也别哭了，哭有什么用？医生都说他那病治不好，让我们回家，好吃好喝伺候，你说我们还能咋的啊？

他是我爸呀！说着小冬哭倒在床上，把脸埋进枕头里。

王帅说不敢哭呀，你还怀着宝宝呢！

这边小冬哭得梨花带泪，那边一墙之隔的小冬继父却陶醉在电视剧当中，瘦脸上露出松垮垮的笑容。他的魂魄已经随着剧情，附身在剧中英雄身上，拥有金刚不坏之躯，活得勇猛自在，所向披靡。有时候不知道哪一出惹到他了，他眉头皱起，用力吐出一两句脏话。情绪失控的时候他还会用手掌使劲拍打大腿。只不过声音不那么响亮罢了。他本来皮肤就黑、糙，如今，因为营养不良，脸皮成了黑黄色。皮肤松垮垮地耷拉着，头发白了多半，猛一见，就像个七十多岁的老人。

虽然他常常堆起笑容，但是在阿信看来他的笑容也是破败的、无奈的。里面夹杂了一些别人理解不了的东西。有时候阿倩跟他的视线不小心碰撞在一起，他好像被开水烫了似的，哆嗦着赶紧逃走。没人注意他的时候，他就常常发呆，也不知道脑子里想什么。阿倩看着他，脑子就蹦出一个词，油尽灯枯。活了这么久，阿倩还从来没跟将死之人一起待过。目睹一个人的死亡过程，让人心里发怵，好像他肚子里藏着一枚定时炸弹，随时都会被引爆一样。而且那种不洁的感觉，从他被判决之日起，就无时不在了。阿倩已经有意识把他用过的餐具固定下来，跟其他人的餐具分别对待。不知道他有没有感觉到呢?

8

这天夜里，阿倩忽然心血来潮要给自己弄个地铺来睡。熄了灯，月光朦胧着从窗口漏进来，看上去有些清冷。于是她动手把窗户下面腾出来，铺上瑜伽垫，睡在地板上的感觉踏实，舒展，而且还能看见窗外的月亮和云彩，心里很静。

蒙眬中，有人轻轻推了她一下，是小冬她娘。她蹑手蹑脚走到阿倩跟前，问她睡着没有。阿倩明明是睡着了，被她弄醒，也只好答说还好。

小冬娘说，我睡不着，心里堵得慌，想出去走走。

小冬娘想出去走走，阿倩就得舍睡当陪客，她是她亲家有什么办法。这种关系在阿倩看来属于非常奇怪的亲戚关系。不是亲戚的亲戚，不是朋友的朋友，分明就是陌生人，却被双方的儿女牵扯到一起，成为捆绑销售的利益共同体，就像两条原本毫无瓜葛的小溪流，最后必须拧成一股，流成一条河，不亲，却互相开罪不起。

那晚天气不错，快到月半，月朗星稀。视野很好。城市的夜晚，即便没有月亮，也不会漆黑一团，让人觉得暗无天日。到处都是灯火通明。

她们出了小区，沿着马路往东走，步行十多分钟，有个植物园。进去以后再沿着盘山步道往山上走，山顶有个观景台，这里是这个城市的最高点。

几个月前，也就是她刚来王帅家的那个周末，王帅带她来过这里。因为是白天，游人很多。他们去了公园深处的湖心岛。湖边堆着据说是从钓鱼岛运来的沙子。银白色的，在岸边围了一圈。每逢周末，孩子们一窝蜂拿着小铲子在那里挖沙子，尿尿修城堡，也有人在林子里搭起帐篷纳凉，还有人沿着红色步道跑步。

但现在深更半夜，公园里空无一人。大概十二点过了吧，阿倩没有带手机。小冬娘也没带。她们沿着盘山步道上山途中，碰到了一对下山的男女，彼此用力盯着对方看了半天。

山顶上空空荡荡，夜风无遮无拦。从山顶往下看，树木阴暗，黑成一团。远处的城市淹没在闪烁的灯海里。

好凉快啊，阿倩说。沿途出了点毛毛汗，到山顶被夜风一吹，感觉特别惬意。

嗯，好凉快。小冬娘深呼一口气说。

两个女人就像两个山顶洞人，站在空旷的观景台上，呼吸着夜间沐浴着月光的空气。植物们睡去了，城市也渐渐陷入了昏暗之中。

随后她们在长条椅子上躺下来，头对头，伸长四肢，就像某种连体动物那样。

9

早年她很漂亮，二十一岁的时候嫁给了一户经济条件比较好的人家。男人长得也不错，身材高大，还有一份固定工作。给县水产公司照看鱼塘，虽然是临时工，但按月拿工资。工作清闲，有周末。周六下班骑摩托车回家，周日再骑摩托车赶回单位。一天时间短暂但过得很甜蜜。一年后她生下女儿，丈夫一家嫌没有生下龙种，对她颇有微词。孩子刚满月，就被迫分家另过。

她拖着孩子，无人帮衬，日子过得七零八落。丈夫也不像过去那样，每逢周末就按时回家。他甚至两三周才回家一次，借口很多，忙是其中之一。最主要的是他不想听她抱怨，不想踏进一团糟的家里。他讨厌听孩子哭闹，也讨厌帮她干活。

有一次，他们吵架的时候，他居然说，孩子不是他的，让她以后不要再跟他要钱。

她哭得撕心裂肺。侮辱她没关系，可这钱还得要，他也必须给。不给钱难道让她们饿死去？

一个坚持要，一个坚持不给，吵架打架就成了家常便饭。何况她还拖着个嗷嗷待哺的孩子，碍手碍脚，最后就成了他施暴，她挨打。她经常被打得鼻青脸肿。

后来她才知道她丈夫施暴的真正原因，是他转正成了正式工，打她的目的就是要跟她离婚。

她不离，他就下狠手打，打到她愿意离为止！

有一次他又动手打她，把她打倒在地，用脚踹她的屁股。正巧有个年轻小伙从她家门口路过，年轻人多管闲事，冲进屋里拉架，三拉四不拉，将她男人暴打一顿，胳膊打骨折。

打架性质立马变成了奸夫淫妇，合伙谋害亲夫。警察把人抓走，年轻人经不住威逼利诱，严刑拷打，又找不到帮他撑腰说话的人，加之运气太差，赶上严打，就被丢进牢里，判了两年。两年后出来，听说她已离婚，他便找到她，一心一意娶了她。原本因冤坐牢，这一来，等于把罪名坐实。他的父母嫌他为一个女人坐牢丢人现眼，跟他断绝关系，拒不接纳他们。她娘家同样也是。前夫家的村子里，虽然有属于她的土地和离婚时分给她的一间土屋，可是，前夫家人一心想撵她出门，三天两头来找碴。村里人也跟着帮腔，一致排外，冲他们不是吐口水，就是骂骂咧咧。

他咽不下这口恶气，半夜起来磨刀霍霍。她提心吊胆，整夜整夜睡不着觉，眼看就要把日子过塌了。后遇见高人指点，他们一家离开此地，去了邻县的一个小镇。小镇是工业重镇，找活路比较容易，只要肯下力气，养活一家三口不成问题。他人勤快，当月就谋到了两份差事。一份是夜间给动力车间烧锅炉，月工资八百块。还有一份是打零工，白天去精蜡车间装蜡，工钱干完活就结清。装一车蜡两百块，货装好，车主按干活人头分钱。运气好的时候，一次分三五十不等。全家一天的花销都有了。逢星期天，他就推辆三轮车，在家属区帮职工们往家里扛液化气罐，一次五元。过个周末，扛气罐也能挣个一两百元。所以他挣下的钱，比工厂倒班车间的工人都多。养活他们一家三口绰绰有余。她不用出去工作，就守在家里，做饭洗衣，做家务，接送女儿上学放学。两年后，他们的儿子出生。三口之家变四口，他夜班烧锅炉的工作也不要了，周末也不去给人扛液化气罐。他在工厂门口摆了个修车摊。那时候工人们上下班都骑自行车，生意不错。后来老张修车行扩大经营范围，不光修自行车，摩托车也修，电饭锅，压力锅，修锁配钥匙。又过几年，盘下两间铺面，小修车行升级为洗车行，兼营小汽车维修保养。

日子比以前好过，孩子们也都长大了。不管有钱没钱，他从来没亏待过他们。每逢结婚纪念日、生日、节假日，他都亲自下厨，或者请他们下馆子。给她和女儿买金耳环，带蕾丝花边的裙子，把她们打扮成工厂职工家属的模样。他还给儿子买变速车和溜冰鞋。别的孩子有的，他争取让他们也都有。

10

翌日，去医院抓了七服中药回来，他们准备要回家去。阿倩说，你们不先吃吃看，药效咋样。好了多抓几服回去，不好再换个医生瞧瞧。不然来一趟多不容易。自从知道了他的过往，阿倩忽然动了恻隐之心，想挽留他们多住几日。

他们大眼瞪小眼，都觉得她说的有道理，于是去超市买了药罐回来，一天两次在家里熬中药。这下屋里不仅热，还多了令人作呕的汤药味。

空调整天开着，药味散不出去，这可害惨了小冬。以前她是间歇性回家呕吐，现在是门一开，先捂嘴，然后干呕，等吃完饭再把饭吐出来。现在她每顿饭依然吃得很少，说胃里顶。还是不吃肉，闻不得肉味，就吃一点主食，一点素菜和水果。牛奶喝进去也吐。后来她提出在卧室里吃饭，以免因为她影响大家的食欲。

既然她这样说了，小冬的早饭、晚饭就由王帅端到卧室里去吃。这样一来虽然看起来怪怪的，不过反倒让阿倩放心了。她继父怎么说也是个病人啊。

吃了几天中药，似乎还挺对路。小冬继父的胃口明显好转。过去只能吃小半碗粥，现在不管什么饭都能吃上大半碗，关键是还知道馋肉。这是个好兆头，阿倩问他想吃什么肉。答红烧肉。

除了吃肉，阿倩还让他每顿饭喝小半袋鲜奶。肉吃了，奶也喝了，这些东西转化成正能量，就像一把利刃，跟他体内的癌细胞做斗争，每天都能看出来他有好转的迹象。人精神了，长了点肉，状态看上去也不错。

大家一致认为，他运气好遇见神医了，病会慢慢好起来。就像医生说的那样，中药虽然慢，但调一调，说不定能把肿块消下去。他也是这么认为的，本来就没啥大毛病，洗冷水澡洗坏了，激到胃里了，食物堆在里面不走动，三堵四不堵堵成了疙瘩。现在通畅了，气儿一顺就该好了。

他很乐观。这让他周围的人产生了一个错觉，就是之前的医生装神弄鬼，故意夸大其词吓唬他们。什么治得了病，救不了命。这命好好着呢！

不管怎么说，有好转就是好兆头。

11

这天傍晚，王帅到家饭还没好。他来厨房转一圈，想给阿倩搭个手。阿倩说不用，他就站在旁边，作壁上观。看着看着他忽然问阿倩，你还记不记得泽熙。

正准备炒菜的阿倩顿时愣在那里，心里生出一些不好的兆头。

他咋了？

王帅说，没咋呀。人家只是问起你，是不是在我这里。

噢。阿倩深呼一口气。

哎呀！着火了，赶紧！王帅叫起来。

锅里黑烟滚滚。一阵手忙脚乱，阿倩把火关了。

你就知道添乱。他还说啥了？

没说啥啊，就随便问问。

你告诉他我在你家？

对呀。你不就在我家嘛。

他怎么会找到你？

我们有微信，这有啥奇怪的。

他结婚没？

没听说，估计没结吧。我不跟你说了，你赶紧炒菜吧。说完王帅就出去了。

二十二周的时候，阿倩陪小冬去妇幼保健院做四维彩超。

本来是王帅的事，但是王帅为了陪他岳父上医院，三天两头请假，耽搁得自己都不好意思张口，就让阿倩替他跑一趟。

妇幼保健院人山人海，比阿倩每天买菜的农贸市场还热闹，成群结队的青年男女。每个男人的臂弯里都护着一个大肚子女人，看上去特别怪异。

阿倩饶有兴趣地盯着来来往往的大肚子看，仿佛置身于某现场版的科幻大片之中。熙熙攘攘的人群，一片繁忙紧张的景象。人种繁育基地？世界末日？

排队的时候她听旁边人问小冬，多少周了。

小冬回答说二十二周。然后都看着对方的肚子笑。

阿倩也咧起了嘴角。这段时间她心烦气躁，好不容易出来一趟等于给自己松了个绑。早晨她没有去买菜，中午也不用做饭。陪小冬做完检查，她们准备去棒约翰吃比萨。吃完小冬打的回单位上班，阿倩步行去逛商场。至于那两人吃什么，不用阿倩管，让他们自行解决。

但是那天做四维彩超的人太多，快十一点了还在排队。腿都站弯了，好不容易找到两个座位，两人坐下来都一个动作，赶紧看手机。

小冬去上洗手间的时候，阿倩把她的包放到座位上。小冬刚走，就有个女人过来问，能不能让她坐一会儿。阿倩连忙把包从座位上拿起来，请对方坐。

女人道过谢，挨着阿倩坐下。她看上去比阿倩稍稍年长一些，大概五十出头的样子。

你做B超？女人狐疑地盯着阿倩的肚子看。

阿倩忙说，不是不是！陪儿媳。

女人说，我也是陪儿媳，儿子出差不在家。我还以为你生二胎呢。

咋可能？虽然嘴上这样回答，阿倩心里却是乐开了花。陌生人能这样说，等于变相夸她，说明她看上去还很年轻。事实上她也不老啊，起码目前没有绝经，月经每个月还很准时，造人的功能应该还没有消失。

你几个孩子？

一个，你呢？

我也一个。一个好。计划生育就是给女人的福利。

嗯，是的。你儿媳妇呢？

出去转了。她做四维，进去几趟了，小孩子趴着不配合，医生让她出去走走。你们多少周？

二十二周。

噢，我们二十三周。

你放心你儿媳妇一个人在外面？

没有没有，有我老公陪着。我脚走疼了就跑进来找地方坐。女人说着跷起一双脚给阿倩看。她脚上穿了一双黑白两色的高跟鞋，跟儿细细的，能踩死人的那种，看着都累。

女人将目光也投向了阿倩的脚，称赞阿倩的鞋舒服。

阿倩不由自主地往后缩了一下自己的脚。她穿的是一双运动品牌软底凉鞋，网上买的打折款。

说话间一个挺着肚子的年轻女人，微笑着朝她们走过来。

女人小声说，我儿媳。

她儿媳笑了一下说，我再进去看看。说着就推门进去了。

阿倩夸了一句，你儿媳妇长得挺好看。

没想到女人回了一句，一般吧，还没我儿子长得好看。女人说完，为了证明这一点，把手机里的照片找出来给阿倩看。

她儿子确实长得不错，可是她也不能这么说吧。看来这当婆婆的对儿媳妇相当不满意，不然也不会这样说。阿倩对小冬不满意，但她把不满意藏在心里，不会对人说出去。在外人面前她们是自家人，她还想藏着掖着，给自己充点面子。

但女人就不管这一点，或许阿倩是陌生人的缘故吧，就毫无顾忌吐槽她儿媳妇，能，会来事。死缠她儿子三年，硬是带着身孕嫁进了他们家。

阿倩说，孩子们的事当父母的都管不了。没办法。

女人摇摇头说，不让管可以，别花我的钱啊。房是我买的，车是我买的，怀个孩子还得我找人上医院。月子中心一个月六万块，还得我给他们掏腰包。我那儿媳妇说白了，就是看上了我家的钱。

阿倩说，你就一个儿子，钱挣来就是给他们花的。不给他们花给谁花。

女人说，嗯嗯，我该花。他们都是来讨债的，做父母的都是来还债的。前世欠他们的。该！

阿倩坐不住了，说了句，我出去看看我家那个咋回事，半天不见人影。

阿倩转了一圈，发现小冬在大厅的一个角落里坐着，低着头看手机。

小冬你咋坐这儿？阿倩吃了一惊。是不是她见座位让别人占了，就悄悄走开了？

坐这儿能看见显示屏。小冬说完，仍然低着头看手机。

阿倩盯着显示屏看了一会儿，小冬名字前边还有五个人。阿倩立马意识到小冬是不想跟她在一起，故意躲起来的。她连看都不正眼看她一眼，常常用余光。她们的共同之处，是都不喜欢跟对方在一起，又爱同一个男人。但彼此嫌弃妒忌。她们是天敌，同时又不得不忍气吞声。

她站了一会儿，觉得很无趣。在大厅里转了转，回到刚才坐的地方，跟她说话的女人已经走了。两个大肚子在椅子上坐着。阿倩顿觉鼻子发酸，想找个人哭一场。

小冬继父第二次看中医，拿了中药回来就要回家了。这次是真回家，阿倩没有再跟他们客套。行李先一天晚上他们就收拾好了。他们自己都说，来的时间太久，得赶紧回去。儿子每天都打电话过来催。说他们再不回去，他就要买张车票跑来了。

吃完午饭，王帅送他们去车站。小冬没有回来，她打电话给她继父，让他们回去住几天，药吃完就赶紧再过来。他继父满口答应，说好好好，你要乖乖养胎，吃好喝好，过一阵子我们再来看你。

阿倩心想，等他们再来了，她就回镇上去。

离开之后，她两年都没有回去过。王帅的婚礼也没在镇上举行，当时王森很不乐意，说不办婚礼怎么行。亲朋好友问起来怎么交代，以前送了那么多的礼金咋收得回来？

阿倩说，我不管。那是你的事，要办你办，反正我不回去。她一心一意不回去，谁也拿她没办法。

王帅就带小冬去了一趟泰国，在普吉岛的教堂办了场西式婚礼，算是把这事糊弄了过去。她回镇上的目的，是想把房子收拾利落，委托邻居租出去，每月收点房租。闲着也是浪费。生孩子用钱的地方多，出钱出力她都逃不掉，所以她得趁早做打算，免得到跟前惹人嫌。王森就用手机转了一万块钱了事。小冬娘显然靠不住，什么忙也帮不上。

小冬继父目前状态还不错，不像医生说的那么吓人。还能不能再见，真不好说。

阿倩送他们到楼下的时候，他还邀请阿倩说，天凉快了去他们家玩几天。

阿倩说好。但一想到去他家的情形，忽然把自己给吓住了。

他们走后，阿倩去小卧室，开了窗户通风。空调风量调到最大挡。然后她从卫生间柜子里找了一瓶84消毒液出来。这还是她刚来的时候，药店促销，一元一瓶，她买了两瓶刷卫生间剩下的。她把消毒液倒进一只空盆里，兑上半盆水。除了厨房和王帅卧室不用消毒，其余地方的物体表面，凡是抹布能抹到的地方，她都齐齐用消毒液擦一遍，再用清水过一遍。地面也用消毒液反复拖了好几遍。床单、空调被，他们前脚走，她就丢进洗衣机里洗上了。差不多可以晾出去了。

搞完卫生，阿倩浑身汗湿，像从水里捞出来似的。她把衣服脱下来，泡进洗衣盆里。拿了浴巾进了卫生间冲凉。

屋里门窗大开，但消毒水的味道还是很大，楼道里都能闻到。

阿倩打电话给王帅，让他和小冬晚饭在外面解决，暂时不要回家。她有事要出去。

阿倩坐公交去了丹尼斯。她又累又热，商场里面凉快，很适合她漫无目的闲逛。她在四楼试了两条裙子，感觉都不满意。镜子里的她，看上去一脸的落寞和心绪不宁。她不知道自己是累了还是饿了。

她决定去商场负一层喝杯奶茶，再吃块甜点。甜食会让心情好起来，松弛神经。

等她再次乘自动扶梯攀上地面的时候，忽然想起，自己刚才是在地下又吃又喝。遂想起以前她去乾陵十几米的地下墓道参观，回来后就经常做噩梦。长长的墓道，漆黑的棺椁，甚至连肉体腐烂的气息都在梦中鬼魅缠身。人们常说的阴气应该就是那东西，不洁的气息，腐烂的气息。那之后她就告诫自己说，从此以后再不许去参观地宫、看死人墓之类的事情发生。

如今，活人动不动就钻到地底下，难道这不是地狱吗，不是阴间吗?

到了地面一层，忽听有人喊，雨好大呀。阿倩走到出口处，外面果然下着瓢泼大雨，哗哗啦啦，地面上浮了密密的一层水花。

八点过后，雨才慢慢小了一些。但是地面上到处是深深的积水。阿倩担心水越积越深，不想把鞋子弄坏，就脱了凉鞋，拎在手上，冒雨往公交车站走。几百米的距离，等她站在公交车站的遮雨棚下面，身上的衣服湿透了，头发也湿透了。风一吹，凉透心，忍不住打了几个哆嗦。不过她有些兴奋，脸上始终挂着笑容。早些时候的不良情绪被冰凉的雨水冲刷得一干二净。

到家冲澡，换上干爽的棉布睡裙。这天下午她把自己里里外外洗了个遍。

王帅和小冬在客厅看电视，小冬说她爸妈八点多就到家了，他们让给阿倩说一声，免得她挂念。

阿倩说，那会儿雨大，也不知道他们淋着没有。

小冬说，没听他们说下雨。看来雨都下到我们这里来了。微信圈有人发视频，城里好几个路口都被水淹了，消防车都出动了。我们还好，赶在下雨前已经到家了。

阿倩问他们晚饭吃的啥。

王帅说，在小区门口吃的凉面、凉粉。

阿倩用风筒吹干头发，跟他们招呼一声，就进了卧室。屋里还有股淡淡的消毒水味，闻上去很洁净。她打开空调，调到除湿模式。然后歪在床头，拧亮台灯。这会儿睡觉有些早，她决定从抽屉里摸本书出来看。《1Q84》，村上春树的小说。看了一半才发现，她看的是七月—九月，是中间的一本。套书三本，她居然从中间看起。

接到泽熙的电话是几点？

她不记得了。手机响，她拿起来，是个陌生号码。她本来要拒听的，可是滑动拒听键的时候，拿回去成了接听。泽熙的声音紧贴着她耳畔，他说阿倩，是我。

阿倩心里一震，耳朵里嗡嗡作响。

12

泽熙是阿倩同事的儿子，五六岁的时候，常常被他妈妈托管在阿倩家里，最长的一次居然滞留了一个多月，吃住都在阿倩家。平心而论，阿倩喜欢泽熙，他长得乖巧，性格腼腆，说话慢声细语。不像王帅，纯粹就是一个野孩子。每次阿倩带两个男孩出去玩，别人都分不清谁才是她的孩子。

每当有人指着两个男孩问谁是阿倩的儿子的时候，王帅总是指着泽熙说，他！

泽熙听了微微笑，并不揭穿。

一晃孩子们长大了，初中以后泽熙再也没有被托管过。孩子们都忙得跟陀螺似的，被老师和家长困在书本里。读完高一，泽熙去了海南。他父亲以前在海南做生意，他的户口老早就转到了海南，在那边考学相对容易一些。等他硕士研究生毕业回到镇上工作的时候，阿倩已经认不出他来了。

有一天，在马路上走着，阿倩听见有人喊她名字，看了一眼没认出对方来。七八年不见，泽熙变成了个皮肤黝黑，身高一米八几，眼神明亮的帅小伙。

他还像小时候那样，直呼其名，喊她阿倩。这是阿倩的意思，当年她很作，嫌孩子们喊妈喊阿姨给她喊老了，别人听见了让她难为情，坚持让孩子们喊她阿倩。

这次遇见，阿倩没少夸赞他的成长和帅气。见别人家孩子长大是一件令人喜悦的事情。泽熙也恭维她说，她也一点都没变，还是过去的那个样子。

我过去啥样子？她装糊涂，脸上是一副属于年轻女性的天真幼稚的表情。

泽熙看着她的脸，忽然语塞，想不出如何形容，窘得连脖子也红了。

在镇上遵守同一上下班时间，后来他们就常常碰面。碰见了，泽熙就从单车上下来跟她说几句话。或者陪她走上一段，走到岔路口，看她拐进她家小区，然后他再骑车往自己家里赶。两家住得很近，中间就隔一条马路。有时候，阿倩也会很亲热地招呼他一声，空了来家里玩啊。

泽熙回答说，好。

国庆节的时候，他父母跟着旅行团度假去了，他因为单位要值班，没有出门。在家里闷了两天，傍晚的时候，他下楼去马路对过的小区里散步，从阿倩家楼前经过，想了想就去敲了她家的门。

在他印象中，曾经有那么一个阶段，他就像一只包裹，时常被妈妈以各种理由，托管在阿倩家里。乖，听阿姨的话，等妈妈办完事很快就来接你。妈妈每次离开的时候都这样嘱咐他。事实上妈妈办事的时间没个长短，快了，不到半天就接走了，慢了，十天半个月也没个准信。他爸爸常年不在家，没办法，妈妈也只能这样对付他。好的一点是泽熙不黏人，他从没有因为被丢下而紧张不安、情绪失控过。他甚至还因暂时没有妈妈管束在心里暗暗松口气，同时又因陌生的新环境陡然生出一丝丝紧张。但是这一切，很快就被新鲜的热热闹闹的氛围消解。作为客人，他受到了阿倩家前所未有的重视和热情的款待，好吃好喝，他们都让着他。他可以尽情跟王帅玩耍，无拘无束。习惯被托管之后，泽熙都不习惯回自己的家。但是后来这个家莫名其妙就解散了，泽熙就再也没有被托管过。他父亲也终于结束了外地的生意，回到了家里。有一次他听妈妈跟他爸爸说，王森是个傻子，跟自己年轻漂亮的媳妇离了，去给别人扶贫。王森就是王帅的爸爸，说的就是他们家的事。再后来大家都知道了，王帅的后妈是个寡妇，她男人在尼日利亚被枪打死了。当时电视新闻、报纸都登了，死了八个人。

如今，少了父子俩的家里冷冷清清。房子虽然重新装修过，贴着素色墙纸，但给人的感觉有种说不出的孤寂。小卧室里，他曾经跟王帅挤在一起睡过的小床、书桌都撤走了，靠窗户的位置搁了一台跑步机，木地板上面铺着墨绿色橡胶地垫。

王帅放假回来健身？他好奇地指着跑步机问阿倩。

阿倩说，不是王帅，是我没事在家里健身。

这么一说，泽熙忍不住走进去，在跑步机上跑了几分钟。

书房和厨房还是过去的样子。他还能想起王老师坐在书房里摇头晃脑拉二胡的情景。如今多了台电脑，两面墙的书柜都还健在，书还是那么多。阿倩指着那些书说，都是我的，随便看，喜欢就拿走。

泽熙频繁出入阿倩家里。小时候喜欢去她家凑热闹，现在去她家是躲清闲。他跟小时候一样不想回自己家里。跟阿倩待一起，比跟他父母待一起，让他觉得舒适、放松。虽然他们都是同龄人但差距太大。他跟阿倩能找到话说。喝茶，聊天，在电脑上看电影，或者去她家的跑步机上跑步。他有种奇怪的感觉，好像他就是这个家里的一分子，过了些年又回来了。

他没有意识到这有什么不对，直到他母亲出现。

13

窗外，雨还在持续下着。阿倩站在窗前，目光伸向远处的虚无。实际上她什么也看不见，雨雾中的灯火，湿漉漉的地面上倒映的霓虹，天幕上倏忽划过的闪电，以及远处隐隐滚来的雷声，她都视而不见，充耳不闻。

缠绕着她的只有一个声音，泽熙的声音。他说他在她家的小区门口，带了一样东西给她。

虽然她换了手机号，删除了所有的联系方式，他还是知道了她的行踪。

阿倩不自觉笑了一下，你带了什么东西给我？

你来了就知道了。

她捏着手机的手指，因为陡然升起的紧张而变得僵硬。一种令人不安的焦灼感瞬间袭上心头。

她又看了一眼窗外，这一次她看见了雨丝抽打在窗玻璃上，留下一道道细细的蜿蜒着的水痕。

要去见他吗？她大脑里一片混乱。

还是道行太浅。阿倩一直以为，她已经修炼到心如止水，在所有的事情上都可以自给自足，不跟任何人纠缠的地步。她讨厌纠缠。当年王森勾搭上一个比他年长五岁，比阿倩老十三岁的女人拆散自己的家庭，让阿倩愤怒、绝望。她需要报复和泄愤。于是她去学校，去他租住的房子里找他，跟踪他，不分场合跟他吵闹，甚至动手。她明知道这样做毫无意义，可是她停不下来。因为不这样做就对不起她自己。只有通过这种方式她才能获救，把自己从一场变质的婚姻中剥离出来。

有一次他推搡她，她尖叫着抓住他的胳膊用力咬了一口。他因受疼不住扯住她的头发，将她推倒在地。她坐在操场上号啕大哭，一群学生挤在旁边看热闹，其中就有泽熙。他很想上前扶她起来，但最终没有。

泽熙问阿倩为啥不重新找个人结婚？

阿倩说，就这了，结啥结。一个人挺好。

泽熙赞同她的说法，他也觉得一个人挺好，自由自在，无拘无束。甚至不打算结婚。可是父母那关过不了。从他回镇上开始就被拉去四处相亲，像人贩子似的。父母巴不得他赶紧结婚，他们早早完成任务。而他每次跟人见面，都是赶鸭子上架，除了花钱请人吃顿饭，话都说不了两句。也有姑娘瞧上他的，主动加他微信，但聊不了多久，他就感觉无趣，回复简单干脆，要不就不说话，装聋作哑。

他给别人的感觉是高冷，甚至缺乏礼貌。事实是他虽然到了谈婚论嫁的年龄，但还不开窍，没有被异性吸引，尚处在绝缘阶段。

再加之他的导师、他的父母步入老年以后，也是争吵不断，大有过不下去的迹象，加深了他对婚姻的恐惧感。

只要他父亲下班没有按时回家，他母亲的电话就打个不停，一边打还一边骂。有一次看电视，他父亲刚说了句，那老女人太不像话，他母亲立马上火，问谁是老女人?！连珠炮似的质问道，你不老吗？不尿泡尿照照看，自己老成啥样了！还当自己年轻，还当自己是战斗机呢！

说得泽熙父亲面红耳赤，无言以对。

他母亲更年期患失眠症，经常半夜起来在客厅里晃荡。有一次泽熙去卫生间，没有开灯，以为撞见鬼，腿都吓软了。

家里不太平，性子散淡的泽熙就逃到阿倩家里。这里才是他的避难所。在阿倩家里他很放松。跑步或者看电视，读书上网，甚至什么都不做，就窝在沙发上发呆。下雨天，捧一杯茶，坐在摇摇椅上，戴着耳机听布列瑟农。

阿倩忙自己的事情，整理房间或者读书。他们有时候甚至连一句话都不用说，各忙各的。有时候又聊个没完没了。

泽熙妈妈大概没有想到儿子会隐匿在阿倩家里。

有一天，她有事找阿倩，敲门进来，见泽熙穿着王帅的背心短裤在跑步机上跑步，她起初以为是王帅，等认出是泽熙的时候，脸色都变了。她惊讶地说：你怎么在这里?

但是泽熙看他母亲，一点都不觉得奇怪，甚至还露出，你怎么才知道的扬扬得意的笑容。他继续在跑步机上跑步，一边跑还一边冲他母亲比画了一个剪刀手。

他妈妈转脸就问阿倩：他怎么在你家?

阿倩本来想说，他来玩呀。可是看见那女人带火的双目，顿时张口结舌，想说的话堵在嗓子眼里又咽回去了。

泽熙，走，跟我回家，我找你有事！她像命令小孩子那样向儿子发号施令。

显然她来这里不是找她儿子的，可是在看见儿子之后，不知道出于什么心理，她想带着儿子立刻回家。

泽熙没有听她的。他没心没肺地对他妈妈说，你先走吧，我一会儿再回去。

不回拉倒！死在外头才好！他妈妈大概是被气坏了，一边咒骂，一边气冲冲地往门口走，并用力甩上身后的防盗门。

阿倩跟在她身后差点被门夹住了。

她拉开防盗门，说，嗐，你怎么说走就走?!

回答她的是一阵敲打地面的高跟鞋声。

泽熙妈妈走后，阿倩就赶紧劝泽熙回家，说不定你妈妈找你有事。快回去吧，免得惹她生气。

泽熙说，我才不急着回去呢。她找我能有啥事？无非就是谁又给我介绍了个姑娘，她忽然想起我了。否则她绝不会想起我。她脑子里只有我爸，是不是又跑出去吃嫩草了？哪个女人又勾引他了？

那你爸吃没吃嫩草？

谁知道呢。吃不吃是他的事，有嫩草说明我老爸有魅力。别人谁管得了。

你妈管得了啊。

哼，有本事她去管好了，找我干吧？我玩我的，井水不犯河水，我玩够了自然会回去。我又不是三岁小孩。

那天泽熙走后她以为他再也不会来了，可是第二天当他出现在她家门口的时候，阿倩还是忍不住一阵惊喜。

你妈没说你？看泽熙妈妈那阵势，泽熙回家少不得挨训。她非常想知道在这件事情上，她是怎样教训她儿子的。

泽熙回答说，她想说就说呗，我又不介意。我该来还来。

泽熙边说边张开他拎来的手提袋。这次他带了一套自己的背心短裤，回答完阿倩的问话，就钻进了小卧室，关上了房门。

阿倩在客厅里发了会儿呆。等房门打开，泽熙已经换好一套湖蓝色的背心短裤，站在屋子中央甩胳膊甩腿，做跑步前的热身运动。

你妈说没说不让你来我家？阿倩刨根问底。

你管她说啥。她说啥都没用，腿长在我身上。泽熙按下跑步机开关。摆动双臂，开始慢跑。

阿倩小心翼翼地追问了一句，你妈会不会怪我？

怪你做什么？

是啊，怪我做什么？阿倩不作声了。

我小时候，她动不动就打发我来你家找王帅。哼，她以为我不知道她干啥去了吗？我不过是不想跟我爸说而已。我要说了她比你还惨。我可是亲眼看见的。

听他这样说，阿倩心头一震。

她们原来是非常要好的朋友。同在恒远公司的大楼里上班，那时候阿倩还是办公室一般职员，负责上传下达，接待客户之类的杂事。泽熙妈妈是工会女工委员，两家人走得很近，周末常在一起吃饭。女人们还约着逛街，上美容店，孩子们也能相互做伴，一起玩耍。

阿倩离婚以后，深居简出。没多久泽熙去海南上学，两家人的关系就此淡下来。一方面与阿倩不愿意跟着他们夫妻当灯泡，对逛街做美容失去了兴趣有关。也可能与自卑有关。但是，作为泽熙妈妈，是不是因为阿倩离婚，让她轻视了她呢？

产生隔阂的真正原因，应该是阿倩升职。俗话说情场失意，职场得意。阿倩忽然被人赏识，提拔成办公室主任，而一心觊觎工会副主席职务的泽熙妈妈仍然是工会女工委员。这一打击简直是致命的，两人的关系算是彻底溃败，不过表面上还客客气气，外人看不出来。

让她们撕破脸皮的最后一根稻草，发生在泽熙妈妈负气离开阿倩家两周后的一个周一。起因是泽熙妈妈的用车计划被阿倩搁浅了。阿倩说车都派出去了，没车可给她派。让她推迟一天去市里办事，或者打的回来她签字报销。谁知道泽熙妈妈去楼下，正好碰见她熟悉的小车司机，坐在车里抽烟。一问，对方说等领导派车。泽熙妈妈确定对方没有接到用车通知后，就上楼去质问阿倩，为啥有车不派给她？

阿倩说那辆车是副总提前交代过了的。至于车为什么闲着，原因她不清楚。

泽熙妈妈说你不清楚谁清楚？车不都是你派的吗？车不都

是你家的吗？狗眼看人低，就知道巴结领导。

阿倩说你咋这样说话？

泽熙妈妈说，我咋说话是我的事，还用你教吗？我不过是说说而已。不像有的人，啥好事都想占。连别人拉泡屎都恨不得搂到自己家里去。

阿倩说，有的人是谁？我占啥好事了？

阿倩不知道那是个陷阱，一路追过去，咕咚一声，莫名其妙栽了跟头。

泽熙妈妈说，你做下的事，难道你自己不知道？

阿倩说，我做啥了？

阿倩忘记了女人之间一旦翻脸，比毒蛇还毒，恨不得一口将对方生吞活剥了，哪里还管得了真假。泽熙妈妈把阿倩以前说给她的私密话，某某男性上司对她的觊觎、骚扰，以及她和某些人之间的暧昧，添油加醋都抖搂了出来。

14

阿倩不相信自己的耳朵，就像不相信外面正在下雨一样。一切都发生在暗夜里，在梦之外被发酵，催化成了某种她所无法控制的东西。像火焰，像烈酒，像锋利无比的钢刃，令她呼吸困难。氧气愈来愈稀薄，她感觉要窒息了。于是毫不犹豫推开了房门。

客厅里看电视的两人不知道多会儿已经回屋睡觉去了。黑洞洞的客厅里此刻静谧，安全，隐蔽。她穿过客厅，走进电梯间，一颗心早已不在腔子里，像中蛊了似的，轻飘飘地逃了出去。

她知道他在小区门口等她。就像两年前那样，她打开防盗门，一点前奏都没有，他进门来就伸手搂住了她，像是赎罪似的，将她抱紧在自己的怀里。那天她工作方面已经跟单位做了了断，出门的行李也已收拾妥当，只等着翌日一早逃离此地。

他说对不起阿倩，对不起。

阿倩说，不是你的错，与你没关系。

泽熙说，怎么没关系，她是我妈。

阿倩忽然想起泽熙妈妈说的那句：不像有的人，啥好事都想占，连别人拉泡屎都恨不得搂到自己家里。她忽然有些明白了。她亲了亲泽熙的脸颊，然后说，回家去吧，以后我们不可能再见。

泽熙说，我不舍得让你走。他搂她搂得更紧了。

阿倩说，走吧，傻瓜。谢谢你陪我这么久。

她推他，但是泽熙并不松手，而是将她抱起来，抱到沙发上，用意已经变得十分明显。

阿倩抗拒着，隐隐地好像又有些期待，但不敢确定。有一会儿他忽然松开她，三两下将自己扒了个精光，然后赤条条地投向她……

15

她冒雨向他奔去，向梦的纵深处奔去，在闹铃响之前，时间还来得及。她有些陶醉，有些亢奋，有些忧伤。不管怎么说，他还是来找她来了，还没有忘记她。这令她自豪，欣喜。虽然她抢先一步，更换了手机号，删除了所有的联系方式，消失在他的世界之外整整两年零十个月。但是，他还是找来了。

小区门口，果真停着一辆白色面包车。他老远就将车门拉开，站在雨中朝她挥手。

她跳上车，迫不及待地搂住他的脖子，将他的头拉向自己的胸口。那里鼓胀着，汹涌着，渴望被一只温热的嘴唇吮吸、揉碎、吞噬……

本文初刊于《广州文艺》2020年第9期

李小琳，河南省作协会员。曾在《青年文学》《广州文艺》《山东文学》《安徽文学》《北方文学》《文学界》《文学港》《当代小说》等刊物上发表中、短篇小说。著有短篇小说集《万物生》。

将　离

唐小静

看到白老师的死讯，是在上午，我被一场突如其来的雨逼到了街角的茶室，不好干坐，于是叫了一壶小青柑。

刚坐定，发现手机上方一排闪烁的推送通知里，有一个邮件提醒，点开后是一行字，历历鲜明：

有些事一旦开启，就无法回头。

白染绝笔

2017年7月20日晚

暴雨如瀑，窗户上满是被雨势拓写的乱流，一只灰蛾在流痕里奄奄待亡。整个城市像一个水墨残稿。

我定了定神，最终冲了出去。

一路跌跌撞撞，赶到了白老师家巷口，院门紧闭，门口悬挂的红灯笼被雨水打得沉沉欲坠。

白老师独居多年，这小院，我是多么熟悉。

撒花胡同35号。

一

与白老师巧遇，是在废园，废园是我起的名字，后来才知道，竟与白老师不谋而合。废园隶属城西郊的一片野地，山枯水瘦，尤显荒凉。四周原本是矿区，后来矿采枯竭就整体迁移了。我是个惊悚片爱好者，看见这样的地方总忍不住想探究一番，然后满脑子幻想着这里曾住过什么人，发生过什么事，有时甚至独自待上一钟头。那天傍晚，管伟带我兜风，途经这里，只是偶然一瞥我就嚷嚷着要下车，管伟嘟囔两句，去吧，我的大作家，找你的素材去吧！

废园是个两进的青石宅子，虽没有飞檐斗拱雕梁画栋，也颇具古意。主人已无从考究，总之弃置已久，满园蒿草劲生。这里貌似经历过一场不够彻底的火灾，有些地方泛黑，一棵老柳树上疤瘤累累，焦黑蔓延至入门的影壁墙上，墙上绘着一个秀骨清相的仕女，身畔曲蔓分枝，有些地方已剥脱褪色，如果重施以色，肯定气韵如生。

我从不同角度连拍了好几张，忽然耳侧传来细碎的脚步声，我以为是管伟过来了，就“喂”了一声，谁知那厢毫无回应，我跨过影壁，一个女人的背影立在我面前，她转过身，白老师？我喊道，她有点惊异，我在她眼里近似一个陌生人，她定了定神，你是？黄鹤？

您记性真好！没想到您还记得我！

当然记得！白老师笑笑。

那是我刚考进文学院的时候，照例是要开个见面会，作为文学院的“耆老”，白老师是笃定的发言者，她语调平缓声音轻柔，带着前辈应有的从容和风度。自由提问环节，我抢得了话筒，问：

白老师，我有种直觉，您写的作品里，您不是手持镜头的旁观者，而是真实情节的参与者，对吗？

会场一片静默，来旁听的管伟扭脸给了个瞪眼杀。白老师宽慈地微笑着，她说作家是要体验生活，但我写战争，不一定我要去参与战争，我写杀人犯，我就必须杀人吗？如果这样，那作家群岂不是一群恐怖分子危险人物？

这话题老生常谈，会议结束时我拉着管伟，让他帮我和白老师拍照，我送给白老师一本我和别人的合集，并自我推销地说我文风像她，白老师礼貌性地笑笑。我并不是胡说，我刚出道时，的确被很多文友称为“小白染”。她笑着说，年轻就是好，敢说敢闯。管伟撇撇嘴，不以为然地笑笑。

那一次见面后我再没见过白老师，她一向深居简出，文学院的几次活动都没见过她。想不到那一次在废园巧遇，我们寒暄了两句，无非是说衣服颜色配得雅致，之前去了哪里，怎么会突然来到这里之类。白老师态度温和，我的念叨像在唱独角戏。短暂的沉默后，天色突然暗了下来，一朵黑云悬在我们头顶，妖物一样迅疾。有雨！我得打电话给男朋友，叫他不要远去！我叫着，说话间，已有雨滴噼啪砸下，我拉着白老师躲进回廊里，雨势愈大，园中垂柳头发纷披肆意狂舞，雨水把蒿草打湿，满院的泥地成了黄汤，无数小的洄流像微缩版的洪灾。这意境下有点时光回溯的感觉，我变身成了深闺宅邸的旧式女人，生活枯索到痴望天气来解闷，或许心里藏了一个情人，我瞬间脑补出了几个浪漫镜头。再回头去看白老师，发觉这女人挺有味道，如果不是因为上了年纪，两颊的肉有些垂坠，她明净流利的侧颜有着一笔勾勒的快感。胶着的目光似有触手，白老师扭头发觉我看她，讶异加尴尬地笑笑，我跟着讪笑。

管伟不知从哪里寻来一把破伞，很绅士地让我和白老师共撑，他自己一溜小跑回到车上，我握着伞，和白老师挨得很近，这突然的亲密让彼此都有一些不适，伞骨架塌了几根，撑不起遮风避雨的重任，有雨斜打过来，我尽量把伞往她那边倾斜，其实此刻伞倒成了累赘，想到此，我把伞往白老师手里一塞，说了声在车里等她，然后径直跑开。

我一路奔到车前，拉开副驾驶的门，钻了进去，管伟坏笑着竖起大拇指说，女汉子！又问，白老师呢，我说在后头呢！

白老师上车的姿势有些怪异，衣服竟然也全湿了，追问原因，原来她刚刚崴了脚，摔了一跤，我们都感觉过意不去。我心里尤其愧疚难安，执意要带白老师去正骨。她反复推托，我们就妥协了，同意只负责把她送回家去。

那是我第一次去白老师的家，车行至门口，她执意不让我们再往里送，我坚持着把她扶到里屋，夜雨滂沱里只依稀看清有幢两层的窄楼。院落狭小，屋内陈设简单，年代气息浓厚。白老师换衣服的时候，我盯着她墙上的相框看，照片年代纷杂，大部分是她不同阶段的个人独照，有黑白也有彩色，一个女孩，学生头，笑容里绽着光，一望而知是年轻时候的白老师。这不禁让人唏嘘，岁月好似魔术圣手，冷面疏离的白老师也有这样欢颜载笑的时刻。

安顿好白老师，我就告辞了，她也没挽留，出来的时候我刻意记了一下门牌号：撒花胡同35号。

二

这之后，我接了个散活儿，有一个微电影剧本，投资方要求既惊悚又搞笑的调调，还要加入青春、职场、阴谋等元素来一锅乱炖。我硬着头皮弄完了。电影拍摄时又因为预算有限苦无合适的拍摄地，于是我提议去废园，没想到的是，这部不着四六的《庭院森森》居然小火了一把，在赚取流量的同时，也顺带炒火了废园。废园火了之后，传言也日盛，有人说这里吊死过人，又有人说盛夏之际有鬼火隐现，还曾有一个疯人要纵火烧园，幸好一场及时雨熄灭了未遂的火焰。

像是本属于自己的秘密基地被人侵占了一样，我挺后悔向大众推荐了废园。再去那里，已经没了以往静谧的心绪，因为不时会有约会的小情侣，或者来此直播的小网红们。

这期间我托管伟给白老师送去了治脚伤的药。有时在她家附近下馆子，就顺带买些小点心，或者手捧花，让管伟给她送过去。管伟每次都老大不情愿，说这个女人怪怪的，一副很不好相处的样子，你这么上赶着巴结人家是不是另有所图？

笑话！我图她什么？我兀自嘴硬，但其实心里也承认，若说无所图，那也不尽然。不过就很功利性的目的来说，白老师还真给不了我什么，她虽然资历颇深，且又是文学院里唯一获得过国家级文学奖项的人，但因为性格疏离，并不是那种能掌事有话语权的人。

一切如我所料，在我几次三番示好之后，作为回礼，白老师邀约我去朴食堂吃素。那一天我打扮得相当素雅，其郑重程度不亚于相亲会面，朴食堂里的香氛太好闻，佛音太清心，浸淫其中，人人都喜乐平和，并且最难能可贵的是，它不像其他素食店那样事事儿地装。我自感表情恬淡语速从容，脾性举止上无限接近白老师，白老师也较之上一次亲近许多。我们的话题散漫，有一搭没一搭的。从我的《庭院森森》谈到我新近入手的旗袍，在相谈甚欢的那个节点，我适时地提出作为她的资深粉丝，想要撰写她的个人传记，白老师脸上浮掠过一丝不悦，不过马上恢复常态，我有些懊悔自己过于心急，她说自己是个小人物，一生事迹跟个人档案一样一览无余，没什么可值得大书特书的。接着又循循善诱，说写作是出于自身表达，不要过度掺加额外的功利因素，该沉下心来的时候还是得沉下心……我接连点头表示信服，话题再次漫游开去。

白老师问起我和男朋友的关系，我说还好，尚能hold住。白老师笑笑，说对待男人得有分寸，不可大撒把，也不能死命攥，你要男人像个男人，自己得更像个女人。我虽然很不以为然，但面上仍点头称是。

临告别时，我从挎包里拿出了白老师的所有作品，三本散文集，诗集、小说集各一本，烦请她签名，白老师用秀丽的小楷在扉页依次写上：黄鹤小友存念。那本小说集已然泛黄，封面斑驳脱色，那是我高中时期的存书，我还记得当时趴在宿舍上铺看完最后一页时的心情，文学清风一样吹开了我的心扉，我对自己说：有一天我也要成为作家，跟此书的作者成为朋友。少年时期的梦想终于实现了，当我把这个作为告别的收尾词诚挚又深情地诉说给白老师时，她有些微动容。

我开车把她送至家门口，然后互相道别。正掉了头要走，她朝我招招手，夜色下她端凝肃立，有一种守丧的庄严和孤绝。这样的女人，常态是冰和水的置换，我突然想起管伟对我的指称——一捆易燃的麦秸，不禁失笑起来。

我把车开到她近前，她对着车窗说了句：我的传记，你想写就写吧！

三

既然白老师答应了让我写她的传记，那鉴于要了解她的生平事迹，我更需要跟她亲近走动，有了这个师出有名的理由之后，我约白老师的次数频繁起来，或在半山庭院喝茶，或去朴食堂吃素，一来二去，我发现白老师的可爱之处。一次食素，她居然抱了猫来，那猫的丰肥跟白老师的清瘦成了两极，猫眼被喜相十足的胖脸挤成一道缝，我很怀疑这样的猫已经丧失攀爬能力，她说要让猫来感受一下清音佛乐，可能音乐太过空灵舒缓，那只叫团团的肥猫，不一会儿就在她怀里睡着了。

那日不知因何，白老师心情大好，饭毕邀约我晚上去她家包饺子，说得了一些不常见的野菜，打到馅里味极鲜美。我有点受宠若惊，欣然允诺。

到了晚上，我提溜了一兜水果来到了白老师家，她已经准备好馅料，我们一个擀皮一个包，我有机会细细看清她的家，水磨石地面、五斗橱、带镜子的大衣柜，矮墩墩的冰箱、凸面的电视机……其实不只摆设，她的衣着发式举止无一不显示着她浓重的怀旧情结。

白老师包饺子速度极快，我擀的皮严重供应不上，她帮我擀了二十来个，总算是缓冲了供需紧张。我也包了一些，不过卖相不佳，拍子上的饺子算满了。白老师说没醋了，要去附近小卖部买瓶醋。我也站了起来，大概是坐得久又起得猛，突然间头晕眼花，眼前一黑，撑不住打了个趔趄，只听一声哀鸣，接着哐啷一声，我扶着椅背睁开眼，原来我踩了那胖猫的尾巴，惊痛的爆发力让它肥圆的身子蹿起来老高，撞掉了墙上的镜框。那木镜框原已朽黑糟烂，标本一样被搁挂在墙面上，经此撞击玻璃裂而未碎，还能勉强撑起完整的形状。我把里面的照片一一抽出来，一片羽毛似的小纸片落出来，原来是夹在镜框反面的一张小照，是张合影，其中一个是白老师，跟她紧挨着的是一个扎了马尾的女孩，两人的笑都带了特定年代信仰普照下的痴气，马尾女孩面容秀美，嘴角赫然一颗黑痣，旁侧一棵树，右下角是一行小字：“1970冬，砚瓦公社大队水井清淤留念。”我只觉得这场景分外眼熟，却想不起在哪儿见过。鬼使神差地，我拿起手机对着照片拍了一下，然后把玻璃和照片重新对齐码好。本来心里打了草稿，要把这起人猫共惹的小事故作为饭前一个开胃小菜讲给白老师听，准能博白老师开怀一笑，却做贼心虚般地莫名放弃了。

白老师回来时，我轻描淡写地把这起事故一笔带过。她看了看镜框，说了句没事，就径直去厨房下饺子，我也跟着去搭把手。饺子在热锅里翻了两滚，野菜透过鼓胀的面皮显露出晶莹的翠绿，入口极鲜。我们两个就着糖蒜和陈醋，各自承包了一盘。她坐在我对面，两人情状好似闲话家常的母女。她说当知青时，有一年干旱，收成不好。大伙儿勒紧了裤腰带清淤，菜是现腌的大白菜，吃到底，粗盐疙瘩还没化，稀薄的小米汤能照见人影，馒头是小孩拳头般大小，定量每人每天两个……井道成功疏通的那天，大家饿得连兴奋都没劲了，一个队友不知从哪儿得了五斤好面、六个鸡蛋，大伙乐不可支，就四处挖野菜，凑成了一顿饺子，那味道让人一辈子不忘……当年这野菜漫山遍野，如今却难得一见，那时候哪有蚝油鸡精？粗盐一拌就香透了胃……我从未见白老师一次说这么多话，她平常话如锱铢，惯性推开所有要靠近她的人，然而我似乎是个特例，不禁有点沾沾自喜。

四

回去后，我在网上搜索图瓦公社，百度出来的结果是冶城市南十里堡附近，南十里堡？那不就是废园所在地吗？我把用手机拍出的废园照片和翻拍的旧照做了比对，虽然冬夏易景，但老柳树那伛偻倾斜的怪异身姿出现在了两个不同的时空，目测判断，旧照合影站立的位置就是当初我和白老师在檐廊下避雨时面朝向的地方。我当时凝神的雨景，在白老师脑海里，应是另一番迢遥记忆吧。我想起她有一篇以知青故事为题材的小说，给我留下了很深刻的印象，好奇心和探究欲促使我再次翻开小说。集子出版于1988年，跟我的年龄差不多。白老师专注于散文评论，小说方面独此一本，后来也没有再版过。那篇知青小说，叫作《将离》，被排在目录最末。

入夜，我又将睽隔已久的小说重新温习了一遍。

五

我们从家乡出来，坐在了绿皮火车里，不知是谁起了个头，大家跟着一起唱了起来：红旗高举，银锄肩上扛，战斗在农村，心向党……

我从车窗里探出头来，城市流水一样向后驶去，不知是谁撕了一封信，对着窗外凌空一抛，无数个碎纸片朝后飞去……好像把那些恨海难填龌龊龃龉都抛掉了，我和萧初更像一对患难战友，两人与各自的命运为战，我逃离了阴郁的继母，萧初躲开了酗酒的父亲，现在我们终于可以朝着新天地进发了……

…………

我们被分配在同一个公社，每天翻地、锄草、盖房子……时间淡化了新鲜感，劳作像粗粝的磨刀石，多水嫩的皮相也被打磨得砂纸一般，口粮匮乏，精神食粮更是求而不得。这种环境下，人与人之间很容易产生情愫，最初是劳作时的谑浪。

…………

我和萧初到农场没多久就结婚了，似乎没有比这更天经地义水到渠成的事了。大家都知道我们既是同乡同校又是邻居，很多人暗戳戳明当当地认定我们是一对儿，我们自己也这样认为。农场房子不够用，我们虽已成婚，但除了新婚之夜共宿一屋，平常还是各自住集体宿舍。

我和萧初成婚的第二年，公社来了一个女孩，她不隶属任何组织，无人知道她的来历，她自称是革命先烈的后代，随身带着一本红宝书。她说她是参加过串联的女孩，跟随男朋友去了北京，还言之凿凿说见过毛主席。她对大家陈说“光荣史”的时候语气里有不可自抑的骄傲。自然旁听的人们也有不可自抑的反感。有人看我一眼，希图和我一起勾起嘴角的冷笑。女孩说自己串联了两年，结束后她还在串联，串联会成为她的宿命，她说她会走遍各个公社，将革命的光和热遍洒大地。有人戏谑她“串子”，她龇一口白牙，说谁呢，我叫阿离！

阿离扎着马尾辫，挑水的时候马尾和胸脯一起荡漾，她的身子有着小女孩似的单薄细弱。口齿爽脆如水萝卜，嘴角的一颗黑痣像是为了让人记住而刻意长就。这丫头一派热情，嘴极甜。可即便如此，也挡不住人们的天然反感，他们的生活干草一样枯瘪贫乏，忽然出现一个野花一样浓烈烂漫的人，有意无意彰显出来的不同，让阿离成了靶子。她吃饭的碗里会莫名多出一些沙石来，她预备坐下歇息的马扎会被突然抽走，每逢这个时候，我和萧初就会拉下脸来，半开玩笑地叱骂那些使坏的人，为此阿离很感激我们，唤我阿姐，跟我吃跟我睡。

…………

农场的冬天风打着长哨，尾音里透着凄寒。阿离每晚早早上床，我笑骂她懒，她也不辩驳，哧哧傻笑，后来犁田时才从别人口中得知，她为照顾我体寒，用她小火炉一样的身子为我暖炕。

…………

大概是为了让人们认可她，阿离干活不惜力气，那年干旱少雨，生活用水成了问题，一处老宅里有个废弃的水井，只是已经枯竭，大队成立了清淤小组，阿离自告奋勇参加。

…………

天寒地冻，安全起见，疏通进程缓慢，可即便如此，一度也很危险。萧初在井下，忽然传出呼救声：快拉我上去！我们合力绞井绳，把他拉上来时他已脸色苍白浑身瘫软。我不顾一切抱着萧初，一抬头，阿离在我眼前泪眼汪汪。我心里一热……

…………

清淤成功了，当晚我们庆贺了一下，有人不知从哪儿得来了五斤好面、六个鸡蛋，再加上大家挖来的乌塌菜，我们乐乐呵呵地包了顿饺子……

那是生平最美的一顿饭。

…………

阿离交游甚广，不拘男女间大防，有时招来外边农场的人在一起聚会。我生性不喜热闹，萧初偶尔也会参与，他们买一点廉价烧酒，就着腌菜，唱歌，跳舞，吟诗，辩论，吹牛……

公社把那处有井的宅子作为仓储基地，拨了一间房给我和萧初住，阿离经常来玩。春上，雨水奇多，整个农场都被浸透了，这个苦寒之地也成了绵软的江南。我有孕了，懒洋洋睡得多。梦里看见萧初拿了一朵花别在阿离耳后，阿离的笑在春风里荡漾……

醒来后看见阿离在喂鸡，她告诉我她偷养了两只小油鸡，每日捉虫喂鸡，预备熬汤给我补身用。我把梦里的情形讲给她听，她愣了愣，笑容凝结，很快又憨玩般大笑，什么花儿？什么花儿？花里我最喜欢芍药了！芍药有个好听的名儿，叫"将离"。

…………

贪睡的时光越来越多，有时一觉醒来见不到萧初，我就四处转悠。在一间屯粮小屋的门前，屋门敞开着，湿腻的青苔上一大一小脚印叠错，无声地昭告着这屋子有人进来又出去了……

…………

慢慢地，关于阿离的传闻越来越多，有人看我的眼神开始别有深意。人们说她是个天生地养的精怪，专门采阳补阴，一路串联采了无数男人的精血，须得趁太阳有影儿泼她一脸狗血。有人说她是个资本家的女儿，爹娘都被批斗致死，她一个人出来流浪，确切地说是出来浪，身子被人家睡烂了……我对这些传言一笑置之，但内心有了隔膜，慢慢开始远离她了。阿离察觉到我的改变，也就不再贴着我亲昵了。

…………

又一次阿离张罗的聚会上，她邀约我参加，我态度冰冷地拒绝。阿离怏怏而去。

…………

我坐在卧房里，听着回廊那边传来嘈杂的厮闹声。她大概又喝了很多酒，哭笑的声音不绝于耳。

那晚的雨很大，夜很黑，我在雨声里昏昏入梦。

萧初也醉了。睡了很久。

…………

此后，我再没见过阿离。她大概又开始了她的串联之旅，像一只翩跹的蝴蝶，飞落在各个农场里。

春天过去了，阿离养的油鸡长大了。宅院里开了很多艳艳的花，人们都说这叫芍药，只有我知道它有另外一个名字——将离。

我细致地翻完这篇小说，有些地方似有删减，晦暗不明，像呓语又像自语。不过几乎可以肯定的是，这篇小说有真实的生活原型。这个叫作阿离的女孩，应该一度生活在白老师的周围，并且也介入过她的婚姻，给她造成了不小的困扰。

六

此后有两个月我没有联系白老师，这两个月里，我的世界发生了天翻地覆的变化。起先，我发现我怀孕了，之前避孕措施一直很严密，只有一次安全期里无防护，我们都觉得太巧了，像是老天撒糖。我和管伟计划着奉子成婚，毕竟年龄都到了，家里也一直催。管伟兴奋坏了，他是家里的独子，他妈妈整天念叨着要抱孙子，这下喜上加喜。这期间我和管伟蜜里调油，他对我全方位无死角地满足纵容。可是很快，物极必反，非常态感情下的隐患，像初春湖面上的薄冰，随时可能崩塌。

我有了见红迹象，管伟的爸妈如临大敌，命令管伟休假陪我，于是我生平第一次名正言顺地躺在床上混吃混喝，我虽怀孕嗜睡，但自觉第六感更加敏锐了，事实证明也的确如此。

有一次午睡醒来后，突然想看看阳光，就走到阳台上，看见管伟正侧对着我通电话，声音压得很低，补了光的侧颜温柔无比，我直觉有异，就开始留心。老话不假，处处留心皆事故，我在他的美团外卖账号里发现了几个陌生的地址，且清一色都是酒店，他手提电脑的QQ账号里有一个陌生的登录号码，我问他，他说单位小胡登录过，我不信，找人破解了密码，悄悄登录，发现好友列表只有一人，看空间照片是个漂亮丫头，我试着用狎昵的口气跟她交谈，很快露了馅。

原来管伟与此女游戏中初识，至今两年，他一边跟我恋爱，一边跟此女在游戏里云同居，两人每天交换各自生活琐碎，其间又无数次见面吃饭，我不禁替管伟觉得累，伺候一个事多难缠的孕妇已经够麻烦了，再小心翼翼地圆谎和隐瞒，也许偷欢诱惑难挡，能让他铤而走险。明明事实清楚，管伟却诅咒发誓甚至用头撞墙，力证他们之间清白无染，这话也只能去骗骗鬼，那姑娘冶艳惹火，身为男人，没道理暴殄天物。管伟的父母也上门来替儿子求情，可是一切已无转圜。他们不知道，我历来是宁为玉碎不为瓦全的主儿，小时候宁肯挨打绝不讨饶。

我去医院把孩子做了，感情既已崩坏，何必再留个孩子牵连。手术回来的路上，我给管伟发了条微信，说孩子已经打掉，彼此再无挂碍。很快，管伟打过来电话，我拒接，他在微信里歇斯底里狂叫，六十秒的语音微信仪仗队一般排好序列，他说我这样的女人只配找个家暴男，每天被拽着头发狂揍，他早就受够了我那铺天盖地高高在上的强势……他攒着劲大开骂戒，那些狠话即便滤掉气头上的暴怒，也有七分真实，他对我心生怨意已久，借着这个由头全部发泄出来，那些规整的语音纵队连挂鞭一样爆燃个不停，我没耐心逐个听完，本想寻一句最恶毒的话一箭穿心，但最终放弃，默默地把他的头像拉黑了。

回家，我虚脱地躺在床上，觉得天地惨淡，身体里某个才抽芽的组织被连根拔除，只留个空腔滴血作痛。做手术时还觉得自己坚强勇猛，自定义为新女性的雷厉做派，这会儿又止不住地难过心痛，像中了武侠小说里的蛊毒，起初迟钝无感，很快全身筋脉血液遍布毒液，火燎啮咬般的痛。

我在虚软和疲惫里沉沉睡去。

七

我一个人幽魂似的宅居在家，白天躺在床上，耳畔市声喧嚷，世俗的一切好像跟我阴阳殊途，尘世的快乐伸手可及却又无法触碰，我在这种生活里常常想起白老师，她每日的生活也大概如此，不管外面的世界再炫目多变，她永远活在自己的半径范围内，重复着清教徒一般简素的生活。

浑浑噩噩一个月后，我记起手头还有一件亟待完成的工作——写白老师的传记。这件事让我的身心复苏不少，我想起了废园，决定再去走一趟。

到达废园的时候，已近下午，夕阳带了点锈色，从远处看，整个宅院添了衰朽的暮气。车慢慢驶近，我看见一群人聚拢在门口，指指画画地商量着什么，下了车凑近旁听，原来他们准备开发这里，大意是要把这里规划修建一下，建成一个以知青为主题的影视城。这么多年废园都未被开发商属意，现在进入他们的视线，大概也跟那一波热度有关系。

如果规划实施，不久后这里就要消费才能出入了，于是我决定要在这儿多逗留一会儿，瞻仰遗容一般再多看几眼。走进园去，看见影壁墙处有一群工人在那里讨论着什么，原先的仕女图被抹去了，不知道要画个什么出来，我心头一阵可惜，很快所有的一切都要改头换面了，这里曾有过的时代印记和个人回忆都会被乳胶漆、地砖和一些做旧家具掩盖。

我依据手机里翻拍的那张照片去寻找水井，却遍寻无果，再次细致查看周边土地，发现有一个圆形轮廓，浅浮雕一样凸起在地表，被疯长的蒿草掩盖，很明显，这是水井的位置，水井已被填埋。

我又去寻找小说里那间门前有着青苔履痕的房间，在第二进的院落里，有一间偏僻的小瓦房，老式的双扇门上扣着锈迹斑斑的大铁锁。我轻推了一下，门中间的竖缝被撑大了一些，一股陈年的霉湿气扑鼻而来，我直觉这里是当年私情幽会的地方，那一瞬，我仿佛化身成了白老师，立在门前，手簌簌地抖，浑身无力，呼吸错乱，脑海里浮现出两人亲热依偎的场景，一进屋，他们就插上了门闩，他从身后环抱住她，用胡楂去厮磨她的脸，散碎的吻如小鸡啯啄……他们的身体像亢奋的鱼，把彼此当作水一般急需的存在……云收雨散，两人坐卧在棉袋上十指交握情谈款叙……屋内蕴结的缱绻气息刺激着我的鼻腔。我臆想中两人，分明就是管伟和他的情人。我站立不稳，那种痛苦的代入感让我几欲晕厥。

我想到要给白老师打个电话，这么久了，不知她怎样了，拨通电话，一直无人接听，再拨，就听见白老师湖泊一样平静的声线：喂……

不知怎的，委屈一股脑涌上来，我急切地想要把新近的遭遇讲给她听，太多话争先恐后寻找出口，到嘴边却变成了压抑的气噎。白老师听我声音有异，忙问怎么了？我深吸一口气，故作轻松地说，没什么事，不过分了个手，打了个胎。白老师那边静默了几十秒，没来得及等她再说，我就另起话题，我说你知道吗？废园这儿要被开发了，估计要被建成影视城了！

电话里很久没有声音，在我正怀疑已经挂断的时候，那端传来了器物倒砸的声响。

八

白老师骨折了。

我给她打电话的时候，她正在那里挂新镜框，一不小心，从凳子上摔了下来。我去看望她的时候，事情已经过去了两天，她打了石膏躺在客厅的沙发床上，一个保姆在拾掇垃圾，旁边还有一个中年男人，从我进来，就眼没错珠盯着我手里的礼盒，一会儿又开始审视般盯着我的脸看。白老师神态里有些愧色，指指男人，说，我儿子。我把脸正式转向那个中年男人，点头示意。白老师说难为我又跑一趟，年轻时落下的毛病，干活时扭伤了脚踝骨，后来就特别容易崴。上次没好利索，这次又犯病了。我安慰她说没事，好生休养，很快就好起来了。

我们扯了几句闲话，我见他儿子丝毫没有回避的意思，就起身告辞要走，白老师也不强留，招呼着让她儿子去送我。到了门口，这男人突然问我是否在写他妈妈的传记，又问这个事若成，他作为亲属能收多少版税，我说八字还没一撇呢。我问他是否住下来照顾白老师，他鼻子里哼了一下，说不是有保姆？再说我妈那人过独了，她不需要我。

我把车启动，他伸长了脑袋凑过来说，要不我蹭你的车回去吧，这儿也不好拦的。边说边拉开车门坐了进来。一路上烟雾弥漫，我轻咳几次也都不奏效，他不以为意地抽着烟，我说你知道废园吗？他说什么废园？我说就是西郊那片荒宅，两进院子。他说咋不知道，新中国成立前那儿吊死了个姨太太，紧得很，我爹妈胆儿壮，还在那儿住过，后来也搬走了……我把车窗打开透气，冷风灌进来，他掐灭了烟头，飞掷了出去。接着扯了线头般絮叨了一路，他说他父亲常年多病，一日恍惚里失脚掉进了沟里，磕了后脑勺，当场离世。两年后恢复高考，母亲考进了大学，接着把他丢给了祖母，直到成年后才把他从老家接过来，给他买了房成了家。他的口气里多是怨怪，他认定生活不顺都是因为母爱缺失，我听着他的甩锅论，也不想辩解，权当搜集素材，并且确认了一件事——白老师夫妻的确曾在废园居住过。

送完他，好似一天的使命完成，空虚感再度涌上来，我把车椅放倒，放了一首埙曲，埙自带的哀怨让我不知不觉间眼里储满了泪，感情到底是个什么东西？一个人活着太孤单，于是世人要成双成对，可是两人在一起的伤害却比孤单更让人难以承受，与其如此，不如单身。我漫无边际地胡思乱想，手机振动了一下，拿起来一看，是管伟发过来的短信。说废园即将被开发，他可以带着我去观览最后一趟。我没有理会，把手机扔到了一边。

对面小区里的灯渐次亮起，有几户的厨房里开始有了烹炒的身影，该是围着饭桌热腾腾吃饭的时间了。我不由想起一句话：如果外面烟花四起，街坊邻居饭香逸出，大街上一家人手牵手出行，你能忍住不哭就可以选择孤独。

九

过了不久，我开始着手白老师的个人传记，却发觉很难，除了那些个人简历，关于白老师的种种，除非她自己愿意，否则我很难从她口中探询出什么。渐渐地，我萌生退意。一个午后，梦做得正精彩，一个陌生号码打了进来，我被惊醒，没好气地拒接，它就固执地一直响，无奈之下接了，那边好似一时没反应过来。我喂了一声，一个熟悉的声音说了一句话：废园……挖出了一具尸体……

电话那端是管伟。

大概是觉得没有其他话题能惊动我，就投其所好撂了这么个新闻炸弹，其实不必他讲，过不久我也会知道的。不过我还是立即驱车去了废园。管伟说他在现场等我，并反复强调，他堂哥是个法医。

管伟的领导也在场，他们报刊一向对奇闻要案特别感兴趣，这类的事一出，马上光速一般奔赴现场，周围已拉起了黄色警戒线，他们在外围，像一群焦急等待投食的鸟儿。隔离带里，隐约可见几个身着防护服的法医在那里清捡尸骨。

看见管伟，心里一角仍然隐痛，不过时过境迁，我也没那么多心思去伤怀。管伟看见我，绷紧的表情里有罩不住的惊喜。我漠然地走过去，很官方地打招呼，力求外表上潇洒无痕。他兴奋不减，大概最后那一通灵魂深处的咒骂已发泄了他所有不满，这两个月以来他开启了回忆滤镜，开始念及我的好。他把他堂哥的话转述了一遍。大意是挖掘机在院落里挖出一个被填埋的废弃水井，井的底部有一具尸体，与泥土胶着在一起，尸体已呈白骨化，法医们正在用筛子寻检尸骸……末了说，我早就觉得这地方鬼气森森，你还老爱往这里跑……这句嗔怪很明显在挽局，我的心有一瞬热了一下，但很快冷缩起来。脸也随心恢复冰冷，气氛打了个死结，现场又进不去，况且还要跟前任做样子。我就说有事要先走，管伟脸上遮不住的失望，说有进展了马上联系我！我敷衍着说好，逃也似的离开了那里。

回去的路上反复思量，水井埋尸后，作案人为了掩盖罪行把水井填埋，只是如果真是按照白老师小说里写的，那个年代那么艰难疏通的一眼水井，就这样填埋，难免惹人生疑。这尸体会是谁呢？这开发商也是倒霉，刚买下这片地，就碰上这等晦气事！

至晚间，管伟又给我打了电话，他大概是照本宣科，声音机械又冷静，说尸骨年代久远，据推测大概有半个世纪之久。尸骨本身已呈严重白骨化，根据骨盆和四肢骨推断出是一名女性，身高在160左右。根据耻骨联合面推断死者年龄在二十岁左右。尸骨的指骨和鼻骨骨折，说明尸体生前存在机械性损伤，不排除他杀。具体死因还待进一步调查。

我头闷目酸，脑袋昏沉沉的，也没精力去思考什么。在浴缸里放了一池热水，泡得浑身虚软出汗，就一头扎到床上。看看表已经十点钟了，月亮很好，投影在我的地板上，光滑皎洁的一个圆。我看着那圆，慢慢变成一个坑，逐渐往下陷落，我好奇地走下床，周围的景物都变成了废园的景象，那坑变成了一个井，一眼望去凉意森然，井壁上附着不少青苔，井底幽深不可见。我倒吸一口气，正准备离开，井底传来一个女孩的声音：救救我！救救我！我问你是谁？怎么在这里？井底传来抽泣声，声音越来越凄厉，井口水波漫溢，须臾又变成月光投影的模样，只是那月光里，显映着一个人的轮廓，水波晃荡的时候轮廓模糊不可辨，平静的时候，轮廓逐渐清晰，一样的笑窝，嘴角的黑痣——

阿离！

十

醒来后，我的意识还黏附在梦境里，身心异常疲惫，这个梦太诡异了。阿离在白老师的笔下，像一只翩跹的蝴蝶飞走了，继续开始她的串联之路……而实际上她已经葬身于阴冷的井底。也许梦境只是昭告了我的潜意识，那些我不敢去想也不愿去想的念头，像暗夜里摇曳的马灯，我极力去压制那些阴郁的猜想，我说服自己人性本善世界美好天地一派和谐昌明，可是很快我又嘲笑起自己的幼稚虚伪，在发现管伟出轨后，我恨不得撕碎了他们，或者把整件事情的来龙去脉写成和着血泪的文字，洋洋洒洒地发到微博上、微信公众号上，我深信我的文笔能达到让世人鞭挞的效果……我之所以没去践行那些疯狂念头，是因为我还有理智，也不想就此毁掉自己，那样得不偿失。纤敏心细如白老师，应在看见脚印之前就发现了诸多痕迹。一个女人，跟着青梅竹马的爱人扎根在此，大腹便便之际发觉爱人与他人交好，此人还跟她情同姐妹，她的愤恨绝不像小说里那样云淡风轻，除非她是神。她定然有过和我一样至暗的魔鬼时刻，可是白老师的故事发生在一个动荡混乱的非理性年代，一个人的消失，像飘走一片树叶一样无迹可循。如果此事是白老师所为，那以她当时有孕的身子，很难做到独立完成，如果是她丈夫所为，那又会是什么情况让他对彼此有情的阿离痛下杀手呢？这个真相藏在白老师心里，时隔多年后，她的恨怨被岁月荡平，她的秘密需要一个出口，于是她倾倒在了小说里，但又害怕节外生枝，就改变了结局走向。又因为心灵负罪，就经常一个人出入在废园里。

这只是我的猜想，如果属实，那么随着井底女尸案的调查，疑点会不会落到白老师身上？我突然一阵恐慌，像是预感已经无限接近真相一般。

我该去看看白老师了。

十一

白老师还躺在沙发床上，一只脚被高高支起，她手里拿着一本书，看见我过来，眼神里流露出感激，忙招呼保姆去厨房给我拿两瓶益母草红糖，说这是同事自家熬的糖，最活血化瘀滋养补益，说女人小月子不可忽视，自己当年月子没坐好落了病根。我情绪复杂，想到我和白老师也算同病相怜。冲动之下脱口而出要留下来照顾她，她愣了愣，接着点了点头，正在擦玻璃的保姆扭头看了我一眼。

我把写传记的事丢到了爪哇国，把吃和玩作为了生活第一要义，我和保姆合力开发出很多的新菜式，比如火焰山土豆泥、臭豆腐乳烧肉、酸奶汤圆、腊肉包子……这天马行空的烹饪风格味道居然出奇的好，白老师也很有食欲。我给肥猫团团买了套衣服，有了衣服的约束，小东西走起路来袅袅婷婷，两个肥屁股一扭一扭，惹得我们哈哈大笑，都说这猫有范儿，以后改名叫小范儿好了！我把我的掌机小电脑拿过来，试着教白老师玩游戏，又陪她看喜剧片，每次看到她开怀大笑，我就忍不住心酸，如果案件真与她有关，那么以前的事就像一个符咒，箍紧了她的心，负罪感阻截掉她的很多快乐，现在我要做的就是极尽所能地让白老师高兴。有次，她问我，说废园被开发得怎么样了，我装作不在意地说谁知道呢，只是有这个提议，那块情况复杂，真的付诸现实，估计要很多年吧！她“哦”了一声，没有再问。我暗暗后悔告诉她此事，罪愆若难逃惩罚，我宁愿这一天晚来一点。

写作的人作息无常，白老师时常失眠，她曾经让我帮她购买思诺思。她的卧房在最靠里的那间屋子，白天躺在客厅里方便被照顾，到了晚上就让保姆推着担架车送她回里屋，我们说来回移动不利于休养，她说她择铺，换了地方睡不着。昨晚雨打窗棂，她再度失眠，早饭后吃了药缓缓入睡。我见她休息了，就开了车，一个人在街上东游西荡。不知不觉车开到了西郊。废园的工程还在一如既往地进行，我踱步进入，院子里堆满了木料、石膏板和线管，身着工作服的建筑工人来来往往忙碌着，人心健忘，工事并没有因为一具骨骸而停下，管伟那边也没有消息。我拨通了律师同学的电话，他说人死了半个多世纪，追诉期已过，况且尸骨风化严重，若死因最终无法确定，久而久之，很可能会成为悬案。

日子依然款步向前，我和白老师的家居生活也越发充实有味，等到她能稍稍坐起来，就在沙发床上支个小几，临起了佛经，我拿着小音箱给她配佛乐，三个女人各干其事，一派岁月静好，像青天白日无法相信有鬼一样，那些阴惨离奇的事似乎只是生造的坊间逸闻。

十二

这样的日子过了不久，有一天睁开眼，铺天盖地都是阿离的脸，晨报日报公号，那是警方发布的颅骨复原图，要寻求尸骸的亲属。阿离的轮廓被放大和清晰化，复原图与照片相比，只是缺少了嘴角的黑痣，不笑的她眉眼间有天然的忧郁。这些信息像一枚枚铆钉，将我的猜想逐渐钉死。再联系管伟，他说也是刚刚得知，警方这一块捂得很严，之前的消息还是偷看了堂哥的手机，又说凡事一旦成为话题，很多事就不再是秘密，静静等待就是了。我害怕这些信息会打破目前难得的平静，所幸白老师坐卧病榻，眼耳闭塞，这些天我又几乎寸步不离，把白老师的生活安排到无缝可插，她的古董手机和闲置电视也规避了她去接触信息。我又叮嘱保姆，说白老师严重精神衰弱，避免谈论一些刺激性话题，这个朴实的乡下女人对所谓文化人有着天然敬畏，对我的话深信不疑。

接着管伟告诉我，一个年轻男孩联系上了警方，男孩据说是阿离的侄孙子，在他爷爷的一个老相册里看到了一组照片，那照片与复原图太过相似，老式照片颜色浅淡，但他那得了老年痴呆的爷爷，居然在盯视一会儿后，喊出了一个名字：姜离，再问就言语昏聩不知所云了。

管伟托熟识姜家的人联系上了这个男孩，我们在一个私人会客厅，约见了姜家男孩。

男孩叫姜子畅，眉目舒朗，挺帅气的一个男孩。尽管血缘流传三代已然疏远，我还是竭力从他的脸上寻找阿离的影子。他笑时嘴角上扬的弧度倒很像她的姑祖母，我从多个角度拍了好几张，男孩很羞涩，说自己不愿意上镜，也不想此事再度扩大，我忙解释说因为你帅，私心留存几张。男孩说对于阿离他一无所知，多年来也没有听家人提起过，据家人说旧时兄妹之间隔母，都是单门独户另过，所以也不怎么亲。说到他的太爷爷，语气略带自豪，我曾查阅过，那是本地相当有名头的一个资本家，妻妾众多。不过“文革”里，他太爷爷很快倒台，在轮番的批斗里死去，他的偏房侧室都各自流散。那个三房姨娘生的姜离，是家族里最末的女儿。

我们的交谈很顺利，临结束，男孩从包里掏出一沓照片递给我们，要求不许拍照，看看就行了。照片是阿离的，有她身着连衣裙泛舟湖上，也有玉立在花丛里巧笑，还有生日宴上捧了蛋糕吹蜡烛。有一张，她倚在了楼栏间，大眼睛里迷离又空洞。我把每一张照片都翻来覆去细细看，随后归还。管伟很尽职地把男孩送回了家。我脑子里还过电影似的回忆着刚刚那些照片。那应该是阿离的优渥时期，接下来的人生来不及打招呼，她就被时代和命运裹挟着去串联了。最初，她会收到来自各方面的欺压和歧视，人们会骂她资本家的狗腿子，揶揄她下架的凤凰不如鸡，她大概也想到过死，但凭她的聪慧和姿色，她很快找到了一个能庇护她的男孩，他们在这个过程中发生了关系，这个涉世未深的女孩从此找到了赖以生存和自保且无往不利的法宝。串联结束后，她和男孩因为某些原因分手，短短两年时间，她从一个大小姐变成了流浪儿，她就一个人走了很多地方。所幸不论走到哪里，都会遇到愿意接纳她的男人，她隐去了家族姓氏，她以为她的人生还会不停走下去，只是不曾料到，废园居然成了她的归宿地。年轻的身体在井底糟成一具骨骸。

当我在手机的记事本上打下这些文字的时候，突然想到，也许这就是写作者的通病，内心的隐秘要找到一个宣泄的出口，于是文字就成了方便的树洞。

十三

阿离的热度渐渐散去了，很快又有新的话题。姜家男孩向警方收回了阿离的尸骨，经过DNA比对，阿离和他爷爷系同父异母的生物学半同胞亲缘关系。作为阿离的亲人，他们当然有权利妥善安置阿离的尸骨。

此事像已画上句号，截至目前它只是演绎在我脑海里的一起故事风暴，风暴之下的真相我不得而知。也许白老师的确是个无辜的人。我也曾试探着提起她小说中的阿离，她神色如常，一如一切久远又模糊的记忆，她轻轻说了句记不清了。

等到白老师的脚能拄着拐杖轻移慢行了，我也搬回了我的住处，但还是经常来看望她。我彻底放弃了写作传记，开始着手剧本《阿离》，我接连很久闭门不出，全身心地投入到创作中，像颅骨复原一样，阿离也一点一点地复原在我的文字里。如果不是白老师的死讯，我依然沉浸在写作氛围里难以抽身。

接到白老师死讯的前一天晚上，我收到了一条她发来的短信，她说感谢近段时间的陪护照看，说我是个好姑娘，就是脾气太硬，稍微圆通一点人生会平顺很多。我没有特别在意，作为晚辈的礼节，我精心组织了一段文字，算作回复。

第二天接到管伟电话，说是阿离的墓碑已经建成，姜家男孩如约邀请了他，他知道我感兴趣，就要带着我去祭拜一番。我已晨昏颠倒，睡意蒙眬里接到电话，迷糊着起了床，出门突遇大雨，在街角的茶室里，一封邮件噩梦一样地出现了。

十四

我站在白老师家门口，慌乱无措，衣服和皮肤被雨水粘在一起。这个曾经无数次进出的小院，如今把我隔离在外。我的脑海里滚动屏一样重复着邮件内容，我无比后悔为什么当时不拨个电话给她，也许一通电话过后，她就能回心转意。她应该是结清了保姆的工资，然后打发了她，接着发了个短信给我，然后打开了她尘封已久的电脑，按照我留给她的邮箱，给我发了一封定时发送的信件：

有些事一旦开启，就无法回头。

白染绝笔

2017年7月20日晚

十五

管伟随即到了，白老师的儿子也到了，我立在门口，听着屋里传出高一声低一声的哭号，带点抑扬的花腔，成人好像都是这样哭丧的。听着听着，觉得这声音似乎很远，整个人都蒙蒙的，好像置身于梦境，那只肥硕的团团一扭一扭地走出来了，它还不清楚主人已亡故，喵喵地四处寻食。

殡葬人员也陆续赶到，屋院狭窄，我和管伟回到了车上，团团吃了东西，在我怀里安睡，雨量不减，扭股绳一般搅打着车玻璃。

告别仪式第二天就举行了，我和管伟一起去了殡仪馆，白老师面色平静宛如沉睡，她那曾点燃过炽热火焰，也曾一度冷冽的眼神，终于平静了，此后悲喜都与她无干了。她吞下了足以致死的思诺思。有那么一刻，我觉得她会坐起来，像往常一样招呼我喝茶，我流了一脸泪。他儿子走了过来，这个一脸庸愚的男人此刻看来格外衰老，他曾经把平生的不得志都算到了母亲头上，母子关系向来疏离，但丧母之痛还是让他有了肉眼可见的悲痛，作为亲属的大礼，他扑通一下跪在了我们面前，我忙把他拉起来。他喊着儿子给我们拿水搬凳子，这地方相对局促狭小，是整个殡仪馆最末等的安置厅。我和管伟各自掏出一千块钱交到他手上，这个男人用手背去抹泪，说感谢我在最后日子里陪着他妈，他昨晚喝了酒，睡得死，没看见他妈发的信息，他妈说让他以后争点气。男人越说越激动，最后忍不住号啕大哭，我们劝慰着，等他情绪稳定了，就告辞离开了。

文学院的告别会前去吊唁的人寥寥，不过是几个跟白老师同龄的前辈。白老师生前寂寞，死后孤独，一生令人唏嘘。

白老师的猝然离世，留下了个撕扯不开的结。她走之前的几天里干了什么？说了什么？我在这条时间线上反复行走，希图找出一点痕迹，能有效解释白老师毅然决然告别人生的行为。可是很徒劳，不管是从她儿子还是保姆那里，都没能发现任何彰显白老师异常的地方，那个木讷的保姆说起那个下午，记忆最深刻的是白老师多给了她三百块钱，临走又塞给她一包毛线，一切都在平和正常的情况下进行。像无数重复日子中的某一天，平整无隙，你实在找不到任何可以引发疑问的线脚。

直到头七那天，我再度来到白老师的家。意外看到了两个警察，他们说一周前联系了白老师，想从她那儿了解点情况，但白老师说她意外受伤正居家休养不太方便，我们就想着择日再来，没想到……我问是什么事情，他们说，据调查，白老师是最后一个在事发地居住过的人，所以想询问一些当年的情况……我的心里默默打了个雷，听说白老师是自杀对吗？一个警察发问，是吧，我也不是很清楚。我躲开那黑洞般的注视，转身进了门，其实我大可不必心虚，人都死了，又何故怕这些？

院子里已摆好了香烛酒食，据说亡人的灵魂在这一天会归家，头七的议程是按照他们老家的规矩，那几个人唱一阵、跳一阵，小丑一样献丑。不知道灵魂归来的白老师是否会被吓跑？还是忌惮于那两个身着警服的人？我踅摸到白老师卧室，这最靠里的房间，作为白老师隐私的一部分，我从来没有逗留过。这一次我多待了一会儿，在她的床头柜上发现了一个老旧的半导体收音机，打开后，是嗡嗡的电流声，白老师大概长期固定去听某一个频道的广播，调频转动的灰痕形成一个固定的半弧，这是一个播报我市时事新闻的频道，女主播清甜又不失端方的声音传了出来：

"我市一年一度的……"原来她一直在关注着废园女尸事件的进展，我千防万防，以为规避了那些最新的信息接收载体就能隔离一切，却不知白老师有每晚听广播的习惯。

她自始至终都知道。

十六

姜家男孩再度邀约了管伟。祭拜选在了一个晴好的天，墓园里碑林累累，一块槐荫遮蔽的角落里，立着一块不大的墓碑，叶隙疏落的碎光洒在上面，碑面刻着"姜小离之墓（1951—1971）"。我和管伟各自敬献了一束花，有一捧芍药搁置久了，大概历经了日晒雨淋，枯皱得像脏黯的废纸。姜家男孩说这是姑祖母生前的一个朋友敬献的，姓白。他说有一天一个自称是姑祖母朋友的人给他打电话，要他带着自己去拜谒一下故人。男孩恭敬地驱车去接，整个祭拜过程安谧从容。

这应是白老师离去前最重要的一件事，她定然早早起了床，精心修饰，接着去花店买了阿离最爱的芍药。她站在阿离的墓前，第一次正式地去凭吊她。

我拿起那束花，追问祭拜的日期，姜家男孩说是7月20号，我想起那天是白老师的死忌。她应是很早就有了自了的想法，那段与我一起共处的时光，她是不是真的快乐呢？可是快乐也罢，悲伤也好，最终都被她拂尘一样轻轻拭去。我像闯进她静谧世界的蝴蝶，带来了一连串的波动，如果没有我，一切还会发生吗？我不停追问自己。

十七

我收到了一个箱子，邮寄人是白老师的儿子，我打电话过去询问，他说是母亲的一些遗物，曾经交代了要给我。办完后事就忘了，这会儿想起来了。貌似是一些书稿文件，留给我写传记用。

我差人打开那锈蚀斑斑的铜锁，箱子里像一个被封存的奇异空间，一些睽隔阳光的灰尘呼一下蹦出来，氤氲在四周乱舞，里面的确只是一些杂乱无章的书稿。除了书件，我看见一沓已然脆硬发黄的手写稿，上面赫然三个大字：认罪书。这个陌生的字迹绝对不是白老师的手笔，洋洋洒洒十多页，前因后果事无巨细，在逐字逐句看完后，我终于明白了发生在阿离身上最后的事。

我在剧本里完成了最后一笔。

宅院·傍晚·内景/外景·夏

宅院的墙上写着："广阔天地，大有作为"，院子里散乱地插着几面旗，旗上都有字，风一吹过来，旗子先响。

屋里多了几盏煤油灯，桌子上放了几瓶白酒，一些带壳花生，一个男青年在那儿弓马娴熟地拆着一个东西，旁边围拢着三个人，他们在合看一本书，大概书里有什么特别吸引他们的地方，他们都大气不出，偶尔有人感叹一句："够劲！"

一间简陋的卧房里·傍晚·内景·夏

阿离倚在床边，语带哀求和撒娇：去嘛！一个人在这儿多闷，一块儿去乐乐吧！萧初言也在。

女人一直面无表情，听到这个名字，嘴角不自觉带了一丝冷笑，随即走下床来，她孕相明显，走路有点摇晃，阿离的眼睛盯着她的肚子，那兀然的凸起让她有点担心。

女人呼啦一下推开门，语气冰冷：你去吧，别让他们等急了。

阿离的脸上现出愧色，怏怏而去。

宅院·傍晚·内景/外景·夏

阿离走在廊道里，前方的屋里人影幢幢，她停下了脚步，倚靠在廊柱上，屋里发出一阵哄笑，笑里带着暧昧的意味，她突然留了心，侧起耳朵去细听，话音很细碎，她听到了“千人压”这三个字，呼吸有一点粗重，接着像祸不单行一样，她又听到了自己的名字，随后一个清晰熟悉的声音入耳，别给我提她！

她颤抖了一下，定了定神，进了屋。

屋内·夜晚·内景·夏

她突然进入，屋里的闹哄忽然静止了一下，随即又继续各玩各的，阿离冷不防一把从看书青年的手里抽过书，歪着头，有点挑衅地说：哟喂，看黄色书籍，这可是把柄，小心我去告你！男青年吃了一惊，有点愠怒，阿离很快转了一副笑脸，嘻嘻哈哈过去了。

萧初一直在剥花生，阿离从他手里拿走一个剥好的放到自己嘴里大嚼，萧初不说话也不看她。很快他们开始了抽牌喝酒的游戏，每次谁抽的牌最小，谁喝酒，几个男的互相使了眼色，阿离一连喝了好几杯，有点站不稳。打了个趔趄，一个男的顺势搂了她一下，阿离嗔怪地打了他一下，几个人挨肩擦脸地起哄。

萧初走了出去，立在廊柱下抽烟，天已经呈现淡墨色，隔远了看，烟头那一点光明明灭灭。

屋里哄闹声更大，萧初朝廊道走去。

卧房里·夜晚·内景·夏

女人坐卧在床上，裹紧了被子。若有所思。一道闪电伴随雷声，女人颤抖了一下。

屋内·夜晚·内景/外景·夏

雨忽然凌空而降，声音很大。

屋里传来吵闹声、哭喊声和器物推倒的声音。隔了雨声还是能听见，萧初快步往回走，去推门，却发觉门被反锁了，他意识到事情不妙，就扯了嗓子喊：王八羔子们，再不开门，我去告革委会主任……

门开了，萧初抑制不住惯性，撞了进去，阿离躺在长条桌上，衣衫不整，后脑勺处一片血迹，新鲜的血慢慢扩展疆域，向周边洇染。

四个人僵持了几十秒。萧初猛然醒悟，拿了块毛巾准备去压伤口止血，被其中一人拽住，萧初甩开，又欲抢救，男人一把推倒萧初：救活她！咱们都完了！她本身就是个来路不明的野货！萧初急躁：那也不能见死不救吧！

男人冷笑：舍不得了吧！外边都传你们俩有事？要是她告你，你老婆孩子一块儿完……

男人看了一眼窗外，风急雨烈。夜色稠密。

萧初打了个冷战。

卧房里·夜晚·内景·夏

女人似有所听闻，起身披衣，提灯，向外走去。

宅院外·夜晚·外景·夏

一行人抬着什么东西向院中走去，被卷裹物里传出呻唤，一人叫道，还有气还有气！其他人像没听见，继续不管不顾往前走。

水井是他们的目的地。

马灯昏蒙的光照着黢黑的井口，井口此刻像一只与他们对视的眼睛。

…………

他们疯魔一般往井里填土。

不远处，一个女人出现在他们的镜头里，被雨浇湿了衣服，她隐隐知道他们在干什么，巨大的恐惧和纠结让她牙关打战，浑身发软，她的整个身体失去了章法，她下意识用手护住腹部。可是她还是慢慢走近了他们，有人看见了她，不知是谁喊了声，过来帮忙！马上就听到萧初的怒吼，黑夜中两个厮打在一起的人被拉开，有个阴恻恻的声音：既然都看见了，那大家都有份。

她似乎还能听到井底传来细碎的呻吟……

天像漏了一般，雨疯狂地摔打着这个世界。

夜色更加浓暗，无边无界的黑象冲不破的咒语。

一间很常见的平房里·夜晚·内景·冬

萧初和女人都明显老了很多，萧初脸上现出萎靡的疲色，女人背对着他，他在那里写着什么，萧初写完，交给女人，男人说：等咱们撇清关系，你再递上去。

宅院·傍晚·外景·夏

宅院里荒草肆意蔓长，一切显示已经荒废的迹象，人们传说这里常有鬼火隐现，绕着井口数匝。不知哪一年，一个男人提火欲焚毁宅院，最终被雨破坏，男人在回去的路上失脚跌入沟中死亡。

室内·夜晚·内景·冬

一个女人伏案写作，不时停下笔来思忖，她放下笔，纸上有着醒目的两个字“将离”。

十八

我的《阿离》完成了，我把它连同白老师的断章残简一同封存在了箱子里。认罪书里出现的几个陌生名字，经过我后来调查，一个死在了农场的一次械斗里，一个罹患恶疾于多年前去世，现存在世的那个已痴呆昏聩。

知青影视城终于建成了，不日将正式开放，我徒步前往，那古意盎然的仕女图很应景地换成了两个身着军装腰扎皮带的女人，凑近一看，分明是白老师和阿离，不知道是谁提供了这张照片。也许是白老师，也许另有他人。

阿离和白老师就在那面墙上，好似永远都那么高兴地笑着。

本文初刊于《四川文学》2021年第9期

唐小静，笔名杜若，河南省作协会员，河南省朗诵协会会员，许昌市作家协会理事。自2015年开始文学创作，有小说、散文见于《北京文学》《四川文学》《山西文学》《西湖》《莽原》《鸭绿江》《奔流》《大观》《牡丹》等杂志。曾获“大益文学”短经典最佳人气奖，首届师陀小说奖优秀奖。

消失的顿河

祁　娟

欧宁一直忘不了在顿河小住的日子。那个热气腾腾的暑期，那些令人忧伤、惶惑的复杂情绪，都被顿河带向了远方；而顿河，那条缠绵的河流似乎一直流淌在她的身体里，渗透且浸润着她的每一寸肌肤。每每想起，她就会不由自主地站在地图跟前，用目光细细地寻找，从宏大到局部，由面到线，由线到点，却根本找不到顿河这两个字。那段日子如同荒漠，生生地湮灭了一条河流，或者，顿河从来就不曾出现在这张地图上，不曾出现在她的生命里？

那么，这么多年，欧宁活在了一个巨大的谎言里，那条河，也许根本就不存在，她竟然让它濡湿了她长长的一段青葱岁月。

一

从五岁到十七岁，欧宁一直被父母寄养在舅舅家。高考结束后的那个暑假，远嫁的青荷表姐回来了，要带欧宁去她家小住。她们坐了一天一夜火车，又转乘汽车颠簸了两个多小时，才远远望见表姐家——一个南方小镇。

一条宽阔的河流横在她们眼前。河流在山脚下陡地拐了个弯，好像静止了，好像流得久了，要在这山的臂弯歇息片刻。

到那个小镇，需要乘船过去。

三十出头的青荷表姐，皮肤白皙，婀娜多姿，走路摇曳生风，漫长的旅途，竟没有让她显出丝毫倦态。她提着箱子走在前边，欧宁背着装有衣物和几本书的背包，跟在后边，她们下了几级石阶，上了泊在岸边候客的一艘大船。

这里的山与北方大不相同，一柱柱拔地而起，像雨后生猛的巨笋；山间的水田，汪着黄与绿，让那些巨笋如同养在盆里的盆景；河流便在这盆景间蜿蜒通过，水边的芦苇和凤尾竹郁郁葱葱，风过处绿浪汹涌，倒比河流壮阔许多；河面上漂着大大小小的船只，一群一群的白鹭划过水面，画出优美的弧度；傍晚的光照依然强烈，空气燥热……

欧宁坐在船舱，扭过头看着窗外，汗水顺着脸颊和脖子滑落。

“青荷，这河叫什么名字?”欧宁问。

“顿河。”青荷笑了一下，酒窝浅浅，漾着笑容。

“青荷，你们的镇子叫什么?”欧宁又问。

“西镇。”青荷又笑了一下，同时用手戳了一下欧宁的脑门，“被你舅舅惯坏了，总这么没大没小地叫名字，我是你姐啊。”

欧宁知道青荷是她姐，表姐。可欧宁刚到舅舅家时还不满六岁，而青荷已经出嫁，记忆里她似乎从没叫过青荷姐。

船已开启，青荷用手抚了抚欧宁被风吹乱的短发：“你头发该留长一些，像个女孩的样子。”又用修长的手指梳理着自己乌黑的长发，淡淡地说，“你舅舅也不管管你，像个野孩子。”在欧宁的印象中，舅舅好像从来都不怎么管她。

母亲生了欧宁的弟弟以后，就把她寄养到了舅舅家。那时，舅妈新丧，表姐刚嫁，孤独中的舅舅对欧宁表现出了极大的热情。记得舅舅去接欧宁时，父亲拿梳子细心而认真地给她梳了头发，扎了两个羊角辫，还拿两条粉色的绸带在辫梢打了漂亮的蝴蝶结。欧宁看着镜子里的自己，满意极了，开心地左顾右盼。

舅舅拉起欧宁的手说：“走吧。”

父亲泪水迅速地溢出了眼眶，他背过身去，声音哽咽着对舅舅说：“您受累，我会定期打生活费给您……”

母亲怀抱着弟弟，抿紧了嘴巴，示意他们赶快离开。

按说，父母不该把欧宁寄养给舅舅这么一个老男人，只是因了政策，欧宁若不离开，弟弟便上不了户口，父母也会因为超生而失去公职，在当时，实在有不得已的苦衷。

舅舅在老家镇上经营着一家日杂商店，镇上有好几家这样的商店，但生意都不如舅舅的红火。他面相淳朴诚实，待人热情厚道，从不在买卖上斤斤计较，天长日久，就笼络了半个镇子的老顾客。舅舅家的生活条件比欧宁家要好些，他对这个外甥女也十分疼爱，但欧宁还是有寄人篱下的孤独感。何况，让一个老男人来打理一个女孩的生活，总是难免有不周之处。比如梳头，舅舅鳏居的生活本就粗枝大叶，偏偏欧宁的头发又茂盛如春草，自然就不胜其烦，于是，干脆给她剪了发辫儿，剃成了一个小子头。从小学到高中，欧宁一直都是这种短发，性格也越来越像男生，跟女生不合群，却跟男生混在一起打篮球。到了青春期，她的身材已经颀长有型，皮肤晒成小麦的颜色，心里总不时跳出令她惊恐的火苗，常常几天不说话，一开口就火药味十足。同学们骂欧宁是野孩子，她便对他们老拳相向。这让舅舅头疼不已，好在欧宁的学习成绩不错，多少为舅舅赢得了一些骄傲。

而这时舅舅已新娶了舅妈。新舅妈原本是舅舅的批发商，一个离了婚的独身女人，颇有姿色，又会讲话，见了舅舅总一口一个哥，听得欧宁头皮发麻。后来他们就纠缠在了一起，最终成了欧宁的新舅妈，还给她生了个小表弟。

舅舅不忙的时候，总是逗他那个可爱的小儿子。他轻手轻脚的样子，双手头尾环抱，一脸宠爱，眼睛眨也不眨地盯着那张粉嘟嘟的脸蛋，迎着门口拂过的风，表情慈祥惬意。傍晚的余晖笼罩着他们，舅舅的脸和婴儿的脸上都有一种近乎透明的红光，这光反射出来，让欧宁的目光变得迷离。她好像回到了遥远的过去，记起她不敢触碰的回忆。她想起了父亲，能感觉到他看她时的慈爱和他怀抱里的暖流。已经很久没有见到父亲了。他总是很忙，每年回来探望一次，匆匆忙忙住一夜，来不及回味，他便迎着朝霞离开了。

除了逗他可爱的小儿子，舅舅所有的精力似乎都给了那杆旱烟，终日微微地皱起眉头，让那烟雾进入口腔，沉入肺部，然后眯起眼睛，鼻孔里呼出那循环了一遍的烟雾，烟草的香大概让他整个身心都很舒爽。

“小欧，衣服要穿整齐。”舅舅看欧宁的时候，总是一副严肃的面孔。

欧宁扯了扯牛仔短裤，膝盖处被她用剪刀破了几个小洞，露出麦子颜色的肌肤。

“你还是学生，要注意形象……”舅舅舒展眉头，重又把自己沉入新一轮的烟雾中。

欧宁拢了拢衣襟，上衣短且绷紧，发育良好的胸部呼之欲出。

新舅妈比表姐大不了多少，和表姐一样俏丽，只是身材更加丰满，那熟透了的胸，饱满里散发着奶香，她微微倾了身子，任由三岁的小表弟酣畅地吮吸，脸上带着一抹不明所以的笑容，迎着欧宁的目光。

高考结束后，有一段无所事事的空窗期。离开学校，欧宁只能待在舅舅家。

街灯次第亮起的时候，舅舅会安排欧宁守在店里。舅妈哄小表弟入睡，舅舅出去打酒，并买些卤肉回来。夏天的夜晚，风是热的，出来逛街的人很多，他们对夜晚的到来表现出异样的兴奋，穿着拖鞋、热裤或超短裙，一度令街道拥挤，气味杂陈。欧宁心不在焉地半靠在柜台上，心里如同秋收后的庄稼地，荒芜而虚空。

“小欧，不要总发呆了，招呼顾客啊。”

舅舅在叫她。他嘴里衔着烟，那些让他陶醉的烟雾，从鼻孔里呼出，在他栗色的皱纹纵横交错的脸上缭绕，让他的面部模糊不清。

欧宁掉过头不去理会，但她能想象得到，舅舅一定又眯起眼睛，故作严肃地打量她，想弄明白她到底在想些什么。其实，他根本无法理解欧宁的心思，似乎也无心去理解别人。前些日子，表姐青荷打来电话，说她离婚了，舅舅也是无所谓的样子，漫不经心地问，为什么离？青荷轻描淡写地说，生不出孩子啊。声音听不出悲喜。欧宁不太理解青荷对于离婚所表现出的无所谓。明明记得，她刚结婚的最初几年，和那个身材不高但看起来精壮的姐夫是恩爱无比的 他们回舅舅家也形影不离，出门散步都是手牵着手。大人的感情实在不可理喻，也令人费解。

无数个不眠的夜晚，总会被舅舅和新舅妈的喘息声扰乱。欧宁焦灼不安，魂不守舍，心中像长满了荒草，荒芜而杂乱，身体里像装了个定时炸弹，随时都会被引爆。这让她的脸上写满了忧郁，且越发沉默。

在那个刚满十七岁的假期，高考后的一个个日落黄昏，欧宁不愿回家，就在学校的球场上发狠地打球，以此消耗过剩的精力。队友们已经习惯了欧宁的倔强和漠然，都当她是同类。有次在三步上篮时，防守的男生不小心触碰到她结实的乳房，他诧异地望了她一眼，迅速倒退几步 不自在地避开她愤怒的视线。那天晚上欧宁辗转反侧，做了一个奇怪的梦，梦见一个男人，形象不明，却健壮有力，面目混沌，但眼神深情。她想靠近他，在他宽广的怀里停留，被他爱抚……梦醒了，也不敢再做下去。

然后，青荷表姐就回来了，说让欧宁去她那里住些日子，陪陪欧宁——或陪陪她。去就去吧，等待大学通知的日子让人不安，而且无聊。

然后，欧宁就到了顿河边这个叫百镇的地方。

二

“小欧，该下船了。”

青荷的声音把欧宁从回忆中拽出，好像一步就跨进了西镇。

很干净的一个小镇，坐落在顿河边。楼房不是很高，只有三四层，多半是古香古色的老式建筑，墙壁上一律粉着茸茸的青苔，一些不知道名字的藤蔓攀缘其上，叶绿花红。已经薄暮低垂，一些商户次第亮起灯光，花花绿绿的彩色服装，精美的银饰，诱人的点心果品等等，都带着南方水乡的风韵。

青荷提着箱子，她长长的乌发搭在肩膀一侧，腰姿曼妙地摇曳，半高跟鞋子，踩在湿漉漉的青石板上，发出叮叮咚咚的声音；伴着这声音，她不时地跟人们打着招呼，话语和腔调也变了，完全是当地的土话，软软的，水水的，倒是应景。

青荷的家在镇子的另一侧，依山傍水，一栋三层高的灰色楼房，楼顶是琉璃瓦，瓦的缝隙里有些黄绿色的小草探出脑袋，毛茸茸的，风一吹，左右摇摆。楼房前有一棵大榕树，密不透风的枝叶，还有些须根从树上倒垂下来，粗细不一，柔软地在眼前晃着。

眼前的一切弥漫着神秘，顿河，西镇，还有青荷。

西镇，可真是个有趣的名字，明明在顿河的东边，却叫西镇，为什么不叫东镇或者其他名字？

青荷笑而不语。在这个山水环绕民风淳朴的古镇上，她生活得颇为自在，离婚好像对她没有丝毫影响，反倒让她更加风情万种。每天醒来，她会坐在窗前梳妆，细致地描眉，涂口红，美人如画。

“青荷，你不化妆就很好看，为什么还要多此一举呢？”欧宁说。

“小孩子家，你懂什么。”青荷脆声地笑。

青荷开着一间手工作坊，给城里的工厂组装电子元件。这种没有任何技术含量的工作，镇上一些妇女都能参与，一起挣些外快。青荷数钱的时候，脸上浮起愉快的笑容，看得出，她的生意不错。她不要求欧宁帮忙做工，只要她快乐。说，你到处走走，熟悉一下这里。镇里中学有个篮球场，你不是爱打球吗？还有图书馆，你可以随便看书。

顿河的水碧绿清澈，白天的船只悠然地漂荡，两岸的植物将倒影映在水里，争先恐后的样子，仿佛只有这样，才算与顿河亲密无间。镇上的人极少外出，他们祖祖辈辈生于斯长于斯，靠种植稻米、甘蔗和水果养活自己。到了收获的季节，河面的船便忙碌起来，一趟一趟地将当地的物产运出去，换来丰衣足食的生活。近年镇上搞起了旅游产业，原生态的自然风光，纯朴的风情民俗，稀奇古怪的食物和服饰，吸引外地游客毫不吝啬地花钱，让这个古镇充满了生机。

没事的时候，欧宁会买些当地的麻辣鱼块，一个人坐在河边的石凳上，边吃边望着河面胡思乱想。刺激的辣，让她的味蕾火热而欢快，也让她思绪纷乱而飘忽。河水周流不息，它要去哪里？哪里是它的终点？

河水是幸福的，因为幸福而波澜不惊；西镇是知足的，因为知足而乐此不疲。但这幸福和快乐与欧宁并不相干，却反衬着她的悲哀和孤独。青荷的美和对欧宁的呵护，让她有种距离感，这种距离无须刻意感受，只要青荷弯起嘴角，用手抚弄自己的乌发，欧宁会马上敏感地想到自己麦色的皮肤和乱蓬蓬的短发，让她感觉自己鄙陋不堪。

很多年，欧宁的同学都当她是男生，都叫她哥们儿。欧宁知道，这个称谓不是亲昵的接受，而是一种拒止。虽然她有时故意穿着略微透明的衣服，透出里面粉色的胸衣，但仍然遭到嘲笑，说欧宁男扮女装，说她是假小子、男人婆。只有欧宁自己知道，少女的心正在青春期萌动。

欧宁深切地想念父亲，她是他的女儿，他曾经那么用心地为她梳理头发，为她扎蝴蝶结，给她买漂亮的衣裙；她也想念母亲，虽然她并不喜欢欧宁，但她知道欧宁是个女孩，不然怎么会冒着丢掉公职的危险，一定要生下弟弟呢？可是，分别太久，见面太少，他们不敢把欧宁带到身边，怕被人发现他们超生。多少次，欧宁看到同学和他们的家人一起散步，那种亲热，那种盈满脸颊的幸福，看得她心疼。欧宁知道她是个多余的人，是个可怜的存在。

从五岁离开家，离开父母，欧宁跟着舅舅生活，在无数个孤独的白天和漫长的夜晚，走过了压抑的童年，走进了少女时代的郁寂，无人倾诉，也无人注意到她微妙的变化。她日渐自闭和沉默，用装出来的孤傲和自尊，对抗内心的脆弱，对抗外来的欺凌和嘲弄。时间长了，竟由内至外结出一副坚硬的盔甲，这让她看上去有种与年龄不符的老成与世故，与性别不同的冷酷与不恭——青春期的叛逆已经显山露水。这不能归咎于舅舅，起初他忙着挣钱，没日没夜地忙着进货，出货，靠买卖积累的富足让他挺直脊梁，后来，他住上了体面的楼房，穿上了体面的西装，娶了漂亮年轻的新舅妈，生了可爱的儿子，一门心思也都在他的新生活上了。

欧宁时常梦见一条河流，奔流浩荡，无边无际，她在河面上随波逐流。突然掀起轩然大波，她被浪头打进水底，耳边是水声的轰鸣，眼前是恐怖的邪魅，快要窒息时才挣扎着醒来，然后伴着急速的心跳，睁大眼睛盼望天明……

三

顿河不是梦中那条河，它碧绿荡漾，被风情万种的凤尾竹簇拥着，深水静流，只有船经过时，才会起些涟漪和波澜。欧宁很想下去试探一下，看它是否如她想象中的温柔。

河边有几棵遮天蔽日的大榕树，树冠放肆地铺张开来，靠水的一侧几乎全是它们的影子，浓得化不开的绿荫生出森森凉意。

榕树下有石凳桌，一个卖杧果的阿婆，慈眉善目的样子，用一个白色的手帕细细地擦拭竹篮里的杧果。杧果橙黄透亮，似乎有太阳的味道，扑鼻而来。见欧宁扭头打量那些杧果，阿婆马上热心地介绍：“很甜呢，好吃，尝一下吧。”

欧宁笑了笑，亮出手里的麻辣鱼块。鱼块的麻辣，让她额头冒汗。相对于生活中的甜腻，她更喜欢麻辣的味道，似乎这鞭笞一般的刺激，才能让她感受到生命的活力。

阿婆见欧宁无意照顾她的生意，便转过头去，继续擦拭杧果。

河边较浅的水域，几个光着膀子的男人泡在水里，把水撩在自己身上，也互相泼向同伴，不时发出开怀的大笑，撩拨着欧宁的耳膜。她心里盘算着如何打发在西镇小住的日子，打发这百无聊赖的时光。

河流在不远的弯处休憩，夕阳西照，一半幽绿，一半金黄，迷人地荡漾着，连河边那些翠竹绿树也变得毛茸茸的，柔和起来。河湾里有两柱青山，峻峭的山峰被斜阳镀上一层亮色。两山之间，就是镇上那所中学，隔着铁栅栏，能看见学校的篮球场，有几个人在那里打球，人不多，他们在打半场。

欧宁走了过去，好像也没打招呼，就加入了其中的一方。不一会儿工夫，汗水就湿了她的衣服，T恤粘在身上。

一个皮肤黝黑的男孩惊讶地大叫：“啊，你是个女人哎……”

他这么一喊，其他男孩都纷纷扭过头，诧异地打量欧宁。她仿佛被扒光了衣服，无地自容。

“还以为是个男孩呢，男人婆啊……”皮肤黝黑的家伙做了个鬼脸。

一时间，起哄声，口哨声，在球场响起。

这样的情景以前也经常发生，欧宁最痛恨的，就是“男人婆”这个标签。尖锐的疼痛感，像一面大镜子，清晰地照见她的狼狈。她怒火中烧，冲上去和那个皮肤黝黑的家伙扭打起来。

这时候，老凯出现了。

一个四十来岁的男人，身形高大健壮，穿着白色衬衣，牛仔长裤，头发有些凌乱。他冲到乱成一团糟的球场，沙哑着嗓子大声说：

“阿毛，你住手！”

阿毛不屑地皱着鼻子，说：“老凯，关你什么事哦？混血种！”

“这么多人欺负一个女孩，算什么英雄！”老凯走上前来，把欧宁护在了身后。

欧宁从侧面看这个名叫老凯的男人，他深目高鼻，皮肤白皙，果然是个混血儿，却说着一口流利的当地方言。

众男孩聒噪起来：“混血种，男人婆，扑通扑通掉下河……”

老凯并不理会他们，拉起欧宁，走向一幢二层小楼。身后是阿毛他们的笑声，口哨声。

在走进楼房之前，欧宁怎么都不会想到，这就是青荷说的那个图书馆，更不会想到管理这个图书馆的，竟是一个操着当地口音的混血男人。

图书馆并不大，也就是一个篮球场的面积，但楼顶很高，四面都有通风的窗子，每个窗子都装着小风扇，想必是为了排放屋子里的湿气；地上是老式的条木地板，打了蜡，一尘不染；四五排书架依次并列，每个书架的边框处都有标识，文学、哲学、自然科学，古今中外，一目了然；靠窗处有几张书桌，显然是供人阅读的地方；墙边摆着几盆盛开的茉莉，淡淡的香气弥散其间，醒脑提神；空调开着，凉爽宜人，但没有一个读者。

“不必跟他们计较，看书吧，书里有美好的世界。”老凯说。

欧宁随意地翻着图书，一本又一本，时间在她茫然的翻阅中一点一滴消弭。

老凯徜徉在书架间，把读者阅后随意丢放的图书捡起来，归置到它们该放的地方；有些卷了边角的图书，他用手细细地抚展压平，再让它得其所在。老凯对待那些图书，像对待老朋友一样，那双如顿河般幽绿的眼睛里充满了爱意，他白皙的手背上有长长的汗毛，颀长的手指在书脊上滑过，如同弹在琴键上。他专心地做着这些，完全无视欧宁的存在。

“怎么借书?”欧宁看着老凯，目光有些挑衅的意味。

老凯这才抬起头，用那双幽绿的眼睛快速地看了欧宁一眼:“门口有借书规则，你自己看吧。”

随即低头继续摆弄那些书。

欧宁挑了一本张爱玲的《倾城之恋》，交了二十元押金，走了出去。

篮球场上，早已没了阿毛那帮男孩的身影，她站在这里，回望着图书馆，愣了好一会儿神，心中有些不明所以，不知道为什么会对老凯有种异样的感觉。这个四十来岁的混血男人，好像早就在欧宁的梦里出现过，第一次看到他，她就有种莫名的心跳，却又说不出是什么感觉，这感觉让她烦躁。

无论如何，老凯就以这种方式出现在了欧宁的生活里。他的出现，让欧宁在十七岁的那个暑假，从懵懂莽撞过渡到明白和稳重，自此，她开始告别叛逆。

天色暗了下来，镇上的灯光开始次第亮起。

经过阿修猪杂粉老店时，欧宁被一股浓烈的麻辣猪杂香味吸引，便踅了进去，找一处空位坐下，叫了巨辣的一碗。正吃得满头大汗，却听到“嘿”的一声，见阿毛坐到了对面。他没再叫欧宁“男人婆”，那“嘿”的一声，算是打了招呼。

欧宁回了他一个浅浅的笑。

“其实你笑起来挺好看的，一点也不像男人婆。”阿毛说。

欧宁本来还想对他笑一下，却忍住了。她向来这样，别人越说什么好，她就越抵触什么。

“对不起啊，下午……”阿毛又说，“我们做朋友吧，以后可以经常一起打球。”

“你怎么不吃啊？”欧宁敲了下碗沿儿，“很好吃的。”

“天天吃，都吃腻了。”阿毛说，“你喜欢猪杂粉？我天天请你吃，给你免单。”

“你给我免单？财大气粗啊。”欧宁揶揄道，撇了下嘴。

“小意思哦，阿修，我老爸，我家的店。”阿毛说。

欧宁又回了他一个浅浅的笑。“下午，你们叫老凯混血种，这里怎么会有老凯这样的人？”

“他啊……”阿毛一脸鄙夷，跟欧宁说起了老凯。

老凯没有爸爸，他妈早些年和亲戚去香港做生意，认识了一个英国人，好上了，后来又被抛弃了。回来后大着肚子，然后就生了老凯。老凯土生土长，却有一半英国血统，但他不会讲英语，平时话也很少，后来考了个不知名的大学。毕业后被他舅舅安排在镇上的图书馆工作，虽然是公职人员，但没有谁家女子肯嫁给他，他跟他老妈一起生活；后来，他老妈去世，他就一个人生活。

“一个英国杂种，却不会讲英语，可笑得很。”阿毛说着，自己先笑了起来。

四

《倾城之恋》不愧是张爱玲的名作，欧宁被书里男女主人公的爱情吸引，陷进其中不能自拔。

青荷撇了下嘴，说张爱玲的故事都是小儿科，轻浮，只能赚你们这些中学生的眼泪。欧宁问她谁的小说不是小儿科。青荷说，玛格丽特的《飘》、纳博科夫的《洛丽塔》，读了你就知道什么才是真正的爱，什么才叫深沉、博大。

欧宁知道青荷不是信口开河，她有文学情结，高中时也做过文学梦，整日泡在小说里，结果高考时除了语文，其他各科都没及格。但欧宁还是放不下张爱玲，废寝忘食地把《倾城之恋》读完，就迫不及待地想拥抱玛格丽特和纳博科夫了。

还书那天，看到青荷竟也在图书馆。她穿着一件墨蓝色纱裙，让她婀娜多姿的身材显得很飘逸，乌黑的长发随意地扎成一束，发梢别出心裁地戴了只白玉蝴蝶发卡，样子文艺而慵懒。就那么在书架前走着，好像要找哪本书，又好像什么也不找。

隔着书架，老凯在另一边整理着图书。总有些潦草的读者，看完书随意乱放，老凯就总有做不完的事。阳光从天窗照进来，照在老凯身上，绒绒的，他的睫毛上似乎也沾染了早晨的阳光，有种绒绒的感觉，像一圈树林，围着两汪幽深的绿色的眼睛。

他们轻声说着什么，不时笑出声来，很默契，很用心。欧宁在门口站了好一会儿，他们竟没有发现。

欧宁莫名其妙地有些生气，故意把书扔在桌子上，弄出很大的声响。

老凯扭过头来，问："还书吗？这么快就看完了？"

"张爱玲有什么看头，"青荷向欧宁招手，"喏，我给你找到了，《洛丽塔》。"

"一大早就跑过来，不会是专门给我找书的吧？"欧宁坏坏地冲他们笑。

"那还能为什么？"青荷有些奇怪。

是啊，那还能为什么呢？欧宁朝老凯挤了一下眼睛，接了青荷手里的书，转身跑出了图书馆。

身后传来老凯和青荷的笑声。

青荷说得没错，与亨伯特和安娜贝儿的恋情相比，白流苏和范柳原所谓的倾城之恋，简直就是小孩子过家家。欧宁沉浸在这部传世佳作里，任时间在身边无声地流过……

青荷中午没有回来吃饭。实际上，她总是很忙，常常东一顿西一顿的，走到哪里吃到哪里，常常是欧宁一个人吃或一个人不吃。

到了傍晚，青荷才回来，而欧宁已经把《洛丽塔》看了一半了。

“凑那么近，你不要眼睛了？”青荷叫道，“呀呀，午饭也没吃，拿别人的爱情填自己的肚子啊！”

欧宁这才感到有些饿了。忽然想起阿修猪杂粉，肠胃便咕咕欢叫着，表示同意。

原以为会遇到阿毛，想向他打听更多的关于老凯的事。老凯就像一个谜，他由内至外散发着一股神秘的引力，让欧宁渴望接近，渴望探究。可是，阿毛不在。当地男孩子，肯定有很多朋友，也有很多可做的事情，哪像她这个无所事事的外地人呢。

阿毛老爸，那个叫阿修的男人把一碗猪杂粉端了上来，欧宁道谢，付款，兀自吃起来。许是饿了一天，也顾不上麻辣烫嘴了，风扫残云地，不一会儿就见了碗底。

陷在山里的缘故吧，西镇的夜总是来得特别早，西边的斜阳照着东边的山头，明晃晃的，像一顶顶崭新的草帽，而镇上的灯光都如星星般璀璨着亮起来。灯一亮，每一家店铺的生意也似乎好了很多，顾客进进出出，买什么或什么也不买，人气很旺。

镇上灯光投进顿河，一条大河也被星星点点地照亮了。白天繁忙的船只都泊在岸边，偶尔有风吹过，也是溽热的。一些船工陆陆续续地光着膀子下水，弄出许多湿漉漉的声音。

中学篮球场还亮着灯，一个人穿着红色背心和短裤，正独自打球。他动作优美极了，三步上篮、投球麻利而准确。欧宁快步走过去，近了，发现竟是老凯。

“欧宁，”老凯叫道，声音依然暗哑，“过来打球噢。”

奇怪，他怎么会知道我的名字？欧宁心想。哦，应该是我在借书卡上写了姓名吧。

“小欧，过来一起啊。”见欧宁待着没动，老凯又叫了一声。

欧宁这才反应过来，快步跑过去，跟老凯一起打了起来。他传球给她，她接球上篮，他防守；然后他上篮，她防守……乐此不疲。欧宁到底不是老凯的对手，老凯防不胜防，十投九中，欧宁却几无还手之力，十投九空。但欧宁很高兴，因为她近距离地接近了老凯。

终于有些累了，他们并排坐在球场边的条凳上，第一次开始了正式交流。

“小欧，通知等到了没？”老凯用手抹去脑门的汗水，笑着问。

欧宁摇了摇头，回了他一个无所谓的笑。

“耐心些，该来的总会来的。”老凯说着，从口袋里摸出一支香烟，犹豫了一下，又装了回去。

“那不该来的呢？”欧宁故意拧着反问。

“怎么会呢，你这么聪明……”老凯转过头看了欧宁一眼，又沉默了片刻，说，“你看起来好像心事重重的，这与你的年龄可不相符，开朗些嘛。”

老凯说着让欧宁开朗些的话，自己却叹了口气。灯光柔和地照过来，侧面看去，那张脸有一种雕塑的美，鼻子高高地挺起来，嘴角紧紧地收进去，这让他显得冷峻而忧郁。

榕树在周围静止不动，天空的星星在闪烁，球场边上的草丛里有不知名的小虫在呢喃。多么迷人的夜晚，这是许久以来，最令欧宁开心的时光。她有些莫名的兴奋，这兴奋里有一种强烈的期待，期待和老凯靠近。

突然就想起了《洛丽塔》，想起了亨伯特和少女安娜贝儿的恋情，那是年龄相差几十岁的老少恋情啊！

这个近在咫尺的男人，身上散发着汗液和荷尔蒙的混合味道，他正把眼光投向河流的方向，若有所思的样子。他不可能知道我的心思，我是不是要大胆一些？欧宁这样想着，不由得手心冒汗，喉咙发干，心跳急剧地加速，呼吸都几乎要停止了。她为自己这样的念头感到羞耻，同时，却有种隐隐的快意……

“小欧，我听你表姐提及过你的身世。你比我幸福多了，起码，你有人疼爱啊。”老凯的声音仿佛从天际飘过来。

欧宁愣了一下，有些失望。她不想说这个煞风景的话题。关于她的家庭，似乎已经很遥远了。父亲的温暖和母亲的冰冷，都模糊了温度，而弟弟，更记不起他的样子了。他们，恐怕也早就忘记我了吧？欧宁心想。至于舅舅，他应该是疼我的，管我吃喝，给我钱，可这是真正的关爱吗？他知道我第一次来例假时的惊慌失措吗？他知道我在学校被人欺负时的孤独无助吗？一瞬间，带着痛楚的怨气郁满了欧宁的心间。

欧宁对老凯摇了摇头，坚决地摇了摇头。

老凯并不看她，自顾自地说：“小欧，你知道我的身世吗？我生下来就没见过我的父亲，我母亲几年前也离开了人世。镇上的人没有几个愿意理我，我从小就被他们取笑，说我是野生的，是杂种……我的样子在他们眼里就是个异类，是个可笑的存在。”

他说着，眼睛里竟浮起了一层水雾。欧宁的心倏地疼了一下，想用手擦拭那双眼睛，但还是克制了自己的冲动。

五

那天晚上之后，欧宁觉得和老凯亲近了许多，至少，他们已经是朋友了。

早上醒来，欧宁脑海里第一个念头，便是去图书馆。她飞快地穿好衣服，洗过脸，来到青荷的卧室门前，喊：“开门，青荷，起来啊。”

青荷睡眼惺忪地开门，披着头发，睡衣松松垮垮地贴在身上，乳房有些下垂，却饱满地在睡衣上印出轮廓。

“干吗呀这么早？”

欧宁望着她梳妆台上的玫瑰色口红，有点不好意思地指了指：“我想……用一下。”

“用呗。”青荷笑了笑，“小欧长大了，知道美了。”

“就你知道臭美，我不可以？”欧宁从她身边挤进去。

青荷用手摸了摸欧宁的短发：“再长一些，就更好看了。小欧，留长发吧，你是女孩。”

欧宁不说话，拿起口红涂了嘴唇。看着镜子里的自己，眼睛发光，嘴唇柔嫩地红着，像含苞欲放的花朵。突然发现，自己也有美丽的时候。

她对青荷说：“我不吃早餐了，我要去图书馆。”

青荷睁大眼睛看着欧宁笑：“傻啊——”

而欧宁已经跑了出去。

“老凯，开门哪，我来了。”站在图书馆门前，欧宁冲楼上喊。

里面响起不紧不慢的脚步声，很快，门开了，老凯温暖的笑脸出现在门口。那是一种舒缓的笑，先从他清澈幽绿的眼睛开始，然后传到他那有型的薄唇，嘴唇张开，露出一口洁白匀称的牙齿。他的笑容如阳光般灿烂，让欧宁的心也快乐明媚起来。

上午的时光是属于他们两个人的。

老凯穿着一件白色T恤，坐在一个深红色的木桌前，在一个本子上写着大段的文字。不知道他为什么不用电脑，而总是喜欢这么书写；也不知道他在写什么，似乎整天在写。欧宁在书架前徜徉，挑了自以为喜欢的书，坐在老凯对面看，却看不进去；丢下这本，再换一本，还是看不进去；有时，她会故意拿着书本向老凯求教，说书上哪个字不认识，哪个词语不甚理解，老凯头都不抬，词典、辞海，自己去查。他声音暗哑着打发她。

欧宁才懒得去查，便眯起眼睛偷偷地观察老凯。他眼睛深邃，鼻梁挺拔，嘴唇薄薄地抿着，呼吸拂在胳臂上，那些茂密的汗毛就如同风过丛林，一波一波地涌动。她忽然想到写信时的温莎公爵，想到写作时的莎士比亚，或某一个英国绅士。

好几个上午都是这么过去的。

到了中午，他们一般是叫外卖；很多时候，青荷也会把午饭送到图书馆来，这个表姐真的不错。她发现欧宁渐渐开朗起来，而且喜欢泡在图书馆用功，好像很有成就感，干脆就再接再厉起来。午饭装在一个手提食盒里，五层，五菜一汤，两荤三素或三荤两素，刚好满足他们三个人的食量。

吃过午饭，青荷会在图书馆逗留一会儿，跟老凯天上地下地闲扯，都是当地的一些人和事。这时候，欧宁就感到受了冷落，会感到自惭形秽。跟青荷比起来，她就像一个丑小鸭，皮肤不白，嘴唇略厚，眼睛大，眼圈周围却有浅淡的雀斑，头发短而硬，就连阿毛他们都当她是男人婆。青荷多美啊，难怪老凯见了她总是有说有笑。

好在这段时间不长，青荷有她的生意，不可能把工夫都泡在这里。

到了下午，图书馆就会有读者，或找老凯还书借书，或在阅览区阅读，总归是他们的二人世界就成了公共场所。老凯不再写作，除了给人办理借阅手续，就是整理被读者随意乱放的图书。这时候，欧宁会有些淘气地跟在他身旁，装模作样地帮他整理，实际上，不是放错了位置，就是折了书页。老凯总是无奈地叹口气，额头那几道深刻的皱纹就叠在一起。那些皱纹给老凯增加了可爱，或许还有些性感。性感，欧宁想到这个词的时候，脸颊悄悄地红了。她忽然想用手去抚摸老凯那些皱纹，她为自己这个想法紧张了好一会儿……

就这样在图书馆待到天黑，然后欧宁求老凯带她去镇上，吃阿修家的猪杂粉。说是求他，是因为老凯从来不吃猪杂，难道这也是遗传的力量？好像英国人是不吃动物内脏的。但欧宁太喜欢阿修家的猪杂粉了，喜欢那软弹的粉，喜欢那激烈的麻辣，甚至喜欢猪杂残留的异味。老凯总是迁就欧宁，像大哥哥，像父亲。

西镇是个悠然舒慢的小镇。几条街几乎是平行的，从一条街的尾部出来，拐个弯，便进入下一条街，青石铺成的路面干净整洁，走上去，会发出空空的声音。欧宁和老凯的足音是不同的，欧宁的凉鞋敲上去，像指尖弹在八音琴上，清脆而悠扬；老凯的皮鞋踩上去，像鼓槌打在架子鼓上，铿锵有力。他们走在街道上，他高大的个子和混血的脸庞，她娇小的身材和稚气的面孔，会引来许多好奇的目光，但欧宁全然不顾，她就喜欢让老凯陪着，目空一切地走过青石街，走过霓虹灯，走进阿修猪杂粉店。

欧宁要了一大碗猪杂粉，再放上青的小葱和红的剁椒，吃得汗流浃背，心满意足。老凯不吃猪杂汤粉，他给自己一杯奶茶，一边小口啜着，一边看欧宁狼吞虎咽地吃。那眼神温柔极了，像主人看着自己精心豢养的小动物，让欧宁一次次怦然心动。

“呀，欧宁！”

阿毛不知什么时候来到跟前，他穿着黑色的圆领衫、短裤，脑门一绺头发搭在眼睛上，看到欧宁和老凯面对面坐在汤粉店，有些惊讶地大叫：“欧宁哎，你怎么和他在一起！”

欧宁有些生气，狠狠地瞪了阿毛一眼：

“我们为什么不能在一起？”

“他，一个混血种！”阿毛完全是旁若无人的样子。

老凯却好像一点也不在意，好像已经习惯了这种语气和态度，他温和地看着阿毛，微笑着说：“这孩子……”

欧宁扔下碗筷，起身径直出了店门。

老凯在后边跟了出来。

从汤粉店出来，右拐三十米，便是顿河了。欧宁放慢了脚步，老凯很快就跟了上来。河边的路灯照着他的脸，他的嘴角挑了一下，有些笑意。

欧宁说：“你还笑，有什么好笑的……”

老凯说：“我笑你生气的样子。”

“你不生气？他那么骂你？”欧宁有些奇怪。

“没有啊，阿毛只是说我混血种，别人还骂我杂种呢。我要是生气，早就气死了。”老凯摊了下手，“我从记事起，就活在别人的闲言碎语里，人家都骂我是杂种，是野种，是婊子养的。从生物学上说，我的确是杂种，但我不是野种，更不是婊子养的……”

欧宁和老凯走在河边，顿河在他们身旁静静地淌着，偶尔听到有水鸟划过水面的声音，间或有人洗澡发出大声的笑。她扭过头看老凯，他表情淡定，声音平缓，好像在讲与自己无关的事情。

那次在球场上，欧宁听到阿毛他们骂老凯野种的时候，还未曾有任何感觉，而这一刻，这个沉默而内敛的男人，再次吐出这几个词语时，她的心竟微微地疼痛了。

欧宁想到了自己，想到了她的童年和少年。在舅舅家的小镇上，在学校，在同伴之间，总会有一些话语刺激她，比如没有爹娘的孩子，比如野生的小羔子……她变得脆弱而敏感，稍有点风吹草动，马上刺猬般地奓起浑身的利刺。而眼前的老凯，居然如此泰然处之，可以说是有些麻木不仁。

“我母亲不是婊子，她是一个好女人，她洁身自好，忠于爱情，即使我父亲抛弃了她，她也没有移情别恋，一个人把我抚养成人。”老凯不紧不慢地讲述着。

“你可以想见一位单身母亲的艰难。她一个人做几份工，只是为了让我生活得不比别人差。我睡到半夜醒来，看到她还在灯下做手工，只要能赚钱，再琐碎再苦再累的活儿她都接。经常一熬一个通宵，困极了，就靠在椅子上打个盹。有一次，打瞌睡时额头碰在桌子上，碰破了。此后，那里就醒目地印了一道疤痕。我说，妈妈，我来帮你一起干活吧。她坚决地摇头，她只要我好好学习，长大成为有用的人……”老凯的眼睛里涌出了清亮的泪。

“我在学校被人欺负，被人骂野种，说我是没有爸爸的孩子，说我长得跟他们不一样，是杂种。我哭着回家问母亲，我说妈妈，我有爸爸吗？我是野种、是杂种吗？母亲一把抱过我，把我抱在怀里说，凯，你不是野种，你有爸爸，你的爸爸在英国。我委屈地说，爸爸是坏蛋，他不要我们了……母亲却训斥我，不许这样说你爸爸，他是因为有事才回国的。他是一个绅士，一定会回来找我们的。可直到母亲得病去世，我父亲也没有出现。母亲太苦了，太痴情了。临死前，她身体疼痛蜷缩成一团，她本来就瘦小，那时候，我把她抱在怀里，那么轻，轻得像一团棉絮，很不真实……”

老凯陷入沉痛的回忆中，泪水不停地滑落，滑落到唇边，又顺着嘴角流进嘴里。那一刻，顿河的水似乎也陷入悲伤，在河湾处静静地停留。沿河的灯光洒下来，抚摸着它的悲伤。

“我连声叫着妈妈，她费力地张开眼睛，看着我，想说什么，却说不动了，一点力气都没有了。就那样看着我，看着我，慢慢地合上了眼睛。她那么不甘心，她舍不下我，她还在等我的英国父亲。”

老凯用手擦了一把脸上的泪，好像突然醒悟过来，说：“我怎么说起这些了？说这些干吗呢……”

这时候，欧宁鼻子发酸，早已是泪流满面了。她看着老凯，他抿起的薄唇，他幽深的眼眸，有一种上前拥抱他的冲动。

“老凯，我也是野孩子，我愿意跟你一起做野孩子……”欧宁听见自己的声音里有义无反顾的决绝。

“傻话呢。”老凯破涕为笑了，“水有源，树有根，每个人都有父母，我们也有。你父母在城里，我爸爸在英国，他们只是有不得已的难处，不能跟我们守在一起。原谅他们吧，谁没有不得已的时候呢?”

夜幕正在如火如荼地拉开，天空的星星闪烁不定。西镇和顿河在夜的海洋之上，要荡漾起来了，欧宁感觉到自己的脚步和身体，也要飘起来了。

六

欧宁对老凯越来越依恋了。

这个四十来岁的男人，他沉默的个性和淡淡的忧郁都对欧宁充满了吸引力。晚上睡觉时，她会关上灯，细细地想一遍他的样子——他站在书架前整理图书，那修长的手指抚过书页，像蚕宝宝爬过桑叶；他低头书写的样子，微风吹过他胳臂上浓密的汗毛，如森林般起伏；他在球场上跳跃腾挪，如一头矫健的豹子；他讲起悲惨的过往，像孩子一样纵情流泪……欧宁几乎要疯狂了。这疯狂里藏着强烈的渴望，渴望里又有些许羞涩和胆怯，就像图书馆里摆放的那些茉莉，将开未开的，若有若无的，让人迷醉却又捉摸不透。

欧宁不知道这是不是共情，但知道他们都是被抛弃的、与世隔离的人。她被父母抛弃给舅舅，只能跟自己玩耍，同学们都与她保持着距离；老凯被父亲抛弃在西镇，所有人都视他为异类，四十岁了还孑然一身，终日与青灯黄卷相伴；他们自言自语，坚守孤独，但他们丰盈而充实，冷傲而高贵。

“我们是两个野孩子，我愿意跟他一起做野孩子。”欧宁就是这么想的。

意外却来得猝不及防。

那天下午，欧宁接到了舅舅的电话，他兴奋地告诉她："小欧，你报的那所大学，通知书寄到了……"

青荷不在家，欧宁也来不及找她，就匆匆忙忙出了家门，朝图书馆跑去——她要把这个消息第一时间告诉老凯，与他分享她的快乐。一路上，欧宁想象着老凯得知这个消息时的样子，他一定会为她开心吧，他一定会挑起嘴角，先从眼睛开始，让那迷人的笑慢慢地散开，灿烂在整个脸庞。

可是，图书馆的门却紧闭着。

"老凯，开门哪。"欧宁站在图书馆门前，冲着楼上喊。

等了一会儿，没有听到熟悉的脚步声，更没有看到老凯灿烂的笑脸。欧宁使劲拍打着图书馆的门，门依然紧闭着，好像故意拒收她的喜讯。回身看了看篮球场，只看到阿毛他们正兴致勃勃地打球，并没有老凯的身影。

阿毛看到欧宁，大声喊："欧宁，来啊，一起打球。"

她没有理会阿毛，闷闷不乐地转身离开，一个人坐到河边的石凳上，望着河水发呆。

晚霞洒在顿河里，眼前的河水是静的，像凝固的胭脂，远处的河水是动的，像跳荡的火苗。河面上有几只竹排，上面坐着游客，船工撑起了竹篙，竹排顺流而下，游客们发出欢快的笑声。恍惚间，欧宁觉得自己也坐在竹排上，漂向山外，离西镇越来越远。心念一动，一下子意识到就要离开这里，离开老凯了，刹那间泪流满面。

就这么离开了吗？就这么失去了吗？欧宁感到自己再一次被世界抛弃。

回到表姐家，院子里静悄悄的。青荷还没回来？正要走回自己的房间，却发现青荷卧室的窗子半掩着，里面传出一些奇怪的声音，遥远而贴近，熟悉而陌生。这是什么声音？欧宁有些心惊肉跳，更有种不好的预感，忍不住走到青荷的窗前，从缝隙望去——

青荷赤裸着身体躺在床上，同样赤裸的老凯在青荷身上，他背部的线条紧绷，眼睛微闭，抿紧了唇，好像在用力办一件什么事情，动作粗暴而猛烈，还不时地低下头亲吻身下的青荷。青荷的双腿架在老凯肩上，那张漂亮的面孔扭曲着，发出含混不清的声音，说不清是痛苦还是陶醉……

天！欧宁明白了什么，好像被抽去了筋骨，浑身无力，几欲瘫软，大脑里一片空白。她用牙齿狠狠地咬着嘴唇，嘴里弥散着浓重的血腥味，勉强回到自己的房间门口，一下子坐到台阶上。

不知道过了多久，他们从房间出来。青荷看到了欧宁，叫道："小欧，你怎么了？脸色这么难看？"

欧宁没有理她，扭脸看着老凯。他避开了她的眼睛，匆匆走出了院子。欧宁心想，一定是她眼睛里有愤怒的火苗，让他不敢直视。青荷下意识地拉了下衣襟，却更突出了她丰满的胸部。她用手拢了拢散开的长发，走近前来，摸摸欧宁的脑门，说：“小欧，你没事吧？”

欧宁甩开青荷的手，起身进了自己房间。天气闷热，她却感到浑身冰凉。躺在床上，望着窗外，望着天上一朵孤独的云，仿佛沉入深渊，愤怒而忧伤……

她感觉自己被所有人抛弃了，被整个世界抛弃了，同时，她也抛弃了所有人，抛弃了整个世界。她想放开嗓子大喊，想发泄心中的愤懑，却又压抑着自己。她不明白为什么有这种奇怪的念头，她对人们，所有熟悉和不熟悉的人，对他们所谓的爱，所有的亲密，都嗤之以鼻，充满了鄙视和厌烦。她为此格外忧伤，痛苦不堪，用牙齿咬着枕头的一角，拼命克制着不发出声音。

青荷在外面敲门：“小欧，晚饭都凉了，还不吃？”

欧宁没有回应。青荷又叫了两次，欧宁依然不说话。

那是个漫长而孤独的夜，欧宁沉在黑暗的谷底。眼前是老凯迷人的笑容，是他和青荷纠缠在一起的肉体，耳边是他们弄出的奇奇怪怪的声音。欧宁开始反胃，好像有滔天巨浪汹涌欲出……

天终于开始亮了。欧宁望着镜子里自己肿胀的嘴唇，肿胀的双眼，不知所以。

经过青荷卧室的时候，她正对着梳妆台打扮自己，依然妩媚而俏丽，温柔而魅惑。她看到欧宁往外走，问：“小欧，这么早要去哪里？”

欧宁冷冷地瞟了她一眼，不想多说一句话。

太阳如常升起，阳光如常照着顿河和周围的群山，一个崭新的日子如期而至。

清晨的顿河像羞涩的少女，被一层乳白色的轻雾笼罩着，看不清楚它是否在流动。早起的船工正将货物一件件搬上船去，初升的太阳洒在河面，洒在船工们的脸上。青山连成排，在水里倒映出逶迤的线条。

欧宁在顿河边漫无目的地走着，大脑空空如洗。

这时听见有人叫：“小欧，散步啊？”

不远处站着老凯。欧宁停下来望着他，想从他脸上看出点什么，不安，抑或些许的羞愧。但她错了，老凯已没有了昨天傍晚的慌乱，他那么镇定，仿佛什么事都不曾发生过。他甚至还将微笑抛过来：“走，我们一起打球去。”

欧宁这才看见老凯右手托着一个篮球，抛了一下，用指头顶住，任篮球在指尖上快速地旋转。她为他的镇定再次愤怒起来，转过头，不去看他。从他身边经过的时候，突然涌起了一个恶作剧的念头，用英语骂了一声：hybrid！

她骂的是——杂种。

身后没有任何反应。果然如阿毛所说，这个英国种，竟然听不懂英语。活该。欧宁心里泛起一股快意，加快了脚步，扬长而去。

快乐并没有持续多久，欧宁便重又陷入了忧伤。她不再去图书馆，也不想见到老凯。但分明是欲盖弥彰，越是躲避，越是难过，越是疏远，越是想念。她有些后悔不该那么骂他。

南方的夏季似乎格外长，欧宁的身心像在蒸笼熬煎，每一天都百无聊赖，便又跟阿毛他们混在了一起。尽管她并不喜欢他们嬉皮笑脸的无赖样，可除了去球场上和他们打球，几乎无事可做，她等着青荷做完手头的那批货，就回舅舅家。

那天傍晚，欧宁和阿毛他们打完球，居然冒出一个念头，去河里洗澡。她绕开他们几个，独自去了个比较隐蔽的地方。月光在云层里若隐若现，岸上的凤尾竹轻轻拂动，榕树静静地垂着长须。欧宁悄悄地脱了衣服，正准备下水，阿毛他们不知从哪里突然蹿出来："小欧，一起洗澡啊！"

欧宁吓了一跳，赶紧蹲下身子，双手下意识地抱在胸前。

这时，另外一个声音出现了："滚开，看谁敢过去！"

阿毛他们尖叫着，哄笑着，四散而去。

那声音如狮虎咆哮，却又那么熟悉，是老凯，他怎么会在这里？难道他一直跟着我？抑或在暗中保护我？欧宁低下头，百般滋味一起涌上心头。

欧宁很想知道老凯此刻的表情，也很想知道今晚的月光有什么不同。她蹲在地上，微微仰起头，月光像轻纱，像过滤了的牛奶，洒在河面上，洒在凤尾竹的叶片上，洒在榕树长长垂下的须根上，当然，也洒在她的身上。她已经脱得一丝不挂，她的皮肤应该也像在牛奶里浸泡过一样，光滑，白皙，散发着若有若无的香。

老凯，他应该也是。

那晚和老凯在球场上打球时，月光也一样，他的皮肤在月光下一样是光滑的，结实的肌肉蕴含着力量，那些密集的汗珠在月光下闪烁，像天空无数颗星星。欧宁被他混着汗液的体味迷醉，目光涣散，不小心打了个趔趄，向后倒去，欲被他一把扶住。她身体失重，想顺势扑向他，扑在他怀里。可是，他却轻轻推开了她。欧宁心想，若此刻情景再现，我一定不会让他推开，一定要紧紧地拥抱他。她曾经在幻想中无数次偎在他怀里，他的怀抱宽阔而温热，让人感到踏实。但今晚，老凯出现在这里，在这样的场面、这样的情景下，我却感到愤恨而难过——眼前浮现出他和青荷那个纠缠的傍晚，他结实的背，他抒情而有力的冲撞，以及青荷梦呓般的呻吟……

一股无名之火从心头升起，欧宁慢慢地站起来，慢慢地转过身，面向老凯，充满快意且邪恶地冲老凯大喊：“看啊，我也是个女人，我的身体一点不比青荷差，我比她更年轻，更结实，更有活力!”

老凯明显受到了惊吓，面部有些扭曲，眉头攒在一起，猛地转过身，背对着欧宁，声音暗哑地说:“小欧，你不要这样，快把衣服穿上……”

欧宁用英文骂了他一句：hybrid！

随即纵身一跃，跳进水里，将头埋了进去。河水是温的，河底的沙子柔柔地在脚面上起落，茂盛的水草酥酥地划过肌肤。欧宁闭上眼睛，好像儿时躺在父亲的怀抱，父亲的怀抱是摇篮，她在摇篮里沉入梦乡，做着甜甜的梦。父亲也是一个梦，那个梦离她太远了，她无法将他定格在她的生命里，只能任他顺水漂流，她正在被他忘却，她是多余的小欧……

不知过了多久，欧宁才慢吞吞地从河里出来。老凯还在，他背对河流而坐，明明灭灭地抽烟。她没有理他，穿好衣服回去。

青荷房间的灯还亮着，听到动静，她开门走了出来，带着一股檀香的味道。

“小欧，去哪儿了，这么晚才回来?”她用手理了理欧宁湿漉漉的头发,“赶紧去吹干。”

一月有余，欧宁的头发竟掩住了她的手指。想起有意无意蓄起的头发，欧宁突然觉得多余，决定明天就去剪短。欧宁垂着眼皮，不想正眼看青荷。天知道她此刻有多讨厌她，这个虚伪放浪的女人，漂亮的眼睛充满了情欲，摇曳的身姿充满了挑逗，不然，沉闷而无趣的老凯怎么会被她勾引？

欧宁甚至连这个地方一起讨厌了，恨不能马上逃离。

七

剪刀贴着头皮嚓嚓喳喳欢叫，一边的头发在迅速变短，每一根短发都奓起来，像随时都会发怒的刺猬；另一边还有半拃长，似乎不甘心丧失最后的温柔。

我真他妈太自作多情了，欧宁暗暗骂自己。如果她对老凯的这种感情还称为情的话。以前欧宁可不是这样，她从没有对异性动过心，甚至不会多看一眼。她刻意模糊自己的性别，刻意忘记自己是个女孩，以至于被别人看作假小子、男人婆。可自从遇见老凯，就完全变了个人，她开始留长发，开始打扮自己，她学会了涂口红，学会了把温柔的眼神停留在他脸上。天知道，这温柔是从哪里来的。她渴望见到他，渴望得到他的关注，就像一个走在寒夜里的人遇见了光明，遇见了火把。谁知道这只是欧宁一厢情愿，他居然和青苛苟且！她不想对他们使用这恶毒的词，可孤男寡女，非婚非恋，不是苟且又是什么？

发廊小哥的剪刀停了。欧宁看了看镜子，心里充满了快感。过去那个假小子重生了，飒愣横冲，一副天王老子都管不着的生猛劲儿。

“二十。”发廊小哥收拾起剪刀。

“给你，哥们儿，不用找了。”欧宁拍出一张五十元纸币，抱起脚下的篮球，气宇轩昂地出了发廊。

“谢谢哦……”发廊小哥在身后说，又说，“傻逼，男人婆!”

欧宁听见了，但无所谓。西镇和这里的所有人，已统统与她无关了。这是一个无聊且颓废的小镇，顿河波澜不惊，死水一潭，船只从此岸到彼岸，单调重复，卖水果的阿婆、卖猪杂汤粉的阿修、这个发廊小哥和所有买卖人，无不奸诈势利，还有这里奇怪的本地土话，聒噪却不知所云。

天阴得很重，大有黑云压城的意思。球场上空无一人。欧宁从这头跑到那头，又从那头跑到这头，一次次把篮球狠狠地砸向篮板。不大一会儿，衣服就湿透了。她挥汗如雨地在球场上奔跑，仿佛又回到了中学的运动场上，十个队员，九个都是纯种男生，但她抢球，护球，进攻，防守，一点都不露怯。场外的观众发出阵阵口哨声，尖叫声，“假小子，男人婆！男人婆，假小子”！去你妈的，哥们儿就是假小子那又如何，老娘就是男人婆那又如何!

眼睛的余光看到了图书馆的落地窗，一个邪恶的念头不可遏止，欧宁抡起篮球朝窗子砸去。哗啦，一声脆响，窗玻璃碎了，碎片落了一地。当然，这只是她心里的念头，球场四周有铁丝网拦着，好像他们早就有所提防。何况，图书馆离球场有一百多米，她也没有那么大的臂力。

但确实有哗啦一声脆响——是天空的一声炸雷。跟着，铜钱大的雨滴就噼里啪啦砸了下来。炙烫的地面被雨水一激，腾起阵阵白烟，泥土的味道混合着河里的腥味，弥漫开来，榕树痛快地立在雨中，贪婪地汲取着滋润，仿佛要把多日的干涸填满。

欧宁真的挥汗如雨了，分不清哪是汗水，哪是雨水，抑或还有泪水。衣服完全湿透了，紧紧地贴在身上，山山水水都显露出来。

“小欧，快进来避雨啊。”老凯站在图书馆门口大叫。

管得着吗你！老子就喜欢淋雨，就喜欢这大自然的狂欢。欧宁全然不顾老凯的呼唤，在大雨如注的球场上奔跑。

“小欧，你想干吗？会感冒的啊！”老凯跳脚挥手。

哈哈，老凯你个杂种，瞧见了吗？瞧这修长的腿，瞧这丰满的胸，瞧这性感的臀，老娘不是假小子男人婆，老娘也是女人，是一匹纯种的牝马！

突然雨停了，雨一下子就停了。虽然雷声还在，雨声还在，但头顶却一滴雨水也没有了——老凯冲进了球场，一把伞撑在了欧宁的头顶，她抱着篮球站在伞下。

“快，进图书馆，看你淋成这样……”老凯说。

欧宁站着没动。

“要不，快回家，回家换衣服……”老凯又说。

欧宁还是站着没动。

老凯不说话了，他们就那么沉默着站在伞下。雨还在下，伞盖把雨水集中起来，又顺着边沿流下，形成一个圆形的水帘。欧宁和老凯并肩站着，能感觉到他的体温，能听到他的呼吸和心跳。

“我要吃猪杂粉……”她突然仰起脸对老凯说。

阿修猪杂粉店里，没有一个吃粉的人。老凯给欧宁要了一大碗猪杂粉，又拿过桌子上的剁椒酱，挖了一勺，看着欧宁，犹豫着是不是全放进去。欧宁摁了一下他的手腕，连同勺子一起浸到碗里，不管不顾地开吃。麻辣的热烈像电流一样源源不断地输送到她的体内，很快，身子热起来，头上也冒出了细密的汗珠。

老凯坐在对面看着欧宁吃，他习惯性地摸出一支烟，犹豫了片刻，没有点火，就那么在手里拿着。欧宁低头喝着汤，没有说话，却在等他说。

雨还在下，雨水把石板街洗得干干净净，连街上的人都洗净了。

老凯抿了抿薄唇，挑了一下眉毛，那双幽绿的眼睛亮了一下：“小欧，你不该这样，小小年纪不该有这么重的心事。”

欧宁撇了下嘴，露出你懂什么的表情。

“我知道，你承受了这个年龄本不该承受的痛苦，你被父母抛弃，被别人歧视、嘲笑，所以你对这个世界充满了敌意……”老凯说。

这话他前些日子曾经说过，那时欧宁感到的是共情，而此时她却有种被人窥视的愠怒，便捧起了大碗，将整个脸都埋了进去。

“你知道，我从小就被人歧视，被人孤立，被人骂，从小到大，我生活得多么压抑。别人骂我是没有爸爸的野种，我做梦都想得到父爱，一次又一次向母亲追问我爸爸的下落。母亲说，你有爸爸，你的爸爸在英国；母亲还说，你有父爱，有很多很多的父爱。终于在一场大病之后，我有了一百个爸爸……”说到这里，老凯笑了，露出一排洁白整齐的牙齿，用它们轻轻咬了咬薄薄的唇。

欧宁的心里咯噔了一下。一百个爸爸？难道老凯的母亲真的是妓女？

“小学那会儿，有一段时间，我总是生病，吃药打针都不见好，母亲就去找一个巫婆给我禳灾。巫婆说我命里缺少父爱，要有一百个爸爸保护才可以活命。一百个爸爸，我就一个爸爸还不知下落，哪里找一百个爸爸？巫婆就给指了一条路。”

难道巫婆要老凯的母亲卖身？欧宁的心揪了起来。

“你别想歪了。”老凯说，“巫婆的办法是去山上找一棵柏树，让我认柏树做干爸。柏树，百树，我有了一百个爸爸。”

欧宁的心放了下来，长出了一口气。

“后来，别人再骂我野种时，我就说我也有爸爸，我爸爸就是山上那棵老柏树。虽然别人都嘲笑我，但说来真是神奇，我的病好了，身体也渐渐强壮起来。我对那棵柏树充满了感恩，每天上学路过那里，总要对柏树拜上几拜，一边还念念有词，爸，儿子来给您磕头了……”老凯又笑了，那笑容先从眼睛开始，再到嘴角，洋溢着迷人的波纹。然后抿了抿嘴唇，接着说：“那棵柏树已经很老了，可又看不出它有多老。树冠很大，风过处，先从一边动起，慢慢才动到另一边。树上有各种鸟，还有松鼠和蛇。大自然多么练达而博爱啊，它们包容所有可以包容的，庇护了一切生灵。”

欧宁问：“那棵柏树还在吗？”

“不在了。”老凯看着店外，好像目光能越过街区的房屋，抵达那个山坡，“我上大一那个假期回来，去山坡上拜我的干爸，发现它被人伐走了。我站在那个树墩前，难过了许久。我对它已经有了感情，也许是我对父亲的爱，移情给了它吧。我一点也不恨我的父亲了，虽然他抛弃了母亲和我，但他毕竟给了我生命。所有给予我生命、给予我爱的，我都一样爱着他们。”

欧宁突然鼻子有些发酸。对面的老凯，和她的父亲年纪相仿，究竟是一种什么样的情愫，为什么他那么吸引她？为什么看到他和青荷相爱又那么妒忌、那么愤恨呢？

八

第二天，雨停了，天边的云彩，红彤彤的，被火点燃了一样。

欧宁和青荷背着行李，踏上泊在岸边的船，找了个靠窗的位置坐下。整个船上就她们两个人，显得空空荡荡的，好像专为她们而开。青荷坐在欧宁旁边，用手随意地拨弄了一下她的短发，惋惜地说：“刚刚留长一点，又剪了……”

窗外的山上披了一层红色的纱，安静而羞涩地美丽着。水的波纹一圈圈漾开，由深红过渡为浅粉。镇上传来清脆的丝竹一样的乐声，绵延不绝。欧宁回望了一眼西镇，思绪如身边的顿河，浩浩荡荡，发生的事、认识的人，从心头流过。

就要离开了吗？就这样离开了吗？

船正要起锚，一个声音传了过来：“等一等，等一等啊……”

在机船沉闷的轰鸣声里，欧宁一下子辨出是老凯的声音。老凯满脸汗水，一边跑，一边向她们招手。一股热流忽地自心底涌上来，欧宁对老凯的恨意倏然消退。两个半月，仿若走过了漫长的岁月，步步惊心，步步销魂。她望着他，微笑着望着他。

“小欧，得知你要走了，没有什么可以送的，送你一本书吧，你一直想看的玛格丽特的《飘》，我译的，刚刚出版。”老凯气喘吁吁，声音依然喑哑。

“谢谢你，老凯。”欧宁看了看手里的书，崭新的，散发着淡淡的墨香。封面上是四个烫金的大字:《乘风而去》。

“不是《飘》吗?”

“哦，Gone with the wind，原著名。”老凯笑着说，“不过，我更喜欢《乘风而去》。”

天，老凯是懂英文的，而且能译这么厚的小说！那么，她用英语骂他杂种，他都是知道的。欧宁的脸一下子红了。“对不起，老凯……”

“没关系。We are two wild children，I would like to be a wild child with you，I love you！”老凯笑着说。

我们是两个野孩子，我愿意跟你一起做野孩子——这是欧宁对老凯说过的话，现在，他用英语回应了她。刹那间，欧宁泪流满面。

船开了，欧宁任凭眼泪恣意流淌，冲着岸上越来越远的老凯大喊:“我也爱你，老凯!”

就在那一瞬间，欧宁明白了她对老凯所有的感情，不过是一个极度缺乏父爱的孩子，在寻找寄托和依恋，迷幻而执着……

几天后，欧宁回到了省城。

当欧宁走出车站，看到前来接她的父亲时，周身的血液一下子热流滚滚，多年的疏离倏然拉近，沉积的怨恨瞬间冰释。她扑过去，抱住已经有些沧桑的父亲，叫了声："爸爸……"

父亲抖动着嘴唇，泪水大颗地滑落："对不起，小欧，爸妈对不住你……"

"没有，爸爸，我很好，真的，你看，我已经长大了，已经是大学生了……"欧宁仰脸看着父亲，露出少女的笑，也是女儿对父亲的笑。

欧宁知道，她与这个世界冰释前嫌，与所有的不快握手言和，都源于那个假期，源于不期而遇的老凯——那个在她生命中出现，使她从叛逆回归正常，给过她温暖的人。

大一上学期，欧宁得到了老凯跟青荷结婚的消息，因为学业紧张，她没能去参加他们的婚礼。她站在地图前寻找着顿河和西镇，可始终难觅其踪。或者这名字根本就不存在，是青荷信口胡诌？还是那段迷乱的青春期颠覆了她的记忆，抹去了所有痕迹？

不过，都已经不重要了。顿河，跟欧宁的青春一样，有过短暂的波折和停顿，终归要浩荡而去，拦不住，只能回味。回味里有光，这已然足够。

本文初刊于《莽原》2021年第3期

祁娟，河南省作协会员，南阳市作家协会副秘书长。作品发表于《莽原》《湖南文学》《散文选刊》《时代文学》《长江丛刊》《满族文学》《奔流》《西部》《黄河》《山东文学》《河南散文年选》《躬耕》《鹿鸣》等杂志。曾荣获“河南省首届文学期刊联盟奖”“长江丛刊文学奖”“莽原文学奖”“第一届南阳新锐作家出版奖”“南阳市第七届文学艺术优秀成果奖”。

花　殇

王晓静

一

清晨的村庄有种不合时宜的安静，只有鸟啼声，一粒粒从树梢落下，像滚了满地的杏子。

哑巴走着，不禁怀念起儿时的村子，那时天刚蒙蒙亮，就有赶着牛羊的乡亲，就相互打着招呼，去为一天的生计忙碌。母亲追打孩子的女高音，汉子喊媳妇的男高音，各种牲畜鸡狗的闹腾声，拥挤在村庄的上空，每个人也都像刚出笼的馒头暄软热乎。而现在的村子却像个波澜不起的水潭，死寂一片，连狗也像被这气氛扼住了喉咙，不敢大声叫，看到行人也只会呜呜地低吼两声来示威。

哑巴垂着头，视线系着自己的脚尖。多年来他早已习惯了以这样谦卑的姿态行走在路上，他的脊背微曲，像只微微绷紧的弓，随时准备射出警惕的箭。晨光里，一个同样驼着背的影子跟他面对面走来，是刘二狗的媳妇，背上正背着她不满三岁的儿子。

小孩子眼尖，大老远看见哑巴就手舞足蹈地喊道："哑巴、哑巴，吃草长大……"刘二狗媳妇像被马蜂蜇了一下，猛地抬起头，赶紧背过手去拍打背上的孩子，一边厉声呵斥着，一边像躲避瘟疫般绕过哑巴快步离去，只留下小孩子清脆的声音弥散在晨雾中："哑巴、哑巴，吃草长大……"

哑巴面无表情，依旧盯着自己的脚尖慢慢往前走着，眉头都没皱一下。这么多年，他的心早已生出了一层厚厚的茧，足以抵挡住村民们那些或厌恶或害怕或鄙视的目光了。

庄稼们在晨光中舒展开身子，可村庄仍在昏睡。

村里的人走了有三分之二了，开始是青壮年男人，在外面挣了钱就回来翻盖修葺房子，白瓷砖玻璃窗的小洋楼红了一群人的眼睛。接着便是大姑娘小媳妇，出去打过工的女人们回来后，连走路、说话都带了几分城里人的矜贵，她们炫耀着脸上擦的粉底霜、脚上蹬的小皮鞋，那神气样引得更多女人奔进城。剩下的三分之一就只有孩童和老人们了，那些发苍齿摇的老人一夕间变得金贵起来，成了家里的顶梁柱。一面要照顾年幼的孩子吃喝拉撒，一面还要照顾地里的庄稼，一年的孤独幽怨，也只有盼着春节子女们回来的时候，可以和着鼻涕眼泪尽情地喷涌而出。

哑巴慢腾腾地走着，抬头一看，竟然来到了英子家门前，他心里的那个念头像水瓢一样，按下了又浮起来，原来兜兜转转，他还是想来看她。只有当夜色中的那个身影，显形在白天泼辣辣的阳光下，他才能确定，那不是一场梦。

大门敞开着，英子正坐在屋檐下喝粥，她喝得很用心，整张脸都埋进了碗里，只露出两道拧在一起的专心致志的眉毛；可能碗里的粥有些烫，她喝得又十分小心，缓缓地，像有着满怀的心思。

哑巴久久地看着她，心里有个地方忽然生出一种奇异的柔软，这种柔软让他看向女孩的眼神也柔了起来，轻若纤羽。他轻叹口气准备离开，一转身，却看到一张黝黑枯皱的脸。

村长的几根白发在晨风中微微颤抖，脸上浮了一层古井般的幽深。然后，这幽深里探出一点冷冷的审视，说，你盯着人家小妮看啥？

哑巴勉强地挤出一个僵硬的笑，便转身欲走。村长却忽然抓住他的胳膊说，上次你帮俺家垒砖畜，我还没给你工钱呢。哑巴使劲摆摆手，微笑着摇摇头。村长伸出手，轻轻帮哑巴摘掉他头上的一片草屑说，我知道你这孩子心眼实诚，替叔干活也不愿意要钱。这样吧，早饭你别做了，去我家凑合一顿吧。

走在路上，村长有一搭没一搭地跟哑巴说话。我跟你爹那可是好几十年的交情啊，从光屁股蛋玩到老，谁想到他咋走那么早啊，哑巴努力想了想，还是想不起爹的模样。爹死的时候，他才两岁，每每想起，就像被晨风刮走的一个影子。村长说，你娘也是的，怎么也该把你养大，给你成家立业啊，竟狠下心离家出走。哑巴又想起他娘。娘是在他六岁时的早上离开的，只留下半边空被窝和蒸好的一锅窝头。所以，娘给他的印象，就只是半边空被窝和一锅窝头。村长说，你那爹娘啊……

村长的声音有些哽咽。哑巴低垂着眼帘，面无表情地跟着走。村长又说，你爹去世前把你托付给我，让我帮衬着你早点娶上媳妇，可媳妇哪恁好娶啊，好娶的话咱村就不会恁多光棍了。

哑巴脑子里浮现出几个老男人，他们常年围着村里仅有的几个女人转，那些眼睛都因为长期的饥渴，而发出一种兽一样的光，一层又一层从女人们的身上舔过，贪婪而不知疲倦。

村长说，知道你不想出去，不过都过去这么多年了，该出去也得出去，挣点钱，娶个媳妇才是正事。啥事儿还是得往前看，人一想不开就容易入邪啊。

哑巴听出了村长话里的意思，也听出了村长话外的意思。话里的意思他明白，话外的意思，他有些明白，又有些不明白。那些浓稠的疼痛、黑暗、惊恐一下子席卷过来。哑巴深深地吸了口气，咬紧牙，他站住身，不往前走了……

二

英子又感觉到那目光了，它像空气一样无所不在，如影随形，并且越来越肆无忌惮。

当她跟别的同学追逐嬉闹时，那蛛丝一般的目光就粘在她跳跃的辫梢上，当她在操场上尽情地舒展身体做课间操的时候，那湿湿的目光沿着她消瘦笔直的腰往下淌，淌过结实的小腿，停在纤巧的脚上。当她埋头做作业的时候，那鼻涕般的目光贴在她的额头、睫毛，最后滑落到她的嘴唇上。

她的胸腔里慢慢酝酿出一团气，日渐发酵，越胀越大。终于，有次她猛地抬起头，勇敢地迎上了那目光，电光火石的刹那，那湿黏的目光像蛇芯子一样唰地收回在茫茫人群中，像一片叶子隐入树林，又像一滴水滑入大海，消失得无影无踪。

胸腔里的气体爆炸了，恐惧和怒气烤得她口干舌燥，继而困惑像大雾一样弥漫开，但是冷静下来，那困惑的核心里便渐渐现出了一点端倪，像一点草芽拱出了土，很快成形。她凭着那点女孩子天生的直觉，隐隐地猜出了这目光的主人，虽然她从没正面与这目光交锋过，但她能感觉到它是熟悉的，每日可见的。

那是一次普通的课间休息，窗外的阳光无遮无拦地泼洒下来，同学们都奔到操场上撒欢去了，那些男孩女孩尽情地嘶喊着笑闹着，操场上人声鼎沸。教室里只剩下寥寥数人，英子被温暖的阳光一晒，眼皮便沉了起来，她不由得趴在了桌子上昏睡过去。迷迷瞪瞪，半梦半醒间忽然一痛，她的屁股被一只手狠狠地飞快地捏了一下。英子惊得一下子坐直了身子，霎时从混沌的梦境跌入现实，等她愣怔过来，抬头四顾，却发现身边空空如也，远处只有两三个打着瞌睡的同学，她站起来一扭头，赫然发现身后坐着一个人，李老师。英子的脑袋一片空白，因为这次，她的目光正碰上那束熟悉的鼻涕似的目光，那束总是游移不定的鬼魅一般的目光终于和她狭路相逢了。目光的主人戴着一副眼镜，镜片在阳光下反着光，看不清镜片后面的内容，但那猥琐的目光隔着厚厚的镜片依然让英子心惊肉跳，他忽然咧开嘴笑了，牙齿在阳光下闪了一下，英子从来没有见过，那样古怪而恐怖的笑容。她迅速扭过头，把手抚在胸脯上，下意识地安抚那颗狂跳欲出的心脏，身体因为剧烈的惊吓和屈辱抖个不停。怎么会是老师？教他们课的和蔼可亲的李老师？她摇摇头，想否定自己的猜测，她攥紧了拳头，指关节被攥得发白，眼泪大颗大颗地掉在课本上，慢慢洇成一朵形状怪异的花。

再上课的时候，英子已经什么都听不进去了，她缩着肩，把瘦小的身子埋在课桌下，只露出个头，好像这样会更安全一点。讲台上，李老师正口沫横飞地讲着算术题，英子不敢抬头看黑板，她怕不小心就又跟那鼻涕似的目光狭路相逢，更怕看见那牙齿闪着光的古怪笑容。可尽管如此，她仍然能感觉到那目光时不时地掠过她的脸蛋、发梢。她正使劲地低着头，恨不得连脸也埋进桌斗里。忽然，讲台上那个男人停下了讲课说，我得找个同学把刚才的内容复述一下 呃，英子，你来说吧。这声音穿透同学们层层的嬉笑私语抵达英子的耳朵，她惊得赶紧站起来，一抬头，又陷进了那束目光中，她低下头，恨不得地上裂开条缝容她钻进去。几个调皮的男生看到她的窘样，哈哈地笑了起来。英子的头低得快和脖子呈九十度角了，她只觉得，平时喜爱的课堂正变成一个屠宰现场，而那束目光正一下一下地将她凌迟。

放学铃声响起，同学们都争先恐后地抓起书包往家赶，英子独自坐在教室里撕扯着一朵花的花瓣，一片、两片、三片……八片！她的心咚地被猛击了一下，双数意味着她要走进那间光线昏暗的办公室，那里坐着一个黑魆魆的影子——李老师，他已经在那儿等着她了。

就在刚才，放学铃声响起的时候 他悄无声息地走到她身边，弯下腰用手指着她的作业，嘴巴凑到她的耳边说，你的题做错了，放学后到我办公室来一下。放学铃的声音刺耳尖厉，但也掩盖不住他那阴沉沉滑腻腻的声音，英子的心被这低沉的声音砸出了一个大坑，用再多恐惧也填不满的大坑。

时间一分一秒被拉长，英子颤颤巍巍地站起身，走向那扇黑色的大门，抬起了手，咚咚，咚咚，迟疑而细弱的敲门声击破了放学后的寂静。门吱呀一声被拉开了，一个高大的身影挡住了屋里的光线，俯视着英子。进来吧，男人的声音里有一丝抑制不住的兴奋。村小学的办公室条件都很简陋，几张长桌子上堆满了学生们的试卷、作业，角落处放着一张床，方便值班的老师住宿。李老师径直走向那张床，拍了拍旁边，示意英子过来。英子的头皮发紧，忽然感觉周围的空气里有种浓稠的压抑向自己涌了过来，她的喉咙像被扼住了，发不出声音。她乖乖地走过去，坐在老师身边，身子却保持着僵硬的状态，直直地挺着背。李老师忽然抓起她的手，慢慢摩挲着说，你的成绩虽然不错，但也要经常来我这儿巩固巩固啊……中年男人嘴里的口臭喷在她的耳边，油腻肮脏得像一块经年不洗的抹布。英子本就绷紧的身子忍不住微微颤抖起来，她的身体好像变成了一座火山，炽热无比。她不用扭头，就知道那束目光正穿透厚厚的眼镜片，从自己的头发上往下滑，滑过她的睫毛、她的嘴唇……贪婪得像野兽一样的目光就快要把她吃了。她能感觉到那粗糙的大手滑过自己的手正准备往她的大腿而去。

不！英子的火山终于爆发了，她不知哪儿来的力气大叫一声夺门而逃，身后传来李老师气急败坏的呼唤声。她不管不顾，一个劲地往家跑，深一脚浅一脚，像踩在棉花上一样虚飘飘的。她不敢回头，她知道身后办公室黑色的大门像暗夜里的一张大嘴，正准备吞噬误闯进去的猎物。她能感觉到双腿发颤。

在那以后，李老师仍然坚持不懈，以补课、讲作业、改卷子等各种各样的理由让英子去他的办公室，但英子总以要回家干活为由拒绝了，每一次拒绝他的时候，她都能敏锐地捕捉到，他的眼底有一掠而过的气恼和凶戾。

三

不知不觉，初春的空气里多了几丝暖意，柳梢返青了，一些不知名的小野花已经开始探头探脑，春天来了。这天放学的时候，招弟对英子说，走，我们去李婶家的梨树林，听说花开了！

每年一开春，她们就盼着梨树开花，那粉白粉白的一大片很有气势。一路上，英子蹦着跳着唱着歌，她喜欢春天，更喜欢跟好朋友在一起。她刻意地高声唱着歌，想一扫心头的那些阴影和雾霾。只是她没注意到，一向像百灵鸟似的好朋友招弟有种异样的安静。

梨树真的开花了，雪白雪白的花海连成一片，有种肃杀而决绝的美。她们背靠着树坐下来，英子吸了口甜馥的花香，喝醉了一样慢腾腾地说，梨花的花期太短了，再过两三周就开败了，要是能一直开到夏天多好。

秀妹死了！一直垂头不语的招弟忽然硬硬地吐出四个字。它们像四柄冰冷的飞镖将英子死死地楔在了那儿，她动弹不得，只能张大了嘴，所有的声响好像都被隔绝了起来，只有这句话的尾音在一遍遍地回响。

秀妹的模样、话语瞬间挤满了她的大脑，闹哄哄的。秀妹家是村里有名的超生游击队，秀妹娘因为生育过多，身上的肉像是不受控制般四处横溢，愈显得壮硕丰满。她气喘吁吁地扛着那个肥大的肚子，让人看着就担心，好像里面随时还会蹦出一个大胖婴儿。家里孩子一多，整天鸡飞狗跳，热闹非凡。秀妹排行老三，没有大的机灵，也没有小的娇憨，是最不受待见的“中不溜”。

长期受到父母忽视的孩子要么格外淘气，做出各种顽劣的事只为博得一揍，要么格外懂事，惯会看人眼色行事，只为换来大人们的几句夸奖。秀妹属于后一种，温顺乖巧得像一只小猫。秀妹上学晚，所以个子比同学们都高，有时从背后看上去就像村里的那些大姑娘一样。有些调皮男生就喜欢围着她喊“大屁股、大屁股”，可她脾气好，头一扭就当没听见。

就是这样的秀妹，野草般不起眼的秀妹，却不知什么时候肚子越来越大，过了冬，棉袄一脱，那肚子愈加呼之欲出。最早发现端倪的是她大姑。她父母得到信儿，从打工的城市急匆匆赶回来，进家看到秀妹，二话不说先是一个大耳刮子扇过去，秀妹的半边脸立马印上了几根通红的指头印，像盖上了一个戳，耻辱的戳。

那个夜晚，不知道被浸透了多少辱骂的秀妹，悄悄地拉开门走了出去，谁也不知道，从小怕水的她是怎么走进冰冷的河水里的。当她被捞起来的时候，修长身子上那高高凸出的肚子格外触目惊心，就像一个魔鬼施的咒，牢牢地长在她身上，无所顾忌地接受着村民们目光的检视。

英子想起，上一年秀妹还跟她们一块儿来看梨花，来的时候花已经快开败了，风一过，梨花们便像集体自杀一样，前仆后继地往下跳。这花看着挺丧气的，秀妹淡淡地说。如今想来，那时的她满眼都是浓得化不开的心事。

想念着苦命的秀妹，招弟和英子不约而同地低声哭起来，透过蒙眬的泪眼望过去，那些雪浪一样涌向远方的花海也变得模糊起来，像是一幅被雨淋湿了的油画，斑驳的油墨正一痕一痕地流淌下来。有风吹过，梨树们纷纷摇摆着树枝，万千粉白的花瓣飘落下来，像下起了一场凄美的雪，风的呜咽声，绕过扶疏花叶，在她们耳畔唱起一曲低沉的挽歌。

秀妹为什么会怀孕？英子的脑子却被这个疑问牢牢攫住。这个混沌未开的女孩真的不知道，哪怕一丁点男女间的隐秘。

四

秀妹的父母再也无心打工了，他们一天到晚拍着大腿后悔，后悔女儿跳河前没问清楚，这造下孽的人是谁，一大笔赔偿就这样随着傻闺女沉尸河底。

他们被懊悔和仇恨烧红了眼，直愣愣地坐在那儿，开始一个一个地“过滤”村里的男人们。那些面孔在他们的心里被“筛”了一遍又一遍，最终漏下来的那个，让他们多日的愤恨终于有了宣泄的出口。

哑巴开始感觉出了不自在，平时客客气气的乡亲们见了他都纷纷回避，他还能感受到人们的目光像箭镞一样，密织成网。有几个佝偻着背的老太婆，还会远远地冲他吐唾沫。

他恍恍惚惚地走在满地阳光里，忽然觉得这几年的时光一下子被抽干抽净，他又回到了十二年前！那时他们也是这样冰冷的眼神，这样鄙夷厌恶的表情，他盯着地上寸步不离的影子，仿佛看到了十二年前的那个自己，仓皇如鼠，诚惶诚恐，战战兢兢地跑过满街流矢般的目光，钻进家中。然后把自己和外面那个世界牢牢地隔绝开。

他看着当年那个卑微怯懦的自己，忍不住掉下泪来。可是，他不明白，为什么时光会重现？

很快，秀妹的父母解决了他的困惑。他们摆出了长期驻扎的架势，白天在他家门口，一手拿着馍，一手捧着水，坐在满地尘灰中边吃边骂。虽然不指名道姓，但句句细听都是朝着他掷来的匕首。

秀妹娘的嘴皮子像薄溜利索的刀片，上下翻飞间就已经切出整整齐齐的一盘污言秽语。那语调像唱戏似的抑扬顿挫，一句句骂人的话新意迭出，不间断不重样，甚至有几个闲极无聊的老头老太专门搬了椅子围着他们坐下，吃着零嘴，像看戏一样听他们骂。哑巴的家门口从门可罗雀一下变成了门庭若市，天天热闹非凡。也有好事的人，私底下为哑巴打抱不平，没凭没证的，咋就赖到人家头上了，欺负人家是哑巴不能还嘴吗？

哑巴依旧出门，下地，做饭，吃饭，遇见谁都像看见空气似的，走起路来背挺得竹竿一样直。他的漠然，将他从头到脚罩上了一层坚硬的壳，所有语言的枪林弹雨，根本伤不到他，他每天就这样若无其事地来来去去，旁若无人。但没有人知道，关上门的哑巴如同一堆坍塌的泥塑，一只被抽去支撑杆的风筝，一摊融化的雪水，精气神坍塌了，只剩下无助的肉身堆在门口死死抵住门。他用力地抱紧膝盖，把自己团成一团，这是婴儿在母亲子宫里的姿势，好像只有用这个姿势，他才能找回一点点微弱的安全感。他不知道，还能伪装多久的镇定，也不知道，那层一击即溃的坚硬盔甲还能抵挡多久，他感觉自己像掉进了黑暗的深不见底的洞穴，恐惧无穷无尽席卷而来。一扇薄门之外，那些一浪一浪扑面而来的污言秽语像是要把他和小屋吞噬。他紧紧地抱着自己，半晌才发现，胳膊上咬出了一弯牙痕，渗着鲜红的血。

哑巴的漠然使秀妹的父母陷入巨大的愤怒中，他们焦躁地在哑巴的门前踱来踱去，有人恍惚听见他们愤怒的低吼，死猪不怕开水烫啊？走着瞧！

这天晚上，哑巴家里失火了。

村长从乡里开会回来，远远就看到哑巴家里一片红光，他一面大声呼喊，一面快步跑向哑巴家。火是从柴垛烧起来的，已经烧毁了哑巴家的篱笆，急红了眼的火舌正贪婪地扑向房屋。这时候，村长却惊讶地发现，从哑巴屋里跑出来了一个睡眼惺忪的女孩。她癔癔症症地站在那儿，眼神空洞迷茫，显然有一半意识还停留在睡梦里。人们很快都跑来了，一桶一桶的水泼向火苗，终于没让那火吞吐了房屋。这时候人们才发现哑巴并没有出来。人们打开哑巴的房门，见哑巴坐在床上，好像不知道发生了什么，又好像在等着那场火把自己吞噬。

谁也没问火是怎么烧起来的，可谁都知道那火是怎么烧起来的。人们忽然同情起哑巴来，都不停地骂，仍然没有指名道姓，却心里都知道骂的是谁。

英子仍然呆呆地站在院子里。人们都奇怪地盯着她，好像她是大树上突然长出的一块肉，突兀怪异，有悖常理。李老师从人群里走出，上前一把抓住英子的手腕说，走，我得把你送回家！英子忽然清醒过来，惊恐地大叫一声，拼命想甩脱他的手。哑巴突然从屋里冲出来，上去一把扯开李老师，把英子护在身后。人群一片骚动，所有目光都牢牢地楔在哑巴和英子身上，仿佛要把他们钉在耻辱架上。

第二天，村长马不停蹄，气喘吁吁，先去了秀妹家，又去了哑巴家。他大口大口地吞吐着烟，像一只不知疲倦的蚕，不停吐出烟雾把自己包裹起来。层层烟雾背后的村长像有了安全感似的，说话的语气也越来越重。

秀妹的事我相信不是你干的，可是你，起火了怎么不跑？你真的不想活了？村长说。

哑巴轻轻地点了点头。其实，当时他真的不想活了，所以他只是叫醒了英子，而自己一直坐在屋子里等死。

这事就不再追究了，好歹，火总算没烧起来，村长说。

哑巴轻轻地点了点头。其实，追究不追究有什么意义呢？就像这么活着，又有什么意义呢？

英子的事我警告你，那可是个孩子啊，别坏了人家名声！

哑巴轻轻地点了点头，其实，他早就这么想了。这么一想，他就不想死了，英子，也许就是他活下去的意义？

英子的确成了哑巴活下去的意义。他盼着她来，没有她的屋子是死的、冷的，如同古墓。可他又怕她来，她只要一钻进被窝，简陋破败的屋子，就会被少女身上清甜的气息填满。这气息撩拨着他，让他一动也不敢动，怕一动两只手会不听使唤，会任性胡为。她离得那么近，小巧的鼻翼轻轻翕动，薄薄的嘴唇像花瓣一样潮湿柔软……有一次，他忍不住伸出手，帮她拨了一下垂到嘴边的头发，刚一触到，他便后悔了。柔软的触感通过指尖唰地直抵内心，轰然爆炸。身体里像燃烧了一个火球，烧得他浑身燥热，几欲爆裂。但他却找不到宣泄的出口，只能痛苦地看着她，死死地看着她。

很多次，他都觉得自己快扛不住了，快要对她伸出手去了。但冥冥中，仿佛有什么力量总是牵扯着他，让他的手最终停在了空中。他知道，一旦他伸出手，他就将那顶帽子焊死到自己身上了，即使没人看见，没人知道，但他相信，头顶三尺有神灵看着，那颗心也在看着。

他决定把门锁上。在这之前，这么多年，他懒得锁门。一贫如洗，家徒四壁，这个家连小偷都不愿光顾。可现在，他必须要锁门，把她挡在门外，就把诱惑挡在了门外，把欲念挡在了门外。

五

英子从小到大的记忆中，父母的存在总是模糊不清。他们常年在外打工，有时连过年都不回来。跟他们联系的纽带，就是那个电话机。它就像是一个按钮，拿起它，按钮启动，有关父母的音容笑貌才会通过隐形的电波幽然浮现。

父亲的话总是很少，只是问问奶奶的身体状况，母亲会问得稍微多些，英子总是小心翼翼地回答，不能哭，不能缠着说太多的话，她敏锐地捕捉母亲每句话尾音的颤动，暗暗分析母亲的心情是高兴、平静还是不耐烦。虽然不能“观色”，但她已无师自通地学会了“察言”。慢慢地，她总是装出一副成熟的口吻言简意赅地诉说，猪被自己喂得有多肥，鸡一天能下多少蛋，她总是将话筒紧紧贴着自己的耳朵，生怕遗漏母亲的一字一句，也生怕话筒没有传递自己的功劳。有时碰到母亲心情好，会夸奖她一句，闺女越来越能干了。这句表扬被她揣着，在心头捂得暖乎乎的，为此，她能欢喜雀跃一整天。

后来，母亲生了弟弟，在家待了一年便又进城了，那一年是英子最快乐的一年。那段时间的母亲，总是像披了一身阳光一样，温暖而慈柔。英子常常看着母亲喂奶，一看就入了迷，她做梦都想一头扎进那两只肥硕的乳房下，扎进那片流淌出爱与甜蜜之地。她羡慕弟弟虎子，羡慕那个小小的人儿不用割猪草、喂鸡食，整天躺在母亲温暖柔软的怀里，只需张嘴啊啊两声，便能喝到甜美的乳汁。而她从来没喝过，因为母亲在生下她不久，便跟父亲打工去了，是小米汤喂大了她。

姐，有时听到虎子拖长声音地喊，她都会莫名地烦躁，经常不耐烦地应一声，甚至捂着耳朵装作没听见，任他嘶哑着喉咙六神无主地唤她。她弄不清，到底喜欢这个虎头虎脑的弟弟，还是讨厌他，甚至嫉恨他。

如果没有那一天，也许一切都不会变。

那个盛夏的午后，所有的蝉都像有了预感，齐刷刷地唱着挽歌，淹没一切的架势。她拗不过弟弟的恳求，两人戴上草帽，悄悄绕过打瞌睡的奶奶，奔向村外的小河。她躺在树荫里，把草帽盖在脸上，透过草帽上的一个小洞看头顶的天光和绿墨似的枝叶。耳边是虎子戏水的声音，扑腾扑腾，像一尾欢快的鱼。慢慢地，戏水声、蝉鸣声、远远的狗吠声都像尘埃一样慢慢地飘落沉淀下来，万籁俱寂，她被困意缠住，沉入了梦乡。

那是一个很长很长的梦，在梦里，她走入了一条黑暗的隧道，一直走，一直走，却一直走不到头。不知过了多久，再醒来，水面平静如镜，波纹不兴，像一个揣着秘密却缄口不言的老人。弟弟玩耍的那片水面上漂着一顶小草帽，像一只怪异的眼睛正死死地盯着她。她跳了起来，疯子似的。

弟弟死前的呼救挣扎，都被她那一长长的梦隔绝在外，一丝不进。

父母赶回来时，奶奶正坐在门槛上，扇着自己耳光。一边喃喃道，是我没看好虎子，都怪我，都怪我。蓬乱的白发下，两只枯瘦的手左右开弓，啪啪啪啪，清脆的声音割疼了英子的耳朵。英子仰着头，看着逆光而立的父母，不由得眯起了眼睛，他们脸上都凝聚着一团模糊不清的阴影，她忽然觉得他们是如此高大，庞大的阴影把她罩得严严实实。

啪，一个耳光甩过来，她晃了晃没站稳，摔倒在地上。

你为什么不救他！母亲像疯了似的冲向她，挥舞的胳膊使她变成了一只巨大的八爪鱼，围观的人们拽走了歇斯底里的母亲。英子蹲在地上，把头埋在膝盖之间，她第一次发现，眼睛可以制造出那么多的泪水，汩汩不断，好像快流成河把自己冲走了。冲走多好啊，她真想时间倒流，回到那个午后，跟着弟弟一起跳进河里，那是她第一次想到了死。

可她不舍得死，因为爸妈回来了。两年多没见，她像小鼠一样躲在屋子的角落，贪婪地偷看他们吃饭、干活、说话，不敢靠近，却又时刻不离。母亲开始变得沉默而暴躁，常常拿着虎子的衣服，神思恍惚地坐一整天，英子悄悄地看着她，半晌才发现已把指头咬出了血。

父亲待了段时间就去打工了，母亲留在了家中，因为她的肚子正一日日以惊人的速度慢慢膨胀起来。英子相信，也许弟弟的魂魄舍不得这个家，又回到母亲的肚子里了。

孩子生出来了，果然是个男孩。母亲一见人就激动地说，是俺的虎子，是虎子。

小弟弟过了百天，父母就带着他进城了。他们走的那天，英子早早地离开了家，她不想在他们面前掉眼泪，她能做到的只有躲避。但鬼使神差地，她跑去了村头的高坡上，静静地坐了很久。一直等到看见父母乘坐的卡车开过来，扬起一路烟尘，轰隆隆远去，她的泪才在漫天的尘灰里掉落，一发不可收拾。

她知道，他们这一走，又是几年才能回来。

她总是想，如果没有虎子的死，也许父母会更喜欢自己。好几次，她都背着人狠狠扇自己耳光，疼痛感结结实实地扎进身体里，那种无所依靠的空荡荡的惶恐才会尘埃落定。她紧紧攥着胸前的衣服，无声地哭，腰弯成了一张弓，后悔和内疚像电钻一样在心头狠绞。

有次夜里，她看见了死去的弟弟。他直直地盯着她，眼神里都是怨愤和忧伤，他满身披挂着黝黑发亮的东西，滴答滴答地往下淌着水，仔细看，竟然是一绺绺的水草！她大叫着惊醒，偌大的祖屋空无一人，月光泼了满地，原来是一场梦。但仔细看，地上好像有隐隐约约的水迹，她揉揉眼，再一定睛，又什么都没有。

她怕极了夜晚，每晚奶奶吃完饭便回屋睡觉。偌大的祖屋暗影幢幢，那些乌沉沉的桌椅，白天看上去只是一堆堆冰冷的木头，一到晚上却像借尸还魂似的活了过来，有些桌子甚至时不时还会发出长长的一声呻吟，吱——吓她一跳。奶奶蜷缩在西屋的床上一动不动，英子从不敢靠近她，因为晚上沉睡的奶奶，身上总是散发出一种腐朽的气息，就像是墓穴里死亡的气息。

奶奶忽高忽低地打着鼾，偶尔一声长长的鼾声，总会在最悠长处戛然而止，像被人生生扼住了喉咙。她大着胆子凑过去，将颤抖的手指放到奶奶鼻翼下，那几秒钟死寂的时间里，她分明感觉，手指没有经过一丝气流的冲击。可突然，那具静默的躯体，又爆发出一声高亢的鼾声，这鼾声像一记重拳，打得她连滚带爬，蜷缩在床角瑟瑟发抖。

奶奶已经八十多岁了，村里人都说，这样的岁数是半截子入土的年纪，说不定哪天就被阎王爷召去了，他们还说，这个年纪是能沟通阴阳两界的年纪。所以，英子总是担心，奶奶在这些夜晚，会突然召唤来阴间的灵魂，尤其当听到她神神道道地念着，虎子昨晚来看我了。英子更是毛骨悚然，寒毛直竖，从那以后，她就生出个念头，要找个伴儿睡觉。她想到了村里的哑巴，他是个单身汉，没有妻子儿女，因为家里穷，晚上都不锁门。其实还有个更重要的原因，那年弟弟溺水，谁都不愿下水去捞，只有哑巴毫不犹豫地跳进了河里，捞出了弟弟的尸体；还有当她被闻讯而来的奶奶哭喊着打骂时，围观的人群里只有哑巴上前拉开了奶奶。她依稀记得，那一刻他看向她的眼神里，有父亲般的怜惜和关心。

六

哑巴又听到了沉闷的推门声，那一声声钝响，低沉而又执着，割开了暗夜的沉寂。他知道，她又来了。他的心里有一丝隐隐的心疼。前几夜，他都固执地锁好门，任她怎么推都不开，结果他听到了像小猫一样低低的啜泣声，慢慢远去。尽管这样，她仍然每晚都来，一遍又一遍地推门。真是个犟闺女，他暗想。

这几日，他夜夜失眠。这个睡了几十年的屋子，熟悉到闭着眼都能行走自如的屋子，忽然膨胀到像宫殿一样空旷死寂，桌子是死的，床是死的，有豁口的碗是死的，连床上的人也和死人没啥区别了。他整日神思恍惚，失了魂一样，可不就是行尸走肉嘛。他知道，这都是因为她不在，她就像一尾鱼，有了她，这汪水才有了生气，没了她，一切就又恢复成死水一潭。

因为她，他突然体味到了孤独的味道。在这之前，他一直孑然一身，并不觉得有什么难挨，现在她的缺席，让十几年的孤独加倍地汹涌而来，将他狠狠淹没。

他一听到她的推门声，就不可自抑地颤抖着伸出手，但最终还是颓然放下，他努力地跟自己的意志搏斗，克制着自己不去开门，每次听到她抽泣着离去，他才敢打开门，远远望着她瘦小的背影，像打了场仗一般浑身大汗淋漓。

可这次，推门声停止了，外面却悄然无声。他敏锐地察觉到门外有她的气息流动，她没有哭也没有走，而是坐在了门槛上。他紧紧地贴着门，竟然听到那门缝里传来了一种熟悉的声音，是她睡着后发出的细细鼾声。

唉，夜深露重，这犟闺女。他在心里叹了口气，浑身软了下来，那一直跟意志力对峙的坚硬也软了下来，他最终还是拉开了门。

她揉揉眼抬起头，忽然快速而灵巧地挤进门，翻身躺在床上。他故意板着脸不理她，她却开口说，你像我爸爸。他愣了一下还是没理她，把脊背对着她，耳朵却突然长长了许多，灵敏地捕捉着她的声音。

她紧紧地裹着被子，一种熟悉的安全感很快淌遍了全身，每一寸肌肤、每一个毛孔都变得慵懒安逸，这种放松感让她心里的那扇门悄然打开了，那些无人诉说的恐惧、孤单、焦虑都争先恐后地涌出来，她对着那个沉默而消瘦的脊背，像是对着最亲的亲人，一股脑把心里关着的东西都倒了出来。

你信吗？我都记不清我爸的样子了，只记得他是方脸，还有小时候他会拿硬硬的胡须扎我的脸，痒痒的……我知道我妈不喜欢我，因为我害死了弟弟，奶奶也不喜欢我，因为我是个丫头，我活儿没干完，她就会拿缝衣针扎我的手……我很怕，那个男人每天都盯着我……我想爸妈，好想让他们都陪着我，我很懂事的，我不要衣服和零食，我就想让他们都陪着我，陪着我……

她说着说着就迷迷糊糊地睡着了，哑巴转过身来，仔细地看着她。女孩的脸明显比几天前瘦了一圈，黄黄的没有血色，长长的睫毛上还挂着颗泪珠，她在睡梦中也是轻轻皱着眉头，好像那里藏了许多她这个年纪无法懂得的忧愁。哑巴忍不住想伸出手，帮她抚平那眉间的忧郁，可想了又想还是没有动。忽然，她发出一声呓语“爸爸”，一只手伸出来抱住了他的胳膊。他浑身一震，可只是一瞬间，便恢复了平静。他很奇怪，看着她，他再也没了以前情欲的躁动，哪怕跟她肌肤接触，相隔咫尺。

他第一次觉得，她还是个孩子。她在他温柔的视线里安稳地睡着，慢慢缩小成小小软软的一团，缩小成一个需要关爱和呵护的婴儿。

七

几声鸡叫划开了黑夜与白昼的交界，也将英子从梦境拽进了现实，她翻身下床蹑手蹑脚地离开哑巴家。奶奶起得早，她要赶在奶奶起床前回到家。

晨曦初露，天边还挑着弯月牙，村庄像凝固成了琥珀，一片静寂。

英子快步走着，莫名地觉得这静寂里，有种无形的压力在朝她迫近。她猛地停住了脚步，忽然发现面前的月亮地儿里，有条长长的影子，从她的影子旁边斜斜地伸了出来。就像她的身体上，又长出了一个怪异突兀的身体，鬼魅一样旁逸斜出。她骇得差点惊叫起来，脚下生风，走得飞快。宽宽的裤边噗噗地拍着光裸的小腿，全世界好像只剩下了心跳的巨响，怦、怦、怦，震耳欲聋。

这是条小路，两边是玉米地，密不透风。只要穿过小路就能到家了，可她却觉得腿像被鬼拽着越来越沉重，眼一瞥，借着毛月亮的光，她看到那条鬼魅般的影子忽长忽短，越来越紧地贴近她，分明是快要把她吞噬了。近了，近了，那畜生一样咻咻的鼻息声，在耳后响起。她的脑袋像被点着了，轰然炸裂。

那一瞬间，她猛然感觉到被那鼻涕似的黏稠目光，罩了个严严实实。是他！

她忽然转过身来，背后的男人站住了。看到那束目光落到实地幻成人形，她的腿也已经软了，半截身子跟着矮了下来。她嗫嚅道：“李老师，你、你……”她的舌头被巨大的恐惧粘在了一起，话也说不清，身子像只受惊的小鹿一样哆哆嗦嗦，她低着头，不敢看面前双目炯炯的男人。忽然，她看到地上那个鬼影一跃而起，将自己的影子吞噬了，她徒劳地挥舞着胳膊抵挡着男人的撕扯，拼尽全力发出一声声尖厉的惊叫。男人的脸因疯狂而扭曲得可怕，他喃喃道，哑巴行，我为什么不行……每一分钟的厮打抵抗都像千秋万代般漫长，英子的大脑一片空白，一个念头却凸显清晰起来：这个身体原来如此宝贵，那些裤头、背心覆盖着的地方一直想被男人撕开，原来那里就是贪婪之根、欲望之源。她感觉身体像是幻化成了葳蕤而邪恶的丛林，他急切地想闯入，尽管她并不知道哪里有宝藏。懵懵懂懂中，她像是明白了什么，却又不太明白。她的力气渐渐耗尽，胳膊越来越沉重，她闭上了眼，感觉自己像掉进了一个无底的深渊，一直下坠，一直下坠。

咚，忽然响起了重物撞击的声音，闷闷的。她睁开眼，男人那扭曲的脸上满是恼怒震惊的表情，然后一头栽倒在地。哑巴站在他身后，急剧地喘着气，举着一块砖。

她的泪再也控制不住，汹涌而下。哑巴拽起她飞快地跑，他宽大的手掌温暖而有力，驱散了她心中的一切恐惧。他们一直跑一直跑，跑过阴森的玉米地，跑过铺满朝霞的水塘，跑到晨风的前面，跑到了自家门前。

她忽然想起了每个清晨，她从哑巴家回来，都能感觉到一双眼睛在不远不近地跟着她，送着她，这目光是温暖的、安全的，所以她才从来不怕走那些月光昏暗的小路。直到今天，她才明白那不是自己的幻觉。她愣愣地看着他那竹竿一样消瘦的背影，慢慢消失在晨雾里，就像一艘孤独的船驶进了大海。

第二天夜晚，她没有去哑巴家。她身体的某个地方在那场激烈的搏斗中被唤醒了。许多困惑迷茫，好像一夜间清晰明了起来，她于一夜之间长大了，有了脱胎换骨的改变。那个单纯无知的小女孩，已经被那双粗暴的手撕得粉碎。

她蜷缩在床角，偷偷地在被子下抚摸着自己的身体，手指抚过那光滑幼小的丘陵时，她忽然觉得恶心，恶心这具初露女性特征的躯体。她忙不迭翻身下床，找来以前妈妈穿旧的衣裤穿上身，她咬着牙攥紧了这些宽大的衣服，企图用它们来遮盖心里的难堪和惶恐。

八

英子最后一次见到那鼻涕一样的目光，是在那个黄昏。飞鸟倦归，日色将暝，天空呈现出一种怪异的暗紫。

下课铃响，李老师在黑板上写完了最后一个字，开始收拾东西，不知他是否也预感到，这是他人生中讲的最后一节课。他收拾得很慢很慢，将散乱的粉笔一根一根摆好，教室里开始泛起了躁动的涟漪。就在这时，门被推开了，三个男人面无表情地走了进来，他们低声在李双连的耳边说了几句话，他的脸像被瞬间抽走了全部血液，变得惨白如纸，他垂着头耷拉着眼帘，像只羊一样顺从地被这三个男人拖走了。

临走前，他忽然扭头望了英子一眼。她躲闪不及，撞上了那目光，不禁浑身一凛。那目光里含着一丝怨毒和绝望，像濒死的三角蛇昂起头的那一瞥，令人厌恶又恐惧。教室里鸦雀无声，她和同学们像钉子一样被牢牢地楔在了那儿，一动不动。那一刻，她忽然发现他的背驼得厉害，头发几乎全白了。呸，真够老的！她在心里狠狠地啐了口唾沫。

村里有人从镇上听来的消息，说李老师是被人告了。再后来，警车在村里来来往往，越来越多的女孩被带走，李老师很快被定了罪，猥亵强奸幼女，听说要在牢里蹲一辈子了。村庄一夜之间沉默了下来，白天的晒谷场只有稀稀落落的几个老头，捧着碗蹲在那儿吸溜面条，那些麻雀一样叽叽喳喳的女孩子，忽然都变成了大门不出二门不迈的闺秀。英子敏锐地捕捉到了这些天村庄的变化，疑惑在她心中像气球一样越吹越大，最终被隔壁张婶的闲谈一下击破。只是她没想到，这谜底竟是那么不堪和沉重。

人们说，那畜生被审了一夜才哼哼唧唧地承认，祸害的都是些学校的女娃子。有的在地头干活被他撞见了，就被拉到玉米地里了，有的被他骗到办公室，女娃子们哪能想到，老师会是畜生啊。听说他从三十多岁就开始糟蹋学生了，现在让他想，很多连名字都忘了，有些长大的都已经结婚生娃了，他还说，就是瞅准这些女娃都是父母不在家，没人照看才敢那么干的。人们说，真是个畜生，阉了也不亏！

英子拎着一袋刚出锅的枣糕，疾疾地走在去往梨树林的路上。招弟忧愁的脸浮现在眼前。就在昨晚，她说，英子，我要嫁人了，明天我们去看梨花吧？也许是最后一次了。英子想着想着，鼻子又开始酸胀起来。自从村里开始传她和哑巴的流言后，招弟就疏远了她，有时还会跟其他同学一样，用鄙夷的目光砸她，她们已经许久没有说过话了。想到这儿，英子的心里忽然有隐隐的牵痛，像被一只手使劲揪着。她加快了脚步，枣糕的香气扑了一身一脸，温暖的香气给了她一丝熟悉的安全感。夕阳的余晖在小路上淌成了一条河，英子心事重重地在这条河里逆流而上。

拂开如雪似银的花枝，她一径往梨树林深处走去，远远地看见招弟低着头坐在一棵梨树下，她披着一件灰色的外套，就像这黑色的土地上长出的一截枯木，她手里拿着一束梨花，正一片一片地将花瓣扯下来，撕得粉碎。

英子张了张嘴，却发现喉咙像被人扼住了一样无法发声。地上的枯木忽然抬起头朝她说，你肯定很想问我为什么要辍学嫁人对吗？告诉你，因为我也被李老师祸害了！

招弟的脸上看不出表情，英子惊得愣在了那儿，手里的枣糕掉在地上，滚落一地，沾满了花瓣和土屑。招弟的声音像冰块幽幽地从水底浮上来，明天我要去相亲。我妈说了，我这样的身子再不趁着年轻嫁人，以后就更嫁不出去了，就该成老姑娘了。英子慌乱地摆着手说，不要这样想，不要。招弟忽然抬头朝她嫣然一笑，英子一下子愣住了，她从未见过招弟这样的笑容，像是她的身体里又住进了一个女人，风情妩媚，甚至有些放荡。招弟就坐在满地支离破碎的惨白花瓣中，一直笑，一直笑，笑得身子乱颤，笑得泪流满面。

她说，你知道吗，我差点爱上那个老流氓，多可笑啊，是不是？还记得第一次他欺负我那天，我真想把柴刀藏在书包里，去捅他几个窟窿眼，晚上我回家饭都吃不下去，一遍遍地擦洗身子，觉得真脏，真恶心！我多想跟我妈说说这事，多想听到她的安慰，哪怕就一句也行，多想让爸爸去学校教训他一顿，让他再也不敢欺负我。可我刚打通电话，她就说她很忙，多说一句话就要被老板扣工资，还说过年回来给我买新衣服。

我憋了一肚子的话，也没说出来，我知道他们在骗我，每一年的春节他们都没回来，他们总说过年城里的工资翻倍，挣的钱更多。其实我知道，他们早就离婚了，各有各的伴儿，我爸的那个相好还给他生了个男娃。

他们以前总是吵架，我爸骂我妈肚子不争气，我妈也烦心，给我起了个这名字，也生不出弟弟。在我们家，没有人会在意我，我那天已经想到了死，农药放在了床边半天，我爷爷奶奶都没注意到。是啊，他们都那么老了，还要照顾地里的庄稼，还要给我们姐妹几个做饭洗衣，还动不动三病两灾地往医院跑，我都替他们累得慌，他们哪能注意到我呢。我每次被老流氓欺负，回家都吃不下去饭，一直躺床上，可爷爷奶奶根本注意不到我，最多会唠叨几句懒骨头，每当这时候，我都特别想我爸妈。

可只有在老流氓那儿，我才能感觉到自己是被人重视的、需要的。他每次见我去他办公室都特别高兴，还偷偷塞给我零食吃，给我好看的故事书，虽然他一变坏，会很坏很坏让我很害怕，但他好的时候真的对我很好。虽然我知道，他不仅欺负过我，还欺负过很多女生，我还知道，秀妹的事就是他干的。可我还是忍不住去找他。我肯定是疯了，肯定是疯了，是不是？

招弟抬起脸，抓着英子的胳膊使劲摇晃。英子不敢看她那张泪痕纵横的脸，只是默默地抓住了她的手。她的手冰凉冰凉，有种暧昧不清的黏湿，英子从高处看着她焦躁的脸，是悲悯的姿势，但英子心里却奇异地产生了一种共鸣，在这一点上，她们都是一样的，处境相同的。不就是为了一点点被爱的感觉吗？为了这感觉，她们可以赴汤蹈火，可以做任何事情。在这一点上，村里还有多少伙伴是一样的？英子更紧地攥紧了招弟的手，下意识地想把那冰冷一点点焐热。

英子说，你肯定也很想问我为什么晚上要去哑巴家睡吧？其实哑巴人很好，他从来不会像老流氓那样……那样摸我。我只是觉得他像我爸，还像我妈。在他那儿我才能睡着，才不会做噩梦。你知道吗？我每次做噩梦，都是梦到淹死的弟弟站在我面前，他说，姐啊，我好冷好冷，姐啊，都是你把我害的，你也下来陪我吧，我好孤单啊。

英子颤着声说着，眼睛瞪得滚圆，身子微微发抖，好像眼前就站着水淋淋的乌青着脸的淹死鬼弟弟，招弟也感到不寒而栗，拉了拉身上的外套。

英子抽噎着，我能有什么办法啊，我的妈妈爸爸奶奶都恨我，他们都不喜欢我，他们都不知道，我有多怕黑。我只好找个人陪我睡，不管是谁，只要是个大人躺在我身边，我就能睡着了。可是，我奶奶太老了，她已经是入土的人了……英子把头埋进膝盖间，小声呜咽着，招弟伸出胳膊，轻轻地抱住了她抽动着的消瘦肩膀。

那坨枣糕的热气已经被黄昏的寒气吸得一干二净，像团污秽暗红的血块在地上横陈着。英子平静下来，沉默了一会儿说，下周我们还来看梨花吧。招弟凄然一笑，到那时梨花估计该落了吧，下周我要去相亲了。

英子死死地咬着嘴唇，她实在想象不出，还像孩子一样的招弟竟然要结婚了，竟然要成为大人了。她忽然感觉眼前的招弟，像张薄纸一样被风吹得很远很远，像跟她隔了万千云烟。招弟的脸上仍然挂着笑，那笑像冬季擎在枝头的一朵残菊，惨淡凄冷。英子不忍再看，道了声别转身欲走。忽然，背后传来招弟幽幽的声音，你知道吗？媒人介绍的那个男人，一只眼是瞎的。

英子回过头，她看到招弟不再笑了。她第一次发现招弟的眼睛那么大，整张脸瘦得只剩下两只像黑洞口似的大眼，绝望地盯着她，一瞬不瞬。

英子咬住嘴唇，快步往回走，她揣着一口气飞快地走，简直是夺路而逃。一直走到很远，才停了下来，抚摸着胸口，大口大口地喘气，可一停下来，招弟凄然的声音又响起在耳畔，他一只眼是瞎的，一只眼是瞎的……她的脑袋轰轰作响，浑身冰冷，简直是逃命一样地奔回了家。

英子开始变得越来越沉默了，她一放学就急匆匆地赶回家，不在外面疯玩，做完作业就沉静地坐在那儿喂鸡、洗衣服。奶奶对人说，这孩子有心事了。

九

英子走出校门总是能看见哑巴，他的头发蓬乱，在风中像团燃烧着的黑色火焰。她总是朝他笑一下，就走开了，不知从什么时候，他们之间开始变得生分起来。他总是远远地跟着她，目送着她安全地走进家门才转身离去。

哑巴的事，英子是断断续续从乡亲们那儿听来的。她把这些零碎的信息穿成串，就变成了眼前一个陌生的哑巴。

哑巴以前并不哑，是村里为数不多的高中生。有人说，哑巴上学时是个聪明娃子，成绩很好，歌唱得也好听。可那年高考他没考上，就跟着村里的几个小伙子，去城里的建筑队给人盖房子。那时的哑巴浓眉大眼，长得有点像电视里的一个明星。

有天晚上，包工头的女人大哭大叫，说哑巴把她按在砖头堆里要强奸她，包工头气得要命，找人把哑巴痛打了一顿，打得满嘴满脸的血，还把他扒光了身子用绳子捆着，在工地上捆了三天。三天过后，包工头捆着赤身裸体的哑巴，送回了村庄，满村的男女老少都倾巢而出，围着哑巴，指着他两胯间那死蛇一样软塌塌的一团，议论纷纷。哑巴把自己往屋里一锁，就锁了整个秋天。等再出来时，就变成哑巴了，这么多年，没有说过一个字。后来他就守着他的祖屋和几亩薄田，一直留在了村子里。

有人说，哑巴真的想强奸包工头的女人。有人说，是那女人勾引不成，恼羞成怒设的圈套想整哑巴。也有人说，根本没那回事，是包工头想赖哑巴的工钱……但不管是哪种说法，村里人都慢慢地将哑巴定性为危险分子、臭流氓。他种的菜经常有人偷偷去掐，下暴雨，他晒的粮食来不及收，也没人帮他收。

英子一直想象他被打那天的情景，心里有个地方很疼很疼。她忽然觉得，这么长时间，在她心里，哑巴已经是她的父亲和母亲了，他代替他们给予她最想要的温暖和安全感。她不相信他会做出那种事，她坚信他肯定是被诬陷的。她结结实实地心疼他，就像心疼自己的亲人。

这个傍晚，她走得格外慢。忽然，她停了下来，扭过头眯着眼远远地看着他，她说，我有事要告诉你。哑巴走过来，目光躲闪着不敢看她。英子低着头，踢着地上的小石子，慢慢地说，我明年可能要走了。

哑巴手里正攥着一袋包装很花哨的糖果，她的话音刚落，那袋糖就掉在了地上。他忙不迭地捡起来，慌里慌张地拍着上面的土，一双手抖得厉害。她有些后悔，不敢看他那恓惶的样子，小声说，我奶奶说我爸妈下星期就要回来了，可能要把我接到城里去念书。她努力压抑着声调，可还是透出了掖不住的想跟人分享的欢喜。他的脸上缓缓地浮现出一抹怪异的笑，嘴角像是被人硬拽着往两边扯，笑得勉强凄凉。她不忍再看，转身想走。他忽然一步迈过来，把那袋糖塞到她手里，然后一脸殷切地看着她。

她忽然明白过来，他陪她回家的这些日子里，每天他都拎着这袋糖果，却一直没勇气递给她。她掏出一颗，那包装纸上印着一串好看的英文，这显然是在镇上的商店买的。他为她做的事情她都知道，他几个月里唯一一次去镇上的目的，不是只买袋糖那么简单，他为她解决掉了最大的恐惧，让她再也不用害怕走夜路。

她小心地剥开糖纸，糖果滑进嘴里，甜蜜迅速融进了血液，在她脸上绽开了一朵甜甜的笑容。真好吃！她在微凉的风中朝着他笑，他也笑了，傍晚的风很轻柔，夕阳像个巨型的罐子，倾倒出浓稠的橙黄色蜜汁，他们像两只被裹在蜜汁里的小虫子，一动不动，静静地站了很久很久。

那一个个相依相偎的夜晚所带来的温暖和慰藉，都乘着晚风，插上翅膀飞回来了。他们吃着糖，沉浸在这温暖里，恍惚间，好像远离了世间所有的孤独和悲伤。

十

父母回来那天，英子坐立不安，一会儿站起来，把光可鉴人的桌子再擦一遍，一会儿又跑到门口去张望。像是绷得紧紧的弦，只要一听到开门的声音，就立马会射出箭来。可当他们真的进了门，她却又拘束起来，怯怯地站在屋子阴暗的一角，像一棵耷头蔫脑的小草。

奶奶过来拉她，她仍怯生生地不敢靠近，奶奶讪讪地说，这丫头天天盼着你们回来，咋回来了又这副死样子。父亲卸下行李，瞥了她一眼说，白吃几年饭，没啥长进，这闺女从小就养不熟。她的胸口闷痛一下，眼泪痛得差点流出来。

母亲牵着一个小男孩慢慢走进来，肥硕的身子膨胀成了以前的两倍，她的背后是恣肆的阳光，英子眯起眼睛，却骤然被惊得张大了嘴，母亲的怀里竟然还抱着一个婴儿，他被布条紧紧地绑在身上，像一只硕大的软体动物，牢牢地吸附在她身上。

这顿晚饭吃得既热闹又冷清，婴儿不时地啼哭，小弟弟已经长成了“狗也嫌”的年纪，窜天猴一样四处乱翻，吃几口饭就要跳下凳子跑一会儿。父亲一会儿叱骂弟弟，一会儿抱怨婴儿的吵闹。剩下的几个人都默默地扒着饭碗，英子不时偷偷地看看父亲和母亲，当快触到他们的目光时，她又赶紧低下头，藏起自己近乎贪婪的视线。奶奶没吃几口，就说没胃口回屋去了，紧跟着父亲母亲也进去了。没多久，奶奶苍老凄怆的哭声便穿过墙壁，回响在屋子里。我连自己都养活不了，还要照顾地里，照顾牲畜，照顾这俩娃子……你们是想累死我啊。

妈，我们整天照顾孩子，都没法去挣钱了，您拉扯几年我就把他接到城里去。

我不信！你们以前说过等英子大些了就把她接到城里上学，咋还没接走啊，我都半截子入土的人了，真管不了那么多了，你们不带我去城里享福，还给我再添个负担，盼着我早死呢。

啪，母亲铁青着脸摔门而出，将奶奶的哭声狠狠地甩在身后，她一眼看见立在门旁的英子，使劲剜了她一眼。英子吓得浑身一抖，立在那儿一动也不敢动。

小弟弟的跋扈是英子没有料到的，他会突然揪一下她的长辫子，再飞速跑开，或者满院子追着砸她最宠爱的母鸡阿黄。当她发现那袋糖果不见时，已经晚了，弟弟正将袋子里最后一颗糖塞进嘴里，一双脚踩在地上狼藉一片的糖纸上，得意扬扬地哼着歌。她冲过去一把将他推开，蹲下身去捡地上的糖纸。他躲闪不及，胳膊撞到床沿，马上哇哇大哭起来，一边哭一边大叫，姐姐打我。

母亲飞快地冲进来，一把抱住弟弟仔细检查着。英子颤着声说，我没打他，我没有。母亲抬起头盯着她，英子的后背爬上一丝凉意，母亲的眼神唤醒了久远的记忆，她忽然明白了，这么多年，母亲仍然没有原谅她。

你害死了虎子，还想再害一个吗？母亲阴冷的声音响起。英子大惊，连连后退说，不，我没有。

母亲忽然长吸了一口气说，你奶奶太老，照顾不成你了，你也大了，该出去挣钱了，一个闺女家的，学上得再好也没用，学学你六婶家的闺女，年年寄回来大把的钱供兄弟们上学。

英子的头像是被人猛砸了一棍，蒙蒙的，一切声响都沉了下去，只有母亲的嘴唇分外鲜明起来，那翕动的嘴唇里继续吐出不紧不慢的话，我们这次回来就是想跟你商量，你六婶家的闺女在深圳干得那么好，让她带你去历练历练吧。

英子的脑海里瞬间挤进来一个女人的脸，她其实也不过十八九岁的年纪，却化着妖艳的妆，血红的嘴唇，黑洞洞的眼睛，走起路来一扭一扭，就像个三十岁的妇人。母亲竟然让自己跟着她去那么远的地方打工！

英子像被抽走了所有力气，腿软得快站不住了。她本能地想跑出门去，一扭身，奶奶和爸爸不知何时已站在了背后，他们站在光线昏暗的门口，泥塑似的一动不动，蜡黄的脸上没有一丝表情，他们周围的空气都仿佛凝固成铜墙铁壁，而她就是困在这堡垒里的飞虫。

她忽然明白过来了，原来只有她一个人被蒙在鼓里。谁都可以掌握她的命运，只有她自己不能，死也不能冲破这铜墙铁壁，他们都要活着，只有牺牲她，他们才能更好地活着，这个家如果有人要牺牲，只能是她，必须是她。

她忽然不知从哪儿聚集了满身的力气，像只牛犊子一样猛地冲出门去。一天中最亮的光线正乘着晚霞慢慢沉下山脊，她疯狂地跑，拼尽全力地跑，跑过一座座房屋，跑过一群群牛羊，跑过归家的农夫，跑过长满青草的池塘。

很多晚归的人，惊讶地看着这个女孩一边像疯子一样飞跑，一边嚎啕大哭，鼻涕眼泪糊了满脸。他们都被她悲伤的情绪感染，忘了正在做的事，呆呆地看着。

她一溜烟跑到村外的梨树林，果然如招弟所说，梨花都谢了。有的枝头还残留着一些花瓣，风一吹，纷纷扬扬，如雪似雨，像是天地间正举行着一场葬礼。她觉得心一揪一揪地疼，这么美丽的花，开放的时间却这么短，就消逝在风中了。疲倦袭来，她腿一软就躺在了满地柔软的花瓣里。

口袋里什么东西硌住了她，凉凉的，硬硬的。一摸，是一柄小鸟形状的刀，那是儿时母亲给她买的。她拿起小刀在手腕上试了几次，终于狠心一划，血蜿蜒而下。满满的委屈伤心狠狠地冲击着她孱弱的身子，她再也忍不住了，放声大哭起来。

忽然，小腹下面一阵潮热，一股温热的液体，缓缓地顺着大腿根往下流淌。她掀起裙子，内裤已洇透，一股鲜红的血像条艳丽的毒蛇一样正顺着大腿，慢慢爬向脚跟。手腕上的血越流越多，像是急于和身下的血汇合。她恐惧到极点反而安静下来，一动不动地躺在满地青草里，像一片苍白纤薄的梨花瓣。

她想起那年秀妹来看梨花时的眼神，那么凉，像雪地上的月光。泪水无法自抑地不停涌出，那里好像生出了两汪泉眼，源源不断，无穷无尽。回忆里的碎片都像飞鸟一样，在脑海里一一掠过。晚风吹过，雪白的梨花一片一片地飘落到她身上，像是要把她葬在大地深处。

泪眼模糊中，她看见哑巴远远地向她跑来，一边跑一边喊，英子、英子……

原来，哑巴真的会说话，她默默地想。

本文初刊于《莽原》2018年第2期

王晓静，河南省作协会员。在《青年文学》《莽原》《美文》《小小说选刊》《微型小说选刊》等杂志发表作品90多万字，公开出版书籍《愿我们终被时光雕刻》，小说集《浮生宴》入选河南省作协重点作品扶持项目，文章入选《中国微型小说排行榜》等各类丛书，多篇作品被《作家文摘》等文摘报刊及年度选本转载，曾获“中国第四届散文大赛最佳创作奖”“河南省报纸副刊优秀作品三等奖”等多项奖项。

新世纪河南女作家作品选

总主编　张莉

主编　程帅

—— 中篇小说卷 ——

（下册）

北京出版集团
北京十月文艺出版社

图书在版编目 (CIP) 数据

新世纪河南女作家作品选. 中篇小说卷. 下册 / 张莉总主编 ; 程帅主编. — 北京 : 北京十月文艺出版社, 2023. 8

ISBN 978-7-5302-2284-3

Ⅰ. ①新… Ⅱ. ①张… ②程… Ⅲ. ①中国文学—当代文学—作品综合集②中篇小说—小说集—中国—当代 Ⅳ. ①I217.1 ②I247.5

中国国家版本馆 CIP 数据核字 (2023) 第026988号

新世纪河南女作家作品选　中篇小说卷　下册
XIN SHIJI HENAN NÜ ZUOJIA ZUOPIN XUAN ZHONGPIAN XIAOSHUO JUAN XIACE
总主编　张莉　主编　程帅

出　　版　北 京 出 版 集 团
　　　　　北京十月文艺出版社
地　　址　北京北三环中路 6 号
邮　　编　100120
网　　址　www.bph.com.cn
发　　行　新经典发行有限公司
　　　　　电话 010-68423599
经　　销　新华书店
印　　刷　北京盛通印刷股份有限公司
版　　次　2023 年 8 月第 1 版
印　　次　2023 年 8 月第 1 次印刷
开　　本　850 毫米 ×1168 毫米 1/32
印　　张　16
字　　数　290 千字
书　　号　ISBN 978-7-5302-2284-3
定　　价　128.00 元（全 2 册）
如有印装质量问题，由本社负责调换
质量监督电话　010-58572393

版权所有，未经书面许可，不得转载、复制、翻印，违者必究。

第四十圈

邵　丽

上　部

1

我以一个作家的身份被下派到天中县挂职当副县长期间，很多人给我说起过一起曾经在这个县轰动一时的案件。是个杀人案，但也不完全是杀人案，案子里面套案子，挺复杂的。已经过去十来年了，现在大家还津津乐道。由于跟我讲述这个案件的人不同，案子的面目也不一样，对里面各色人等的评价更是千差万别，真像一出“罗生门”。这谁也别怪，我理解他们，案件不管多复杂，都是别人的。

第一个跟我说起这案子的是我的司机刘师傅，可从我到县里任职一直到离开，他始终也没把这个故事讲囫囵，其他人说得更是支离破碎。那次刘师傅送我回省城，在路上主动向我说起齐光禄——齐光禄是这个案件的主角。“赵县长，您是写小说的，那齐光禄的事儿，讲说起来比小说都好看。”我相信他从未看过小说，他生活中就两件事，开车和打牌。天中有俗谚：一怕孙书记作报告，二怕刘老四“推拖拉机”——孙书记是县委管宣传的副书记，他安排秘书写讲话稿就一个标准：“今天是开大会，话不能说矬了，给我写够三十页！”刘师傅在家排行老四，据说他打牌可以三天三夜连轴转，眼睛都不带眨巴下的，人在阵地在，不把对手熬趴下他决不下战场。

我说：“你说来听听。”

“他怎么就那么狠，眼睁睁地把一个派出所所长给剁了，”他一边吧嗒嘴，一边说，“这个所长我们早就认识，他没当所长之前，就在政府家属院住。挺内向的一个人，从农村考上的大学，第一个老婆跟别人好了，这第二个老婆也不是个正经货，名声不好，老大不小也找不到对象，最后不知怎的就嫁给他了。”

凭我的职业敏感，我知道这可能就是我下来挂职所要体验的“生活”。就这短短的几句话，一篇好小说所需要的张力已经有了。我问他：“你说的这个齐光禄为什么杀所长？总有个前因后果吧！你能不能把这个事情详细说说？”“哎哟！要说那真不是个事儿！那算个什么事儿啊？哎哟！钱，人家该赔也赔了，政府该补也补了，所长该免也免了。”他左手开车，右手捏着指头算着这三个“了”，好像这是一桩可以计算的买卖似的。

我坚持让他从头到尾说详细点。他寻思了半天，说："一时半会儿根本说不清，这得抽个时间好好说道说道。"我说："我们路上有将近四个小时的时间呢!"

"四个小时？那不够，太复杂了!"他摇着头，又重重地叹了口气，"太复杂了，想想就够让人闹心的。"

2

汝河往南走了一大段，又掉头往西去了。这样的走势在平原地区很罕见，属于倒流，所以当地人也把这条河叫作回头河。汝河河湾处夹着一个小镇，很像一个人的胳膊搂着个孩子。小镇与县城隔河相望，但是无路相通，只能坐船过去。别看这个镇子不起眼，名字却响亮得很，叫天中镇。也是因为有这个镇子，这个县叫天中县。据说这个地名是乾隆爷下江南路过此地时封的。但这种说法很值得怀疑，我从史书上看到关于天中的记载："禹分天下为九州，豫为九州之中，汝又为豫州之中，故为天中。"后来，我又在县志上看到"天中"二字竟然是唐朝的颜真卿所书。可见，历史真是经不起认真端详。

天中镇镇东头住着一户人家，户主姓牛，绰号牛大坠子。"坠子"在当地土话里有两层意思，一层是对本地戏曲的统称，一层是指一挂鞭炮最后那几个最响的大炮仗。牛大坠子跟这两样都沾点边儿。先说唱戏这一出，从小他就喜欢，只要一出门口，小曲就挂在嘴上，咿咿呀呀，抑扬顿挫。如果碰上一群人扎堆儿在那里聊天，他便凑上去，禁不住人家一撺掇，他就会半推半就拉开架势。那么胖大的一个人，踩起场子来如风摆杨柳，左手撮成兰花指掐在后腰上，右手撮成兰花指挑在胸前，其势如凤凰展翅，便一唱三叹地开始了：

我不告天来不告地
状告皇王御妹婿
我告的就是强盗陈世美
秦香莲我本是
他的结发妻呀、呀、呀……

至于把他跟大炮仗联系在一起：一来是他嗓门大，说话跟过闷雷似的，震得人耳朵轰轰响半天　二来他好充大，说话办事总爱拣个高枝，好像凡事都比别人高明。

坠子爷爷过去曾经跟过袁世凯，专门做手擀面，说是祖传手艺。老袁这个人一直到死都爱这一口儿。老袁死后，爷爷背着太子袁克定送的一把日本刀解甲归田，刚好遇到兵荒马乱的年月，技艺无以相传。直到后来得了孙子坠子，他才将刀和做面手艺传给了孙子。

不管爷爷是不是跟过袁世凯，用这方法做出来的面真是好吃。刀看起来也是真的，像传说中的皇室用品。坠子当了金豫宾馆的经理之后，把做面的手艺给解密了。相当简单：小麦、红薯、绿豆三种面粉和在一起，磕几个鸡蛋，使劲搅和，待白黄绿三种颜色混为一色，用瓦盆盖在案板上醒半个时辰，然后擀成半韭菜叶那么厚的面皮，晾至半干，刀斜成四十五度，薄薄地片下去，便成了厚薄适中的面条。用猪油擦一下锅底，把葱姜煸熟，待水烧成大滚把面顺势摆进去，出锅前再放几棵小青菜，点几滴芝麻香油。吃的时候有一股说不出来的“年少的味道”（爷爷说是袁世凯语）。那时候，就靠着这“袁面”，金豫宾馆红火了好大一阵子，如果不是后来的几多变故，结局肯定不是现在这样子。

坠子原来在金豫宾馆当大厨，虽然有祖传的面点手艺，他却死活不听爷爷和爹爹的话，做了红案。他不喜欢白案的冷清，对着一堆面粉揉来搓去，让人一点儿都兴奋不起来。他喜欢红案的热闹，爹怎么打骂都改变不了他的志向，于是只好随了他。很快他就出师了，煎炒烹炸相当了得，那完全得益于戏曲给他的启示。他觉得炒菜跟唱戏十分相似，热锅凉油，一把作料撒下去，刺啦一响，是过门儿；待主菜下锅，一出大戏便开始了，锅碗瓢盆叮当乱响，有韵律，有节奏，还有情趣。那是一门让人上瘾的艺术。

改革开放之初，国营金豫宾馆实在经营不下去了，学习外地经验搞起了承包。那时候的人都小胆儿，商管委开了几轮会议，没人敢接这个摊子。坠子一拍屁股站起来，签了为期五年的承包合同。当时的报纸电台当作一个重大新闻，进行了广泛报道，说他是中原的马胜利步鑫生，他的壮举将会在中原大地掀起一轮改革大潮，云云。

后来的实践证明他这个决策是对头的，他以“袁面”打头，以周围鄂豫皖地方特色菜铺底，生意做得风生水起，远近闻名。那时候，他牛总经理梳着中分大背头，一套上海“响铃”牌大方格西服，脖子上吊着猩红领带，皮鞋擦得锃亮。不管他去哪里，都扎眼得厉害。一辆古董级的黑色上海牌轿车驶过，能听到收音机里传出的《下陈州》的唱腔：

久念陈州众百姓，
辞别王驾早登程，
紧催八抬忙走动……

3

机关干部下基层挂职锻炼，总有点不伦不类。有钱有势的部门下来还好，能给人家跑个项目批点资金什么的，至少能为当地干部提拔重用牵线搭桥。像我们这些文化部门下来的，两袖清风，手无缚鸡之力，很难融入。眼看着两年的挂职期限已经过半，我心里不免暗暗着急。一来，自己分管的文教卫属于慢工出细活的工作，干好干坏一时半会儿也看不出来；二来，有形的项目自己一个也没干。别人说起以往的挂职干部，往往是谁谁谁修了水库，谁谁谁盖了一所小学。如果我回去，在县里不会留下任何可资评说的东西。有一次，我给在发改委任职的一个学弟打电话，求他帮忙给弄个项目。“姐啊，”人前人后他都这么亲热地喊我，“不是我给你弄个项目，而是你得先编个项目，我负责给你点钱!”电话那头乱哄哄的，好像是在歌舞厅里，那时是下午四点多一点。“编个项目？是编制一个项目还是随便编一个项目？”我玩笑道。“哎呀！姐，你这作家都当呆了，那还不是一回事儿？小说是把真事往假里说，编项目是把假事往真里说!”他那边已经开始唱上了，吼了一句粤语歌又跟我说，“就这么回事儿，年底快批项目了，正好今年钱多得花不出去。”说完又唱上了。估计他也喝得差不多了，不然他不会这么跟我说话，他是一个知道分寸的人。

第二天，我带着办公室副主任赵伟中和秘书下乡搞调研。在县里，每个副县长都有一个办公室副主任跟着，其权力比秘书大，比办公室主任小，我的活动基本上都靠他安排。路上我问他，“编”个什么项目合适。赵伟中说：“赵县长，您是真想办事还是想办真事?”——妈的,这都什么语言,跟江湖黑话似的!我不禁想起学弟“编项目”之说——我说:“此话怎讲?”“真想办个事出出政绩,县政府项目库里的项目多的是,拿一个就是了。想办真事,那就看您觉得事情办得有没有意义了。”我说:“那还用说?我办事的风格你们又不是不知道!”刘师傅插话说:“赵县长,我觉得咱们县最值得办的事情,就是修一座县城通往天中镇的桥。这事儿老百姓意见很大。”“既然这事这么重要,过去怎么没人办?”“哎哟!”他又吧嗒起嘴来,这个动作表示里面有戏,情况复杂,“您不知道,天中镇人不好惹!就齐光禄那个事儿,前前后后拉扯多少年,到现在都没扯掰清楚。”赵伟中连忙喝道:“老四,别信口乱说!”

我想了一下,说:“刘师傅,今天咱们就直奔天中镇!”刘师傅扭头看了一下赵伟中。赵伟中把前面摆着的“县人民政府”的牌子拿下来,也没看我,叹了口气说:“走吧!”

虽然咫尺之隔,可刘师傅说要绕一个多小时的路程才能到。我想起他跟我说起的齐光禄的事情,心里隐隐约约有一种不安。也不完全是因为今天赵伟中的表现,很多人说起这个事情,都是这样一种态度。也不是避讳什么,好像谁都想躲开里面的麻烦,害怕会缠上自己似的。事情已经过去十多年了,现在说起来还如此讳莫如深,那么在这个案件背后,还有多少鲜为人知的东西?

4

牛大坠子承包金豫宾馆的第三年，来了一个南方女子。开始她是来推销报纸杂志的，养生、口才、营销、厚黑学，什么都有。女子一来二去，跟牛总就对上眼了。牛总不拘一格降人才，把她留下来做销售经理。这个女子不寻常，在销售上确实有一套，见人说人话见鬼说鬼话，不管什么人见面就熟，只要见过一面，下次一口便能喊出人家的职务，再到后来，牛总是一步也离不开她，连自己的家都很少回了。

坠子的老婆也是天中镇人，在家就是个病秧子。身体弱的人，往往性格暴戾。有时候，坠子跟她说不了三句话，她就能拿头去撞墙。所以坠子平时也不敢招惹她，遇到什么事都是躲着让着。坠子当了老总之后，好话说尽，才把她和女儿搬进城里。屋漏偏遭连阴雨，坠子和那女子的传闻，不知怎的就传到了她这里。她气不打一处来，抓不到坠子，便逮住自己的女儿暴打。有一次坠子回家刚好碰见，还没解释几句，母女俩合着伙歹毒他。女儿哭着怪他惹事，老婆拿着热水瓶朝他头上砸。老婆本来身子就弱，又遇到这事儿，气病交加，熬了不到一年就去世了。老婆死后，牛大坠子很快便跟这个女子结为夫妻。结了婚以后他才知道，女子还有一个儿子，比自己的女儿光荣小五岁。坠子心中暗喜，这是买一送一的好买卖，不费力气就儿女双全了。

坠子的女儿牛光荣长得既不像坠子那么肥硕，也不像他老婆那么柴，是个细皮嫩肉的美人坯子。个子细长，瓜子脸，一笑俩酒窝，羞怯中有一种质朴。娘还活着的时候，光荣已经寻到了对象，是自己谈的，只是年龄不到无法办结婚证。光荣的娘一死，光荣跟后娘之间像乌眼鸡似的，你啄我一口，我掐你一下，没个消停的时候。后来光荣索性搬到男方家去住了。再后来，光荣肚子里有了。男方的家长找到坠子，支支吾吾地把这事告诉他。坠子大手掌拍在老板台上，说，那还扭扭捏捏扯掰什么啊？让他们俩先上车再补票不就得啦！

婚礼是在金豫宾馆办的。坠子本来就爱排场，当上经理之后结交的酒肉朋友又多，再加上双方驴尾巴吊棒槌的亲戚和镇上的乡亲，前后开了二百多桌。光荣的后娘盛装登场，浑身披挂得比继女都像新媳妇，在酒宴上撒着欢卖弄风骚。光荣看着她，当着人面笑也不是哭也不是，新仇旧恨窝成一肚子气，强撑一天，一口饭都没吃。

婚宴一直拉拉扯扯到晚上才结束，牛大坠子与亲家喝得昏天黑地。吃完喝完，一群晚辈闹哄哄地簇拥着小两口回去闹洞房。开始还算文明，交杯酒，咬苹果，亲嘴……闹着闹着就不像话了，一群人先把新郎围在中间“撞墙”，把新郎撞得筋疲力尽瘫软如泥，拱到床底下再也不爬出来。他们随后又开始折腾新娘，拉着光荣的胳膊腿往上抛，说是放冲天炮。一下，两下，三下……光荣一天水米没打牙，浑身连四两力气都没有，被他们抛来抛去，开始还能挺着身子，到最后浑身就像一块面团一样绵软无力。最后一抛，面团从众人的手中滑脱。光荣四仰八叉朝水泥地上重重地砸去，像一列脱轨的列车，急速撞向一个未知的黑洞。

5

齐光禄原来并不是本地人，老家是东北的，父亲是军工厂的老工人。二十世纪六七十年代，中国与苏联交恶，因为形势所迫，军工厂大部分迁往三线。他跟着父母来到了鄂豫皖交界的这个山旮旯里，初中没毕业，就回厂接了父亲的班，分到机修车间开叉车。父亲在喷漆车间工作了半辈子，退休之前就干不动了，退下来不久就因肺癌去世。家里剩下他和母亲，还有一个患小儿麻痹症的小妹。

齐光禄先是开叉车搬运钢材的时候挤断了一条腿，虽然治疗得差不多了，但是走快了还能看出来跛脚。后来又遇到企业军转民，很快他就下了岗，成了一名待业青年。当时政府为了维护社会稳定，给待业青年开了口子，鼓励他们自谋职业，并且在税收、经营场所等方面给予照顾。他就在县城一处居民区的小蔬菜市场里摆了个猪肉摊子。

猪肉摊子离牛大坠子住的地方也不远，隔半条街，按理说他跟坠子沾不上边儿。坠子开饭店当经理，家里吃的用的根本用不着自己买。可是事有凑巧，有一次坠子下班回家早，在菜市场下了车。他看见齐光禄卖肉的时候，把半扇猪吊在横梁上，谁来买肉他就拿刀过去砍一块，不是多了就是少，而且肉切下来卖相很难看。坠子一时技痒，快步过去，把猪肉从梁上卸下来横在案子上，横着剁四刀，竖着剁了两刀，整整齐齐一十五块猪肉码在案子上，煞是好看。

他把刀递给齐光禄说，要想卖好肉，先去换把好刀来！

齐光禄看得傻了，半天才缓过劲来，连忙递上烟，忙不迭地喊师傅。坠子把烟叼在嘴角，示意齐光禄点上，舒舒服服地吐了一口烟。齐光禄说，师傅……坠子也不答话，哼着小曲走了。

旁边的人告诉齐光禄说，你今天算是走红运了。这个人你不知道是谁吧？他就是牛大坠子啊！

从此，每次看见坠子回来，齐光禄离老远就打招呼，两人慢慢熟络起来。女儿光荣结婚的时候，坠子也请了齐光禄去喝喜酒。齐光禄手也不小，封了一百块钱，还添了一床当时算是奢侈品的鸭绒被子。

那天牛光荣被摔到地上，齐光禄就站在旁边。光荣这一下摔得真是不轻，当时就昏迷不醒，躺在地上动都没动一下。后来大家七手八脚把她抬起来，赶紧往医院送。肚子里的孩子没保住，光荣也昏睡了四十多天。光荣的婆家在她入院的时候交了两千块钱押金，后来再也不露面了。牛大坠子去找他们理论，婆家说，他们俩又没登记结婚，这婚姻不受法律保护。人是你们家的人，我们又没动她一指头，凭什么该我们管？

坠子气得回家喝了一斤二锅头，跳起脚在屋子里大骂，可是于事无补，毕竟他没能力拿住人家。让他万万没想到的是，这才是他倒霉的开始，要不怎么说祸不单行呢！饭店五年的承包期到了，他要跟商管委续签合同。商管委的头儿说，你来得正好，省得我们跑冤枉路了。赶紧交钥匙吧，这宾馆我们已经包给别人了！坠子一听如被雷击，站在门口跟人家嚷嚷道，金豫宾馆的门楼子没塌下来，到现在还这么红火，都是我牛大坠子一铲子一铲子炒出来的！你们把我一脚踢开，这不是卸磨杀驴吗？还讲不讲理？头儿说，我们不能讲理，只能讲法！现在是法制社会——简直跟光荣婆家一个口气——他急得跳脚撒泼，指着头儿说，我一把火把宾馆给你们点了，看你们还跟我讲法不讲！头儿根本没搭理他，从兜里摸出一个打火机，扔给他。看他没动静，又摸出一个，扔给他扭头走了。

一整天，他眼里心里净是打火机。晚上回来又灌了一斤二锅头，哭着骂道，这是什么鬼世道儿？对你们不利的事儿，你们就跟我讲理。对你们有利的事儿，你们就跟我讲法啊！

骂归骂，现实还要面对，末了还得乖乖听话。钥匙交了，车子也交了。当天晚上，他把齐光禄喊过来，两个人一人一瓶“汝水白干”对着吹，七十三度，一点水都没掺。喝到七八成熟，他从桌子底下拽出一个红木匣子。打开来看，里面是一个明黄色布包，搭眼一看就知道不是凡常人家的用品。坠子把黄布包小心翼翼地取出来摆在桌子上，轻轻打开。齐光禄只见寒光一闪，一阵凉风穿心而过，那把刀便顺在坠子手里。坠子放在眼前看了半天，双手捧着递给齐光禄。齐光禄接过来细细地看了，暗暗叫绝，真是一把好刀！青脊白肚，背厚刃薄，像一条鳞光闪闪的青鱼。在刀柄与刀身的接合处，刻着两行非常不起眼的小字：関孫六。大日本明治二十七年製。

6

那天我们去天中镇并没有遇到什么麻烦。为了防止意外，开始我们没到镇子里去，而是沿着河堤，一直走到与县城对面的码头上。镇上的书记镇长已经接到通知，带着一干人在河堤上列队迎接我们。简单寒暄几句，我们顺着河堤上的一条小路往下走。我从来没这么近距离地走近这条河，来到河边我才发现，从这边看县城，简直是近在咫尺，好像伸手就可以碰到对岸的柳叶。

河边是一个来往摆渡用的小码头。离码头不远，几个船工模样的人围着一个用砖头水泥垒起来的小桌喝茶。看见我们过来，他们只拿眼睛斜楞着，没有一个人站起来。我回头问镇上的书记："在这里干几年了？"书记说："过来快半年了。"——怪不得老百姓都不认识他——他说着看了一下赵伟中，迟疑了一下，又补充说："谁在这个镇子上干，也不会超过两年。"我问："为什么？"书记笑了一下，说："地球人都知道为什么。赵县长，很快您就知道为什么了。"

听他那语气，我心里咯噔一下，莫非又是因为齐光禄？

看完现场，我们正准备往回走，刘师傅问那几个人："坠子他老婆现在干吗呢？"其中一个面皮青黑的中年人说："不还是该干吗干吗！"又反问道，"你认识坠子他老婆啊？"刘师傅走过去，给他们每人散了一根烟，说："不认识牛大坠子的老婆，不是在这里白混了吗？"一群人听罢此言，你看看我，我看看你。我觉得似乎刘师傅这话说得不是很合适，空气有点紧张。有个人问刘师傅："你们是政府的吧？"刘师傅不置可否。那人又道："别看了，赶紧回去吧！我还没结婚，你们就在这儿看来看去。现在我儿子都结婚了，你们连一块砖头都没埋下。"刘师傅跟他玩笑道："吃人家的嘴软！你再乱说我让你赔我烟！"大伙儿一阵哄堂大笑。我感觉到现场情绪明显松动了很多。

晚上，我们在镇政府吃饭。赵伟中特别安排不在外面吃，就在他们的机关小食堂里吃。饭菜很有特色，都是当地土里刨的、河里捞的特产。开始大家都还很拘谨，按套路敬酒。酒过三巡，我站了起来，先用茶杯倒了一杯酒，准备一口干了。赵伟中见状赶紧夺过去，说："赵县长，您这是办我的难堪！下面这酒要怎么喝，您只管吩咐就是了！"

我说："我吩咐算吗？算了，我还是喝了吧！不然我这个挂职副县长，说什么都没人听！"我话音刚落地，赵伟中仰脖子把一茶杯酒喝了。书记镇长也赶忙站起来，学他的样子，一人喝了一茶杯。三个人都拿眼看着我，也不说话。我拿过杯子，往里倒了三分之一，说："这是我这一辈子第一次喝这么多，我相信也是最后一次喝这么多。不管我在这里，还是离开，我仅仅是女作家赵芫，而不是一个副县长或者其他什么。如果你们觉得我还像那么回事儿，今天咱们就放开喝酒，放开说话。我希望好好听听你们天中镇，听听牛大坠子，听听齐光禄和牛光荣！"

"好好好！"他们一边说一边每人又倒了一杯喝下去。谁知几杯酒下肚，话便多得控制不住，七嘴八舌地胡乱插话，一会儿就搅和成了一锅粥。我的头也晕得象坐海轮，昏头涨脑地坐在那里，到末了也没听明白他们说的什么。

7

坠子被解职之后，在家待了有半年多时间，一直到光荣从医院出来。光荣说是痊愈了，其实只是保住了一条命，根本没有得到很好的治疗。刚回来那一段时间，跟个傻子差不多，既认不清人，也说不成话。养了一段时间，虽然有了很大改善，但跟正常人还是不一样，口齿不清，还经常不自觉地流口水。自己坐在那里，总是忍不住笑。问她以前的事情，婚礼之前一直到闹洞房她都记得清清楚楚。可是自那之后，包括现在的很多事情，她有的能记得，有的一点都记不得。不过，从外表看起来她还跟个正常人差不多，依然那么漂亮，而且家里的活计一点儿都不少干。

坠子新娶的老婆经过这两件事，倒也安分平和了不少，对待光荣也不似过去那般刻薄了，有时候看见光荣忙不过来或者有什么不方便，她也主动上前帮忙。仔细说来，过去俩人掐架也不光是后妈的责任，按她自己的说法，她有追求幸福的权利。这话也不无道理，平心而论，她只是跟追求自己的男人结婚，何罪之有？

饭店开不成了，坠子老婆在家休息了一段时间，又捡起了自己的老本行，帮人家推销报纸杂志办公用品，每个月都有进项贴补家用。倒是坠子干了这几年经理，心大了、野了，手也软了，再也捏不住刀把勺子柄了。光荣出院后，他就开始跟着开饭店时结交的一个大老板跑业务。据说这个大老板很有后台，在北京凯宾斯基饭店包了一层楼，全国各地都有分公司。谁也说不清楚坠子到底跑的是什么，但见他每天进进出出，西装革履，拎着一个黑亮的大提包，忙得连喘气的工夫都没有。那时候物资短缺，而且每个机关单位都要办企业，所以皮包公司满天飞。江湖上都传说他根子硬，门路广，见过大世面，按当地的话说"是吃过大盘荆芥的人"。而他也从不隐讳自己的能耐，手里不是有一百吨钢材，就是有海关处理的走私电视机——"都是人家小日本国内生产的，塑料纸都没揭掉"。他对追在屁股后面的人说。生意做没做成没人说得清楚，反正看他的身材，肯定是每天都落个肚儿圆，还常常车接车送，前呼后拥，煞是风光。

后来，各地政府都有了招商引资任务，他按照大老板的安排，摇身一变成了外商投资的代理人。大项目多得没办法，眼睁睁看着他把皮包磨坏了好几个。皮包里除了合同、委托书，还有他跟各地领导的合影。最高级别的领导是某省的副省长，据说这个副省长的父亲是黄埔军校四期的高才生，和林彪刘志丹他们同是老三连的同学。"我们都是名门之后啊！"他拉着副省长的手这样说的时候，眼圈有点湿润，但也不全是装出来的，“要是你在沿海当省长分管招商引资，我可以帮你办成一件大事。遗憾！真是遗憾！”他一边摇着头，一边从提包里掏出一沓子花花绿绿的文件，是旅欧黄埔同学会的投资委托书，“他们想搞一个海水淡化项目，建成之后可以从根本上解决华北地区的缺水问题。可惜咱们这里是内陆，不靠海，我也帮不了您这个大忙！”

坊间关于坠子类似的传说很多。还有人造谣说，坠子事先知道副省长接见后，专门查阅了副省长的出身，然后自己去打印了这份委托书。但是，这样的说法明显缺乏其他证据支持，不足采信。况且还有那么大一个后台，一个副省长算什么呢？

全国各地招商引资的虚热症冷下去之后，坠子的门庭也冷落了一段时间。后来大老板又为他开辟了新的生财之道，但是已经不面对政府，而是面对企业和个人了——不是承包了一段高速公路，就是发现了一个稀土矿，现在只缺前期启动资金了。有一次，他喝得醉醺醺的，来找睡在肉铺子里的齐光禄。他坐在齐光禄的床头，从提包里掏出一沓子夹杂各种文字的复印材料，说是一份非常非常重要的合同。他的大老板，全家已经移民加拿大了，记念着与坠子的老交情，专门从国外回来找他，想帮助他先富起来。大老板与美国波音公司签订了生产五百套机舱门的供货协议，现在就差三万元启动资金了。坠子想让齐光禄“帮忙垫一脚，先登上去再说”。

“不管是机舱门还是机枪门，看在你过去看得起我的分上，这只三万块钱的脚，我先给你垫上。”齐光禄披衣坐在床上，上半身靠着墙，肋骨一根根地起伏着。他说：“可是，你拿什么担保呢？”

“光荣嘛！”坠子知道齐光禄痒在什么地方，他眼里燃着一把贼亮的火，眼珠油汪汪地转动着，“我拿光荣担保可以吧？”

齐光禄一脚把被子、合同和提包踺到地上，跳下床来，一只手提着快滑脱的大裤衩子，一只手点着牛大坠子说：“你们家就光荣还值点钱！”

8

县城通往天中镇的新大桥开工并没有依惯例举行典礼，施工队悄悄进入了工地。县政府专门成立了一个“大桥建设指挥部”，我任指挥长，县公安局一名分管治安的副局长任副指挥长。后来我才弄明白，这样安排是为了好临时调动警力应付突发事件。用“突发事件”这个词语，听起来怪瘆人的，其实就是指群众上访、围堵县领导、阻挠施工什么的。

在县政府常务会议上，当讨论到我这个项目时，除了主持会议的县长讲了几句话，其他没一个人发言。按理说这是一个重点项目，既关乎到群众的切身利益，又有非常大的投资，应该由一个有实权的副县长当指挥长。可是在会上，没一个副县长主动揽这个活儿。县长问，这个项目怎么办？怎么办？大家的目光唰一下都打在我身上，好像这个项目是我认领的一个孤儿，就该我负责。我看了一圈没人表态，便说，这个指挥长我来担任！好好好！一圈人用侥幸的、因为卸下担子而松了一口气的态度看着我。

会议结束后，我刚回到自己的办公室坐下，副主任赵伟中就跟着过来了。我问他："天中镇的事情到底有多大麻烦，大家都这么回避它？"他说："多大麻烦啊，都是吓怕了！赵县，别看您平时不吭气，关键时候真能拿出来！不过，"他拉了一把凳子坐到我对面，"您来干这个事情，未必是坏事。其一，您是女同志，人家老百姓也不会真去为难您。这里虽然民风彪悍，但是不跟女同志较劲儿。其二，您是下来挂职的，能干则干，不能干则走，谁能怎么着您啊？其三，最危险的地方，其实最安全……""好了！我脑子里哪会有这么多弯儿？我问的不是这，我问的是，这个天中镇，还有这个齐光禄什么的，到底有多大问题在里面？"

"我跟您说说有多大问题吧！"他拿起我面前的记事簿，用笔在上面划拉着，"我光说结果吧，您看看麻不麻烦？因为这件事，撤了公安局的局长、政委，一名派出所所长被'双开'后，又被当事人砍死了！两名警察被免职，一直挂到现在，还没给人家个说法。这还不算，还有哪！县政府先后有五位分管信访的副县长受到了行政处分。到现在为止，这个案件还是国家信访局专门督办的重点案件。”

“这案件跟副县长有什么关系？”我问他。

“您来这么久了，这个您应该知道啊！”他对我问这个问题非常吃惊，“您没看，分管安全和信访的副县长都是一年一轮换。谁管这项工作的时候，只要下面出了问题，分管领导都要负连带责任，跟着受处理。比如吧，前年，安徽省的一辆客车和湖北省的一辆货车在咱们县境内撞上了，死了十几个人。您说这事儿跟咱们县有什么关系啊，到天了，不是还要处理咱们的县领导？郑副县长背了个处分。对了，那天天中镇的书记说，没有一个书记在这个镇干足过两年，也是这个道理——害怕群众上访，受牵连！”

我好像有点明白，但也不是真正的明白。

下午，我既没带赵伟中，也没带秘书，让刘师傅开车去了工地。到了工地上才发现，那里秩序非常正常。工人们正在整理场地，搭建帐篷，各种机械设备也正在忙碌着。几个船工还在那儿喝茶，看见刘师傅过来，他们老远就打招呼，喊着政府政府，过来喝碗茶！

没等刘师傅搭腔，我径直快步走过去。到了他们跟前，便像背书似的主动自我介绍说，我叫赵亮，是个作家，其实也就是个讲故事的。省里把我下派到这个县挂职当副县长。现在我又有了一个新职务，是建设咱们这个大桥的指挥长。今后我要经常来这里。不过我也是边学边干，有什么不懂的地方，希望大家多指点！

我双手合十，向他们鞠了一躬。

他们几个一下愣了，呆呆地看着我，忽然都站了起来。一个老者说："赵县长，坐坐坐！您的事儿我们都听说了，这座桥就是您跑下来的！修桥铺路可是积德行善的事儿，咱们老百姓什么时候都不会忘了您！"

我坐了下来，这才发现两条腿都是哆嗦的。其实从下车的那一刻起，心里就紧张得要命，害怕遇到"突发事件"。这么一段时间以来，周围人营造的紧张气氛紧紧地压迫着我。刚才的镇定都是装出来的，现在更是感觉到虚脱得厉害。我让他们都坐下，转身跟刘师傅要了一盒烟，一边在心里数着一二三四让自己平静下来，一边控制着发抖的手把烟盒打开给他们分烟。

其实我发现他们比我还紧张，也许不是紧张，是过分吃惊吧。看着我递给他们的烟，他们把手心手背在衣服上反复擦了好几遍，才伸着粗糙的双手接烟，并用羊一样潮湿而温良的眼睛歉疚地看着我。那时候，我觉得自己分裂成为两个人：一个忧虑万端地坐在他们中间，像一个被缚的飞蛾，在投入与逃脱之间痛苦地挣扎；一个脱身而出，站在我身边——不仅仅站在河边，而且是站在心灵的深处——静静地打量着我。说不上来什么原因，我有一种越来越委屈，也越来越别扭的感觉，真想痛痛快快地放声大哭一场。

9

牛大坠子红火的时候，尽管牛光荣落个那样的结局，齐光禄也没敢打过她的主意。在这个县城里，毕竟他只是个做小生意的外地人，手里没几个钱，背后也没什么人，而且还有残疾。坠子家道中落以后，他托了一个人让他说合说合他和光荣的事，这人先是找到坠子，坠子倒是一点都没犹豫，二话没说就点头同意了。可是给光荣说的时候，她只是摇头，也不吭气，一副决然的样子。

现在，她同不同意，已经无关大局了。只要坠子同意，只要坠子接了他的钱，什么事儿都得他齐光禄说了算。齐光禄恨恨地想。

要说他的恨也没有来由，不管他对牛大坠子怎么样，人家牛光荣也不欠他什么。况且这婚姻大事本来就是你情我愿，无论如何也勉强不得。可他不这样认为，他觉得牛光荣压根儿就看不起他。他把钱给了坠子没几天，就去找牛光荣。牛光荣见他进来，转身进里屋把门反锁了，把他撇在客厅里，走也不是，留也不是。牛光荣的弟弟坐在一个角落里抄写着什么，扭头看看他，连个招呼都没打。这孩子已经长成大人了，一点礼貌都没有。他站了一会儿，觉得没趣极了，摔上门就出来了。

妈的！我有残疾，你不也有残疾嘛！还跟我穷装什么大头蒜哪！他站在楼下，看着楼上，羞愤交加。

又过了几天，他趁坠子在家，买了三张戏票交给坠子，是省坠子戏剧团的拿手戏《双玉蝉》。坠子知道他的意思，晚上好说歹说把老婆儿子拉出去海吃了一顿，然后带着他们去看戏，撇下光荣在家里看家。夜幕降临，家家户户边看新闻边吃晚饭，正是热闹的时候。齐光禄敲开牛光荣的门，这次没给她躲开的机会，像老鹰抓小鸡一样把她按倒在地，然后提溜到光荣的床上，剥光了她的衣服。他翻身压在牛光荣白花花的身上，定睛一看光荣的身子下边，心里不禁一阵发酸。床上的被子还是她结婚时他送的那床鸭绒被。不管对她有多大恼怒，这样欺负她，是有点过头了。但是，他只是迟疑了半秒钟，一种更野的想法霸占了他：如果这时候不做一回男人，他将永远不会是男人了！

很快俩人就成了婚。本来齐光禄想办个婚礼，坠子也同意，但牛光荣死活不同意。最后，两家人在一起不冷不热地吃了顿饭，就算结婚了。

齐光禄婚后没地方去，就住在牛光荣家。日子虽然平淡，过得倒也扎实。光荣在家洗衣做饭，齐光禄天天还是去市场上卖肉。据说这个市场很快就要搬迁了，县里创建文明城市，所有的马路市场要一律取缔。城东边新建的菜市场开张以后，这边的生意明显不行了，有时候两天还卖不完一只猪。齐光禄也正打算搬到新市场去。

有一次他早早收摊回来，看见牛光荣和弟弟一丝不挂地躺在床上。他和光荣，两个人都不意外，也没吃惊，只是互相看了看。他退回到客厅里坐下，招呼他们两人穿好衣服过来。他们过来后，齐光禄平静地说："牛光荣，我知道你忘不了那个男人，也知道你是想方设法报复我。所有这一切，我都一清二楚！但是，如果你还有一点记忆的话，你弟弟也不是你这一段时间找的唯一一个男人。"他递给弟弟一根烟。弟弟看了看他，哆哆嗦嗦接了过去。他打着火给他点上，然后自己点着。"这些，我都可以不管。但是，我跟你撂明白了，为了你爹，也为了你，当然也为了我，希望你老老实实给我生一个儿子。这是我唯一的要求！我们家几代单传，不能到我这里断了香火！否则——"他把烟在桌子上摁灭，手按在烟蒂上一直没松开，直到闻到一股桌布被烧焦的臭味，"你可别说我不君子！我相信你也听说过东北人的脾性，而且还是个曾经造过武器弹药的东北人！"

光荣听了这番话愣住了，盯着齐光禄的脸看了一会儿，眼泪突然流了出来。她已经记不得什么时候曾经哭过了。

这事过了没几天，齐光禄就把肉摊子搬进了新市场。他租了两个店面，签了十年期的合同。他有自己的打算，他不能让未来的儿子再这么穷下去。他要让儿子一生下来就有房子，有脸面。他得扩大经营规模，把生意一步一步做大。

牛光荣主动提出来，自己在家闲着没事，还不如跟着他出来打打下手。齐光禄迟疑了一下，说，把你弟弟也带上吧，这样我们就不用雇人了。

街坊邻居看到光荣的情形一天好似一天，话多了，说得也清楚了，有时候一天下楼好几趟，过去她很少出门。早上吃过饭，他们三个肩扛手提，一起往市场走去。光荣走在中间，齐光禄和弟弟一边一个。三个人边走边说，偶尔说点什么高兴事儿，光荣还会哧哧地笑个不停，肩膀抖得东倒西歪的。

10

那天我与几个船工师傅聊得甚是愉快。在他们的回忆里，沉没在岁月深处的某些东西慢慢显影了。那些影像虽然已经泛黄，模糊得像沉在水底，但已经被赋予了生命，在我心里慢慢鲜活起来。

他们嘴里的牛大坠子，是一个难得的好人。“像他这么好的富人已经绝种了，真是绝种了！”刚才跟我说话的那个老者摇着头对我说。我很吃惊，一般像他这种年龄的人，说话应该不会这么凌厉了，“只要他有一口饭吃，就不会让我们饿肚子。他自己宁愿啃窝头，也得让乡亲吃饱。他家天天跟过年一样，都是咱镇里的人。有一次我孩子患绞肠痧，疼得受不了，半夜去找他，他披着衣服就领着我往医院跑，所有花费没让我掏一分。”

还有一个船工回忆了另外一件事，那时候坠子还没当老总，他为孩子分配的事情去找他。女儿大学毕业，想留在县城教书，托不到合适的人，最后找到了坠子。坠子说，你谁也别找了，就在家等信吧！不久女儿分到了县直二中。“后来听他们说，最少得花一个数，”他在我面前晃动着伸不直的食指，“您想想，那时候一个数值现在多少？我就是把全身零件都拆下卖完，也不值这个数！所以现在每到清明，我先去给他烧炷香，再去祭拜父母。人不能忘恩！”

有人对齐光禄的评价很有意思，“是个汉子，就是太拗，他认准的事儿，你就别想扳过来。不过，咱得承认出手太重了！把人撂倒正好，仇也报了，气也消了，两不找，您看多合适是不是？嗐！这个倔种，何必再砍那么多刀？明明是咱们有理的事儿，这几十刀下去，让人家看起来好像咱们就是杀人不眨眼。你这样，人家判的时候，咱们就吃大亏了不是?”——话说得好像跟齐光禄是同案犯似的。

有人附和道：“赵县长，您得评评这理儿。虽然国家大法说杀人抵命，但也得考虑齐家的情况不是？齐家单传，没有个后代，把他枪毙了不是让人家齐家断后吗?”

我们第一次来见到的那个黑青脸汉子不同意他们的看法：“那个派出所所长，他干的就不是人事儿！光荣那闺女，见人不笑不说话，他说毁就给毁了，咱三千多口天中镇人会答应不？都剁碎了也不解恨!”

趁他去旁边提开水瓶，有人小声提醒我说，他儿子因为赌博，被抓进去过好几次。

我想引导他们回忆一下，牛光荣没进城的时候在老家是什么样子。我总觉得在这些人的陈述里，她的形象是那么稀薄，像个符号，连喜怒哀乐都那么不真实。

他们只是说这个闺女好，真是太好了，但是连一件具体事也说不上来。她不大跟别的孩子玩儿，在学校也没听说成绩有多好。“她娘很厉害，除了上学，就不让孩子出门。打孩子手也狠，有时候满街筒子撵着打她。平时这孩子看见人就躲老远。”

我想想，他们刚说了牛光荣见人不笑不说话，怎么又这样躲着人？忍不住想提醒他们，后来看大家都没在意，就算了。已经过去那么多年了，有些细节哪能记那么准？不过我又非常纠结，整个事件不都是靠细节串联起来的吗？

“光荣这个弟弟是个好样的，跟光荣比亲弟弟都亲！”一个船工说，“光荣她两口子出事之后，她弟弟带着母亲回咱们镇上就住下不走了。他在十字街口当街跪下，说，从今往后，我生是天中的人，死是天中的鬼！要是不给姐姐姐夫报仇，大家就把我当成个畜生踩成肉泥，扔河里喂鳖！就这一点，我看比坠子还有血性！人家一个七不沾八不连的外人都这样对待坠子一家人，您说我们不跟着他们去讨个说法，还是天中的人吗？”

我想象着那个情景，在蒙蒙细雨里，一个单薄而苍白的少年跪在十字街头，紧握双拳，心里默念着为亲人复仇。简直就是美国西部片里的一个经典桥段。

他们几乎异口同声地说，老百姓之所以闹事，是政府处理这个事件太没道理。不公平，也不能服众。当初公安抓牛光荣，逼迫她要么承认齐光禄强奸她，要么承认自己卖淫，必须二选一。最后光荣忍辱承认自己是卖淫，被劳教了小半年。这边光荣才出来，那边齐光禄又被抓进去了。他们怎么能出尔反尔？听说那个公安局局长，跟齐光禄杀的所长是老朋友，这不明显是报复老百姓吗？光荣除了以死相拼，还有什么活路？我们不去跟着上访，把这老理儿给弄直了，拿什么报答人家坠子？

11

齐光禄他们的店面位置并不是很好，处于菜市场中间部位。新建的市场横穿半个城区，从东到西走一趟差不多要半个小时，所以除了闲得没事干的人，很少有买菜的到中间这个位置来。好在齐光禄有这么多年的销售经验，知道薄利多销，酒香不怕巷子深的道理，卖出的猪肉质量高，价钱也公道，生意还能勉强维持下去。而他旁边的商户，有的关门，有的则改成加工作坊了。

后来发生的一件事既改变了他的生意，也改变了他的人生。县政府基于创建卫生城市的需要，决定对老城棚户区进行改造，这样就需要开出一条新路纵穿市场。齐光禄的店面正好位于新路旁边，临着两条大街，从鸡肋变成了寸土寸金的黄金地段。

果然，道路打通以后，他们的生意好得不得了。牛大坠子听说之后，还带着光荣的后妈专门来看了一趟。坠子背着手，边看边点头，他看见肉案上是一把普通刀，问齐光禄："怎么用这么小的刀！我给你的那把大刀呢？"齐光禄说："大猪用大刀，小猪用小刀。现在还没碰见那么大的猪。"坠子哈哈笑了，说，操练操练，我看你手段如何？齐光禄扛过来半扇猪，平摊在案子上，横着四刀，竖着两刀，一十五块猪肉码在案子上甚是齐整。“好！”坠子左右挥着肉乎乎的大手，“今后啊，你们以这个为根据地，可以搞几家连锁店。一旦成气候了，咱就建设自己的肉联厂、养猪场、冷冻厂，至于投资嘛……”后妈打断他的话，说，这么好的位置光卖猪肉真是太可惜了，建议他们增加牛羊肉，再搞深加工，做一些熟食、腊制品和肉馅之类的产品，也可以附带卖一些煮肉的大料、调味品之类，这样人家来的时候就不止买一样东西。既方便了顾客，也扩大了经营。

坠子说，就是！我就是这个意思呀！

于是他们又雇了两个人，专门负责进货和加工熟食制品。齐光禄和弟弟在店内各负责一头。光荣负责收银，打理铺面。两间小店收拾得干干净净，温温馨馨，很有居家的感觉。光荣把生、熟、腊制品分成一个个大格子，像公用电话隔间那样隔开，一来看着好看，二来也方便顾客挑选，互不影响。两间房子的接合处是一根支撑梁，光荣让弟弟靠着梁柱摆了一个小茶几，两边摆了几把小凳子。茶几上摆着应时的茶饮，夏天是甘草二花，清凉解暑；冬天是枸杞黄芪，补气去浊。街坊邻居的大叔大婶买了菜，可以坐下来歇歇腿脚，聊会儿大天。还有些耐不住寂寞的老人，专门到这里来找人摆龙门阵，一坐就是大半天。外人看起来这里一天到晚都是热热闹闹的。这里还是保姆们接头的地方，一说到哪里碰头，便说十字街肉店。有的保姆想办点私事，也会把孩子托付给光荣。

光荣已经基本痊愈了，这一两年的时间里，她的病没再复发过。说话没障碍了，现在还喜欢上了唱歌。柜台里摆着一个小音响，一天到晚播放着流行歌曲。有什么新歌，那些保姆会主动给她送过来。顾客少的时候，她们还会叽叽喳喳跟着唱一阵子。有一次，一家企业为了宣传自己的产品，在老体育场搞了一次卡拉OK大赛。光荣在弟弟的撺掇下，斗胆上去唱了一出。虽然没有获奖，还是让她兴奋了好长一段时间。

那天傍晚，他们正准备收拾东西打烊，一个戴金丝边眼镜的白面书生走了过来。他一脚门里一脚门外就开始问："谁是当家的?"齐光禄赶紧迎上去让座，递烟倒茶。那人先低头看了看凳子，然后又上上下下把齐光禄看了个遍，并没坐下来。他从兜里掏出一张名片递给齐光禄，哑着嗓子低声说："小事儿，站着就说完了——这是我的名片。"齐光禄接过来看了，是县天宇电脑公司的经理，叫张鹤天。齐光禄一脸迷茫地看着张经理，他们的生意跟电脑怎么都扯不上关系。张经理见他诧异，用中指推了推鼻梁上的眼镜，还是压低声音不紧不慢地说："是这样的，电脑生意我做烦了，想改一下行。看你这里生意不错，你开个价，我想把这个铺子盘下来。"

齐光禄的迷茫变成了惊愕，他张着嘴半天合不上，扭头看了一下光荣和弟弟。他们两人还在埋头收拾柜台里的东西，没听见他们在说什么。他又扭头看了一下大街上。街上车水马龙，市声喧嚣，丝毫没受他们谈话的影响。齐光禄下意识地咽了一口唾沫，说：“我可是签了十年的合同……”白面书生没等他说完，提高声音说：“合同是人签的，人也可以废！这事儿就这样吧，我还有事！一星期后我来接房子！”说罢扬长而去。

后面这句话光荣和弟弟听到了，他们停下手里的活儿，疑惑地看着齐光禄，不知道刚才发生了什么。

12

天中县的县域图看起来非常有意思，像个顽皮的孩子，细长的身子弯曲着，头扎在淮河里，顶着安徽；脚踩着大别山，蹬着湖北；屁股坐在平原上，拱着河南。不过，可不能小看她怀抱着的三条大河，条条都有说不完的故事，开国将军有一小半都是从这里蹚水杀出去的——这里是著名的鄂豫皖红色根据地。过去属于古中原的版图，人民一直到现在还保守着远古先民的遗风，性情彪悍，宁折不弯，认准的道儿一直走到黑，到死都不会改辙。据说周围几个县的暴力犯罪案件，按人口比例算，在全国都是最高的。这里的人性情暴烈，风景却是非常柔美，天蓝水清，一年至少有三百六十五天空气质量可以达到优良。

头天晚上学弟给我打电话，说要过来看看项目进展情况。我说，看项目是假，看风景是真吧？他笑了。我又说，不管别的项目是真是假，你姐可是从来不含糊的。然后，我问他过来之后怎么安排。他说："公事公办，私事私办。我这一条小命喝醉之前交给党，喝醉之后交给我姐你。既然你说看风景，那我也不能枉担这个罪名。"

听说他过来了，书记县长都放下所有的工作陪他。虽然学弟职务不高，只是一个小小的副处长，但他是具体负责项目的，所以下面的人都很抬举。

说是看项目，其实大家都明白是怎么回事。基层对上面检查都有一套应对的程序，也知道所有的检查都是准备的时间长，看的时间短，只要把面子活儿做好看就行了。这个项目我专门安排赵伟中不能搞形式，是什么样就什么样。可书记县长知道后，连夜让办公室发了通知，要求提前把工地整理好，插上彩旗标语，看起来要热火朝天。

学弟过来后，我们一群人浩浩荡荡地从县城这边上了河堤，看了不到十分钟就下来了。学弟很满意。书记县长用赞许的眼光看着我，松了一口气。这么大一个工程，他们俩都是第一次来现场。

中午四大班子一把手全部出动宴请学弟。他喝了不少酒，但是看起来还很清醒。程序走完，时间也差不多了。他开始踩刹车，说，今天的公事到此为止，剩下的时间由我姐安排，你们都不要管了！

下午我安排学弟上大别山喝茶。那里远离尘嚣，是个说话休息的好地方，也知道他疲累的身心需要充充电。出了县城往南不远便是山区，我只带了秘书和司机，没让赵伟中跟着，主要是顾忌他的小聪明会让学弟嘲笑。学弟也只带了一个司机，路上他坐我的车，让司机在后面跟着。走到山脚下，发现还有一辆车等着我们。学弟说，站在车旁的人是在邻县挂职当副县长的一个校友，叫周友邦。我想起来了，刚下来挂职的时候，曾经与他通过几次电话，但是没见过面。

上得山来，心情大好。大别山绝对是一个天然氧吧，周围几个县解放前穷，解放后还穷，都是国家级贫困县。县里没什么工业，所以也没有污染。这些年山上种茶，老百姓刚刚过上了好日子。县政府在山上建了一座宾馆，条件达到四星级，专门用来接待上面的领导。

坐在山顶茶室，举目四望，可以看到鄂豫皖三个省的地界。斜阳西照，山下红顶白墙的农舍历历在目，一时间似有恍若隔世之感。我们喝茶聊天，信马由缰。在省城的时候我就很喜欢这个学弟，他知分寸，懂进退，敏感和聪慧好像是与生俱来的，不管大小场合都能应付得滴水不漏，而且从来不让人感觉到不舒服。他有时世故得令人不可思议，据说有一次他们单位搞年终测评，一百八十多号人，有他一张反对票。他硬是用了半年多时间，把这个人筛出来，俩人后来成为朋友。然而他又很善良，对下面跑项目的人不但从来不刁难，而且想尽办法帮人家把事弄成。但他也相当圆滑，有一个县的书记好大喜功，给了他几个项目，都做得不伦不类。后来他再来要项目，学弟把项目库的大门关得严丝合缝，一个都不给。不过，每次他走的时候，学弟总是亲自下楼把他送到车上，握着手不松开。书记说，处长，你只要一握我的手，我就知道这事儿又黄了。今年你已经跟我握八次手了，我连项目毛都没看见！

学弟在车旁点头赔不是，说，下次再说！下次再说！

喝茶的时候，我和周友邦一屉一斗地抖搂他这些糗事。他只是抿着嘴笑，并不答言。后来说着说着，我不自觉地扯到了牛大坠子一家人身上。

我的故事还没怎么开始，周友邦就说："你说的这个事情我也知道，据说那一家人很不好惹。到现在你们县屁股还没擦干净，每次市里开信访稳定会，总是点名批评你们。""这家人不好惹？"我有些诧异，在县里，还从来没人这样说过，"怎么个不好惹法？""据说这家人，父亲是个骗子，还是当地一霸。听说有一次差点把县政府的宾馆给点了。女儿女婿谁也不管谁，都在外面瞎胡混。只是可惜了被杀的那个派出所所长，死得有点太冤枉了！"

不知道这是我听说的第几个版本了，但我认为是最不靠谱的一个。我问他是从哪里听来的。他说："我们县有好几个干部，是这个派出所所长的同学，对他的评价都相当高。每当他的忌日，他们都去看望他父母和留下的一个女儿。对了，你们县当时处理的那个公安局局长，就是从我们县调过去的。他也是个人才，可惜了！"

"你这是道听途说，不了解真实的案情。"我满有把握地说。其实说完就知道自己用词不当，难道我的信息不是道听途说？我说："你真不知道这一家人有多可怜！"

"那是！那是！"周友邦摇晃着杯子，看着杯中的茶叶在水中翻滚，"听来的东西毕竟不可靠，何况是很多年前的事情了。"

"姐啊，"学弟插话道，"你是一个小说家，而且过去的作品也都喜欢同情弱者，总认为弱者必对，强者必错。难道你忘了'可怜之人必有可恨之处'这句老话吗？你弟我——"他点着茶几，笑着看着我，"对下面的人来说是个爷，对上面的人来说是个孙子。你说我是强者还是弱者，该同情还是该批判啊？"

"也不是同情谁，"嘴里虽然犟着，心里还是有点虚，最近有几个评论家确实指出我这个缺点，"总要有人替他们说话吧？"

"这是两码事。就像我们上山喝茶，我们是奔着茶叶来的，可是喝到最后，把茶叶都扔掉了，因为茶叶不过是一个形式。我觉得——当然了，我这是顺嘴胡说，你别介意啊姐——一个小说家要有穿越情绪的能力，要找到苦涩背后真正的味道。是不是，姐？”

13

在中国的社会结构中，县城是一个非常独立的单元。往下说，乡镇的人少而稀疏，很难形成一个共同的生活群体；往上说，省市的人多而分散，串联在一起也很难。唯独县城不一样，县城的人上下层层叠叠，左右盘根错节，牵一发而动全身。比如办公室副主任赵伟中，他是政协副主席的女婿，他妹子是人大主任的媳妇，妹子的小叔子娶的是组织部长的小姨子……我相信，如果这样深挖下去，估计小半个县城都能拢在一起。

然而，这种盘根错节的关系，总会把一部分人排除在外。这些被排除在外的人，像碎屑一样散落在县城各种各样的罅隙里，成为这个区域灰色色调的一部分。对于这些人而言，县城不管多小，都算是大得无边无际。齐光禄和牛光荣他们的感觉就是如此，他们认识的人很少，认识的事也很少，既没亲戚也没朋友。要说一个卖肉的，并不需要这样的关系，可那是没摊上事，如果摊上事，尤其是摊上大事就很不一样了。

天宇电脑公司的张鹤天来过没几天，又过来一个年轻人。

这人戴着黑框眼镜，打一根红得像西瓜瓤一样的领带，看起来像个账房先生。他过来直接点名找齐光禄说话。齐光禄把他让坐在门口的小茶几边，赶紧把烟掏出来让过去。那人接过烟放在茶几上，从包里掏出一沓纸看了看，又放回了包里。他把包放在眼前，两只手交叠着压住，问齐光禄道："今天什么日子你知道吗？"齐光禄说："天天睁开眼就是卖肉，哪看过日子？"那人说："整整一个星期了，张总说的事情你考虑好没有？"齐光禄明白了此人的来意，想了一下说："没考虑。这店我们不转让。"那人把两只手放在包上，交替着用力地握来握去，干咳了一声，提高了嗓门问道："真的？"齐光禄笑了笑，眼皮都没抬，自己把烟点着，也没再让他。那人握了一阵子手，点着头说："转让不转让，估计你说了不算！""那谁说了算？"齐光禄把烟屁股捏在手里来回转着，吐着烟圈。那人并不答话，把包拿在手里，瞪了齐光禄一眼，出去了。

出了门口，齐光禄听到他低声嘟囔了一句，真不识抬举！齐光禄把吸剩下的烟蒂吐到门口，用脚踩灭，回到店里继续干活。

那人没走多久，房主就找上门来了。平时齐光禄和房主的关系不错，这人过去是开烟酒店的，赚了些钱，买了这几间门面房。他是个老实人，齐光禄有时房租一时不凑手，他从来没催促过。这次过来看见齐光禄，他显出一脸的为难。没待他开口，齐光禄心里已经明白了。齐光禄说：“刘大哥，到底怎么回事?”房主看看周围没人，附在他耳边低声说道：“你知道要这个房子的是谁吗?”“谁?”齐光禄问。“城关派出所所长的小舅子，原来也在公安上干，因为喝酒伤人被开除了。这人百事不成，就是能混。他姐嫁给所长后，他现在成了县城的一霸，没人敢惹……”房主往外扫了一眼，突然恼怒地抬高声音，说，“这事就这样定了！你同意也好，不同意也好，反正月底前我是要用房子!”

齐光禄扭头看去，发现刚才那人在马路对面站着，一只手支在下巴颏上，正盯着他俩看。他一把把房主搡出门外，指着他高声骂道：“你别他妈的狗眼看人低！我一没伤你的房子，二不欠你的租金，凭什么说收就收？我跟你说，除非把我们三个劈碎当柴烧了，否则谁也别想从我手里把房子弄走!”

房主又怒气冲冲地跳到屋子里来，从怀里掏出一沓纸，拍到柜台上。光荣和弟弟也连忙从柜台里面跑了出来，站在齐光禄身后。齐光禄看到这沓子纸正是刚才那人拿出来的东西。“你老老实实规规矩矩把这个东西签了，咱们两清！否则，你走着瞧!”房主点着齐光禄的脑袋说。齐光禄低头看那纸上打印着“解除租赁合同书”几个黑体大字。趁齐光禄低头的当儿，房主捏了一下齐光禄的腿，小声说：“兄弟，胳膊拧不过大腿，赶紧撤了算了!”齐光禄闻听此言，抓起合同摔在身后剁肉的案板上，拿起切肉刀顺手一刀砍过去。合同牢牢地钉在刀下，立即被案板上的血渗透了，像一道血淋淋的伤口。

随后的一个多月，再也没人来打扰他们。齐光禄觉得事情已经过去了，所以店里又添了几个卤菜新品种，还与一家做“西安白吉馍”的谈妥，在他店铺门口设一个专卖点儿。

出事那天晚上六点多，齐光禄他们正在家里吃饭。下午他们很早就收工了，这天是光荣的生日。齐光禄让弟弟专门去买了几个熟菜，订了个大蛋糕，用大红的盒子装着，还没切开。齐光禄给光荣倒了一杯橘汁，咬开一瓶老酒，跟弟弟俩人一人一茶杯满上。正边说边喝热闹着，忽然听得有人敲门。打开门来，看见四个警察站在门外。打头的一个满脸胡楂儿的警察问:“齐光禄牛光荣是住在这里吗?”齐光禄点头说:“是。我就是齐光禄。”警察说:“你和牛光荣都出来，跟我们到派出所走一趟!”

下　部

14

这些年，牛大坠子的日子说不上好，也说不上不好，反正有吃有喝，也没消停过。两口子各忙各的。坠子的活动区域主要围绕着北京附近，按他大老板的说法，那里是天子脚下，遍地都是钱，就看你会捡不会捡了。坠子老婆的活动区域主要在长江以南，那里中小企业多，老百姓也富庶，产品相对好销得多。俩人逢年过节回来聚聚，也互不打问对方的情况。反正坠子往家拿钱的时候少，往外拿钱的时候多。齐光禄私下里跟光荣弟弟开玩笑说，不知是他骗了人家还是人家骗了他，没见他富过，也没见他穷过。弟弟说，就他那心眼，跑个龙套还差不多。要搁事儿上，人家不把他零卖就算便宜他了！

要说现在的日子确实比以往好多了，也不需要他往家拿钱。齐光禄的店子兴旺，三个孩子意气风发，日子眼看着越来越往高坡上走，坠子心里暗自高兴。等过两年光荣生了孩子，再买一套房子，他就准备和老婆在家看孩子养老了。

不过，与过去拎着提包到处跑的日子比起来，他还是明显看出来老了。说话的嗓门低了，走路也比过去慢了半拍。腿脚不行，往哪个地方一坐，扑通一声，像扔一麻袋粮食。男怕穿靴，女怕戴帽，男人腿脚一不行，那就没几年好日子过了。

他这几年到底在外面干了些什么，光荣从来也没问过。从小到大，她跟父亲之间就没有说过正事。弟弟就更没法问，这个半路杀出来的爹，更多的时候就像个房客。齐光禄本来就是个话寡的人，他觉得现在和坠子谈这些，跟伸手向他要钱差不多，所以也不主动提及。管他干什么？他只要自己高兴就得了。每次回来，齐光禄就知道劝他喝酒。有时候喝大了，坠子会主动说起自己在外面的“工作”：前几年，帮助南边的一个市政府跑核电厂项目，那个地方水多，山也多，就是人少，最适合发展核电；从去年开始，又帮助本地市政府跑一个水库项目。他对齐光禄说，这是他这一辈子最有意义的一件事，也是最靠谱的一件事。齐光禄并不当真，在坠子嘴里，哪一件事不是最靠谱的？他一直说，人这一辈子一定要干一件惊天动地的大事，谁见过？不过，为建水库这个事情，国家水利部还来过一个副司长，在县里住了好几天。坠子前后陪着他，忙得连回家看一眼的工夫都没有。

国庆节坠子回来，爷儿俩又坐在那里碰杯子。齐光禄问起这件事。坠子说，已经基本批下来了，咱们这里是淮河上游，连一座像样的水库都没有，只要周围下大雨，这里就像个“洪水招待所”。现在连国家领导人都意识到这个问题的严重性了，过去咱们这里收留红军，现在收留洪水，这哪儿成？所以国家下决心要修水库了。“先给二十个亿，移民！”坠子把筷子颠倒过来，蘸了点酒在桌子上写了一个“2”，然后数着往后面添“0”。“二十亿！”齐光禄默默念叨着，心都是花的，不知道这二十个亿摞起来该有多高多宽，估计他们这套房子连卫生间算上都装不下。

水库移民没开始，他们家的“移民”却已经迫在眉睫了。

那天，坠子收拾好东西正准备离开家，被金豫宾馆一个姓孙的老职工堵在家里。坠子干厨师的时候，这个老职工跟着他打过下手。后来坠子当了经理，让他当采买，还给了顶供应科长的帽子。俩人交情不浅。

坠子把来人让进屋，倒了杯热茶，顺手把软盒中华烟拍在桌子上。来人倒也没客气，烟点上，茶饮上，便开门见山地把张鹤天要租齐光禄门面房的事和盘托出。这是坠子第一次听说，齐光禄没跟他讲过。听完之后，他沉吟了半天，问："光禄是什么意见？"

来人说："要是他同意，我还麻烦您干吗？看您天天忙得脚不沾地，我怎么忍心打搅嘛！"

"你的意见呢？"

"牛经理，您啥时候见过茶盅大过茶壶？现在这世道儿，就比谁的腕子粗啊！"来人一口把中华烟吸进去半截，闭着嘴看着坠子，烟柱半天才像瀑布一样喷出来。隔着瀑布，坠子觉得他的目光越来越远，也越来越陌生。"如果有一点可能，牛经理，我胳膊肘会往外拐吗？"

坠子的眼光落在自己手背上，那上面布满了一块一块黑青色的老年斑。他想起齐光禄红红火火的肉铺，想起他过去的金豫宾馆，眼里心里蓦地塞满了打火机。坠子的眼睛有点热，他忍了忍，低头说道："三弟，咱们俩打小就没划过地界儿，我知道你也不会刨我的台根子。但你也清楚我的难处，你看我这一辈子是怎么过来的？年轻的时候对不起爹娘，到了中年对不起老婆闺女。现在我老了。老了老了，除了落个死还能落下什么？所以，我不能再对不起女婿了，否则就没脸披一张人皮在世上混了！你说呢，孙科长？”

15

下了楼，牛光荣才发现下面停了两辆车。她被塞进一辆白色警车，齐光禄被塞进一辆黑色囚车。齐光禄那辆车不知道开哪里去了，她坐的车子直接开到了派出所。两个警察把她弄到一楼的值班室，只进行了简单讯问，便把她带到旁边的一个小房间。进去之后她发现房间里还套着个大铁笼子，她就被锁在铁笼子里了。这是一间囚室。

等眼睛适应了周围的一切，她发现笼子里还有两个人蜷缩在一个角落里，不认真看还以为是两个包裹堆在那儿。那两人把头埋在胳膊窝里，一动不动。光荣并不害怕，也没有多少紧张，只是觉得浑身冷，口也干得厉害。虽然她并不明白发生了什么，但是知道自己和齐光禄并没做过什么违法乱纪的事情，因此心里也就很坦然。她想着肯定是弄错了，等问清楚了很快就会把她放出去。

她靠着铁栏杆坐下来，一会儿便迷迷糊糊睡着了。刚要进入梦乡，一阵窸窸窣窣的声音又把她弄醒了。她看见那两个人在找东西吃，其中一个从身边脏兮兮的包里掏出两个馒头，递给另外一个。她这才看清楚那是一男一女，年龄都不小了。他们是什么人？捡破烂的盲流？拐卖妇女儿童的骗子？要么是小偷？反正不是好人，要不怎么会在这里面。

那两个人一边吃，一边瞪着她，眼睛里满是不屑和挑衅。那样的眼光让光荣特别受不了。他们为什么这样看我？她心里忽然泛上来一阵酸楚，她想，我在他们眼里是什么人呢？肯定也会觉得我不是好人，好人怎么会关在这里面？

可是，谁有这么大的能力，说你不是好人，你立马就变得不像好人了，这到底是怎么回事？

光荣急出了一身冷汗，想得脑子都疼了。有很多东西在她的脑子里来回翻腾，一切都变得眉目不清了，迷迷糊糊，黏黏糊糊。她发现自己的口水又流了出来，已经很久很久没有这样了。她想向他们解释一下自己目前的处境，发现自己的嘴一点儿都不听使唤。她努力使自己镇定，可是越急越烦躁。她这才明白，自己刚才的不怕都是装出来的。

估计那两个人对她也烦透了，挪动了一下位置，离她更远了。男人站起来，边打嗝边朝角落一只塑料桶里撒尿，丝毫也没顾忌她的存在。虽然都被关在笼子里，但是在他们眼里，她因为势单力薄而更软弱可欺。弱者对弱者的歧视是最张扬的，毫无顾忌。

第二天，派出所里人来人往，没人搭理她。快到吃晚饭的时候，才有一个穿便装的人给她送来一个鸡蛋、一个馒头和一瓶矿泉水。她仔细看看，认出这人是带她来的那个胡子。她饿坏了，也顾不得那么多，从胡子手里拿过东西就吃，谁知只吃了一个鸡蛋，就再也没有胃口了。胃里全是酸水，一打嗝整个鼻腔都是酸的。她不知道齐光禄在哪里，家里现在怎么样了。不知怎的，她突然想到了爹，这个她从小就可有可无的人，对她来说意味着什么呢？从来没问过一句她怎么样，需要什么。她在外面挨了骂，磕破了脑袋，书包被人夺去，反正不管受了多大委屈，他从来没有安慰过她。现在就更不会管她的事了。

晚上十点多，胡子和另外一个警察进来，给她铐上手铐，把她带到二楼一间灯火通明的办公室。两个人一个坐进沙发椅，脚跷在办公桌上；一个斜靠着桌子，手里夹着一根烟。她不知道他们是什么身份，他们也没介绍自己是谁。

“牛光荣，”说话的时候胡子并没把烟从嘴上拿下来，“你知道我们为什么把你弄这里来吗？”

“不知道。”忍了几忍，牛光荣的口水还是流了出来。

“我们是来替你申冤的，只要你好好配合我们。”烟夹在嘴角，随着胡子一起一伏，好像是他身体的一部分，“你把齐光禄强奸你的事，好好说说!”

牛光荣觉得自己的头一下子大了。强奸？她在稀薄的记忆里，努力打捞着这个词语所包含的内容。那些事情即使残存在她的记忆里，也被她擦抹得差不多了。那个喧嚣的夜晚，她徒劳的挣扎，以及后来一次又一次的背叛，有多少个男人经过她的生活……她是被齐光禄的哪句话打动的？对了，孩子！他认真地告诉她说，他只想要个孩子！她更想要，这是她的病，也是她的药。她的孩子，曾经在肚子里孕育过的孩子，怎么说没有就没有了？她伤心得死去活来，可是再也没有了。现在，有一个男人要跟她一起生个孩子，这个想法让她感动得一塌糊涂。

“到底有没有这回事?”

“有，但是……”口水汹涌地流出来，她语不成句。

“你必须向我们说清楚，齐光禄是不是对你实施了强奸?”

“不、不是!”

“那好!”坐在办公桌后面的那个人突然站了起来，十指按在桌子上，“牛光荣，我再问你另外一件事，你坦白交代，你与多少男人发生了性关系?”

“……”

“牛光荣，对你和齐光禄的犯罪行为，我们已经掌握了足够的证据。事实是清楚的，证据也是确实充分的。你既不要抵赖，也不要试图蒙混过关。”那个人慢慢地逼近她，从他嘴里冒出的混合着酒精、烟草和其他说不出来的怪味道喷在她脸上，“现在摆在你面前的只有两条出路：要想保住你自己，就必须承认是齐光禄强奸了你，而不是你自觉自愿地与他发生性关系；要想保住齐光禄，你就得承认自己是卖淫，包括与齐光禄和其他男人发生性关系，都是你自己主动勾引他们的。不过，为了体现我们的宽大政策，这两条路任你选。”

16

不得不承认，办公室副主任赵伟中是个非常通透的人。我一直以为他是小聪明，可是，小聪明能办大事。我觉得他的敏感程度和处理实际问题的能力远远在我之上，也在很多副县长之上。遇到一件突如其来的事情，他很快就有几套解决方案，而且轻易就能从中找到一个最妥帖的。即使不能当下解决，他也能找到拖下去的办法。我脾气比较急，有时候对分管部门的局长们忍无可忍，会说几句难听话。他总能事后在私底下把事情摆平，而且不留后遗症。

对于与下属的关系怎么处理才合适，我曾经非常困惑，也多次征求过他的意见。他反复告诉我，不能着急，时间会解决一切。开始我觉得这不过是一句套话，可是下来待得久了，果然觉得时间的厉害。我刚来县里的时候，既不好参加下面的“活动”，也不好跟无关的人员拉扯，有点空闲时间还想读书写作。可是到年终测评的时候，我的得分虽然不是最低，但是也不很高，挂在考核表上很不好看。我很苦恼，不知道问题出在什么地方。我把他喊过来，说了一句特别情绪化，也特别不着四六的话。我说：“赵伟中，你说说这在基层工作，想清净一点是不是也是一桩罪过?”他说：“赵县长，这事儿不用急。既然已经这样子了，千万千万不能再刻意改变自己。是什么样就是什么样！保持自己的本色，时间会解决问题的。”果然，大家和我相处一段时间，也认可我了，有很多人主动接近我，再也不用互相设防了。

有一次，他小舅子从美国回来，他问我可不可以一起吃个饭。我立即就答应了。这是他第一次跟我提个人要求，他时时刻刻都知道自己在什么位置上。据说他小舅子是个名人，中央台的《致富经》栏目还专门介绍过他，说他是中国的“竹编大王”。刘师傅也跟我说起过，这人上大学的时候就是个生意通，每逢假期，从省城图书市场上买些盗版书背回来，在县城卖，赚的钱够一学期用的。那时候他父亲还没当上县政协副主席，还有人说他父亲的这个职位，沾了他不少光。大学毕业后，他去了一家外贸公司，在广交会上当翻译，发现了竹编这门生意，于是就辞职跑回来办了一个竹编厂。大别山漫山遍野都是竹子，人手更不缺，厂子很快就成了气候。后来他跟一个美国人合作，把生意做到了美国，一家人也搬去了美国。

晚上的饭局安排在县城北部的农家饭庄，赵伟中知道我喜欢那里的清静。赶到的时候，我发现他的两个亲戚、人大主任和政协副主席都在，心里有点不舒服。但我还是像往常那样跟他们礼节性地寒暄。赵伟中的小舅子看起来很精神，穿了一身运动服，说话高声大嗓的，不像他爹那样唯唯诺诺蔫里吧唧的，一看就是个爽快人。

估计赵伟中也看出了我的不快。他先让我坐下，然后很自然地说道：“赵县长，本来我不想让主任和主席他们两个来，怕给您添麻烦。谁知他们一听说是请您，把所有的事情都推掉了，非来不可！我想了想，也没跟您请示就答应了。”他故意停顿一下，意味深长地笑着看了一下他们，“赵县长，在县里工作，最难的就是能得到人大政协这些老同志的认可啊！可见您的能力和人品了。”

这话说得！我突然觉出自己的小气，不就是吃个饭嘛！赵伟中的话滴水不漏，而且正在点子上，说实话我也爱听。我和主任主席推让了一番，坐了上座。他们俩坐我两边。赵伟中和小舅子坐对面。

喝了几杯酒，话匣子大开，话题自然转到了小舅子在美国的事业上。小舅子说，咱们国人在国内千般万般不如意，那是没出国。到世界各国看看，哪里有中国好？他突然转向我说：“赵县长，让我回来跟着您打个杂吧，在美国不管赚多少钱，都跟要饭差不多！”

我知道是个玩笑，可这个话头我没法接。我虽然跟着作家代表团去过几个国家，那都是走马观花，很难接触到别的国家真实的一面。美国我也去过，楼没有中国高，路没有中国宽，广场也没有中国大……反正我也没觉得哪儿比中国好。

他的父亲——政协副主席一本正经道：“赵县长不跟人开玩笑。”

他拍了一下脑袋，像突然想起什么似的，问我：“赵县长，听说您对齐光禄的案件很关注？”

关注？我一下愣了。也说不上我比别人更关注吧。这事儿我确实问过，但是也确实有很多人主动跟我提起过。我真想不到他会从这里斜插下来。

“你怎么知道齐光禄？怎么知道我关注他的事儿？”我问。

“我给他介绍过。给他介绍您的时候，顺便说起这件事，说您很关注基层百姓的疾苦。”赵伟中插话道。

主席赶紧点头称是。

“我们俩是中学同学，齐光禄曾经找过我，那是在没出事之前。”小舅子侧着头，用指头在头上挠来挠去，“当时我没当回事，谁知道最后竟闹成个这！哎呀，不过他出这事一点也不让我意外，今天不出这事，明天也会出那事。”

“此话怎讲?”我突然来了精神。

“您知道他为什么中学没毕业就不上了? 他跟我们班一个女同学谈恋爱，老师告诉了双方家长，这事儿就黄了。他身上揣着一把刀，跟了老师半个月。最后老师没办法调走了，他也被勒令退学了。”

“就事论事，”我说，“你对他这件事怎么看?”

“算了赵县长，咱们还是喝酒吧! 这事说起来没个头儿，”人大主任插话道，“我们人大每次开会都会说到这个议题，可是能有个什么结果?”

赵伟中趁着倒茶的工夫，附在我耳边提醒道:“县领导在公开场合都不提这个事儿。”

我没搭理他，扭头对人大主任说:‘你们可以监督法院嘛!”

“法院?”人大主任看着我笑了笑，“法院说了算吗? 法院就是说了算，这里面的很多事情根本就进不了法院。”

“您问我对这件事怎么看，”小舅二好像没有听到我们刚才的对话，“我觉得齐光禄这个事情本不该这样处理，而且应该有比这好得多的结果——妈的! 说起法院来我一肚子气! 法律太滥了也没意思，我在美国，一次有急事超速行驶，结果第二天就收到法院的传票。如果在中国也这样，一个村民小组设一个法院也不够用——齐光禄太傻、太傻了!”

“那么，齐光禄怎么做才算不傻呢？”我问，其实我已经隐隐约约知道了答案。我认为他觉得齐光禄傻，是站在自己的角度看问题。站在齐光禄的角度呢？他哪有几条路好走？

“您看您看！赵县长，本来我是想来听听您对齐光禄的看法，您却把球踢给我了。您这一问，我这一肚子问题也没影儿了，”他站起来，夹了一个大鱼头放我盘子里，“有些话，要说我不该说啊，尤其是对着你们这些领导。要我说，齐光禄什么都别干，就往上跑，闹呗！路子不是现成的吗？县里经得起这样闹腾吗？其实，在美国也有这样干的嘛！”

“可问题是，首先是齐光禄自己经不起这样闹腾，我估计。”

“那也不能这么傻！这个人也真是，从小就一根筋，跟人抬个杠也恨不得玩命！”他没喝多少酒，但是已经上头了，脸红得像鸡冠子，因此说起话来好像义愤填膺，“人啊，一定得多想一想冲动了之后怎么办。如果一个人杀了你父亲，你一辈子什么都不要了，就要执意为父报仇，最后终于如愿了，把那人杀了。且不说法律惩不惩罚你，你父亲一条命，再搭上你的一辈子，这生意划算吗——不不不，不算是生意吧，说大一点就是人生。这样的人生，划算吗？两个人换他一个人，有什么意思？”

我不得不同意他的观点，但是又觉得哪个地方错了。至于错在哪里，又说不出来。也许很多东西是无法一笔一笔算出来的，尤其是幸福和痛苦，还有——整个人生。

停顿了一会儿，小舅子又说：“齐光禄找我而我没帮助他，心里到底是不得安顿。我想着弥补一下，您看这样……”

“别净说这个了，还是喝酒吧！”人大主任已经明显带出情绪来了，估计今天的局面也出乎他的意料。我们相互看了看，终结了这个话题，不过也没再找到新话题，草草结束了这顿饭。

送我上车的时候，政协副主席拉着小舅子一只胳膊。小舅子用另外一只胳膊拉着我的车门，小声对我说：“赵县长，说实话我很少跟国内的人在一起喝酒。他们只要一有工夫就发牢骚，就骂娘，这最让人看不起。窝囊废才会到处埋怨，才会怨气冲天。有本事你先把自己的事儿弄好，再去骂人家才有底气嘛！”

他浑身乱摇晃，看起来喝得很醉，可是话一点也不醉。我想了半天，也不知道他跟我说这些是什么意思。而且这话套在齐光禄身上，怎么都不合身——齐光禄从来都不埋怨，也从不发牢骚。

17

在办案人员的循循善诱下，牛光荣最终选择承认卖淫，以此把齐光禄保了出来。齐光禄出来的第一件事就是去找光荣，问她为什么这么傻，硬把屎盆子往自己头上扣。那时候牛光荣已经被送到了看守所，在等待处理结果。隔着铁栅栏，牛光荣对着齐光禄指指自己的肚子，说，为了我们的这个孩子，所以你必须出去。这个家可以没有我，但不能没有你。

齐光禄惊得两只耳朵都竖了起来，眼睛瞪得铜铃一般，很久才压制住内心的冲动，颤声问道："既然已经有了孩子，你这不是傻得不透气吗？"

牛光荣流着口水，反而笑了，说："我才不傻呢，你觉得还有比监狱更安全的地方吗？"

给牛光荣做思想工作的时候，两个办案人员确实很人性化，他们把刑法搬出来，帮助牛光荣认真分析了未来的形势。如果牛光荣不认罪，齐光禄就要以强奸的罪名认罪，而强奸罪的量刑幅度是三到十年。归结到本案来说，他强奸的是一个精神上有疾病、身体上也有疾病的人，属于情节恶劣，应该从重或者加重处罚。那就可以在十年以上量刑，直至无期徒刑或者死刑。正如牛光荣所言，这个家离开齐光禄，就成了个空架子，非塌下来不可。而如果牛光荣承认卖淫，这就构不成犯罪了，可以不受刑事处罚，最多劳教一两年。"什么都不影响，权当去上了两年大学，回来以后你们仍然可以好好地过日子。"办案人员微笑着告诉她说。

很快处理结果下来了，牛光荣以"长期卖淫，屡教不改"

而被处以劳教两年。实际上，从进入劳教所的那一天起，牛光荣的心情便轻松了不少，更加觉得自己的选择是正确的。劳教所并不似想象的那么可怕，整个布局跟学校差不多，所以派出所干警的“大学”之说也不是诳语。有上课的地方，也有活动场所，每周还能洗洗澡。居住的房间也跟她上学时候的学生宿舍差不多，一个房间七八个人，出门不远就有卫生间，从环境上看还是比较舒适的。

刚到的那天晚上，一个白白净净的女管教干部找她谈话，告诉她这里的制度和要求。每周劳动六天，休息一天。都是很轻松的活儿，累不着人。劳教劳教，劳动是次要的，教育改造是主要的。白天劳动，晚上集中学习和讨论。生活上吃得不错，不但能吃饱，还能吃好，只要不是特别挑剔的人。“到这里是来改造的，又不是来享受的，有什么可挑剔的?”管教干部这样教育她。

这些道理不用说光荣都懂，况且她是苦孩子出身，什么苦都能受得了，到这里来早已在心里做下了吃苦受罪的准备。

第二天，光荣就跟着大家出工干活了。四个人一个小组，活儿确实不重，织毛衣片，工艺要求也不高，这东西说是出口非洲的。头一个星期是学徒，光荣跟着师傅——一个四十多岁的女人学习。老师在外面是搞传销的，据说也曾经家资百万，后来弄得家破人亡。老公跟她离婚了，两个女儿跟着人家走了，到现在也没个音信。光荣的技术进步很快，不到三天就学会了。开始每天能织十来片，后来可以织三四十片。女人也不表扬她，只是提醒她说，不能光讲究数量，还得在质量上下功夫。她听不懂话里有话，只管往前赶。谁知做得越多，任务量就越大，最后给她下达每天一百片的任务。虽然有点吃力，她还是赶着完成了。一天晚上，在卫生间洗碗的时候，师傅偷偷告诉她说，在这里面不能当先进，也不能这样干下去，否则总有一天会累死："累死也是白死，就跟死个苍蝇差不多，拿笤帚扫出去就完了！"

她们说这些的时候，以为没人听见。可是，第二天师傅就进了学习班，那里专门"修理"不听话的学员，据说里面苦得不可想象。从里面出来的人，一句话都不敢跟别人说。光荣也被调到第二道工序——缝盘，就是把第一道工序织成的毛衣片缝合起来，做成成衣。在针织行业，织毛衣片是最轻松的，而缝盘是最难的。要把上下两个毛衣片芝麻粒大小的针孔互相叠合起来缝在一起，一个针孔错了，整件毛衣就成废品了。这道工序都是二十来岁的人干的，眼要好，手要嫩，速度要快。像光荣这样年龄的只有两个人。但是，不管有多难，光荣咬着牙坚持着慢慢也学会了。但她的任务总是完不成，而且每天休工回来，眼前一片模糊，眼睛好像被谁抹了一层油，什么都看不清楚。这活儿确实太费眼睛了，据说眼神再好的人，干不了一年，眼睛也就完了。

开始只是组长提醒她加快进度，不能拖全组的后腿。她也着急，但是进度依然上不去。组长的话有时候就说得非常难听了。她理解组长的难处，知道她也得挨批评，所以从来也没跟她顶过嘴。但是，她们组完不成任务，除了组长在干部那里挨批评，改善生活也没有她们组的份儿，甚至连每个月的卫生纸、肥皂都不发给她们。拖了一两个月，组里面的其他人也开始找她的碴儿。当着她的面骂骂咧咧，背后毁她的东西，不是她的洗漱用品丢了，就是衣服鞋子找不到了。她都忍气吞声，没告诉过任何人。

一天晚上，她刚刚睡着，突然觉得有一坨湿黏湿黏的东西钻进被窝。她一骨碌坐了起来，吓出了一身冷汗，心都快要跳出来了。她看了一圈，寝室里开着灯，大家都在睡觉，一点动静都没有。她伸手去摸那坨东西，拽出来一看，是几块被水泡得白乎乎的肥皂，被谁捏在一起，趁她睡着塞她被窝里了。她收拾了一下，也没吭声，倒在床上再也睡不着了，早饭也没起来吃。女干警过来喊出工，她赶紧起来洗了一把脸，一边跟着大家下楼一边歪着头整理自己的头发。刚下到二楼楼梯中间，她听见后面哎哟一声，觉得好像有人踏空了楼梯，摔了下来。还没等她躲开，几个人冲下来砸在她身上。她一歪身子，从楼梯上滚了下去。当时自己还能站起来，觉得身上也没摔伤，于是就跟着大家到了车间。坐下不久，她觉得肚子痛，下身湿黏湿黏的，到卫生间解开裤子一看，整个内裤已经被鲜血浸透了。

18

齐光禄事件中的派出所所长名叫查卫东，毕业于西北一所政法学院刑事侦查专业。大学毕业后，他一直在县局刑侦队当侦查员。后来，一起案件的侦破，使他声名大噪。乡镇一名出租车司机，被人杀害在离镇子不足两公里的河边。犯罪分子的作案手段极其残忍，司机的头颅被钝器所伤，血肉模糊，身上被洗劫一空。罪犯的作案手段非常老辣，现场没留下任何有价值的线索。看了现场后，大部分警员都认为这是一起流窜作案，像大多数发生在鄂豫皖交界处的过路抢劫案一样，可能是个无头案。

查卫东通过现场搜集到的一个不是很完整的脚印，认定这起案件是本地人所为，而且是少年作案。他的理由是，本地山区与大小河流交织的地貌特征，塑造了当地人独有的前脚掌和独特的行路方式。之所以现场没有留下更多的东西，很可能与司机没带什么东西，犯罪分子也没有做好充分的犯罪准备有关。他相信作案的人还在当地，于是不遗余力地进行暗中调查，终于在一所学校抓获了两名未成年罪犯——关于这个故事，我下来挂职的第一年所写的一篇小说里，曾经有过详细的讲述。此案是两个看上去似乎品学兼优的留守少年所为。查卫东出身贫寒，在走出乡村之前，没坐过汽车，没见过火车，连楼房什么样都不知道。从小学一直到大学毕业，他始终是一个沉默寡言的人。据说他刚分到单位时也是如此，很少与人交往，基本没有社交活动。开始他住在办公室，后来分到了单人宿舍，来来往往也总是他一个人。没人见他买过菜，也没人见他在机关食堂吃过饭。他与同事之间除了工作基本没什么交往。很长一个时期，谁都不知道他过着什么样的生活。

再后来，有人给他介绍了一个女朋友，是早前一位老局长的千金。这位千金高不成低不就，快三十岁了也没找到合适人选。她比他大三岁，俩人只见了一面，他就同意结婚了——甚至后来也有人说，即使当时不见面，他也可能跟她结婚。当时机关正分房子。

拿到结婚证，机关事务局给他分了一套县政府家属院的房子。两个人是出去旅行结的婚，回来也没再举行什么仪式。平时，查卫东在刑警队忙得没头没尾，很少回来吃饭，有时候一出差就是三五天，所以妻子还是跟父母生活在一起，到他这里来倒像是串门子。

查卫东的妻子人长得漂亮，性格也很浪漫，经常写些诗歌、散文什么的，发表在地方文学刊物和报纸上。谁都想不到的是，她不仅仅会浪漫，而且竟然还敢在刑警队高手面前作案——查卫东是怎么在她放在娘家抽屉的笔记本里，发现她写给报社一个副总编热辣辣的情书，一直到现在还是一个谜。如果执意要把这个问题弄清楚，他前妻曾经的一番话提供了很有意思的线索。“简直像一场噩梦，”她跟朋友诉苦说，“从我们俩结婚，他就没把我当成个好人。我相信连我们家飞进来的每一只蚊子都会经过他私下调查，睡觉他都睁着一只眼。谁跟他在一起，要么被逼疯，要么被逼成个贼！”

但是，查卫东在第二任妻子眼里，却是一个很会生活的人——那时他已经小有成就，成为县里的一个名人了。电视上经常看到他，县里有很多重要的会议和活动他也参加。因为破案有功，他先被提拔为刑警队的副队长，不久又被任命为城关派出所的指导员。指导员干了不到一年，就升任这个城区唯一一个派出所的所长——他的前任所长莫名其妙地被免了职，据说有人偷拍到他跟当地黑社会头目在一起喝酒洗澡唱歌的场面。那时候查卫东正在几千里之外的中国刑警学院进修。学习还没结束，上级就把他召回来接任所长。派出所就在县委办公大楼的隔壁，后面有一个小门可以直通县委常委办公楼，可见其位置之重要。

很久以后，有传言说偷拍行为系他指使，他不置可否，一笑了之。

其实，对他后任妻子的议论从来都没有停止过。要说她出身并不算低微，父母都是商业系统的老职工。高中毕业，她没考上大学，接母亲的班进了糖烟酒公司当会计。国企改制，糖烟酒公司改成了股份制，很多人的身份都变了，唯独她还是一名会计——这是对她第一波议论的主要原因。因为这个岗位是公司核心的核心，掌握着公司的生命线。公司改制不久，大家的议论便有了具体的目标，她与公司经理的“什么什么事”被“什么什么人”撞见了——也都是传言。不久，她调入县第二人民医院办公室当后勤。在医院干了不久，与办公室主任拎不清的传言又甚嚣尘上。虽然这次没被人撞见，但毕竟无风不起浪，有风浪三丈。她也很难在医院再待下去。不得已，调入机关事务局专门负责接待——出一次事重用一次，大家切身感受到了她身后巨大的权力影子。但谁也没发现什么，更没抓住什么。也许正因为如此，对她的议论才会这么密集。她成为县城市民生活的一个符号，一个漂流瓶，过一段时间总有人打捞出来查看一下。如果平时大家在一起聊天，讲不了三件事，保准得说到她。

查卫东在受到县委县政府的嘉奖而上台领奖的时候，她在后台做会务工作。领奖前的几十分钟，俩人在一起聊了几句，双方都有相见恨晚的意思。很快，查卫东找人撮合，俩人就组成了一个新的家庭。新家庭很有新气象，查卫东像变了一个人，开朗多了，也开放多了。过了不久。他们有了一个可爱的女儿。当了父亲的查卫东，更加爱护自己的小家庭，对妻子俯首帖耳，对孩子有求必应。

谁都不看好的婚姻，能经营成这样，出乎所有人的意料，但也有人不以为然。有一次，查卫东的小舅子张鹤天喝多以后，在他们家发酒疯。张鹤天指着查卫东说，你别在我跟前装老实，你是没资本再离婚了！

查卫东仍然是一笑了之，不跟他计较。

查卫东的妻子就姐弟俩。弟弟张鹤天可不是盏省油的灯，家里不知道通过什么关系把他送到省警校，毕业后也不知道通过什么关系又给分到公安局办公室，给局长开车。一次下班后，他召集一群发小在街头喝酒。酒酣耳热之际与邻座发生纠纷，他一啤酒瓶子砸人家头上，把自己的制服砸丢不算，还赔了人家五万块钱——对方也不好惹，姑父是省报社的一个老总，占领着舆论制高点，一个小豆腐块都能把他砸成残废。

被公安机关开除之后，张鹤天开过饭店，修过高速公路，承包过电影院，干一行败一行。后来上级要求县直和乡镇各机关单位无纸化办公，姐姐得到消息后，让他成立电脑公司，估计全县将有几百台电脑的生意。于是，他东拼西凑，成立了“天宇电脑公司”，还在县城中心位置租了办公地点，买了两台车。开业那天姐夫没露头，由姐姐出面，请了几十桌头头脸脸的客人，闹得阵势很大。谁知无纸化办公只在口头上喊了一阵子，雨过地皮干，地方政府吃饭都没钱，哪有资金办这种事？国家的政策搁浅，一百多台电脑砸手里。后面天天跟着一群要账的，让他焦头烂额。

他看上齐光禄的生意，也是姐姐的一句话引起的。姐姐说，县政府要建第三招待所了。这个招待所规模很大，如果再加上另外两个，光肉菜供应就是一大笔生意。

他在菜市场踅摸了半天，发现齐光禄的店铺不仅位置佳，生意好，经营的商品也比较齐全。于是，摸清楚齐光禄的底细后他便下手了。他无论如何也不会想到，他与齐光禄之间这么一点点民事纠纷，会卷起那么大的风暴，搅得半个县都快翻了天——美国气象学家爱德华·罗伦兹在一次演讲中说道："一只南美洲亚马孙河流域热带雨林中的蝴蝶，偶尔扇动几下翅膀，可以在两周以后引起美国得克萨斯州的一场龙卷风。"

这个大嘴巴的话终于在中国的一个小县城找到了注脚。

19

在外人看来，牛光荣也算是因祸得福。她在劳教所只待了四个多月，就因为意外流产被提前释放了。释放之前，劳教所的领导轮番和她谈话，对这次“意外”表示同情，问她还有什么要求，劳教所会尽可能满足她。她能有什么要求？脑子一片空白，说话语无伦次，对走与不走都没意见。劳教所领导拿出一份材料，让她在“以上看过，没意见。牛光荣”这几个字上面按下自己的指印，告诉她可以回家了。

接她出去那天，齐光禄和弟弟两个人早早来到劳教所。两人一直等到快九点，劳教所的偏门才开了一条缝，牛光荣像一个游魂一样飘了出来。齐光禄和弟弟跑过去，一人抓住光荣一只胳膊，看着她，话都不知道该怎么说。光荣也是呆呆地看着他们，像陌生人一样。

齐光禄来时租了一辆面包车让光荣的弟弟开着，他在后座上铺了被子褥子。齐光禄把光荣放在座位上，头枕着他的腿。她骨瘦如柴，皮肤薄得透明，与被带走那天判若两人。看着她的样子，齐光禄后悔不迭，觉得当时无论如何不该让她到这个地方来。

齐光禄让弟弟把车子直接开到邻县的一家医院，给光荣做了常规检查。身体倒也没什么大问题，就是虚。虚是病，也不是病。医生告诉他们说。

齐光禄坚持给光荣做了妇科检查。医生给他说检查结果的时候，齐光禄眼前一黑，差点背过气去。光荣这样的身体条件，很可能再也怀不了孕了；即使能怀上，孩子也会因为习惯性流产而夭折。

坠子和老婆是半个月后才从外地走回来的。坠子看起来比过去更老了，浑身上下一嘟噜一嘟噜的都是赘肉，坐在那里大喘气，好像是用旧零件组装起来的一台蒸汽机。光荣躺在床上，似一个没有呼吸的纸人。坠子老婆过去拉着光荣的手，以往那么爱絮叨的她，一句话都没说，只是看着光荣一个劲儿地叹气。

下午，坠子安排齐光禄带弟弟去买了十来个菜和两瓶好酒。等他们回来，看见坠子擀好的面条整整齐齐地码在案板上，那是他最拿手的“袁面”。坠子边下面条边安排老婆把菜装好盘，摆上八仙桌，把光荣搀起来坐下，然后又在上首空了三个位置。喝酒之前，他在三个空位置上恭恭敬敬地各摆了一碗面一杯酒，双手擎起自己的酒杯，口中念念有词：“爹！娘！光荣娘！坠子这里领罪了！你们看我把一家人领成什么样了？”

坠子老婆和齐光禄连忙站起来，扶着他劝他坐下。坠子坐下来，热泪长流，眼泪噗嗒噗嗒落在面条碗里。一顿饭吃得像办丧事，打开的一瓶酒基本上没怎么动。

第二天一早，天还没亮，坠子就把老婆和孩子们都带走了，谁也不知道他们去了哪里。在此之前，两间铺面早已转给了张鹤天。据说这次张经理干得还不错，把周围几家店铺都盘了下来。三个招待所的肉菜供应全被他承包下来了，光这一项就是一笔不小的收入。

每年的四月初，正是长城边莺飞草长的季节。从城里来这里踏青的人如过江之鲫，找个停车的地方都很难。当地政府顺势而为，每年举办一次“风筝节”。头两届吸引了国内不少名家，后来越办越大，国外的风筝玩家也都来参加比赛，于是，就把这个活动扩大为“国际风筝节”。

这年的风筝节于四月六日开幕。当日一大早，国内外各家媒体早早来到现场，还有三家卫视台做现场直播。九时九分，锣鼓喧天，鞭炮齐鸣，各级领导鱼贯登上主席台。数百只信鸽振翅飞向蓝天。随后，八十多米长的巨龙风筝、婀娜多姿的蜈蚣风筝和众多各种造型的风筝翱翔翻飞，争奇斗艳。

突然，在放风筝的队伍里，出现了两个头勒白巾、身穿白衣黑裤的男子。两个人的前胸后背都绣着黑色的大大的“冤”字，他们奔跑着、呐喊着，放飞手里的风筝。那是一只巨大的黑得像墨汁一样的梅花风筝，尾巴上挂着九十九个白色小条幅，每个上面都写着“冤”字。霎时间，中外记者轰动了，纷纷站起来举起手中的长枪短炮。

20

我安排赵伟中把齐光禄案件的卷宗材料调过来，想详细地查阅梳理一下，以便厘清里面的脉络。赵伟中说，“齐光禄案件”不是一个单纯的案件，而是一个非常复杂前后有很多人经手的“事件”。卷宗材料不止涉及一个单位，也不止涉及某个办案人员。如果把材料全部凑齐，估计要拉一板车。

后来他找到一份早前县委县政府呈报给上级的综合报告给我。我看过之后，觉得情况委实太复杂了，任谁也不好拿出一个彻底解决问题的办法。

天中县委、县人民政府
关于齐光禄事件的经过
及处理意见的报告

一、从整个事件的调查结果看，并没有任何证据证明查卫东参与或者放纵事件的发生，因而对其做出“双开”的处分于法无据，明显失当。鉴于查卫东被齐光禄砍死后，其妻改嫁，父母及女儿的生活没有保障，建议一次性给予其家庭十万元经济补助。

二、县公安局根据齐光禄涉嫌犯强奸罪的有关事实，对其采取刑事拘留强制措施，是根据群众举报和刑警队采集到的线索依法做出的，并非如当事人和上访人所言是报复行为。但是，鉴于该局在处理此事时采取的方法粗暴，对群众及当事人宣传法律政策不到位，引起群众较大抵触情绪和一系列恶劣后果，经县委常委会研究决定，对公安局现任局长、政委予以调离公安机关并给予行政记大过处分。

三、牛光荣之死有多种原因。虽然构成对牛光荣劳教的违法事实并不充分，但其与多名男子发生性行为的事实是客观存在的，也是应予矫正的。经查明，在牛光荣劳教期间，造成其流产的行为系意外事故。所方发现其身体不适后，所采取的施救及提前释放措施是得当的、及时的。当事人牛光荣及其家人并未表示异议。

四、牛卫国（别名牛坠子）及其家人在权益受到侵害时，不是通过正当的法律和信访途径解决问题，而是采取极端措施，在“风筝事件”中的行为严重损害了党和政府的声誉以及国家形象，本应给予行政制裁。鉴于主要责任人牛卫国已经亡故，而且有国家机关工作人员损害事实在先的特殊原因，对其事件中的其他参与人员不再追究责任。

五、齐光禄犯杀人罪，已被市中级人民法院依法判处死刑。被告人未提出上诉，现案件已经进入死刑复核程序，等待最高人民法院的最终裁定核准。

六、对事件所涉及的人员，已经依纪依规处理到位。因此事件造成的群众上访尚未彻底平息，县委县政府仍然负有劝解和维稳的责任，我们将尽全力做好防范和化解工作，不使事态进一步扩大。

七、痛定思痛，通过这个事件使我们深刻认识到……时刻把群众利益无小事放在首位……以稳定促发展……努力开创……新局面。

…………

我把报告推给赵伟中，仰靠在椅背上，久久没有说话。他一页一页地翻看着，做出非常认真的样子。我知道他一个字都没看进去，他在等着我发话。不管处理任何问题，他总是这么能把握分寸。果然，我刚一坐直，他立即放下手里的文件，认真地看着我。

“牛大坠子，不，牛卫国死后，他老婆没再改嫁吗？”我问。

“没。毕竟她年龄偏大了，村里人给她介绍过几个村民，您知道她怎么说？”他咧开嘴笑了起来，摇了摇头，“‘嘁！勤劳善良的贫下中农，我还真看不上眼呢！’其实，她也不是个省油的灯，村民一直上访闹事，就是她和儿子两个人在背后指使的。”

“他们能够鼓动村民上访闹事，而且持续这么长时间，说明还是有合理的诉求在里面。”我拿起笔，在文件第“六”项下面重重地画了一道，“从我了解的情况，再加上我刚才看到的这个材料，我觉得事情的麻烦之处就在于，看起来谁都有责任，但是论到法律上，又都没有责任。这么重大的事件，最后查找不出具体的原因，也没有应该承担责任的人，你不觉得更可怕吗？”

“那当然！照您这么说是很可怕。”也许他听出了我的意思，随即调整了态度，重重地点了点头，“老百姓来上访说明还信任咱们，如果有事都不上访了，像齐光禄这样干，那麻烦就大了！”

“齐光禄也不是一步跨到杀人者的位置上，”我把报告重新递给他，“除了这份报告，你再仔细想想，他无处诉说，说了也没人听，听了也不会有人管——如果要讲痛定思痛，这才是痛中之痛！”

“那可一点都不假！”他有点忘形，一巴掌拍自己腿上，“就是因为没管他的事，我小舅子心里一直过不去。上次他回来找您，本来是想让您安排县医院把齐光禄的妹子收治了，所有的费用由他来出，结果主任把这事给搅黄了。都怪我不会办事！”

21

对“风筝事件”的处理非常迅速，而且也很到位。国家有关部门成立了联合调查组进驻天中县，找多名当事人和知情者询问情况。虽然不能彻底查清楚，而且对事件性质的认识也有分歧，但调查组要求省市县三级迅速拿出处理意见以平息民怨，并保证无论如何不得再发生类似事件。

派出所所长、张鹤天的姐夫查卫东被开除党籍、开除公职，一夜之间从一个警界新星变成一个平民。与案件有关的派出所的两个干警被免去职务，有关部门就其涉及的违法问题展开调查，是否涉及犯罪俟调查结束再做处理。县委县政府对此事件负有监管不严、控制不力的领导责任，分管副县长被行政记过。县委宣传部新闻发言人在回答记者的提问时明确表示，“人民群众的合法利益必须得到充分有效保护，决不允许任何人假借公权力谋取一己之私!”

对此次事件涉及的赔偿问题，县委县政府也迅速拿出了处理意见：张鹤天立即退还店铺并负责恢复原状，赔偿受害人每月两万元共计十一个月二十二万元的财产损失。为了体现政府勇于承担责任的宗旨，县政府从信访专用资金中拨出十万元，补偿给齐光禄和牛光荣。

处理结果与当事人见面那天，县委一名副书记、县政法委书记、县公安局局长、信访局局长都参加了。大部分当事人都表示同意，没有什么意见和要求。会议结束后，查卫东走过去拦住几位领导，提出自己在这个事件中不应该承担责任。他说：“我既不知情，更没与任何人打过招呼。如果要承担责任，也仅仅因为与张鹤天有亲戚关系——我是他的姐夫，仅此而已。所以，对我进行‘双开’处理显然是不公平的，也没有任何法律和政策依据。”

调查组也确实没有掌握查卫东直接参与此次事件的有关证据。派出所的两名干警证实，他们的作为是因为“群众举报”，跟查卫东无关。张鹤天和姐姐也证明，从来没与查卫东谈过此事。

县委副书记问：“查卫东，即使你没有明示或者暗示你的下属，你派出所的两个干警为什么这么‘无私’帮助你而不帮助其他人，这你心里不清楚吗？”

“这个我说不清楚，”查卫东以立正的姿势回答，“我真说不清楚！”

“你是真说不清楚？小聪明是会害死人的！不处理，怎么向上级交代？怎么跟老百姓解释？都什么时候了，还玩这种把戏？”看着查卫东复杂的表情，县委副书记不耐烦地摆了摆手，“先把主要问题解决了，你的问题随后再说！”

信访局局长要求齐光禄和牛光荣在《协议书》上签字。齐光禄拿过来看了看那份协议书，大致意思是两条，一是完全同意政府的处理意见，二是保证不再为此事上访。

齐光禄拿起笔就把自己和光荣的名字签上了。信访局局长不同意，坚持让牛光荣自己签。齐光禄让他看看牛光荣的样子。信访局局长看了看，指示齐光禄抓着牛光荣的手，在她的名字上面按了指印。

一切都恢复了原来的样子。齐光禄的铺子重新开张，生意虽然没过去红火了，但还是比别人的要好。工作之余，齐光禄带着牛光荣每天坚持体育锻炼，还找了县城一个老中医，给光荣开了半年的调养药。光荣的身体和精神在逐渐恢复之中，有时候还能听到她的笑声。对这样的结果，大家都觉得很妥帖。他们以为已经揉皱的生活可以伸展、扫平，重新恢复过去的纹路和形状，甚至不会留下一点褶痕。

第二年春天，坠子因为肺部感染回到县城住院治疗。开始也没怎么在意，以为像往常一样把炎症消下去就好了，谁知县医院检查的结果是肺癌晚期。坠子老婆不相信，坚持带他到北京确诊，结果与县医院的检查并无二致。坠子也知道了自己的病情，拒绝在北京治疗，他坚持回老家，说是自己调养，可是回来后一口药都不吃。到年底，一个胖大的汉子瘦得竟只有几十斤了。弥留之际，他让老婆把几个孩子喊到床前，向孩子们表达歉意，说，自己一直在努力，这一辈子都想为他们办一件大事，可是……光荣拉着他的手说，您办的事情还不够大吗？坠子摇摇头，不够，不够！泪水顺着他的老脸往下落，浑浊得跟泔水似的。齐光禄说，爸，您永远都是我们敬重的爸爸！说罢拉着光荣和弟弟一起跪下了。这是他第一次喊他爸，也是最后一次了。

22

新上任的公安局局长郑毅，原来是周友邦挂职的那个县的一个乡镇党委书记，因为计划生育工作失误被免职。后来上级安排他到市公安局防暴大队任副队长，工作期间成绩突出，被提拔到天中县公安局任局长。据说他在市局工作时就和查卫东很熟悉，与查卫东的几个同学也过从甚密。但据后来的调查证明，他和查卫东也仅仅是正常的工作关系。他到这个县任局长时，查卫东已经被“双开”，在家赋闲。也从来没人看到过他在县里跟查卫东接触过。

我来这个县挂职之前他就被调离了公安队伍。据熟悉他的同志讲，他是个非常正派也非常敬业的人，简直是个工作狂，从来没有星期天节假日。他所制定的“白天要让群众看到警察，晚上要让群众看到警灯”的工作目标，使这个位于鄂豫皖三省交界、社会治安非常混乱的县，变成公安部表彰的先进单位。所以，他在群众中的口碑非常好，一直到现在，大家说起他还交口称赞。

他到这个县任职之后，在对过往案件的梳理过程中，发现了齐光禄和牛光荣一案。他认为，就案件所涉及的事实，对牛光荣采取劳教措施显然是处罚过当。但是，这么轻易地放过齐光禄，就是对法律的亵渎，毕竟他的行为已经构成了强奸罪。而这个罪是暴力犯罪，公安机关不能与当事人进行协商私下处理。他将此案件批给刑侦队，并责成政委指导纪检监察部门督办此案。

政委是一个老公安，他比局长到这个县早，对此案件也比较熟悉。他给局长的建议是，这个事情已经处理完毕，里边的问题非常棘手，不能再触及矛盾，引发新的问题了。

局长说："为什么棘手？为什么会形成矛盾？就是没依法办事嘛！事情要想简单，就只能坚持一条原则：正本清源，从根子上解决问题！"

政委没再坚持自己的意见，他要维护班子的团结。虽然政委和局长分别是公安局的党政一把手，但是真正的一把手只有局长一人。

刑侦队去抓齐光禄的时候，齐光禄正带着几个员工在店里忙活。最近他又代理了两家知名品牌的肉制品，坠子原来设想的开连锁店的目标眼看着就要变成现实。新店铺的地方已经找好，合同也已经签过，就差付款了。

后妈带着光荣和弟弟回老家给坠子上坟去了，今天是他的周年。他们回来时已经很晚了。光荣看到店员交给她的对齐光禄刑事拘留通知书，罪名是涉嫌强奸。她把通知书递给弟弟，呆呆地坐在床边，一句话也不说。后妈从弟弟手里接过通知书，看了看，跟光荣说，今天太晚了，有什么事情等到明天再说吧。

光荣定定地看着桌上的一片灯光，始终没说一句话。

后妈做好饭给光荣端过来。光荣埋头就吃，吃完倒头便睡。后妈不放心，又过来看她，发现她躺在床上睁着眼睛直直地看着天花板，并没有睡的意思。后妈说："想开点光荣，没有锯不倒的树，也没有蹚不过去的河。咱们留得青山在，不怕没柴烧。"

光荣这才开口说话，她说："人要是想死就死多好！"后妈为她掖了掖被子，说："别说傻话了，咱们慢慢来。人就是再没本事也不能被冤枉死。明天就去找他们说理去！"

"妈！"光荣瞪着眼睛，并没看后妈，好像是说给自己听，"他们要是再抓我，您无论如何得帮我拦着，给我留点死的时间！"

后妈的手停留在被子上，看着光荣，半天没说话。

光荣以为她没听清，抓住后妈的手，把刚才的话又重复了一遍。

第二天早上起来，后妈已经把早餐买回来了。今天光荣好像特别能吃，吃了两根油条两个鸡蛋，还喝了一碗豆浆。后妈让弟弟搀扶着光荣，三个人一起来到县公安局，问了半天人家才告诉他们刑侦队在五楼。他们在一间大办公室找到了办案人员。办案人员告诉他们说，齐光禄已经送交看守所拘押了，这个案件正在侦查之中，不能透露任何细节。

“那我们至少应该知道为什么抓人吧？”后妈说。

“不是已经把通知送达你们了？强奸！”办案人员斩钉截铁地说，后来想了想又补充道，“涉嫌强奸。”

“他强奸谁了？是这个孩子吗？”后妈用手指着光荣，“他们都过成夫妻这么多年了，这还算强奸吗？”

“照你说这么简单，如果杀个人，一百年后就不是杀人犯了！”办案人员不耐烦地看着他们。

“当时你们劳教光荣的时候是怎么说的？难道连你们公安说话也不算话了吗？”

“滚出去！”办案人员怒不可遏，一拍桌子站了起来。弟弟赶紧过去护住母亲。“老天爷还不睁开眼吗？”光荣突然仰头大叫一声，边喊边朝通往阳台的门口走去。后妈见状，失声尖叫：“光荣——”话音未落，牛光荣已经从阳台上一头扎了下去。

23

县城东南角有一个老体育场，早年曾经是开批斗大会和枪毙人的地方。那时谁要是诅咒某个人 总爱说“早晚非把你送到体育场去不可”。现在它已经是城中心了，平时县里的重大活动或者展销会，偶尔还会用一下。因为进出不方便，几届人代会都提议建新体育场。新体育场拖拖拉拉建了两年多，还没正式交付使用，所以市民们早晚活动还是到这里来。

每天早上，查卫东来得都比较早。他一般五点多钟就出门了，这是他多年来养成的职业习惯。到了体育场，简单热一下身，他便围着跑道跑起来。他每天都坚持跑四十圈，十六公里。如果没有意外情况，比如极端天气或者大型活动占了跑道，即使一般的刮风下雨天气，他都不会停下来。他有这种韧劲，一直都有。

被“双开”之后，查卫东一直在家赋闲。对于自己的处分，他再也没有提起过。肉铺子还给齐光禄之后，小舅子张鹤天开了一家出租车公司，让他去管业务，开始他不想去，后来经不住老婆左右央求，去跑了几个月，又回来了。他和小舅子性格合不来，他也知道小舅子从骨子里看不起他。而且平时他不爱说话，什么事情喜欢做了再说，甚至只做不说，更不爱跟人抬杠。小舅子是个嘴巴比脸还大的家伙，什么事情八字还没一撇，已经广播得满城风雨了。再一个，他特爱抬杠，查卫东觉得他是世界上最爱抬杠的人。不管你说什么，他先插上一句，谁告诉你是这样？你还没与他争辩，他手一挥打断你，你知不知道啊？到最后，反正就他知道，谁都不能知道。

可是，在查卫东心里，小舅子也不是个坏人。跟他姐的性格一样，四肢发达头脑简单，讲义气，够朋友，对人从来也不知道提防，不管自己吃多大苦受多大罪，也得先把朋友打发舒坦。被公安局清退之后，他在局里比查卫东的人脉都广，办事能力也比他强。查卫东之所以不想跟他在一起搅和，主要是害怕性格不合，到最后会伤害相互之间的感情，进而影响到家庭关系。老婆不管过去怎么样，现在对他不错，什么事情都由着他的性子来。尤其是出事之后，处处惦着他的感受，总害怕他再受到什么伤害。他觉得自己没看错人。

在家闲着没事干，查卫东就练练书法，教教孩子功课，偶尔回老家陪老人住几天，其余的时间都用来锻炼身体。这几天天气一直不好，没一点风，一天到晚雾气腾腾的，对面看不见人。老体育场因为裹在城内，被各种油烟、灰尘、雾霾包围着，像一锅浑汤，根本没法跑步。于是，他就独自跑到新体育场。那里的跑道基本完工了，运动场正在植草皮，围墙还没拉起来。

到新体育场的第一天，他发现只有自己一个人在这里跑。这里毕竟离城区较远，而且交通也不是很方便，城里到这里的主路还没修好。第二天，四十圈快跑完的时候，他发现多了一个人。那人是相对着他的方向跑的，跑起来很慢，好像腿脚不是很方便。跑近了，俩人打了个照面。虽然没有灯光，看不清楚，但他还是觉得这人有点面熟，想不起来在哪里见过。他想主动打个招呼，后来想想怕人家认出自己，就算了。

牛光荣跳楼之后，县委害怕事情闹大，要求公安局立即撤销齐光禄案件，先把人放了，听候处理。其实也没什么好处理的，只要当事人不上访闹事，上级不追查责任，事情就会慢慢稀释，无非是政府赔几个钱，大事化小小事化了。齐光禄释放出来之后，确实没闹一点动静，也很少出门。倒是光荣的后妈和弟弟到县委县政府闹过几次，都被工作人员劝阻回去了。

齐光禄把铺子交给弟弟，什么事情都不想费心劳神了。每天早上，他背着一个羽毛球拍袋，待在查卫东楼下等他下楼，再跟在他后面去体育场。到体育场，他就把袋子放在身边，看着查卫东跑步。一般情况下，他都是在查卫东跑到第三十七八圈的时候跟上去。那时候查卫东的体力已经消耗得差不多了，而且快达到目标的时候，人也比较容易松劲。但是，在老体育场活动的人太多，他几次试着靠近查卫东，都没有下手的机会。他等着雨雪天气的到来，可是这个冬天特别干燥，一直无雨。

后来查卫东转移到新体育场，他在后面跟不上，就没去。

第二天，他骑着自行车，老早就到了这里。走在路上他就感觉起风了，但风还不太大。过了一会儿，风刮得越来越大，他担心查卫东不会来了。正在踌躇间，查卫东已经过来了。他看着查卫东热了热身，开始跑起来。他就坐在旁边等着他。查卫东跑到第三十八圈，他把球拍袋打开，里面是一个亮黄的绸布包。再打开布包，包里裹着银光闪闪的日本刀——関孫六。他把刀别到身后的腰带上，逆着查卫东的方向跑起来。那已经是查卫东的第三十九圈了。由于两个人离得比较远，他的腿脚又不方便，所以没来得及靠上去。最后一圈，第四十圈，他跑得很慢。等查卫东跑过来的时候，他捂着腰站住了，哎哟哎哟地喊叫着。查卫东一边喘着粗气一边拿过来，伸手扶他。他猛地一转身，手里一道寒光划过，刀子在风中发出嗖的一声鸣响。查卫东没来得及躲避，刀已经到了脖子上，划出一个大口子，鲜血喷涌而出。查卫东往后闪了一下，惊恐地瞪了他一眼，双手像要拥抱似的伸向他。齐光禄又举起刀扑上去。谁知查卫东却仰面朝后倒去。齐光禄骑到查卫东的身子上。这把刀出人意料的锋利，那种利索和痛快，给了他极大的满足。愤怒和悲哀已经脱壳而出，离他而去。

24

两年的挂职说结束就结束了，回头想想几乎是眨眼之间。时间虽然很短，但在这片历史层层沉积的土地上，我还是感受到了一种厚重、柔韧而又沉闷的东西。这东西莫可名状，黏糊糊的，又是若即若离的。但是我知道，从此之后，这些黏糊糊的东西就像学弟说的苦涩之后的味道一样，将灌注进我的作品里，成为我思想的一部分。

我在想，当地人把汝河喊作回头河，除了地理因素，有没有文化或历史因素？离开天中县的前一天，我站在刚刚通车不久的汝河大桥上久久不愿离去。我顺着桥面，把两边的栏杆拍了个遍，好像这是自己的孩子似的。河面上升腾着雾气，很稀薄，但也很执着，一旦升到与河堤平行的位置，便被风吹散，瞬间就了无踪影。

人类与河流的关系甚是密切，我们说起是哪里人，总是喜欢说靠近哪条河，好像我们的根子就扎在水里。谁说不是呢，我们逐水而居，人生路上遭遇大喜大悲，还老是想着要不要回头，心里总是湿漉漉的。

我忽然想起他们讲的坠子的一个笑话。有一次他唱完戏，跟村里人聊天说（那时他还没当上经理），等我哪天成功了，非到“局部”去看看不可！人家问，“局部”在哪里？他说，“局部”你们都不知道啊？中央气象台天气预报，不是说局部有雨，就是说局部干旱，那儿肯定不是个小地方！

对于我们来说，这个笑话既很可笑，也很可怜。而对于常年生活在偏僻山区里的人们来说，也许局部就是他们的整个世界，或者一生的梦想。坠子离开宾馆并再次“成功”之后，村里人进城找他，只听说他今天在这里，明天在那里，神龙见首不见尾。大家便在私下里议论，弄不好他真是到“局部”去了。

本文初刊于《人民文学》2014年第2期

邵丽，当代作家，作品发表于《人民文学》《当代》《十月》《收获》等刊物，多次被《小说月报》《小说选刊》《新华文摘》等刊物选载，部分作品被译介到国外。曾获《人民文学》年度中篇小说奖，《小说选刊》双年奖，第十五、十六届“百花文学奖”中篇小说奖，第十届“十月文学奖”中篇小说奖等多个奖项。中篇小说《明惠的圣诞》获第四届鲁迅文学奖。

天堂门

傅爱毛

1

端木玉的生活分为好几个时段。在不同的时段里，她有着完全不同的身份和名字，当然，也有着完全不同的生活内容。

午夜二十二点到凌晨，她叫“子夜丁香”。这个时段她生活在网上，在网上她有一个名叫“风吹草低”的老公。他们“认识”了很长一段时间，双方都感觉情投意合的时候才结的婚，现在，他们的婚姻已经维持了六百六十六天。网上的婚姻一般都是按“天”计时的，能够超过三位数就差不多算是“金婚”了。他们能把一段虚拟的网婚维持这么久的时间，而且到目前为止丝毫没有散伙的迹象，差不多算得上一个奇迹了，网友们都很羡慕他们。

不过，看到别的网络夫妻还没有度完“蜜月”，就恩断义绝、纷纷“离婚”，端木玉还是非常忐忑。他们两口子原本天天缠绵的，为了尽量延长婚姻的保鲜期，端木玉主动采取了时下流行的“周末夫妻”模式，每个礼拜碰一次头儿，到了约定的时候，只要没有特殊的情况，两口子都会凑到一起聊聊天、拉拉家常，当然，也要不可避免地做做夫妻功课，偶尔地也会闹个无关痛痒的小别扭。夫妻过日子嘛，难免磕磕绊绊，这丝毫不影响他们的感情。他们比任何一对夫妻都恩爱有加，除了工作，几乎无话不谈。

工作是他们的禁忌。从一开始两口子就约定了：绝对不谈工作。工作是什么？不就是一份谋生的活路吗？每天消耗八个小时在工作上，难道还不够吗？下班以后，他们都不愿意再浪费一分钟在工作上。他们谈明星和绯闻、谈物价和狗仔队、谈牛奶和股市、谈风花雪月，也谈同性恋、艾滋病以及丁字裤和玫瑰花。除了工作。

像绝大部分的网络夫妻一样，他们迄今都不曾见过面，也没有在电脑上视频过，完全依靠文字来完成双方的交流。网婚嘛，要的就是这份神秘幽微和超凡脱俗，否则还有什么个性可言呢？

端木玉对这段婚姻非常看重，对她来说老公“风吹草低”绝非虚拟，她早已从内心里认可了自己的“妻子”身份。他们在网上举行过盛大的婚礼，她是明媒正娶、坐了八抬红花轿嫁给那个男人的，许多网友都参加了他们的婚礼，而且送了各种别致的礼物给他们。这些礼物现在还放在他们的婚房里，一直温馨着他们的小家庭，怎么能算是虚拟呢？在端木玉的心里，一切都实实在在、认认真真。

有一次，单位让填写一份表格，在“婚姻状况”一栏里她顺手就填写了“已婚”二字，并写上了老公“风吹草低”的名字，填完以后她想也没想就交了，根本没有意识到自己的失误。当主管领导问她什么时候结的婚时，她才恍然醒悟，自己是把网上的虚拟生活混淆到现实中来了。不过，由此也可以看得出来，她对这份婚姻是何等地投入。

当然，闲下没事时端木玉也会禁不住地猜测：“风吹草低”的真实姓名叫什么？他长得什么模样？多大年龄了？他和自己生活在同一个城市呢还是远在海角天涯？和一个人神交到如此之深的程度，却又从未谋面，这种感觉真的很特别，也很缥缈，她需要付出巨大的心力才能抵制住那无边的虚无感。有时候，她甚至会产生一种不可遏止的冲动，想要不顾一切地去见老公一面，哪怕只是一个稍纵即逝的影子亦可。不过，每一次她都拼足全力剿灭并扼杀掉这个念头。她明白，时机还不到，只要那个人在地球上活着，任何的可能性就都是存在的。目前，她只能通过电脑的键盘和鼠标来感触那个男人脉搏的跳动，这对她来说是唯一也是最佳的选择。

在网上缠绵了整整四个小时，先喝咖啡，再逛公园，又在小爱巢里温存了一番，下线以前，端木玉打出了最后一段文字：老公，今晚的月亮好圆啊。不过，嫦娥的眼睛看上去忧伤暗布，流溢出浅紫色的哀愁和凄迷。桂树的枝叶婆婆娑娑，有淡香弥漫，丝丝缕缕，挥之不去。我的心思呈深蓝色，如同静海深流。

瞅瞅，很小资，很情调，很风花雪月呢。不过，这只是端木玉很短的一个时段的生活。关掉电脑，这生活就被彻底屏蔽了。

月朗星稀，时间是凌晨两点一刻。

2

早上七点钟，端木玉准时坐到了美容室里，开始她另一时段的生活。在这一时段里，她就叫“端木玉”，和她身份证上的名字一致。

今天有八个人等着她化妆呢，工作量不小。他们来自这个城市不同的角落，因着各不相同的缘由而死去，却在今天这个共同的日子里，从同一地点出发，携手共赴天堂。端木玉的工作是，在他们出发以前，为他们整容化妆，让他们看上去安详而又端庄，尽量接近生前的相貌，再呈现出最后的“容姿”，然后华丽转身，飘然而去。

端木玉是一个美容师。不过，在殡仪馆这个地方，叫作“化妆师”或者“遗体整容师”似乎更恰切一些。她的理想曾经是做“美容师”，十几岁的时候，她就萌生了做美容师的念头。她怎么都没有料到，自己最终会坐到殡仪馆里，替死者来美容。人算不如天算，命运弄人啊！不过，她早已习惯并接受了这份工作，而且做起来得心应手。

“殡仪馆”，这的确是一个非常特别的地方。人人都对这个地方讳莫如深，然而，人人都知道，谁都无法绕过这里。就像风筝一样：一个人不管经过了怎样的轨迹和位置，飘到了多么高多么远的地方，最终都要回到这里来的，概莫能免，在劫难逃。如果人生是一条源远流长的江河的话，医院的产房是它的源头，而这里就是它的入海口。单单因为这一点，就让端木玉对这个地方十分倾心和迷恋。是的，是迷恋。这听上去有些不可思议，但却是真真切切的事实。这里是肉体的终结之地，也是灵魂的出发之地。这是一个神秘莫测而又意味深长的地方呢。

每当坐在化妆间开始工作时，端木玉就会觉得，自己简直像上帝一样神奇。她手持化妆笔往死者的脸上一点，那人就满面春风地微笑着向天堂里走去了，没有迟疑，也没有彷徨，时候一到，立即上路。这里是他们人生的最后一个驿站，而自己就仿佛是这个驿站的检票员；轻轻地从嘴里说一声“OK”，他们就会被推上传送带，进入另一个世界里去了。

一年三百六十五天，除了极其特殊的日子，每一天都要经端木玉的手送走一批人。或男或女，或老或少；或叱咤风云，或卑微如草芥。高官显贵也好，引车卖浆者也罢，轮到她的手下时，都变得乖顺而又听话，就像刚刚出生的婴儿一般。他们在人世间走过了一遭，有的长达百岁，有的短短数载，每个人都有着完全不同的际遇和经历，面对一个个不同的死者，就仿佛面对着一本本情节各异的“故事书”。这些故事有的激越惨烈，有的平淡绵长，也有的错综迷离、云遮雾盖，还有的回肠荡气、一波三折。每一章、每一段都值得深深地探究和玩味呢。

作为遗体化妆师，端木玉原本无须对死者做过多的了解，但是她不。她觉得，只有详细地了解了一个人，自己才能着手对他进行化妆。对于别人来说，也许死者就是死者，是一种“物”的存在，他们的遗体像面袋子一样，按“具”计数，被粗暴地塞进冷柜里，只是一个最简单的编号而已。那一排一排的藏尸柜如同抽屉一样高高地叠起，于是，一具具的遗体便如同装在抽屉里面的点心。当然，从某种意义上来讲，也的确是即将“喂”到焚尸炉里面的“点心”。然而，对端木玉来说，在没有被推进炉子里以前，他们还是一个一个的“人”。他们有知觉、有意识，与这个世界还存在着千丝万缕的联系，更有着不同的个性。她必须根据他们不同的喜好和个性，来为他们化出最恰切的妆容来，让他们最后一次面对自己的亲人和同事时，以最得体、最适宜的面目出现。

那么，今天自己将要认识的会是哪些朋友呢？端木玉总是喜欢称那些死者为“朋友”。这些人在离开这个世界的最后时刻，把自己毫无保留地交到她的手上，由她最后整理容妆，这样的“缘分”还不够称得上“朋友”吗？

第一个被推进化妆间来的是个老太太，大概七十岁的样子，是正常死亡。用一个比较冠冕堂皇的词语来说，就是“寿终正寝”。这属于最容易处理的一类，只需简单地在她的面部扑上粉底，然后微微地打上一些腮红，使她的脸看上去不那么惨黄寡白，再把头发梳梳好就OK了。整理完以后，端木玉对老太太说：您老好福气啊，走得这般安详和体面。老太太听了她的话，心里自然十分受用，那脸看上去似乎呈现出了些微的笑容。端木玉也微笑着对老人说：您一路走好，到那边去享福吧！

第二个是七岁的小女孩儿。出车祸死的，面部有很重的伤，几乎不成形了，看上去血肉模糊、惨不忍睹。这种非正常死亡的遗体整起来比较麻烦一些，不过还好，小女孩儿的尸体还十分新鲜，没有过重的异味。最可怕的是那些刑事案件中出现的死者，被发现时大多已经高度腐烂，处理起来最是麻烦。

女孩这么小就要告别这个世界，如同一朵还没有完全绽放就已经凋谢的花，令端木玉十分痛惜。尽管每天都要接触死者，但看到这样的惨剧，她还是禁不住内心的酸楚。

她先用酒精棉球认真地把女孩子面部的血迹擦洗干净，再拿来专用的棉花，一点一点地填塞进破裂凹陷的窟窿里面，把女孩子被损毁的面部小心地撑起来，然后再用针线把伤口缝合。女孩子的皮肤太娇嫩了，她用针也分外小心，轻轻柔柔、细细密密，仿佛稍不小心就会弄疼孩子。缝好以后，女孩子的脸基本上完整了，她拿起粉刷来，认真地替她扫上厚厚的粉底，掩饰住缝合的伤痕，最后打上腮红、涂上玫瑰色的唇膏，再把眉毛描描黑，头上的小辫梳梳好，扎成一个漂亮的蝴蝶结，换上干净的泡泡裙，穿上云紫色的小羊羔皮鞋。

这个“活儿”虽然稍稍棘手一些，但端木玉做得按部就班、有条不紊，感觉就像在耐心地缝制一个漂亮而又可爱的布娃娃。所有的工序都完成以后，小女孩看上去像是睡熟了一般，仿佛唤一声就能睁开眼睛，然后像梅花鹿一样地蹦跳起来唱歌。她的父母和亲人们看到她这般模样，心里一定会稍稍宽慰上一些的。端木玉一边欣赏地端详着她一边说：孩子，你到了那边要照顾好自己啊，那边没有爸爸妈妈，但会有许多美丽的天使陪你玩耍。这个世界上除了像老虎一样凶猛的车轮以外，还有许多看不见的苦痛和忧伤，它们会一点一点地弄碎你的心，幸亏你走得早，可以带着一颗完好无损的心离开，这未尝不是一种福气呢。飞走吧，孩子，向着天堂飞去吧。

送走了孩子，端木玉坐着发了几分钟的呆，然后，掏出一支烟来点燃，一边抽着，一边让自己的情绪慢慢地平复。她有时候简直不能理解自己，在殡仪馆里工作了多年，见到过成千上万个死者，什么样的人间惨剧都目睹过，可她的心仍然没有麻木。看到特别令人感伤的死者，她还是会禁不住地酸楚。她明白，可能正因为做得太久，“死者”在她的眼里已经不是无知无觉的“死者”，而变成了一个个活生生的“人”。虽然自己与这些“人”只有“一面之缘”，但想到经了她的手以后，他们就会被推进炉子里化作一股青烟飘走，心里仍然忍不住要难过。

接下来是个十九岁的小伙子。小伙子很英俊：黑黑的剑眉，高高的鼻梁，嘴唇的轮廓也清晰而又分明，像用唇线画过一般。小伙子实在太年轻了，下巴上的胡子也像绒毛一样细软，如同刚刚拱出地皮的嫩草芽。不过，他的脸看上去苍白而又僵硬，仿佛一具冰冷的石膏像。这是一个服食了过量安眠药自杀而死的人。据说是因为一个姑娘自杀的。端木玉惋惜而又认真地打量了他一阵子，然后，开始用戴了胶皮手套的双手摩挲他的面部。几分钟以后，小伙子的皮肤变得稍稍柔软了一些，看上去也更加英俊了。他因太年轻，才会为情所困，做出这样的傻事来吧？端木玉一边用酒精替他擦脸一边猜测：那害他赴死的是一个怎样的姑娘呢？那姑娘一定貌若天仙吧？能让一个男人为她而死，她真幸福啊。自己今生今世都享受不到这样的满足、荣幸以及罪恶了。

3

端木玉是个丑女。丑到一塌糊涂，也丑到不可救药，丑到连小小的孩子都对她望而生畏。

那时候，端木玉还是个不谙世事的小姑娘，不懂得容貌对一个女孩来讲多么致命地重要，对自己的丑陋也还没有充分地认识和体味，有几次，邻居阿姨抱了小孩在玩耍，她满心欢喜地走过去逗弄孩子，结果孩子却被她的模样吓得哇哇大哭起来，她这才慢慢地意识到：这一辈子命运很可能不会对她露出微笑来了，她的日子里也将很少有阳光普照。

不过，她还是太天真了，对命运安排的一切都不肯轻易地甘心和接受。从刚刚懂事的时候起，她就开始对美容和化妆产生浓厚的兴趣，她相信，这是补救自己先天不足的最佳办法和唯一途径。高中毕业以后，她放弃了所有的选择，专心一意去学习美容化妆术。她的学习非常刻苦，在同学们当中成绩属最上乘，然而，走出校门以后，在就业问题上她却遭遇了最严峻的挑战。她去应聘了无数次，没有一家美容院愿意聘请她，甚至连街头小小的美容屋都不肯留用她。一个好心的老板看她实在太执著了，只好很难为情地直接告诉她：她的技术虽高，但形象距离“美容”二字实在太过遥远了，顾客看到她心里会不舒服的，影响店里的生意。要吃美容这碗饭，自己必须首先是个靓女才行。

这时候端木玉才意识到，自己选择美容这个行当不仅是个错误，细想起来简直就是极大的讽刺。但没办法，可能是潜意识里的逆反心理在起作用吧，除了这一行以外，她什么都不愿做。她只想通过自己的手，使那些丑陋的面孔变得美丽起来，然而，对于自己的形象她却完全无能为力。她曾经咨询过许多资深美容师，那些经验丰富的专家看到她以后，都直摇其头。她属于那种“愈描愈丑”的类型，除了“回炉再塑”，基本上不存在任何修复的价值。用一句时下流行的话来说：毁容等于整容。

没办法使自己变成靓女，也没做成美容师，年龄倒是一年一年地增加了。工作没有着落，婚事也照样无指望。跟她同龄的姑娘们已经在情场上摸爬滚打、转战南北，训练到曾经沧海、油盐不进的境界了，她连初恋的滋味还没有品尝过。后来，到了谈婚论嫁的年龄，在父母的逼迫下，她开始相亲。心想，好歹把自己嫁掉算了，嫁汉嫁汉、穿衣吃饭，权且只当是寻找一张长期饭票，这样四不沾八不靠地吊着也不是个事儿。

虽然她已经在心理上做了最坏的打算，也把择偶的标准降到了最低，然而，每相一次亲，对她的自信心来说，都还是一次毁灭性的打击。相一次，吓跑一个；相两次，吓跑一双。她觉得自己简直比恐龙还要可怕。后来，她来了横劲儿，愈挫愈勇、愈败愈战，别人介绍一个，她就去相一个，来者不拒、照单全收。她就是想要看看，自己究竟能吓跑几个男人。不过，相到整整一打的时候，她终于失去了最后一丝勇气，不想把那个无聊透顶而又毫无希望的游戏再玩下去了。十二次中有十一次，男方见了她以后，连基本的应酬话都懒得说就客气地找借口告辞了。那第十二个则一脸烂芥末痦，她看了浑身直打哆嗦。那以后，她就再也没有去相过亲。她发誓，今生今世哪怕做一辈子老处女，都不会再让那些臭男人来对自己评头论足、挑三拣四了。让他们统统见鬼去吧。死了张屠夫，不吃混毛猪。端木玉不相信，不嫁男人自己就会饿死。

男人可以不要，但工作却不能不找。活着就得吃饭，要吃饭就必须去赚钱。然而，端木玉发现：对她来说，找工作比找男人似乎还要困难。不知道从什么时候起，这个世界对女人的容貌变得异常苛刻起来，苛刻到令人匪夷所思的地步。一个女人如果容貌丑陋的话，基本上相当于患了不可医治的绝症，或是被判处了精神死刑。找不到工作，她只能窝在家里做啃老族，虽然父母不说什么，但她心里比死还要难受。

二十八岁那一年，她偶然在报纸上看到一则启事，市殡仪馆要招聘美容师，她眼睛一亮，不顾父母的反对，毫不犹豫就去报了名。以往她曾经无数次地到各种或大或小的公司、各种不同的行业去应聘，但每一次她都过不了“面试”这一关，给她的感觉仿佛是：哪怕去超市卖猪肉，也必须是个美女才行。卖肉的若不是美女的话，那猪肉吃起来就会发酸。虽然她对这种“眼球经济”和“美女效应”深恶痛绝，但没有办法改变人们根深蒂固的观念。殡仪馆却是个例外，他们根本没有“面试”这一项，只要技术过关即可。原因很简单，死者不会介意替自己整容的人是不是美女，于是，她被顺利聘用了。

到了殡仪馆以后她才明白：再也没有比这里更适合自己的地方了。她服务的那些对象，不管男女老少全都紧闭着眼睛，看都不看她一眼，更不会对她的容貌提出抗议，她可以放心大胆地在他们的脸上施展自己的才华了。在来殡仪馆以前，为了避免嘲笑，她的生活基本上处于封闭状态，除了自己的父母以外，她几乎没有机会与任何人打交道，差不多成了一个自闭症患者，感觉自己仿佛被整个世界都抛弃了一般。来到殡仪馆以后，她每天都能接触到五个以上的陌生人，虽然他们都是死者，不会跟她交流，却仍然使她觉得自己的世界一下子就被打开了。她总能通过种种的蛛丝马迹来和那些死者沟通，是的，她觉得自己与死者是沟通的。她从内心里把他们当朋友一样对待，每一次化完妆，她都要跟死者说几句话，或安慰他们一番才送他们上路，她觉得这是基本的礼节。

死者为大。接受她服务的那些死者，达官显贵也好，草根百姓也罢，不管是谁，她都一视同仁，尽心尽力地提供最上乘的服务。尤其是对那些由于意外横死而毁了容破了相的人，她总是耐心细致处理。不管他们的面部被损毁到怎样的程度，看上去又是多么地狰狞可怖，她都毫不怠慢。久而久之，她就在业内有了名气，成了处理“疑难杂症”的高手。遇到了重要人物或特殊事件，连其他的殡仪馆都会专门聘请她去处理。

不过，正像古人所说的那样：祸兮，福之所倚；福兮，祸之所伏。没有想到的是：她的“活儿”做得愈好、名气愈大，她的个人生活就愈糟糕。刚开始的时候，熟人当中很少有人知道她在殡仪馆工作，后来，怎么瞒也瞒不住，就几乎无人不晓了。知道她整天与死人打交道以后，便再也没有人愿意和她来往了。不嫁人无所谓，她早已抱定了独身的决心，令她难以接受的是：连亲戚和熟人也对她避之唯恐不及，仿佛一走近她就会沾染上霉气似的。有一次，她应邀到熟人家里去吃了一顿饭，后来，那家人无意间知道她的工作以后，把所有的餐具都扔到了垃圾桶里面，并把她坐过的沙发、椅子都进行了严格的消毒，而且还燃放了几挂鞭炮来驱邪，仿佛她是一个麻风病人。

别人如此倒也罢了，连她自家的亲人竟然也对她横眉冷对起来。去殡仪馆工作以前，她一直和父母哥嫂们同住。后来，哥嫂就开始掉脸子给她看了。她碰过的餐具他们不用，她洗的水果他们不尝，她烧的饭菜他们不吃。有一次，她实在禁不住内心的喜欢，拿自己的手去抚摸了小侄儿的脸蛋，嫂子当着她的面把孩子拉到卫生间，一遍又一遍地替孩子洗脸，末了还打了孩子一巴掌。孩子委屈得哇哇大哭，年迈的父母则悄悄地躲在一边唉声叹气。

于是，她只好从家里搬出来，在一个很偏僻的巷子里，替自己租了一套小公寓房。从此以后，她的生活便完全地与活人隔绝了，跟她打交道的，除了死人，还是死人，于是，她更加把死者当朋友了。不知道是环境所致，还是她内心使然，自从到殡仪馆工作以后，她也只操心与死人有关的事务。就在她住的那条巷子最深处，她认识了那个做纸扎的男人。

4

巷子是条旧巷，深得不见头，从市中心一直蜿蜒到边远的郊区。由于靠近殡仪馆，有钱的富贵人家是不会走近这里一步的，巷子里住的全是最底层的穷人；那些穷人操持的也都是最低贱的行业：杀猪卖肉的屠夫，算命打卦的瞎子，修鞋补胎的残疾者，开锁配钥匙的小手艺人，做寿衣卖冥币的小商贩，还有进城捡破烂的外地农民，以及玩猴子、弄杂耍的民间游艺者。三教九流、百业杂陈，倒也热闹喧嚣、人气鼎盛。

第一次走进那条巷子的深处，是被唢呐声吸引。唢呐这种乐器，是最民间的，也是最乡野的，似乎很少有机会登上大雅之堂，但端木玉却非常喜欢。喜欢那种惊天动地，也喜欢那种不屈不挠、不容商量的侵略性。觉得它悍猛十足，却又侠骨柔肠，大悲大喜、酣畅淋漓，从一个极端走向另一个极端如履平地。就那么高山流水般地憨直而又高亢。她觉得这是底层卑微的草民百姓们，从心底最深处发出来的最强悍，也最真切的声音。这声音听上去热辣辣的，有一种不管不顾的冲击力和穿透性。悲则呜呜咽咽、如泣如诉，喜则人欢马叫、百鸟朝凤，如同从泥土里拼命生发出来的一朵葳蕤不羁的野花。也许是她自己的心压抑得太久的缘故，她就是喜欢那种横冲直撞、不讲章法，如同鬼哭狼嚎般的狂放和粗野。

循着这热辣辣的声音一直走到巷子尽头的地方，她看到了那个男人。男人是做纸扎的，四十来岁的样子，模样看上去憨憨笨笨的，还瘸着一条腿，而且是个不会说话的哑巴，算得上个双重的残疾，但做出来的纸扎活儿却精致细巧、活灵活现，看上去令人拍案惊奇、眼花缭乱。

但凡这个世界上能想到的东西，在他的纸扎品里面几乎全部都能原样找到。大的像别墅轿车、冰箱彩电，银树金山、阔院豪宅，高头大马、八抬官轿；小的如元宝香烛、美酒名烟，牙刷茶具、杯盘碗盏，麻将扑克、手表手机；另外还有花枝招展的丫鬟，涂脂抹粉的小姐，以及腰扎围裙的保姆。这些还都不算出奇，最奇的是他做的虫鱼猫狗之类的宠物。单单是宠物狗就有十几种，德国牧羊犬、中国藏獒、南方贵夫人等等不一而足，那些宠物一个个看上去都栩栩如生，仿佛随时都会在主人的召唤下摇摆起尾巴奔跑起来。他做的小姐和丫鬟们更是眉眼灵动，呼之欲出。令人忍俊不禁。整个一个衣食住行、吃喝玩乐，百物齐备、五毒俱全的花花大世界。

端木玉第一眼看到这些纸扎就被惊呆了。她想象不到：一个看似朴拙的男人，竟会有着如此高眇而又丰富的眼界和情怀。是的，应该是一种“情怀”。如果不是胸藏锦绣的话，单单从一个生意人的眼光出发，他无法造出这样一个千姿百态、繁花似锦，又激情四溢、烈火烹油般的纸上世界，况且做的又是死人的生意。

一看这些纸扎的物品就知道，在男人笨拙的外表之下，包藏着一颗活泛隽永的灵秀之心。端木玉自己也不知道，自己为什么会对这些纸扎品感兴趣。作为一个女人，她很少去逛商场和服装店，逢到了休息日的时候，她却会到这里来，看看这一样，又摸摸那一样，有时候，她还会躲在一边，装作在欣赏一样物品，然后悄悄地观察那个做纸扎的男人干活。男人右手持剪、左手拿纸，轻轻地运刀走锋，那手下的纸便发出窸窸窣窣的声响，随之，像变戏法一样，一条甩着尾巴的小金鱼便出现了。活着的人喜欢“鱼”，贪恋的是那“年年有余”的谐音和意趣，看来，冥界的死者也喜欢这吉祥喜庆之物。买几条纸鱼放在死者的房子里，死者在阴世冥天里便也能富足安康了。

因为经营的是丧葬用品，一般人很少光顾。人们路过这里时，远远地就绕开了。偶尔遇到一个顾客，也是急匆匆地来，又急匆匆地去，谁都不肯在男人的摊位前多停留一分钟。绝大部分的时间里，都是男人独自守在一大堆花花绿绿的纸扎品中。那纸扎品的热闹和丰繁，反而衬托得他更加孤寂和寥落了。可能是为了排遣那难以释怀的孤寂吧，到了傍晚时分，男人就会坐在自己的小院门前，如泣如诉地吹起唢呐来。黄昏时，喧嚣了整整一天的小巷也平静沉寂下来，那唢呐声便传得分外幽远。只要朦朦胧胧地听到这声音，端木玉就会不由自主地向这巷子深处走来，像被那声音牵了魂儿一般。她发现，男人的表情看上去安详而又平静，甚至有几分沉醉。她猜想，男人一定是从内心里喜欢自己手中活儿吧，跟她自己捏小泥人儿一样。

这个世界上谁也不知道，端木玉喜欢捏小泥人儿。每逢下了班无事可做的时候，她就会待在自己的屋里捏泥人儿。不过，最初开始捏泥人儿却纯粹是为了练胆量学技术。那时，她刚到殡仪馆工作，尽管已经做了充分的思想准备，每一次面对死者的面孔，她都会心惊胆战，两只手也哆哆嗦嗦，连化妆用的粉刷都捏不稳。尤其是面对那些被严重毁了容、破了相的死者，她吓得简直不敢睁开眼睛去细看。为了把这些“活儿”处理好，她便在家里和了泥巴，一遍一遍地摩挲、摆弄，把泥巴团成脑袋的形状，再捏出眼睛、鼻子和嘴巴，然后把完整的“脑袋”摔碎、碾裂，做成各种各样的“事故现场”，再拿来针线小心地缝合，使泥巴脑袋上的五官尽量恢复原貌。在泥巴上练得多了，再接触死者时，她心里的障碍便慢慢地消除了。做了十来年，她早已不需要再拿泥巴来练手儿和壮胆了，但捏泥人儿的习惯她却保留了下来。

现在对她来说，捏泥人儿纯粹成了一种消遣和爱好。她捏出来的小泥人一个个憨态可掬、活泼灵俏，捏好以后，她还要拿笔认真地涂上各种彩釉，那小泥人便鲜活而又灵动了。每当捏着小泥人的时候她就会想：上帝在创造人类和万物时，也是这么做的吧。有一点她想不通的是：同样是一个人，上帝为什么要把她端木玉捏得这般丑陋呢？也许是为了使自己心理平衡吧，她捏出来的每一个泥人也都是丑陋不堪的。有的眯缝眼，有的塌鼻梁，有的大龅牙，有的豁嘴唇，比起她自己来，有过之而无不及。在她的居室里，小丑人儿们分布在每一个可能的空间里，她的寂寞便减少了许多。看着它们的时候，她的心里面也安慰了许多。比起那些泥巴丑人儿来，她差不多可以算得上一个大美女了，站在它们中间，她简直比皇后还要尊贵呢。不过，她的泥人儿们虽然丑，却一个个都欢天喜地，看上去乐呵呵的。在殡仪馆工作，每天看到的不是死者的冷脸，就是死者家属的哭丧脸，她的生活中几乎没有笑容，因此，她需要让她的小泥人儿们对她笑脸相迎。

然而，有一个致命的缺憾是：那些泥人儿不管多么精妙和奇巧，都是沉默无语的。深究起来，端木玉整个的生活和世界也都是静默无语的。"老公"只能在电脑上用无声的文字跟她交流；她服务的对象，那些男男女女的死者，就更不用说了。有时候，她会发疯般的想要跟人说说话。就那么面对面热乎乎地用嘴巴而不是手指来说说话，随便说什么都行。可是，这个简单的要求对于她来说却是难以企及的奢望，她竟是连一个可以说说话的活人都找不到呢。

熟人们包括亲哥嫂都对她避之唯恐不及，那个做纸扎的男人是个哑巴，同事们都各怀心事，很少交流，父母见到她不是唉声叹气，就是抹眼泪，谁能跟她平心静气地说说话呢？但那种想要说话的欲望和冲动却抑制不住，如同一棵生了根发了芽的树，见风就长、如影随形。

5

端木玉觉得：自己的身体里似乎钻进去了一个魔鬼，要么就是野兽。大部分的情况下，那只野兽处于蛰伏状态，如同冬眠的蛇。每过一段时间，那条蛇就会周期性地发作起来，上蹿下跳、兴风作浪，折磨得她寝食不安、焦灼难耐。到了这样的时候，她就特别想要和一个人说说话，于是，便只好不顾一切地去找人说话。不过，她不能以端木玉的身份说话。只有掩盖住自己的真实身份，变成另一个完全陌生的人，她才能暂时地取得开口说话的资格和权利。这时，她的生活便不可避免地进入了第三个时段。在这一时段里，她叫作“月亮鹦鹉”。“子夜丁香”也好，“月亮鹦鹉”也罢，都与黑夜有关。端木玉觉得，她的生活里没有阳光，属于完全的阴性，因此，连名字也未能幸免暗夜阴影的烙印。

“月亮鹦鹉”，这名字听起来俗气而又直白，甚至滑稽可笑，但是她喜欢。在潜意识里，端木玉确实渴望自己是一只美丽的鹦鹉呢。而且，如果做一只鸟的话，每天就可以站在枝头上自由而又欢快地临风而歌，再也不会有那么多的忧愁和烦闷了。不过，她终究不是一只鸟，因而必须找到跟她同类的某一个“人”来说话。

大约一个月有一次，是她专门用来跟“人”说话的时候。这里之所以特别强调，有两层意思。一层是指：这个跟她说话的人必须是“活”的。第二层意思是说：这个“活人”必须面对面地出现在她的面前，她能够看得见、摸得着，不是通过电话的脉冲只闻其声而不见其人，也不是隔着电脑的显示屏，用一块块砖头状的方块字来说话。她觉得，自己的心里仿佛潜藏着一条河道，过一段时间如果不找个人说说话，那河道就会被泥沙堵塞，连呼吸都十分艰难，仿佛随时都可能窒息一般。找个人说说话，那滞塞的河道才会被疏通，新鲜的精神之氧也才能进入她的灵魂，使她能够继续撑持着往下活。

在他们这个城市里，有一家叫作“梧桐雨”的酒吧，这里是女人们的乐园，来这里消费的通常不是富婆们就是“大姐大”，端木玉和两者都不搭界，不过，她不像别的女人那样需要购买大量的名牌服装和高档化妆品 因此偶尔来这里犒劳自己一次的钞票她还拿得出。

然而，第一次到“梧桐雨”却纯粹是个误会，这要从端木玉的另一个嗜好说起。端木玉有两个嗜好，第一个是捏泥人，第二个是玩手机号码。在她看来，手机号码是一种非常奇妙的东西，这整个世界都被号码控制住了，几乎每一个人都有一个数码代号，十一位小蝌蚪一样的阿拉伯数字排列组合在一起，就能对应一个活生生的人。可能是整天与死人打交道的缘故吧，她总是渴望和活人的交流。于是就像变戏法一样，她任意地在纸上写出一个十一位的号码，然后拨出去，就会接通某一个人的手机了。这个游戏她已经玩了相当一段时间了，她的手头有好几个手机卡，联通和移动的都有，购买到这些手机卡很容易，不需要报出真名实姓，也无须出示身份证，在街头小店里五十块钱就能买到一个。她今天使用这个号，明天又使用那个号，轮番出击，打一枪换一个地方，像精灵一样地神出鬼没。这么费尽心机，也不过是想要偶尔地跟某一个大活人说上几句话而已。

她用手机任意地胡乱拨号，通常都是在她感到最难过、最无助也是最脆弱和绝望的时刻。比如，一个很帅的小伙子死掉了，恰恰轮到她替死者化妆；又比如，一个特别可爱的孩子死掉了，她亲眼看着孩子被推进焚尸炉里烧掉。或者比如，她在街上看到了别人结婚的喜车，又或是一个优雅的少妇抱着个肥嘟嘟的婴儿在散步，要么是一对恋人搂抱在一起忘情地亲吻，一对夫妻拎着购物袋逛超市，这些每天都会发生的普普通通的事情，都会让她突然心血来潮般地难过和绝望起来，如同突然沉溺到了幽暗无底的深潭或泥沼里一般。每当这个时刻，她就必须找到一个人来说说话，就像抓住一根稻草把自己搭救出潭底一样。于是，她便信手拨出十一位数字。偶尔也会拨空，不过，大部分情况下，那拨出去的号码总能对应住一个人，于是，一段简短的对话就不可避免地发生了：

请问哪位？

你肯定不认识。

那你打电话干吗？

不干吗，就是想说说话。

神经病。

我不是神经病。我只是想要说说话而已。

端木玉虽然外形粗笨而又丑陋，但她的声音非常柔和细腻，而且十分性感。男人通过电话听到她的声音，通常都会把她想象成一个时尚、前卫而又美丽的年轻女郎。一般情况下，女人们接到她的电话都会很快挂掉，个别脾气暴躁者，还会恶狠狠地骂她几句。遇到这样的情况她也不会生气，总是兴致勃勃而又激情飞扬地跟人对骂。能够吵吵架、骂骂人对她来说也是一种鲜活的动静和生活呢，属于她的世界实在过于沉闷和清寂了。男人们不一样，接到她的电话通常都会跟她瞎聊神侃几句的。就是在这样的一次“瞎聊”中，她认识了一个名叫“非常3+1”的男人，男人在电话里跟她聊了很久，然后约她到“梧桐雨”见面。

6

端木玉几乎是一个与外界隔绝的人，因此，根本不知道

“梧桐雨”是一个十分特别而又敏感的酒吧。那里不仅是同性恋者聚集之地，也是“鸭子”和“单客”们出没的地方。“单客”是他们这个城市里一帮特殊的人群。他们喜欢暂时地改变自己的身份，来十分投入地体验一些另类的生活。端木玉相反，她的生活本身似乎已经够“另类”了，她被迫改变身份，恰恰是为了体验一个“正常人”的最常规的生活。

当然，她不是同性恋者，也从来不曾与“鸭子”们有过来往，她答应跟“非常3+1”见面，主要是出于好奇：对他的名字和职业的双重好奇。男人的职业是“陪聊”。“陪聊”，这是一个多么有趣的职业啊，她事先根本没有想到，自己随便在手机上那么一拨，居然会遭遇这样一个恰恰契合需要的人，在此以前，她也从来不知道世界上还存在着这样一种奇妙的行当。按男人的介绍：他陪聊的方式有两种，一种不和客户见面，通过电话聊，行话叫“电聊”；另一种则是面对面地直聊，叫“面聊”。可以到公园或茶座去聊，也可以在酒吧或咖啡屋里聊。当然，这两者价码是不一样的，视客户的喜好而定。

刚开始的时候。对于要不要跟那个“非常3+1”见面，端木玉有些犹豫，她担心自己的形象会吓跑男人。但回头又想，自己只是花钱消费的客户而已，她人长得丑，手里的钞票看上去不丑。再说，男人又不是跟她相亲或谈恋爱，她的容貌美丑又有何关系呢？于是他们在“梧桐雨”见面了。“梧桐雨”是一个多功能的地方，十几层的大楼，集酒店、茶座以及各种休闲娱乐设施于一体。他们初次见面的地方是在一间咖啡屋里。

本文初刊于《芙蓉》2008年第5期

傅爱毛，在河南省文学院工作，曾出版中短篇小说集多部，中篇小说《嫁死》《天堂门》等作品获《小说月报》百花奖，据其小说《嫁死》改编的电影《米香》获多个奖项。

聊吧随录

柳　岸

“聊吧”简介：颍水河岸，古柳树下，草顶民房，铁锅铜壶，一眼深井，几许茶案。“聊吧”主人，身居官场，因好茶道，开一茶馆，名曰“聊吧”。开业之际，来宾甚众，官场故友，热议一事，事故主人，昔日同事，唏嘘之余，随笔录之。

传闻一

侯书文一下汽车，往远处张望，没有看到熟悉的身影。近处却出现了几个从天而降的人。至于他们匿身何处，他根本来不及细想，昨晚上的梦像闪电一样凸显。他本来不做梦，自从接到那个黑电话，就常被噩梦惊醒。昨晚，他早早地上了床，辗转难眠，睡个好觉已成妄想。噩梦像影子一样跟着他：还是在“红地毯”，老板桌上还是一黑一红的两部电话。当然，他还是习惯地掂起那个红话筒，在铺着红地毯的房，不拿红电话，难道要拿黑的不成？再说了，黑电话是不能轻易打的，没几个人知道这个号。他的食指刚按了红电话的1键，黑电话突然响了。他吓了一跳，放下红电话，去拿黑电话，刚掂起话筒，整个房间晃动起来。他对着话筒喊：谁？谁？没有人吭声。房间越晃越厉害，他几乎无法站稳，死死地抓住老板台，可是根本不管用。一股浑浊的浪头撞开了门，水溅到他的眼里，他使劲地眨了一下眼睛，红地毯、红电话、黑电话都没了，只有无边无际的浑浊洪水。他牢牢抓住的老板台也成了一根朽木。他拼命地挣扎，可是越挣扎越往下沉，颍水河里练就的超强水性也失去了功力，他巨石似的往下沉。就在他吐出最后一丝空气，准备这样死去时，突然醒了，一切真没了，他已住在朋友一处空房里。他抹了一把脸上的汗，还好，没事儿，心情更加沉重了。

早上，他在犹豫，去还是不去？自从接到那个黑电话，他就变得优柔寡断了。

按常规判断，他绝对不能去。可他还是去了。

离开“红地毯”的第十一天，他接到N的电话。她说，她想见他。她几乎说不成一句完整的话，一直在抽噎。他想，女人就是女人，还是个处级干部，怎么遇事就这么扛不住。他说：见就见吧，哭啥，我还没有怎么着。她说：你可以不见我。她知道，他从来不拒绝她，却说出这种话。他笑了，笑得很勉强，完全没有平时那种洒脱。他说：说什么呢，那你还给我打电话干吗。她说：我实在撑不住了，整宿整宿地睡不着，担心你。这几句话，从她肺腑中呼出，带着温润灌进他的胸膛。正因如此，在众多的女人中，她是他唯一保持长久联系的。可是，不祥的预感像乌云一样飘在他头上。她说，他可以不见她，肯定也是有预感的。

几个人迅速地围上来，他就在人瓮之中了。他笑了，很勉强，用得了那么多的人吗？他们任何一个人，都可以把他制伏。其实，没有了那些附着的东西，他就是一个又黑又瘦的干瘪男人，恐怕没有哪个女人会多看他一眼。一个粗壮的人迅速贴近他，低声喝道，别动。于是，一个硬邦邦的东西抵住了他的腰。他猛然一惊，很快镇定了。这是他曾经想过的无数种结局中没有的一种。接着，他眼前闪过了一道金属的寒光。那寒光迅速地落到了他的手腕上，一种坚硬的冰冷，穿透了他的神经。

“跟我们走。”仍旧是那粗壮低沉的声音。他很不习惯这种腔调，甚至很愤怒这种腔调。他想，等这个事儿过去后，他会让他改变这种腔调。

他迟疑了一下，目光再次扫向远处，终于看到了那个熟悉的身影，她同样被几个人包围着。她肯定知道，自己的电话被监控了，可她为什么还要打这个电话呢？

他被带到不远处的警车上。还好，在这个陌生的小城里，没有人知道他是谁。人们可以把他想象成任何一个杀人越货的强盗、十恶不赦的强奸犯。也许，没有人会在意一个被带上警车的陌生男人。

他不知道会被带到什么地方，但他知道，他们虽然掌握一些证据，还需要更多他个人的材料，才能把他送进监狱。其实，很多人是自己把自己送进监狱的。如果他们像共产党闹革命时那么坚强，都可以不进去，重要的是信念与意志。当然，更重要的是心里正与邪的定位。

他被“双规”了。

传闻二

侯书文被带到一个招待所里。那几个人出去后，一个喝着矿泉水的年轻人推门进来。他围绕侯书文转了一圈，看大猩猩似的，目光放肆而轻蔑。他张开嘴巴，把矿泉水瓶子高高地扬起，江河分流般把嘴巴灌满，然后，分流的矿泉瀑布从他嘴巴上方，平移到侯书文的头上，待瓶身渐直，他像发廊的干洗师傅，使劲揉搓着侯书文整齐的头发。稍后，他轻轻地在侯书文的脸上拍了几下，不屑一顾地说：你不是喜欢干洗头吗，这次免费。

侯书文怒火中烧，死盯着那个年轻人。他对发型是非常讲究的，每次洗完头，都要打上摩丝，整得一丝不乱，因此荣登颍川三大“名头”之首。一个乳臭未干的毛头小子怎么可以对他这样放肆？那小伙子似乎看透他的心思，嘲笑道：呵，别这样看着我，你该明白你是谁，这是什么地方，怎么会在这里。说完扬长而去。

姓名？

小伙子出去后，专案组的人进来。审问他的人似乎有些面熟，很有可能在一起喝过酒。

他愣了一下，他们难道不知道他叫什么？不知道抓他干吗？是啊，洗头让他清醒了，他已经不是如日中天的县长候选人、县委副书记，而是一个犯罪嫌疑人。他必须万分坦诚、谦卑。不然……

侯书文。他平静地回答。

年龄……籍贯……职务……

…………

侯书文，你知道为什么把你弄到这里来吗？

不知道。

别装傻了，我们已经掌握了你的很多事儿，你要老实交代犯罪事实。你想，像你这种人，没有确凿的证据，没有上面的批示，谁敢动你？你是一名领导干部，对党的政策很清楚，希望你好好配合，争取宽大处理。好好想想，把你的犯罪事实都交代出来。这儿有纸和笔，跟我们谈也行。

我知道。

和他谈话的人走了，进来两个看守。他坐在一个硬椅子上，开始想他的问题。他想，他和大多数进去的官员一样，都是因为经济问题，与很多经济案件相似。他也是窝案中的一个。正如托翁所说，幸福大都相似，不幸各有不同。侯书文觉得他有自己的不幸。

总归一切是从“钱”字开始的！

他眼前出现了那条颍水河。颍水河在他们村子前边拐了一个弯，也许村民太想钱，也许村民都爱钱。这村子就叫钱湾。据说因为拐了一个弯，便聚集了方圆几公里的风水，这风水成就了他。或者说，他就是这风水的证明，还是目前唯一的证明，这村里人都姓钱，就他一家外来户姓侯。听老辈人说，钱湾的侯姓是钱姓请来的，因为曾有风水先生断言，钱湾必须有一侯姓才能聚住风水，据说是按五行生克推出来的。侯姓一直人丁不旺，说是为钱姓所克。他们几度想迁离钱湾，不知道为什么没能成行。侯姓到侯书文这一代，就剩下了他们孤儿寡母。他父亲在他十几岁时就死了，得了气鼓病（肝腹水），因无钱医治而死。

母亲领着他和弟弟跪倒在支书钱银行家里，要借五块钱给父亲看病。钱银行点了一根喇叭筒，吸溜了一下青紫泛白的嘴唇，一股白烟裹着焦黄的鼻毛从幽暗的鼻孔中蹿出。他的手轻打着油亮乌黑的太师椅扶手，据说那太师椅有些来头，是当地一个匪首家的宝贝，“老佛爷”出逃中曾经坐过的。钱银行打了第二下，第三下抬起手，没有放下就站了起来。他慢悠悠地转到母亲背后，说：哪有钱啊。说完，弯下腰把母亲扶起。

母亲红着脸说：银行哥，你想想办法吧。他要没了，咱娘儿几个咋过啊。泪水冰镇着母亲的潮红，只有侯书文感到了母亲泪水的冰冷。

后晌吧，后晌俺问问会计还有没有钱，撑死了两块钱。你开口就是五块，咱这是金库啊？钱银行说。

因为钱银行叫银行，他就避讳银行二字，他们家都避讳，管银行叫金库。

母亲千恩万谢地走了。她以为儿子们的一跪，可以换回两块钱。当她拿到那两块钱时，才知道，不是儿子们的一跪……

侯书文朦朦胧胧感到那两块钱的分量，却没有往深处想，也不可能想到深处。一个初中生，不太懂男女之间的一些事儿。那时候，学校还没有完全复课。他每天早早起床，到支书家茅房里偷粪，他把冻得硬邦邦的支书家的粪，铲进箩头里，心里便有一种快感。然后，他把这些硬邦邦的粪，交到生产队，得到一些工分。尽管那时，十工分才折合人民币一毛钱。

恢复高考制度以后，他考上了重点高中，那时候重点高中吃自筹粮。他家里拿不出那么多粮食，钱银行就从自家拿来粮食交给他母亲，对大伙说：咱村出了个人物，都得帮衬着点。当时，村里人都耻笑他母亲命薄心高，家里那么穷，还供养孩子上学，还不是想让儿子当工人？也不想想，侯家的老坟院里有没有福荫。母亲从不多言，只默默做着一切。

钱银行的大闺女钱妮娃给他送去了一双鞋垫和手帕，钱妮娃小时候大腿上长了一个大恶疮，疮好之后左腿就比右腿短了一些，不过不仔细看，看不出来。当钱妮娃一高一低地走出侯家柴门时，侯书文就把她的鞋垫扔进了茅坑里。他并不恼恨钱妮娃，而是因为钱银行，他觉得钱银行一家只配跟茅坑在一起。

那天，他回家写入团政审材料。当他推开院子的柴门时，钱银行系着扣子从他家里出来。他用手捻着焦黄的鼻毛说，知道你要回来，给家里送点香油。

他没有接钱银行的话，转身离开了家。他来到颍水河边，一头扎进河里，想把自己沉入河底。可是，还是慢慢地浮上来了，因为他水性好。清澈的颍河水像母亲的手拍打着他，他不知道哪是他的眼泪，哪是原本的河水。他下意识地舔了一下河水，正是自己眼泪的味道，侯书文认定那一河水全是自己的眼泪。他太想大哭一场了，不光是屈辱和愤恨，还有青春期的抑郁和困惑。当时，他暗恋上一个扎蝴蝶结的城里女孩儿。那时候，中学的女生和男生是不说话的。他不敢近距离地和她对视，和她迎面时也是慌乱地低下头。可是，那两只蝴蝶结在他心里飞来飞去，撞得他心神不宁。他从来没有见过那么奢华的头绳，要知道那时候城里的女孩在他眼里是高不可攀的公主。她的父亲好像还是县里的头头。朦胧的初恋，绝望的单相思，钱银行的凌辱一起蹂躏着少年敏感而自卑的心。

侯书文带着伤痛走出自己的眼泪，脱下湿漉漉的衣服，赤条条地躺在河坡上。虽然秋天的草已没有了春夏的坚硬，那柔韧仍让他觉得针砭似的麻辣。斜挂西边的秋阳，舔干了他身上的水珠。他用指甲轻划了一下自己的胳膊，皮肤上出现了一道白印儿。然后，又用白印在肚皮上写了一个倒着的“钱”，钱字的下面是自己的命根子。他的眼睛，坚定而又尖锐地盯着它，那东西还没有完全发育，但是，已经长出了许多绒毛。钱银行、他老婆、他闺女……他是不会放过他们的。于是，他又赤条条地下了水，再躺在河坡上晒干，这样反复地晒着自己，便晒出了他的“复仇计划”。那一刻，他觉得一定要强大起来，至于怎么强大，并不明确。他只想做一个比钱银行更大的官。然后，把钱银行枪毙了，把他家的女人……还有蝴蝶一样的城里女孩儿……

他并不知道，每个月三块钱的生活费是钱银行给的。这话是他和钱妮娃离婚时钱妮娃说的。

他认定，钱银行就是害死他母亲的凶手。那时候，他已经上了地区师范学校，也算是大学生了。弟弟正上高中。弟弟周末回家，见母亲披头散发地从钱银行家里出来，钱银行的老婆，那个有名的“母老虎”，正追着母亲辱骂着，好多人围上来看热闹。弟弟没有走大路，而是从屋后悄悄地回了家。

母亲进家后，看到弟弟，羞愧得一句话也没说。她一直在哭，哭着给弟弟做饭、收拾屋子，然后，把弟弟的生活费给他。告诉他钱在哪儿放着，如果钱没了就去找哥哥。弟弟也不说话，一直在哭。想必，他心里也充满了屈辱，充满了对母亲的怨愤。他想，如果弟弟也像他一样没有进家，给母亲留下最后一丝尊严，母亲或许不会走那条道。

那天夜里，母亲走进了颍水河，再也没有回来。

传闻三

跟他谈话的人，一天都没有来。第二天中午，看守给他一个馒头，没有水喝。看守又换了，有一个他看着有些面熟的年轻人。

他从未想到会落到这种地步。没有了自由和自我，人和圈养的动物有什么区别？当然，区别就是痛苦，因为人有思维。侯书文恐惧并痛苦着。

他盯着纸和笔，写什么呢？他实在忍受不了这种生活，不能睡觉，不能喝水，可他，还用意志紧扯着那一丝尊严。于是，他跟看守说：把他们叫来，我要交代。

进来两个人，年长的在那只破沙发上落座，年轻的拿着纸和笔坐在桌子前。

侯大书记，想好了？

我想喝点水。

坐沙发的对看守说：给他一杯水。

说吧。

我想吸烟。侯书文对烟的培养，源于钱银行坐太师椅抽喇叭筒的做派，一度，他迷上类似喇叭筒的进口雪茄，大概也是潜意识的太师椅情结。

坐沙发的从自己的口袋里拿出一根烟，点上递给他。他看了看。

甭看了。不是你的“黄鹤楼”。快说吧。说完了，你就不在这里了。那人不客气地说。

去哪儿？他下意识地问。

你该去的地方。还有可能回到你的“红地毯”。别废话，赶紧说吧。

想不起来。

你，太狡猾了。那个年轻人霍地一下站起来。坐沙发的制止了他。好吧，让他慢慢想，他总会想起来的。

他们走了，出门时，告诉看守：等他把材料纸写满了再喊我们。

写满了？写什么？“黑电话”打进“红地毯”时告诫他：一定要稳住劲儿，什么都不要说。“黑电话”知道他进来了吗？也许不知道。“黑电话”只说让他先避避，给了他一个号码，叮嘱他千万不要轻易和外界联系，必要时会发信息给他。一时间，他从一个县委副书记变成流亡者。是他先给她打的电话，那个女人——N。他们说，N已经把什么都交代了。不可能！她什么都不知道，不过是攻心术。

他知道，“黑电话”一直密切关注G的案子。G出事儿后，有人跟“黑电话”打招呼，让他清洗一下屁股。他那么聪明的人，肯定知道怎么回事儿，因此电话才打进“红地毯”。G账上一笔还未来得及做的款项，是经他的手，如果他暂时消失，“黑电话”也暂时安然无恙。“黑电话”一定恨死他了。还会捞他吗？会的，他坚信。“黑电话”知道他的分量，不会因为他失去“江山”。耐心！一定要耐心地等待。这其实就是一种较量：情与法，正与邪，公与私，自己和自己，智慧和意志。

于是，他拿起笔，得先写点什么，以示态度。

交代材料一

我叫侯书文，男，汉族，中共党员，1961年生，颍阳县钱湾人。

传闻四

侯书文停笔读了一遍写下的字，觉得写错了，把它撕了。他的档案年龄是1963年。他按了一下心脏，稳住。他已经把那个年轻看守拢住了，告诉他，他没事儿，很快就出去的，出去就提拔他。很快就会有消息的，“黑电话”背后有人撑着，不会让案情顺其发展下去。

侯书文铺开纸重新写。

交代材料二

我叫侯书文，男，汉族，大学文化，中共党员，1963年生，颍阳县钱湾人。现任颍川县委常委、副书记。

我出身一个农民家庭，大学毕业后扎根基层，一干就是十五年。那时候，我热爱家乡，任劳任怨，因为工作出色被提拔。后来我放松了对自己的要求，走向了犯罪。我放松自己，主要因为婚姻问题。

我的婚姻其实是一场骗局。我母亲去世后，钱银行以照顾我家为由，让他的大女儿钱妮娃住进我家。后来，钱银行说我强暴了她，逼着我娶了他有残疾的大闺女。我跟钱二妮的那些传闻，也是因为婚姻的不幸。

传闻五

侯书文斟酌着字眼，以免把自己套进去。他写婚姻，因为他的婚姻是众所周知的不幸。他必须以此来争取时间，也许时间将界定最后输赢。

侯书文扯进钱家的二闺女，确是因为外面传言甚多。他用婚姻的不幸来包装他和钱二妮的关系，也为他后来那些女人搭上伦理的盖头。他真实地接受这种包装，进而把包装幻化成真实。

他和钱妮娃确实是一桩不幸的姻缘，大家都很同情他。但，没有人真正知道他怎么会娶瘸腿的钱妮娃。外传是钱银行设的套，其实还真是冤枉了钱银行。侯书文大学毕业的最后一个暑假，钱妮娃照例来给他做饭，虽然他从来不跟她说一句话。通常她是做好饭，刷完锅就走。那天，太阳下火似的，侯家烧的还是地锅灶。锅底的麦秸火，把钱妮娃烤个半熟，从厨房里出来，白涤良短袖衫全部湿透了。太阳的火，麦秸的火，心里的火，把她体内的水分全都挤出来了。汗水像吸盘一样，把衣服吸在身上。由于没穿胸衣，完全发育的身子，便原形毕露。钱妮娃手里端着饭碗羞涩地用胳膊护着胸脯，放下饭碗时，下意识地甩着有些酸沉的手腕。随着手腕的甩动，浑圆的胸脯也随之震颤。侯书文觉得血呼的一下蹿上来了，他厌恶地扭开脸。可是，钱妮娃并不在意他的表情，到院子里压了一盆凉水，蹲在地上抹身子。他虽然极其厌恶，但是，眼光却像偷儿踩点时一样，不时地袭击她。她撩起衣服擦了前胸，又擦了腋下，最后解开上面的扣子擦脖子。当钱妮娃倒掉水，脖子上搭着湿毛巾回到屋里时，上面的扣子仍旧没有系上。她被凉水激过的皮肤，水嫩中透着红润。其实，钱妮娃除了腿有点小疾外，模样还算周正。可是，刺激侯书文的不是她水嫩的肌肤，而是上面没有系上的扣子。侯书文眼前突然出现了钱银行从他家里走出来的情景。于是，他放下手里的筷子，把钱妮娃摁倒在了床上。

后来，他回想当时的情景，才知道钱妮娃并没有反抗。而是非常默契地配合他。他没有复仇的快感，没有发泄的愉悦，只有头昏脑涨的紧张。

钱妮娃不声不响地穿上衣服，转身就走。他说，你告诉钱银行，说我把你奸了。

跟俺爹没关系，俺愿意。

你必须告诉他，我把你奸了。

钱妮娃临出大门时说：俺愿意。侯家的柴门、篱笆墙，从侯书文接到大学通知书起，钱银行就差人换砖墙、木门了。

侯书文毕业后分配到胡湾乡广播站，报到的第二天，钱银行就来找他。说是来提亲的，他说妮娃说了，他要不娶她，她就把孩子生下来。

他只得娶了钱妮娃。因为，如果他不娶她，钱银行说，他就有可能打回老家。当然，他不能回老家，钱银行压根儿就没有分给他和弟弟责任田。分地时钱银行就说：料定他哥儿俩都不会在土里刨食儿。当时，钱银行跟他这样说，他还觉得钱银行是借机讨好他。看来，钱银行是为了断他回家的路。

结婚后，侯书文才知道钱妮娃当时并没有怀孕。钱银行已经后悔拿自己的闺女当了骰子，当他明白这骰子不能掌控输赢时，他就给钱妮娃说了个城里的婆家。钱妮娃一语惊天，说她怀了侯书文的孩子。钱银行顿足捶胸，才知道砸了自己的脚更疼。他说要把侯书文送进监狱。他闺女说，那她就死给他看，是她先找的他。钱银行三天足未出户，喝得不省人事。他醒后第一句话：妮娃，你傻啊。他是你要的人吗？

钱银行花了半辈子的积蓄，为侯书文筹办婚事。他当然明白，他的家产不能拴住他的女婿，他的女儿更不能，这注定是命中劫数。

交代材料三

因为婚姻的不幸，我很苦闷，觉得自己很无辜。我一个大学生娶了一个残疾人，残疾也罢了，还文盲。我只有把精力用到工作上，当时，下到基层的大学生很少，我很快就干出了成绩，得到上级的表扬。我们所在的广播站被评为全县的典型，我因此被抽到了乡政府……

传闻六

他当时抽到乡政府并非因为工作干得好。他确实干得不错，材料也写得好。但是，如果没有钱银行，他是不可能抽到乡政府的。钱妮娃怀着孩子去找他爹，说要把侯书文打回老家，责任田分给他，让他回来看着他的责任田。她愿意伺候他一辈子，什么活也不让他做。钱银行说：怎么了？她说，他带回来一个女人，给他娘上坟。还在他娘的坟前长跪不起。他跟那女人肯定是相好，不然，人家一个大姑娘怎么肯跟他一起上坟？只要把他打回老家，怎么都行。钱银行当然明白，把他打回老家很容易，可是把他打回老家，他闺女就没有男人了，钱妮娃想得太简单了。钱银行告诉闺女，你别管他在外干啥，好好地把孩子养大，他自然会回来。

侯书文写到广播站和乡政府，不知道怎么写下去，A让他视线模糊……

独白一

A才是我的第一个女人，也是我的初恋。当我知道钱妮娃并没有怀孕之后，简直气疯了。新婚之夜，我不停地折腾她，直到我觉得快把自己抽干了，才停下来。我没有尝到性的快感，只是万分沮丧。我觉得世界那么丑陋，人性那么可恶，我那么可怜。老天对我太不公平了。我望着发出微鼾满脸红光的钱妮娃，自己像一个失去贞操的女孩儿，悄然泪下。我多想让那盛满我眼泪的颍水河把我淹死。我身边的这个女人，是一切欺我、羞我、困我、惑我、惭我的化身，她却是我的合法妻子！我和她“同房”，我不用做爱这个词，因为太文雅了，她不配。我要和这个女人“同房”一辈子。我终于明白了，我强暴的不是钱妮娃而是我自己。不，是钱家强暴了我。不，我不知道是谁强暴了谁。

因为年轻，家庭的阴沉很快就转化为工作的动力。当时广播站一共三个人，站长、我、A。我写广播稿，A播音。A长得很像张曼玉，她的声音更具有磁性的魔力，听得人心里一颤一颤的。后来，我终于明白我为什么那么喜欢N说话，她的声音太像A了。因为心里从来没有承认过钱妮娃，所以跟A接触时，没有婚姻的障碍。A让我尝到了爱情的甜蜜与美好，像所有小说里写的那样，我如痴如醉，很快就和她缠在一起。她像水蛇一样缠着我说：咱俩结婚吧。结婚，像一把锤子砸在我的神经上。于是，我把她领回母亲的坟地，故意让钱妮娃看到。我想让钱妮娃自动退出婚姻。可是，正当我和A策划着怎样白头偕老时，乡政府把我借调走了。和我谈话的是当时胡湾乡的政工书记张浩然。他说：我和你岳父是好朋友，你到这之后，记住两点：一是要好好工作，你材料写得不错，很有前途。二是生活作风不能再出问题，如果你想在这条道上走，就必须和A了断，她不是你的女人。

我这次进来，不知道是不是张浩然搞的鬼？他和钱银行一样，是我一生无法摆脱的紧箍咒，不同的是钱银行咒在我心里，他咒在我仕途上。也许是天意吧，我的仕途一直跟他搅在一起。我当乡党委书记时，他是县纪委书记，我当县委副书记时，他是县人大常委会主任。我不明白他为什么那样跟我死磕。其实，他一直都不得志，他本来可以升得更高，却只是个人大主任，这只能怨他自己。

传闻七

上午，侯书文总算见到了专案组的人。仍旧有些面熟，仍旧想不起来是谁。坐沙发的说，你写的东西我看了，不是交代材料，倒像提拔材料。你这么一个聪明的人，怎么不明白你的处境？你现在要交代问题，不是总结成绩。也许，你过去做过很多贡献，付出过很多，可是，现在你犯罪了，就应该老实交代，成绩是挽救不了你的。你还是认真反省自己的问题吧。我不信你就真的什么也想不起来。我给你提个醒，“红地毯”怎么回事儿？

“红地毯”！确实不是一句话能说清的。

侯书文虔诚地说：我想想，一定好好配合，坦白交代。

那好，你好好想吧。别指望有人捞你，说不定人家希望你快点完蛋，死扛没用。你不说也会查清楚的，怕到时候你想说都没份儿了。

中午，终于有了面条，几天的干馍让他生不如死，即便是从天堂到地狱也不过如此吧。那个年轻看守送饭时瞟了他一眼说，好好吃吧。

他几乎想都没想，就把面条吃完了。送饭人又说，别噎着了。

他停下了，终于看出了不同。面条，还有筷子。不是一次性的，而是粗大多了的黑木的。他明白了。

他用牙咬住筷子一头，使劲地拔了一下，筷子终于开了，他看到了里面一个纸条。G已翻供。

他像地下党似的，把纸条吃进肚里。他知道“黑电话”已经找到了他干爹。

“红地毯”！现在绝不能说，G也得回避。可是，他和G的故事，像鱼漂一样漂上来。

那一年，他还在胡湾乡当书记。好像是中秋节的前两天，他刚开完班子会进办公室，一个十分漂亮的女人飘然进屋。他吓了一跳，说：你是？她说：侯书记，我是刚来的种子站长，过节了，看看你。

他让座，她却伸出手来，和他拉了一会儿。她说这是我的名片，通讯号码都在上面，你有什么安排，就打电话。你挺忙的，先给你报个到，就不打扰了。她走了，留下一股体香和报纸包着的一万块钱。

看来，这绝非一般的女人。他有些犹豫，不知道怎么处置这些钱。他很清楚这绝不是一般的过节慰问。

不出所料，过完中秋节，女站长就来找他了，商量“统一供种”的事儿。他说，要开班子会商量一下。女站长就顺水推舟地说：太好了，我也借此机会跟乡里领导认识一下，侯书记给我个面子，请领导们吃顿饭。他想，不管怎么说，人家也是乡直机关的负责人，在他的一亩三分地里，按常规也该给她接个风。于是，他说：在乡里大食堂上吃，我们请你。

那时，统一供种是上边提倡，是个工作亮点，搞好了一石多鸟。但是，牵涉向群众收钱，工作量就大了。班子会上，大家当然附和他的意见。乡长说，收钱好办，和统筹提留一起收，不过是大家多辛苦点。后来，不知谁又说，让种子站出点血，给大家补偿点。他当下拍板：就这样定了。散会时，他说，女站长请客。

饭前，乡长进了他的办公室，说：侯书记，你跟她熟吗？

不熟。你跟她熟？

那不是老农委主任的闺女嘛。咱这事儿不小啊。

有什么问题吗？

哦，没有。会都开了。乡长欲言又止。

吃饭的时候，大家都傻眼了。饭菜倒是平常，让他们惊奇的是酒，那可是传说中的茅台。那帮家伙眼睛都直了，他对茅台的嗜好也是那时候形成的。其实，喝茅台不是喝酒，而是喝那种尊贵。那天，他们班子里都喝多了，只有她清醒。他好像也喝多了，拉着她的手信誓旦旦地请她放心。她风情万种地盯着他说：你真可爱。在她转身离开的刹那，他心里一惊，脑海闪过一幕：曾经一个瘦弱的少年，远远地看见心仪的女同学从学校大门里出来，狂跳的心险些蹦出来。当她从对面走来时，他却低头捂住胸口。待她过去，才回头张望，满眼只有两只飘动的蝴蝶结。这是他青涩记忆里最终的成像。难道是她？不可能，她的鼻梁上那颗黑痣呢？

等到玉米收获的季节，女站长就无影无踪了。全乡五万亩地的玉米，三分之一没有结棒。好家伙，大批的群众去种子站闹，砸大门，封了仓库。种子站人去楼空，便闹到乡政府，扬言要砸乡政府。张浩然打电话给他，要他一定想尽一切办法弥补损失，千万不能酿成大祸。接到电话，他就召开班子会，分头做工作，想办法弥补群众的损失。班子会没散，群众已经堵住了会议室的门口。于是，各路记者、上面领导、工作组一下子都拥进了乡政府。全社会的焦点都聚集在这件恶性“假种子”事件上。他本来是打算给群众办好事儿，那时县里正准备推荐他为副处级的后备干部。万万没有想到，他因“假种子”事件成了焦点人物。一时间，谣言四起，说他跟女站长怎么怎么着。钱妮娃也打电话，确定他是否已经被逮起来了，准备给他送饭。钱银行已经退出了钱湾的历史舞台，也为他去了省城。

不久那个女站长就落网了，一万块钱的事儿随着抖搂出来。检察院早就想捞他这一条大鱼。当检察院的人天兵神将似的出现在他的办公室里，他叹了口气，摇头拉开抽屉，拿出教办室主任给他打的收条。那天，他正不知道该怎么办时，教办室的主任来了，说有一所学校再不修就要出事儿了。他就把这钱拿出来修学校了，让他打了一个收条。

这次进来之前，他的精神支柱一直是钱湾的风水。他经历那么多的事儿，每次都化险为夷，全仗那神奇的河湾庇护。现在，他仍旧相信他能出去的，“黑电话”会竭尽全力地捞他。

就是那天，检察院的人走了之后，乡长才跟他透出了实底：G在别的乡就出过事儿，也是种子问题。不过，那是小麦种子，说是引进的新品种，结果麦子出穗后出现“几层楼”。传说她把自己亲戚家的麦子当成良种卖了。好在没有造成重大损失，就不了了之。这次，她主动要求来胡湾乡，就是看侯书文是做大活儿的手。

不过，侯书文跟G后来的来往，是因为“黑电话”。“黑电话”不让说G，因为他跟G的关系太不一般。

那时候，他对钱还是能把持住的。他对钱有一个基本的原则，“君子爱财，取之有道”，不该收的钱，绝对不要。他不是不想交代。他收过谁的钱，收了多少，实在记不住了。其实，很多时候不是他想腐败，而是身边的诱惑太多。

他退过谁的钱倒是记得清楚。想起退过的那些钱，他心里充满凛然正气，他也曾廉洁过啊，也为党和人民做过很大贡献。他是不够检点，可比那些贪得更多，做得更过的人，只是个蝌蚪而已。那么多大鱼都漏网了，偏是他那么倒霉。确实不是总结成绩的时候，如果总结，也可以写一本厚厚的书，想起这些他心里充满了委屈。

侯书文看着摊开的材料纸，手里的笔迟迟没有落下，往事儿像烟一样漫过来。

独白二

自从张浩然和我谈了话，我就下定了决心，干出一番事业，A不是我的女人，那就把她从我心里割去，反正我心里已经伤痕累累了，何妨再添一条疤。

我从一般包村干部做起，为了跟老支书取“真经”，就跟他一起住在他家的牛屋里，任热牛粪炙得我眼泪汪汪。他给我上的第一堂课是处理一起纠纷。一个组长因收提留款，跟一个乡干部的弟弟打架了。组长要求拘留乡干弟弟，不然就串通所有组长“撂挑子”。乡干弟弟要求撤掉组长，不然就组织人上访。当时，乡里要求三天完成任务，事情发生在第二天。我急得像热锅上的蚂蚁，他却说：不急，冷一冷。他稳稳当当地摆上酒桌，让我陪他喝酒。天黑了，挨打的组长就绷不住了。事儿不处理他没法工作，任务完不成，奖金就没了。老支书说：来，喝一杯。派出所我去几次了，人家正取材料，还得几天。你放心，就是派出所放过他，咱也不放过他。组长走后，老支书跟我说：火候到了，乡干如果找你，你就往村里推，不要表态。

到了第三天，乡干还真找了我，说组长素质差，胡来，得把他撤了。我支支吾吾地应承着，到了村里如实向老支书禀报。他说：你先去把组长叫来。我把组长叫来，组长一进门，支书就说，兄弟，为了你，俺已经向乡党委辞职了。

组长急了：那会中？他说：没法儿干。让他大喇叭上检讨检讨，还差不离，拘留人派出所当家。人家是乡干部，派出所会向咱？俺腿都跑细了，派出所只说材料不够，拖。

组长就让步了，说：检讨也行，得在大喇叭上。老支书说：俺和小钱尽量做工作。组长走后，老支书让我去叫乡干弟弟。乡干弟弟来了，他让我先跟他谈。当我说出商量的意见时，他一蹦老高，说我们偏向。平时他从不把组长放在眼里，这回让他在大喇叭上检讨，这不是往他脸上滋尿吗？老村支书任他蹦跶，掏出一根烟，在左手拇指盖上蹾了蹾，然后点上，慢悠悠地说：这是你哥的意思。乡干弟弟瞪大眼睛说，俺哥的意思？是啊，不信你去问问。他不过是拉着他哥哥的虎皮，哪敢去问？老支书掐灭了烟，站起来说：你不说也行，那我就跟张书记如实说。你知道张书记最烦乡干部掺和村里的事，要是因为这事对你哥有看法，你可别后悔。喇叭里终于有了乡干弟弟检讨的声音。可是，除了他从嗓子里清出的“吭”声外，下面都是我用筷子敲盆底的声音。乡干弟弟走后，老支书掏出钱对我说：你去把这钱交给组长，说是乡干弟弟交的，让他赶紧把剩余欠款收了。如果乡干问你，你就说组长要找张书记，你拦下了，替他把钱交了。他肯定会还你的，还了你再给我。我傻乎乎地问：怎么不说你替他交的？老支书摇头道：那样，他眼睛要长在头顶上了。

拿到奖金，我向老支书请教怎么那样沉得住气。他说：一切都在掌控中。组长不能撤，乡干弟弟也不能拘留。其一，组长和乡干是一门人，论关系他们最近，他们和好了，咱都是外人。其二，有好多事情，乡里怎么说，村里不能那样干。那样干一准什么事儿也干不成。村里跟乡里本来就是两张皮儿，如果乡干搅和，俺这个村支书也干不成。其三，俺是支书，得给组长撑腰，不然谁还愿意跟俺干？你以为这小村官好干？

因此我跟老支书成了莫逆之交。让我惊讶的是，一个村官竟能够如此纵横捭阖，可见国人智慧。我开始明白，攻心与谋略在官场上的分量，远比政策法制重得多。当然，也理解了钱银行怎么会和住在他家里的“劳改”有了“换帖之谊”。钱银行是谁？待他看清“劳改”日后的价值，便有了“钱湾结拜”，就连我这个冤家也是他结拜的受益者。当然，并不是所有的人都有那种眼光的。那次，老支书去颍川找我，酒后跟我说，从那会儿他就知道我不是个凡人，老钱（银行）有眼光，大有没有抢在钱银行之前把女儿嫁给我之憾。也是那次接待他，招商局长把我告给了张浩然，而张浩然还正儿八经地找我谈话。

张浩然在某种程度上也算我的恩人，从一般干部到乡党委书记，是他一手把我培养出来的。张浩然跟钱银行的关系，跟我和老支书的关系差不多。钱银行虽然知道我怨恨他，还是跟张浩然说，我是块好料子。而张浩然也说，他相信钱银行的眼力。由于张浩然的提携，我三十岁就当了党委书记。张浩然还亲自跟我说过，要把我培养成一个厅级干部。开始，我待他确如恩师一般。我和张浩然的关系出现裂痕，是因为农民负担问题。

独白三

我当乡党委书记后，自然要往副县上奔。进入官场，升迁就是灵魂，谁都无法回避。那时候中央对农民负担已经有了明确的规定，不准超过农民纯收入的5%。为了多收钱，我们就得把农民纯收入定高。张浩然是“减负”领导小组的组长，他像贼一样盯着我。他说，其他的乡里情况我不了解，你们乡里情况我最清楚。没有办法，我只好压低。可是，我要协调各层面的关系。我需要钱，自己又不会生钱，我不加重农民负担，我的负担怎么办？

你不让我弄，我就变通。你定你的百分之五，我不在这说事儿。不是还有“一事一议”“义务工”吗？我就在这里做文章。我召开班子会，把意见跟大家通报了，当然没有谁反对。征收方案也是保密的。收钱时，邻近县传来消息，一个乡因收统筹提留出了人命案，副县长受了处分，党委书记撤职。我心里惶恐不安，就一个人骑上自行车下村。半路上，看有个算卦的老头，就下车给老头递了一根烟，让他给我算算前程。

他打量我一番说：面相好啊，一看就是个当官的。眼不大却有神，耳不大却有轮，嘴不大却有唇。天庭饱满，地阁方圆，鼻翼宽大厚重，鼻，土根也，土生金，有钱。福相啊，能到巡抚。不过，你做了官可别跟侯书文那个龟儿子一样啊。他横征暴敛，欺压百姓，霸占他小姨子，不得好死。他一棍把我打蒙了，我顿时火冒三丈，可还是耐住了性子问他：你认识他？老头说：俺不认识，可是天认识，地认识，人心认识。

我陡然起身，看到了老人嘴角上挂着冷笑。那冷笑像冰刀一样刺进我心里。他说：你还没给钱啊。我甚至没有回头，骑上自行车走了。一路上，我心里特别窝火。我是那样吗？我修了那么多的路，种了那么多的树，打了那么多的井，为盖学校争取了那么多的资金，我为企业发展跑上跑下。我没黑没白地干、累死累活地干。有谁记住了？是啊，我整天喝得醉醺醺的，可是上面检查，我不喝行吗？我也不想喝，不想陪，可是，这关乎一个乡的形象，关系到一班人的前程。我也不想收钱，可是教师的工资、干部的工资，还有这么多要干的事儿，我会生钱啊？那一刻，我的血管里流的不是血，而是山西老陈醋。

他肯定认识我。我是做过许多老百姓不满意的事儿，都是迫于无奈啊。县里要搞作物布局调整，我犁掉了群众的麦子，种上了苹果，谁知苹果树在我们那儿根本就不结果。虽然群众利益受了损失，可是县里领导肯定了我。我想多为群众干好事儿，可是群众能管我的提拔吗？我想起了那时流传的民谣：农民有两怕，一怕家里出混蛋，二怕书记提副县。我一路反思，胆囊破碎在心窝里。

他当真认识我？回到乡里，我就把派出所所长叫去，让他查一查有没有在路上摆摊儿算卦的。他们拉网似的查了一个月，也没有查到一个。也许，那神秘的老人是上天给我的谶语。

不管怎么样，有了钱，我就开始了下一轮的竞争。我在一个宾馆套房里找到那位市委领导。当时，那是市里最高档的宾馆，里面铺着“花开富贵”的厚软地毯。那时候，我和他已经相当熟悉，已经完全抛开了钱银行的老关系。他告诉我，只要推荐这关能过，他保证市委常委没问题。我一直和考核组的一个朋友联系着，一切都很顺利。可是 常委会上提交提拔人员名单时，张浩然突然说，有我一个信访批件，关于农民负担的。其实，征求常委意见也不过是走走过场，而张浩然这样一搅就变味了。县委书记当即就说，还是浩然同志警惕性高啊，我们险些闹出政治笑话。衡量一个干部的标准，不能只看政绩，要综合考虑。其实，县委书记心里真是感激张浩然，及时雨啊。按要求上报三名后备干部，我是第二名，排在我后面的是县委书记的同学，正常情况下，我提拔是没有问题的。而排在后面的那位就危险了，正在为难之际，张浩然一句话就把问题解决了。书记表面上正气凛然，心里却欢天喜地。其实，张浩然完全可以把那封信压一段时间，等我提拔以后再查，他也不担什么责任。张浩然——我的恩师，却唱了这出戏，可想一片愕然。

会议结束后，他倒是第一个给我打电话的。说是为我好，请我理解。我一句话都没说，就去省里住了医院。

我住院期间，张浩然和钱银行一起去看我。我确实没有想到他们两人会一起去，钱银行已经很老了。张浩然拉上他，可见用心良苦。我不禁悲从中来，难以自持地流出眼泪。我以为我把眼泪交给颍水河，就不会再流眼泪了。没想到，名利场还是刺激了我的泪腺。张浩然只说一句话：你还有机会。钱银行领着张浩然去找当年在钱湾劳改的老领导的儿子，他当时正跟着一个省委领导做秘书。说是为了我的事儿，我想，张浩然也是为了他自己。他并没有生活在真空里，他也想进步，面对官场，他同我一样无奈。我不知道是不是由于钱银行的关系，张浩然还是对我手下留情的。

传闻八

侯书文交代的东西很有限。他不考虑成熟绝不会写在纸上，白纸黑字就是证据了。他等着黑木筷子的出现。可是没有面条，只有馒头。这种生活生不如死。他就在县委小伙房吃饭至少也有六个菜，除非他哪天想养养胃，别再遭受大餐的蹂躏，才找个小店吃点可胃的饭菜。

没有水喝，他觉得快要脱水了。他后悔糟蹋了太多琼浆玉液，这也许是上天对他的惩罚。专案组似乎在等待他的崩溃。他也到了忍耐的极限，之所以还绷着，是因为还有“黑电话”那根救命稻草。不是因为友谊，而是因为一根绳上拴着。“黑电话”到底工作做得怎么样？

侯书文还很清醒着，还不到放弃的时候。“红地毯”？不！还是接着上面的写吧。

交代材料四

因为感情生活残缺，我和钱二妮有了不正当的关系。那时，我已经在胡湾乡当书记了。大概是十二月份，县里组织颍水河清淤。因为大旱，河水几近干涸，大规模民工直赴颍水河。于是，颍水河两岸红旗飘飘，热火朝天。当时，我任“颍水河清淤工程胡湾乡指挥部”指挥长，住在工地。乡长在乡里负责筹集粮款，以保证河工“粮草”丰沛。我知道这种工程绝对要速战速决。乡与乡、村与村之间也都憋上一股劲儿，都想早日完工。反正就这么多工程，早干完早收工，况且，县里对乡、村还奖励。那时，县委书记刚上任，挖河是他点的头把火。他在动员会上信誓旦旦地说：我不是在挖河，而是挖干部。他的这把火烧得我热血沸腾，我一心只是想让他把我“挖”成副处。

工程开工之前我已经谋划好了，首先要搞好民工的伙食。民工是不怕掏力气，关键是得让他们自觉地掏力。我们比其他乡里伙食好，当然工程进度也快，当其他乡明白怎么回事时，我们已经遥遥领先了。可是就在我们胜利在望时，天气突变，下起来了小雪。工地上都是简易工棚，大家都没有带棉衣，大幅度降温使人无法忍受。加上下雪交通不便，物资供应不上。工地上饥寒交迫，进度明显减慢，有的乡镇甚至停了下来。当时县里的“工程总指挥”是张浩然。

独白四

我们都知道，像这种没名没利的苦活儿累活儿，一般都是张浩然干，还美其名曰能者多劳。其实，张浩然的人气也就是靠这点苦力撑着。这本来是“黑电话”的活儿，“黑电话”不知怎么就突然得了肾结石，疼得死去活来的，去省城住院了。几个自认为他铁杆的河工指挥长，得知他生病，白天不敢离开，只得连夜去省里看望他。由于深夜行车，其中一个连车带人翻到沟里，小腿骨折。工程关键时候，指挥长擅自离岗，即便摔断了腿也不敢言明真相，只好悄悄地打上石膏，又回到工地，谎称夜里查岗，跌进河里。张浩然心力交瘁，不辨真伪，竟然树为典型，一时传为笑谈。我怀疑他是故意的。

河工开拔的前一天上午，我打电话给“黑电话”，问工程分工的情况。他说去省里检查身体。晚上，我再打电话时，他已经住下了，说肾里有石头。于是，我也胜算一筹，赶在开工之前去探望他。我进入病房时，只见他红光满面，精神焕发，床头上还放了一摞书籍，不像生病的样子。我心里明白了传闻的真实性，几天前就听说要动县级班子了。正是关键时刻，他太需要生病了。机遇、人脉、钱财都需要省城里一间病房发酵。

我出病房时，“黑电话”叫住了我，问了河工筹备情况。我如实禀报。他教导我说：干工作第一是“巧”，第二是“会”，最后才是“实”。实必须在“巧”与“会”的基础上，不然就不叫实而叫傻。我由衷地敬佩，他对官场的研究到了出神入化的地步。

回去的路上，我正琢磨着“黑电话”的教诲时，张浩然打电话问我在哪儿。他要去看望工地上的民工。我告诉他在乡里商量工程，一小时后赶到。

按张浩然的工作风格，这样的工程，他会提前研究天气情况。这次工程是因为“黑电话”有病而临时受命的，根本来不及关注天气情况。因此，天气突变他也是始料不及。

交代材料五

张浩然召开各乡镇指挥长紧急会议，动情地说：大家一定要镇定，这正是考验我们的时候，在这恶劣的环境中，一定要把工程完成。你们都明白，如果这次不能完工，就永远是个半拉子工程，我们组织这样规模的民工不容易。拜托大家，一定要稳住民工。如果民工一动，我们就功亏一篑了。

如果在平时，几个“马屁精”一准信誓旦旦地表决心了。可是，望着外面唰唰的雪粒子，四处透风的工棚，到处瑟缩的民工，没有谁说一句话。会议结束，我就给乡长打电话，让他准备几箱烟、酒火速送来。我随即召开支书会，把东西发给他们，要他们一定要稳住人心。正开会时，张浩然来了。他热情洋溢地鼓励大家：工程完工受益最大的是咱们，说到底咱是给自己干的，一定要有战天斗地的精神，坚决完工。散会后，他又对我下了死命令：一定要把工程完成。完成了，我给你请功，完不成我拿你是问。我当然知道“功”的分量，也知道“问”的分量。我更知道，他盯上我，是想让我带头完工。他清楚，只要有一个乡完工，其他的都会跟着完工。他确实是个有经验又有责任心的人。如果工程就此结束，也没有人会说什么，可他却要较着劲儿干完。

第二天一早，我把指挥部的喇叭打开，放着豫剧《朝阳沟》的选段，工地上又插上许多红旗，那气氛大有人定胜天的劲头。我下令支部书记每人喝半斤酒，跟我一起下到了冰冷的河里，开始挖泥。虽然那时演的是苦肉计，但还是被自己的壮举感动着，觉得自己是颍水河清淤工程的功臣，那些所谓的先进典型“挖出”的事迹也不过如此。那时候，已经有一些民工开始回家了。其他乡的一看我们工地上热火朝天的，不得不紧急再动员，组织民工上工。困难可想而知，大家都在骂我出风头、官迷心窍。

我坚持两天，工程完工时，昏倒在工地上。

从医院回家，钱妮娃把她妹妹请来照顾我，钱二妮做了很多好吃的，给我补养身体。那时候钱二妮高中毕业没有再复读考大学，我也不想问她为什么。其实，我当时不过是寒气攻身，也没什么大病。钱银行得了中风，钱妮娃去照看老爹了。她怕我受委屈，才请钱二妮来的。也许钱妮娃明白可能要发生的事儿，这正是这个女人的高明之处。当年的钱二妮青春靓丽，在我眼前晃来晃去。我已经好久没有要过女人了，工作忙是主要的，更主要的是不到实在憋不住时，我是不回家的。当时，家里就我和钱二妮两个人，确实是放松了警惕，也是我道德修养不够，就跟钱二妮有了那种关系。当时觉得，她是我小姨子，她乐意我乐意，也无可厚非。其实，在那时候我已经堕落了。后来，我把她安排到学校教书。她对我很痴心，一直住在我们家，不想结婚，当时传言甚多。

我怕影响不好，托朋友给她介绍了一个教师。他们结婚后，我把那个教师调到乡教办室。最后，利用手中的权力提拔他为教办室主任。

钱二妮结婚后，和我一直有来往。在我心里，钱二妮还是小姨子，而不是我的女人，尽管她信誓旦旦地说一辈子都是我的人。鉴于这种复杂的关系，我帮她做过不少事儿。她晋职称、她丈夫的升迁、她丈夫弟弟的提拔，还帮她揽了一些小工程。后来，她自己做大了，也有打着我的旗号承包工程的事，不过都是按程序走的。

传闻九

侯书文从头看一遍他的交代材料，检查是否有漏洞。他划掉一些觉得不合适的话，让人感觉更真实些。河工写得有些多，作为交代材料，只能把它作为他和钱二妮关系的铺垫，显然他认为那是他为政生涯的一个亮点。他又划掉一些有夸功之嫌的句子，试图写得谦卑一些。事实上，那次河工他荣立了县政府三等功，为他日后的提拔做了铺垫。让人费解的是，河工竣工不久，县级班子大调整，张浩然并没有提拔，提拔的是“黑电话”。官方的消息是，河工完成后，民工撤回时由于道路积雪，一辆拉民工的机动三轮车翻到路沟里，死了一人，伤了几个。民工因为补偿问题，找到了一个记者。记者把事儿捅到了上层，张浩然因此受到了处分，耽误了提拔。“黑电话”由副县长提拔为副书记，排名在张浩然之前。没办法，张浩然用心谋事，“黑电话”精心谋官。谋事儿者“有事儿”，谋官者有官，此乃天道吧。

侯书文觉得处分的事儿有些牵强，他从一件事儿里看到蛛丝马迹。

他放下笔，理了理混乱的思绪。

独白五

那天，“黑电话”突然来到我家里，一眼看出了我跟钱二妮的关系。钱二妮倒完茶出去之后，他开玩笑说：你小子行啊，连小姨子都不放过。我当时就蒙了。他又笑着说，我要是窝边有这么鲜嫩的草，说不定也把不住劲儿。我说：刚到家。他说：回家才正常，不回家不正常。其实，我回家才不正常，不是钱二妮在，我是不回家的。

他说：让你小姨子去做手擀面吧，我今天就在这里吃饭，也沾点鲜味儿。我说：县长大人来了，吃手擀面太委屈您了，到乡里吃吧。他说：你就饶了我吧，天天喝得烂醉，胃都成了破筛子了。我让钱二妮捣了些蒜泥和石香，做了茄丁捞面。吃过饭，他说：你赶紧回去，计划生育要检查了。你要做好准备，绝对不能出事儿。我恐惧地说：谁能保证万无一失？再说了，不抽查吗，我已经许过愿了，黑猪白羊。

你是重点乡。“黑电话”说完就走了。

我哪敢怠慢，赶紧召开乡干部会议，把所有的人，包括大伙上的炊事员都动员起来了。那一夜，乡干部基本没有睡觉，因为当时无论是软件还是硬件都达不到要求的标准，只能临时准备。第二天早上五点，五辆卡车装上所有的人员，在乡政府北门的十字路口集结待命。

我赶到抽签现场，还真是就“抽”到我们了。“黑电话”让我安排待命人员火速到位。之后，让我上了他的车。车子走到一个路口，我跟司机说：直行。他说：右转。我告诉他：那座危桥不能过大车。他说：谁说的？我说：我的一亩三分地，一年走三百八十回，还能不知道？他笑着说：聪明人也有犯傻的时候，拐弯。我说：那不是耽误事儿吗？他说：你投胎啊？慌恁狠。

我心里纳闷，平时会议他要求最严，谁晚一分钟就得坐迟到席。所以，他布置的工作都不敢怠慢。今天怎么了？

车很快到了桥头。他说：你下车看路，从桥的这头走到那一头，回来上他们大车，征求意见，是冒险过桥，还是绕路而行？从你下车就卡表，到你再回这车上要多长时间。我一头雾水地下了车。

果然，没人同意冒险抄近路。不出他所料，从我下车到车队掉头重新开拔，正好是从我们乡北门十字路口到那个村的时间。我惊讶地看着他，他说：侯书记，搞政治，钱和关系都重要，但是，最重要的是智慧与胆识。你没有超人的智慧和胆识，就没有超人的地位。

等检查组到了那个村，所有的工作都已经做好。当然，检查十分顺利，送检查组出村时，“黑电话”还拍着我的肩膀说：

侯大书记，好啊。回去我给你请功。可是，我还没进乡政府，就接到乡长的电话，说检查组在村外一所破“炕房”里，发现几个玩耍的孩子。我当时如五雷轰顶，回过神来就赶紧给“黑电话”打电话。他接到电话没吭声就挂了，片刻又打了回来。他说：准备一下，跟我到省里去。去省城的路上，他一直在打电话，终于打听到了检查组住的宾馆。可是，人家无论如何不肯见面。我们瑟缩在宾馆外的寒风里，贼似的盯着他们的车去什么地方。然后，尾随侦探他们居住何处。第二天晚上，终于在一幢公寓的门洞前见到了人家。“黑电话”差一点给人家磕头，才许进门。他说：书文书记在乡里干了那么长时间了，眼下正准备提拔，如果这次检查出了问题，他和我都得完。我们都是农民的后代，上扒八代都没有一个吃皇粮的，干到这份上不容易。您要是松一松手，我们这鲤鱼就跃龙门了。您要是不松手，我们就得粉身碎骨。基层工作简直就不是人干的活儿，上面骂，下面骂，中间也骂，好像我们是十恶不赦的坏蛋。其实，我们也想多做好事儿，多做善事儿，由得我们吗？计划生育要命的，统筹提留要钱的，夏粮征购要粮，挖沟修路要人。一会儿黄牌警告，一会儿一票否决。他掏出手帕去擦眼睛。

事情总算协调好了，出了人家的门他就说：侯书记啊，侯书记，为了你，我都跟人家当孙子了，怎么犒劳我吧？他没说完，手机响了。他说：好吧。我正好在这里了，一会儿给你打过去。接完电话，他对我说：安排个吃饭的地方，我有一个朋友。

我正感激涕零，不知道怎样报答他呢，听他这么说自然十分仗义地说：吃什么呢？你安排。他说：安排最高档的，咱装完孙子，也要装一回大爷。我说：我还真不太熟悉。他说：“假日国际酒店吧。”

也许人天生骨子里就有堕落的东西，不然就不会被逐出伊甸园。那次，我知道人原来还有这种活法儿。我们要了白俄女孩儿，那个只会说几个汉字的女孩儿，收起小费时还说了声谢谢。两个“谢”字，像哑炮撞进我心里，撞得我忐忑不安。我觉得这不是平常人过的日子。我们就不是平常人，我只能这样释放不安。后来习惯了这种消费，就觉得再平常不过了。

第二天，十一点多他们才起床。“黑电话”说他昨晚喝多了，问我，咋住这儿？我会心地说：喝得太多，回不去，就住下了。我去喊记者，咱们去吃饭吧。他惊讶地说：什么记者？我说：某某啊？他说：你认识他？我说：他昨天不是来看你了，就住你隔壁。哦，我咋想不起来？我喊来记者，他们还真像刚刚见面似的。我忽然茅塞顿开，我才是应该醉得不省人事的。可是，中午吃饭时，记者真的喝多了，大着舌头说：大哥，兄、兄弟的活做得还可以吧？单等你的好消息呢，到时候你得请大客。“黑电话”没有喝多，拍着他的肩膀说：当然。兄弟，有时候人得学会忘记，不然就太累了。他转脸对我说：人家可是名记，为宣传颍阳立下汗马功劳。书文，代表县委聊表谢意。于是，我给记者准备一箱茅台、一套西服。当时，我并不知道他们说的什么事儿，得知“黑电话”提拔时，才回过神儿来。

我不清楚，我提拔时“黑电话”有没有说话。但我知道确实张浩然做了许多工作。张浩然从省城看我回来，就派人去我那里查那一起信访件。当然，我是不会让他们查出什么事儿的。当他们把结案报告递上去时，张浩然抽了一天的烟，才决定跟县委书记沟通，为提拔我做工作。其实，我并不感谢张浩然，我的提拔已经是水到渠成的事儿，如果不是他从中作梗，一年前就成了。这也是在他提拔时，我站在了“黑电话”一边的原因之一。

传闻十

侯书文还在煎熬中等待消息。他写了不少交代材料，但都是他精心整编的。“红地毯”，不，无论他们怎么提醒都没用。他明白还得继续写下去。女人！也许是各类案件中最无关痛痒的了。中国官场中的男人，并不比克林顿总统更干净。克林顿作为总统竟然被一个质管会登记员控告性骚扰，还得接受独立检察官的调查，以致因为一个莱温斯基遭到弹劾审判。而中国一个落马的厅级官员，竟然有一百多号女人，还不是因为这一百多号女人落马。当然，侯书文也有很多女人，专案组是知道的，一些女干部也跟他有染，还有处级的，比如N。关于他和N的传闻较多，而且N已经被控制。侯书文知道N是和“黑电话”没有联系的，他只好交代跟N的关系。尽管N是他的最爱，这时候也不得不把她从私密中爆出来。

交代材料六

我和N相遇完全是工作上的原因，那时候我刚从副县长调整为统战部长。这样的调整让我心灰意冷，如果奔县长的位置，至少还要三级隐形阶梯。那么多年的血拼，让我心寒。我像一只孤寂的狼，必须遮住两眼绿光 用自己的心力把一身坚硬的狼毫烫成柔卷的羊毛。我暂把委屈和失落咽下，慢慢地用野心消化。进入官场的人，谁还不经受几番淬火？像美艳的画皮，面对自己骷髅的真身一样，我必须面对目前的处境。我想，先去市委统战部报到再说吧，有钱湾的风水在，我不会只做一个副县。请部里领导吃饭时，我见到了N，她在我的下首坐着，当别人都劝我喝酒时，她替我夹菜。她趁别人不注意时，把我杯里的酒悄悄倒掉，换上白开水。她自始至终都那么安安静静地坐着，完全没有官场上女人的自信和张扬。她那么优雅自若，当别人说起黄段子时，也是似笑非笑，从容淡定。让她喝酒，她就喝，和她碰酒，她就碰，从来不主动敬酒。那天，我喝得很多，却没有醉，完全是因为N的保护。其实，男人的心里更需要细微的呵护。我身边有太多的恭维、太多的拍马溜须，缺的恰恰是那种平等的、没有功利的关爱。N给了我不一样的感觉，她就像我浑浊生活中的一股清泉。

晚上，我鬼使神差地打了她的电话，表示感谢。她却说：你第一次跟部里领导喝酒，喝多了影响不好。我傻乎乎地说：是不是每一个新报到的部长你都这样？她说：我又不是观音菩萨。我很感动，多少年了，感动这东西离我越来越远。N让我感到贴心贴肺的真诚，像我家里的人。她那富有渗透力的声音像春风吹去我的疲惫。因此我只要有空就会给她打电话。

那天，她告诉我，近期省里领导对党外技术人才发挥作用情况下来调研。这对于我确实是个难得的机遇。在省里调研组来之前，我就着手运作，成立了领导组，挖掘了好多在岗位上的党外技术人才，成立了专家咨询团，把一些党外的技术骨干调整到重要的岗位上，而且以县委文件下发了党外技术人才的优惠政策。我还为我们县里最大的企业引进了党外的技术人才，以示党外技术人才对经济发展的贡献。我争取了全省的现场会，主要领导在会上发言，我成了本系统的先进典型。我只能这样独辟蹊径。

从省调研组下县，到现场会筹备 N和我几乎每天泡在一起。她是个精细的女人，会在你感到饿时，塞给你一块巧克力，或者几粒花生米。她会在你的办公桌上放些水果或者袖珍仙人球，会让你在不经意中感到温暖。

那一天，真够忙的。早上六点，就安排办公室通知会议，一个上午开了三个会，还有一场大会要参加。散会后，相关单位的协调，会场的准备，我都得亲自过问。之后，接待了几拨客人。电话一直在响，中午有几个局長邀请陪客；市里来了一个主要领导视察工作，要求县委常委参陪。还有一个在外地工作的回来了，到了人家那里都是警车开道，人家难得回来，能不陪吗？没有办法，我尽量把我要应酬的安排到一个地方，这样串场方便些。我正敬酒时，电话响了，没接。电话连续地响，我知道有事儿了。是民宗局长打来的，说一个地方发生了民族纠纷，矛盾一触即发。我放下酒杯，赶赴现场，一直待到晚上十点多。回来后，我想，应该去看看N，她在宾馆里住着。

开门时，N穿着睡衣，外面披着外套。我说；不好意思，我刚回来，实在太晚了，本来不想来，怕打扰你。可是，如果不来就嫌怠慢。她说：没事儿，赶紧进来吧。我进去，斜靠在沙发上，说实话，我真的一动都不想动。我头仰靠在沙发靠背上，眼皮涩沉，不想睁开。

当我感到手里热乎乎的时候，勉强睁开了眼睛。N把一杯热腾腾的牛奶放在我手里，她的手还帮我握住了杯子。看我睁开眼睛，她说：晚上我不敢让你喝咖啡，给你热了一杯牛奶，补充点热量，又有利于睡眠。喝完你回去休息吧。外边是“只知贼吃饭不知贼挨打”，我是“既见贼吃饭也见贼挨打”。我感到眼里温热。我放下杯子，笑着说：你才是贼，不但偷了我的心，还想偷我的人。

我把她抱在怀里，我要全身心地爱一回这个女人。我们倒在床上，之后她就哭了。我以为一个女孩失去了童贞时会哭，一个已婚女人，经历激情应该笑才对。我莫名其妙地问她怎么了？她告诉我她的过去。她原本也有些抱负，因传和市领导有瓜葛，丈夫便提出离婚。离异让她心灰意冷，好在她现在已经不想什么了，就想平静地生活。她对我很敬重，因为我有个残疾的农妇妻子而不离婚，是重情义的男人。

虽然，她后边的那句话，让我有了被捉奸在床的感觉。但我心里还是很受用的，女人的敬重会让男人自我膨胀。我爱这个女人，不是因为她对我的敬重，而是她让我的情感有了真实的附着。我知道这是道德和纪律所不允许的。也许是心里的脆弱，也许是心灵的贫瘠，我陷入了N的温柔之乡。我张扬了本性却违反了道德，享受了情感却违反了纪律。总之，还是缺乏自律、自警意识。

传闻十一

侯书文看看自己写的东西，比较满意，有点像小说。如果能出去，混个作家当当也不错的。

除了女人，还能写什么呢？无论如何是不能动那根救命稻草的。有些东西不能写，可不能不想。侯书文憔悴的面孔透着黑黄，正像他自己说的，除了那些附着的东西，这张脸确实不能给人一点愉悦的感觉。三角眼眯成了一条缝，下巴上翘，半含着薄薄的嘴唇。他鼻子很大也很直，这正是算卦老人说的主生财的器官，但却透着寒冽的骨感。也许相师说得对，正是因为这骨感才命途多舛。不过这些器官组合在一起，附上身外那些光鲜的东西，看起来确实威严而透着智慧。他的眼睛虽然常常会眯成一条缝，但是，那里却像一个幽深的光源，照亮他的五官，使整个脸生动起来。如今这种从天堂到地狱的变化，破坏了这张脸的生动，使它泛出木然和无奈。

“黑电话”他是绕不过的。

独白六

“黑电话”，张浩然和我，就像伏羲手里的八卦图，生克转换高深莫测。

那天“黑电话”给我打电话，说要去市里一个小地方喝羊肉汤，还叮嘱我别带司机。不承想喝个羊肉汤闹得妇孺皆知。

我遵命去了县委院，可是，大门被上访的人堵住了，根本进不去。那好像是一起涉法案件。我正纳闷，信访是“黑电话”分管的。大门都堵了，他还有心喝羊肉汤？这时候，张浩然从外面回县委，当然，他完全可以回头走，可是他却主动地接触了上访的人。这些上访的人，已经把县委大门堵了整整一天了，还没有见到一个县里领导。他们无奈，就不让里面的人外出，除非带孩子的女人。他们以为这样就可以堵住领导，其实，大院的西侧还有一小门。

张浩然看到县委大门被堵，就劝说他们离去，有事儿按程序解决，堵县委大门是违法的。上访的人才不管违法不违法呢，终于见到一个管事的人，就把他给围上了，七嘴八舌地乱说一通，根本不听张浩然说什么。我觉得张浩然真是自讨苦吃，他把信访局局长叫去就行了，又不是他分管的，可他偏偏大义凛然，结果，遭到谩骂围攻，不得已打电话叫防暴队过去。防暴队强行驱散县委大门口的上访人员，抓了一个砸县委牌子的人。本来，张浩然这样也就可以了，可他却偏偏自觉接下这个案件，还组织了一个班子，深入公安局内部，处理了公安局的一个中队长，陷入了一个极其复杂的涉黑案件。这件事儿，引发了公安局内部矛盾，牵扯到不少人。我想，“黑电话”肯定是觉得棘手才没有出面。后来，被抓的上访头目放了出来，公安局的人进去了。放出来的人给他送来匾额；进去的人在他的提拔上设置了障碍。当然，当匾额送到县委大院时，他已经去颍川县做人大主任了。

我正躲在车里看热闹，“黑电话”打电话打过来了。他说，让我把车开到县委大院的东北角。我不知道那儿还有一个门。当他从厕所里出来时，我惊讶万分。他笑着说：我的秘密通道，我卫生间的后墙跟这连在一起的。

“黑电话”上了我的车说：走吧。我直奔市里的公路，车到外环时，他说：算了，别去了，这二天挺烦的，你拉着我兜兜风，要不去你小姨子家里，吃她的手擀捞面，再捣点蒜泥和石香。我说：好吧。就打电话给钱二妮，让她擀点面，有领导去吃饭。她问要不要准备点什么菜。“黑电话”说：萝卜干、酱豆、绿蒜、泡菜。你多得混啊，书文老弟，把老钱家的闺女都包了。

路上，他跟我说：书文，你知道经贸委主任出事了吗？听说了。他说：我是抓经贸的，有些事情很可能牵涉到我。那小子也真是的，你包养情妇吧，别整得太过分了。他弄了一个刚毕业的学生，说是要给人家安排工作，买了一套房子养着，天天去蹂躏人家，就是不提工作上的事儿，那女孩不堪蹂躏，告他强暴，你说这都是些什么烂事儿？女孩一告，经济问题也浮上来了。账封了，挪资的、坐资的，还有一些工程款都抖出来了，恐怕一些乡镇也跑不了，弄不好会把颍阳的天给捅破了。我听说，省里审计组马上就到了。你是管审计的，我只给你一个任务，不能让他们有结论。这也是老板的意思，他恐怕也脱不了干系。

“搁死猫上树”，我能管得了人家省里的？

反正我只要结果。你这个位置也该动动了，正是个机会。

“黑电话”吃得很满意，我送回去的路上，他接了个电话，郑重其事地说：正和领导汇报工作呢。我知道这一定是H的电话，这个乡党委女书记，为了一个副县，已经付出了“惨痛”的代价，她盯住“黑电话”，也不过是想日后有个大树罢了。我笑着说：查岗的吧？他说：狗屁，女人啊，你不碰她她不住地撩逗你，你一碰她，她就以为你是她的，傻×。我笑着说：当心点，别把你给掏空了。

他反击道，哪有。什么时候教我两下，也培养一个像你这样的小姨子。唉，书文，你看他们家的小孩和你长得多像，不会是你的吧？我当时还当是句玩笑话，不想后来因此闹出了人命。这是后话。

晚上，我给N打电话，问她有没有听到什么消息。她说，市里有传闻，要提拔几个正县。

省审计组的人终于来了。我把他们安排到最豪华的宾馆，陪他们到附近的名胜古迹去游览。专门从礼仪公司高价聘了小姐，要求水果削好，插上果扦，每天至少三种以上，不得重复。一切安排妥当，我就听从他们的吩咐，不再陪他们。到了第三天，宾馆突然停电了，正是7月中旬的三伏天，屋里热得可想而知。他们实在受不了了，就打电话给我。我连忙赶去，把电业局局长叫去，责令他抓紧修复。电业局局长说：已经派人去修了，负荷太大，西城区的一个变电所失火了，至少要五个小时。

屋里根本无法待下去，审计只好暂停。我领他们到附近的一个靶场区活动。他们几个都没有打过真枪，觉得新鲜，跃跃欲试。他们组长一枪就打飞了，正信心十足地准备放第二枪时，墙外传来一女人的号啕大哭。说她儿子被子弹打倒了。组长惊慌地看着我，我说可能打着人了。果然，过了一会儿，一个女人哭着找上门了，后面还跟着一群拿家伙的人。我赶紧安排他们先走，我留下来处理事故。

审计组当晚撤离。至于他们怎么提交的审计报告我就不得而知了。过了几天，我们去了省城，送去了他们所要的材料，当然也送去了平安的消息，事故已妥善处理。

审计组撤离之后，“黑电话”开始让我替他活动，准备民主推荐工作。当然，他的心腹加上我的哥们儿，阵容还是很强大的。那天，他把我叫到他的办公室，我进门时，他正给一个局长打电话，说，一定要帮浩然书记做做工作。看到我很惊讶的样子，他说：这些都是张浩然的铁杆，你怎么也拉不过来的。不如做个顺水人情，让张浩然知道咱们是为他做工作的，我打完电话，他们肯定马上向张浩然汇报。我真是佩服得五体投地。他说，你约一下张浩然，请他一起吃个饭，安排一家中等的有特色的餐馆。你让他吃好的，他反而心里不舒服。我说，我不想和他见面。他笑了：你修炼得还不到家。政治这玩意儿就是这样，即使你的心肝都烂了，脸上也是光鲜的。我送你两本书。我接过一看，一本《厚黑学》，一本《老狐狸经》。他说：其实，官场没有真假、是非，只有利弊。你能做到这些，就说明你成熟了。打电话给张浩然，就说我让你请他的，就咱们三人。

果然，张浩然还陷在那起涉黑涉法案件中没有拔出来，而“黑电话”已经铺开硕大的网，等待着他心慕的大鱼。我们已经点好菜，张浩然很晚了才匆匆忙忙地赶来。“黑电话”笑着说：张老兄，辛苦了。书文老弟说几次了，要请你吃个饭。工作重要，身体更重要，一定要保重身体啊。

酒喝到酣处，“黑电话”说：老兄，今天请你是给你庆贺的。咱们县里要出一个正县，你资格老，人气旺，肯定有戏。张浩然说：真的？不过，我还是觉得你有希望，年轻，又是副书记。

“黑电话”说：书文在这里，咱们近人不说远话，我还有机会，你就放心吧，我不和你争。咱们齐心协力把你推上去。我附和着说：黑书记打了好多电话，帮你做工作。

后来，我听说，张浩然确实也拉着钱银行去活动了，确实也认为“黑电话”放弃了。但是，最终的结果是“黑电话”当了颍阳县的县长，而张浩然到了邻近的颍川县当了人大主任。其实，“涉黑”和审计都有可能把“黑电话”绊倒，而他就是这样轻轻地跳过了。

独白七

爆出我和钱二妮生孩子的事儿已经不是新闻了。那天，下乡视察工作，就在H那个乡里吃的饭。当然，H的眼光像猫的舌头在我脸上舔来舔去，我虽然知道她和“黑电话”的事儿，却也把持不住，把一条腿压在了她的腿上。她站起来和我拼酒时，我就想：这个女人，我早晚得把她按在床上，不为别的，就为了她舔来舔去的目光。她以为所有的男人都为她的风情而动，都会乖乖地被她玩于股掌之间，我就是要撕下她的衣服，让她求我进去。那天，我喝多了，晕乎乎地跟她纠缠了半天，并没有撕掉她的衣服。我不知道为什么，我就想玩一下这种感觉，让春意荡漾在她心里，任潺潺溪水浸透她下身，我在她欲火难耐时突然抽身而去。晚上有人请吃饭，回到住室已经九点多了。十点半，我洗漱完，躺在床上，一阵孤寂袭来。我拨了N的电话，她说正要给我打电话呢。N已经下到县里做了副县长，她也很忙。偶尔我们会通通电话。我问她干吗呢？她说：想你。我的心里顿时被欲望充塞着，就说：你来吧。

N进了屋，我让她把衣服脱了。我爱的女人，我会让她自己脱衣服，我给她穿上；我想要的女人，我会脱掉她的衣服，让她自己穿上。跟N缠绵之后，我很快就睡了，半夜醒来，N还没有睡。我问她怎么不睡？她说想看着我睡。我醒来时，N已经走了。

我想，我应该和N结婚，我想要这种默契温馨的家庭生活，她才应该是我的妻子，知我懂我爱我的女人。我和钱妮娃已经十几年没有夫妻生活了，她从来也没有过怨言，她活在自己的世界里，到处烧香拜佛。我不知道是良心发现，还是恶毒的报复，就是想和她离了。她还在钱湾住着，不愿进城，我已经把一个孩子送出国了，还有一个正念大学，家里就她一个人。清明节，我回了钱湾，给父母上坟。我劝钱妮娃离婚。她说：你说得天花乱坠，也休想离，自俺进你侯家门，就没打算出去。你是俺男人，你在外做啥俺不管，只一条，不离。那天，是我们俩说话最多的一次，她说了许多钱银行的事情，说他没有儿子，他把闺女嫁给我，就是想把我当成亲儿子，延续钱家的血脉。钱妮娃对她父亲敬若神明。她告诉了我钱银行在我的仕途上为我做的一切。我知道，我不可能摆脱钱妮娃，甚至有了想把她给“做”了的念头。

钱银行的死，让我打消了离婚的念头。那天，钱银行过生日，钱二妮和她丈夫带孩子去钱湾祝寿。钱二妮的丈夫喝多了，大闹生日宴，他还把孩子推到了钱银行跟前，让他看看更像谁。钱银行看着平时俯首帖耳的二女婿，疯了一般雷霆大发，顿时脑中风复发。他执意不去医院，说自己大限已到。钱妮娃给我打电话，说咱爹不行了，想见你一面，他有话说。

我本来不想回去，可是又觉得自己太过分，毕竟钱银行是我岳父，我和他的恩怨已成陈年老账。我升副县长的时候，钱银行和张浩然还去省里找过人。我对钱银行的怨愤已经化成了冷漠。我回去之前跟“黑电话”请了假。主要是试探他对钱银行后事的态度。钱银行也许会给我留下最后的财富，不知这是不是他掐算的范围。

见到我，钱银行早已浑浊的双眼，一下子亮了起来，说话也突然就清晰了。我终于相信了回光返照的说法。我看到他那焦黄的鼻毛挂着黏液，心里一阵恶心。他说：黑娃（我小名），俺知道你恨俺。可是，俺不后悔为你做的一切。俺不为别的，就为钱湾能出个人物，如果侯姓出不来，钱姓永远也出不来。你知道吗？钱家和侯家是一对阴阳鱼。你现在出来了，下面就是钱姓了，俺死了也瞑目了。还有一句话，俺要给你说明白，别和妮娃离婚，不是因为她是俺闺女，而是因为她是你老婆。你最终还要回到她那里。钱银行说完，溘然长逝。

因为对钱银行的淡漠，我没有在意他说了什么。他一咽气，“黑电话”就安排办公室张罗钱银行的丧事。自钱银行的噩耗传出，颍阳县城到钱湾村，出现了小车的蚁队，都是冲着我而对钱银行祭拜的。钱湾从来没有如此喧哗过，钱银行也从来没有如此荣耀过，钱妮娃也从来没有见过恁多钱。为了钱银行的葬礼，钱湾的男女老少倾巢而出，这也是钱湾历史上空前的。葬完钱银行，我去了父母的坟前长跪不起，我不知道该怎么告知地下父母，作为他们的儿子，他们应该感到荣耀还是羞愧。

那天晚上，我没有回县城，想再和钱妮娃谈谈。她也见到了N，那么多的女人，钱妮娃的目光紧紧地盯着N。N是唯一没有叫她嫂子的，也没有把礼金交到她手上。凭女人的直觉，她知道N就是那个让我离婚的女人。其实，我已没有了跟N结婚的念想。对于我来说，这次谈话和上次不同，婚姻和女人已经没有任何关系。我不过是想吐掉那根卡在我喉咙里的鱼刺，其实鱼刺早已化成了瘢痕。

离婚的话还未出口，钱妮娃拿出了那些钱，还有一些名单。

我说：这些钱你留着养老，找个时间把手续办了。家是你的，我还会给你一些钱养老。

钱妮娃说：别劝俺了，爹不让离。如果你执意要离，俺就把这个交上去。我没有看清有多少钱，只扫了一下那张写满名字的纸，都是送礼人的名单。估计钱妮娃还有更多没有拿出来的。钱妮娃从来没有找我说过什么事儿，也许，钱妮娃收的钱都是应该按正常程序办事儿的钱。还有些我拒绝了的，他们又悄悄地送给了钱妮娃。我不知道有多少钱，有多少人。肯定是钱银行让钱妮娃攥着我的把柄，他把身后事儿都算好了，看来我已经是钱妮娃这根绳上的一个死结了。是啊，我不会拿身家性命跟这个毫无意义的婚姻死磕，他把准了我的脉。

第二天，我一早就回到了县府，刚好H打电话找我。要推荐干部了，肯定是“黑电话”让她来找我的。她一进屋，我就把门锁上了，我不管“黑电话”是否刚刚跟她干过，我撕掉了她的衣服，像新婚之夜干钱妮娃一样，把所有的怨愤都集中在男根上。那个女人紧紧咬住被角，以免自己叫出声来。后来她说，有一种被强暴的快感。我知道那是一个可怕的女人，在强暴中寻找快感的女人，一定是无所不能的。

传闻十二

侯书文被双规之后，钱湾出现了历史上第一次抄家。

暮秋的清晨，已经很凉了。专案组的车就停在颍水河的大堤上，他们下了车，一阵清香扑面而来。他们不约而同地抽动鼻子，寻找香源。大堤两边的白色茶菊正在晨露中悄然怒放，菊香伴着欢快的河水，哗哗地碎在河的上空。清晨的颍水河像浸满菊香的飘带，随风抖动。太美了，不知谁说了一句。有人接道，我还在这里住过帐篷，抗过洪呢。

他们站在大堤上，并没有马上行动，而是极目远望。钱湾村，像一只泊在他们视野里的帆船。村子东南有一块高地，高地上凸出一个不小的坟头，那便是侯书文爹娘的归宿。真是风水宝地啊，有人叹道。

淡紫色的晨霭像薄纱一样飘在村庄上空，村子里的树和房屋显得缥缈和神秘。炊烟不断地升起，和晨雾搅在一起，便激活了村庄。村里的人像黑蚁一样，从村子里出动了。组长说：走吧。

专案组非常困惑，他们查过的所有处级干部中，侯书文是唯一在城里没有房子的，也是孩子最早送往国外的。他们直接到了钱妮娃的家里，意外的是，原先的计划全没用上。

钱家的大门开着，根本就不用叫门。进了这个硕大的农家院子，一院子的大杨树像原始森林似的。他们估计这院子树至少值个十万八万的。这是钱银行留给女儿钱妮娃的。钱银行死后，钱妮娃就搬进了钱银行的“行宫”。

堂屋里的门也开着，钱妮娃面朝佛像，焚香而坐。香炉旁，放着一摞一摞的钱，还有一些送礼人的名单，笔迹各异，金额不等。想必是有人亲自留下的，钱妮娃不太会写字。屋里所有的柜子抽屉、箱子都开着。

他们很吃惊地问她：你怎么听到消息的？钱妮娃，这个已经发福的农妇，平静地说：佛祖给俺托梦了。俺梦见他倒在血泊里，就知道他出事了。俺把这些都拿出来，希望能减轻点他的罪。

这些钱原本是钱银行安排钱妮娃要挟侯书文的，不想真成了他的罪证。

这些足够判侯书文十年了。也许太顺当了，他们就有了不真实的感觉。觉得钱湾、钱银行、钱妮娃、侯书文都像这带着清凉的晨雾，轻飘不定。

他们拿起那张名单，上面竟然有“黑电话”的名字，后面写着两万元。那是钱银行死的时候，“黑电话”的奠礼。有了这些，侯书文撑不了多久了。

侯书文面对那张纸和钱，还真说不清怎么回事。可是，“黑电话”的钱他是知道的，是办公室送来的礼单。他当时正忙着迎来送往，把钱和礼单一起交给了钱妮娃。

“黑电话”！侯书文心里一阵凛冽。

独白八

“黑电话”当县长后，我们的关系也更近一层。那次，“黑电话”有病住院了，其实也不是什么大病，也就是腰椎有点毛病想休息休息。可是，一时间，医院成了政府办公室，探望的在外排队。他实出于无奈，把我叫去了。我把站在门外排队看望的人打发走，“黑电话”说：你以为当县长容易啊？想长寿别当官。我说，你就安心养病吧，我让秘书安排一下。

我让秘书在“黑电话”的病房旁边找了一间接待室，凡来探望的人见一下“黑电话”的夫人就行了，不要打扰县长。

我安排好之后，准备离开，“黑电话”说：这种小事儿还劳你侯常副（常务副县长）费心，我住几天就出院了。有一个事儿，需要你去办一下，别带其他人。你去新疆玉龙喀什河，寻一块玉石籽料，一定要极品的。

我不知道“黑电话”什么时候出的院，当我从新疆回来的时候，县委书记已经升迁了，他主持“两个院”的工作。

他说：书文，我对你没有秘密，带上东西，咱们去看一个人。对你将来有好处。

我知道他有一个很特别的关系，没想到他要我跟他一起去见这个人。我们到了省城一个小区，表面上看没有什么特别之处。进去了才知道戒备森严，不是谁都可以进的。待我们走进那幢有些破旧的别墅，才知道什么叫真正的富丽堂皇。硕大的客厅里，摆满了许多奇石。

进了院，“黑电话”像进了自己的家，跟家里的保姆，还有一个戴满首饰的老太太都很熟。他跟老太太说：干爹呢？老太太亲昵地说：在书房等你呢。

我终于见到了传说的“老头子”，他穿着一身休闲服，正在往写好的条幅上盖印章。他跟一个凡俗的老头儿没多大区别，只是多了一些气势。“黑电话”恭敬地说：干爹，这是写给我的吧，我都求了好几年了。

是的，再不给你，我一退啊，就不值钱了。

看您老说的。我看那些书法家比您写得差远了。我给您淘了一个石头。于是，我就呈上了那块天价籽料。“黑电话”顺便就把我介绍了。

老头子笑着说：你小子鬼啊，就知道我这点爱好。情况怎么样了？

我知道他们要说正事儿了，就借故离开书房，去了客厅。我在客厅里百无聊赖地坐着，电话响了，小保姆就去禀报老太太，大概来了一个什么人。我听老太太说，让她进来吧。

一个十分时髦的女人进来了。直接到了老太太屋里，老太太屋里顿时充满了黏稠的笑声。我好羡慕这些能和高官们走动的人，看来，他们的关系不一般。我一时纳闷，这女人我好像在哪儿见过，笑声也很熟悉。

“黑电话”下来时，老头子并没有下楼送他。我们离开时，听到那个女人对老太太说：我上去了。

“黑电话”没有在颍阳当书记，而是去了颍川。也许是命中注定，他竟然又和张浩然搭班子了。他去当书记不久，也把我要了过去，当然是由县长提拔为副书记。我很明白，他心里其实还是憷张浩然的，那家伙就是一根筋，什么事儿都讲原则。我不过是他将张浩然的一个过河卒子，他知道我可以对付张浩然的。我的名言是：好不过人家是无德，赖不过人家是无才。我才是“德才兼备”的干部，而张浩然不过是个有德无才的纸老虎罢了，把他交给我，“黑电话”放心。

传闻十三

侯书文得不到任何外界的消息，再也没有纸条进来，他预感到了问题的严重性。“黑电话”是不是也出了问题？不可能，如果“黑电话”出了问题，干爹一定会想办法的。

他已经到了崩溃的边缘，死神像秋千一样在他脑子里荡来荡去。过去，他曾经参加过无数次的追悼会，从来也没有把死和自己联系在一起，也从来没有考虑过生和死的问题，只是肆意延撑生命的张力，每个时段都极限负重。如今，生命像一只不张的胃，一肚子食物，再也无法消化了。

他有些恍惚，钱银行幽暗的鼻孔里探出的焦黄鼻毛出现在他眼前。这是钱银行刻在他记忆里的形象。钱银行的为人就像他幽暗的鼻孔，而他在侯书文心里的分量就像焦黄的鼻毛，他亲手把钱银行送进了坟墓后，钱银行寿终正寝了吗？也许生命的终结都不是人力所能左右的，可是生命本身的张力是可以自己把握的。眼泪艰涩地滚出眼眶。下葬完钱银行时他也哭了，是跪倒在父母坟前。他不知道为什么会流泪，官场上那么多年，除了那次钱银行和张浩然看他，那次之后，好像泪腺已经枯竭了。可在那长满野蒿的土丘前，他突然变成了一个委屈的孩子，号啕大哭。多少年了，他从来没有这样痛痛快快地哭过。他本打算给父母立块碑，再盖幢砖楼，把坟头用水泥抹一下，又怕破坏了风水，终未动工。

他下意识地抹了一把脸，手心里有些湿黏，像他没有张力的生命。他想起了孩子，远在国外和正在读大学的。他甚至想起钱妮娃，这个可怜的女人，他没有给过她一丝的尊重。还能不能见上他们？

中午送饭时，他看到了那双黑筷子。他知道，也许自己想得太多了，远没有自己想的那么严重。“黑电话”不会不管他的。

他小心翼翼地吃着馍，小心翼翼地打开黑筷子。顿时，那口馍卡在了喉咙里，他四处找水，什么都没有，最后只好喝了一口痰盂里的水，送下那块差点要命的干馍。侯书文眼里蓄满了泪水，那是因为干馍对喉头的刺激造成的，绝非刚才那样黏稠。

挤出眼眶的泪水，挂在脸上。侯书文的整个脸像一个被拍碎的核桃，眼泪则是被挤出桃仁的油，滋润着坚硬破碎的桃壳。

黑筷子里是一张白纸片。他的智商已经降到最低了，白纸片是一个混沌的世界，是什么都有，还是什么都没有？那根稻草是不是已经跟他一起沉入了水底？G交代出了“黑电话”吗？

侯书文颤抖着把那个白纸片又装进去，脸上挂着惨淡的笑容。

原来生和死是一对连体兄弟，同时存在人的生命里，人不可能把它们分开。只可惜，他想到这个问题时已经太晚了。

等到送饭的人把碗筷收拾走后，侯书文就平静了许多。他仔细地梳理着在颍川的一些事儿。

独白九

“黑电话”雄心勃勃地想在颍川干一番事业，因为和县长关系不太协调，就把H也从颍阳要过去。我到颍川任常务副书记，配合“黑电话”抓中心，分管组织人事、招商引资，联系人大。H任副县长，分管土地、交通、文教。加上张浩然也是从颍阳去的，当时外界议论纷纷，说“黑电话”拉帮结派、搞专制。实际班子状况是这样的，县长在颍川时间长，有一帮人。张浩然自然也有一些基本队伍。虽然我和H都在“黑电话”的麾下，但他还是感觉不能完全统住，干什么事儿放不开手脚，并为此处心积虑。

那天，国家“两补一免”检查组来到颍川，因为有些漏洞，我不停地协调，不停地弥补，不停地赔笑，三天下来，累了个半死。送走他们，我关了手机，躺在床上，用座机给N打了电话。我想让她晚上过来，话还没说出口，就响起了通信员的敲门声，说“黑电话”有急事儿找我，让我赶紧给他回电话。

我电话一打进去他就说：又给相好的打电话吧？那么长时间占线。我告诉他，财政局汇报检查组协调情况。

他说晚上有一个投资商来投资，让我安排个地方，然后一起陪客。我知道“黑电话”好排场，就安排了县里最豪华的饭店。

我点好菜，“黑电话”和一个美艳的女人有说有笑地进了屋。我想，“黑电话”这么高兴的时候并不多，市里刚换了新书记，当然也换了新思路，把工作重点放在了招商引资上。颍川是一个典型的农业大县，根本没有招商的基础。市里检查招商引资时，他安排在数字上做些手脚，张浩然又像只破锣一样时不时地敲一下。H常常找我诉苦，说张浩然已经跟她谈了几次了，不要为了政绩搞假大空，人家监督一府两院，她又不好说什么。可是，他张浩然就不明白人大在党的领导之下吗？难道没有“黑电话”的旨意H能那样做吗？真搞不明白张浩然是真傻，还是装傻？“黑电话”因此压力很大，常常发脾气。“黑电话”当了县委书记之后改变了很多，一种霸气渐渐地从他的骨子里透出了。特别是酒桌上，他总是自己先喝一茶杯，然后再给别人倒上一杯酒，不喝不行，实在不能喝就倒在人家口袋里，或者衣服上，不是把人喝倒，就是搞得很狼狈。有一次他给省里的处长敬酒，人家不喝，他就跪下，结果，喝得处长进了急诊室。对他的这种作风，下面有些微词。我虽然听到了，并不想和他说，觉得他也挺不容易的。人有时候挺复杂的，特别是中国官场之人，面对民主政治和官本位、权力和监督、规则和欲望、责任和自我、尊崇与压力、理性与诱惑、利益与陷阱、法律与人情，能把握住自己太难了。县委书记是所有公务员中权力最大、风险也最大、压力更大的高危职位。他常常凌晨两三点给我打电话，商量工作上的事情。所以，对他那些非议我也特别理解。只是，我不明白是什么样的女人能让他有这样的好心情。

他们进了餐厅,“黑电话”笑着说道：来介绍一下，侯大书记，这是“香港大富豪贸易商会”驻闩地“鸿嘉房地产公司”总代理G董事长。我不知道这不伦不类的老板是个什么货色，但是，这女人真是太时尚，太漂亮了。做得很精致的头发，一看就不是小县城发廊的产物。她穿了一件墨绿色的晚礼服，披了一件纱质披肩。只是那张经过美容院打磨过的脸，虽然白皙，却遮不住岁月的沧桑。不过，这丝毫不减她女人的魅力，沧桑反倒像秋霜落在枫叶上，促成了色彩神奇的变化。

我打量着她，似乎很面熟。她握着我的手说：侯大书记，不认识了。官做大了就不认老朋友了。我还卖过你种子呢，不过可不是我的种子不好，是你那块地不适合。

幸会，幸会，原来是女站长。我说你，怎么什么都变了？是脱胎换骨？还是又一个轮回？

一言难尽，别提过去的事儿了。

“假种子事件”发生时,“黑电话”还没有去颍阳，他对G不太了解。他怎么会和G搅在一起呢？G说她是香港人了，她老公是大富豪贸易商会的会长，她又在原来的姓名上加上了她老公的姓。这是个能折腾的女人，从监狱里出来，摇身一变竟然成了港商。

我本以为G不过是想衣锦还乡而已，却不想她还真想弄出点动静。她先在颍川建了一个五星级的宾馆，承包了颍川所有的公务接待，包括各类会议。很快，G就成了颍川的公共人物，颍川的干部可能不知道某位副县长，但没有人不知道G的，当然，更知道她跟“黑电话”的关系。

那天我喝多了，跟“黑电话”说起G。“黑电话”说：兄弟，你难道还不明白吗？人家有来头啊。我说：什么来头？他说：那天我从干爹楼上下来，正好碰到她上楼。我觉得有些异常，就放慢了脚步，可她一进书房，就把门关上了。要知道，能上老爷子书房的人都不是一般人，上去能关上门的，可想而知。这就是世道啊！她来前，老爷子还真打了电话，说是他干女儿。如此一来，我们就是兄妹了。可是，她却说，她的公司实际董事长是老头子。我不相信这女人说的话。但是，谁又能说得准呢。

我想起来了，那天在那放满石头的大厅里，我就觉得那个女人面熟，原来是G。G除了开宾馆外，还插手很多工程，都是“黑电话”亲自安排的，她也许会说有“黑电话”的份子，谁知道呢？G赚多少钱我不知道，我只知道，她在银行贷了很多钱，准备投资房地产。

那天，我刚开完会回到办公室，想把桌子上的报纸翻翻，订了那么多的报纸，连头条标题都没空看，不知在忙什么。有人敲门，我没有吭声。如果我不把自己封闭起来，永远有人敲门。敲门的人似乎知道我在屋里，不停地敲。我知道这不是一般的人，就起身开了门。果然，G穿一身白色套裙进来。这个女人对服装很有研究，穿着得体、高贵，一看就是气质不凡。她一进屋就说：金屋藏娇啊，敲门也不开。我说：G总驾临，有失远迎。

别酸文假醋的。我在你面前还敢称什么老总。你侯大书记去我那里，从不打招呼，瞧不起人吧？

哪能呢。连“大老板”都说你是杰出的女企业家。

算了吧。他不过是送我一件彩虹外套。像“大老板”这样聪明的人，当然知道我的价值。我给颍川引来了那么多的资金，还是有功劳的。这次招商引资检查，如果没有我的公司撑着，你们颍川能得第一？恐怕连作假的地方都没有。张浩然组织省、市、县三级人大代表到我的公司，还美其名曰视察，我看审查还差不多。我的财务部部长跟我说，张主任对他审贼似的。你说，他怎么还是那德行，难怪提不起来。

大功臣，少说两句吧。我调侃道。她笑道：哦，对了，他是你的恩师。得罪，得罪。

其实我不想跟她说张浩然。如果她跟张浩然较劲，肯定会把“黑电话”牵扯进去。虽然“黑张”各怀鬼胎。终归没有公开矛盾。像“张”这种瘟神，躲都躲不及，怎么能跟他上劲？再说，对于“黑电话”来说，G和张实不是一个天平上的砝码，这样的失衡对他并不好。况且G只在乎她的利益而非“黑”的前程。我只好含糊地说：算了，别声讨张人大了，对你没好处。G总，找在下有何贵干？我想早点支走她，有点逐客的意思。她说：官当大了就是不一样，还没有说两句话，就不耐烦了？我说：哪儿的话，G总日理万机，怕耽误您的宝贵时间。她眼风飘过来说，你才“日李万姬”呢。今儿我还就赖上你了，我到这里你还没请过我，补上吧。

外边有人敲门，她起身开门，是组织部的干部科长。她说：稍等，我给侯书记汇报点事儿。我说，人家还真以为我是金屋藏娇呢。她说：就是，你还别不承认。又有人敲门，是人事局长，她再次把人家挡在了门外。她说，走吧，看你忙的，找地方我请客。我还真想清净一下，就随她走了。

她把我带到了她的五星级酒店，从后门进去的，当真没碰上一个人。她领我进了一个铺着“红地毯”的总统套房，说，你先休息一下，我一会儿让人把酒菜送进来。

我看着那宽大的床，铺设豪华的家具说：让你破费了。她说：你先歇会儿，我给你泡壶茶。G走进了茶室，我倒在床上，松软的羽绒褥子立刻把我拥抱了。真舒服啊。G端了一杯香喷喷的铁观音来时，我似乎有了蒙眬的睡意，松软的羽绒被褥变成了N，我不知道怎么会想到N，说实话，N从没有来过“红地毯”。

菜来了，当然还是七两装的茅台，就我和G两个人。她知道我爱喝茅台。那天我喝了很多，不知道为什么，就想醉一回。G拉上了所有的窗帘，开了所有的灯，迷离的灯光会让人有种虚幻的，与世隔绝的感觉。我好像远离了繁杂、忙碌、劳顿、烦扰。G已经没有了满目的风情，在柔和的灯光下，她显得特别宁静。她静静地给我斟酒，我静静地喝着，没有劝酒的强差、敬酒的虚伪、攀酒的野蛮。

我望着她，突然有了一种久违的感觉。她笔挺的鼻梁上，有一个疤似的亮点。不，我不想把心中圣洁的“蝴蝶结”跟眼前的这个女人扯在一起。那个黑痣像精灵一样让“蝴蝶结”整个人都灵动起来。而这个疤似的亮点，仿佛是一个蛊影，让G透出魔幻。不，太乱了。茅台的醇香慢慢地麻醉着我的记忆，血液欢快地在我体内涌动，心脏的跳动反射到太阳穴上，拿杯子的手渐渐无力。我放下杯子，斜靠在沙发上，手搭在太阳穴上，感受着欢腾的血液对手指的冲撞。我含糊地说：喝多了。G放下手里的筷子，走到我身边，轻轻地把我扶起。我倒在了床上。她出去了，我想，她可能在收拾杯盏盘碟。

欲望像火一样炙烤我，我需要一个女人。我想挣扎着起来，又感绵软无力。于是，我脱掉身上的衣服，掀开被子，赤裸裸地躺着。G像仙女似的，裸身套了件吊带睡衣飘到我跟前。她笑着说：这么急啊，我听说你功夫不错。她躺在我身边说，感觉怎么样？她的手搭在我的下身，惊奇地说：这么硕大的东西，跟你的身材太不相称了。我轻轻一扯，睡衣就从她身上脱落了。那感觉很好，是我跟别的女人所没有的。那天，结束后，G说，别让老张老盯着我。你联系人大，你们关系又特殊。我说："黑电话"让你找我的？不是。她说，老张表面上对他很尊重，其实并不听招呼。

我已经酒醒了，起身说，我该走了。她说：哪儿去？随即拿出那把钥匙说，这就是你的房子，我知道你夫人不在这里，什么时候憋不住了，过来放松放松。不经你的允许我不会来的。你可以从后门进，也可以从前门进，随你。

我说：开什么玩笑，我怎么能住这里？她说：我都是你的了，这里还有什么不是你的？我说：为什么？她说：爱一个人需要理由吗？

我觉得太可笑了，她竟然还说什么爱。如果是N我肯定相信，可是从G口中说出，我就怀疑了。我随意在"红地毯"里瞅着，衣柜里竟然有几套衬衣、内衣裤、袜子什么的，都是我穿的号。我知道这一切都是G精心设计的，她接完一个电话说：你歇一会儿，我要出去一下，这里的女孩你看上的可以招进来。

我笑道：有你一个就够了。我还真不敢要那些女孩子，大概都是G的眼线吧。G走时还留了一张支票。

我第二次到"红地毯"是和H。那天，H给我打电话说让我找个方便的地方，有事儿跟我说。我说：到办公室吧。她说：办公室有我们自己的时间吗？我把她带到了“红地毯”。她笑着说：G肯定不收你的钱，不过，她也不会便宜你的，反正颍川的钱随她拿。H说，她心情不好，她丈夫听说了她跟“黑电话”的事儿，也找了一个。我心里陡然生出怜悯，一个女人在官场拼挺不容易的，又把家庭搞得支离破碎。她又说，“黑电话”找了一个女大学生，肯定是G给他找的，缠绵得热恋似的。她发现了“黑电话”和那女孩的性爱日记，“黑电话”的电脑上，存有那女孩的裸体相片，满身写着“黑电话”的名字。看上去像一段让人癫狂的忘年恋，“黑电话”怕是陷进去了。陷进去！“黑电话”！“黑电话”只会陷进官场，不可能陷进情场，女人对于他来说不过是性爱史中的一个数字。也许他感到新鲜，感到刺激，会兴奋上一阵子，但绝不会有牵挂和负疚。H以为跟“黑电话”做过爱，为他离了婚，他就会对她忠贞不贰。太可笑了，不过各取所需罢了。她应该知道，官场没有道德伦理，只有欲望所需。

她说到一桩非法占地的案件，检查组马上就要来了。还有教师因为补贴的事儿，正在组织上访。“黑电话”的脾气很大，一跟他说事儿他就发火。她压力很大。

我主动抱了这个女人，因为，我们不是第一次，做起来也没有什么障碍。做完之后，她又给我说了几个要提拔的干部的名单，她管的那个口的。我知道，她肯定是受人之托，后来，干部调整之前，找的实在太多，我怕影响不好，就去了“红地毯”。我终于明白了，市领导那间“花开富贵”的含义。

后来,“红地毯”就成了我的行宫，谣言和非议渐起。

传闻十四

侯书文看着钱妮娃提供的名单，最可笑的就是老支书的五万块钱了。人到了这个场上，什么都变味了，没想到老支书也成了他的罪证。

那天，秘书慌里慌张地跑到他的办公室，说是他父亲来了。他诧异地说：父亲？秘书小心翼翼地说：老人自己说的。他想，一个敢冒充他父亲的人，想必也不是一般的人，他真想见识见识。他就跟秘书说：领他到我办公室吧。

老支书一见面就说：得罪得罪，侯书记，俺不这样说见不着你啊。侯书文笑着说，我猜就是你。咋回事儿？

俺老早就来了，说是找你的，门岗不让进。非要电话联系，俺哪有你的电话啊？俺软磨硬泡，说啥都不行。他们非让俺去信访局，俺不上访去信访局干啥？俺就整不明白，咱们的领导为啥怕见老百姓？你看看，上级接触到的，哪些是真的？老百姓是管不了干部升官，要是都起来了也够呛。

侯书文笑笑说：消消气。别忧国忧民了。说说你怎么会想出这么个损招呢。

俺想忧国忧民也够不着啊。俺跟门岗缠了半天，他们就是不让进。俺问他们你在不在家，他们说不知道。让俺赶紧走人，别妨碍他们的公务。俺很生气就说：俺要是说句实话吓死你们。他们嘲笑说：你不会说是侯书记的亲戚吧？亲戚？亲戚算什么？俺是他爹！

门岗听到老支书的话，不禁愕然。虽然不太相信，也不敢怠慢，就去值班室找秘书了。

侯书文笑道：除了你，谁敢这样说？就是钱银行活着也不敢这样说。前一段县委大门被围了几次。还有一个老干部直接找到了“黑电话”，要解决过去遗留问题，说得很难听，“黑电话”很恼火，把门岗全部换了，他们肯定小心谨慎。我找人安排饭，你在这里住几天。

侯书文打电话给招商局长，说来了一客人让他陪客。招商局长喜出望外，他正没有机会向侯书记效劳呢，上次跟他说想换个地方，不知道情况怎么样，这回正好可以问问。于是他屁颠屁颠地安排吃饭的地方。看是一个支部书记，上酒时就上了当地的名酒。他本以为侯书记会满意他的安排，可是，当他把酒瓶子递给了侯书文时，侯书文没有把酒倒进酒杯里，而是倒在了地上。他说：我老师来了，先祭地吧。真没有培养的价值。

倒完一瓶酒，对他的司机说：去我车上拿酒去。招商局长当场就傻了，他连忙按住司机说，我去，我去。他亲自到“名酒”店里搬了两箱茅台。一箱搬到了酒桌上，一箱放到了侯书文的车上。侯书文只喝七两茅台大家都知道，谁承想他的亲戚朋友都喝茅台啊。他后悔不迭，无意中就把这事儿透给了张浩然。他跟张浩然诉苦还不是这事儿。那次他又办了一件让侯书文恼火的事儿。那天中午，他接到侯书文的电话，说在省城，让他去玩。他知道玩的分量，就赶紧安排会计取钱。到省城，侯书文正和“黑电话”在“夏威夷”泡温泉，没让他进去。让他去一个宾馆把账结一下。他一看吓了一跳，乖乖，他带的钱根本不够。他只好又返回到了“夏威夷”，让侯书文出来一下，说跟他说句话。招商局长气喘吁吁地说：侯书记，您说的地儿，我没找到，我把一点钱给你放这儿，你让小牛（司机）结吧。侯书文嘲笑道，我要是说哪儿有个小妞，你准能找到，去吧。侯书文确实恼火，自己在宾馆的账还没结完，“黑电话”在古玩城的账更不用说了。

后来，传说他位置没动成，就向张浩然告了侯书文的状。说告状有点严重，不过那次确实情况特殊。那天张浩然给他打电话问他在哪儿？他说：在外边办个小事。张浩然追问办什么事儿？他支支吾吾不肯说。张浩然就急了。说你赶紧到我办公室里来，从温州来了一个大客商，洽谈一个项目。那时正值招商引资热，各单位还有任务，招商局负责全县招商工作，张浩然挂帅，这么大事儿，他哪敢懈怠？二是，就不得不跟张浩然说了实话，他和侯书文在西安。你们去西安干什么？什么也没干。他实出于无奈，便道出了实情。头天中午，他接到侯书文的电话，让他去陪客，他带上专门从省城买来的侯书记“专供茅台”，喝完酒，去打牌。晚上接着喝，那天侯书记心情有些乱，喝得很多。他醉眼迷离地望着招商局长，呵呵地笑着，说，你小子，你小子，走，去西安。招商局长小心翼翼地说：去西安？对，去西安，现在就走。别停下，现在就走。于是，他就跟着侯大书记，连夜赶赴西安。张浩然打来电话时，侯书文还没有醒过来。

挂了张浩然的电话，招商局长心乱如麻，在宾馆里不停地兜圈子。这时，侯书文给他的司机打电话，招商局长赶紧跟司机一起去了侯书文的房间。侯书文躺在床上，茫然不知地问招商局长：你咋过来了？不等他回答就转脸问司机：这是在哪儿？司机说：在西安。侯书文好像刚醒过来，说：你把我拉这儿干吗？司机说：局长安排的。他转脸问招商局长：到这儿干吗？局长只得含糊应道：玩呗。侯书文说：来过一百回了，有啥好玩的。回去。

招商局长从西安回来，没敢歇息，就直接去见张浩然。招商局长到时，张浩然已经送走了客商，他亲自当了两天三陪，才谈下一个大项目，就是后来的大学城。招商局长心情很复杂，就把他们去西安的事儿原原本本地给张浩然说了。张浩然仰天长叹：欲使其灭亡，必使其疯狂。

招商局长地方没换成，并不是他自己想象的不会办事儿，而是“老头子”的一个远房表亲的儿子，把老头子搬出来要去那个地方。“黑电话”当然得看佛面了，老头子岂止是“佛”啊，对于“黑电话”来说就是佛祖了，哪还有招商局长的份儿。没动成也罢，还说他告状，更倒霉的是，后来的窝案也把他牵连进去了。

吃过中午饭，侯书文把老支书安排到了G的五星级宾馆。他送老支书进了房间，老支书说：侯书记啊，俺是无事不登三宝殿啊。

别绕了，说吧，我知道你有事儿。

俺老了，也赶不上形势，退了。还有个心事儿，除了你没人能帮忙。俺那小儿子，去年毕业的，还没有找到工作。你给找碗饭吃。

哦。侯书文知道，上世纪90年代大学生就不包分配了。2006年又有新规定，行政机关和事业单位无论什么理由，都不得私自进人。急需用人，必须公开招考。相邻县的县长因为私自安排人员已被撤职。如果是别人，他还可以解释一下。可是，老支书就不一样了。

知道你为难，如果有法儿，就不找你麻烦了。老支书无助地说。当年，张浩然临走时找到俺，问有什么事情要办，俺没说。俺知道张浩然虽然重感情，可他把原则放在头里，安排不到好地方。况且，大儿子也不想回来。小儿子不争气，学业不好。

我想想办法，你别着急。

老支书拿出了一个塑料袋，他说：一点小意思，你打点一下。侯书文说，呵，还送礼啊？在颍川都是人家打点我，还没有我要打点的人。老支书说：就算我存你这里的，如果你不收，你就是看不起俺。侯书文无奈地说：是你变了，还是我变了？老支书说：世道变了。日子变好了，人情变味了。都在日子里搅着，谁还能不变啊？

从老支书的房间里出来，侯书文就去了“红地毯”。他怅然若失地倒在松软的床上，心里生出一丝悲情。他活在金钱、权力、女人、升迁里，付出了心智、劳作、健康、情感，得到了尊崇、名利、享受、品位。可是，究竟实际意义在哪里？是的，“黑电话”在努力为他争取县长的位置。可是，争取到了又能怎样？“黑电话”正往副厅上奔，他很清楚“黑电话”对他的承诺也是自己争取副厅的一个筹码，那就是由他来运作市直机关的推荐。他看着老支书那皱巴巴的购物袋，那就是他在老支书心里的价码吗？侯书文正胡思乱想着，北京一个老乡打来电话，是说他的一个亲戚提拔的事儿。他去北京人家安排那么周到，出入那么高档的场所，而且全程陪同，看的还不是他的身份？之前他们又不熟。他只好应承着，无论如何也得想法办了，日后还用得着人家。刚挂了电话，一个女副局长Q打来电话。她是通过一个老乡引荐的，以后便不断打电话，发信息，说些私密晦涩的话。她说，想见他一下。他说：在外陪客。Q燕呢莺啼般道：在颍川吗？我过去找你，就见一下，跟你说一句话。

电话上说吧。

不太方便。

侯书文就说了“红地毯”的房号。侯书文斜躺在沙发上，打开了电视。Q像一股香风飘进来，扑在侯书文的身旁。

领导辛苦了。Q按摩着侯书文的腿说。我的事儿，您还得操心啊。

嗨，侯书文不由自主地叹了口气说：不好办啊。他闭上眼睛，往后靠了靠，Q的手指使他很受用。手指开始往上游走，直到侯书文撕掉了她的衣服，把她压在沙发上。其实，宽大松软的双人床离他只有两米，他懒得动那几步。当女人穿好衣服离开时，留给侯书文的是一个信封、一片空虚。

侯书文躺在床上，百无聊赖地给N打电话，问她干吗？她说：准备看你去。他说：晚点来吧，我正陪客。他是不会让N

来“红地毯”的，这里不属于她。

晚上，N推开了他住室的门。她脱衣服时，要他把灯关掉。黑暗中，他们像两根漂荡的浮萍缠在一起，可是，许久才闹出点动静。他打开灯，笑着说：不行了，真老了。他赤裸着身体，找到她的衣服，给她穿上，那青幽中的一丝白光，刺疼了他的心。他才明白她为什么不让开灯。

那年七月十五，侯书文回到钱湾给父母烧纸，他把老支书的钱交给钱妮娃，让她给他送过去，他已经把他儿子安排好了。

老支书没什么好说的。名单的第二个是G。她已经进去了，关于她也没什么好回避的。

交代材料七

G是颍川的大老板，自然为颍川的经济发展做出了很大的贡献，成了四个班子的座上客。银行和行长也成了她的金库和喽啰。说不准她在颍川有多少资产。她的公司已经涉及各行各业了，我们县里的几家改制国企也归了她的名下。她提出规划工业园区，计划筹建标准化厂房，但是，第一批建起的却是一片别墅。之后又有一栋一栋的商品房拔地而起。她对外的资产五十八个亿，上了胡润排行榜，照此看来她确实是豪富无疑。

我想，我不过是她获取利益的一个搭扣。主要是她非法获取土地上的帮凶。那天，我正为乡镇人事改革后遗症烦心呢，有几个乡镇干部因为人事改革去北京上访，市信访局打了几次电话了，说两会期间你们的人再滞留北京，县委书记得向市委说事儿了，县领导因此很恼火。我对乡镇也如法炮制，跟几个乡党委书记打电话，要么立即领人，要么等候撤职。放下话筒，G就打过来，说找我有事儿。我让她来办公室。她说，办公室不是她去的地方，她想去一个私密一点的地方。我知道她想去“红地毯”，虽然“红地毯”的产权归她所有，她也信守诺言，不经我允许从没去过。

进了“红地毯”的门，她说：侯大书记忙啊，见不到你的影儿。我笑道：还不是你招手即来，颍川可是你G大老板的天下。埋汰我啊，累死了。借你宝地冲个澡你不介意吧？我戏说：我巴不得呢，要不要我跟你一起洗鸳鸯浴啊。她说，可以啊。G洗完澡就躺在床上说，侯大书记，你就体恤一下民情吧。别搞得跟开会似的，累不累啊？过来歇会儿，多舒服的床啊，过去的帝王也不过如此吧。我把电视音量调到最大，走到床前，她竟然赤裸裸地躺着。她说她喜欢裸睡。面对一个美女的裸体，我实在无法控制，就上了床。这时她的电话响了。她招手让我跟她一起听电话，电话里传来了一个男人的声音，在哪儿？床上。干吗呢，大白天的？想你呗。发大水了吧？是啊，快来抗洪吧。不行，中午市里领导要来，吃完饭洗干净了等我。事情怎么样？还没见侯书记呢。她呻吟着说：他要拒绝怎么办？电话里说：你就说我的意思，他是个聪明人，知道咋办。我当然知道是谁的电话，说不清什么心态，不等电话结束，我就上了她的身。我觉得有时候性并不是欲望。完事儿后，我躺在床上，等着G冲完澡和我谈判。她说：你都听见了，我想要东城靠国道的那块地。干什么用？开发商品房。有眼光。可是，那地方规划的是“大学城”和科技馆。学校好像已经在筹建中。

你有办法。重新修编规划。

那得人大通过才行。你能做通张浩然的工作？

还是你想办法吧，那家伙软硬不吃。上次，他孩子出国留学时，送他的钱都退回来了。

你不会送他夫人？

你以为我傻，送他？可不就是他夫人！

别的地儿不行吗？你干吗非要那块地。我跟你说过，别跟张人大死磕。“大学城”是他引资的项目。

她说：商人只看利润，那块地可以建一个商城。你的股份已经封好了。没难度还要你侯大书记出马吗？

我不行，你去找H，她分管土地。

她说：我已经找她了，她答应帮忙，你得运作这事儿。她一个人不行。

我让她找一个搞规划的大腕儿，让H陪同在颍川四处看看，媒体上热热闹闹地报一下，然后，拿出一个高层次的规划。

经过运作，G如愿拿了那块地。

张浩然奉命去新疆考察劳务输出和棉花市场，走时这个项目交给了一个副主任。他出差回来，就去了“大学城”，看到工地上热火朝天，高兴地给老板打电话。老板的一句话把张浩然噎住了：你们怎么可以这样不讲诚信？他一头雾水地挂了电话，叫来了那位副主任，问怎么回事儿？副主任委屈地说，您走后，市里召开了推进城市化进程大会，咱们县为了落实市委会议精神，提高城市品位，又新增一个大型的商贸中心。城市规划修编是四个班子研究的，我主持召开的人大常委会，按法律程序走。当时，我和您联系不上，想等您回来再开会，黑书记说特事特办。我跟H县长也说了，她说她已经电话给您汇报过了。那块地是挂牌竞标的，没有什么异议。“大学城”的选址可以重定，黑书记说颍川的地任他们选。

张浩然听了半天，终于恍然大悟，他看到热火朝天的工地是G的“天堂商厦”而非他引资的“大学城”。于是，他不得不孙子似的给“大学城”老板道歉，解释选址改变的原因。他盯上了G也不是这一档子事儿，G出事儿应该在意料之中了。

独白十

G是怎么进去的？据说问题出在银行里，跟张没有关系。张不动G是为了保护颍川的利益？还是保护“黑电话”？抑或是作为本级监督不力？我说不准。

“黑电话”曾跟我说，我们花的钱也不能算G的。我们县财政的“扶持”资金一年就几百万，还有减免的税收，这些钱我们可以给，也可以不给。扶持说明白了也就是一个沉淀池，我们就要表面的清澈。

财政上的钱我当然知道，但我不知道G那里有他多少股份。G进去时，“黑电话”赌咒发誓说他和G没有关系。他是跟她没有直接关系，可我就扯不清了。

那天，招商局新任局长请我去市里吃饭，吃完之后他领我去了一家发廊，说是上海来的大师，出场费多少多少钱，还得提前预约。真他妈的世道变了，一个剃头的竟然摆谱摆到这份上，还不知道哪里的小松鼠到这里来充大尾巴狼。我本来不想去，招商局长说已经跟人家约好了。我就顺便一睹“大师”的风采。我一看乐了，好一个“大师”，一张老烟鬼的脸，瘦削得刀背似的。一头染烫受伤的头发，在脑后被捆成马尾。他的不同寻常也就两只眼睛了，细小而贼亮，闪电似的让人畏缩。

除非你有一双比他更尖锐的眼睛，一般他会把你刺得收回目光的。

当然，他看到我的目光后就很不自然地收回他的目光。我调侃道：还真是大师风范。你怎么收费这么高?

他说：我给您做过之后，您就知道物有所值了。我和别人的区别就是那一点点的精致。到位和不到位，大师和非大师，其实就差那一点点。

一点点，贼亮。我嘲笑道。他当然不明白我说什么，专心而娴熟地耍着他的工具。我忽然想起了“黑电话”,“大师”说得很富有哲学性，到位和不到位就差那么一点点。我和“黑电话”就差那么一点点，就这一点点，我怕永远也超越不了。

我不知道是不是真有第六感觉。我正想“黑电话”的时候，他打来了电话，问我在哪里。我说正理发，他让我理完发赶紧到他办公室。我匆忙地赶到，他说：听到什么消息了吗?我一下子愣住了，以为出了什么事儿。他接着说：最近市里考核班子，要补充一名副市长。竞争得很激烈。

我说：什么时候开始。他说：就这两天。

我能做什么?

你负责市直机关的推荐，召集你最靠得住的人，对口打招呼。这样就没有贿票之嫌了。

四个班子呢?

交给县长吧。他的热情不亚于我们，人家早该当书记了。

我说：一个数可以吗？他说可以。

这个钱从哪里出呢？

找G吧。

我给G打电话时，她说在省里，有一笔贷款正在协调，马上回来。那天晚上，我在“红地毯”和G见面。她看上去很憔悴。这次她没有带来茅台，而是拿了一瓶原装的波尔多葡萄酒。她说，难得和你见面，陪我喝一杯吧，我现在情况不太好，经济危机，房子卖不出去，贷款也不好办，“老头子”的钱也抽走了，几家银行催贷。我希望“黑电话”能提拔啊，说不定会给我带来好运的。“老头子”看好他。

G自斟自饮，喝得满脸绯红，目光迷离。她鼻子上那块“疤”在一片潮红中发出光亮。我实在忍不住了，就问她：你原来不叫G吧？她咽下一口酒，盯我半天说，调查我了？不，我觉得你像一个人。她说出了“蝴蝶结”的名字。我碰翻了酒杯。她说：别这样看着我。我不想提起那段历史。不过也无所谓了。我刚读高一下学期时，父亲抛弃了母亲，跟一个年轻的女人结了婚。优越速变成屈辱，尊崇转换为鄙视，我受不了这样的变故，要搬出家属院。母亲没有工作，不可能找到新住处，我一气之下离家出走。后来，母亲得了肺癌，我只好回来照顾她。母亲去世后，父亲把我安排到他所在的单位，我改名换姓随了母亲。母亲的死对我打击很大，我亲历了一个弱女子的悲哀。站在母亲的棺材边，我透视着社会、男人、女人，总算看透了，一切不过如此。她自顾自地说着，我打断了她。你的学历？伪造的。现在的身份？真的。你鼻子上那颗黑痣呢？做了，一个相师说那个东西克人，我母亲就是它害死的。父亲怕克死他的新宠，要我做掉。你还想知道什么？哦，对了，我丈夫，在假种子之前就卷走了我的钱财，带着孩子和保姆消失了。颍阳，生我养我的地方，像碎玻璃一样充塞着我的过去。出来后，我走了，很远。最终，我又回来了，带着港商的身份，不是在颍阳，而是在颍川。我准备强到能托起整个颍阳时再杀回去。也许这不过是一个梦想而已。我很累，有时候躺在床上，想永远睡下去。G说完闭上眼睛，两串眼泪滚落她的两颊。

这个世界真是太荒唐了。我一时语塞。她睁开眼睛，重重地吐了口气，继续说：我知道是你，我离开学校那天，看到一个又矮又瘦的男生，低头走进校园。当时我好羡慕他，他还能继续读书，而我却不知道将去何处。第一次见你，我就知道你是那个低头进校园的男生。那个男生是我离开校园最后的记忆。

她不知道那个低头走路的男生同样有着成长的伤痛。我没有说出曾经对她的暗恋，消失在大门外的“蝴蝶结”，是我永远的心结，它只属于我一人。

我说出了“黑电话”的意思，她说没问题，银行的贷款先拖一拖。她用酒杯里最后的酒盖住了疤痕，还原成一个依旧光鲜的女人。我无法面对她的欲望，拿上她的支票离开了“红地毯”。

“黑电话”有干爹罩着，运筹帷幄，出奇制胜，还真入了围，全市就推荐他一个。公示前，他去了张浩然的办公室，请张看在老乡的分上一定给予支持。他说：我们都是从基层起家，干到这个位子不容易。张浩然长叹道 是啊。之后，他给我交代，张浩然的老娘信佛，让我给老人家送一尊金佛。张浩然是个孝子，不会有违老娘的旨意。“黑电话”又安排了几个人秘密关注着张浩然。我惊叹“黑电话”的精细，但是，谁又能保证张浩然不会像绊我一样绊“黑电话”呢？

“黑电话”公示刚刚结束，省委组织部还没有下文，G就进了监狱。她的罪名是涉嫌金融诈骗。几十个亿的银行贷款不知去向，几家银行联合起诉，大小行长们纷纷落马。

在“红地毯”，我和Q正在看一张光碟，Q已经转“正”了，当然并不是我一个人的能量，她好像上面有什么人，跟“黑电话”打了招呼的。我不知道这一段时间怎么了，心里老是晃晃悠悠地不踏实。按说“黑电话”提拔了，紧接着就会是县长和我，我该高兴才是。正是这种莫名其妙的不安，让我对女人欲望很高，也许是想在短暂的快感中寻找一种解脱。Q把我的手放在她的胸上，教我怎么抚摸她的乳头她才更兴奋。我正处在极度亢奋中，床头上的电话陡然响起，我吓了一跳。是“黑电话”打来的，他说：你多带点钱，出去避一避。G进去了，可能什么都会说。

我很明白，G如果供的话，肯定会先供我。我很平静地把Q收拾了，然后准备出逃。

传闻十五

侯书文脑子里又出现了那张白纸条，突然觉得自己真是傻啊！也许是这种日子把他的智商变得太低了。一张空白的纸片难道不是要他说点什么吗？他没什么好说的，他把握得那么好，关键的时候才能看出一个人的定力。定力才是决定输赢的根本。他的心情顿时好起来，看来这种煎熬终于要结束了，他可能真要出去了。肯定是干爹的能量，那老人岂止是“黑电话”的干爹啊，简直是大家的干爹了。他想，如果能出去就辞官归乡，就在钱湾，钱银行的行宫里，把他的大树都处理掉，种上花草，终老一生。

说不定他还能回到“红地毯”，重新做颍川的主人。也许，凭他对颍川的了解和他的才智，会把颍川建设得更好，他觉得他比其他任何人更适合待在颍川。出去后，他会做颍川的包拯或海瑞，不会再犯同样的错误。他审视着交代G的材料，看看有没有不合适的地方。不，还是销毁吧，也许已经用不着这玩意儿了。

他撕了交代材料，充满期待地等着。也许很快就要跟这儿说再见了，自进来他还没有这样轻松过。

终于等到了那根黑筷子，他闭上眼睛，吞下一大口空气，压迫狂躁的心，让它稍稍平静。他不敢怠慢，颤抖着打开黑木筷，当那纸片幻化出一道金属的寒光时，他笑了，笑得那样惨烈。

他重新摊开材料纸，复制着撕掉的交代材料，写完后交给看守说，让我稍睡一会儿，醒了全都坦白，不想再耗下去了。

侯书文躺着，记忆像清澈的颍河水一样慢慢地漫过来：树叶般漂泊在岸边的渔筏，泥鳅般油亮黑滑的脊背，站在岸边比谁尿得高的伙伴、父母、孩子，钱银行、钱妮娃、钱二妮、A、N、G、H、Q等等，他的那些记住名字和没有记住名字的女人，“红地毯”，茅台酒，“黄鹤楼”……

当年轻的看守送来饭时，侯书文已经睡在自己的血泊里。

钱银行的继任来通知钱妮娃时，她已经浑身素裹地准备好了。她说，俺知道了。俺有一个要求，别让侯书文进侯家的坟院，让他葬在俺爹身边，钱家后嗣的位置。侯书文进侯家的坟院，侯家后代会出问题，钱湾的风水也会坏掉，这是爹临终时说的。

钱妮娃拒绝了村长给她安排的机动车，她拉着那辆早已废弃的架子车，一高一低地走向侯书文。刚出钱湾村，一个黑衣女子与她迎面相遇，那女人低头说道：怨生不怨死。钱妮娃看着这个清丽憔悴的女人，好像在哪儿见过。她说：妹子你？那女子双手合十：阿弥陀佛。她终于想起来在什么地方见过她了，钱银行的丧事上，那个没有喊她嫂子的女人。

钱妮娃领着两个儿子跪倒在侯书文的新坟前，她眼前突然出现侯书文弟兄跪在父亲坟前的一幕，这个自侯书文死以来没有流一滴眼泪的女人，此刻突然大放悲声。

侯书文的坟头新土未干，“黑电话”就出事儿了，而且跟侯书文和G都没有关系。“黑电话”进去之后，迅速崩溃，连司机给他买了一条短裤都交代了。让人意外的是，不是G交代了“黑电话”，而是“黑电话”交代了G，还有命归黄泉的侯书文、一大批颍川的科级干部、已经提拔到外县的处级干部……

随录不过市井传言，请勿当真。

本文初刊于《北京文学》2010年第7期

柳岸，本名王相勤，中国作协会员，鲁迅文学院第十一期高研班学员、周口市作协主席、周口市文学艺术院院长。著有小说集《红月亮》《八张脸》《燃烧的木头人》；长篇小说《浮生》、《我干娘柳司令》、“春秋名姝”系列历史小说《公子桃花》《夏姬传》《文姜传》《西施传》。作品获中国作协重点扶持项目、河南省文艺成果奖、河南省“五个一工程”奖、河南省文鼎中原长篇小说精品工程优秀作品奖、杜甫文学奖。

象　人

王苏辛

有些人消失了，或者正因其消失，才以近乎无限的方式影响着我们。

——湖边静寺

一

上班第一年，庄霖就在为齐斯汉物色墓地。

林城有三块公墓，第一块在西郊，主要埋葬着新中国成立前的战役中牺牲的士兵，其中一部分还是朝鲜籍。第二块位于城区内海拔最低的盐碱地，古代就有，似乎是秦，也可能是汉。上世纪初，这块荒山瘠地被林城当地富商郑氏用作宗族墓园，传言一些早已化为灰土的祖宗遗骸被掘坟扬灰，在当时引起很不好的影响，然逢乱世，不了了之。建国后政府收回，逐渐成为林城最大的公墓，称九螺港公墓。第三块是府山墓园，边上有河，墓园三公里外，还有梯田和果树，人气也是旺得很。

齐斯汉最喜欢的正是府山墓园，但这里半寸难求，更何况齐斯汉想要的是双穴墓，专留一个穴位空着，埋葬他失踪妻子的两束细发。按照新的丧葬管理和公墓管理制度，失踪人不管失踪多少年，也不管是否完成死亡申报，亲属都不能为其购买墓地。齐斯汉年纪越大，越为此感到不安，对着庄霖再抱怨一遍妻子身后居然连个墓也没有，庄霖则会像过去那样重复庄承俊并没有过世。只是这种话说多了，庄霖也困惑母亲究竟还在不在人世。

在她眼里，庄承俊尽管是个眼神飘忽不定的女人，却比周围许多人热衷按照时间表安排生活。她考中专时名列全县第三，进入县政府工作后，却毫无升迁愿望。每日完成公文书写任务，只热衷清扫单位大院。她人际关系简单，不参加同学会和同事聚会，也没有朋友，下班就回家。她不化妆，却尤为注重穿着。她把家里收拾得相当洁净，不允许庄霖和齐斯汉吃饭发出声音，书却到处乱放，常常同一本书买两三次。她训练庄霖阅读世界名著，熟练使用电磁炉、电饭煲、半自动洗衣机。庄霖总觉得，如果她再长大些，母亲可能还会教她如何换煤气。庄承俊总是表情淡淡的，或者说面无表情，除了训斥庄霖时才显得激烈而有神采。

她常常在黄昏时拖着行李箱离开家，许是找不到可以去的地方，可以依赖的朋友，过不一会儿又会回来。也正因此，庄霖和齐斯汉似乎都习惯了庄承俊突然离开，也相信她很快便会回来。只是那次离家，她没带走任何东西，除了身上的衣服和钱包，她只是剪掉了家里每一张照片里自己的身影，连侧面都没有放过。从来不化妆的庄承俊还在洗手台前留下已经用了一半的口红，还有一束粗黑的，带着身体温度的黑发。庄霖感觉到一阵新鲜的空旷。除了那些夹在原有相框中的镂空照片在周围风的浮动下抖动着边角，电视机播放着的节目也显得声音大了许多——那是一组千禧婴儿的跟踪报道，据传要从二〇〇〇年跟踪拍摄一批婴儿直到他们十四岁。庄承俊日常爱看的几本书，其中一本还摊开着，书签就夹在她看到的那一页。冰箱里也塞得满满当当，足够父女二人一个月不买菜肉。高压锅里的排骨已经差不多炖好，电饭煲里的米饭也已经熟了，餐桌上的碗筷也摆得好好的。庄霖一面觉得这只是往日“演习”中的升级，一面又觉得有一丝被抛弃的苦涩。可当时她并没有沉浸在这种巨大的失落中，而是大声朗读安徒生的《沼泽王的女儿》。

直到七点过了，齐斯汉才回来。他先检查了家里的边边角角，一边觉得庄承俊很快会回来，一边陷入焦躁。他一直在钟表下坐到了夜里十二点，才恍惚感觉到庄承俊已离开的事实，把锅里凉透的米饭吃了个干净。

那一年庄霖年纪还小，习惯于被安排好的生活，并且依赖母亲。但庄承俊不见了，她也只过了两个月就接受了新的家庭格局，只是一到晚上，又觉得家里少了些什么。除了不再有人阻止自己拿手电筒看小说，还有一些情绪压在心里。她觉得恍惚和茫然，起夜上洗手间时，她常常仰望窗外似有若无的月亮。这样的夜晚累积出的，是在白天渐渐乖巧的庄霖。这个庄霖甚少大声说话，课间也在写作业。

齐斯汉则在庄承俊离家后变得更加沉默，又或只是过往那些年积攒的沉默能量终于集体爆发——他整理旧书的技术空前提高，总能从大家不知道的抽屉夹层中找出过期报纸或打印纸，重新包上，再用一手好字流利地写上书名和 × × 著。面对缺页的旧书也不露怯，想方设法弄到缺失的文字内容，再按照印刷体大小，誊写在厚度相似的干净草纸上，仔细粘在书册中，乍看过去，和之前无异。渐渐，图书馆的旧书都归到齐斯汉这里整理了，他对自己的工作也越来越高要求。有时，为找到一本旧书缺失的内容，他常要翻阅更多书，早早摸遍了图书馆里的书。即使学校引进了书籍查询机器，很多学生还是更喜欢找齐斯汉。

只是齐斯汉虽喜欢这份工作，却不爱阅读。那些缺失的内容，对他而言更像一次新的技术挑战。只是在熟练记忆的过程中，似有若无地沾染上一些不同于周围人的气息——庄霖觉得他正在慢慢变得像庄承俊。他变得极度安静，在外沉迷工作，在家沉迷阅读诗歌和观看特吕弗和侯麦的电影。庄霖甚至觉得家庭氛围比母亲在时还要更和谐。直到大学毕业后，齐斯汉叫嚷着要买墓地。

墓地该怎么买，庄霖一头雾水。先不说已经不允许生者为自己购买墓地，便是子女为在世父母购买，也要层层审批，每个地区都有不同的指标。即使在指标内，也需要摇号。庄霖从上班第一年便时刻关注三所墓园哪一个能最先排上号，一度想在九螺港公墓排号。它离庄承俊曾承包的林地不太远。有人说，那原本就是郑家的地，那里埋着的，很可能是郑氏先祖。还有人说，郑家得罪了当时的朝廷，一路被追杀，那埋着的，也有当时官兵的尸骸。

前些年房价大跌，墓地价格逐年上涨。年轻人普遍没有生育愿望，社会老龄化比前些年更严重，许多人想尽办法提前预订墓地，确保自己和家人死后有所依托。庄霖原本并不信这一套东西，但庄承俊离家多年，齐斯汉一直没有再婚，甚至连“绯闻”也难觅，这让庄霖渐渐对齐斯汉有了一种奇特的歉疚感。

庄霖高考成绩不佳，勉强被调剂到西南地区一所生源一直较少的二本院校的新闻专业。念书时便打定主意一定要回林城，“父亲在，不远游”。可林城难以找到专业对口工作，她只得又去某新一线城市待了几年。只是在她职业起步的时代，各地新闻媒体纷纷倒闭，取而代之的是真假参半的自媒体平台，运营个一到两年也往往要倒闭。她在一个新闻类微信公众号打了半年工后，那家平台也开始无可刊新闻只得制造各式假新闻勉强维持流量。庄霖不得不从一个新闻记者变成网络段子手，终于决定放弃做记者的愿望，投身门槛相对较低的服务业和娱乐业。只是这些行业内部的竞争更加血腥，庄霖本就入行晚，也不懂得处理各式关系和资源大户，只得做杂工，从小助理到宣发团队中的器材师，再到微信公众号的编辑人员。只可惜尽管辛苦，却因频繁换行业，积累的小小经验只能迅速被清零。偶尔，还会成为公司一些事故中的顶包者，领导只给一笔微薄遣散费，去朝阳区法院起诉也无人管。前些年房租抬高，租房只能整租，庄霖的收入无力承担房租，一度在温饱线边缘挣扎，最终只能又回到林城，和几个中学同学一起合伙做销售。

当时，齐斯汉刚从图书馆退休，一度被返聘，后来新书品种逐年变少，一些出版社开始不断出再版书，市面上的再版新书逐渐换掉旧书，书籍查询系统也不断升级，齐斯汉觉得自己的本事没什么用处，就找了个在旧书摊给人裱书的营生，再后来连旧书摊也没那么多旧书了，齐斯汉就自己支起书摊，给爱书人裱书。只是林城哪有这么多这样的人呢，网络付费阅读早已不是新鲜事，纸质书出版逐年下降，旧书更多沦为收藏品不再是阅读品。齐斯汉觉得自己的职业越来越边缘，甚至觉得自己变成了无用的人。每当觉得无处可去，他就再次想起庄承俊多年前承包过的那片林地。

庄霖小时候，一到庄承俊失踪日，齐斯汉都会把她带去林地。久而久之，那天渐成全家的“团聚”日。纸质日历退出生活后，齐斯汉习惯了智能手机，因为不会设置日期提醒，慢慢又忘记了这一天。庄霖回到林城后，每年都要提醒齐斯汉，但近几年，她也不再提醒了。林权改革后，那块林地成了公益种植园，种植品种也被严格控制。但齐斯汉还是能认出，位于堤坝附近的那块地是庄承俊曾承包过的。

荒地种植过程中，曾挖出累累白骨，庄承俊吓得不轻，但没多久，她又支一个蓝色帐篷，住到挖出白骨的地方，说看着那些人心里静。有一回他去找她，她背着蓝色帐篷走在堤坝下，面无表情地看着他朝她跑来，没有后退也没有迎上前。那时候他已经觉得他们不是一个世界的人，可正因此，他仿佛更剧烈地被庄承俊吸引。

堤坝边缘的荒草已经很高了，齐斯汉俯身想拔除几束，手心老茧被刮掉一层，大把荒草依然在泥土里，只一簇长得最紧密的，从泥土中挣脱。他突然一阵紧张，想要把那束草重新埋进土里，但草歪歪斜斜，怎么都不肯好好在齐斯汉给它准备好的坑里待着。他焦虑起来，不自觉又摸出手机冲庄霖发一条语音：“墓地的事，问好了吗？”

在堤坝周围呼呼的风声中，齐斯汉听见她说：“电视台来电话，说有我妈的消息。”

二

庄承俊失踪后，寻人启事曾在林城电视台滚动播放，但始终没有线索，齐斯汉慢慢放弃了寻找。她失踪后的第六年，庄霖中考，语文作文考题是《我最亲爱的人》，这原本是一个不会出现跑题状况的命题作文，庄霖却用宇宙、月亮、窗户、夜晚等等她一个人静思时感受到的诸多元素，写成了一篇虽有母亲存在，却大量篇幅未涉及母亲的散文。成绩下来后语文没有及格，查分结果显示作文只有九分。庄霖把自己关在房间里不吃不喝三天，甚至一改日常听话模样开始对父亲歇斯底里，并拒绝齐斯汉缴了高价借读费拿到的市重点中学录取通知书，决心只去读县高中。从盛夏到初秋，父女俩都过得压抑，庄霖瞒着齐斯汉接受了一位男同学的QQ示爱，齐斯汉则产生再婚念头，还去婚姻介绍所提交了个人资料。知会庄霖时，她没有任何异议，双眼也依旧没什么光彩，只是站起身拨动了一下手指，朝半空中比画了一下道：“再婚，那不得给我妈申报死亡？”

那年冬至，父女俩徘徊在法院附近，迟迟没有进去。回家的路上大雪纷飞，庄霖没有注意到周围已白，直到脚下咯吱咯吱的声音传来。她和齐斯汉一人撑着一把黑伞，一前一后走着，握着伞柄的手双双保持着同一姿势。到小区门口时，庄霖一不留神直接撞了上去，齐斯汉则打开小区门禁后突然收起雨伞，白花花的雪块和手心汗结成的冰碴一条条往下掉，他盯着地面良久，直到庄霖开门的声音已经从楼上传来，才一步并作两步用，钻进房门学庄承俊给女儿煮了葱花荷包蛋。

庄霖记得那滋味。七八个生鸡蛋打进沸水里，葱花和盐调成的汤汁淋上去，偶尔也滴几滴香油，闻起来香，吃起来又总少了味道。长大后庄霖知道那缺乏的味道是用心不够，庄承俊只在不高兴时做快速餐食，齐斯汉也是。火候欠点，调料分配也欠点，有时油太多，有时盐太多。当齐斯汉把葱花荷包蛋端上桌，庄霖一边吸着汤一边想到母亲，两碗荷包蛋的味道和样子都不太一样，唯有火候不够和调料分配的问题十分一致。只是她没有说，而是快速吃完就去洗碗，且不用齐斯汉劝说便打开书本复习——她知道自己没有理由悲伤了。第一次这么做时她内心尚有一丝酸楚，接下来每一次这么做她都倍感踏实，直到这种与日俱增的踏实感渐渐归于平静，变得自然。

“是一个年轻记者说的……林城论坛上，有人回复了电视台的人前些年发的帖子……二〇〇〇年，有人看见我妈在火车站……在林城火车站上了一趟往成都的车。”

庄霖一口气说完，因为语速过快，中间总是吞字，一些细节和必要信息被省略了，但齐斯汉却觉得听得又清楚又通顺，仿佛那些缺失的信息自动被他补全了，且每一处都在应有的位置。

和庄承俊有关的那条帖子，是林城电视台八年前发布的一条寻人启事回顾帖，专门回顾了电视台播出的寻人启事中，至今仍无线索的十几桩失踪事件，并再次向林城市民征集失踪人的线索。当年一度不少人回复。

“二〇〇〇年初，澳门回归不到一个月，林城火车站播放过一条寻人启事，里面讲述的女性特征，和庄承俊女士非常一致。”庄霖一边念着，一边在电话那头道，“是提供线索的郑先生，也就是回帖人。在他说的那个时间，他就在广播站，亲眼见过我妈。”

“为什么现在才说？”

“他在成都一个展览上看到我妈的照片，想起了那一天。也许，我们需要去趟成都。”

“我不去。”齐斯汉有些生气，但很快又顿了顿道，“还是先确认下信息是否属实，那个姓郑的，他有什么要求？是林城的吗？我们先跟他见见。”

挂掉电话的一刻，庄霖看见齐斯汉打开了位置共享，代表他位置的小箭头正往地铁站的方向移动，仿佛一瞬间，她再次回到外祖母生前居住的家。

外祖母坐在堂屋中央，对着墙壁上外祖父的照片述说着前尘往事，几个阿姨围着她，庄承俊插不进去，只得不发一语。那是庄家分遗产的重要日子，庄霖本该和齐斯汉一样不出现，却被庄承俊早早抱到成人世界的现场。她在各路亲戚的腿之间穿梭，茫然又紧张，而每一个表兄弟姐妹，她都觉得跟他们没话说。晚上七八点终于顶不住，庄霖大喝一声跑了出去。孰料外祖母家外面的人墙比屋内更厚实，几个姨父翘首望着窗户。庄霖穿过他们，像离开一群怪物一样疯狂往前跑，直到跑到马路中央，突然又被抱起。庄承俊手里捏着一张纸，眼里渗出泪，生气地对她道："你往哪儿跑，不要跑，老人面前不要跑。"

庄霖一边想着，一边着急地往前走，一会儿又像对焦虑的自己不满那般故意放慢脚步。新季的雨水从天而降，她条件反射地拿出备用雨伞，撑开的那一刻她狂奔着来到地铁站，在一串串互相打架的雨伞尖头中，她看到属于齐斯汉的那把红伞朝自己顶过来。他们要乘坐下一班直达市中心的地铁，在那位郑先生提到的香山旅馆一楼见他。与此同时，庄霖刚下载的林城论坛App跳出一条新的站内消息提醒，是那位郑先生回复的——

"那一年在广播站，是我和令堂一起策划了那次寻人广播。"

庄霖伞上滴落下来的雨水糊住了手机屏幕，她下意识停下了回帖的手。地铁里的人尤其多，又或是雨具让人群显得密集，庄霖和齐斯汉一开始走错了路，只得逆行穿过一面面人墙。庄霖想起幼时的夏天，庄承俊也常常走错路，她把她扛在脖子上，她在母亲高大的身躯上看地面，觉得又惊险又刺激。而一旁的父亲比往常更显瘦小。那时的林城还是林县，没有地铁和高新开发区，黄昏的柏油马路上，许多人都在散步，迎面走来的人，很可能跟自己有着千丝万缕的联系。庄霖就这样看着自己的老师、同学、同学父母、亲戚、齐斯汉和庄承俊熟识的人，一一跟自己一家打招呼。最后她差点趴在庄承俊身上睡熟了，直到班上一个男生看见了他们。

“你怎么不骑你爸身上，那你爸不就跟你妈一样高了?”说完，他窃笑着跑开。等庄霖反应过来，她的身体已被齐斯汉接过去，只是她没有被按在齐斯汉脖子上，也没有被他抱在怀里。齐斯汉轻轻把她放在地上，跟她说走路的时候要小心脚下的蛐蛐。庄霖一路捏着母亲的衣角，但又常常捏不住。庄承俊走得快，很快便把他们父女俩甩在了身后。齐斯汉一边拉着庄霖紧赶着步子，一边继续说着最近林城的形势。无非是哪个书记被免职了，哪个在省城混得不错的同学升成副局干部了。庄承俊不时应一声，其他时间则继续神游千里之外。

散步结束进家门，庄承俊连回复也省略了，她安静地准备着晚饭，又或清洗餐碟和打扫卫生——她总是不用拖把，而是拿抹布一点点蹭擦着地板，直到每个细节都干净明亮，才随意打开一个电视频道，在电视机制造的人声中伸展上身和双腿，找一个角落做三十分钟瑜伽，等到齐斯汉休息了，便打开自己的那些书。

庄霖曾看见，有一本《到灯塔去》，一直放在庄承俊的坐垫下。只是她的看书状态有些特殊，时而飞快翻过，时而盯着其中一页，仿佛只是借由书本，置放无休无止的神游之旅。有一次，为了测试庄承俊是不是真的在看书，庄霖甚至撕掉了《到灯塔去》的其中一页，但庄承俊并没有生气，甚至对着庄霖朗诵起那被撕掉一页里的几句话——

> 他说的是事实，永远是事实。他不会弄虚作假；他从不歪曲事实；他也从来不会把一句刺耳的话说得婉转一点，去敷衍讨好任何人，更不用说他的孩子们，他们是他的亲骨肉，必须从小就认识到人生是艰辛的，事实是不会让步的，要走向那传说中的世界，在那儿，我们最光辉的希望也会熄灭，我们脆弱的孤舟淹没在茫茫黑暗之中……一个人所需要的最重要的品质，是勇气、真实、毅力。

庄承俊的声音很轻，只某些词句落得很重。她修习过播音主持专业的课程，常常在庄霖背诗词时纠正她重音应该落在哪里。但她的朗诵尽管准确，却因为过于标准，显得有些虚假。庄霖把书夺过来，发现庄承俊朗读的字眼根本不在前后两页上。

“你能背出来?”

“看的时候直接看一段，不要盯着一句话盯着一个个字，时间久了，你也能背出来。”庄承俊一边说着，一边笑起来，露出脸颊两侧正在渐渐长成皱纹的两个酒窝。

三

香山旅馆地处僻街，早已经没什么生意，只是店面一直坚挺。吧台上方的墙壁处贴着“咖啡自取”的告示，庄霖坐下时还感觉到四下左右几个虎视眈眈的眼神。

“现在还要靠免费咖啡招揽生意吗?”她道。

“这可不是招揽，是给房子做广告。”齐斯汉指着上面，“现在谁还住这样的旅馆，都是为了卖铺面。凡开过店铺，价格就更高。可谁不知道呢，林城早就没什么生意可做了。”

“不错，我就是奉命来看楼的。”

身后的声音中气很足，像个端正稳重的中年男人说的，但尾音又有些轻飘。庄霖闭上眼，暗自思忖道，八成三十五岁。扭头睁眼看时，男人已经伸出半截手道:“你好，我是郑然。”

从九螺港公墓的前身郑氏宗族墓园发生过挫骨扬灰事件后，林城便没有郑姓人了。虽然这些年外地人拥入，但郑姓依旧寥寥。庄霖回顾了一下少年时代，唯一的郑氏同学，还是在外省读大学时结交的。只是郑然的发音很像本地人，不禁又让庄霖困惑。

“我随我妈姓。”他看着庄霖，“她不是林城人，不过我是在林城跟我奶长大的，奶奶去世了，我就改姓了。庄小姐也是吧。林城随母姓的不太多。”

“这些年也不少了。我也是我妈走后才改的。”庄霖看了一眼齐斯汉，他已看向玻璃窗外。关于自己的名字，庄霖本是抗拒的。林城这样的小地方，随母姓是一件怪事，还会被老师误解为单亲重组家庭子女。只是齐斯汉坚持，庄霖至今还记得那天的派出所尤其炎热，她像一桩物件被齐斯汉拿在手里。那天阳光比今天还要刺眼，齐斯汉则盯着一半脸埋在阳光下的庄霖道：“多像啊。”

“难道我们不像吗？”她道，“我和你，难道不比和她更像吗？”只是说话间，她觉得自己比父亲更激动。

外面的阳光照进来，庄霖重新眯起眼：“不说别的了，我们就想知道寻人广播的事……您为什么现在突然找我们？又怎么确定是两千年？”

“老实说，我看到庄小姐发布的购墓信息没忍住在网上搜索了她。您明白的……很多人购墓只是投资，但现在不允许墓地投资了……至于寻人广播……那确实是我当年不懂事时干的一件傻事，也因为是傻事，我记到现在……直到现在，我也感激庄承俊女士跟我一起完成了那件傻事。”郑然说着，不自觉晃动了一下右胳膊上的银灰色金属链。庄霖看见，链条下一条不深不浅的瘢痕，时而露出来，时而又被遮住。她突然想起最后一次和庄承俊坐着吃饭，她要求自己必须吃下菠菜和韭菜，并拒绝加入庄霖喜欢的蘸料，认为这是一种懒惰——“对自己能够做到的那部分选择不做，就是懒惰。”她道。

“那你为什么老往外跑不好好待家里？待家里很难吗？”庄霖下意识反唇相讥。

当时，庄承俊常结束一天的工作和家务后，背着帐篷往林地走。她对齐斯汉说：“这是我能承担的全部责任。”

上世纪末的林城，很多人爱开摩托车，齐斯汉也买了一辆，有那么几天，常带着庄承俊母女兜风。有一次，他们压过一片浅浅的水塘，庄承俊笑起来，眼睛眯成两条长长的缝，在黄昏的风中突然把脖子上绑着的红色丝巾取下，双手撑开，脚踩摩托脚蹬站起来。而齐斯汉像受此感召，也噌的一下站起来，摩托车摔倒在了路旁，庄霖的左脸和左侧手臂均刮出一道长长的血迹。那之后不久，庄承俊便离开了这个家。

领取高中录取通知书那天，齐斯汉接庄霖放学，在傍晚大街上的夕阳下低声问她“要不要玩数影子”，庄霖觉得错愕，齐斯汉却自然地数了起来。数到二百一十二个的时候，他们终于回到了家。齐斯汉说今天的影子不够长也不够多，有一天他和庄承俊一起回家，路过了五百多条影子。

回到林城后，庄霖要求齐斯汉把家里母亲的旧物丢掉或卖到二手交易市场，被他拒绝。他甚至留着八十年代末每一张刊载过庄承俊诗歌的《林县晚报》。他们通过那些诗认识，虽然齐斯汉对那些文字没什么感觉，只是用报纸装裱旧书过程中，被上面庄承俊的照片吸引。庄承俊高挑的身材和独特的丹凤眼、立体的鼻梁、略有些方的脸庞，即使隔着黑白油墨，也依然显出极高辨识度。只是当庄霖要求齐斯汉把那些物件清理掉时，他竟一时忘记了庄承俊的长相，而是想起她写过的一句诗——“我从目的地往后抵达你”。

“……那时我参加学校的演讲比赛，没有进入决赛，心情很差，想做些什么显示自己。我在《故事会》上看到篇文章，说有一个人，听说一九九九年十二月三十一日是世界末日，相信了，还做了一连串疯狂举动……他问同学们借钱，筹到两千多元，还抢劫了一家高速公路边缘的小卖部，可是小卖部里除了货物只有四十五元零钱……最后他到了上海，去了外滩，准备等待世界末日的钟声……结果，什么都没发生。之后又发生了一连串的故事，最后男孩知道，真正的世界末日是二〇一二年，他决定向所有人通知这个消息。我相信了那个故事，觉得自己有义务告诉周围的人，十二年后，我们将迎来世界末日。

“……我想告诉所有人这个消息，但我不能在学校广播站说。一来说了肯定也没人信，还会被同学嘲笑，但如果我在人更多的地方，说不定就有人信——当时我就这么想。林城人最多的地方除了中心商场就是火车站，商场我去过，绕了三四层也没找到广播站在哪，我又不敢问保安，怕说了他们就把我交给警察，或者根本也不当回事任凭我继续假装在商场找妈妈。我觉得最适合的地方就是车站。我跟车站广播站的人说，我想找我妈妈，向他们描述了我妈的大概长相，反正就是一般三十几岁女性应该有的样子，我觉得满大街都是这样的妈妈。只要我撒泼，他们一定会妥协。果不其然，广播站果然开始播报了，说有一名三十五岁的女性离家出走，而她的孩子正在寻找她。

“然后我见到了一个女人。她先是在广播站周围徘徊，接着才走进去。当时我已经把那间办公室都搞乱了，办公室里除了我只有一个插着耳机听着曲儿玩俄罗斯方块的女青年……那女人先是看见了我，再看了眼整间办公室……她看见我并不是她的孩子，马上要走。我赶紧喊住她，撒泼，使劲拉住她。”郑然道，“我说我家里父母真的离开了我，埋在我不知道的地方，我的爷爷奶奶一直在寻找他们，我也决定长大后要寻找他们……现在，我有一个很大的计划，她有配合的必要。结果呢，她居然真的相信了，她真的按照我说的，去和广播站的人周旋，而我，则在那个间隙，向所有车站的人公布‘十二年后将迎来世界末日’的消息。”

“你想说那女人是我妈？”

“不可能是别人。那样状态的女士，印象不会更深刻了。”郑然迎面看向庄霖，“而且她当时问我，告诉了大家这个消息又能怎样。我说，这样大家就可以做想做的事啊。她说，大家现在就在做想做的事啊。我又问，你想做什么。她说想去成都。对了，你们现在还需要买墓地吗？”

庄霖冷淡地看着他：“你从进门开始就在编，说吧，你为什么找上门。”

“我说的是真的……不过，我不是来给老板看房子的，我是来看地的，这块地方要用来建新墓园了。”

“还有呢？”

郑然笑笑：“庄老师跟我是在车站碰见的，但不是两千年，是二〇〇八年。她拖着一个粉红色的蛇皮口袋，袋子磨破了，里面的衣服露出来，我帮她把袋子打了个结，还用最后的钱给她打了车。最后我们一起租了一间老小区内的隔断房，我住她隔壁，她爱说梦话，经常被骂。”

“庄老师？”

“她那时给小学生教语文。是附近民工学校的小学生，学生入学前都不识字，需要补习。我后来知道，那不是个正经小学，算是非京籍打工者子女的‘托儿所’，只是孩子们比幼儿园孩子大了许多，就称之为‘小学’了。学生户口都在外地，还有一部分黑户口。校址半年换个地方，庄老师也就半年换个地方住，搬到我隔壁之前，她已经换过三四个住址了，她不收钱，但我见过有人带生馄饨给她。”

“……她靠那个生活……”

“也不全是，她还卖黄牛票，在国家大剧院门口，我没见过，是房东说的。我和她的房东是同一个人。那个人说，她卖黄牛票，但比别的黄牛卖得便宜，被同行排挤。”

“成都是怎么回事？”

“确实是她跟我说的，想去成都。我们在水房聊的。至于为什么是成都，我没问……”

“没有摄影展？”

“有摄影展。我是说很可能已经有了摄影展。那时候她就经常拍照片。她还喜欢在院子里拿粉笔画中国地图，如果没有人打断她，她能画满整个院子。”

“你为什么找我们？”

“我是来还东西的。”郑然随手从双肩包中抽出一个透明文件夹，“庄老师让我转交给你们。那会儿，我们都觉得她不太正常，说的话不能当真，不过她指点过我。东西我一直留着，想着如果有机会来林城，就来找找你们。现在房价都在跌，我这次就是来给公司看地的，我们准备在林城找地，建新的墓园，这块地政府已经批了使用权，可香山旅馆房东不肯搬迁，我们要跟他交涉。”

庄霖把匣子接过来，外面的雨已经停了，阳光透过玻璃门打在他们身上，每个人都变成了阴阳脸。文件夹内，有一小本因为年代久远所以显得有些窄小的书册，还有两束和此刻阳光相似质地的泛黄发丝。书的名字，是《到灯塔去》。而发丝，像是孩童的，却又在阳光下泛出一丝枯黄感，并且有的发丝细有的发丝粗。庄霖心里咯噔一下，不禁想起十五岁时，她曾在从小就订阅的文摘杂志上交的那位笔友。笔友的电话印在刊载着席慕蓉诗歌的页码右下角，是一串有些古怪的电话号码，中间四位和庄霖的生日日期一模一样。地址则显示在贵州，一个遥远的地方。符合她内心渴望离开林城的冲动。她先给那条电话号码发了短信，再之后她们开始写信。女孩子的情谊，浓烈时可以非常浓烈，浅淡时就完全变成陌生人。高考后她不再给那位笔友写信，只是齐斯汉一次突然告诉她，有一封打印信寄到了家中，说是她的笔友。庄霖在回信中倾诉了自己高考失利，决定去离家很远的城市念书，并从在洗手台前剪掉的一把头发中，挑出一束寄给了贵州笔友。那之后很久她都没有收到她的回信，只开学前收到一笔五千元的支付宝转账，转账信息写着稿费。可庄霖从未写过什么文章，何来稿费？她莫名觉得一定和那位笔友有关，只是电话拨过去，那居然已经是个空号。

她决心永远不告诉齐斯汉关于头发的事。

四

“八年前，我还在做房产中介。有一天庄老师给我一张传单，说我可以试试。我看见是招墓地销售的，很生气。庄老师捡起来还给我，说可以试试，说不定比做房产中介靠谱。我当时处于职业迷茫期，那家公司薪资比我当时的工资高一点，我就拉着两个哥们儿去公司看，发现不是骗子，领导也像明事理的，五险一金还能正常交，我决定试试。总觉得卖不出阳间的房，跑去卖阴间的房说不定有戏，呵呵。谁知道没两年，房价下跌，墓地投资变成紧俏行当，我们也不必再往老人堆里扎。当时我们跟很多理财机构有合作，他们还推荐顾客来我们这里买墓地投资，有年轻点的，也有老人。当然那也是很早之前的事了，早就不许了……庄老师介绍我来现在的公司后，我也没见过她。我不知道她是不是跟着那所民工小学去其他区了，又或者根本已经离开北京去了成都，也可能去了其他地方吧。”郑然打开手机上的App，“不过，我一个搞收藏的客户前阵子发在朋友圈几张图，是成都一个摄影展的照片，我觉得照片风格跟庄老师当年拍的有些像，但我不确定。”

他们看过去，在热咖啡制造的雾气中，二人的镜片都糊了一半。庄霖先是左右滑动，继而上下滑动，一共四五张照片，父女俩端详了十几分钟。照片颇像庄霖大学时选修的中外艺术史上的一些图，构图有点接近立体主义，强烈的色彩对比又有些野兽派的意味，但如果说这是作者刻意为之，倒不如说是曝光过度，或因某种技术不够纯熟显出的奇异粗糙感，让照片有了不同于他们看到的世界的样子。除此之外，这些照片信息混乱，彼此之间没有内在关联，很难断定都是一个人拍的。里面一张最为写实的，拍的是一个旧书摊商贩和一个盗版CD商贩，二人互相抽着对方的烟，一个嘴角微微上扬，撩起袖子，露出胳膊上一半刺青，另一个抖了抖帽檐上的鸟粪，表情被阴影遮住，只能看出四分之一侧脸。两个人都还年轻，无法判断是三十几岁，还是十几二十几岁。他们像是一边抽烟一边谈论什么，又像其中一人为了抽烟而故意谈论什么。照片的右下方还有胶卷时代常见的日期标识，以及其中一人穿着某一年李宁登上纽约时装周的限量款运动鞋（也许是仿冒的）。同时，不知是年代缘故还是翻拍的原因，照片有些泛黄。

“当时看见照片我就想起庄老师，主要也就认识她一个爱拍照的。她过去就喜欢拍路边的人，还把小区保洁阿姨带到家里一起做瑜伽，有人劝她去瑜伽馆应聘，肯定比当语文老师赚钱多了。”郑然道，“可我问那个顾客‘摄影师是谁’，他告诉我的，是这个。”

詹臣军。庄霖一边端详着郑然递过来的名片，一边念出声，念着念着，竟也觉得就是“庄承俊”了。

“你们别看这名字像个男的，我问了，是个女摄影师。但除了她的经纪人，没人见过她。”

庄霖凝视着名片，因为表情过于严肃，很像在生气。她心里有些不想追查下去，但又总觉得什么东西在吸引着她，她突然对去成都有些期待。

“名片上没地址。”庄霖道。

“地址我不好问，只知道她的经纪人开了个馆子，就在成都的春熙路，店名叫‘真粥道’。”

“你去吗？”庄霖斜眼看了看齐斯汉，“我买票，我们明天就走。”

“我就不去了。墓地的事，你找小郑了解了解。”

他侧身穿过了旅馆门前的磁吸门帘。外面的阳光似因被雨水洗过一遍，比堤坝上更刺眼。他觉得，仿佛从听到庄承俊的消息，再到香山旅馆内的交谈，都从流动的时间中被剪掉了。整齐划一的黑色招牌店铺，倒闭封店的沙县小吃，改良过的新疆减肥料理，因土壤黏性不够养不活的路边月季花正在被工人换成假花——齐斯汉觉得眼前的一切都很不真实。口袋里的手机振动起来，他看了一眼，又是一串陌生号码。在骚扰电话超过正常电话几十倍的情况下，人们很少再接打电话而是改用语音通话。前几年，林城作为第一座跟随一线城市脚步全城免费上网的普通城市，引起不少争议。虽说这年头网费已经十分便宜，但全城免费上网还是一个新的举措。有过分激动的网络评论员撰文称，“籍籍无名的小城市林城，却要跟随一线城市脚步，相关领导人这是要在中原腹地建个‘二都’”，一时间转发过百，害得几个市政府机关不得不发联合声明。只是这件事让林城许多国有连锁店铺纷纷关门——机关人员不敢去用餐怕说公款消费，普通百姓又觉得店铺商品及服务太贵。一批随时转移地方的流动摊点倒在林城火了起来。还有的流动摊点，早上六点在东边卖早点，九点转移到南边卖五金皮件，十二点又在某羊肉馆子外卖一小时的炊饼，晚上十二点之后又出现在市中心闹市区的夜市中兜售泰国香水和越南精酿啤酒——想到这件事，齐斯汉觉得庄承俊一边教语文，一边卖黄牛票，又拍拍照片参加展览，得空还在小区水泥地上画地图，都是正常的。倒是他自己，退休前的唯一工作就是装裱旧书，导致现在和过去友人的联系往往就是——老齐，给我找找一九六一年的《毛选》。这么想着，齐斯汉笑起来，差点忘了等红绿灯。

网络上詹臣军的名字只出现在一些群展中，简介只有一句话“视觉艺术家，生于上世纪六十年代中期，二〇〇八年开始视觉艺术创作，迄今公开展出摄影作品两百余张，获得过第九十届黄河艺术展银奖，入围第二十届拉古纳国际艺术奖终评，出版有摄影作品集《追随》，与版画家严昭明合著有艺术对话集《存在与在》”——乍看，该有的信息都有了，只是性别、籍贯，以及个人照片，不论哪条资讯内，都是空白。詹臣军刚刚参与过的展览开幕式上，策展人在社交网络晒出的艺术家照片中，也没有她的留影。庄霖按动着搜索键，点开《追随》与《存在与在》的书影，发现作者简介栏同样没有詹的照片。公布出来的新书分享会照片中，也只能看到严昭明，以及詹的经纪人，江湖称“斗地主”的一个常年戴帽子的中年男人，除了一篇同行给他写过的印象记，个人信息比詹还要模糊。传说他酷爱请客吃饭，并且是个声控，明里暗里交往过不少女配音员。斗的本职工作在艺术基金会，扶持过不少江湖艺术家，发掘了包括詹在内的七八个中青年艺术家，为他们申请世界各地的创作资助，但据说他从中抽成过多，还有人跟他打过官司。只是，当庄霖下载了《追随》的全彩付费电子版，滑动一张张摄影图片，突然觉得詹并不是自己要找的人。摄影书上的作品风格偏冷色调与写实，更像经过艺术处理的新闻图片，远没有郑然给他们看的那几张照片色彩饱和度高、人物背景生动。并且，那几张图根本没有出现在詹这本几年前出版的书中，如果那几张图是新作，不收录书中是正常的，但如果是新作，那些照片的技术问题又如何解释。

庄霖内心涌动着一种努力过后的徒劳感。这种感觉在过去那些年常常出现，但此番涌现却让她尤为难过。她想起高中时在操场深处的黑板上给初恋男友写下的告白在某一堂早读课被男友本人捅到老师那里的窘境，想起某位网恋对象因为不愿意把她介绍给自己的朋友让她在麦当劳等自己的那个凌晨三点的海岛……还有她曾经工作过的城市，市中心精装一居室的房租早已过万，她只得住到八环外的郊区，来回上下班要六个小时，遇到堵车，更是要凌晨四点就爬起来。郊外小区的人口成分和广大农村差不多，也多居住各式各样的老年人。每隔一段时间都有出殡的哀乐在附近响起，一响响半宿，没人敢举报。庄霖旁敲侧击希望搬到当时的男友家中，始终得不到明确回答。分手后才知道，男友家中一直居住着他的前妻和五岁的儿子。她依赖着本性中的迟钝来让自己暂忘这一切（就像她总是因为迟钝识人不明）。可一旦生活再次出现错位，出现新的故障，出现新的徒劳感，这些阴影就像水蛭一样吸附过来。她想把往日那些恋爱对象都叫出来，让他们说说，他们眼中的她到底是什么样，她想对比一下，那和她自己眼中的她到底有什么区别，或者，他们各自眼中的她在不同时候都呈现出什么样的状态——也许这种偏差感是存在于每个人身上的，所以詹会突然拍出看起来技术不成熟但意识更为前卫的照片。庄霖绞尽脑汁想找出几个名词来解释下这一现象，却突然发现她对艺术史课的印象，只剩下一种模糊的感情，需要用到的时候，她找不出任何理论支撑。

回到林城的几年，她已经重新适应了这座县城般的城市。她在电子城销售部工作，几年内建立了自己的熟人关系网，在几个重要客户群体中不断洗脑式营销，把一两个专注华东华南地区的国产电子品牌引入林城，很快积累了一笔收入，贷款在齐斯汉住处附近买了新房。只是，生活中更少可以交往的男性。她在各种约会软件上认识的那些人，听说她生活在林城这样的小地方，也不敢出现在她的朋友聚会中，生怕牵扯不清。庄霖也尝试去异地挽回感情，但那最终只是延续了她和某些男人之间的性关系。甚至有人在她面前飞扬跋扈，直指她对他的爱并不如她展现出的那般浓烈。

“你只是像爱很多人那样爱我，你并不知道我是什么样的人，又需要什么，你只是跟着一段劲儿……不过，你除了自己又关心谁呢。”

男人说完，就把庄霖晾在他们第一次上床的旅馆。在某种因为被抛弃产生的酸涩心情中，庄霖大哭一场，接着，又像什么都没有发生过那样，回到林城。

那些男人似乎也看准她这一点，避免与她建立长期的情感关系。他们让自己处在可以选择的位置，仿佛只要愿意，庄霖内心的脆弱随时给他们机会。毕竟，他们喜欢她在感情中展现出的盲目热情。这种热情与她工作中锻炼出的干练形成反差，让他们心动。最终，庄霖的每一段感情，往往只剩下原本看起来最不稳固的床笫之谊。她的婚事，从刚毕业时每半年固定被齐斯汉问询一次，变成不再被提起之事。母亲的消息，让她和齐斯汉的关系重新变得亲密，尽管这种亲密是有所保留的。

庄霖觉得家里重新变得空旷许多，甚至觉得那些母亲留下的旧物再次集体发出了回声，她在密集的旧物记忆组成的盒子房间内生活，时常从梦中惊醒。这几年，她已经不会为生活和感情而沮丧，可这则突如其来的消息，好像把她身体内部对各种事物的情感一下子挑拨出来。只是有生以来第一次，她没有对不够具体之事感觉到茫然，没有对前路展现困惑，甚至也无须再回避什么。尽管她面前的一切信息都有待考证，有待开垦，一如母亲多年前承包的荒地。

庄霖重新翻出郑然发来的几张照片，一遍遍滑动屏幕，看着看着，仿佛进入了照片中的情境。那个执摄影机的人，开始缓缓露出他们的头颅。庄霖在脑中描摹着可能的形象，可越描摹她就越觉得刚开始清晰的形象再次模糊，直到郑然的信息跳出来——

九螺港公墓有一块中型墓格要转卖，价格适中。

五

墓地转卖本是不允许的，但这些年买墓地要摇号，一些过早买了墓地作为投资的人看到转卖墓地的巨大空间，和陵园协商好退还，再由陵园出面再次销售，双方分成，也能赚一笔。只是这两年墓地价格涨得比前几年更甚，很多人担心这就跟房价疯涨时期一样，过不了两年就要贬值，一些在政策不紧张时期囤积墓地作为投资的，纷纷想方设法转卖手中的地。以致个别墓地，在抛售过程中意外贬值，只因为有一些地理位置接近，面积差不多，甚至风水也差不多的墓地也在抛售。郑然介绍的这块墓地便是如此。

“这不就跟房价狂跌时差不多吗？”庄霖拉开了车门。

“先乱的都是自己人。”

“我突然想，如果詹真是我妈……她怎么活过这些年的。”

“庄老师要想瞒，就还是有办法。她只是离家出走，不是外逃。”

“我准备明天去成都找斗先生了。”

“那你更要看看这块地。”郑然道。“如果他真的跟庄老师有联系，他不会见你。如果你有墓地要转，价格又很低，就算他不信，也肯定想看看。有钱人规矩多，还个个不一样，你得写个拜帖……比如为什么要见他，先要寄到他府上。如果没有回应，也不要直接打电话，去他会去的地方，比如哪个餐馆。或者他可能出现的聚会上，总之，你不能直接去找他。”

“为什么帮我?”庄霖道，“你不是来找我看墓地的?”

郑然不置可否：“好的墓地资源都被老客户抢走了，轮到你的，肯定不怎么样，但这块地便宜。你真有块地，就算斗先生查你，也查不出你的错。”

车开了很久，路过许多墓前插着绿树的墓地，才看到一排立着无字碑的墓。

“这是战争年代的无名尸，以前碑上也是有字的，‘反校园暴力战牺牲烈士’‘第二次东部地区男女平权战牺牲韩国烈士’什么的。但有一回，不知道是朝鲜还是咱们的台湾省来的一个妇女过来寻亲，说自己的先祖埋在这里，要掘墓查验。当然是不行的，可也闹出不少风波。这些战役本就相互交叉，也有一些人确实来自邻国，甚至连到底是敌军还是我军，某些时候都拎不清。最后只得换成了无字碑。还别说，现在很多学校扫墓，专门来无字碑前进行爱国主义教育。”郑然道，“前几年河北地震那会儿，墓园也裂了口子，这片无字碑也遭了殃，可谁知道呢，裂开的口子里，这些墓地里其实都空空如也呀。”

“里面没有尸骨?”

“就算有，过了这么久肯定也没什么成形的了，可总会有痕迹。但里面什么也没有，就好像这里面什么都没有埋过。”郑然道，“后来这几块地就想办法卖掉了，也只能悄悄地卖，谁都不知道为什么里面是空的……但真的价格比较低了，十一万一个。”

“那确实低。”

“这段时间我们清查发现，没名字的墓，很多里面都没埋人。”郑然看着远处，“我怀疑，从一开始，这些墓就是给外人看的。”

“什么意思？”

“不用来埋人却不得不造个墓，古代有，近代也有，林城前些年也有。”

“郑家人？”

“哈哈，谁知道呢。你可以想想，怎么跟斗先生形容这块地。”

庄霖看过去，它在一排无字墓的尽头，但因为位置有所偏移，也可以归为后面一排的墓。座底厚实，朝东打开，敞开的墓格内部，淡蓝色的水泥在阳光下露出波光粼粼的样子。庄霖虽不懂怎么看墓地格局，但心里觉得这块地敞亮。

“最大的好处是，本来就是公墓，从没被交易过，‘前史’清白，没有那么多复杂手续，使用年限长，包括骨灰存放的使用费也是比较低的。当然了，双穴墓是不可能的。”郑然道，“虽然这样说不太好……如果齐先生不想要，你也可以考虑考虑。”

庄霖拍了几张墓地照片，连带去成都的票也一并截图下来发给了齐斯汉，但他没有回。订餐App上，能预订的真粥道餐位已经到了三天以后。和庄霖想象中不一样，斗先生只是老板，并不负责具体经营，具体经营的是一位姓石的中年女性，她有时还会亲自做菜给VIP客户吃，在食客晒出的用餐照片中，偶尔还能看到她的身影，往往只露出四分之一侧脸。在网络上，石女士的信息也比斗先生多，她还有一个别称叫“湾湾”，尽管相关搜索词条中，很多人都搜索过湾湾，却没有任何一条直接关于“湾湾”的实际信息。石女士也涉足收藏行业，只是过于玩味当代艺术，藏品质量跟斗先生比也略逊一筹。不过，能见到石的机会比斗先生多，庄霖一下飞机，就前往石女士在某五星级酒店的堆糖蛋糕体验课堂。

预约名字是齐斯汉，这是她有意为之。场馆内先出现的是一个蛋糕师傅，告诉大家石女士需要晚到三十分钟。酒店是被隔音玻璃窗围起来的一块大方盒子，庄霖沿着墙根走了一圈，突然感觉到短暂的耳鸣，直到服务生喊她，才知道石女士已经来了。她看起来比照片更瘦，细细的脖子上挂着一条爱马仕全钻项链，松松垮垮，让她显出几分沧桑。提问环节，庄霖故意说出詹臣军的名字，提出自己想用堆糖蛋糕的方式做艺术的思路，引发现场一阵窃笑。想必是出于修养和现场氛围，石女士赞赏了庄霖的想法，并希望结束后她可以留下来。庄霖心里觉得不可能这么顺利。课程结束后，石女士的助手塞给她一张名片，她看到姓名一栏写着“湾湾”，名字旁还有一个括号，写着“石丽、斗十一”，地址则是真粥道的。

晚六点的成都，天还亮着，但路已经堵起来。二十年前新建的快速公交和地铁，如今早已陈旧不已，不少道路都被封住维修。庄霖看着它们，想象着母亲走在这些路上的样子。可她脑子里的她，还是年轻时的状态。她觉得母亲的长相是不显老的，可又总觉得一些东西正在变化。仿佛从未存在的那截时间正以新的方式填充进庄霖的生命。给斗先生的邮件发出时，庄霖为自己捏了把汗，但想到郑然曾信口雌黄对自己说起母亲的往事，她又坦然起来。

下了车，石丽和助手在前面带路，时而侧身跟庄霖交流一句。庄霖继续按照给斗先生邮件中写的那样讲述着自己和詹的交集。

“她当然不记得我了。但有一张照片我记得很清，就挂在我爸家里。我爸说是很多年前一个朋友拍的……后来我一个卖墓地的朋友说起，我才知道那个‘朋友’就是詹老师。照片背景和我小时候的林城很像，后来我一度怀疑，那背景并不是摄像，是用细密画笔处理过的，是詹老师按照脑子里林城的印象画出来的。”

“那个背景确实是画出来的。但背景前面的人也是画出来的。你能看出来吗?”石丽笑笑,“我是说,詹先生,哦,我们平时都叫她先生,詹先生的照片,一大半都是画出来,再根据画出来的样子翻拍的。这世界上真有那么多可以拍的细节吗?有的只是无尽的想象力。”

掀开真粥道的门帘,这里的人并没有那么多,和订餐App上的“盛况”很不一样。服务员懒洋洋的。只是当石丽一出现,服务员们很快精神抖擞起来。

石丽摆摆手:“把斗十一叫出来。”

出现在眼前的是一个光头中年男人,小眼睛,鼻梁很高,身体有些发福。斗十一把外褂脱下,庄霖也把大衣取下挂在衣钩上。下面的人看见三人落座,很有眼力地扭头就走。斗十一把其中一人喊下,那人很快给他们倒了茶水,又拿了份文件给斗十一,他匆匆翻过,很快又合上,放在庄霖面前。

“你已经查过了。”庄霖有些尴尬。

“打听詹臣军的,我都会查一查,算是习惯吧。就这几年没什么人问,毕竟‘詹臣军’作品越来越少了。”

“我……”庄霖突然有些结巴,“是郑然,我一个朋友,他跟我说到您的。也是他把詹臣军的作品给我看……我从他那里听了一些事,自己也觉得好奇……我只是想知道詹臣军是谁……因为我觉得她很像我……很像我妈妈。”

“不光你想知道，我们也想知道。”石丽道，“这么多年……虽然确实有那么一个女人出现过，可我觉得真的詹臣军，也许我们都不认识。”

“你母亲三十年前离家出走。”斗十一道，“加上你现在的年龄，按照她二十岁生你，也是一个快六十岁的人了。这确实和‘詹臣军’的资料很接近。”

“你们和詹臣军是怎么联络的呢？”

“差不多二十年前吧，有人往我住的地方投递过作品。当时给我寄作品的太多了。圈内像我这样的人，差不多都接收过这样的东西……过度曝光的照片，泼墨式的油画，或也不知道是什么材料做成的各种各样的东西。‘詹臣军’这个名字当时就混在那批作品里，这个人一开始也尝试过很多创作方式，我收到过一幅用印章完成的肖像，一个小的金属装置，更多的就是照片。后来是二〇〇八年，我筹划一个青年作品奖，年龄限制在四十岁以下，这个詹臣军刚好卡在线上，我们打算给她一个‘青年选择奖’，因为她的作品，在美术学院学生票选榜上位置很高，质量也确实还可以。但是很奇怪，一说要领奖，这个人就消失了。再后来我手下根据她寄过来的收件地址去找过，是一座废楼。我一直以为是圈内的谁在耍我，但也找不出这个人。再后来我和石丽开了真粥道，这个詹臣军就差人来找过我，一开始是个男人，说是詹的朋友，再后来有一个女人，也说是詹的朋友，最后来过一个年轻的小哥，说是前面那个女人的学生，可能就是你说的郑然，他把詹臣军的胶卷转交给我。那批照片把我震撼了，我决定一定要找到她。”

“我现在想想，还不如找不到……”石丽斜眼看了看他。

“后来我就找人在那座废弃楼附近租了房子，每隔一段时间去看看。我心里觉得詹臣军不会骗我。我走遍了大楼里的每一个房间，在一个混着松节油和屎尿味的房间里看见了一个中年女人。老实说，长得有点吓人。”斗十一皱皱眉，“她脸是方的，鼻子好像是被人打了，眼睛周围也是青紫色的，还全身水肿。我和一起去的同事把她送进医院，住了一段时间她才恢复过来。她跟我说她连续七天没合过眼，她姓齐，叫齐霖。詹臣军是她男朋友的名字。”

“这个齐霖，当时连身份证都没有，不过我们也没问。”石丽道，“我们把她安置在餐馆附近，给她租了房子，她也承诺每年交给我们一千张作品，不管是摄影还是其他的什么。可没承想，她拿了一笔订金就跑了。”

“那之后我还是陆续收到她的作品，有照片，也有别的，地址就换来换去的了，但每一次都留下银行账号。只要收到东西，我们就会往那个账号里打钱。再之后我要策划摄影家群展，希望她能出现一下。她也确实出现了，只是这次，变化非常大。”斗十一道，“她穿得很时髦，但也不是那种真的时髦，大概就算把几个流行的款式凑在自己身上搭一下……她跟我们说自己要结婚了，以后应该不会拍照了。当时跟她一起来的还有一个男人，就是之前代她来见我的那个男人，也是她曾经口中的‘男朋友’，人倒没怎么，就是表情有点凶。”

“再后来就很奇怪了。”石丽道，“我们再也没收到照片，只是还是按照最初的口头约定，给她打生活费。倒是那个男人来过一次，说齐霖在我们这里。这怎么可能呢。但也巧了，第二天齐霖真的来了，她说自己有一个很大的创作计划，希望我们两个也能参与。只是这回我们都没怎么信，果然第二天，我和老斗刚睡醒，她就已经不见了。”

斗十一和石丽言语拼接得十分自然，庄霖虽然觉得每一句都不像真的，却也不能说整件事一定是假的。只是庄霖困惑——郑然一开始就参与到了庄承俊的计划中，那郑然告诉她的，又有多少是真，多少是假？她想去问问郑然，可又觉得找不到不信任他而去信任斗与石的理由。直到一条新的展览信息从“湾湾”的公众号发到她的手机上——

著名摄影家詹臣军“红黄蓝三色时代摄影创作展”本月七日成都蓝顶美术馆举行

依旧是那个简介，依旧没有照片。庄霖越看越紧张，她冲到真粥道，但并没有找到斗十一和石丽，除了餐馆变得非常热闹，用餐的人很多，店门外还排着很多人。她点了很多吃的，大部分都只尝了一口，一直坐到新的夜晚降临，一个疑似斗十一助手的人把她叫住，示意她一起去看看詹臣军曾经的一些作品。

“也许能提供一些思路。”他道。

庄霖全程没有说话，直到车真的停在一座废弃大楼前。等在那里的是斗十一和石丽的助手。

“展览是怎么回事？”庄霖质问道，但很快口气又缓和下来，“不是没有新作品了吗？”

“确实没有我们说的那个詹臣军的作品了。”斗十一道，“但我们没说‘詹臣军’这个名字没有作品。”

“枪手？”

“我不做这种事。但‘詹臣军’现在是一个共用的名字。很多人，如果他愿意，都可以先用‘詹臣军’这个名字试试。我们也不强求，他随时可以用回自己的名字。‘詹臣军’依旧不会出现，但这个名字的胶卷会一直存在。”斗十一站在大楼的阴影下，“我有时候希望这个人再次出现，但有时候又不希望……这些年吧，很多作品已经不是她的了，而且这些不是她的作品的作品，正在渐渐变得比她之前的作品还要重要……谁还关心她之前的那些作品呢。不过也许从一开始，她自己的那些照片就不是她一个人拍的。”

庄霖有些恍惚。她和斗十一沿着废弃大楼走了一圈，接着又来到斗十一口中发现“齐霖”的那个房间。房间断水断电，散落着一些印着日期的十几二十年前的照片。庄霖拿着手电筒一张张翻过去，直到一张照片中，出现了齐斯汉的身影，拍摄时间则显示为二〇〇二年。那是庄承修离家出走的第二年，庄霖刚刚小学毕业。她记得，领取初中录取通知书那天之后，齐斯汉把她送到了一位女同事的家。那些年，齐斯汉和岳父母以及自己父母之间的关系很僵，连带双方的亲戚也不再走动，庄霖的童年记忆中，除了自己家的情况，更多就是那个齐斯汉女同事家的情况。和齐斯汉一样，她也酷爱旧书，只是比齐斯汉更爱读书一些。她喜欢读侦探小说，常常翻出一本老旧的手抄侦探小说给庄霖看，告诉她，这是她男朋友抄的。

“抄书的时候，很多信息会被抄写的人过滤掉，一些细节甚至也会发生改变。有时候，越仔细抄吧，越容易抄错一些细节。但也因为抄的时候特别认真，最后虽然抄错了，但自己还觉得抄的是对的。”那名女同事一边说着，一边翻阅了那本手抄侦探小说。庄霖当时看见了，在书的某一页，有一张齐斯汉的照片——他站在一栋拆掉了一层的楼前，双手抱臂，嘴角模仿着周润发咬着不知道是棒棒糖还是牙签的一个东西。这个影像从她眼前一闪而过，却被当时的她迅速又忘掉。现在想起来，庄霖突然一阵慌。如果齐斯汉找到过庄承俊，又没有把她带回来，在那个过程中他们又发生过什么，可齐斯汉这张照片，看起来并不焦虑，甚至还有一些得意。

“齐霖交往过的那个男人还能找到吗？”

“当然。那个人就是严昭明啊。”斗十一道，“后来我们才知道，他才不叫什么‘詹臣军’，甚至连他，都不知道齐霖用这个名字拍照……那个人，现在已经恨死齐霖了。齐在他们领证前逃走了，她好像不知道从哪儿拿到了假的身份证，还用那张证登记去了北京——难以想象，那是二〇一二年的北京。严说，那不是她第一次出走。那之后的事情我不知道了，也许你可以去找严，不过我怕他见了你，跟我现在一样失望。因为你好像对齐霖一无所知，哦，对你母亲一无所知。”

“我突然不确定这是不是我母亲了。”

“有什么是真的能确定的呢？”斗十一笑了笑，“你能确定是你要找她就行。”

六

手边的《存在与在》已经被庄霖翻得四角毛毛的。严昭明似乎读过一些科普书籍，也对自己的作品有着蓬勃的信心。詹臣军始终在讲摄影的事情，并谈到，为了拍摄一组照片，她把某座城市的地图背熟，还画了一张地图卷成轴背在身上。她把需要描绘的城市印在脑子里，再进行拆分，却又发现，她的拆分，常常又触及“城市应当如何建立”的问题。因为她对一座城市的印象，和这座城市本身的面貌，是有区别的。她不能无视这种区别，且必须将区别也包裹进去，如此才能达到真正的真实。

乍看之下，这是完全不应产生对话的两个人。正文前面是一千五百字的编者序言，讲述了詹臣军和严昭明的交集。他们曾是很好的搭档。严是长途运输车司机，詹是一名小学教师。他们在一次短途旅行中结识，度过了干柴烈火的七个日夜，又差点成为夫妻。这次对话虽然展现的是他们的分歧，却也能看出一部分他们互相的影响，只是就庄霖看到的，这影响已经微乎其微。她突然觉得，没必要见严昭明了——那必然也是一次失败的见面，她将看到事物的反面，而那是她不愿看到的。更重要的，她担心自己的成都之行很快要终结，尽管关于母亲的种种消息让她忐忑非常，她还是希望把一切查清楚。她打算把近期的消息告诉郑然和齐斯汉，只是她还没有说，郑然就发来了九螺港公墓的挖掘小视频。

三四台挖掘机，掀起所有无名墓，一阵浓烟中，整个墓场竟显出空茫感。

“刚收到指令，无名墓都要填平。”视频背景音内，是郑然的声音，“不过墓里差不多都是空的，不知道他们要填什么。”

“看来墓买不了了。”庄霖敲出一行字，又配上一个“调皮”的表情。

“这一次，我是彻底和祖上失联了。”郑然回复完，发了一个抓后脑勺的表情符号。庄霖觉得困惑，拨出语音通话，接着又拨打郑然的电话，他都没有接。而齐斯汉的朋友圈，赫然亮出了新的结婚证。

庄霖突然气不打一处来，在酒店沙发上坐了三十分钟左右，才觉得心情稍微缓和。她想去质问齐斯汉，可毕竟自己也有所隐藏，竟觉得无从问起。她滑动着手机相册，看着齐斯汉新的照片，里面那位新婚妻子露出了正脸——不是她记忆中那名女同事。她又打开搜索引擎，在搜索记录中，看到齐斯汉登录过的网址，是一家在线缅怀亲人的网站。近些年，墓地的高昂价格让很多人望而却步，加上提倡环保，很多人都选择不买墓地，也不立碑。类似这样的在线缅怀网站出来了很多。庄霖一页页滑过去，差不多庄承俊创作的为数不多的诗歌都在上面了，还有一些照片也在上面，只是仅更新到二〇〇二年。私人生活相册中只有她幼时一家三口的合影，其中一张被打了马赛克的，是和庄霖看见过的站在废弃大楼前的齐斯汉那张很接近，只是上面的人显然是一个形似母亲的人。说是形似，是因为她已经和庄霖记忆中的很不同了。这些时日跟自己谈论过母亲的人——郑然、斗十一、石丽……还有一些因为不那么重要没有被庄霖记录下来的人……他们跟她说的都是疑似母亲的人，可真的看到疑似母亲的影像，她竟毫不迟疑就确认了那就是母亲。

她站在三台挖掘机前，细长脖子处扎着一条红色丝巾，穿着水波纹蓝色大衣。眼袋有些明显，酒窝彻底长成了皱纹，烫着大波浪，额前的头发白了一簇，一条腿在前一条腿在后，鞋子是黑色厚底马丁靴。照片的配文写着“爱妻于二〇〇二年秋成都”——庄霖突然感觉一阵温热，再多一些类似的信息她就可以流下眼泪，可她阻止了自己。

缅怀主页上，齐斯汉给庄承俊记录的死亡时间，也是二〇〇二年。庄霖当然不相信庄承俊已亡故，但这个时间点确实引起她的好奇。如果齐斯汉真的在那一年见过庄承俊，那他们又为何再次分手，齐斯汉又为何建立这样一个主页记录所谓“庄承俊的生平”。除非建立缅怀主页的根本就不是他，而是庄承俊自己。庄霖感到脊背发凉。

外面刚下过雨，大街上路障比前几天还要多，司机说全城修路，下水道也出现了状况。庄霖想起幼时林城大街上没有修红绿灯，也常常陷入混乱不堪的拥堵。她和父母被堵在人群中的某个旋涡，如果中间谁被挤出去，另外两个也无一能幸免。

就在齐斯汉和庄霖自己都焦躁至极之时，庄承俊一把抱起庄霖，示意齐斯汉抱着她的后背。前些年地震新闻迭出，某张被广为流传的照片中，就有一个母亲，死时也保持着举起孩子的姿势，在电视播出的摄像机朦胧的镜头中，那位母亲就像一座灰色雕塑，庄霖突然觉得这个场景万分熟悉。尽管司机骂骂咧咧地开着车缓慢前行，她却陷入回忆中再次感到心潮澎湃，她觉得母亲不会不想见自己。

走进展馆，庄霖一度没有看到作品在哪里。仔细观察下，才发现作品沿着墙根，一点点朝天花板连接处和地板连接处攀爬。原本应该挂作品的墙壁却空空如也。从前台领取的展览手册中，记录着为期三十天的展览中，每一天作品的摆放方式。庄霖匆匆翻过，直到手册最后一页的工作人员栏，居然印有郑然的名字。庄霖有些蒙，却又觉得也算自然。如果郑然真的是母亲的学生，是詹臣军的学生，是齐霖的学生，那他完全有理由出现。在这种复杂心绪的指引下，庄霖逛遍了场馆内所有作品，试图找出真正的詹臣军存在的痕迹。她想起记忆中的母亲，却发现这个形象被这些天的信息包围，渐渐被冲淡了，而当她试图把印象重新聚拢，首先出现的却是那件穿着水波纹大衣的母亲。

庄霖走进黑漆漆的休息室，面前是一段循环播放的詹臣军声音采访。采访似乎是十几年前录的，听起来不是非常清晰，庄霖尝试辨认录音中的声音，却发现跟记忆中母亲的声音差别很大。或者，这声音经过重新剪辑，早就难以辨认。更大的可能则是，她听任何不是母亲的声音都觉得像母亲，而真的母亲的声音就在耳前，她却迟疑了。庄霖走出休息室，站在展馆一层的中央。进来看展的人已经多了一些，可她却觉得他们并不存在，又或只是像一个个小点站立在她的周围，就像童年时的夜晚，她手握烟花，在一小点一小点掉落的光亮中，觉得周围从无人变得热闹。空旷的家中，因为这种假想的热闹变得再次人挨人。就像逢年过节，时常有人来家里问母亲的情况。她喜欢那些亲戚或悲伤或平静的问候语，她也不介意发生什么，只是希望有人声把家里塞满。这样的生活带来的，是她没有太多心思去想起更多细节。那些过滤掉的信息，在被她自觉过滤的那一刻，就从她的生活中逐渐隐藏了。她自己也因为这种隐藏，觉得它们不存在了。可这些信息近些时日渐渐浮现，尽管她并没能重新拼出一个全新的母亲。又或者，这些她求证的人，本身也并不比记忆中的她自己更了解母亲。庄霖想着，拨通了齐斯汉的电话，却听到一声久远的“对方不在服务区”。

七

齐斯汉是凌晨六点起床的。起初是门外的洒水车播放的毛阿敏《思念》把他吵醒，接着是一声很久没有出现过的叫卖声把他的起床气也喊散了。前几年开始，林城相对好做的生意只剩下餐饮业。新一任市政府为了整顿市容，把许多菜市场挪到郊区，买菜要走很远的路，很多人都不愿意亲自买菜。送菜上门的话，菜价太贵，很多人选择在外面吃。政府就修了一些连锁餐饮店，统一售价，只在饭点开业，且为了保证生意，不允许沿街叫卖。齐斯汉每天推开门都能看到一沓传单，上面往往是一些新开的餐馆信息，又或某个流动早餐摊点的行动路线图。久而久之，齐斯汉也习惯了这种宣传模式，如果没有时间去郊区买菜，也会根据一些样子不错的传单，寻出一条适合他的美食之路。可是那天的叫卖声很不同，更像无意间发出的，好像它的主人在走神中惯性地喊了一嗓子。齐斯汉推开门，没有看见有人在卖早点，怀疑自己是梦中听到的。但很快，他感觉有人朝窗户丢了小石子，他再往外看，只看到一个模糊的孩子背影。齐斯汉清醒了过来，在窗前坐了很久，直到面前墙壁上去年的日历突然坠落，才反应过来，也许庄承俊的失踪日将到了。

他决定走路去车站。退休后，他很少再这么早起出门走，此刻，只觉得大街上人烟稀少，再看看手机，已经七点过了。虽然早餐吃得不多，但他觉得浑身充满力量，仿佛回到年轻时。火车站的人比大街上更少，十分钟不到就轮到了齐斯汉。

这些年大家都习惯网上买票，真的去车站买票的人却越来越少，加上这是淡季，去外地，尤其是相对偏远的西南地区，票十分好买。齐斯汉没有选动车，而是选择了行程较长的火车卧铺。他虽然不喜欢旅游，也不喜欢其他文娱活动，却很喜欢看车窗外的风景。这样久久地坐着，齐斯汉觉得自己想起了很多事。火车行进一段，就上了山，钻过长长隧道时，常常没有信号。庄霖这几日很少来电话，他也没有问。和一起打牌的女牌友领证结婚后，对方却反而不太愿意见他了，只周六日来和齐斯汉住在一起。不过这种有距离的相处，却又让他觉得安心——他突然意识到，自己已经不太适应家庭生活了。

随着火车一次次进入隧道，齐斯汉也一次次感到耳鸣。他突然有些享受这种短暂的宁静。仿佛一次次进入隧道，也是一次次进入某种预先不知道的山坡，他在这种感觉中，突然对自己以往接续得过于流利的生活产生质疑，尽管这种质疑不会影响他今后的生活，他更不会改变，可这种察觉，依然让他的内心仿佛裂了一条缝。庄承俊在时，他也有过这种感觉，可那时候一旦他靠近庄承俊就仿佛远离了自己，可现在，他不能说这种靠近和远离是相斥的，又或者这才是正常的，它们始终都在他的生活中。

手机时而屏幕亮起，时而响动。是庄霖发来消息，但一直到下车，齐斯汉才朝庄霖发出自己的位置。

他们约在火车站旁边的馆子。父女二人坐定，分别要了一碗牛肉面。齐斯汉用筷子把面卷起，咬一口面，吸溜一口汤汁。庄霖则从头至尾只喝了三口汤，面条更是一根根全部夹起，不从中间咬断。待到一碗面吃干净，他们才反应过来自己的吃法曾经是对方的，只好面对面笑起来。

“我去见过我妈以前的朋友了。”庄霖道，“不过谁知道呢，那可能也不是我妈。”

“我的网站记录上有你的登录IP，你已经看过网站了。”齐斯汉夹起糖蒜道。

“那是你建的？我还以为是我妈自己建的……”

“是你妈自己建的。不过，是我维护的。”齐斯汉道，“她第一回出去的时候跟我说，就当她死了。我当时很着急，差不多把全县翻遍了。第二回她走，我就没那么着急了，我寻思她还会回来，然后再平静一段时间，起码过几年再走吧。可谁知道她没几个月又走了，就是你知道的那次了。”

“她为什么一定要走？”庄霖道，“如果那些人说的是真的，她在外面的生活也不好过，总不至于我们不如别人理解她。”

“她知道啊，可她一直以来是想老实点生活的。她如果不这么想，就不会一次次回来，又一次次走了。她是想平静下来，想着把自己想要的东西折腾干净了，就能消停了，然后回来跟我一道生活。可现在你看……我放弃了，这也没什么不好的。这么久了，她恐怕已经想清楚了自己要的生活。”齐斯汉说得很快，仿佛只有这样才能心安理得。只是很快，他又为自己这样的想法感到害臊。他知道庄承俊对他来说没有那么重要了，可不管是他口中的“放弃”，还是心中裂开的那条缝，都未必是庄承俊对他依然重要的标志，是他不愿意不提起她，他知道他也为她给自己带来的那一点影响感到得意，尽管这影响中有多少是模仿，有多少是真实，他并不明晰。

庄霖张张嘴，想谈起齐斯汉新婚的那位女性，却最终没有说出口，只是向服务员要了两瓶啤酒，并对他谈起这几天的见闻。

“我其实好奇呢。这几个人，说得都前言不搭后语，真真假假难认……不过这也正常的，谁能说得没问题……真没问题，那才成了问题……”庄霖道，“可是你说的有问题吗？”

齐斯汉只低着头：“你觉得呢？”

他们很快喝光了面前的啤酒，两个人一道从餐馆出来，再走到马路上。成都的天阴阴的，仿佛迎面走来的人，身上都带着一股潮气。庄霖觉得他们无处可去，只得去和母亲，和那个疑似母亲的人相关的地方。

和上次所见不一样，这次展馆内的照片位置已经挪了一遍。齐斯汉看得索然无味，再次提起那栋大楼。

“〇二年我去找过她，那次是找到了。”他道，“估计跟你听到的差不多吧，她那时候有很多计划，要拍照片，要当老师，还想去救济灾民。真的太神经病了。我们大吵一架，我回了林城，之后我想找她，就难上加难了……不过，这都什么破照片啊……”

“据说这个詹臣军就是我妈，她好像还有了假身份叫‘齐霖’。”

齐斯汉似乎没有听到庄霖后面的一句话，而是沿着照片一路看一路评道：“这不可能是你妈拍的。虽然你妈吧，也喜欢东一榔头西一棒槌。哪哪都坚持不了太久，可这些照片，都太热闹了，感觉比你妈还不专心，非要把外面大街上的所有东西都搬进来。不过呀，也难说过个几十年，等这些照片破了，说不定还能显出几分好来。”

“怎么讲？”

“就跟补旧书一样，那些旧书，有几本是真的好书？不过因为旧了，就显得好了一点，因为大部分人说的话，本来就只有几句有用。要是每句话都有用，听话的人还不得累死？”齐斯汉道，“出去吧，去他们跟你说的那个你妈住过的地方瞅瞅。”

“要拆掉的那栋楼？”

“随便什么吧。”

他们先去了真粥道齐霖曾住过的那间屋。现在已经被改成了杂物间。服务员都认识了庄霖，引她进去，说已经收拾出了几本齐霖用过的笔记本，一本病历。病历的登记名字，已经被颜料糊住了，齐斯汉不知道是不是故意的，想抠开颜料，却直接把那层纸都抠破了。好在从其他信息，能看出这份病历确实跟庄承俊各项信息很吻合。病历显示，庄承俊在成都经历过两次小手术，一次皮外伤，一次急性胃炎。庄霖判断，皮外伤中，有一次也许就是斗十一提到的那次，可庄霖其实不愿意相信斗十一告诉她的那些。更何况，这些资料本身都是斗十一提供的，这么完全的资料，仿佛就是为了准备给谁看。也许这也是庄承俊安排好的，庄霖想着，被自己的猜测吓了一跳。笔记本上面多是齐霖间隙中的画作，也有个别语义不明的词语充塞其中。只一张夹在其中的纸片引起她的注意。上面抄着一首诗——

…………

我冷眼向过去稍稍四顾，

只见它曲折灌溉的悲喜

都消失在一片亘古的荒漠。

这才知道我全部的努力

不过完成了普通生活。

——穆旦《冥想》

庄霖脑中浮现起庄承俊背诵《到灯塔去》段落的样子，可她不管怎么努力，也回忆不起那段话本身，而只是想起最后几个词，几束尾音——“勇气、真实、毅力”。

“你说，我妈现在在怎么生活？”

“赚钱吧。折腾了半辈子，她不会不知道起码要有存款的道理吧，这么吃了上顿没下顿，我不信她习惯得了。那可是一个要定期做瑜伽的人啊……”齐斯汉说完，又突然警惕道，“还有谁知道你妈的事。”

“严昭明。”庄霖道，“你觉得还要见见吗？据说是这个齐霖的前男友，不过，他如果真和齐霖，也就是之前那个詹臣军有联系，那这次展览，他不管出现还是不出现，都已经脱不了干系了。”

八

严是个自傲的人，平时不愿意参加圈内聚会，好在他没什么名气，要到他本人的联系方式并不难。庄霖谎称自己是他的粉丝，希望能采访他，他很快就回复了，并约在家门前的棋牌室。棋牌室里热闹非常，在这里说多么私密的话，别人也都视而不见。

和斗十一的叙述不同，真实的严昭明看起来非常斯文，但是语速特别快，他似乎根本不在意庄霖是否听懂了自己的话，只是不停说自己正在进行的作品，直到齐斯汉打断他，并说自己是齐霖的前夫，他才仔细端详起齐斯汉。

“哦。她倒有过一个丈夫。”严昭明道，“是临时丈夫。大概十几年前，他们还打了一架。齐霖骨折了，我把她接到我那里去。”

“你们当时不是恋人关系吗?”庄霖问道，“斗十一说的。”

“我们怎么会是呢?”严昭明点了支烟，“这是策划出来的。我跟斗十一说好，把我和齐霖，塑造成‘詹臣军’。”

“詹臣军?”

“你不知道吗? 这是个符号，我负责让‘詹臣军’出错，齐霖负责让他牛 ×。”

“最近的这些作品……”

“那都是傻 × 弄的。”严昭明道，“齐霖早就找不到人了，人间蒸发……但‘詹臣军’刚有点小名气，不能让它沉没了……不过齐霖确实帮过我，说起来我也帮过她，只是我不敢认……她刚开始来成都，什么也没有，我也差不多是。我去餐馆打工，她在附近小学打工。我当时喜欢去她工作的学校溜达，有一回就看见她用树枝在教学生识字。是用树枝在地上画图，然后教学生识字。我当时还觉得这老师真不错。结果她看见我在看她，就让我拿树枝画。可是我画着画着，就越画越不清楚了，因为齐霖要阐释的词语，太复杂了。

“那天晚上之后，她经常喊我过去。不过变成了她在画，我在讲。再后来我们就经常搭伙做点事情，当时日子挺无聊的，因为这些事，还觉得生活多了点滋味……只是好景不长。齐霖不想做个艺术家，不光因为赚不到钱……她其实对钱没太大兴趣，虽然她看起来挺小资的。她对一切都表现出兴趣，意思也就是说都没兴趣——我很明白她这一点。我全程沉默，让她自己选择。最后她选择去做生意。不过，她早就没什么感觉继续搞艺术了，她完了，只会跟我说些没来由的大道理，像个老修女……”

“哪一年做生意了?”齐斯汉打断道，“什么生意?”

“就几年前啊。她从我家里逃出去……据说去了深圳，也可能是东莞……据说她搞活动策划，跟政府的人一道做宣传，搞什么文科普及教育……谁知道呢。我也习惯了。我好久没见过她了。对了，你们要去深圳吗?我倒可以介绍个朋友，不过，我估摸情况跟你们在成都看见的一样。齐霖要是消失，就从整个生活圈消失，你们就算找她认识的人，他们也肯定不知道。”

“一个人怎么可能说消失就消失呢。”庄霖道，“没有朋友去找她吗?”

“她有什么朋友?她那样的能有什么朋友。”严昭明把烟屁股踩在脚下道，“只是你们就算去深圳跑一趟，又什么也不知道，到底是吃亏了。”

“我不怕吃亏。”庄霖道，“但你说了实话吗？”

“啊哈？”

“难道打齐霖的不是你？”

“我不打女人。”严昭明道，“不过齐霖不算什么女人，那是个婊子。”

庄霖拦住齐斯汉道：“说说吧。”

“我们认识的时候，我对她印象非常好。她好像对很多人有天然的吸引力，这不是说她长得漂亮，她长得不怎么样，但和别的女人不太一样。身上有一股奇气，你越想认识吧，她又越躲着你。老实说，那是我见第一面就想睡的女人。可她对我爱搭不理，我没办法，就只能各种引起她注意。比如跟她参加同一个比赛，甚至给她办了假身份证——我当时知道她需要那个。可是吧，我做了那么多事，她一直是不置可否。我们睡了，也算是在一起了吧，可她好像对此浑然不觉。我是说，她不觉得跟我睡了有什么，也不觉得跟我生活在一起有什么，她不会觉得我是她的男朋友，不会想着一些事要跟我商量。她好像无所谓，但她的无所谓，不是以无所谓的方式来表现的。我们待在一起的时候，她很关心我，但我不在她身边，她也不觉得有什么……她老是跑，一次跑，我就抓回来，第二次跑，我还抓回来。我是打过她，可这女人难道不该打吗？后来我懒得抓了，她却在外面被打了……也是活该吧。她要躲在一个废楼里，废楼里不是流浪汉就是神经病……成都的废楼就那些，我不可能找不到她……我以为，她被打了，会老实很多。后来她回到我身边，一直跟我说不要去做这个，不要去做那个，有点贤惠的样子，我觉得我们真像在过日子似的。可是呢，她又跑了，还拿着我给她办的假身份证。

“我后来想，她可能觉得我不是什么好人，或者她又跟了其他男人，反正她跟谁睡我都不惊讶。她之前干什么的我都不知道，她又那么随便，好像跟谁都可以。我是真觉得啊，她跟猫狗都能谈恋爱……前提是，只要这个人喜欢她，她都能奉承上去，还有一套我完全听不懂的说辞，她以为那套说辞就能堵住我的嘴！她走了之后我活得更好了，没人跟我说应该做什么，我开始赌石，算是终于赚到了钱。”严昭明看着齐斯汉，“怎么，生气了？你其实心里也觉得她是婊子吧？只是不便说，好歹她给你生了孩子嘛……”

“我要去那个楼里看看。”齐斯汉半坐在沙发上，身体姿势接近一种过去学校中的体罚——蹲马步。庄霖知道他在极力克制，想拉着他离开棋牌室，齐斯汉却先行一步跑开了。

庄霖重新坐到严昭明的对面，在他伴着哮喘喘息的声音中道：“你也不愿意承认吧。如果没有齐霖，根本不会有人知道你。”

“我知道啊。”严昭明道，“可谁的作品重要呢？画画、拍照，还是其他什么……什么都改变不了这个时代……只是，我们，也都是世俗中人。无能为力时只会辱骂别人，厌弃自己。”

“我们做自己的事……就是改变这个时代吧。”庄霖说着，又觉得自己的话过于冠冕堂皇，有些尴尬。

“我们是世俗中人……齐霖也是，她早就知道了。我也知道。可知道了又能如何。让我去搞实业吗？让我完全不做跟艺术相关的吗？我做不到的。不过齐霖可以。或者说，她觉得自己可以吧。”严昭明说完，为庄霖打开了房门。

外面烟尘滚滚，两三辆推土机站立在一片昏黄中。父女俩躲进一间烟酒贩卖店，等外面干净些 才看见推土机后面两排民居上写满“拆”字。有的笔触看起来新一些，有的笔触旧一些。还有的黏成一片，分不出谁先谁后。庄霖的手机上再次亮起郑然的信息，他说墓园的无名墓有了新的去处，它们将被重新归置，放在一块新的公墓，再次供人瞻仰。

“不是说墓里都是空的吗？”庄霖回复道。

“祖宗们也知道那里都是空的，但即使是空的，还是给他们造了墓。他们起码要知道死了多少人。”郑然道，“这个数量，是他们唯一缅怀的方式。”

“这就有用吗？心安吗？”

“当然不会啊。但把一件不合理的事努力还原得合理，本身就是让我们自己心安的方式。”郑然道，“你有没有想过，令尊为什么突然就领了结婚证，他是想跟你妈妈埋在一起，可你妈妈肯定是不愿意的……”

“他为了让这种不愿意变得合理，所以去跟别人领证?”

“真实的事情除了当事人谁能完全知道呢……但你要知道结婚不会是突然的，买墓地也不一定就是突然的……他想引起注意，同时把你母亲炸出来……”

“不，他不是。”庄霖敲下一行字，“他是真的要结婚。因为他本来就不需要再给我妈留地方了，他对此是深思熟虑的……我妈是打定主意不想出现……她有她的原因，但不管是什么原因，她首先不想影响我们……她未必就知道自己想做什么，但肯定知道自己不想做什么……不过，我们谁又那么了解自己，那么了解别人，我们不过是知道眼前的事实，就像我妈也许知道了什么，才又一次远离我和我爸……”

“你还会继续查下去吗?”半晌，郑然敲出这行字。

“只要她不想出现，查和不查有什么区别?”庄霖还想再补充几句话，但突然不想再继续说下去。她想起刚上小学时，每一次都是庄承俊或者齐斯汉把她送到学校，直到有一天，看见路边背着双肩包独自玩树枝的小朋友，她突然对自己独自上学产生了兴趣，仿佛那条路上将出现各种好玩的细节。第二天她就独自上学了，可真实的独自上学路竟然充满艰辛。具体的艰辛她已经淡忘了，只记得那次上学，她根本没有心思去玩树枝，去观察喜鹊和小猫小狗。她似乎全部的心力都用在走那条路上。她还想起上学前庄承俊跟她说过的——如果不知道上学的路怎么走，就数数路上有多少拆字，数到两百个的时候，差不多就到了。还有一些细节，她正在慢慢想起，或者，也并非想起，而是知道它们的重要性，且不为这种新的重要感到羞耻。今天，她在严昭明的挑衅面前表情淡定——她知道所有信息都在庄承俊掌握之中，也知道即使是真的，那也和她记忆中的庄承俊并不冲突。她继续浏览在线缅怀网站，却看见齐斯汉删除了自己以往上传的所有照片所有留言，而献了一束新的花，还有一句新留言——

我从目的地往后抵达你，今天、明天、后天。

庄霖想回复一句，却觉得有刻意在屏幕另一端的母亲面前表演的成分。她轻轻删了要发出的一句话。瞬间的沮丧中，她以为对自己重要的东西很多都烟消云散了，只是她常不自觉地留在原地，误以为自己还是几年前、十几年前的自己。又或者，自己真正了解的那些事，依然都是过去发生的，她对它们亲近，只是因为对此刻发生的事情缺乏判断，她只是在跟着一股力量走，而这股力量究竟是什么，她并不十分清楚。

站立在烟尘中的推土机，也可能还有很多，但庄霖注意到的只有那三辆，可她用余光瞥见的其实还有一支更巨大的队伍。这三辆推土机将印刻在她往后的记忆中，正如那一支巨大的推土机队伍将永远停留在她的记忆深处不被她提起。她会延续过往的做法，自觉过滤掉一些记忆中的信息，对外人说，是三辆推土机把这座城市所有的废弃大楼，所有已经爆破过的建筑，所有需要变得平整的土地，推得干净。可她依然也该知道那更大的一支队伍始终都在，即使她忘却了，又或者因为它们不具备戏剧性，不具备表现力，被她忘记了。可她今天突然发现，那支队伍将始终在那里——想等待迟钝的她提起它们，又像在嘲讽她的无知。多年来在她身上显现出的努力奋斗的品质，此刻渐渐褪去它们的皮囊。庄霖突然知道，自己一直以来留给别人的印象是什么——肯定不是她自欺欺人认为的那样坚决、勇敢。她的犹豫和懦弱，在她自己面前展露无遗，而她更不能责怪那些因为她袒露出的这些不“体面”的自我，看轻她或者懒惰地用她表现出的印象来“理解”她的人。庄霖感觉到巨大的沮丧压过来，却又觉得一阵轻松和踏实。她的失落感让她心中的怒气都消失了，让她又一次显现出稳重的一面——那途经的一切就是她的命运，她突然毫无埋怨之意。

她脑中再次浮现起母亲的脸，这一次她想起的不是幼年时的母亲，不是被她努力拼接的，别人口中或伤痕累累或漏洞百出的母亲，更不是那张看起来和母亲一模一样的女人的脸。她看见的是一个更年轻的背影，从她此刻站立的位置，渐渐往前走。那个背影应该穿着一件灰色运动装，可能是短发，也可能扎起高高的马尾。那个背影走过的地方应该有风吹过，不是含着许多黄沙的风，也不是海边沙滩上潮湿的风。那应该是非常清爽，有些干燥的风。她一开始慢慢地走，接着将变成慢跑。她未必比很多人跑得久，跑得快，可她跑的那条路上，始终只有她自己。没有人干扰她，并且她将不会觉得孤独。

本文初刊于《青年作家》2020年第4期

王苏辛，1991年生于河南，现居上海。获第三届“《钟山》之星”文学奖年度青年作家奖，首届“短篇小说双年奖”，第七届“西湖·中国新锐文学奖”，第三届“紫金·人民文学之星”短篇小说佳作奖。已出版中短篇小说集《象人渡》《在平原》等。

换　亲

谷　凡

一

杏花沟是大中原上的一个小村庄，这里是母亲出生、成长的地方。对于杏花沟，我和母亲一样熟悉，或者说因为母亲熟悉所以我也熟悉了，这种熟悉不是眼睛带给我的，是耳朵带给我的。比如，我知道杏花沟人叫妈不叫妈，叫“麦（mai）”，叫爸不叫爸，叫“伯（bai）”。我还知道杏花沟谁家曾养过一条瞎眼的老狗，这狗一到黎明时分就会站在院门口号哭。母亲说，如果谁家的狗不叫而是发出呜呜呜呜的悲鸣声，这家人十有八九要遭灾了。

狗是否通灵我不清楚，但狗哭我是听到过的，那声音真的很瘆人，我至今搞不明白，狗不叫而是发出呜呜呜呜的悲鸣声是为了什么。不过，这还不算杏花沟最奇特的事情，杏花沟最奇特的事情不是狗的事，而是鸡的事。

杏花沟有一户人家养了一只大红公鸡，这只公鸡会叨卦，村里人称它为叨卦鸡。母亲说如果谁要是出远门，就会用纸片写好字，先让公鸡叨一卦，看看吉凶；谁家要是生了小孩，也让公鸡叨一卦，看看这个孩子将来是学文好还是习武好。我到杏花沟的时候，瞎眼老狗已经死了，叨卦鸡还活着。

那是我初到杏花沟没有多久的一个夜晚，那天晚上黑夜显得特别结实，一拳打下去不会有任何的痕迹，这样的黑夜对于一个孩子来说是相当无聊的。我没有一点儿瞌睡的意思，看着舅舅在那里忙来忙去。我不知道舅舅为什么喜欢把篮子吊到房梁上，有时舅舅来回走动，不小心还会碰到它，篮子就会在空中转，转着转着就慢慢停下了，像是厌倦了什么似的。

舅舅住的是两间东屋，门在屋山墙上，感觉有点像筒子房。农村人一到黑夜就没有什么事情可做，但舅舅有事情做。不过，舅舅做的事情特别简单，就是擦他的那个提灯灯罩。今天晚上舅舅已经是第三次擦了，擦过后灯是很亮，但过一会儿就被熏黑了。舅舅烧的是煤油，那灯老冒黑烟。

我躺在一张软床上看着舅舅在那里擦他的提灯，单调或者说乏味，每到这个时候我就特别想家，后悔跟着舅舅来杏花沟了。就在我躺在床上想家的时候，突然听到呜呜呜呜的声音，这不是狗在哭，是人在哭，而且是一个女人在哭。这哭声隐隐约约，似在外面，又像在墙洞里。我立刻感觉毛骨悚然，赶忙用夹被蒙住头，但哭声依旧继续。

关于女人的哭声我并不陌生，有很多种哭法我都很熟悉。比如两口子打架后女人的号哭，丧父失母后女人的悲哭，还有和邻居争吵后那种撒泼耍赖式的干哭，看哭是那个时候像我这么大的孩子最喜欢做的事情。

今夜的哭声有点特别，我感觉陌生。这种哭声好像不是发自一个女人，而是一个女孩，或者不是一个女孩，而是其他的什么……哭声没有放开，是那种特想哭又不敢放声的哭，哭声里包含着很多委屈，这哭声让我立刻想到了鬼，因为那个时候我相信鬼是存在的。

哭声令我恐惧，尤其是在夜深人静的时候，我觉得这哭声把黑夜撕开了一个口子，使它在吱吱地冒血。我没有坚持多久就跳下床，一脸的惊慌，拉着舅舅的胳膊用手往脸上一比画，这个动作代表我怕鬼了。

舅舅是一个聋子，哭声他是听不到的，但对于鬼的说法他是坚决不相信的。舅舅一脸的不屑，他说这个世界根本没有鬼。

母亲说舅舅是五六岁的时候失聪的，大家都说舅舅说话半语，而我和母亲听舅舅说话和别人没有什么两样。别的什么事情舅舅可能不一定知道，关于这个世界有鬼的说法，打死舅舅他也不信。

哭声是从西面的方向传来的，我用手指着西面，舅舅要出去看看，我却摇头不让他去。鬼就鬼吧，只要它不进来，我们也不出去。舅舅让我别瞎想，赶紧睡觉，睡着了什么都没有了。我当时特别害怕，觉得鬼正围着舅舅的房子转圈呢！我第一次感觉无法和舅舅沟通，在此之前，我觉得和他交流没有一点点问题。

哭声还在继续，一会儿是呜呜……呜呜，一会儿是嗯嗯……嗯嗯。哭声让我对杏花沟的美好感觉消失殆尽。这么黑的天，这么深的夜——当然，那时我理解的深夜就是听不到左邻右舍说话声了——杏花沟人本来就有早睡的习惯，天一黑就上床睡觉了，如果再过一个半个小时，那就是深夜，因为村庄安静了，狗都懒得叫一声。

说实话我是喜欢杏花沟的，每次舅舅到我家去，我都吵着要来，以前因为年龄小，姥姥姥爷已经辞世，母亲怕舅舅照顾不好我总是拦着不让来，即使要来，母亲也是要陪着。这次来我和母亲讲好了，要在杏花沟住一段时间，不用她陪。

昨天舅舅带我去地里，那一望无际的麦田，还有麦田里偶尔缠绕着麦秆子开出的小野花令我兴奋不已。我和舅舅一高一矮，互相扯着手，走在一条小土路上，两边是泛黄的麦田，放眼望去，很难看到一个人。远处的村庄隐在树里，看不到房舍，只能看到一堆一堆的绿，走近了才能看到被很多大树包围着的房子。那时我感觉整个世界只有我和舅舅两个人，地是那么广，天是那么阔。

舅舅一边走一边揪两三穗麦子放在手掌心里揉，他的一只胳膊上还搭着我的衣服。不一会儿，麦子就和麦皮脱离了，他用嘴吹着，很快吹干净了麦皮，有些实在揉不掉，舅舅就用手剥开，然后把麦仁给我，让我吃。那麦仁实在好吃，嚼碎了有一股又白又细腻的水，清新香甜。舅舅的两个手掌心因为揉麦子都绿了，他把手给我看，让我不要再吃了，我仰着脸表示抗议。

…………

哭声依然继续，这哭声让黑夜显得疼痛，我断定这是鬼在哭。在没有来杏花沟之前，母亲给我讲过无数个和鬼有关的故事，其中一个我记得特别清楚。母亲讲从前有一个男人好打他家里，那个男人三天两头打他家里，他家里忍受不住就上吊死了。后来这个男人又娶了一个，新婚那天晚上有人去听房，那个听房的人去的时候见窗棂子上边趴着一个人，听房的人以为此人也是听房的，上前就去拍这个人的肩膀。这个趴在窗棂子上的人一扭头，听房的人见她舌头耷拉得很长，两只绿豆眼，脖子上套一根大麻绳。

母亲讲到这里，那个鬼的样子就会在我眼前晃动。这个鬼把听房的人当场吓晕了。母亲说那个趴在窗棂子上的人就是新郎上吊死的家里，她听说自己的丈夫又结婚了，就过来听房。母亲说上吊死的人舌头都是伸着的，叫作吊死鬼，我认为此鬼就在杏花沟，因为母亲所描述的窗棂子我好像见过，在杏花沟，这样用木头做的窗棂子随处可见，那个吊死鬼的形象也在我心里根深蒂固。

我不让舅舅熄灯，记得母亲说鬼是怕火的，因为我害怕，舅舅听从了我的意见，就亮着灯一直到我睡着。第二天醒来天已经亮了，哭声也听不到了。杏花沟的人已经端着碗站在街上吃早饭了，对于昨天夜里鬼哭他们没有半点儿议论。

…………

太阳从东面升起，太阳距离杏花沟是那么近，近到你一抬头就能看见它，看到它是怎么升的，也能看到它是怎么落的。

杏花沟人有一个习惯，母亲早说过的。杏花沟人不在家吃饭，都是端着饭碗到街上去吃，说街上也不太准确，应该说是一个饭场儿，吃饭偎饭场儿已经成了杏花沟人每天必不可少的一件事情。到饭场儿吃饭的人端一个大海碗，有菜的端一碗菜，没有菜的就一大海碗饭，有的人面前还放着一个收音机，他们一边吃一边听一边谈论着最近发生的事情。

舅舅家的西面是彩家，彩是一个女孩，母亲说彩她妈是转亲转来的，彩有一个姑嫁给张村的男人，张村男人的妹妹嫁给了彩她舅，彩她妈就嫁给了彩她爸。母亲说这叫转亲，有三家转的也有四家转的。

彩她妈个头不高，属于那种短粗型，长相也不好看，她穿一件带大襟的衣服，衣服上经常带着饭袼褙，给人的感觉不是那么干净朗利。母亲说彩她爸经常打彩她妈，因为三家转亲，只有彩她妈又矮又丑，从开始彩她爸就不喜欢彩她妈。彩她妈不光长相不好看，还很笨，母亲说彩她妈初嫁到杏花沟的时候，发面蒸馍不知道面是发了还是没发，她经常揪一疙瘩面，让别人辨别面是发了还是没有发。尽管如此，彩她妈蒸出的馍大部分还是死面疙瘩。

彩她爸长相还行，杏花沟人叫他假干部。母亲说过，那时他们都在生产队劳动，上面来人安排工作，一群人站在那里，上面来的人只和彩她爸说话，因为彩她爸从外形上看很像一个干部。后来杏花沟人就给他取了这个外号。彩她爸当年因为是地主成分，讨不到媳妇，母亲说彩她妈在彩她爸面前什么都不敢说，一辈子都伸不开腰。

在饭场儿我经常见彩她爸还有彩她妈，彩她爸对彩她妈连正眼瞧都不瞧一眼，他对彩她妈说话的口气绝对是发号施令，而彩她妈一副习惯被指挥的样子，她看彩她爸的眼神总是那么软，软到不敢承认自己的存在。

彩家和舅舅家并排，不过中间隔一条南北路，彩家的大门朝东，舅舅家的大门朝南。舅舅家前面是一大片空地，和空地连接的是一条东西路。梦家住在舅舅家的东面，但不是一排，是提前了一排，那只会叨卦的公鸡就是梦家养的。梦家的后面，也就是舅舅家的左边，有一片小果树林，果树林也就和舅舅家的宅子一样大。去年春天我来杏花沟，正是桃树、梨树、苹果树开花的时候，小果树林简直就是一个小花园，有红的花白的花开在枝头，那些矮墙衬托着花枝是那么好看。

梦是一个大姑娘，和彩年龄差不多，她扎两个大辫子，辫子的长度都到她屁股那儿了。我初来杏花沟那天下午，还没有进舅舅的家，舅舅就把我带到了梦家，一是为了看那只神气的叨卦鸡，二是为了让梦为我做新衣服。我来的时候，妈妈要为我带衣服，舅舅死活不让，说他要梦为我做新的。我对梦的熟悉要比彩早，因为母亲讲梦家的事情，要比讲彩家的时候早。

梦自己住一间小东屋，旁边是灶房，全是土堆的房子。到梦家后，我就开始找那只神奇的叨卦鸡，舅舅指给我看。我看到一只通身红毛的大公鸡在院子里踱来踱去，它并不怕人，我站在旁边看它，它像是没有感觉到似的。这时一只小母鸡从它身边经过，红公鸡招呼都不打一下把小母鸡摁倒在地，小母鸡还没有反应过来是怎么回事，红公鸡已经心满意足地从它身上站起来了。红公鸡又踱步而去，一副君临天下的样子。

这只公鸡的鸡冠特别大，它的尾巴是黑红色的，身上羽毛发亮，透着隐隐的绿光。看到这只红公鸡，我就想起了在戏台上唱戏的武生，因为公鸡高高翘起的尾巴，像极了武生身后插着的小旗子。

梦的缝纫机就放在门口，据说，梦的缝纫机是方圆十几里最高档的东西，因为缝纫机做出的衣服比手工缝制的洋气。我和舅舅去的时候，梦正为别人做衣服，她告诉舅舅，把人家的衣服做好就做我的。

杏花沟距离县城有五六十里，这在某种程度上它就偏僻了，所以，杏花沟的人们按照自己的风俗习惯生活。我到杏花沟的时候，杏花沟还没有通电，这里的一切还没有被现代的东西打破。

我喜欢杏花沟是因为这里热闹，这里不光有男人女人老人孩子，还有很多很多的牲口，除了舅舅家，家家都喂有牲口。最常见的牲口有骡子有马，有牛有驴，还有一家居然养了一头骆驼。杏花沟还有猪有羊，有猫有狗，鸡、鸭、鹅、鸳鸯。

杏花沟夜里有鬼哭的事情像个大秘密一样埋在我心里，我不知该向谁说说这个事。为了避免听到夜里的鬼哭声，我只有早早睡觉，有时天不黑就上床，睡一觉醒来鬼哭声就会自然消失。一天晚上天刚擦黑，我听到彩她爸在院子里大声呵斥："想去死谁也不拦你，大江大河没有盖盖儿，爱死哪儿死哪儿……"他音调很高，我在舅舅屋里都听得一清二楚。我不知道彩她爸在呵斥谁，因为他呵斥完后没有反驳声。

第二天我在小树林里见到了彩，很想问问她她爸在吵谁，也想问问她夜里听没听到鬼哭，可彩却一脸的烦恼样儿，像是谁欠了她东西似的。

彩正牵着她家的一只小羊羔，在小果树林让小羊羔吃地上刚冒出的新芽，梦也在那里。彩和梦在小果树林里说话，我在拾被风刮落的小柿子。

彩的个头没有梦高，但她的脸盘长得好看，用母亲的话说彩和梦长相都很齐整。我知道彩有一个哥，叫憨瓜，彩还有一个姐，个子也不高，而且长相不好看。彩才十六岁，母亲说过彩比我大九岁。彩的哥多大我不知道，他看着真像一个憨瓜。

彩和梦在那里说话。

梦说："你真去换亲呀？"

彩说："我要不换，俺爹就死给我看！"

梦说："让你姐去，她比你大。"

彩说："人家不愿意，非要我。"

梦看到了我，对彩说："聋子的外甥女。"我不知梦为什么说这话，其实彩知道我是聋子的外甥女。

彩和梦忧愁地对望着，当然，梦的忧愁没有彩的实在。我捡了很多小柿子，准备埋在地下让它来年发芽。

二

关于憨瓜，我是知道的，或者说不陌生，因为母亲经常给我讲杏花沟的事，也包括憨瓜。不过，那时他还不叫憨瓜，叫粪堆儿。母亲说杏花沟人的习惯就是这样，越是娇贵的孩子，越是要取一个贱名字，说这样好养活。杏花沟人不光有叫粪堆儿的，还有叫粪叉的，什么柱呀栓呀的都有人叫。粪堆儿的妈在生粪堆儿之前，已经生了两个孩子，这两个孩子都没有成，后来又生了粪堆儿。

粪堆儿有两个妹妹，彩是最小的一个。母亲说那时粪堆儿还不到二十岁，经常到杏花沟赊鸡赊鸭的张二想给他说个媒，张二想试探试探憨瓜是精是傻。张二每年春天来杏花沟把小鸡小鸭赊给杏花沟人，等小鸡小鸭长大了他再来收本钱。因为常年走村串户，认识的人也比较多，给人说媒就成了他的副业，也是到各村各户有碗饭吃的一张招牌。

那天也是在饭场儿，很多人在那里吃饭，张二说粪堆儿，我给你说个媒吧！粪堆儿说，好！张二说，可我听说你黑了光去罗寡妇家？粪堆儿说我没有去过，就去过一次，去借架子车。旁边的人都哄堂大笑了。母亲说从那以后，粪堆儿就变成了憨瓜。母亲说憨瓜也不傻，就是太实诚。

实诚，在杏花沟人眼里就是傻，说傻又不太确切，傻子不会干活儿，可憨瓜会，当然，憨瓜干的都是那些粗笨的活儿。傻子说话不清楚，但憨瓜说话清楚，偶尔见他穿袜子露脚后跟，或者裤子的前开门没有整理好，身上穿的褂子扣子扣错了扣眼儿，这些好像都不能代表他傻。

憨瓜话不多，因为他说出的话总是遭到大家的批评或者嘲笑，在杏花沟憨瓜也没有什么朋友，他好像和谁都谈不来，或者是大家都不愿意和他谈。

憨瓜虽然不那么灵透，他的家庭地位却高于两个妹妹。母亲说憨瓜家总是蒸两种馍，一黑一白，白的是憨瓜和他爸吃，黑的是憨瓜他妈和两个妹妹吃。

我一到杏花沟，就听说了关于憨瓜的一个笑话，这笑话不是母亲告诉我的，是杏花沟的小伙伴说的。他们说憨瓜经常对着树问，你多大了？

在杏花沟，去相亲之前要先让对方的父母“看孩儿”，憨瓜也被人领着去看孩儿了。他妈怕他不会说话，就把对方可能要问的问题提前教给了他。比方他们一般都会问，你多大了？姊妹几个？家里有几口人？几亩地？如果能把这些问题回答上来，那就证明这个孩子是不憨不傻的。为了熟练地掌握这些内容，憨瓜就经常对着树问，你多大了？然后自己再回答二十七。

那天上午，我正蹲在骆驼和老牛的旁边看它们不停地嚼呀嚼，见有小孩子朝梦家跑，跑的孩子顺便叫上我，让我去梦家看公鸡叨卦。

终于赶上这事了，我欢天喜地跟着那个孩子往梦家跑，梦家院子里站了几个大人，憨瓜他妈也在其中。红公鸡已经被装在一个特制笼子里，这是公鸡在叨卦之前必备的程序，事实上它昨天晚上就已被装进了笼子里，因为今天等太阳出来它要叨卦。

今天公鸡叨卦的目的是为憨瓜“滤好儿”，就是定结婚的日子。我看到了梦他爸拿出了红纸片，那红纸片的字好像早就写好了，有初六、初九、十六、十九、二十六、二十九，这些纸片方方正正，然后把它们折叠好一字排开，放在公鸡的笼子前一个小木板上让它叨，红公鸡叨出哪天哪天就是好儿。红公鸡为憨瓜滤出的好儿是初九，憨瓜他妈的脸笑成了一朵花，看得出她是从里到外地高兴。憨瓜他妈说托人到外村用生辰八字滤的好儿也是初九，看来初九这个日子就是“好儿”。

憨瓜要结婚的日子定下来了，也就是说杏花沟要办喜事了，这一段时间梦是特别忙的，因为杏花沟人喜欢借某人的喜事给孩子做一套新衣服。那天梦叫我去她家试穿衣服，我到梦家的时候，见梦她妈坐在碓窑子边用碓锤捣小米，她的身子一起一伏一起一伏，会叨卦的红公鸡在她的脚边觅食。我没有和梦她妈说话，直接到了梦的小屋。

梦见到我后，并没有马上停下手里的活儿，她又蹬了一会儿缝纫机，然后才起身给我拿衣服。

我在试衣服的时候问梦："你夜里听见过鬼哭吗？"

梦一愣神，但她马上就明白过来："谁告诉你是鬼哭的！"

我说："没人告诉，是我猜的。"

梦说："是彩哭的。"

我说："彩有什么好哭的？肯定是鬼哭的。"

梦看了看我，似笑非笑，她好像不想和我说话，但又不好意思不说。

梦说："因为她要跟她哥换亲。"

梦轻描淡写地说出了换亲两个字。我和梦一样，对换亲这个词一点不陌生，也不觉得换亲有什么奇怪，不仅我们这样认为，杏花沟人也这么认为。

梦帮我整理衣服，发现袖子有点儿长，她拿尺子在我身上量着。

现在是春夏之交，所以，梦的脸看着白里透红，非常好看。

…………

杏花沟人熟悉换亲的内容，我也熟悉，好像这件事本来就应该发生，因为换亲的事我听了很多。母亲说过，梦她姑本来要为梦她叔换亲的，梦她叔我见过，不但长相好看，而且还识字，他的媳妇不是换来的，而是自己找的。我来杏花沟的时候，梦她叔的孩子都比我大了。

梦她姑没有为弟弟换来媳妇，可她却嫁给了那个准备换亲的男人，也就是梦现在的姑夫。后来我见过梦的姑夫，个头很高，长相也中看。母亲讲过，梦她爷爷奶奶准备用梦她姑为梦她叔换亲，对门换的那家女孩，就是梦她姑夫的妹妹死活不愿意，第二天都要成亲了，头天晚上梦她姑夫来到杏花沟，说要退亲，不换了。梦她姑夫对梦她爷爷奶奶说，我就一个妹妹，就算我这辈子拉寡汉（不娶妻），也不能让我妹妹去死。梦的姑夫说得斩钉截铁，梦的爷爷奶奶就同意退亲了，但梦她姑不同意，因为梦她姑见到了梦她姑夫，她愿意嫁。

母亲说，梦他姑夫也是因为成分的问题，而梦的爷爷奶奶是因为太穷，穷到无法给儿子娶一门亲。

三

憨瓜的“好”日子很快到了，彩的“好”日子也很快到了，昨天舅舅帮着彩家染红麻绳，舅舅告诉我是抬嫁妆用的。舅舅个头高，身材也魁梧，不管有多少人站在那里，我总是一眼就能找到舅舅所站的位置。

那天早上就是彩的“好儿”，我起床的时候发现舅舅不在家，就开始哭。有人听到了我的哭声，就让舅舅回来了。舅舅把我带到彩家，给我弄了半碗菜半个馒头让我吃，他又帮着忙别的去了。彩家贴了大红喜字，因为我起晚了，没有看到迎亲的轿子去迎亲，有很多帮忙的人从彩家进进出出。我匆忙吃完饭，就跑到里屋去看彩。

彩坐在床沿上，低着头，站在她旁边的有两个中年妇女，其中一个手里拿着红衣服，这个女人我认识，就是梦她婶。一个说："穿吧！早晚的事。"

彩依旧低着头，不穿也不说话，梦她婶说："这等到啥时候？还是叫咱婶子来吧。"有人跑出去喊彩她妈。我站在靠里面的地方看着这一切。

不一会儿，彩她妈来了，彩她妈刚进里屋就说："彩，你想要麦的命吗？"这个时候彩开始哭，先是小声哭，然后大声哭。我仔细听着彩的哭声，彩现在的哭声和夜里那个鬼哭声，一点都不一样。

来看新闺女的人越来越多，全是女人和孩子，把里屋都填满了。大家七嘴八舌劝说彩，让她别哭了。梦她婶说："女人早晚得走这一步，别伤心了。"

彩哭了一阵，她猛的一下从床上下来，双腿跪在她妈的面前说："麦，别让我去，我不想去，我不想去，我还小呀……"她们把彩从地上拉起来，彩她妈没有哭，她拉着彩说："乖乖，现在说啥都晚了，麦生你养你不容易，你就替麦济个事吧!”彩听了她妈的话哭得更痛了，哭得梦她婶和另一个女人也不停地擦眼睛。这时，村头有三声铁炮响，很多人都慌着往村头走，梦她婶和另一个中年妇女说：“赶快赶快！接亲的人来了。”说着她们就七手八脚拉着彩给彩穿衣服。

我和其他孩子一块慌着往外跑，其实我也不知道跑出去干什么，就问一起跑的伙伴，他告诉我去看花轿。

我们差不多快跑出了村子，终于看到一顶花轿和一群人吹吹打打进村了。花轿从梦家门前那条东西路上拐到南北路上。接亲的队伍有三个人，我听旁边的人说中间的那个是新郎。三个男人都穿着新衣服，推着自行车，自行车把上绑一绺红布。不管我怎么看，还是觉得中间那个男人又老又丑，就算他穿着一身新衣服，依然遮盖不了这些。

在新郎的后面，跟着响器班，吹响器的居然还有一个女的，而且那个女人长相不难看，这让杏花沟人非常兴奋。响器班的后面是一顶花枝招展的轿子，其实，那个时候已经有汽车了，但杏花沟的人还是喜欢轿子，他们说汽车什么时候都有机会坐，轿子却只有这一次。

抬轿子的和响器班的人都被安排在一个地方，围着桌子喝茶。我又钻进了里屋，看到了彩已经穿上了新衣服还被盖上了红盖头。彩在红盖头的掩盖下，呜呜呜呜地哭，她的哭声很悲切，但周围的人好像没有听见似的。

…………

稍微休息以后，响器班子就开始吹起来了，大部分的人都围着看那个吹响器的女孩，我看到彩被梦她婶和另一个中年妇女搀扶着从里屋走出来，她的哭声一直没有停止。关于梦她婶和另外一个女人，她们的角色在送新闺女的这件事上，是有特殊意义的，叫“搀亲的”。母亲说，搀亲的人一般会选儿女双全的嫂子辈的女人，如果谁要是只有闺女没有儿子，或者只有儿子没有闺女，那绝对不会被选上。

从里屋出来到轿子跟儿，有一段距离。彩哭得特别痛，这个时候，越是哭得痛越是好，如果不哭，那就糟糕了。这也是杏花沟特有的一种规矩，新闺女上轿的时候都要大哭，哭得越厉害越好，不过，有人是象征性地哼哼几句，也有的是和彩一样，痛心痛肺地哭。此时此刻的哭当然包括了很多复杂的内容，有的是因为嫌娘家陪送的嫁妆少，有的是因为嫌婆子家给的彩礼少，还有的是不满意新女婿，总之，这个时候的哭内容特别丰富。就算要出嫁的闺女对什么都满意，也是要哭，因为要嫁到外村了，如果你对这个家或者这个村子没有一点点留恋，而是欢天喜地想着嫁出去，那么大家都会认为这个闺女不“精习”，有点二百五的成分。

杏花沟人对彩的哭声当然是无动于衷，彩坐到轿子里，她的哭声绝望到极致。不管彩哭得多厉害，杏花沟人一个个还是面无表情，很快，彩的哭声淹没在响器声中。

起轿了，这个时候，最能看出抬轿子人的水平，他们走的步子很是花哨，看的人说这是一帮好抬家。

我和一群小孩子跟着轿子出了村，站在村口目送轿子走远，然后才意犹未尽地转身。我没有直接去彩家找舅舅，因为我路过梦家的门前，所以就拐到了梦家。梦还在她的小屋里蹬缝纫机，我站在她的门口，梦问我："看完了？"

我说："看完了！"

梦问："好看吗？"

我说："好看！"

梦问："你家那里的人结婚也坐轿子吗？"

我摇摇头。

我问："你怎么不去看？"

梦冲我苦笑了一下："我一会儿去看。"说完，梦就低头继续蹬缝纫机。

我在梦家院里寻找那只红公鸡，此刻它正卧在一堆软土上晒太阳，偶尔还会伸伸腿，它的旁边还卧着几只小母鸡。

梦家院子里有一棵大柳树，这棵柳树是杏花沟最大的一棵树，由于这棵树是靠墙长的，所以，这棵树的枝叶多半是长在墙外边的。我听村里的小孩子说这棵树上住着神仙，谁也不敢动这棵树上的叶子，他们还传说梦的奶奶因为不小心折断了一根柳枝，她的眼睛好几天都看不见。

我还亲眼看见过梦她婶那天正端着大海碗在柳树下吃饭，一下就躺在地上不省人事，梦她爸说：“赶快掐人中掐人中！”不一会儿梦她婶醒来了，醒来后就不是梦她婶了，因为梦她婶说话的口气变成了梦她老太太的。梦她婶用梦她老太太的口气开始骂梦她奶，梦她老太太刚死没有多久。这也是杏花沟非常奇特的一件事情，刚死去不久的人总是要附谁的体的，把自己生前想做却没有做的事情做了，这件事情在杏花沟人看来很简单，就是梦她婶撞见了梦她老太太。梦她老太太对梦她奶有意见，所以开骂是很正常的。

那天也是巧，刚好梦她奶从她家里出来，想往大柳树这边来。梦她婶看见梦她奶就晕倒了，因为是用婆婆的口气骂的，梦她奶也不好还口。梦她奶家就住在彩家前面，和梦家的房子是并排的。梦她婶骂了一会儿，然后就清醒了。梦在一边生气，说她婶在装赖。梦她妈赶紧示意梦不要往下说……

我倚靠在门边，脸朝外看那棵大柳树。这是一棵非常大的垂柳，枝繁叶茂，好多鸟喜欢在这棵大树上筑巢。我坚信神仙就在那上面住着，尽管我看不到，但我绝对不敢去碰柳枝或者柳叶。就在我出神地望着那棵树时，又听到咚、咚、咚三声铁炮响。梦停下她手里的活，站起来说：“走，去看，新娘子来了!”

梦拉着我的手，走出了她家的院子。果然，又一顶花轿呼扇呼扇进村了，憨瓜和另外两个男人走在前面，憨瓜高兴得嘴都合不上了，抬轿子的人走得更是花哨，他们前走走后退退，抬轿子的人双手不扶轿杆子，一摇三晃，响器班配合着特别欢畅。花轿走到南北路时，摇晃得更是厉害，有人把两个长凳子放在花轿前面，这是让抬轿子的人走花呢！抬轿子的人必须得抬着轿子跨过这两条长凳。抬轿子的人在跨凳子时，看花轿的人不停鼓掌。

抬花轿的人攒够了很多掌声后，终于停下了。有两个男孩，一个拿着麻秸火在前面跑，一个拿着犁铧在后面跟。犁铧是烧热的，然后往上浇水，热犁铧加上凉水浇，会冒着白烟发出嗞嗞的声音。拿麻秸火和拿犁铧的男孩要围花轿转三圈，然后是四个十六七岁的姑娘，梦也在其中，她们要为新娘子脸上涂胭脂。

花轿的帘子被掀开了，新娘子面无表情，呆呆在那里坐着。她看上去也就是十七八岁，别人给她上胭脂的时候，她不挡也不拦，任凭她们往脸上抹，这看起来很松劲儿，因为别的新娘子都是不让往脸上抹的，她们会和上胭脂的扭作一团，看着像打架一样，谁抹到和谁没有抹到那是很惊心动魄的，这个新娘子居然无动于衷。人群里有人说新娘子傻，和憨瓜一样，也有人不这么认为，但到底是精是傻这会儿谁也看不出来。

梦走在最后面，当前面的女孩把手里的胭脂抹到新娘子脸上时，成功的喜悦溢于言表，梦拿着胭脂没有往新娘子脸上抹就转身下来了。

新娘子下轿了，被簇拥着走进院子和憨瓜拜天地。满院子都是人，我好不容易在舅舅的帮助下找到了一张桌子，舅舅把我抱上桌子，我看到天地桌上放着一个圆圆的大斗，斗上贴着大红喜字，斗里面有麦子，麦子上插着一杆秤和一根葱。这时有人燃起了香，憨瓜他妈站在天地桌旁边，不停地拉着自己的衣服，等着受头。

憨瓜和新娘子被拉在一起，站在中间，他们脚下有一张大席子。新娘子蹲在地上，死活不站起来和憨瓜拜天地，旁边的人怎么拉她也不起来。后来有力量大的男孩子，把新娘子从后面拦腰抱起，有人往下摁新娘子的头，可新娘子总是把头偏向一边。

噼里啪啦一阵鞭炮响，受头的人都排在天地桌后边，有人站在天地桌旁边拿一张红纸，叫到谁受头，谁就把准备好的红纸包扔到天地桌上。憨瓜和他的新娘子就那样拜过了天地。

新娘子看着要比彩壮实，个头比憨瓜都高。杏花沟人说这个新娘子是读过书的，她看着一点不比彩差。杏花沟人说这两家换亲谁也不吃亏。

拜完了天地就开饭了，憨瓜家的院子里放的都是方桌，杏花沟本来不大，和憨瓜家沾亲带故一大帮，大家都来吃喜饭。

小孩子吃饭少，没有几下就吃饱了。我和几个孩子又跑到憨瓜家的正房门口，看新娘子吃饭。新娘子的饭是摆在正房里的，她和几个上胭脂的姑娘一块儿吃。新娘子坐到里面座位上，一直低着头，她没有吃饭，她看上去还是那样，表情木然。上胭脂的姑娘偶尔会劝新娘子吃饭，但好像劝了很多，新娘子坐在那里不开口也不抬头。到最后陪饭的人只是象征性地劝一下，然后就顾着自己吃。梦也在这个桌上吃饭，上新菜的时候，她还招呼我过去吃了一口。

不知为什么，我在看新娘子的时候总是想到彩，忍不住通过门帘的缝隙往里间看，彩已经不坐在床沿上哭了，这会儿，她也在吃饭吧！

吃完饭后外村的亲戚都走了，帮忙的邻居也各回各家。这个时候快要收麦子了，梦她伯叫舅舅去准备打场的事情了，我跟着村里的小孩，照旧乱疯。

四

天黑的时候，杏花沟人有乱新媳妇的习俗，可那一天不知为什么，没有人去乱新媳妇。憨瓜他妈就去动员几个年轻人，让他们去乱新媳妇。舅舅说，村里谁娶了新媳妇，比他小的人他不能去乱，比他大的人他可以去乱。舅舅说憨瓜比他大，他是可以去乱的。

舅舅其实并没有参加乱新媳妇，而是带着我去看了。一帮年轻人，把新娘子和憨瓜弄到他们的新房里，说是新房，其实就是彩家的老屋，三间正房，老的住东间，小的住西间。他们用绳子把新娘子和憨瓜绑到一起，就那样推来推去。看了一会儿，可能舅舅觉得实在没有意思，就带着我回来了。

这个时候天已经黑了很久，除了憨瓜家，其他人家都不亮灯了。我和舅舅进了他的小屋，自从姥爷姥姥去世后，舅舅就把正房锁起来了。舅舅把东屋的屋山捅开了，外间搭了一个棚子，是过道也是灶间，舅舅出门的时候，一般都是把屋上的门锁上，外间的门只是关着的。

我和舅舅进了家门，看到梦和彩坐在灶台前。舅舅吃了一惊，梦让舅舅别大声说话，舅舅领会了她的意思，随后把外间的门关好了。舅舅把里间的门打开，梦和彩就进屋了，舅舅赶忙去点亮了提灯。

灯光下，梦和彩都显得很特别，她们表情说不上是严肃还是害怕，好像总有一根绳在那里拉着。

梦问彩：“你一个人走这么远，不害怕吗？”

彩答：“光顾着生气，就忘了害怕。”

梦又问："你在路上没有碰到啥人？"

彩答："碰到了，在离开曹村没有多远，有一个骑着洋车子的人问我是谁。因为天太黑，他看不清我我也看不清他，我没有回答他，从地里斜茬子跑了，我听到那个人扑通一声栽到地上，我都跑好远了见他还没有起来……"

梦说："人家肯定是把你当鬼了。"

彩婆子家离杏花沟并不远，听说中间隔三个村子。在天擦黑的时候，彩偷偷从她婆子家跑回了杏花沟。母亲说过，没有要命的事情，杏花沟人是不走黑路的，他们说路上有路神，路神有两种，好路神和坏路神，遇到好路神没有什么大碍，遇到坏路神那就要出事了，尤其是女孩子。母亲说在她还是姑娘的时候，听说邻村的一个女孩就被路神"捞（lāo）"过。母亲说路神穿一身白衣服，和天一样高，一眼望不到头。我想，彩今天肯定是碰到了好路神，让她这么顺利地跑回杏花沟。

梦继续对彩说："等再晚一晚，没有啥动静了你就去我家睡。"彩点了点头。梦问舅舅，彩家有没有什么情况，舅舅说没有。

梦和彩在舅舅家没有安静多久，外面就传来彩她妈的哭声，也有一些陌生的声音在吵吵嚷嚷。初听到哭声，彩的身子抖动了一下。梦拍着她说："别怕，没事！"

吵嚷的声音越来越大，一个男人的声音说："见不到媳妇，就得领走闺女！”彩她爸的声音：“亲家亲家！先别慌着领闺女，咱再找找孩子行不，你也看见了，孩子确实没有回来，难道回来了我会把她藏起来！”

外村的人执意要领走新媳妇，杏花沟人拦着不让。梦她爸好像也在拦的人中间。

梦她爸说：“亲家，先别慌着把闺女领走，我们都是有门有户的，难道你还怕耍赖不成！兴许孩子还在路上，还没有到家，等孩子到家，我们立即把她送回去！”

吵嚷声还在继续，听着有点儿剑拔弩张的势头。这时，听到彩她妈大声的号哭：“彩呀！你杀了我吧！”

因为舅舅聋，他听不到外面的吵嚷声。舅舅见屋里的灯不够亮，就准备再加一盏灯，梦赶忙摆手制止。梦一脸焦急的样子，彩的表情更是无助。

梦说：“咋办呀？你要是不回去，他们就会把她领走！”彩哭了，但是没有出声，彩的难受样子让我想起了肚子疼。

“不能让我们人财两空呀……”彩她妈继续哭喊，西院的形势很紧张，彩婆子家好像来了很多人，见不到彩他们就拉新娘子回去。

彩说：“为了办婚礼，家里借了二百多块钱的账，要是让她就这么回去，俺伯俺麦还不得……”

彩没有把话说完就哭得说不下去了，梦也哭了，梦是因为看到彩哭才哭的。外面的吵嚷声不断，好像已经打起来了。彩站起来就往外走，梦一把拉住她，让她坐下，后来梦出去了。过了一会儿梦和彩她妈一块儿来了。

听说彩已经回来了，吵闹声总算平息了。彩她妈怪舅舅和梦不懂事，让彩在这里待着也不早点说一声，差一点儿没有出大事。

彩被她婆子家的人带走了，那个黑夜显得特别黑，杏花沟所有的狗都在狂叫，一半是为了自己村的人，一半是为了外村的人。

彩走以后，杏花沟又安静了，除了偶尔的狗叫，没有任何的声音。舅舅和我都没有被这件事打扰到，梦回她家了，舅舅很快安顿我睡下，他又开始擦他的提灯。我突然想到今天没有早睡，那个鬼哭的声音一会儿还会传来的，我有点害怕，在恐惧中等待那个声音。我迷迷糊糊睡觉了，那个“鬼哭声”再也没有传来……

很快，杏花沟的人忘记了憨瓜换亲的事，因为要收麦子了。收麦子对于杏花沟人来说是大事，因为这一年过好过不好，都在收麦子上。

收麦子的季节对于杏花沟来说是有特殊意义的，因为麦黄杏已经成熟了，我惦记着杏花沟多半也是这个原因。在杏花沟，虽然不是家家都有杏树，但你走两三家后，就能看到一棵挂着圆溜溜杏子的杏树，尤其是那些院墙矮的人家，那些杏枝从墙里探出头来，不管是青的还是黄的，都特别诱人。

舅舅家没有杏树，有两棵杨树、一棵大枣树，憨瓜家有杏树，母亲说憨瓜家的杏树是杏花沟成熟最早的。那天我看到新娘子在树下拾杏子，也没有感觉有什么稀奇，大伙儿都叫她憨瓜家。

憨瓜家就这样嫁到了杏花沟，因为要收麦子，每一个人都显得特别忙碌，新媳妇也不再成为杏花沟人关注的对象了。

收麦子之前要先打场，就是把一片场地打理好，然后洒上水，套上牲口拉着石磙碾几遍就成了。场地边还要放几口大缸，缸里放上水，以便防火。

憨瓜他们家打场的时候，我见憨瓜家在场地里洒水，憨瓜他妈赶牲口碾场，这时候憨瓜走过来了，他想帮着新媳妇一块洒水，憨瓜家见憨瓜端起盆子，她扭脸就走开了。

杏花沟人说憨瓜自从娶到媳妇，就知道干活儿了。从前他拉土只装半车子，现在他总是把架子车装很满，拉着走很快，而且再也不对着树问你多大了。有人和憨瓜开玩笑，问他："憨瓜，新媳妇好不好？"憨瓜憨笑着说："好！"

开玩笑的人又问："哪儿好？"

憨瓜继续憨憨地笑。

憨瓜家不和杏花沟里的人说话，一般的招呼都不打，见谁都低头过去，这和杏花沟里娶的其他新媳妇不一样。其他的新媳妇见到人后，总是要说话的，知道叫什么的就叫，比如婶子呀，大娘呀，大爷呀；不知道就问，这是叫啥的，对方告诉她后再说话。

憨瓜家不说话，也不问，她就闷着头干活儿。

杏花沟人说憨瓜家在娘家有对眼的人。关于对眼，我觉得好神秘，杏花沟人对恋爱这个词是排斥的，如果一个男人和一个女人好上了，他们不说恋爱，只说看对眼了。

谁也没有见过那个和憨瓜家对上眼的人，他只存在于杏花沟人的猜测中。杏花沟人对恋爱不仅仅是排斥，而且是敌视。如果谁家的闺女要有恋爱的势头，就被杏花沟人定义为“疯扯”，疯扯是什么概念，如果谁家的闺女被定义为“疯扯”，就算她长相再好看，也会被杏花沟人降格到最末级。所以，这里的闺女担不起疯扯这个名声，她们不恋爱，只结婚。

…………

麦子已经收到场地里了，舅舅家和梦家一起打场，看他们的样子，应该是每年都是如此的。梦的弟弟还小，梦她爸的身体也不好，所以，力气活都是舅舅来做，只有收麦子的时候，我和舅舅才能到梦家吃饭。舅舅就一个人，他也就只有一个人的地，梦家是四口人的地，加上舅舅家的就五口人的地。

收麦子的时候都是舅舅和梦在收，不是用镰刀割，而是用铲子铲的。一个小铲子，安一个很长的把子，贴着地皮铲麦子，吱吱的非常快，一般都是舅舅铲 梦收，梦她伯磨铲子。收麦子的时候是舅舅最高兴的时候，他脸上的喜悦从里往外冒，有时他想掩盖都掩盖不住，不管干多少活儿，总是不见他有一点点累的意思。

憨瓜家也是用铲子收的，但和憨瓜搭帮收麦子的是彩她姐，不是他娶来的新媳妇儿。

有时舅舅碾场，梦就站在凉阴里等着翻场，梦还戴个草帽。舅舅把牲口赶到一边，他也帮着梦翻场，翻完后晒一会儿再碾，反复几次，直到看不到麦穗了，才算碾好。

那天我在场边玩蚂蚁窝，看到彩胳膊上挎着一个红包袱，朝这边走来。彩是来找梦的，梦看到了彩就迎了过去，然后她们就站在旁边说话，梦说："你往这边站站，别让她看见你来了！"

我知道梦说的"她"是憨瓜家，因为只要彩一回娘家，憨瓜家立马也回娘家。彩一进门，憨瓜家就起身，她们两个从不说话，谁也不搭理谁，谁也不叫谁啥，像仇人一样。村里人说换亲就这点没有好处，不如转亲好。

彩来娘家走亲戚，憨瓜家也去她娘家走亲戚，彩住几天，她就住几天，反正她俩很少有碰面的机会。

彩对梦说："我想走，不想在那儿了，一天也不想。"

梦："你去哪里？你家远地方也没有亲戚。"

彩又哭了，彩的眼泪哗哗地流，彩说："要不我死算了。"

梦说："千万可不能做那样的傻事，你没有听人家说好死不如赖活着，你要是死了，她还能在这里吗？"

彩说："你不知道，你不知道……"

彩难过得说不下去，彩继续哭，舅舅招呼梦翻场，梦就忙拿了杈去翻场，翻场的时候梦还白了舅舅一眼，她的意思是让舅舅等一会儿，舅舅冲梦笑笑。

憨瓜家的场地距离舅舅和梦家的场地并不远，憨瓜他爸也在赶牲口碾场。憨瓜他爸穿一件白色的棉布上衣，一只手拉着牲口的缰绳，一只手拿着鞭子，他站在场中心，跟着牲口转圈。憨瓜他爸碾场的时候，嘴里发出了非常好听的哎哎哎哎声。这也是杏花沟特有的一种形式，这种唱没有字，只有哎哎……哎哎，或是高或是低，这种哎哎哎真是好听。我总觉得它代表一种丰收也代表一种喜悦，杏花沟的人说，今年打场假干部特别开心。

五

日子就这样一天一天过去了，等玉米长到一人多高的时候，彩怀孕了，但憨瓜家还没有怀孕。

这是憨瓜他爸和他妈不能容忍的事情，也是杏花沟人所不能容忍的事情，明摆着的情理，彩已经是人家的人了，而憨瓜家还是一个死面疙瘩。杏花沟人说憨瓜真是老冤，媳妇都娶到家了他还不得势，也有人说憨瓜家每天睡觉，身上都藏一把刀，憨瓜要是敢靠近她，她就和憨瓜拼命。

杏花沟人又开始嘲笑憨瓜，叫憨瓜不叫憨瓜了，叫老冤，每每有人给憨瓜叫老冤，都能惹得杏花沟里的媳妇们大笑。

关于憨瓜不“得势”的内容，杏花沟的媳妇们继续谈论着，有时谈完后她们会叹息一声，有时是不叹息，也不嘎嘎笑，而是显得很犯愁。那天我看到憨瓜家坐在地头吃小瓜，大家已经不把她当新媳妇了，可她还不和杏花沟人说话。

这个季节杏花沟是多彩的，因为好多的瓜果都成熟了，西红柿、黄瓜，还有小瓜。舅舅称西红柿为番蛋，他吊在房梁上的那个篮子，现在终于派上了用场，那里面不但有番蛋，还有小瓜。小瓜就是带花纹的那种拳头大小的瓜，成熟以后奇香无比，也叫花瓜。还有菜瓜，菜瓜是长形的，特别脆。还有一种瓜叫面坛子，是小瓜的一种，这瓜是皮，特别的面，而且沙瓤，没有牙的老太太最喜欢吃这种瓜。

杏花沟人有自己的菜园子，而且还有专门的人负责管理，菜园子里的垄沟里一直有清水流着，有人从地里归来，渴了就捧一把垄沟里的水喝。

瓜果成熟的季节我几乎不吃饭，全是吃各式各样的瓜果，人也会跟着瘦几圈。后来离开杏花沟，我再没有吃到过那么好吃的瓜果。

憨瓜家和我一样，也瘦了好几圈。杏花沟人说，瞧瞧，初来的时候又高又壮，现在瘦得像根棍儿似的。憨瓜他妈说："谁知道，跟天天没有让她吃饭一样。"

憨瓜家是否吃饭我不知道，偶尔能见到她坐在地头吃瓜果，有时大晌午头她也不回家，整天在地里转悠。她还是不和杏花沟人说话，连小孩子也不理，就如杏花沟人所说，整天像个闷葫芦，有活干活，没有活就挎着一个篮子割草。

有一天我看见憨瓜家在菜园边上搭了一个小棚子，非常非常小的一个棚子，一个人坐到里面头都能挨着棚顶。棚子在菜园的最里头的一个角落里，用几根树枝撑着，上面放着草和树叶。憨瓜家坐在里面，她出神地望着眼前的青草，不知在想什么。关于憨瓜家搭的那个棚子，我们小孩子是非常感兴趣的，但是我们谁也不敢在她不在的时候进里面坐坐，好像大家都知道她不好相处，做一点点惹她烦的事情就可能导致她离开杏花沟。

最初的时候，杏花沟里的小孩子也跟在憨瓜家身后喊她新媳妇新媳妇，不管怎么喊，她都是面无表情，好像她不知道自己是新媳妇。后来，不知是受到家人嘱咐还是其他，反正没有人再喊憨瓜家新媳妇了。

我到杏花沟以后，很快跟着杏花沟里的孩子们学会了爬树，我最喜欢做的事情就是爬到南地里的树上看火车。火车是那种小火车，绿皮，它由东而西，或是由西而东，像大虫子一样扭动着身子从杏花沟南地经过。我和其他孩子像占山头一样每人爬到一棵树上往远处看，有时能看到火车由远而近缓缓驶来，我们就会在树上齐声喊火车来了！火车来了！一直喊到火车看不到为止。

憨瓜家也喜欢看火车，但她不爬树，她总是站在距离火车不远不近的地方看着火车远去，半天一动不动。火车走远以后，我们会趴在树枝上看憨瓜家，庄稼苗把她的下半身掩盖着，她就那样站在地里，整个一大块地只站着她一个人，感觉着她是那么孤单。

火车走远以后，火车的尾巴显出几分凄凉感，它从一个地方到达另一个地方，中间要经过很多很多的村庄。每次看到憨瓜家看火车，见她不激动于火车的来和去，我们都感觉这是对火车的一种浪费。

那天早上，我到梦她奶家去玩，因为他们家的狗要生狗娃了，说好生了要给我一只的。我还没有靠近她家的厨房，就见一条狗噌一下从厨房蹿出来了，气势汹汹，吓得我转身就跑，而那条狗却拼命追我。被狗追的感觉真是要命，吓得我慌不择路，刚好院外面有一个小水坑，我一下就滑倒了。追我的狗见我滑倒了，也吓了一跳，就扭头回去了。

一群人都在饭场儿吃饭，他们都看到狗追我的样子。平时这狗是很温驯的，根本不咬人，今天是怎么了？梦她奶从家里出来，站在大门口宣布，狗已经生了。对于母狗的反常举动，杏花沟人都理解了，因为刚生完小狗的母狗是护窝子的，狗妈妈不允许任何人靠近或伤害它的孩子。

等我换好衣服出来的时候，见大家脸上的表情怪怪的，我以为他们会议论那条母狗，但是我错了，他们议论的不是母狗，而是憨瓜家。

憨瓜家死了，是喝农药死了，就在这个早晨，这个阳光明媚艳阳高照的早晨，憨瓜家终止了自己的生命。杏花沟人吃饭的时候，喜欢到梦家的柳树下，男人们一边听收音机，一边谈论撒切尔夫人访华，女人们不谈论撒切尔夫人，她们谈张家长李家短。

她们说昨天晚上，憨瓜他妈找了几个憨瓜的同辈人，帮着憨瓜得势了，后来憨瓜家就喝农药死了。有人说："看着她不哼不哈，性子真烈。"

另一个媳妇说："也不知她咋想的，女人又不是一袋面，挖一瓢少一瓢。"

梦她婶说："咳……那么多人在场，你想想多羞人，不死才怪呢!”

还有人说:“憨瓜他麦也是没有办法才这么做的,这要是等彩生了,人家有了下辈人,她会在这里跟憨瓜过吗?”

梦她婶说:“才不会!早晚会跑,而彩生下孩子又跑不了。咳……”

媳妇们在梦家的柳树下议论,终于有人说出换亲还是不好。

她们说憨瓜家是羞死了,因为昨天夜里有几个男人帮着憨瓜让他得势了,完了以后她就喝农药死了。谁也没有想到事情会这样,他们以为憨瓜家已经想通了,愿意做憨瓜家了,没有想到她还不愿意。她们还说憨瓜家都死了,憨瓜还往她身上趴。

憨瓜家死了,被埋了。我没有看到憨瓜家的娘家来什么人,或许是来了,但没有什么好看,所以也没有惹起小孩子们注意。我也不知道憨瓜家被埋到了什么地方,总之她死了,那样一个脆生生的生命咔吧一下断在了杏花沟。憨瓜家是怎么死的?她死前到底发生了什么?这些不是谜,杏花沟人都知道。

在杏花沟,我无数次见过憨瓜家背着草篮子的样子,无数次见过她发呆的样子。憨瓜家始终不和杏花沟人说话,别人和她说话,她也是面无表情,用眼睛看地。憨瓜家为什么不说话呢？她干吗不说话？

憨瓜家死了，杏花沟依然瓜果飘香，春种夏长，秋收冬藏。

小狗满月后，梦她奶让我挑了一只，我选了一只浑身没有一点儿杂毛的黑狗。我把小狗抱回舅舅家，狗妈还会过来给它喂奶，有时看到小狗跟在它妈妈屁股后面一扭一扭，显得特别可爱。

那天我见憨瓜他妈挎着一个篮子去给憨瓜家烧纸，玉米已经掰了，但玉米棵还没有砍。玉米棵一人多高，憨瓜他妈走在两边都是玉米棵的小路中间，显得那么单薄，单薄到没有一棵玉米粗壮。有人坐在小路边和憨瓜他妈说话，问憨瓜他妈去干啥了。憨瓜他妈说："去给她送点钱（烧纸），这么年轻就没了，也没有一个下辈人，将来谁会想起给她送个钱呀！"憨瓜他妈一边说，一边挨着那个和她说话的人坐下，她还是那么软，软到无法成形。

杏花沟人的规矩，不是正常死亡的人是不能入老坟的，我见过那样的孤坟，坟上长满荒草，看着无比凄凉。

入冬以后，杏花沟略显荒凉，到处都是枯黄的树叶或者农作物的秸秆。那天我见憨瓜他爸端一个大海碗蹲在饭场儿吃饭，他看上去还是像个干部，他在和别人谈论西哈努克亲王。憨瓜家死了，作为老公公，他好像并不悲伤，他呼噜呼噜把碗里的饭吃完，把碗往地上一放，那个碗顺势在地上转着圈。憨瓜他爸一边用手擦嘴一边说："我们国家会越来越好，越来越强大……"

没有过多久，憨瓜他爸又托媒人寻觅另外一个换亲的对象，因为彩的姐姐还没有出嫁。

彩生下一个男孩，杏花沟人说彩生下孩子以后整整笑了一个月，她看到孩子就笑，看到孩子就笑。彩特别喜欢她的孩子，孩子生下后她不让任何人碰她的孩子，彩一直对着孩子说：是男孩就好！是男孩就好。当然，这句话是从彩的婆子家传到杏花沟的。彩为什么要说是男孩就好？杏花沟人不明白，我也不明白。

三个月后，彩跑了，我见那个男人经常抱着用小被子包着的孩子，到憨瓜家找憨瓜他妈，憨瓜他妈对那个男人不理不睬，也不看那个孩子。

村里人说憨瓜他爸和他妈知道彩去了哪里，也有人说彩不会让他们知道，彩就这样消失了，没有人再看到过她……

憨瓜家死后，憨瓜好像并没有什么变化，他还是原来的那个憨瓜，有时憨瓜会到舅舅家串门，舅舅还会给他一支烟，憨瓜就那样装模作样地抽着，看舅舅编篮子，每次他都问舅舅："这篮子能卖多少钱一个？"舅舅告诉他三块。小的篮子卖三块，大的卖五块，我都记住了，可憨瓜每次来都要问，他好像从来没有记住过。

本文初刊于《钟山》2014年第1期

谷凡，中国作协会员，在《北京文学》《长江文艺》《钟山》《广州文艺》等多家刊物发表作品；中短篇小说被《小说选刊》《长江文艺·好小说》选载。小小说《喜旺的年》和《长大》被选为中考试题。曾获2021年《莽原》文学奖。

苏七月的七月

蒋小雨

1

接到苏七月出车祸的电话，易拉脑海里首先跳出一句话：世上事只要你孜孜以求，没什么是你搞不砸的。

这是她刚刚对老叶说过的话。

当时，李牧正求易拉一起参加老叶的红酒会。老叶有一个规模不大不小的酒庄，说是新进了一批葡萄酒，等着大家去品尝。

“你真不去?”李牧问。

“不去!”易拉捧着一本书坐在沙发上。

这本书的名字很奇怪——《从一个蛋开始》。李牧看了一眼蓝色封面上那个白色的“蛋”，也就是说，在李牧与那个“蛋”之间，易拉毫不犹豫地选择了后者。他有些无奈，瞥一眼落地窗，看到一只鸽子在窗台上，走几步停下看看，再走几步又停下看看，脑袋一点一点的。

七月的天气，无论太阳在不在，高温都在持续，把一天的炙热重复了一个季节。风都瘫痪了，那只鸽子居然不怕热。

“你不是喜欢白葡萄酒吗？老叶说要送你一箱，澳洲原装的。”李牧说。

“你给我带回来。”易拉说，目光还在那枚“蛋”上。

“好几种呢，你得亲自去看看。”李牧说。

“你讨不讨厌？还让不让我好好读书了？”易拉皱了皱眉。

这句话是有杀伤力的，并且屡试不爽。李牧把一根手指竖起，压在唇边。易拉是个读书也写书的女人，她的梦想就是在不久的将来成为作家。读书的女人不好伺候，有梦想的女人，更不好伺候。李牧走到沙发的另一头，坐下。窗外那只鸽子还在脑袋一点一点地走动，真想打开窗户请它进来凉快一会儿。

手机在此时响起。鸽子一振翅膀，飞走了。

李牧拿过手机，摁下了接通键，见易拉又皱了下眉头，忙说：“是老叶。”随即开了免提。

“怎么了李牧，跟弟妹内战了？”老叶说。

“想多了哥，我跟你弟妹从来不内战。”李牧讪笑着回应，“说吧，有正事吗？”

“红酒会的事算不算正事？”

“正跟易拉商量呢。”

“你让易拉先把那篇稿子交了，报社都催几次了。”老叶在手机里大声说。

老叶牵头搞了个红酒会，理事会成员个个都是大老板，用广告投入做交换，让《都市晚报》在副刊开了个“红酒坊”专栏，每周一期，让易拉给这个专栏写稿子。稿费是千字千元，不足一千字，照样一千元。易拉知道报社没有这么高的稿费标准，羊毛出在羊身上，这笔钱由红酒会的基金里开支。所以，每次要稿子，老叶都是一副财大气粗的样子。

“那要看我家易拉的心情了。”李牧却不屑，一边讨好地看了易拉一眼。

“对了，你跟易拉说一下，九月份的葡萄节，要在专栏里提一下。”老叶就是这么志在必得，又迂回曲折。

“老叶你有完没完？”易拉对着手机叫了一声。“红酒会、文章、葡萄节……世上事只要你孜孜以求，没什么是你搞不砸的！”又跟李牧说，“我不去，你快走吧，别打扰我。”

李牧忙把手机拿开，轻声说，好好好，我消失。然后就换了鞋子，一边接着电话，出去了。

门在李牧身后关上时，易拉想，今年的葡萄节，老叶会带上苏七月吗？

去年葡萄节，是易拉带着苏七月去的。

当时，易拉的外婆去世不久，她常常做梦，每次都梦到外婆不要她了，各种各样被外婆抛弃的梦境，让易拉每个夜晚都不敢入睡。那些日子，易拉瘦成了一幅剪影，整日薄薄地贴在书桌前。李牧愁得不行，就叫来了他们共同的朋友苏七月。

那天下午，苏七月请易拉去喝咖啡，说：“易拉，听到外婆去世的消息后，我最放心不下的就是你，你知道，我很早就失去了父亲，那时候我也常常失眠，一闭上眼睛就做噩梦。后来我专门研究了《梦的解析》，希望可以帮到你。”

苏七月喝咖啡的一系列动作，以一系列标本般的形式切换着，好像她刻意把自己加工成了“优雅”这个词。

“谢谢你，七月。”弗洛伊德的观点易拉早已熟知于心，但对她不管用。她常常听着催眠曲，闭着眼睛，认真地清醒一整夜。

“会有办法的。不怕，易拉，会有办法的。”苏七月的口吻像可以拯救一切的上帝。当她知道易拉的车库里闲置着一辆甲壳虫时，眼中立马放射出了太阳般的光芒。“易拉，你怎么不早说，我们可以去另一个城市购物呀，可以自驾游，青海、西藏都没问题。”

当然没问题，当杜家少奶奶的那半年，苏七月跟着杜航把自己练成了专业赛车手。开甲壳虫对她来说就像摆弄一件玩具。

后来就说起了葡萄节的事。

“葡萄节你一定要去的。沙漠，黄杨，草场，羊群，还有天山的雪，吐鲁番的云……散散心，要准你就能好起来的。”苏七月看看面前的咖啡说。

“我没说去吐鲁番啊，你怎么知道？”易拉有些恍惚，感觉苏七月像突然入了某一部戏，演着一个喝咖啡的女人。看看手里的咖啡，易拉一时间找不到喝的感觉了。

“晚报的‘红酒坊’我经常看的，你的文字比红酒还醉人。要是方便，你给主办方说说，带我去呗，我陪着你，不然我真的放心不下。”苏七月说。

易拉有些动心了。心想，也许逃离当下，来一次远方的旅行，会让她躲开那无休无止的噩梦。“也好，那带上杜航一起吧。”

“杜航就算了吧，他爸出事后，也像变了个人，整天忙得不见人影。”提起家事，苏七月的脸就灰了。杜家的事易拉听说过一些，不知道那个曾经偶像一样的杜航，如今怎样了。

易拉没想到苏七月的舞跳得那么好。

吐鲁番七泉湖独特的丹霞地貌作为背景，苏七月柔软的身躯辗转缠绵，手里的蓝色丝巾像水袖般翻卷飞扬……易拉在那一刻仿佛看到了时间断裂的痕迹，齐刷刷的，断开了过去与现在，断成了城墙一样的悬崖。苏七月就在这面悬崖下舞蹈，像一条柔软的四脚蛇，要从这悬崖上攀缘、上升。苏七月跳出了易拉的认识之外，就像有一只魔术师的手，把她变成了另一个人，甚至不再是人，是一个尤物，一个幽灵，一个魅影——落霞与孤鹜齐飞，秋水共长天一色。身穿白色长裙的苏七月在那一刻是神圣的，与秋水长天完美融合，舞在天空、云朵、山谷与湖水组成的广袤世界里。

易拉丝毫没有觉察的是，苏七月其实努力地舞在悬崖上。她想要的太多了，婚姻这座围城她已经进去了，但城里城外的风景，她都想拥有。

易拉忍不住拿起手机，打开去年葡萄节的图片翻看。当时美得惊心动魄的画面，此时看来，心里竟有种说不出的滋味。

正要放下手机，一串数字却跳出来，在手机屏幕上闪烁。是一串陌生的数字，一次，又一次，顽强地从起点闪烁到终点，然后再开始新的起点……易拉接通了电话，猝不及防间，一个声音撞进来，像一个巨大的玻璃器皿突然碎裂，迸溅着炫目的光斑，夹杂着玻璃碎片般的哭声："易拉，是你吗易拉，七月她昨晚酒驾，出车祸了，她快没命了……可是，到处都找不到杜航……"一屋子的安静瞬间被撞得七零八落。

苏七月，她出事了？易拉脑海中突然跳出一句话：世上事只要你孜孜以求，没什么是你搞不砸的。

窗外，大片的乌云翻滚着向太阳逼近。一边的天空是湛蓝的，另一边是黑灰的，黑灰在不断吞噬湛蓝，眼看着世界在暗下去，暗下去——要下雨了。

2

易拉先给李牧打了电话，让他直接赶到医院，随后，一边换衣服出门，一边给杜航打电话，可杜航的电话始终不在服务区。这个杜航，又失踪了。

杜航曾经是个热衷于玩失踪的人。大学的前两年，杜航多数时间都在玩失踪，同学们只知道班里有这么一个人，但没人知道这是个什么样的人，他总是在逃学，偶尔露面，也是神龙见首不见尾。直到有一天，他在女生宿舍楼下拦住了易拉。易拉抬头，第一次看清了杜航的样子：高，瘦，皮肤白皙，五官精致，一头从偶像剧里下载的发型，刻意修饰出参差凌乱，简直就是韩剧中的某个明星。

“喂，一起吃个饭吧。”杜航的口气中没有请求，没有征询，好像他知道易拉会答应一样，好像他请谁吃饭就是给谁的恩赐。他甚至没叫易拉的名字，旁边的女同学“哇”一声，捂住了各自的嘴巴。

易拉没吭声，绕了一下，走向宿舍楼。

杜航抢了一步，重又拦在易拉面前。他的眼睛一半遮在头发里，一半看着易拉，轻声，却是不容置疑地说：“走啊。”

易拉抱紧怀里的书，皱眉，再次从他身边绕了过去，走进了宿舍楼。

同行的女生七嘴八舌——说，干吗呀，理都不理人家？说，那是杜航啊，颜值碾压全校的校草啊。说，知道他爸吗？知名企业的老总啊，经常跟市长一起出镜的……都是赞美、艳羡的话，都是怪易拉不知好歹的话。

很长一段时间，杜航的注意力都在易拉身上。问题是，易拉的心思全都在学业上，心无旁骛。易拉幼年丧母，是外婆把她抚养大的，她是外婆的寄托，是外婆的一切。外婆盼了一辈子，先是自己的大学梦落空，后是女儿又中途失学，外婆被这两个落空的噩梦纠缠了半辈子，易拉成了她最后的希望。终于盼到易拉读大学了，外婆高兴得老泪长流。易拉看着外婆的眼泪心里酸楚不已，她觉得自己身上背负着三代女人的大学梦，哪还有别的心思？只能好好读书，拿出优异的成绩，谋个美好的前程，让外婆心满意足地安度晚年。

那天是易拉的生日，天知道杜航怎么获知易拉生日的。他开了车，车上有鲜花，有生日蛋糕，还有给易拉的生日礼物。他本来打算给易拉一个惊喜的，他自认为以他的颜值和家庭背景，足以给任何一个女生创造惊喜，但易拉却波澜不惊地拒绝了，甚至没看他一眼。

看着易拉走进宿舍楼，最后消失在楼梯的拐弯处，杜航甩了甩半遮着眼睛的头发，摁了一下手里的钥匙，路边一辆白色路虎闪了一下眼睛。他拉开车门正要上车时，看到车的另一边有个女孩愣愣地看着他。那个女孩就是苏七月，易拉的朋友。苏七月高中毕业后，半工半读地上着电大的会计课，闲时会来找易拉玩。

苏七月说：“对不起，我替易拉向你道歉。”

杜航又甩了甩半遮着眼睛的头发，说：

“不用，她并没做错什么。”见苏七月站在车前没有离开的意思，又说，“你方便的话，一起走吧。”

苏七月上车后，回头看了看后座上的花：“哇，好漂亮！我还从来没收到过这么漂亮的花。易拉不要，能送我吗？”

杜航看了苏七月一眼，没说话，驾车径直向前开去。

路虎开到校外一片树林旁，杜航停车，从后备厢拿了一把铲子走进了树林，他用铲子在林中挖了一个大坑，反身从车里抱起鲜花、蛋糕和一个盒子，扔进坑里，飞快地掩埋了。苏七月坐在车上静静地看着杜航，看着他抱着那一堆东西走远，又空手而回，像电影里的某个场景。

杜航坐回车里，对苏七月说：“从现在开始，以前的事情都择清楚了。你还想要花吗？如果想，我可以送你。”

四野阒寂，那一刻苏七月感觉自己灵魂出窍。

买过花后，街道两旁的路灯渐次亮起，每一盏灯都低垂着头，让整个城市看起来有些萎靡不振。杜航突然有点烦躁，他逃离一般，把车从闹市一路开向郊外，径直开上了高速。两个小时后，他们坐在了省城一个叫十里洋场的饭店。杜航对服务员说，两个人，推荐一下你们的菜品吧。服务员看了看杜航，又看了看苏七月。那顿饭，那个穿着旗袍、仿佛来自民国的女子，以少而精的标准，让苏七月刷新了她二十多年的饮食体验——一盅开胃汤，没喝出什么滋味，但九百元的价格让她喝出了富人的档次；一瓶洋酒，同样说不清什么滋味，却让她完全打开了自己；接下来眼花缭乱的美食，苏七月吃得晕晕乎乎，脑子里反复萦绕着一句话：把自己喝醉，给他人机会。

饭后，苏七月在酒精的怂恿下，倒在了酒店的大床上。头顶的天花板是蓝色的星空，苏七月仿佛看到另一个世界在向她走来。杜航爬上她身体的那一刻，苏七月的双手伸了出去，五指大大张开，抓向了那个世界。

七月，在易拉的生日，苏七月走进了杜航的世界。

3

飞往三亚的航班已经晚点了一个小时，乘客早已坐立不安，一时间怨声四起。

杜航坐在靠窗的位置，正在电脑上制作报表，周围的喧闹似乎对他毫无影响。老路突然让他到三亚出差，而他手头的工作还没有完成，客户在那边催等，便只能在飞机上争分夺秒加班了。老路以前是杜航父亲的朋友，现在是杜航的老板。老路愿意提供给他一个不错的机会，固然有父亲的因素，更在于他的勤勉与干练。

现在的杜航像脱胎换骨一般，半遮着眼睛的长发剪成了清爽干练的板寸，大T恤、牛仔裤换成了西装领带，一副白领型男的形象。

“本次航班因故延时起飞，请各位旅客少安毋躁……”空姐用汉英双语播报着飞机延时的消息。

“什么？飞机故障？这样的飞机能安全吗？”坐杜航身边的年轻妈妈惊叫起来。她怀里的小男孩大概四五岁，之前一直在睡觉，妈妈的惊叫惊醒了他，他大睁双眼，惶惑地看着妈妈。

“不是故障，是因故延时，没事的。”杜航宽慰道，一边摸了下小男孩的脑袋。

“叔叔，你在干什么？”小男孩回过神来，看着杜航的电脑问。

“嘘！宝宝别出声，叔叔在工作。”母亲赶忙制止。

“叔叔为什么要在飞机上工作？你没有办公室吗？”小男孩眨着眼睛。

“不好意思，打扰您了。”年轻妈妈道歉。

“没有，小朋友很可爱。”杜航对母子微笑，他活动了一下四肢，稍作休息。最近连续加班，眼睛有些受不了。

看杜航停止了工作，年轻妈妈才说：“宝宝，叔叔珍惜时间，所以在飞机上也要工作，宝宝也要珍惜时间，好好学习，像叔叔一样，将来做个社会精英。对了，今天妈妈教你的唐诗背会了吗？”

小男孩咿咿呀呀地开始背唐诗。

杜航想起了自己的母亲与年幼的儿子。

从幼儿园到大学，母亲给杜航选的都是最好的学校。可那又有什么用？母亲想尽了一切办法，也操碎了心，杜航却一直沉溺于电子游戏，从小学、初中，到高中，从游戏厅，到PC，又到手游，一代都没落下。所以，他的成绩在他经历过的每一个班级，都稳定地垫着底，从来没有出现过意外。

母亲伤心不已，终于打算放弃了，这是杜航父亲劝说的结果。父亲说，他不是那块料，你再操心也没用，总不能你替他上学吧？你不如开开心心过好自己的生活，他的事，总会有办法的。父亲说得很笃定。母亲就决定不管了，反正也管不了。接下来，她参加各种旅行团去散心，杜航便也满世界地跑——不就是到处跑嘛，都是跟钱说事的事，只要兜里有钱，谁还不会？

然而，学校还是给杜航发了高中毕业证。当然，这是他父亲运作的结果。老杜是个传奇，十几年前，他以超人的魄力，力挽狂澜，救活了那家濒临破产的企业，保住了数千人的饭碗。市里给了他很高的荣誉，并且把这个企业交给他来管理，很快扭亏为盈，成为市里的纳税大户。老杜总有办法让每一条被残酷现实堵死的路柳暗花明。

杜航高中毕业后，家里决定送他去学英语，希望他拿到一个说得过去的雅思成绩，好想办法给他申请一所说得过去的国外大学。但杜航断然拒绝了，他再也不想被学校折磨了，国外的也不行。父母只好再想别的办法。杜航不管，照样每天把日子过得腾云驾雾的，什么新奇什么刺激他就折腾什么，对父母的话一概不理会。

那天父母同时走进他房间的时候，杜航就知道又有麻烦了。他们给他联系了某高校的经管专业，说无论如何要有个说得过去的学历。为了杜航，他们总有想不完的办法。父母认为总有一天儿子会长大，会幡然醒悟，到那时他们就不用再操心了。他想了想，接受了。却提出一个条件，要一辆汽车。当时，他早就不玩游戏了，却迷上了汽车，不知什么时候就考了驾照，用答应读大学作为交换，要挟母亲为他买了一辆CC。这辆CC开了两年，到了大三，就换成了路虎。但他依然不把学业当回事，整个大学阶段，杜航没上过几天课，西藏，珠峰，南极，非洲……那四年他穿行在全世界最独特的风景里，把脸颊晒得像猴屁股一样与众不同。杜航干的唯一一件正经事，就是给他父母领回了一个儿媳妇苏七月。

婚后，苏七月辞了工作，一心一意做着杜家的少奶奶，吃饭有保姆伺候，出行有司机接送，高兴了就去逛街，不高兴了也去逛街。在杜航有意无意的引领下，苏七月的眼界和品位得到了迅速提升：她先从化妆品开始，一套SK-2瓶瓶罐罐的图片，加上她与杜航十指相扣的合影，凑了整整齐齐九张，发到微信朋友圈，配了简单的一句话：这一刻没想法。很快，下面就有同学留言：炫富与秀恩爱的最高境界是——什么都不说，请看图。

有那么一段时间，苏七月的微信朋友圈图文并茂，热闹非凡。图片成组出现：这一组，杜航牵着她的手漫步在欧洲某个街头；下一组，她依在杜航的肩头，坐在北海道雪白的世界里，红鼻子雪人是他们爱情的结晶……如果还有耐心往下看，那内容就多了，美容美发，健身赛车，朋友聚会，鱼翅龙虾，都可以成为她图片里的风景，每组图片里永远不变的主角是苏七月，而杜航是苏七月的标配，形影不离，恩爱无比。

虽然父母对苏七月不太满意，但她怀上了儿子以后，老杜两口的脸上绽开了笑容……

小男孩把唐诗背得滚瓜烂熟。杜航听着，竟有些感动。小男孩比自己小时候强多了。杜航想，回家后，他要抽出时间，多陪陪儿子，或许可以从教他背唐诗开始。儿子出生后，多数时间与奶奶生活在一起，他这个当父亲的，已经缺席很久了。苏七月就更不用说，她好像一直没有适应母亲这个角色，但她比任何一个母亲都忙多了。

4

易拉在ICU病房外找到苏七月的母亲。苏母一拉住易拉的手就哭开了，哭得肝肠寸断，让易拉一时不知所措。苏七月的弟弟苏哲和妹妹苏小秋站在一旁。苏哲眉头深锁，似乎在那一刻锁尽了世间愁苦。苏小秋从上到下整个人圆滚滚的，这个患过脑炎留下后遗症的姑娘，样子很是喜庆，她懵懂地看着易拉，努力调整着自己的面部表情，一副哭笑不得的样子。

易拉正不知如何劝解，看到李牧走了过来。怎么办？怎么办啊？她手足无措地看着李牧。李牧拍了拍她的肩膀，又转向苏母说，伯母，您先别着急，我陪易拉进去看看七月。

ICU病房好像是这个世界的边缘，灰白色的冷气扑面而来，让人感觉自己就是一块放进冷藏室的肉，任人摆布。生命在这里已经失去了意义。

深度昏迷的苏七月戴着呼吸机，头上裹了一圈白色的纱布，车祸的阴影依然残留在她的脸上，是那种与灾难殊死抗争后的无奈与衰败，一败涂地的败，看着令人心痛。易拉无声地把脸埋进了李牧怀里，她听到李牧在询问情况。大夫说，病人是昨天晚上送进来的，一切都有人安排好了……只是，伤情太过严重，我们只能期待奇迹出现……请李总放心。大夫说这话时，停顿了数次，每一次都是戛然而止，似乎苏七月随时都会死去，让人怎能放心？

易拉把头使劲抵在李牧胸前，好像要挤出刚刚听进去的声音。

高中时的苏七月，梳着长长的马尾辫，总是那么目空一切地走过人群，与俗世保持着一定的距离，一看就是有理想、要做大事的人。即便是在父亲突然离世，家里的经济支柱倒塌后，心高气傲的苏七月也没有认命。有那么一两年，她甚至没添过一件新衣，但她把洗得发白的蓝色校服照样穿得风姿绰约，像一株高傲的蓝色向日葵，仿佛只有太阳才是她的方向。那段时间，很多女生都开始效仿她，蓝天下，校园里，到处是蓝色向日葵。父亲不在了，苏七月的梦想没变——她要考一所南方的大学，她一直都喜欢江南，杭州、苏州，她觉得这些美丽的江南城市犹如大家闺秀，她属于江南，属于江南的温润和婉约，她要去那里读书，在那里生活。

妹妹苏小秋的病来得毫无征兆，一下子就压垮了这个家。当时，弟弟苏哲正上初中，叛逆期，固执得像一块顽石，说父亲不在了，他就是家里唯一的男子汉，要辍学打工，养活母亲和两个姐姐。母亲不同意，他说一次母亲就给他摁下一次，搞得他最后只想着如何说服母亲，完全没有心思学习，成绩一落千丈。

高中快毕业的时候，母亲含泪与苏七月长谈了一次。母亲说，女孩子上到高中已经够了，就别参加高考了，去找个工作吧。苏小秋生病后医药费像座山一样，压得这个家已经撑不下去了。

“大学只是个梦，不是谁都能圆的。”

“但我要圆。”

“你弟弟还那么小，你真忍心让他去打工养你吗?”母亲指着外面的苏哲，“你不能这么自私啊七月。”母亲掉了眼泪。

“可是，这不公平……”苏七月哭着从家里跑出去，不知道为何，竟跑到了平时并没什么交往的易拉家。

易拉的外婆知道原因后，同情、气愤，好像受了委屈的不是苏七月，而是易拉。当年，外婆就是因为家道中落，大学梦碎了一地。她说，人这一辈子，一个阶段有一个阶段的生活，你给他掐断了，人这一辈子就废了。外婆收留了苏七月，说，你就安心住在这里，和易拉一起准备高考，别的事外婆替你担着。直到高考结束，苏七月找到一份临时工后，才搬回家住。她一边工作，一边等高考成绩，可最后等来的却是落榜。苏七月哭了，苏母手抚胸口，长长地松了一口气。

杜航追求易拉的消息，苏七月是从高中同学那里听来的，同学把这个故事讲得有枝有叶，枝繁叶茂。连杜航去找易拉时穿了什么牌子的运动鞋，以及那双运动鞋如何漂洋过海到了杜航脚上，都说得清清楚楚。苏七月听得一愣一愣的。她上网查了那双鞋，限量版，再看那价钱，惊得她下巴都要掉下来了。当时，苏七月正上电大，离易拉的学校很近，所以有机会就去找易拉，就是没有机会，创造机会也经常去找易拉。后来，苏七月终于见到了传说中的杜航。其实，开始的时候，苏七月只是想认识杜航，希望通过他，认识他那个圈子里的人。苏七月对自己的长相是自信的，她自信她这样的容貌，就应该嫁个有钱人。她没有想到的是，一切会这么顺利，易拉毫不犹豫地推开了杜航，把机会留给了苏七月。省城那一夜之后，苏七月把杜航牢牢地抓在了手里，到手的鸭子，自然不能再放走。

虽然如此，苏七月在易拉面前总有些心虚，她把朋友圈建立了分组标签，易拉单独一组，每次发朋友圈都选择不让易拉看见。和杜航走到一起后，苏七月一直想知道易拉的态度，但易拉始终都没有态度。时间长了，苏七月也就心安理得地做起了杜家的少奶奶。

可是，如水晶般玲珑精致的苏七月，怎么说碎就碎了呢？

5

飞机的舷窗像一扇又一扇假象，分明看到天是阴的，风吹着机翼下的青草在动，摇摆着凉意，机舱里却燥热烘烘的。

航班一再延迟，之前调为飞行模式的手机，被各自的主人调了回来，打游戏的，看视频的，聊微信的，发朋友圈的，各自忙得不亦乐乎。杜航也在忙，他在电脑上工作，手机还是处于飞行模式。

这时，右后方站起来四个人，在飞机上引起了新一波的骚动。

“妈妈，那个人戴着手铐，我看到了，衣服下面是手铐。”旁边那个小男孩喊道。

杜航回头，看到四个人走来——前面一个，后面一个，中间两个，中间的两个人一前一后错开了身子，其中一个拉着另一个的手臂。被拉着的中年人看样子是个大人物，但现在，他的脸像一张画技低劣的素描，五官与表情都模糊掉了，双手放在身前，遮在一件深色衣服下面，像木偶一样挪着脚步。

杜航觉得，那张脸他好像在什么地方见过。他盯着那张脸，正面，侧面，直到他们走过去，留下四个后脑勺，最终消失在机舱出口处。杜航突然想起，他见到过的，不是那张脸，是这个场面，在电视的新闻里。

当时，苏七月已经怀孕六个月，整个人养得珠圆玉润。她对自己的身材极不满意，每天抱着杜航的胳膊，委屈得不行：你看，我都胖死了，以后还怎么出门？杜航说，生完宝宝再塑身就是了，再说，我又不嫌弃。苏七月说，可我嫌弃。快给我想想办法吧，我不要这么胖。杜航有点为难，他看看苏七月，整个人鼓嘟嘟的，是胖了不少，脸比以前大了一圈，眉宇间竟看出些许蠢相。杜航有点纳闷，奇怪，不就胖了点吗？怎么人的面相就改变了呢？

保姆端着一碗鸽子山药汤出来，苏七月的脸上都快拧出水了：又来了，又来了，还让不让人活了……保姆端着汤碗，为难地说，杜总交代过的，一定要保证孩子的营养……苏七月说，他只管他孙子的营养，根本不管我的死活！杜航生气了，说，毒药啊？怎么就不让你活了？扭头对保姆说，放这儿吧，爱吃不吃。

保姆把汤放在茶几上。苏七月一边喝着鸽子山药汤，一边抱怨着身上多出来的肉。

杜航父亲被带走的消息就是那个时候出现在了电视新闻里：四个办案人员——前面一个，后面一个，中间两个，他们夹着杜航父亲从办公室走出。杜航父亲双手放在身前，上面搭着一件深色衣服，像木偶一样挪着脚步——他挪用公款，排除异己，差点把他救活的那个国企掏空。最让杜航尴尬的是，父亲包养了一个女人，一笔巨款和那个女人一起流向了海外，不知所终。苏七月含着一口汤，指着电视嗯嗯了半天，终于想起把那口汤先咽下去。她跳起来抓住杜航，电视的画面已经到了国际新闻。

窗外下着雨，雨点噼噼啪啪的，天越来越暗。

母亲面临着两个选择：一个是与老杜离婚，带着孩子们好好过日子，反正是老杜先不仁的；另一个是想办法堵上老杜捅下的大窟窿，减少国家的损失，争取政府的宽大处理。

母亲坐在沙发上泪流不止。外婆坐在沙发的另一头，摇着手里的扇子。一只虫子从果盘里的葡萄上飞起，外婆举着扇子拍过去，虫子没拍到，被风扇没了。外婆叹口气说，别哭了，哭有什么用？母亲还是哭，两只眼睛肿得像烂桃子。外婆实在想不明白，自家的姑爷，平日里多好的一个人，怎么就犯了糊涂呢？最要命的是，还和别的女人搞到一起了。外婆看着六神无主的女儿，艰难地挣扎着，半天才说，光哭没有用，去找找能说得上话的人，争取政府的宽大处理。杜母扑进老人怀里，哭得更是昏天黑地。

苏七月看着杜航，又抬头看着这栋三层别墅的天花板，感觉自己像在梦里一样。“简直就是个噩梦。你说，妈会赌上我们全家人的幸福，去替你爸还债吗？那些钱可是被另一个女人带走的啊……”话还没落，她看到杜航看过来的眼神，冷硬，陌生。

杜母卖了别墅，掏空了家底，堵上了那个大窟窿。再加上一部分工人念及老杜当年对厂子有功，联名向上面求情，杜父最终被判了十年有期徒刑。

孩子出生时，他们一家人挤在不足一百平方米的小三居里。房子是杜母单位早年团购的商品房，一家四口人，就指着杜母每个月的那点退休金生活。苏七月抱着孩子坐在锈迹斑斑的阳台栏杆前，生产与哺乳让她蓬头垢面，她苦着脸抬头看着天，说，这孩子来得真不是时候，这日子……真是没法过了……

杜航也知道这日子没法过了。母亲四处求人，杜航的工作却始终没着落。世间事就是这样的，有的人选择工作，有的人被工作选择。杜航例外，他无法选择工作，工作也不选择他。

杜航说：“要不，我先找份临时工做吧……”

杜航的话还没说完，就被母亲打断了：

“什么临时工?”

“送快递，或者送外卖什么的。”杜航说。

“不行!”母亲的眼睛一下子就红了，她坚决不同意，她宁愿杜航闲着也不愿让他去做苦工。儿子娇生惯养长大，可不是为了让他风餐露宿去送外卖的，怎么也得找个说得过去的工作。

苏七月说：“那我出去赚钱吧，反正我什么苦都吃过。”

杜母看看她，不置可否。

那一刻，苏七月有些心酸：到底儿子与媳妇不同，人家心疼儿子，却不在乎她一个女人抛头露面。

杜航问：“你能去哪儿赚钱？”

苏七月说：“北京，大城市机会多，赚钱也应该容易一些，不然这日子真的没法过了。”

杜航被她的想法惊呆了，皱眉看了她好大一会儿，才摇摇头说：“不行，你一个女人跑那么远，我放心不下。”

苏七月像喝了一杯热咖啡，心里突然热乎乎的。她看着杜航，杜航明显消瘦了许多，但人还那么清爽俊朗，像偶像剧里的某个偶像皱着眉。苏七月心想，什么都变了，只有他没变。

第二天早上，杜航醒来时，身边已经不见了苏七月。床头柜上留着一封信，让他照顾好儿子，也照顾好自己……

如果苏七月没有去北京，是不是还是原来的苏七月？生活是不是另一种情景呢？

飞机终于起飞了。旁边的母子仍然在谈论着刚刚发生的事。小男孩很是兴奋，一直说手铐亮晶晶的，跟妈妈的手镯一样漂亮。年轻妈妈说，那可不一样，戴手镯的都是有福人，戴手铐的是坏人。她的手腕上是一只洁白温润的羊脂玉手镯。无独有偶，母亲和苏七月都有这样的手镯，父亲被带走时，同样也戴着手铐。

6

李牧在十字路口打了左转向，把车向杜航的家开去。

苏七月从没邀请易拉去过她家，住别墅时没有，搬到这小房子以后，也没有，这个地址还是从苏母那里得知的。十几年的老房子，外观看上去像蒙着一层厚厚的灰尘，住户的阳台、窗口，都封着锈迹斑斑的栅栏，挂着各色各式的零碎衣物。

易拉敲了好一会儿门，一直没有动静。她自言自语地嘟哝：就是杜航不在，他妈也应该在家啊，怎么会没人呢？李牧说，可能是走亲戚了吧……走吧。易拉只好给杜航微信留言，让他速回电话。

下楼后，看到邮递员站在一排信报箱前。其中一个信箱满了，塞不进去，邮递员有些为难，抱怨说，订了杂志却不看，都堵在这儿，这不是给人添堵吗？易拉本来已经走过去了，却突然想起了什么，回头去看，那个被塞满的信箱，果然是苏七月家的门牌号。易拉说，给我吧，我带给她。邮递员一下子轻松了，把手里的书报递给易拉，忙下一个去了。

上车以后，易拉翻开一本诗歌杂志，见上面刊发了苏七月的几首诗，还配了她的大幅照片，匆匆扫了一眼，摇头苦笑。

看到易拉给晚报写的专栏，苏七月蠢蠢欲动，拿着她的诗稿来找易拉。易拉看过苏七月的诗，没做任何评价，从书柜里找出几本经典诗集，都是她的珍藏宝贝，一般是不示人的。“先读读名家作品感觉一下，找找自己的差距吧。”

苏七月接过书，翻了翻，顺手放在一边。“易拉，上高中的时候，我的作文也常常被老师当范文给全班同学读的，你记得吧？”

“记得啊。”易拉说，“那时候你骄傲得像个公主。”

“你还不是一样？总是独来独往，谁都不理，成绩却好得让人嫉妒，我就嫉妒过。”苏七月笑了，“不过，那时候，我的作文比你写得好，老师说我在写作上有天赋，这个你记得吗？”

“记得，老师说你的故事编得很精彩，像小说。”易拉说。

“好像是这么回事。”苏七月回忆着，“但我现在没有时间写小说，只能写诗，诗歌字数少，不费时间。”

“写诗也挺好，你要是想写，就多读读好作品，静下心来好好写。”易拉说。

“什么叫想写啊，我这不是已经写了吗？”苏七月指了指面前的手稿，“你都能发作品，我肯定也能发的。那个……我不是说你写得不好，我是说……我写得也不错啊，毕竟老师都夸过的，你说是吧？你熟悉报刊编辑，帮我推荐一下呗。”

易拉又看了看那些诗稿，苏七月的字写得还是不错的。

“易拉，帮帮忙嘛。”苏七月恳求说，“我请你吃饭，你想吃什么？”

易拉想了想，想到一个关系不错的诗歌编辑，反正朋友都是用来帮忙的，就硬着头皮，把苏七月的诗给那位朋友发了过去。

过了两天，朋友的电话打过来：“易拉，不是我不给你面子，是实在说不过去，不能把文字分个行就叫诗吧？易拉你能不能讲点原则？”

易拉知道朋友迟早会打这个电话。那个下午，易拉一边听电话，一边在平板电脑上玩一款赛车游戏。这个游戏她刚刚开始尝试，每次都死得很惨，但每次都欲罢不能，最长的一次玩了整整一夜。为此，李牧曾挖苦她：“有你这个劲头，做什么都会成功的，不然，上帝都不答应。”易拉想到的却是——世上事只要你孜孜以求，没什么是你搞不砸的。

“易拉你有没有在听？”电话那边大声叫着。

易拉看到自己的红色跑车突然失控，冲出了高架桥……

“听着呢。”看着最终的惨局，她扼腕叹息。

“别什么都往我这里丢。”

“我丢我的，发不发是你的事。说实话，她的诗我连一首都没读完。反正发出来的也不一定都是好诗，而她恰好需要，你要是真的看我面子徇私舞弊，多一个苏七月又何妨?”

“易拉，有你这么欺负人的吗?”

电话挂断了，易拉从游戏现场收回目光，看着手机，心想，八成是跟女友吵架了，脾气这么大。

杂志上还是那几首诗，编辑还是易拉那位朋友，苏七月的诗最终还是发表了。易拉不知道苏七月怎么攀上那位诗歌编辑的，苏七月好像总能以易拉为跳板，到达自己的目的地。

去年那次葡萄节李牧没参加，他要随团出国考察，时间错不开。本来李牧不去易拉也不打算去了，但李牧说，既然答应了苏七月，就一起去吧，好好玩，等你们回来的时候，我差不多也该回来了。

开始的时候，苏七月内敛安静，时刻跟在易拉身边，连上卫生间也要同去。吐鲁番七泉湖边的那场舞会是转折点，一支舞跳过后，苏七月就像花儿一样怒放了。接下来的晚宴上，苏七月坐在易拉与老叶中间，在老叶的怂恿下喝了不少红酒，喝过酒后，又吵着要去看星星。易拉没去，她有点累，回房间收拾收拾就睡了。红酒协会的活动每次规格都不低，这次也一样，为了避免互相打扰，每人一个单间。

易拉一点都不知道，众人看完星星，各自回房休息后，苏七月又拐了个弯，进了后院的一间套室——老叶正在那里等着她。

茶室临湖的一面是一个偌大的弧形落地窗，天上的星星映在湖中，透过窗子一眼看去，满世界都是星星，屋里不用开灯都是亮的。两个人坐在星光里，一边喝茶一边聊天。

老叶先把苏七月赞美了一番，说她的舞姿动人，人比舞姿更动人；又问她做什么工作。苏七月说，她一直没有工作，正在找；又抱怨找份合适的工作真难。苏七月给老叶添了一杯茶，又给自己添上，也不喝，继续看窗外的星星，一副心事重重的样子。老叶看着苏七月，看了半天，说，刚才看星星都是在胡闹，现在才是最美的意境……苏七月的目光从湖水上收回来，看着老叶。老叶说，你就是最亮丽的星星。唇不点而含丹，眉不画而横翠，如描似削身材，怯雨羞云情意……知道这首诗吗？苏七月不知道，但她点了点头。老叶说，这首诗写的就是你。随即就抓住了苏七月的手，说，工作的事你不用担心，有我呢，谁让咱俩正好在这样的夜晚一起看了星星呢，这就是缘分。苏七月挣扎了一下，没有挣脱，白裙子的领口开得很低，若隐若现的美乳晃得波涛汹涌。

那次葡萄节回来后，苏七月进了升达国际中学。老叶的事业遍布多个行业，教育只是他旗下一个分支。苏七月的简历上，学历写着教育学硕士。老叶介绍，这是他高薪聘请的管理人才。当然，教育学硕士也不是平白无故写上去的，老叶通过关系，让苏七月去读了个在职研究生，只不过学历提前写入了简历。

如果不是后来杜航闹的那一通，苏七月与老叶的事，易拉还蒙在鼓里。

7

“红茶，咖啡，矿泉水，先生要点什么？”

低头做报表的杜航一愣：易拉的声音，她怎么会在飞机上？抬起头来，却见一个空姐推着送餐车站在过道。看见空姐，杜航更加恍惚了：这分明就是身穿空乘制服的苏七月啊——那身段，那眉眼，还有鼻子和嘴巴，几乎与苏七月无异。世界上怎么有长得如此相像的人？

“先生，请问您要点什么？”空姐问。

却仍然是易拉的声音。

杜航好像做梦一样，梦中的易拉，梦中的苏七月……他使劲摇了摇头，却还是没能走出梦境。只好梦呓一般说道：“红茶，咖啡……矿泉水吧……”

空姐笑了笑，递上一瓶矿泉水，说：“先生真有意思。”

笑，还是苏七月式的笑，话也是易拉式的话。

“你可真有意思。”这是易拉第一次跟杜航说的话。

当时，杜航就站在校园虹桥的桥头，他知道，这是易拉从教室回宿舍的必经之路。那天，雨后的夕阳映出一道彩虹，彩虹的一端，易拉正向他走来，他在夕阳炫目到黏稠的金色光芒里看清了那双大眼睛，恬静，忧郁，羞涩。当易拉走到他身旁时，杜航迎上前去，从身后拿出一捧玫瑰：“易拉，给你的。”

易拉愣了一下：“给我的？为什么？”

杜航单腿跪下，火一样的玫瑰朝易拉燃烧：“因为……不为什么……”

“你可真有意思。”易拉说。她几乎没有停留，走过了杜航身边，就像穿过空气一样。

杜航一个人在桥头跪了很久，直到易拉的背影消失，才站起来，把那捧玫瑰扔到了桥下。玫瑰像一团火，被河水载着渐行渐远，最后熄灭了。

那时候，大学已经读了一年多，多数情况下杜航都在逃课，因此记住的同学不多，但易拉他记得很清楚。因为她学习一直很用功，宿舍—教室—图书馆，三点一线只是为了学业，与学业无关的地方一概不去，仿佛她在躲着全世界，正是那种逃避一切的神态打动了他，他不知道她害怕什么。这与杜航满世界乱闯不一样，与他天不怕地不怕的性格也不一样。他一直想搞清楚易拉，自从第一眼看到她，他就有了这个念头，这个念头让他产生保护她的冲动。当然，这只是杜航一厢情愿，在易拉看来，“你可真有意思”——她并不需要谁来保护，她成功躲开了他。

但杜航没有放弃，他一直追求着易拉，从大二追到大三，从大三追到大四，直到易拉生日那天，杜航买了鲜花、蛋糕和婚戒，决意向易拉摊牌时，她连“你可真有意思”也没说，就彻底逃开了。正应了那句话：世上事只要你孜孜以求，没什么是你搞不砸的。

一切都好像命中注定。如果当年易拉不是那样拼命地躲着杜航，就不会给苏七月留下机会，如果苏七月没有走进杜航的婚姻，他的生活可能会是另一个样子……

虽然杜家的变故与苏七月无关，但杜航人生态度的变化，却是与苏七月相关的。杜家突遭变故，已无法满足苏七月对生活品位的追求了。为此，苏七月义无反顾地做了“京漂”，可不到一年，又一无所获地回来了。问起她在北京那十个多月的生活，苏七月一直讳莫如深，但杜航明显地感到，苏七月在北京肯定受到了多重打击，已经是身心疲惫，一蹶不振了。他知道自己必须披挂上阵了，无论从多么卑微、多么下贱的职业做起，他都不能再推卸肩头的责任了。

老王就是在这个时候找上门的。

那天刮着东北风，老王进来的时候，头顶仅剩的那缕头发被风吹乱，耷拉在左边耳朵上，有点滑稽。老王进门后，第一时间捋顺了那缕头发，让它们规规矩矩重新贴在他光秃秃的头顶，然后才坐在沙发上，端起了杜航母亲沏好的茶。

老王喝了一口茶，感觉身子暖和了些，他又理了下头顶那缕头发，说：“我来看看你们，您还好吧？”

“还行吧……”杜航母亲面对老杜曾经的下属——那个国企的财务科长，感慨万千。老杜是在老王退休半年后出事的。出事以后，便很少再看到老杜的熟人了。

老王看着杜航母亲，心想，当年多优雅的一个女人，一下子就老了。

“小航的工作还没着落吗？”老王问。

“老杜在位时，他挑三拣四的样样都不如意，老杜一出事，想挑也没的挑了。这不，小两口都还没工作呢……”

“要不，让小航跟着我吧，我带带他。”老王说，“我现在给老路帮忙，他那摊子越来越大了。”

“老路啊……”杜航母亲想起老杜身边的那个年轻人，现在都成老路了。“行，那就让他跟着你吧，他跟着你我也放心。”

最初入职会计这一行，杜航是真的蒙圈，看着一页一页密密麻麻的数字，他的世界突然就黑了。真的，两眼一抹黑的黑。实际上，不但杜航对自己失望，老王在做了杜航的师傅后，对他也是极其失望的。他没有想到，老杜那么高的智商，居然把儿子培养成了废物。但老王是个有情有义的人，他决定拉杜航一把。

老王说，小航啊，现在不同往昔了，你得看清现实。杜航说，我明白。老王说，你父亲已经这样了，以后出来，连生活保障都没有，你母亲虽然有退休工资，但她毕竟年龄大了，这个家就指着你了。杜航说，我明白。老王看着杜航说，可是，你这个样子怎么养活那个家？杜航低下了头。老王沉默了几分钟，叹了一口气说，这样吧，从今天开始，我来辅导你，会计这份工作不是好做的，你要先提高业务能力，然后把能考的证都考下来，让自己成为一个名副其实的会计师。老王拿出自己的注册会计师证，说，有了这个，你才能把这碗饭端稳了。杜航说，我明白。老王问，你真明白？杜航点点头。老王说，那好，从现在开始，我说什么你就得做什么，不准自作聪明，不准偷懒耍滑，我让你做的，你必须百分之百做到。杜航说，我明白。

老王还说了很多，杜航都说“明白”。他好像真的什么都明白了，看着老王光秃秃的头顶上仅剩的那一缕头发，伸手摸了摸自己的头顶，仿佛一眼就看穿了自己的人生——杜航跟着老王四年，相当于回炉又上了四年大学，每天点灯熬油，去完成老王给他布置的任务，把浓密的头发熬得一把一把往下掉。

苏七月从北京回来后，一小套房子住着四口人，日子突然就显得拥挤，糟糕得让人心塞。她看谁都不顺眼，经常莫名其妙地发脾气。苏母把孩子交给苏七月，说，杜航现在挣得不算多，可过日子没问题。你外婆年龄大了，我得去照顾她，以后就不住这里了，这个家就是你的了，你要照顾好他们父子。苏七月却说，外婆那边房子大，您把宝宝也带走吧，我也要工作，没时间管他。苏母带着孙子去了外婆家，生活一下子就宽松多了。

当杜航终于拿到注册会计师证时，老王欣慰地拍了拍他的肩膀，说，果然是老杜的儿子，一点都不笨。第二天，老王就向老路提出了辞职申请。不久，杜航就坐在了老王的位置上，成为老路的财务总监。

升职的那天，杜航下班路上采购了一大堆食材，他想做一桌丰盛的晚餐，与苏七月一起庆祝。可苏七月却不在家，杜航就一个人进厨房忙活起来。家道中落以后，杜航的厨艺倒突飞猛进了，不到一个小时，一桌子好菜就做出来了。他一边看电视，一边等着苏七月。然而，左等右等，一直等到晚上十点，还是不见苏七月，打电话也无法接通。杜航担心苏七月出事，就来到小区门口张望，刚好看到一辆路虎缓缓驶近，停在不远处的路灯下。副驾座上的女人伸出手臂，钩住开车的男人的脖子……这个姿势大概保持了一分钟，然后，两人分开。车门打开，女人下车，向路虎挥手告别，路虎稳稳当当消失在夜色里。女人转身，杜航惊讶地看到是苏七月。

天地间的黑暗像海水一样涌来，路灯的光芒显得无能为力。苏七月站在路边，那一刻，她变成了最夺目的耻辱，明亮，甚至刺眼。杜航的血直往脑门上涌，他几步上前，一巴掌打在了苏七月的脸上。苏七月的解释他一句都听不进去，什么礼节性的拥抱，什么工作上的互相利用……狗屁逻辑！苏七月解释一句，杜航就给她一巴掌。她终于不再解释了，大骂杜航混蛋，捂着脸跑开了。

“易拉，你帮帮我……”苏七月在电话里哭，上了一辆出租车。

易拉和李牧已经等在了小区门口。他们看到苏七月的样子，都被吓到了——苏七月脸上青一块紫一块，鼻子还在往外渗血。她扑进易拉怀里哭得浑身颤抖：“易拉，帮帮我。”

“怎么回事？谁干的？”李牧问。

苏七月还未及解释，杜航已经打车跟了过来。

“杜航打的？”易拉有点不敢相信。

杜航沉着脸问：“那个男人，是你介绍给苏七月的？”

“哪个男人？”易拉眨了一下眼睛，不知所以。

“装什么啊？这些日子苏七月一直跟你们在一起，那个男人不是你们介绍的？”杜航余怒未消。

李牧皱了下眉，他知道杜航说的是老叶，但他不知道苏七月跟老叶之间到底发生了什么。就上前拍了拍杜航肩膀，说：“兄弟，你误会了，易拉就带着苏七月去参加了一次葡萄节，还是苏七月自己要求去的，这个你是知道的。”

“我当然知道。”杜航说，“当时易拉身体不好，苏七月是为了照顾易拉才去的。但那个男人是怎么回事?”

苏七月还在易拉的怀里哭，而易拉很是迷茫。

“好吧，苏七月可以这么说，但也只是去玩了一次而已，怎么就冒出了这个男人那个男人?”李牧说。

“你们在说什么?”易拉抱着苏七月，一脸的懵懂。又问苏七月:“他们在说什么?”

苏七月顿了一下，哭声再次响起。

杜航苦笑了一下，他不得不承认，李牧说的是事实，他们的确什么都不知道。何况，就是听到什么传言，这种事也不便多问，更不能捕风捉影。然而，事实被杜航看得清清楚楚，他还能说什么呢?他盯着苏七月，问:“说吧，你究竟还想不想要这个家了?”

苏七月从易拉怀里抬起头，说:“我怎么不要家了?杜航你想想，自从你爸出事，哪一天我不在为这个家操心?我一个人闯荡京城，你知道我经受的苦难和屈辱吗?从北京回来，我四处奔波，求爷爷告奶奶，不就是想找份好工作吗?我怎么就不要这个家了?”

这一连串的质问，倒让杜航没话说了。想到刚刚发生的一幕，好像做了一场梦。好吧，就当那是一场梦吧，人生在世，谁还能不做噩梦呢？想到这些，杜航决定原谅苏七月了，说：“今天的事就到这儿了，我可以当作什么都没发生过，希望你记住今天说过的话。”然后跟李牧和易拉说，“对不起，我刚才太冲动，让你们见笑了。”

杜航拉起苏七月，拦了一辆出租车。

等出租车完全消失在夜色里，易拉问李牧：“那个男人，不会是老叶吧？”

李牧说：“恐怕就是老叶。”又说，“易拉，以后别跟苏七月走得太近，你这个同学可不简单。”

8

李牧中午有饭局，下午还要带投资商去参观一个古村落。可他不放心易拉。

“乖，一起去吧，散散心。”

易拉坐在车里，正在拧一瓶矿泉水，拧着拧着，就不拧了，眼睛呆呆地看着车窗外，听到李牧问话，回头看着手里的矿泉水，是她常喝的牌子，平时没这么难开。“这瓶盖怎么打不开？是不是假的？”

李牧接过瓶子拧开，递给易拉。

“我去不了，杜航不在，我得去找老叶。七月总不能没人管吧?”易拉咕咚咕咚喝了两口。

“医院那边都说好了，现在这种情况你也帮不上忙，只能听医生的。”李牧说。

“可我不放心。”易拉的眼泪出来了,“好好的一个人，怎么就成这样了?”

李牧把车停到路边，伸手抱着易拉，却不知道说什么好。这事的确太突然了，昨天还活蹦乱跳的一个人，今天说倒下就倒下了。“可是，你这个样子，我也不放心啊……”

易拉在李牧怀里蹭了蹭脸，又蹭了蹭，仿佛要蹭掉心里的难过。“我要去找老叶，谁让他蹚这浑水的?现在最应该管的就是他。”

“你去找老叶合适吗?毕竟，苏七月是有家的。”李牧看了看表，时间差不多了，今天到场的全是重量级人物，让别人等不好,“这样吧，你先跟我进山，回来后我陪你一起去找老叶。”

易拉推开了李牧，说:“我就不去了，我这个样子难免让大家扫兴。你把我送到老叶公司，就赶紧出发吧。”

老叶在电话里说，易拉，你到了?这样，你先到接待室，让王媛给你泡壶茶，我这边忙完就过去。

王媛是老叶的秘书，见到易拉，就知道她是为苏七月的事来的，说:“你放心，苏七月的事公司都安排好了。接到交警的电话，我第一时间就赶到了医院，叶董的面子，都是最好的大夫……”

易拉一连声地道谢：“让你费心了，深更半夜的……”

“谁说不是呢，大半夜的还在外面喝酒，喝醉了还开车……”

“七月她可能心情不好……”

“心情能好吗？什么都想要，却什么都不想付出，有这种便宜的事？”王媛说，“你这个同学啊，可真不像你，虚荣心太强，真不明白你俩怎么能成朋友……”

这话李牧也曾说过，苏七月跟你的性格和三观完全不是一路，她跟你交往，只是把你当成了一座桥。其实，易拉心里也清楚，她就是苏七月的桥，通过她，苏七月走进了杜航的婚姻；通过她，苏七月进入了诗歌；还是通过她，苏七月走进了红酒会，走进了老叶学校……苏七月的虚荣心太强了。

刚入职苏七月就给易拉打电话，说，学校这边都给我安排好了，工作也顺手了，你快来看看我吧。

那天易拉正好有时间，就答应了。她找到苏七月的办公室，门半开着，里面，苏七月正跟一个年轻姑娘说话：“真想能安静下来好好写点东西，几个杂志都跟我约稿呢，可你看眼前这些工作，有什么办法呢？”

“苏老师，您真不该干这些杂务，专业创作多好，要不，太浪费人才了。”年轻姑娘的声音软软的，但明显带着讥讽。

苏七月却在自己假设的光环里沾沾自喜："而且，马上就有位作家过来，是关于一部女性小说的话题，她已经三番五次请求，说想听听我的建议……"

易拉听不下去了，她没想到苏七月还有这一面，把谎话说得像真的一样，一时有些进退两难。

这时候，苏七月回头看到了易拉，两人都有些尴尬。

易拉进来后，苏七月跟姑娘说："这是易拉，著名作家，我同学。"

易拉的脸一下就红了，想解释，却无从说起。她从来不认为自己是作家，更谈不上什么著名。

姑娘却很热情："你就是易拉？每周的红酒坊专栏我都在看。方便加你个微信吗？我叫王媛，学中文的，也喜欢写点东西，以后向你请教。"

"不敢不敢，你是专业出身，我得向你学习。"易拉说。

加了微信，王媛礼貌地说，我还有别的事，你们聊吧。就出去了。

苏七月走过去关上门，压低声音跟易拉说："我粉丝，没想到也是你的粉丝。"

易拉感觉自己要流汗了，她不知道苏七月还有多少面是她不了解的。想着苏七月说的那些话，尴尬得不知说什么好。苏七月却仍然充满热情，给易拉倒了水，拿了瓜子和水果，然后从办公桌底下拿出几个购物袋，展示出三条新裙子，一条条给易拉看牌子：宝姿、芭蒂娜、阿玛施……

“这里有镜子，咱俩试试？你喜欢那条就穿走。”苏七月指指门后的大镜子。

“全是名牌啊，老叶给你的薪水不低吧？”易拉问。

“还行吧，我可是他高薪聘请的高管。再说，衣服总得穿吧，我自己倒没这么想，但他们都说，我这样的女人，就应该开名车，穿名牌，用奢侈品。”苏七月滔滔不绝。

易拉被噎得无话可说，突然对苏七月完全失去了兴趣。“你试吧，不适合我。”等苏七月一件件把衣服试过，易拉就借口有事要离开。

“别啊，刚来就走？”苏七月好像意识到了什么。

“真有事。”易拉说。

“你是不是看不起我？”苏七月知道易拉听到了那些话，“易拉，你替我想想，我一没学历，二没背景，像我这样的人，再没点光环，是无法立足的……”

“可那是光环吗？是你编造出来的泡沫。”易拉也就不再隐瞒。

“即便是泡沫，这时候我也是需要的。”苏七月还在强词夺理。

“好吧，你自己好好把握吧。”易拉说完，就径直离开了。

那之后，易拉很少再跟苏七月见面。直到有一天李牧说，真没想到，这个老叶，这次居然认真了，昨天把婚离了。那苏七月呢？易拉问。李牧说，老叶就等着苏七月离婚后嫁给他，但苏七月却迟迟没动静，还在朋友圈里与杜航秀恩爱，不知道你这个同学是怎么想的……

苏七月到底是怎么想的呢？

易拉好几次想问王媛，王媛却一直忙着给易拉泡茶，一杯又一杯，聊她的专栏，聊学校的事，聊老叶，只是闭口不提苏七月。说什么呢，现在人躺在ICU，真没什么好说的，说什么都不厚道。

王媛是老王的女儿，听父亲说起过杜航，也知道苏七月的底细。苏七月每次在她面前虚设出一个又一个辉煌来刷存在感时，王媛就像在看戏。只是她没想到，这场戏演到最后竟成了一场悲剧。

这时，老叶打来电话说，易拉，对不起啊，今天我恐怕要爽约了，这边刚来了几位领导，我得陪他们谈事。易拉刚提到“苏七月……”就被老叶打断了：这事啊，我知道的，已经安排了，还有什么事你直接跟王媛说，怎么着还是我的员工嘛。

易拉看向王媛，她正在给易拉的杯子添茶，添完了，又去给自己的杯子添。

易拉挂了电话，说：“既然叶董过不来，那我走了。”

王媛放下茶具，说：“您不是为苏七月的事来的吗？有什么事就说吧。”

易拉说：“可是这事，恐怕得叶董亲自出面吧……”

王媛说：“你是不是觉得叶董这样做太薄情？苏七月出事，叶董第一时间就做了安排——最好的医生，最先进的设备，最贵的药……现在只有这些是她活过来的希望，叶董在那边留有人，二十四小时关注她的伤情。还能怎样？”

易拉张张嘴，终于没说什么。

王媛说：“我知道你想问什么，本来这事我不该多嘴，人都躺在医院了，再说什么好像不厚道，但既然你来了，事实总归是事实，我就给你说说吧。”

苏七月刚上班，老叶就把她安排进了高层。事实上，苏七月什么都不会，她就是挂了一个看起来挺重要的职，活儿都让别人干了，好处她一样都不少。凭什么呢？不就凭着老叶对她好吗？公司上下都知道这一点。苏七月要是知道这份好，懂得珍惜，那也说得过去，女人嘛，好看的皮囊本就是资本，要是愿意，安心享用这个资本也没什么不对。但苏七月总以诗人自居，傲得很，仿佛她就是全世界唯一的中心。

苏七月跟老叶提出想要一部好车，老叶就给她买了一辆宝马，钱是从学校账上走的，车的所有权当然是学校的。苏七月知道后，说老叶不是真心对她好，一辆破车也不写她的名字，把她当什么了？因此三天不理老叶。第四天，老叶拿着两张机票来找苏七月，说，我婚都离了，人都是你的了，只要你愿意，我名下所有财产都是你的。

苏七月有点慌。每次老叶提起这个话题，苏七月都会慌。她根本没考虑过这个问题，老叶不是她婚姻的人选。杜家虽败了，但杜航仍然是她的梦，这个梦她还不想醒。

老叶却不这样认为，他觉得苏七月是离不开他的。老叶亮出机票，说，安排一下，我们去欧洲待几天，我帮你下决心。

苏七月跟杜航撒了谎，说要和易拉出去玩几天。杜航把当月的加班费全给了她，说出去了就好好玩，别不舍得花钱。苏七月接过钱的瞬间泪流满面，她抱住了杜航，说，要不算了，我不去了，还是在家陪你和宝宝吧。杜航说，你不是跟易拉都说好的吗？去吧。

到了欧洲以后，老叶每天都在朋友圈晒欧洲之行的图片，每天一组，九张图，每组中间的那张必定是他与苏七月的合影，周围全是风景，很有点花团锦簇的意思。老路最先看到那些图片的，老路看到后直摇头，他给李牧发了条微信：人生就是赴宴，男女之间其实也是一盘盘菜肴，扨与不扨，尝与不尝，都是自己的事。但是，苏七月这盘菜，老叶真不该伸手的。

李牧收到老路的微信后，去翻老叶的朋友圈——看样子老叶是下定决心了，这不是相当于公开了他与苏七月的关系吗？李牧看了看易拉，她一般不看别人的朋友圈，也就没有提醒她。

王媛看到老叶的朋友圈后，第一时间翻开苏七月的朋友圈，见苏七月只发了出游的风景照，在哪里？与谁？统统语焉不详。

王媛跟易拉说：“叶董都公开他们的事了，苏七月还在敷衍，做人做成这样，对谁都是伤害。当时我就想，我应该帮叶董一把。叶董也不容易，以前多潇洒的一个人，如今为了苏七月，婚离了，大半家产给了前妻和孩子，全心全意都在苏七月身上。一个男人为了一个女人，能做到这一点，也算了不起了。”

9

杜航终于完成了手头的工作，长长出了口气。

旁边的小男孩已经在妈妈怀里睡着了，嘴角挂着甜甜的笑，说不定在做着一个美丽的梦呢。人要永远长不大该有多好，醒时是无忧无虑的嬉闹，睡着是绚丽多彩的美梦，多幸福啊。杜航一边想着，一边扣上了电脑。

这个活儿与老路的公司无关，是老王给杜航介绍的私活儿——给一家小公司做兼职会计，按时为他们做各种财务报表。老王给他介绍了很多这样的私活儿，最多的时候，杜航给四家公司做兼职会计。那时候，有多少私活杜航都愿意接，为的是给儿子、给苏七月创造更好的生活。但现在他突然不想干了，现在苏七月有的是钱，再说，她有没有钱，都已经跟他没有关系了。

杜航一直以为，苏七月的空闲时间是和易拉在一起的，苏七月也是这么跟他说的。杜航倒是希望苏七月能和易拉多接触。

有一段时间，苏七月的确改变了不少。上网买书，在家看书，自拍一些读书的图片发朋友圈，看起来安静了不少；在家的时候，也总把自己收拾得干净清爽。她以前不是这样，以前她的生活永远都是眼花缭乱地热闹着，在外她光鲜靓丽，在家却邋遢得像一块皱巴巴的抹布。现在她也不再像以前那样动不动就歇斯底里，总是能在歇斯底里之前，很好地控制住情绪。至少，表面上是越来越精致了。

当苏七月跟杜航说，她要和易拉出去玩几天时，杜航答应了。网上那些鸡汤不是都说女人要宠的吗？

苏七月走后的头天晚上，杜航给她发微信：玩得开心吗？等了半天，苏七月没回，杜航就睡觉了。他一直很缺觉，整天都有加不完的班，不缺觉才怪。第二天晚上，杜航又给苏七月发微信：到哪儿了？等了一会儿，她还是没回，杜航就放下手机睡觉了。睡到半夜，母亲的电话把他吵醒了，说孩子发烧，四十度。

发烧这事可不能大意。苏小秋当年就是发烧，刚开始没抓紧治，耽误得太久了，最后落下了后遗症，清醒一时糊涂一时的，药物的副作用让她整个人通体浮肿，像被吹起来的气球。一个聪明伶俐的孩子就这样被毁了……

杜航赶到外婆家，接了儿子送进医院，检查结果是肺炎。折腾到天明，等儿子输上液，安顿下来，他才给苏七月打电话，还是打不通。一整天，杜航打了无数次，苏七月的电话都无法接通。傍晚时，杜航只好给易拉打电话。

易拉正和李牧在师大校园散步。一树一树的樱花开得肆意张扬，让花痴的人更花痴，家都不想回了。李牧说："要不，我给你折一枝？"

"好主意！可是，怎么带走呢？"易拉瞟了一眼学校大门，那里站着两个门卫。

"放我怀里衣服挡着。"

"压坏了怎么办？"

"压不坏。"

"怎么压不坏？花那么娇嫩。"

"花和女人一样，都是压不坏的。"李牧看着易拉坏笑。

“你敢调戏我?”易拉喊着，小拳头已经落在李牧身上。

“谁调戏你了？我说的是花和女人。”李牧低头闻着花香，不紧不慢地说。

“难道我不是女人?”

“哦，你不是女人，你是我的女神。”李牧说。

电话响起，是杜航，开口就问:“你们什么时候回来，孩子发烧了，七月的电话怎么打不通?”

“什么？我没跟她在一起呀。”易拉说。

“怎么可能，她都走两天了，说是和你出去玩几天。”

“那个……”易拉看着李牧，不明白这是什么情况。

李牧知道易拉还没有看到老叶的朋友圈，她什么都不知道，就拿过电话说:“兄弟，你误会了，七月真没和易拉在一起，这段时间易拉一直没出门，我们现在在师大校园看樱花，你要不信，就亲自过来看看?”

杜航低吼了一声便挂了电话。

易拉生气地看着李牧:“你总得想个恰当的措辞吧？这样苏七月会有麻烦的……”

“她已经有麻烦了，你这个傻瓜。”李牧翻出老叶的微信朋友圈给易拉看。

“欧洲？老叶带七月去了欧洲?”易拉吃惊地瞪大了眼睛，“可是，她为什么说跟我出去玩了?”

“苏七月在拿你做挡箭牌，难道你看不出来？我猜这不是第一次了，如果再不让杜航知道真实情况，哪天出了事，你担待得起吗？你这老同学，可真是什么事都做得出来。”

“这个苏七月……杜航好像真生气了。”

“这气他早晚都得生。”

“怎么办，怎么办啊？”

李牧捏着易拉的鼻子晃：“傻瓜，你被人利用了知道吗？当初她要和你一起参加葡萄节，就开始利用你了，也怪我当时大意了。”

“我才不傻……”易拉一巴掌打开了李牧的手。其实，她何尝不知道苏七月在利用她？当初去学校找她，不就是为了接近杜航？

儿子出院那天，杜航收到了一条来自陌生号码的短信。短信说，苏七月和老叶在欧洲度假……短信还没有读完，又是一条彩信，几张图片，全是苏七月与一个中年男人的合影。

10

苏七月看到老叶的朋友圈，当时就生气了，说老叶居心不良，手段卑鄙，让他把图片删了。老叶没删，说，我们的关系，迟早都要让大家知道的，反正你是我的人了，我已经做好了陪你一辈子的打算，就等你做决定了。又说，七月，别让我再等了，人生苦短，遇到真心相爱的人不容易，我不想再浪费时间了。

苏七月脸都气白了，说，我这趟跟你出来才是浪费时间。真心相爱？你想多了，我从来都没爱过你，我爱的是杜航，跟你的一切，都是生活所迫。杜家败得那么突然，我不甘心，我要找回失去的一切。这个人不是你，也会是另一个人。我感谢你对我付出的真心，所以我也对你百依百顺，希望可以报答你。但你太贪心了，你明知道我不想走到这一步，还是把我们的关系公布于众，你的居心此刻让我恶心。现在，我们扯平了，也再没有关系了。

苏七月骂完老叶，就收拾东西独自回国了……

王媛说："给杜航的短信和图片是我发的。我说过要帮叶董。"

易拉想责怪王媛，想了想，还是没有说出口。她觉得这事也不能全怪王媛，就是王媛没有告诉杜航，他终究也会知道的，纸里包不住火，雪里埋不住人呢。

王媛说："叶董从欧洲回来后，整个人都塌了，还从来没见过他这个样子。苏七月从此也再没上班，一晃几个月过去了，没想到再听到她的消息，居然是……"

易拉说："也是怪我，如果昨晚我跟七月在一起，也许她就不会出事了。”

想起昨晚的事，易拉就有种犯罪感。

昨天傍晚，李牧打电话让易拉下楼，说东区新开了一家意式餐厅，他在路边等她。易拉打算穿过小花园，那样可以用最短的时间跟李牧会合。没想到苏七月就等在小花园的入口处，她站在盛开的凌霄花前，比花还妖娆。

“我等了你半天。”苏七月说。

“哦，有事吗?”易拉问。

“易拉，我想跟你说说话。”

“改天吧，李牧等我呢，我得马上过去。”

苏七月使劲咬着嘴唇，可以听到她沉重的呼吸。

“易拉，你是我这些年来，唯一付出过真心的朋友，我很珍惜你我之间的情谊……”

易拉看着苏七月，有点不知所措。她不知道苏七月为什么会说出这样的话，真的付出过真心吗?一次又一次用她做跳板，一次又一次拿她当幌子，这是真心吗?她很想问问苏七月为什么这么做，也很想劝劝苏七月不能这么做，可今天不行，李牧在等着她呢，她不想让李牧着急。

“我们去喝杯咖啡吧。”苏七月看着易拉，妆容精致，脸上却是很迫切的样子，“今天是个特殊的日子。”

“真的不行，李牧在等我。”易拉脑子里很乱。

“我想和你说说话，几分钟也行，就在这里吧。”苏七月说，“是王媛，她在造谣，她嫉妒我的一切……”

“七月，你自己心里坦荡，就不怕流言蜚语……”易拉说完，转身匆匆而去。

这时，易拉的手机响了，是杜航。易拉接通电话，语气冷得像一块冰，问杜航在什么地方？为什么一直关机？杜航解释说他在三亚出差，刚下的飞机。易拉的语气这才缓和下来，顿了一下，说苏七月头天晚上出了车祸。杜航显然吃了一惊，一迭声询问苏七月的伤情。易拉没有正面回答，只是问他能不能马上赶回。杜航犹豫了一下，说，我这边把工作做个交接，尽快赶回去。易拉想了想，反倒劝他不要太急，说事情已经出了，医院这边……都安排好了。

“杜航的电话？”王媛问。

“是，他在三亚出差，刚下的飞机。”易拉说。

“其实在这件事中，最可悲的是杜航。我当时给他发那些图片，我爸要是知道了肯定得骂我。”王媛说。

“他早晚会知道的，我们谁都阻止不了苏七月。其实我也挺自责的，她是通过我认识了杜航和老叶。我那时候对她的想法怎么就一点没有察觉……”易拉说。

“这怪不到你，她一旦有那样的心思，不通过你，也会有别的途径。”王媛说。

手机“叮咚”一声，王媛拿起来看，看完后说，医院那边传来消息，说苏七月蛛网膜下腔出血，伴随脑痉挛，血压过低，这种情况下，医生没有办法给她手术，转院也很危险，稍微移动，就可能导致再次出血。不知道会不会有奇迹出现……宝马车直接撞报废了，更不要说她的头了。

易拉感觉后背发冷，这是她最不愿意听到的消息。

王媛说：“不知道她昨晚喝了多少酒，据说那个咖啡屋，是杜航第一次给她过生日的地方……”

易拉这才知道昨天是苏七月的生日，那么，苏七月应该是狮子座。星座学说，狮子座是女生中绝无仅有的“王者”，这个星座的女生喜欢追求生活中最顶尖的东西，唯有如此，才配得上她的“宠幸”。有时候，星座这个东西说不清楚，却很神秘，也许这是人性中最让人无可奈何的部分，是宿命。

“老叶呢？一直没去医院看苏七月？”易拉问。

“从欧洲回来后，叶董颓废了很长时间，那是留在他心口的一道疤。我想，如今关于苏七月的一切，叶董应该是不想面对的。但医院那边他毫不含糊，单位出面，以工伤对待，ICU一天几万元的费用，都是学校出的。”王媛说。

11

站在陌生的街头，南方高大的椰树郁郁葱葱，三角梅开得热情似火，给人一种重生的新鲜感。但杜航的感官还没有来得及触摸这种新鲜，眼泪一下子就出来了。

昨天晚上，应该是十点钟左右，杜航接到了苏七月的电话，她说，今天我生日……你能陪我过生日吗？

当时，杜航正在公司加班核对一组数字，手机开了免提放在桌子上，他对着手机说了句：生日快乐。苏七月说，我想跟你在一起，还有儿子……杜航没有回答她，沉默地看着手机。好大一会儿，苏七月又说，我刚才去找易拉了，她是我这些年来唯一的朋友，我很看重我们之间的友情，可她根本不理我……杜航说，易拉是有精神洁癖的人，不是什么人都能成为她朋友的。苏七月说，可我对她那么好……杜航笑了，你是真的对她好吗？她沉默了一下，说，我承认，刚开始我是想利用她，但后来我越来越喜欢她了，是真心喜欢。你知道的，除了她，我没其他朋友。可她却在疏远我。杜航说，有些事，我已经知道了，易拉未必不知道。我说过，易拉是有精神洁癖的。苏七月说，那都是王媛造谣，她嫉妒我，也许她对老叶是有想法的，我一去，她就没有机会了……

杜航的报表还有一多半没做完，他想尽快结束通话，就问苏七月，你是不是喝酒了？早点回家吧。苏七月说，回什么家？我哪还有家？我面对的是一群债主，我欠他们的，永远都还不完。杜航说，你现在不是很有钱吗？苏七月说，没了，什么都没有了，我跟老叶已经分开了，你难道看不出来吗？我心里只有你和这个家，但是你却不肯原谅我……

因为第二天要出差，杜航不想听苏七月叨叨这些。他说，别说了，快回家吧。就挂了电话。

杜航加了一夜班，早上回外婆家拿了衣服和行李，就奔机场去了。离婚后，苏七月一直没有离家的打算，杜航只好搬到了外婆这边。

苏七月从欧洲回来后，知道事情无法隐瞒，便老老实实向杜航摊牌了，说："我是拿易拉当幌子来着，因为你只相信她，她才是你的女神……"苏七月说着，就掉眼泪了，"我只是想过得好一点，这有什么错？如果你能给我想要的生活，能让我和我的家人衣食无忧，我也会在家相夫教子，做一个好妻子，哪个女人愿意这样？我当初嫁给你时，杜家还呼风唤雨无所不能，可后来就一无所有了，你让我怎么办？"

杜航说："听说老叶都为你离婚了，一直在等你，你怎么不过去？"

苏七月说："我不想离开你和孩子，我舍不得你们……"

杜航把手里的烟掐灭，说："但你走出那一步的时候，就已经抛弃了我和孩子。七月，我们离婚吧。"

苏七月怔怔地看了他半天，说："你真的这样决定了?"

杜航说："我不想耽误你，趁你还年轻。"

苏七月说："把一切不快都忘了吧，我们重新开始，一起撑起两个家庭好吗?"

杜航麻木地说："不用了，你妈不是早就希望你跟我离婚吗?她老人家是对的，杜家早已经不是过去的杜家了。孩子不劳你费心，你好自为之吧。"

父亲出事以后，苏七月她妈就没给过杜航好脸色，那次他打了苏七月，她和苏七月的弟弟上门把他臭骂了一顿，他与她家人的关系就彻底决裂了。苏七月的母亲一直觉得女儿是一朵鲜花插在了牛粪上，一直鼓动苏七月和杜航离婚。不知道他们离婚的事情，苏七月有没有跟她娘家人说。

拿到离婚证后，苏七月却不愿意离开。她说，就算为了孩子吧，先不公开我们离婚的消息，好吗?杜航想了想，说，好吧。但不要太久，毕竟，我们都要开始新的生活。

看来，易拉并不知道杜航与苏七月离婚的消息，所以，杜航电话里也就没有跟易拉说明。他赶到甲方公司，匆匆办完了业务，当即就订了夜班飞机。

杜航回到家时，已经是晚上十一点半了。

母亲还没有睡，坐在沙发上，眼睛盯着没有声音的电视画面发呆。听到动静，站起来迎过去：“小航，七月的事……你都知道了吧？”

“知道了，我马上就去医院。”杜航说。

“唉，无论如何也是夫妻一场，去看看吧，看能帮上点什么……”母亲说完，回了自己的房间。

杜航放下行李箱，先到卧室看儿子。儿子已经睡着了，盖在身上的小毯子被踢开，眼角有哭过的痕迹。

杜航捡起毯子，轻轻搭在儿子肚子上。小时候母亲说过，再热也要盖上肚子，不然容易生病。杜航过去从没把母亲的话放在心上，现在却经常想起，并认真落实母亲的教导。

他和苏七月离婚后，儿子似乎有所察觉，问，爸爸，你是不是跟妈妈离婚了？当时，他正在哄儿子睡觉，说，快睡吧，大人的事你别操心。儿子就哭了，你们真的离婚了？杜航想去抽支烟，却抱住了儿子，别瞎猜，离婚了还能在一个家里住？儿子低下头，拱进杜航的怀里，小肩膀一抖一抖的。杜航心里很不是滋味。

杜航从儿子房间出来，回到自己卧室，从床头柜里找出离婚证，这才给易拉打电话。他跟苏七月早就没有关系了，但现在这个女人却以他妻子的身份躺在医院里，这事他跟谁说理去？

电话接通后，杜航说：“易拉，我回来了，刚到家，这么晚打扰你了。”

易拉说：“哦，没有……”

杜航等易拉往下说，她却不说话了。过了一会儿他问：“她怎么样了？”

易拉说：“很不好，靠呼吸机维持着生命体征。”

杜航看了看手里的离婚证，心里像被什么重击了一下，那种钝痛的感觉瞬间传遍全身。他下意识地把离婚证扔了出去。离婚证掉在地上，发出“啪”的声音，安静的夜里，这声音很是刺耳。杜航听了听母亲和儿子的卧室，他有点后悔制造了这个声音。凝神听了半天，并没有听到什么动静，才放下心来。

杜航对着电话轻声说：“其实，我们已经离婚了，七月从欧洲回来的第二天去办的手续，她不让对外公布，我答应她了，所以这事只有我们两个和我母亲知道。”

易拉沉默了一会儿，说：“这样啊，那你……自己看着办吧。”

杜航说：“我想去医院看看七月，你能赶过来吗？”

易拉说：“明天吧，现在这么晚了，ICU不让夜间探视的。明天我和李牧一起过去。”

杜航说：“那……谢谢你们，我们明天见。”

挂了电话，杜航走过去把离婚证从地上捡起来，看了看，又放进了床头柜里。又去儿子房里看了一眼，发现他睡得很沉，就轻轻带上门，走回自己的房间，躺在床上。

闭上眼睛的那一瞬间，杜航看到一条路，路上有个女人远远地向他走来，细看时，却是一个离他而去的背影……

本文初刊于《莽原》2020年第1期

苒小雨，中国作协会员，鲁迅文学院第三十九届高研班学员，在《莽原》《鸭绿江》《山西文学》《海燕》等刊发表作品，部分作品被《小说选刊》《海外文摘》等刊选载。获2020年《莽原》文学奖。

理想生活

孟焕军

一

我又搬家了。我们这地方有个习惯，搬新家都要请亲朋好友燎锅底。说白了，燎锅底就是请人到新居好好吃喝一顿，热闹热闹。我搬家也太频繁了，三四年就燎一次锅底，燎过几次了，真不好意思再燎了。毕竟谁也不会赤手空拳来家白吃一顿。真要是白请一顿，我十二分愿意以我最拿手的菜肴请所有的亲友海吃海喝一顿，庆贺我的乔迁之喜。

踌躇再三，这次只请我最要好的朋友雪莹和明昕。我们从小一起长大，都是河上街的女儿。以前河上街是蔬菜队，我们上初中时蔬菜队的村民才改成吃商品粮的市民。现在的河上街范围大多了，包括整整一条街，在老河上街人的心里，河上街就是蔬菜队。老河上街上我们这个年龄段的女孩子，考上大学的就我们三个。我们那时候上大学可不像现在这么容易，一条街上一年走出三个女大学生，当时都快爆炸了。我们没上学时就喜欢一起玩，七岁时入了同一所学校，每次考试都比成绩，看谁分数高。上大学时各奔东西，不在一起，但是经常书信来往，假期回来，总泡在一起谈各自大学生活的趣事，当然也包括通报恋情。读完大学，竟没有一个人到外地闯荡，都回来参加工作。雪莹成了师院的老师，明昕去了银行，我在文化馆成了内部文化期刊的编辑。

参加工作后，联络更加紧密，谁有什么风吹草动，都要相互告知。搬家这样的大事不请她们来热闹热闹，我觉得乔迁新居不够圆满。前几次搬家都请了要好的同事和朋友，别人来是人情世故，好姐们儿来是搬家的仪式。第一次搬家就决定了这样的仪式必不可少。二〇〇〇年一月二十八日，农历是腊月二十二，是我第一次搬家的日子。为图吉利，我选了这个公历农历都是双数的日子搬家。千禧年，住新房，现在想起来都爽得没法说。

要搬入的新居在螺湾，是我离婚后买的第一套房子。那套房子是一九九九年八月签的购房合同。那时候我和儿子租房住在市郊闫村。每天上下班必须经过螺湾。签购房合同的时候，楼房已经完成主体工程。我下班路过那里时经常进去看。为了方便施工，每套房子之间都有一面墙留着洞口。我总是钻过几个洞口找到已经在我名下的房子，去每个房间走来走去。所以，哪天装的窗户，哪天开始装门，每一步进展我都知道得清清楚楚。可以说，我像个监工一样，是看着那栋楼完成后期工程的。

一九九九年十二月二十六日，我终于迎来开发商交房的日子。

距春节还有一段日子，无论如何我们母子都要在新房里度过千禧年的新春佳节。同事说我应该稍微装修一下，室内门换成套装的。买房用尽吃奶的力气，哪能奢望换成套装门。那时候开发商交给业主的房子墙是白的，房间是带门的，卫生间和厨房也接了水管，装了水龙头、马桶、洗手盆和淘菜盆。卫生间和厨房的地面铺了砖、墙面也贴了半截瓷砖，不像现在业主收到的房子都是光秃秃全裸的。如果这样，春节前肯定住不进去，根本没有能力在一个月内搬家。

那天果然是个好日子，阳光灿烂，风和日丽。我早早把儿子送到学校，掉转自行车向民工市场冲去。民工市场在家具市场旁边，许多刷漆的、改装水电的、拉架子车送家具搬家的民工都在那里等活。收房之前我经常在家具市场转悠，希望碰到物美价廉的东西。有时候也顺便问问架子车搬家的价格。知道那些拉架子车的和雇主讲起价来非常配合。雇主一般不会只用一辆车子，只要有人问一个拉车的，其他人就蜂拥而上，百般讨价。

等活的民工都趁早。老远就看到一排架子车等在那儿了。我把自行车锁在一个家具店旁，向架子车走去。一个中年男人正和一帮拉车人讲价。我站着听了一会儿，大致明白男人要用五辆车。一个拉车人说六十块钱咋干哩，太少了。说完又问其他人愿干不愿，五个车六十块钱。他们中的一个说不干，一个人才十二块钱，吃碗面条，买盒烟不剩啥钱，咋着跑一趟也得弄二十块钱吧。用车的中年男人说二一块，也太贵了吧，我上班一天才合十几块钱。一个叼着烟的人说不干，没有二十块钱不干。

中年男人生气地说不干算了，你们等二十吧。说着扭头走了。看着中年男人气哼哼地远去，我想今天是我的黄道吉日，必须用他们搬家。以前打听过，并不见得都是非要二十才干。刚才讲价的一幕我看得很清楚，如果不是有人僵在那里，说出少二十不干，肯定有人愿干，毕竟他们是出来挣钱的，并不想闲等半天。我走到靠外边的一辆架子车旁，拉车人正坐着吸烟。我在他身旁蹲下，说大哥，我搬家，我出四十五块钱，你觉得合适就再喊俩车。那人有些惊喜地问我都搬啥。我说东西不多，仨车足够了。那人说再加一盒烟吧。其他拉车人看到这边说话，已经蠢蠢欲动，如果一哄而上，不知道会发生什么情况，一盒烟两块钱，搁不住消磨时间，就答应了他。

我骑自行车在前边为他们引路。感觉慢悠悠的，心里急得要着火，又不好催他们。因为着急，不自觉地就加快了速度，往前走一段就得停下等他们。等他们的时候看他们走得并不慢。是我自己太急了，我告诫自己稳住，别急，一天时间还没动哩，心急吃不了热豆腐。

二

在这之前有过两次非正式搬家，都是仓促行事。一次是感觉日子没法过，继续维持婚姻活着都难。前前后后使劲想了好长时间，决定离婚，趁孩子爸不在家，匆匆忙忙推着婴儿床逃出来。婴儿床上一头坐着孩子，一头堆着衣服和被子。刚过完春节，天空飘着雪花。孩子问我，妈妈，以后永远住舅舅家吗？我说不，暂时住舅舅家，以后妈妈努力，我们会有自己的房子。我和他爸整天别扭，孩子可能懵懵懂懂知道了离婚的含义。

那时弟弟独自住着准备好的婚房。因为怕父母为我担心，提前给弟弟打了招呼，先到他那里盘桓一段，弟弟给我一把钥匙，说想好了，随时来住。

半年后收到法院的离婚判决。生活的变故尘埃落定，我决定带孩子租房居住。拒绝了弟弟的挽留，也拒绝了父母要我带孩子回家住的安排。我要学狗的精神，伤着了躲到角落里自己舔，不能让自己狗血的生活给父母和家人带来不快。我在城郊闫村租了一间平房，房租一月八十。大概有三十平方，外面还有个小厨房，公厕和澡堂都不远。交通方便，道路通畅，离孩子将来上学的学校和我单位都不算远。我把从弟弟那里搬出来的日子定在星期六。

星期五到幼儿园接孩子，他正在院子里玩滑滑梯，他爸爸在旁边看他。看到那情景，我转身走了。按照法律文书，孩子由我监护。他每月给八十块钱抚养费。钱我没要过，他也没主动给过。我们仅仅是性格差距太大，没法一起生活才分开的，不存在感情出轨，没有欺诈和阴谋。对我来说，崩溃的婚姻很难熬，法律文书只是还我自由的护身符。对物质的判决从来没有追究过，更不打算阻止孩子与父亲及他们家人的亲情。他总是随心所欲，想什么时候接孩子就什么时候接。为了减少孩子的心理负担，我看到他去接孩子就悄悄走开。孩子的亲爹带走孩子我没啥不放心的。夫妻离异难免对孩子的心灵成长造成影响，我决定逃出婚姻的时候，就想好了不让孩子因此缺失亲情。

弟弟借邻居家的三轮车帮我搬家。早上，天空有些阴沉，弟弟说要不先别搬了，天阴着，下雨就麻烦了。我说没事，反正也没太多东西，再拖几天也得搬，三轮都借了。弟弟看我执意要搬，帮我把整理好的包裹放上三轮车。弟弟骑三轮，我骑自行车向闫村走。走着走着空中飘起了雪花。弟弟说看着这天就要下，真是下了，下雪了。弟弟一直为我的生活担忧，为了让弟弟轻松一些，我开玩笑说你记得不，往你那儿搬那天就下雪，我一搬家就下雪，说明姐不是等闲之辈，稍有动作就能呼风唤雨。

在闫村的出租屋住了两年多，终于要搬走了。这次是往自己的新房子里搬，真正的乔迁新居。我们母子从此告别寄人篱下、颠沛流离的日子，一点都不能敷衍和马虎，认真挑选的日子，提前做好了准备。

我带着几辆架子车回到住处时，房东老太太站在出租屋门口东张西望。我嘴上抹蜜一样甜甜地叫一声大娘。大娘说我看看你咋搬哩，给你帮点啥忙。我说不用，请的有人，也没啥搬的。大娘在门口走来走去，看着我指挥那些人往架子车上装完东西。我向她交钥匙，她接了钥匙才进房间。我跟在她身后。她在房间里仔细地看来看去。想必是怕我顺手牵羊牵走了她的一针一线一草一木。刚刚搬出东西的屋子一片狼藉。我不必为此感到羞愧，当地的习惯，搬出房子的人不能打扫，怕带走财气。

她还在看，我急着走。我说大娘要没啥事我走吧，赶紧趁早搬过去。她像没听见一样继续检阅。我想想不欠她房租，没损坏什么，理直气壮地说，我先走了，有啥再说。我不等她发话便跨出屋门，指挥着满当当的三辆架子车向我的新家进发。拉车人一路小跑，我骑车慢行跟在后面。感觉一路人欢马叫，春风得意。

二十几分钟就到了。大老远就看到雪莹和明昕站在路边。她们美丽着我的眼睛也美丽着我的心情。我们是最亲密的朋友，常常滚在一张床上聊闲天儿谈梦想。关键时候是她们借给我钱，让我能够交足首付，才有今天的乔迁之喜。

三

明昕单位建房促使我这么快就下决心买了房。明昕工作的银行已经建过两次家属楼，又将第三次建房，明昕说她家娶儿媳的房子都有了，还买房子干啥，让我顶她的名字买一套。楼房建在八里庙，机会难得，单位的房子一套下来便宜一两万，不算小数目。

我们说这些话的时候，雪莹也在。雪莹也说应该买。姐们儿都知道我是推着衣服和孩子出来的，当时所有的财产只有当月工资。以我的情况说买房简直就是痴人说梦。雪莹问多少钱一平方。明昕说具体还不知道，大概均价五百，可以要个小套，一百一十平方。明昕说按五百一平方也得五万多，问我有多少钱。我只有三千块钱，没法说出口，想也没想就说我要买就贷款。然后大家又算出百分之三十的首付需要一万五左右。雪莹说她可以给我凑出五千，多了没有。她问贷款三万五，一个月还多少。明昕说贷三万块钱，十年期，每月大概还三四百。我和雪莹工资差不多，都是每月五六百。好大一阵沉默，她们大概都在想我买房的难度。

我沉浸在一百一十平方的想象中。市面上一百一十平方的房子大多是三房公寓。我感觉已经站在三房一厅的房子中央，我和儿子各有房间，还有书房。我从小爱好文学，上学时借书看，工作后买回许多喜欢的名著。婚后那些书还没来得及搬走，婚姻就破碎了，书一直放在我婚前住的房间。我要好好布置我的书房，好好安置我深爱的书，我将与我的书们相伴永远。

买房成了我心心念念的事，每天被买房的梦想缠绕着。天天路过螺湾桥下，道路两边都在大兴土木，座座营宿楼拔地而起。以前路过，视若无睹。现在路过，看着正在施工的楼房，不由得想入非非。工地附近没有售房处，不知道那些楼房都是什么单位开发的，更不知道他们对不对外出售，办不办按揭贷款。囊中羞涩，想想而已。

买房的希望还是寄托在明昕的单位。又过几天，明昕说她问过了，六楼四百左右一平方，加上其他的费用不到五万。我心里又是一动。六楼是顶楼，单位的职工一般都不要顶楼，对我来说，最重要的是有个落脚的地方，楼层不重要，反正还年轻，不怕楼层高。我坚定地说，买，六楼就行。

她们都看着我，又是半晌不说话。我对她们笑笑说，我敢说这话，因为你们是我的铜墙铁壁，说实话，我只有三千块钱。

又过两天，明昕打电话说价格出来了，六楼四百，让我做好准备。还说她们家这几年买两套房，手头紧张，只能错给我五千。都是靠工资生活，谁家都不可能有太多钱。听着这话，我都不知道该说什么。一个星期内，我手里就有两万六千块钱了。我父母八千，弟弟五千，雪莹五千，明昕五千。加上我自己的三千。手里有钱，心里有底，感觉房子已在眼前。

也是巧了，银行还没让交钱，螺弯桥下即将完工的营宿楼上挂出红色横幅，印着一行醒目的黄色大字，热销楼盘，可办按揭，百分之三十首付即可拥有。我心里又是一动，如果住在这里，应该比住八里庙方便得多，楼下就是公交站点，孩子可以自己坐公交上学，我上班步行十来分钟即到。想着就记住了横幅上的电话号码，进办公室的第一件事就是打电话。接电话的人说住宅均价七百，大户型三房两厅一卫，一百一十二平方；小户型两室两厅一卫，九十四平方。放了电话，我大致算了一下，按一平方七百买一大套，总价不到八万，我手里的钱够交首付。孩子已经上学，费了好大劲才弄到重点小学。如果住到八里庙，孩子上学和我上班至少有十里路程。孩子必须接送，没有公交，只能靠一辆自行车风里来雨里去，如果遇到我外出采访，不知道会有多少难题等待解决。孩子才上一年级，到小学毕业还有八千里路云和月，不知道会有多么难熬。越想越觉得住在螺湾的好处多，一平方贵二百也值。

下午去了开发公司。问清房价，让他们算五楼的大套，和我算的总价差不多。算房价的中年妇女说这栋楼的位置好，光是农贸市场做生意的就买了十几套。贷款四万五千十年期限，每个月需要按揭四百多块。权衡再三，决定在螺湾买房，放弃银行的家属楼。打电话告诉明昕。打电话时诚惶诚恐，言辞斟酌，唯恐她嫌我出尔反尔。不承想她大德大量，连说这样更好，交通方便，上班上学都近，省好多麻烦。还说她和那个开发公司的老总有过一面之交，愿和我一起找他试试，看能不能优惠一点。我们说好下午就去。

中午去银行取了钱，打算下午直接签合同交首付。我和明昕找到开发公司老总。他笑容可掬，既不热情也不冷漠。听明白我们的意图，说这栋楼是公司和村里共同开发，价格有约在先，无论谁找，都只有三个点的优惠。说着就写了一张条子，说交款时直接给财务就行。

我们拿着条子到财务科，果然在签合同时就优惠了三个点，算下来省两千多，抵得上我小半年的工资了。就要签合同时，财务看了我的收入证明，说我的收入标准最多能贷四万，贷不了四万五。算来算去，我还是不敢把手里所有的钱全部交首付，因为下一步还交契税和其他费用。只好把大套改成小套，小套比大套少了十几个平方，总价少出一万多，我就把楼层往下降了一层，确定了四楼的小套。走出开发公司时，梦想中遥远的事变成现实，我难免喜形于色，话特别多，说的尽是房子的事。

我买房子，朋友慷慨解囊，出钱出力。我的快乐和幸福理当和她们分享，对朋友的帮助也该有所表示。孩子上午托班，中午不用接送。第二天中午，邀请她们相聚蓝花碗。蓝花碗是一家才开不久的小馆子，看起来干净简洁，以蒸碗为主，点了菜很快就能上桌。我们边吃边聊，嘻嘻哈哈，轻松愉快。她们为我买了新房感到高兴。饭后结账时她们争着掏钱，我说她们抢着掏钱就是看不起杨白劳。结完账走出饭馆，雪莹嘻嘻笑着说，我们欺负杨白劳了啊。我说最狠不过黄世仁呗，昨天买房优惠的三个点不是白省的。

女人之间的友情像吸食毒品，尝过就离不开了，又像饭菜的作料，缺了便没有滋味。我们总是找理由聚到一起，说些没正经的话，胡喷乱侃一通，感觉痛快过瘾。

四

每次见面，都少不了说说房子弄到哪一步了。她们都盼着我早日住进新房，等着给我燎锅底。告诉她们搬家的日子定下了，她们都说选了这个黄道吉日，以后就风调雨顺了，到时候过来帮忙。我说没啥搬的，找两辆架子车，我一个人就行，等收拾好了请她们燎锅底。没想到她们还是来了。看到她们，眼前一亮，感觉柳暗花明。

螺湾的营宿楼坐北朝南。北面临路，一楼的门面房朝北开，楼房中间留着一个洞口，穿过洞口，楼前砌了围墙，围成一个宽阔的院子，楼梯间对着院子。我推着自行车和她们一起指挥着架子车进院子，在楼梯间前停下。我让拉架子车的民工帮忙燃放鞭炮。明昕小声说，一个女人真难，放个鞭炮都得求人。雪莹瞟她一眼。我装作什么都没听见没看见，欢天喜地跑前跑后。

放完鞭炮，我们一人掂一个包裹上楼。上到四楼门口，拿钥匙开门，心里怦怦跳动，手竟然抖动得厉害。这个即将入住的新居，我已经来过无数遍，从来没有这样紧张过。为掩饰我的紧张，我打开门就往卫生间跑。拧开水龙头，让水哗哗地流，掬一捧凉水捂到脸上，眼泪止不住地涌出。好大一会儿心情才平静下来。

从卫生间出来，拉车的民工正在往屋里搬床。这是住出租屋时添的唯一一件家具，儿子睡的一米二宽的小床。这张床是搬家的最大物件。其他的除了衣服被子，锅碗瓢盆，再就是两纸箱子书。搬运工一趟一趟往上背着扛着。两个好友在，我也真省事了，所有东西搬上来，该放哪儿放哪儿，直接归位。

打发走拉架子车的人，屋子里也差不多收拾利索。两位好友都说像个家了，像个家了。我一脸满足，家里该有的都有了，床，沙发，餐桌，电视，甚至好多家里都没有的书柜也有了。我想对她们说声谢谢，可实在难以出口，太轻薄了，感觉出口就会被空气融化。我说该有的都有了，姐们儿都为我做了黄世仁，记得小时候学过一篇课文叫《吃水不忘挖井人》，以后记着不断复习。明昕说还是自己挖井打水吧，别找挖井人。雪莹说别忘盖好井盖子，防着有人掉进去。时间不早了，我请她们先坐着歇会儿，我到楼下对面饭馆弄些吃的。我没说完明昕就拎出一个帆布包，牛肉、烧鸡、猪蹄、豆干、卤蛋、果汁、水煮花生、饼干、烧饼，满满当当摆上餐桌。

我们吃着说闲话，明昕夸我有魄力，好多男人都不敢贷款买房。雪莹说也没啥，反正工资会涨，贷款不会涨，贷款总有还完的时候。明昕说可能明天交了桃花运，有人连外债都要了。雪莹说也难说，才三十出头，如果不带孩子还能冒充未婚女青年哩。

聊着聊着就扯到了婚姻。她们没少为我张罗。可是，婚姻不是买衣服，不合适可以送人可以扔掉。有过一次失败婚姻，再谈婚姻，不敢轻举妄动。我不打算独身，也不计划把自己嫁掉。刚离那阵以为找一个双方互相接受，又能接受孩子的人不会太难，就我这样无房无钱无才的三无次品，没有太多要求，赶快找个人过日子算了。可是我不挑，人家挑，对我满意对我带孩子不满意，想想也是，物质社会想让人不势利也难。更打击我的一次，我都不好意思说，有个男人知道我，别人介绍，恨不得马上跟我谈上，催着介绍人见面，结果怎么着，面都没见就来个一百八十度的大转弯。

真是无聊的往事。刚刚搬进出租屋没几天，中学时的一个同学突然到单位找我，非要给我介绍对象。我不想把自己当作商品让人随意推销。一个多年没有联系的同学，突然来到面前就要介绍对象，被人当作扶贫对象的角色实在难以接受。不知道她的来意，如果早知道她来拉郎配，肯定会说已经谈好了正准备结婚。没法明说拒绝，只好说刚刚见了一个。同学说刚刚见一个也不影响，就该多见几个，好好挑选。说她的朋友条件不错，还知道我，一听介绍的是我满意得不行，催着她来见我。这话让我有点好奇，便问他是谁。同学说了单位和姓名，让我去打听。一听是个陌生名字，立即没了兴趣，坚持说算了。同学热心又执着，她不罢休的耐心真让人佩服。在她的感染下丢盔卸甲，只得答应和那人见一面。

出人意料的是当天晚上同学又到家里，大大咧咧地说那人听说我同意见面，很兴奋，让她当天晚上就安排见面。她怕我晚上有事，就安排了明天晚上。儿子正写作业，她毫无顾忌地说这些，我给她使眼色、做手势提醒她说话注意。她根本不看我的提醒。我只好明说孩子正写作业，我们出去说话。

她说就过来说一声，该走了。我送她到路边，还没有走的意思。说人家工作多好，人多好，长相多好，有个闺女比我儿子大两岁，跟着她妈，她妈根本就不让见他，还有一套多大的房子，如果成了我们母子就不用再住这农村的破房子。总之我要找到这样的男人是占了大便宜。看她嘴冒白沫，口干舌燥，真有点被她感动。可是我挂着孩子，必须赶她走了。我说时间不早了，你也赶快回去休息吧，就照你说的，明天晚上到你家见面。她这才不好意思地说，我一说起来就忘了时间，我就喜欢给人家办好事，这可是积德的好事，我都说成十几对了，有人说，说成七对就不下地狱了。听她这话，我忍不住笑起来。

回到屋里，儿子已经做完作业，照顾他上床睡觉。我忙完拿一本书上床时，孩子突然问，妈妈，那个阿姨是不是让你和别人结婚啊。孩子的话让我震惊。平时我忙完他都睡着了，他果然听懂了同学的话，小小心眼为此不安。我笑着说，我要是和谁结婚肯定告诉你，不能瞎想，赶快睡觉。怕影响孩子睡觉，把书扔在枕边，随手关灯。再婚对孩子会有多大影响？离婚从来没有隐瞒过孩子，不忍心孩子从小承受这些人生变故，隐瞒可能对他成长更为不利，还是培养他坚强一些更好。在黑暗中想着过去和将来，想着怎样才能让孩子成长得更健康。

妈——听到孩子叫喊，我呼的一下坐起来，忙问他怎么了，是不是小便。孩子说，我睡不着。我说小小年纪咋会睡不着，什么都别想，就想着睡觉，明天还要上学，快睡吧。孩子说你要和别人结婚我咋办？我忍着，不能哽咽，摸黑趿着鞋到孩子床边，轻轻拍着他说宝贝，你永远是妈妈的宝贝，我和谁结婚都不会和你分开。再说，我现在也没有要和谁结婚。孩子上学后，说自己长大了，要求和我分床睡，给他买了小床，他的小床和我睡的房东家的床呈L形靠着两面墙摆放。

我蹲在孩子身边轻轻地拍着他，直到他发出轻微的鼻息声才回到床上躺下。第二天晚上，既然孩子已经知道我和人见面的事，就不再瞒他，直接告诉他出去和人见面。在约定的时间骑自行车到同学家里。我们坐着闲聊，感觉她表情一直不自然，欲言又止，完全没有前两次见面时的兴奋，也不提和我见面的人。半个小时，还不见人来。我给儿子说过尽快回去的，即使遇见情投意合的人，我也不可能让儿子一个人在家着急。

我看了一下表说，再等五分钟，再不来，我就走。她不得不吞吞吐吐地说，他已经来过了，在这等一会儿，接个电话说有事，又走了。事情绝不可能像她说的那样，我说我不相信，咱是老同学，实话告诉我咋回事，我不怪你。她只好说真对不起老同学，都怪她没说清楚，我去的时候那人刚走，等我的时候她说孩子跟着我，他想了一会儿说算了，别见了，不想找带孩子的，还是男孩儿。

这有些狗血的故事，好友都觉得不可思议。明昕说也太离谱了吧，对大人满意还在意一个小孩子，他叫啥，在哪个单位，我去会会他，问他是不是个男人。雪莹瞪着她说人家说我是个男人，我找老婆又不找孩子。明昕说是男人就得包容，一个孩子都不能包容叫啥男人。我说现实就是这样，离婚的女人是打了折的次品，离婚带孩子的女人简直就是废品。我也不想因此迁就，随便找个人搭伙过日子，真能那样，我也不会离婚了。在这个家里，窗户一关，刮风下雨都在外面，透过来的只有阳光，我们娘儿俩就这样生活挺好。明昕问我是不是遭受打击不再相信爱情。我说都说爱情是鬼，相信就有，不信就无，我迷信着呢，相信有鬼。

五

第一次搬家的情景犹在眼前。转眼十几年已经过去，青春勃发的少妇变成了中年妇女。没想到十几年的日月都耽搁到房子上。细细一算，经我手的房子有四五套，有的住过有的没住过。平均三四年就搬一次家。要说平均三四年出国旅游一次真不多，对于搬家，三四年的频率还是高了一点。往螺湾搬的时候总想让人知道，后边几次搬家唯恐别人知道。不想叫人背后说我倒腾房子。每一次买房和搬家真不是以赚钱为目的，都是事赶事，住着住着就得搬。这些事哑巴吃饺子，自己清楚就算了，别人是不会理解的。总不能逢人就说我不是专门倒房子赚钱才这么折腾的，我是不得已才这样。事实上每一次折腾都多少带来了一些利润。从三千元开始，折腾到拥有两套房产，怎么让人相信你不是为赚钱倒房呢？又搬哪儿了，真能折腾，真有本事，这样的话听过好多。我不知道这些含义复杂、句式简单的话里，赞叹多还是贬损多，肯定多还是嘲讽多，也不想知道。趋利是人的本性，尽管这些折腾都是身不由己，但是想到在不得已的折腾中有所收获，还是沾沾自喜。如果没有这些折腾，我的收入仅够我们母子的生活，到现在可能还买不起一个厨房的面积。

我喜欢文学，无论住到哪里，每月都要到就近的报亭买一本《小说月报》。对于感觉不错的小说看完了还要看看作者介绍，看到和我同龄的作者便会产生莫名的挫败。如果把折腾房子的精力用来读书和写作会是什么样呢？想一阵，最终阿Q的思想总能战胜患得患失的挫败。英国那个写作非常勤奋的女人伍尔芙老早就写过一篇文章叫《自己的一间屋》，她说“一个女人如果要写小说的话，她就必须有钱和自己的一间屋”。她认为女人应该有勇气有理智争取独立的经济力量和社会地位。一间自己的屋子，一年五百镑的收入是写作的基本条件。找到折腾的理论根据，才稍稍安心一点。

这可能也是命，每次买房都想着住进去就安生了，不折腾了，可是，命运总会找我开玩笑，不是这事那事住不进去，就是住进去以后发生一些出乎预料的变化。真应了扒扯命的说法，我认定自己就是属于那种扒扯命的人。

住进螺湾不到半年，新鲜劲儿没过，我们单位筹划团购住房。团购房就在单位旁边，前边临河。听说开发商缺钱开工才找到我们单位领导的。单位领导征求职工意见，发现购买意向强烈。价格压到很低，比单位自建房贵不了多少。消息一传出，同事们心花怒放，奔走相告。单位团购房位置好，房价低，上班一抬腿就到，如果错过，再无机会。

有同事出主意让我卖掉螺湾的房子。也动心了，想想还是算了，螺湾的房子不仅有我的努力，更有我的友情和辛酸。快交房的时候，我手里不足一千块钱。开发商交给业主的房子客厅和房间的地面是水泥沙浆毛茬，再不讲究的人也要铺上地砖。我去建材市场问地砖的价格，选了一款，让卖地砖的商家算算，铺下来大概要三千块钱。签购房合同的第二个月就开始按揭。我的工资按揭后只剩三百块钱，必须计划好每天消费不超过十元。根本没有多余的钱还朋友的债务，更别说铺地砖的钱。还借钱吗？我已经体验了背负债务过日子的苦。且不说花一分钱都要计划的抠门儿吝啬，单是借钱之后，再与朋友相处时的感觉，都让我对借钱两个字退避三舍。朋友本来是平等的，可是欠了人家，感觉就矮半截，说话都不利索。不铺地砖也不再借钱，收房后把水泥沙浆地面打扫干净，用手里的一千块钱买一张床垫，买一张餐桌，两把椅子，睡的、吃的、坐的、读书写字的地方就都解决了。

身处山间，祥云缭绕，山泉叮咚，清凉舒爽。连续三个晚上失眠后终于睡了一夜好觉，醒来好久不舍得起床，唯恐撒落了美好梦境。不知道梦境是不是真能预示什么，但好的梦境肯定让人心情愉快。那天早上一起床就感到神清气爽，精力充沛。到单位刚在办公桌前坐下，就有人打电话找我。是一个画廊的老板，询问用我们的杂志出一期特刊要多少钱。一激灵想起昨晚的梦，感觉真被祥云笼罩。赶快套近乎，夸他经营有方，画廊办得有特色，如果再加大一些宣传，肯定更好。告诉他一期特刊按规定三万块钱，我这个编辑部主任有权力优惠一千，如果真的要做，我可以找领导说说，估计还可以再少两千。

真是天上掉了馅饼，这个特刊竟然以两万七的价格谈成。我们单位除了工资没有别的福利，领导想给同志们办点福利，利用我们这个内部期刊开展广告业务，在工商管理局注册了广告公司。为鼓励职工创收，规定联系广告可提百分之十二。这笔特刊费到账后，财务通知领钱，一下提了三千多。拿到意外之财感觉脚步轻盈，仿佛腾云驾雾。文化部门的人都清闲惯了，以清高的幌子图清闲，很少有人拉广告。坐等上门，广告收入寥寥。对单位来说，两万多的特刊费也是少见的一笔大收入。

这笔钱领到手里，也让我对拉广告想入非非。如果一个月拉一笔广告，就算每笔只有几千块钱，一个月多几百也能缓解一点压力。我像着魔一样，每天都想着找谁能拉来广告，哪些单位有可能在我们这个刊物做广告。功夫不负有心人，就在收房的前三天，果然又成功谈成一笔三千的小广告。听说二十里外的东郊有个做家具的市场。签完广告合同，乘公交车去了家具市场。当时以实用为主，顾不得环保和质量，在一个小家具厂定做了大床、电视柜、餐桌、书桌和书柜，两千块钱谈妥。

拿到新房钥匙，立即到建材市场找到那家卖地砖的商户，一块砖比我第一次来看时便宜五毛成交。一个星期后，地砖铺好，连工带料花了三千零五十块钱。

从买房到入住，有多艰难，只有我自己清楚。如果卖房子，又要经过多少折腾。如果单位让马上交钱，房子卖不掉，我拿什么交，如果房子马上卖掉，我住哪里。单位团购的房子连影儿还没有，从开工到建好入住差不多要等三年。我和孩子再租房，住进没有独立卫生间、不能在家洗澡的民房里等待煎熬三年，想想都不堪忍受。

六

我的远亲表妹，帮我带过孩子。孩子上幼儿园后她就回家嫁人了。一年多的相处使我们如同亲姐妹。表妹很不幸，生下两个孩子后丈夫在外打工意外死亡。丈夫死后，她把两个孩子留给爷爷奶奶也去南方打工。二〇〇〇年回家过年，带着两个孩子来我家，见我刚搬的新房，非常喜欢。她说在农村寡妇受人欺负，她丈夫出事时获赔五万，让我帮她注意着，碰到这样的房子也买一套，等不打工了就来城市，做个小生意也比农村容易些。单位团购房是个好机会，打电话问她想不想要。她说不要团购房，就要我住的房子，楼下就是市场，可以在那儿找个啥生意做，让我要团购房。告诉她团购房还没开工，建好可能要等两三年，这几年我没地方搬，劝她还是趁机会买了。她说两三年不打算回来，打几年工攒点钱才回来，我只管住着。

放下电话，心潮澎湃起来，又纠结又激动。如她所说更好，关键是团购房还没建好她回来了怎办，房子成了她的，随时可以要求我腾房子。她会不会只是在兴头上说说买房，一个农村女人带两个孩子搬到城市怎么生活，做生意也不是她想的那么容易。这样一想，也就暂时不再考虑。

隔了一天又接到表妹电话，说我的房子她要定了，她一定要来城市。我直接说出我的担忧，没想到她倒痛快，在哪儿都是活，人家出国都能活，我就不信从农村搬到小城市活不下去。她有这么大决心要来城市，我除了鼓励，无话可说。为了让我放心，又强调说公婆还能照顾孩子，不急着回来，即使回来也不赶我。

从当月开始，按揭就转给她，由她还，买房的所有花费到催交房款时一次清完。我费尽周折购买的第一套房以原价转给了表妹，没有错过单位团购的房子。两个月后，单位的团购房开工。我挑选了一套二楼的小户，一百二十平方。这套房当然还得按揭，贷了三万，比第一次买房时少贷一万。开发商资金不足，建房也不顺利，三年以后才拿到钥匙。那个时候，杨白劳已经翻身得解放，全部还清了好哥们儿的欠款。欠个人钱不仅仅是债，更是情。不欠个人的钱，精神上轻松多了。

我自己感觉苦尽甘来，个人欠款没有了，职称也晋高级了，孩子也长成半大小伙了。拿到团购房的钥匙，激情高涨，没事就往建材市场跑，比较价格和质量。这时候的住宅楼都是全裸交房了，连室内门都没有。儿子喜欢美术，一直上美术班，跟我去看了房子后也是兴冲冲的，很想表现一下，还画了图让我按他的想法装。

住着表妹的房子，一直都怕她突然回来。表妹每次从南方回来，都免不了到我家落一下脚，名义是看我，其实是看房。时不我待，必须尽快开工装修。快中午了，忙完工作，又去建材市场。正在与卖地砖的老板讲价，接到雪莹的电话。问我房子开始装修没有。听我说正看地砖，让我先别看了，到南环中学财务室找她们，有急事。我打车赶到，原来她和明昕在那里买别墅。买别墅，我想都没想过，我有住的就不错了，哪敢有住别墅的奢望。手里没银子，当然没有底气。我愣愣地站在门后，看一屋子买房的人兴冲冲地签字交钱。她们都签了字，交了钱，互相使了眼色，说出去转转。

我们站在校园的水池边说话。她们告诉我有个开发商在南环中学对面开发楼盘，资金断链，具体的不太清楚，反正是混不下去，撂下半拉子工程不知去向。半拉子工程荒置几年，政府、银行多方协调，本地一开房地产公司接管。南环中学从一开公司团购了楼盘，有二十套连体别墅，学校年轻老师多，只有几位学校领导和老教师要得起，还有十来套学校通过熟人找买家。她们都要买，觉得我卖掉团购的房子换别墅也划算，再有半年就交房。别墅统一户型，都是一百八十平方，每平方一千二。一套下来二十一万出头。这几年因为买房子也略微知道一点市场行情，大城市的房产炒得轰轰烈烈，温州炒房团席卷北上广大城市，我们这小城市也是波澜微起，听说有个无业能人到处打听哪个单位建房，再打听到不要房的人，给点好处，顶着人家的名额买进，已经囤下六七套房产。

南环连接高速公路，规划中的城市广场正在筹建，周边不少建筑已经开工，两三年后肯定是风水宝地。那样的别墅值得买，不说升值，住着也舒服，也体面。我打心眼里羡慕她们。我没有能力买，很想去看看她们要买的别墅什么样。不到五分钟，我们到了别墅工地。楼盘不大，前边一排两层楼房，后边两栋六层楼房，六层楼后面是一片空旷的庄稼地。那片地被一开公司买下，将来和这边连成一体，是个比较大的高档住宅区。

踏过一片荒芜，走进有些破败的两层楼房，看得出每户上下两层，看完楼下，踩着混凝土阶梯上楼，我们上下看着，很有兴致。从门洞里出来，明昕说还有院子，不知道院子有多大，咱是农家院长大的，总觉得现在住的单元楼不像家。雪莹说现在能有个小院种种花草，太难得了。我说住个一楼带院子的房子也不错。明昕说还有院子还有别墅不是更好，我们开始都觉得你准备装修新房，没给你说，来了一看这么好，又怕撇了你，觉得把你那房子卖了换这个值，反正能贷款，才又打电话让你来看。我说我也想买，就是心有余力不足。雪莹说想买就能买，关键看你咋想，新房子卖掉交首付，多贷点款期限长点慢慢还，比买螺湾的房子容易多了。

雪莹的话有道理，我看着房子就在心里打起小算盘。团购的房子能卖十三万多，还掉三万按揭还有不止十万，按揭已经还了两年多，就算银行扣掉罚金也不能还有三万吧。这十万多，加上我现在准备装房子的钱，一共有将近十二万。买过两次房也有点经验了，除了房款，还应该准备契税，办按揭需要的手续费、评估费、办证费、有线电视费甚至保险公司搭车卖的家庭财产保险费等等乱七八糟的费用大概一万块钱。别墅收的各项费用可能会高些。总价二十一万多，十万块钱交首付用不完。这样算着我真的小激动，感觉血液直往上涌。要不是突然想起贷款越多，每月按揭越高，我可能就告诉她们我买，我也要买了。根据以前还按揭的数目大概折算一下，贷十万,一个月要还一千多。我的工资就花去一半多。孩子快上高中了，手头也该备点应对不时之需。孩子上小学时，他爸还给他买衣服和文具，也主动给他交学费。两年前再婚后就很少管孩子了。这两年孩子的花费基本都是我一个人承担。钱是硬通货，提前没准备，用时拿不出就麻烦了。再说，这么大的房子装修也不少钱。为了房子，这些年我几乎没有添过新衣服，怕别人看出寒酸，旧衣服总是洗干净烫板正才往身上穿。孩子长得快，给他买衣服总是淘那些打折的、看起来耐穿的。如果换别墅，这样紧紧巴巴的日子不知何时才能到头。

算来算去下不了决心。我犹犹豫豫，吞吞吐吐地说孩子高中以后就很少住家了，这么大的房子我一个人住，也太大了吧。人啊，都有争强好胜的心，做是一回事儿，说又是一回事儿，有些事情有些心思即使对最亲的人最好的姐们儿也不愿说出口。不想让人觉得自己可悲可怜，哪怕忍着凄风苦雨，也要带着一脸笑容出门。明昕说感觉你买房子挺有魄力的，自己想吧，过了这村可就没这个店了，可能明天，明天想要就晚了。雪莹说要不先交定金再说，现在市场上的房价都一千三四了，定下来不会亏。

朋友的话不知感染了我哪根神经，豁然开朗起来。是的，不会亏，想想我买过的两套房子，第一套房刚拿到钥匙就有人拦住，愿多出一万块钱买下，团购的房子有同事以翻番的价格卖出。这么便宜的别墅怎么会亏呢，就算再过几年紧日子住上别墅也值了，城市土地资源紧张，错过这个机会，或许一辈子都住不上别墅了，说远点，或许将来儿子的婚房都有了。

思想就是这么易变。站在荒芜破败的半拉子建筑工地上，想出了许多不买的理由，又想出了许多买的理由。我大声对着天空说，买，签合同去。

因为准备装房子，包里正好装了一万块钱。再回到学校的财务室，人已经不多了，别墅也只剩两套了。财务说，再晚一会儿可能就没了，就和几个熟人说说，要说出去早抢没了。

七

包里装着购房协议和一万块钱的收据，好像自己已经住上别墅，兴奋极了。晚上给儿子说不装房了，这房子不要了，我们要住别墅。儿子瞪着眼看我，像看一个陌生人，张着嘴半天不说话。掏出包里的协议和收据给他看，儿子看了一眼收据问，姨姨要回来咋办？我说半年，半年我们的别墅就交房了，三年都没回来，剩半年就回来了？儿子的问题还真是不少，又担心人家让二十天内交清首付款，房子到时没卖出去咋办，到时候交不上，是不是一万定金就没了。我说团购的房子位置好，好多人打听在那儿买房，两个同事的房子都卖了，如果不行，咱比人家卖便宜点，大不了少赚点。

第二天上班就在同事间说卖房的事，希望有人介绍买房的人。写了售房信息发布在网上。口头传播和网上发布信息很快就有了效果，差不多每天都有一两个问房子的，隔三岔五也会有人看。大多数同事都买了单位的团购房，碰到一起说几句话就扯到房子上，互相打听何时装修，何时入住。都知道我正准备装修房子，现在突然要卖房子，觉得不可思议，甚至有人猜测我要梅开二度，卖房子置办嫁妆。交往多的同事问我卖房原因，我以实相告。他们感觉我卖掉团购房在南环买两层小楼，简直就是荒唐至极。两口人住不了那么大房子，那么远，上班多不方便。也有人知道那个半拉子工程，觉得风刮雨淋四五年，有啥好的，说什么的都有。当面说的话都不存恶意，我知道那些同事也是为我考虑。

周二是我们单位例会，我提前几分钟去了会议室。在会议室门口，两个熟悉的声音传进耳朵，一个说买别墅哩，一个离婚的女人从哪儿来的钱，另一个说离婚女人都不正常。这不是说我吗。我脚步很重地进了会议室。我进来，两个女人很意外，不自然地僵在那儿。好一会儿，一个女人和我打招呼，说你来得怪早哩。我看她一眼，转身走出会议室。我就是要她们知道，我听到了她们在背后不怀好意议论我、诋毁我，我这个不正常的女人不和她们敷衍。一位要好的朋友听说我正急着卖房换别墅，专门打电话证实一下，从我口里听到实情后说，她觉得我住螺湾的房子就行，团购的房子就不应该买。这话我真不爱听，凭什么女人离了婚就不能追求美好生活，离婚的女人就该住寒窑，就该迁就着窝囊着生活。看在平时关系好的分上我耐心地向她说明缘由，听了我的解释，她马上又说她就没有这样的朋友。言外之意，她没有朋友提供这样信息，没有机会买别墅，遗憾和嫉妒溢于言表。

在他们眼里，一个单身女人就该一脸哀怨，可怜巴巴地过日子。这些都让我更加坚定了换别墅的信心。生活在男女平等的社会，接受过良好教育，工作努力，吃苦耐劳，凭什么因为离婚就该受苦受罪。我就要证明离婚的女人凭自己的智慧和劳动也能过得有尊严。

想着卖房的时候觉得不难，真正卖的时候并不容易。房屋买卖就像找对象，要在合适的时间遇上合适的人。一周时间一晃就过去了，还没有遇到买房的下家。看房的人看上户型看不上价格，看上价格又看不上户型。我感觉那些买房的人真是挑剔，自己每次买房都像饿虎扑食，放篮里是菜，就没有挑剔过。想想买过的两套房子，各有优势，也挑不出什么大毛病，感觉自己眼光还是不错的。

时间已经过半，再过一个星期就到了交足首付的时间，如果交不上，一万块钱可能就打水漂了。我整夜失眠，心急上火，牙龈出血，脸上长痘。卖房，卖房。我像是掉进卖房的陷阱，满脑子都是卖房。这种焦虑只能自己默默承受，不能向任何人说出来。孩子还那么小，与正常家庭的孩子相比，已经承受了不少生活的波折，对卖房这事，提出过许多担忧。小孩子容易忘事，还是让他先忘掉这件事，多一点平静的生活。和好姐们儿也不能说，是她们给我起了换别墅的念头，向她们说出卖房的艰难和我的担忧，她们会怎么想。与同事更是不能说，让同事知道这种处境，岂不证明了我这个离婚的女人不正常。

外人怎么看和经济损失相比，保住经济财产不受损失更重要。如果房子卖不出去，就把购买别墅的协议转让出去。时不我待，想法一出，马上行动。上午我正在办公室写转让信息，准备在网上发布，突然有人打通手机说来看房子，二十分钟就到。不由得脱口而出，天助我也！

看房的是一对和我年纪相仿的夫妻，他们已经在此买下一套大户型，再给老人买一套小户型。同住一个小区，方便照应。已经看过一套一楼的，老人怕潮，听说我正转卖二楼，想看看再定。

他们看后非常满意，我怕失去这次成交的机会，把房价一口压到最低，十三万五。我同事三楼同样的面积卖到十四万五。他们想还价，我说我要得多不多他们心里清楚，急用钱才低价转卖。他们两口子交流一下眼神，男的说那就这样吧，现在就去办手续。告诉他们我是按揭买的。女的说，先去还按揭，把银行的购房合同取出来，再转剩余的款。

他们几天前在这个小区买过一套房，对二手房交易的流程很熟悉，跟着他们，两个小时就办完了转让手续。这套房不到七万买的，卖了十三五，虽然没有同事卖的价高，想着就要住上别墅，一点也不觉得亏。包里装着卖房的钱，像是装着阔气宽敞的别墅，多少天来的焦虑一扫而光。

下午早早来到学校接儿子。儿子放学出来，见我在门口等他，一脸疑问。自从我们搬到螺湾，我很少接送孩子。住房临着路，公交站点就在窗外。他上小学时，我每天早上都站在窗前看他背着书包上车，下午放学早晚都是他自己坐公交回家。我只交代他妈妈不在家，谁敲门都不要开。我平时看报纸，很注意对孩子实施犯罪的案件，每次看到那样的案例，都会讲给他听。儿子从小就有强烈的防范意识，在路上什么人也别想骗他走，我不在家什么人也别想让他开门。

接到儿子，我说今天晚上要好好庆贺庆贺，你想去哪儿咱就去哪儿，你想吃啥咱就点啥。儿子疑惑地问，庆贺什么？我要他猜，他一转脸就说房子卖了。我用笑声赞扬他真聪明，猜对了。儿子说那么好的房子卖了还庆贺。怎么装修，住进去的状况都是母子很长一段时间谈论的话题，他对住进那套房子充满期待，有些不舍。我安慰他说，卖了我们住别墅，更好，该好好庆贺一下，今晚去哪儿吃，你做主。房子对一个小小少年来说不抵一顿饕餮大餐诱惑。说到吃，孩子立即雀跃起来，去德克士！孩子都喜欢洋快餐，平时极少带他吃，这次趁着高兴好好满足他一次。

如约交了别墅的十万多首付。要贷的十万等开发商通知办理。期盼和忐忑塞满等待的日子。没有睡几天安稳觉又开始夜夜难眠，辗转反侧。白天忙工作，忙生活，暂且忘掉房子的事；夜深人静时，房子乘虚而入。签合同时说得那么急迫，两三个月过去，还没接到办理贷款的通知。本来就是半拉子工程，重新找到婆家，会不会又有变化。真有变化可怎么承受，许多时候钱交出去自己就不再当家，想要回来难上加难。夜晚思考问题总是更暗淡、更糟糕。十来万块钱在有钱人手里可能一根毫毛都不值，在我手里不说是身家性命，至少是赖以栖身的唯一指望。有时想着想着就渗出一身冷汗。往坏处想想再往好处想想。不会，不会，这是政府出面找的下家不会再出意外，即使有意外，政府也会管的，不催贷款还好些，越往后拖越好，工资总会涨的，往后拖的时间越长还贷压力越轻，贷十万块钱一个月还多少，口算能力差。想着想着就开了灯，一翻身趴在枕头上加减乘除一番。经常这样，干脆就在枕边放了纸和笔，省得总在半夜去找笔。这样精神强迫症似的半夜算账，非算不可，直到四肢麻木，两眼酸涩，支撑不住才关灯睡觉。有时想起买房那对夫妻，一气高价从别人手里买两套房，不用一分钱贷款。感觉人家买房像买棵白菜一样容易，我买房就得从牙缝里抠出来买白菜的钱。人和人比，差距真大。

没等到办理房贷的通知，却等来了表妹的电话。表妹问我房子的事，不好意思说卖掉了，告诉她工程推迟了，可能还要几个月才能交房。问她是不是要回来了，她说也不一定，工厂效益不好，工资都不能照常发，等欠的工资发下来，就辞工，找到合适的工作就接着干，找不到就回家干点啥。

中午一下班，我直接骑自行车向南环中学方向赶。建筑工地到底啥情况，还是实地看看心里才有数。和第一次来时果然不一样，脚手架高高杵在那里，旁边一帮建筑工人围成一圈正吃午饭。既然来了，顾不得许多，必须上前打听。那些工人很热心，你一句我一句，都把自己听说的情况告诉我。能如期交工，有一栋楼房只打了地基，建好那栋楼，再捯饬那些半成品。

到现场看看，心里有了底。希望表妹继续打工，如果再熬半年回来，我差不多就搬进别墅了。到时候先把一楼简单装一下住进去，等有钱了再弄二楼，住进去人没法进灰沙水泥，就贴壁纸铺木地板。考虑着别墅的装修，没事的时候又开始往建材市场跑，几乎问遍了市场所有的商家。地砖、板材、石膏产品、各种门窗、墙漆等等，谁家的质量好，谁家的更实惠，几趟下来，了如指掌。怎么装简约又不显得寒酸，只装一楼和楼上的厨卫，有时感觉两万下来足够住进去，有时又觉得两万只能硬装，还没有买洁具和厨柜、灶具的钱。最多拿出两万块钱装修，再多拿不出来。夜深人静时，又开始趴在枕头上算账，希望能把缺的东西算出来。

八

又过一个月，表妹打电话说已经回来，不打算出去打工了。天天担心的事说来就来了。表妹说在家待一段时间，让我放心先住着。可人家回来了，随时都有可能催我搬家。

中午我和儿子正在吃饭，突然有人敲门。我家里很少来人，我以为是物业公司的人来收什么费的，漫不经心地开了门。门外站着表妹和她的两个孩子，她的脚边扔着一个很大的行李包裹。

表妹一边拉着包裹进屋一边说放暑假了，带孩子来住住，让他们在城市里玩玩。晚上，儿子只得和我睡一个房间。我让他们母子睡在孩子的小房间，表妹说床太小，睡不下，她在沙发上躺着。

孩子从小学就自己睡，上了中学再和妈妈睡一张床，别说他不习惯，我都感觉别扭。第二天就找他爸去了。孩子不在身边，晚上我让表妹三口睡我房间，我睡小房间。这么多年，生活里只有我们母子，突然来了表妹母子三口，感觉无所适从，很不适应。

还没有听说过开发公司提前交房的，交房日期往后拖几个月倒是正常。按照购房合同，别墅三个月后才可能交房，如果再拖两三个月，就到半年以后了，装修赶得再急，也得把所有工序做完，除去试水和晾干的时间，中间干活儿的人再耽误点时间，至少也得三个月。这样一算，差不多一年才能住上。

表妹已经回来，我和她实话实说，卖了单位的团购房，又买了别的房子，既然她回来了，我会想办法搬走。表妹也很敏感，马上说她不是来催我搬家，就是来走亲戚，让孩子看看城市、玩玩。话是这样说，如果没有房子做底气，走亲戚怎么能拖家带口长住不走。

房子虽然是表妹的，我还没有搬走，她来，如她所说走亲戚，她就是我的客人。我每天以待客的标准对待他们。每顿饭都要做几个菜，还要考虑孩子喜欢吃什么。早上我做饭，她照顾孩子穿衣洗脸。我中午下班到家，她不是看电视就是看孩子写作业。一日三餐都是我做好了，叫他们吃饭才上桌。我感到表妹已经不是帮我带孩子时的表妹了，端着做客的架势，很少主动帮点啥忙。

我的失眠更厉害了。我不再考虑什么时候拿到别墅的钥匙，也不再一遍一遍算装修的费用，而是考虑怎么尽快给表妹腾房子。弟弟已经结婚，住弟弟那里肯定不行，住父母家里，又担心年迈的父母为我无休止的单身生活叹气。在他们的观念里，子女离婚算是家丑。

想来想去，先租房搬出去是最好的办法。像几年前那样租一间房子肯定不行，不想让儿子再跟着我迁就，至少要租个小两居公寓，能随时在家里冲个澡。主意定下来，就开始找房子。在网上找，也到房屋中介找。

表妹的儿子爱吃可乐鸡翅。中午我在厨房做饭，可乐鸡翅正小火慢炖。孩子大概闻到香味，跑到厨房，我说可乐鸡翅马上就好，你喜欢吃，一会儿多吃点。孩子站在锅边吸溜着鼻子说，我妈说这是俺家的房子。孩子的话让我猛一愣怔。我说是的，是你家的房子，过几天大姨就搬走了。孩子不等我说完就去客厅了。我不知道孩子想表述什么，你住俺家的房子就该给我做好吃的，这是俺家的房子你住不长久。给我做不了几次好吃的，你住俺家房子还不走。童言无忌，孩子的一句话我就想了这么多，是我多心吗？可是孩子的话确实噎住我了，感觉堵得慌。

第二天，单位年轻同事结婚。喜宴就安排在去南环中学那个方向。喜宴结束，和单位的几位女同事结伴回单位。太阳很毒，都用伞遮阳。那边出租车少，我们边走边瞅出租车。吃得饱饱的，在大太阳下走路，感觉昏沉疲惫。我们大概走了五分钟才拦到出租车。在车上几位同事埋怨喜宴安排得太远。等住上别墅，天天上班比去这酒店还远，骑电动车上班也要二十分钟，夏季天天都在阳光下暴晒往返。想想都怵。租一套公寓，房租每月不低于四百。怎么想当初舍近求远换别墅都是决策失误。在出租车上动着脑子，改变了租房的想法。

在网上发布了转让别墅的信息，开始在网上寻找附近合适的二手房。一条卖房信息感觉不错，是我们单位的团购房，我同事的房子，五楼，一百四十六平方，要价十六万五，简单装修，还没入住。我马上给同事打电话。同事的父母在老家跟着他哥哥过，没想到嫂子突然得了重病，一家陷入困境。他想把父母接到城里，减轻哥嫂负担。卖掉新房子，在他们正住的小区买个一楼小户，让父母住。我告诉他我的情况，希望用我的别墅换他的五楼，感觉他要别墅合适，老的小的三代同堂也好照顾。他问了总价，想一会儿说不能换，一是因为远，再是因为想腾出来点钱让嫂子治病。

我去看了同事的房子，能看出用的是廉价的装修材料，好在所有墙砖和地砖都是浅淡的灰白色，没有弄得花里胡哨，总体感觉洁净、明亮、宽敞。厨卫的灶具和洁具还没有装。想象着住在单位旁边，减少上班途中的奔波劳顿之苦，感觉再折腾一下还是值得。转掉别墅，拿回十万多首付款，加上手里的积蓄，也就差两万多块钱，给同事说说，先欠着他，应该能说得通。

同事果然同意，还在房价上让我五千。要价十六万五，可能就留了五千的虚头。感觉同事这套房子能赚八九万。知道他卖房是为孝敬父母和帮助兄嫂，就没打算和他讲价。

别墅不能马上转让出去，看好的房子不能买进来，表妹嘴上说不催我搬，一家三口住着不走，请吃坐喝，比赶我走都严重。转让别墅应该没问题，只是不知道要多久。先借父母和弟弟十万块钱给同事，再给他打一张两万的借条，先住进去，等别墅转出去再还他们。想到这里，像是夜路上的行人看到光明。再一想，万一房子转不出去，开发公司通知贷款咋办，如果办了贷款，多交费用和利息，转让也有许多麻烦。这样一想，夜路上的光明一下就消失了。

咬咬牙，再坚持十天，如果转不出去，就是命中注定要住别墅。十天后租房搬家，安心等待住别墅。每天上午和下午两次更新房屋转让信息。两天后，打电话询问的人多起来，终于迎来第一个看房的人。我和他如约来到别墅工地。那人看后问我加多少钱。我在转让信息上一直发布因急用钱，原价转让。他这一问，我突然生出要点转让费的想法。告诉他首付款外，加转让费一万。那人说五千。感觉他一定会要，强作镇定说不能少了，交十多万快半年了，买银行的理财产品，收益得多少。这些年，我一直都当着房奴，根本不知道理财产品是什么东西，信口把理财产品当成要转让费的理由，想想都脸红。

他说考虑考虑，回头再联系。我焦急地等了三天，没有等到他回头再联系。第一个看房的人泡汤了，就为多要五千块钱转让费，想想肠子都要悔青。没过几天，又有人看房。这次看房的是一男一女，男的五十来岁，像生意人，女的三十多岁，肚子隆得像小山，快生孩子了。我提醒自己，要吸取上次教训，不给转让费也行。这次出乎预料的顺利，他们看了首付款收据，男的提出到南环中学询问能不能改收据。在南环中学财务室，得到肯定答复，出来就问我带没带银行卡，我说没带，又问带身份证没有。我带着身份证。我们去就近的银行网点，开了新卡，直接转进首付款和转让费。又回到南环中学，更改了收据。

我给自己定了十天转让时间，第八天顺利转让，还挣了一万元转让费。走出南环中学，感觉心想事成，如有神助。我飞快地回到家，给表妹说今晚不做饭，请他们娘儿仨到外面吃大餐。表妹的两个孩子在农村跟着爷爷奶奶长大，又从小失去父亲，他们根本不可能吃过肯德基、德克士之类的洋快餐，想带他们去肯德基吃一次。两个孩子听说出去吃饭，都高兴得跳起来。

两个孩子吃得很香，满嘴流油。表妹给孩子说看大姨多亲你们。不想让她说下去，忙说我明天就搬走。她有些吃惊地问，你真租房子了？我说等不上别墅，卖了，又在单位附近买了一套。表妹说我都说了不赶你搬，咱都住这儿也够住。

九

买了同事的房子，第二天就搬家。因为搬得急，甚至没来得及买鞭炮。我和同事在银行转账时打电话让孩子马上回来搬家。有个男孩真好，十多岁就能给家里办事。找架子车这样的事我都不管，交给儿子。这次搬家因为有孩子和表妹帮忙，感觉没怎么费劲就搬利索了。

和同事到银行转款时顺便到建材市场买了马桶和洗手盆，让他们中午安装。东西搬进去，马桶和洗手盆也装好了。晚上我们母子整理到半夜，看起来这个家也像模像样。别墅没住上，也失去了二楼的房子，倒腾一圈还是住进单位的团购房，换了五楼，楼层高了，面积大了，按揭没了，以后就能过上无债一身轻的生活。儿子说五楼好，视野宽阔，空气清新，还能看到河。

搬家时想着表妹和孩子当晚就没有床睡，把儿子的小床留给他们。只有一张床了，只能把我的床和床垫分开，床给儿子睡，我把床垫放地上。折腾几年，用尽洪荒之力，总算基本还清债务。厨房卫生间还有许多东西需要添置，窗帘也没有，还欠着同事一万块钱房款。东西慢慢添，一万块钱欠款慢慢还。精神轻松，心情愉快，睡地铺照样好梦不断。先装了窗帘，买了最急用的物品，不到一年还清了欠款。又过半年，儿子考上重点高中，幸福生活在招手，岂止招手，就是幸福生活啊。

那次搬家请雪莹和明昕来燎锅底时，她们看到扔在地上的床垫，轮番上去试试，雪莹做了一个优美的后滚翻，明昕打了一个圆圆的马车轱辘。都是童子功，个个身手不凡。她们好像回到童年，笑呵呵地说还是这样方便，锻炼身体省得掉下床，家里就应该有个垫子方便活动筋骨。雪莹引经据典说人类祖先是从睡地铺开始，席子出现之前人类睡树叶和兽皮，掌握了纺织技术开始睡席子，以后才发明了床，睡垫子是返璞归真。

我说还没来得及买床。此话似乎放大了此地无银的尴尬。她们没人提我买床的事，在垫子上摸爬滚打嘻嘻哈哈。不知道是不是有意淡化我睡垫子的实情。有人说婚姻是女人第二次投胎。第二次投胎失败，经历了屌丝的日子，虚荣心早就磨没了。不怕穷，不怕难，只是不想让人觉得可怜兮兮。

我搬到五楼后，姐们儿的别墅晚三个月交房。第二年她们都实现梦想，住进别墅。她们收房时，当初破败不堪的半拉子建筑变成了花园洋房。别墅前的院子有一百多平方，姐们儿都按自己的喜好做了假山水景，摆了桌凳，春夏有花，秋有果香；清雅古朴，宁静踏实。有个院子多出许多情趣，春天这家叫去看海棠，那家叫去赏牡丹，秋天这家的柿子红了，那家的石榴可以摘了。去她们家玩一趟，就为她们的院子心动一次。她们的别墅已经价值二百万了。不指望住上别墅，寻找一处带院子的房子还是可能的。

下雪天一位同事的父亲去世，前去吊唁，不小心在路上摔了一跤，从此落下腿疼的毛病。刚开始走平路也疼，慢慢感觉走路不疼了，只上楼时候疼。知道是摔的，以为是背了筋，时间长了会自然修复。到一家诊所看过一次，医生说可能有点腰椎间盘突出。周围好多人患有腰椎间盘突出，都说不能劳累，注意休息就行。我也就不放在心上，上楼腿疼就忍着。

和几位同事闲聊，有个同事说认识一位开发商，开发的一个小区位置有点偏，房价便宜得多。再细打听，就在南环中学附近。南环那边已经不能再说偏僻了。城市广场已经建好，多家单位进驻。姐们儿的别墅都涨十倍了。问一楼有没有带院子的。说有。大家都兴味十足，那位同事干脆开车带我们去看。

小区不大，坐北朝南，共有三排，九栋楼房，全是多层，楼间距超宽。单元房分大中小户。一楼的院子长度统一五米，宽根据户型所占长短不一。一看就是小开发商的作为，大的开发商不会把那么好的地块稀稀拉拉地摆几栋多层楼房了事。已经有不少业主入住。站在一楼的院子里感受一下，冬天也会阳光普照。售房部就在大门处。在售房部问还有没有一楼的房子。说有一套是老板给弟弟留的，弟弟不要，三天前才交代让卖，一百二十平方。一位中年女人带我们去看房。在小区东南角，因为靠边，比其他院子多出二十多平方。院子里一堆建筑垃圾，垃圾堆长满了荒草。站在深浜的荒草里，想着哪里种一棵柿树，哪里种一棵石榴，哪里开一片菜园，哪里种上栀子花。

几位同事从屋里出来看我站在院里迷瞪，问我看房子不进屋站院里干吗。我这才想起进屋看看户型。三房两厅两卫，和多数房子的布局没甚大的差别。问了房价，没有同事说的那么便宜，也不算贵。售房部的人说有个卖水果的女人看过两次了，下午来交定金。

回到家，院子的模样在脑子里晃来晃去。住五楼不满三年，卖掉五楼，又要折腾，也不舍得，这几年的收入除了供养孩子，省吃俭用，有点积蓄都用来添置家用了，装在房子上的东西卖的时候不值钱。在阳台上能看到河水的流动、河边的风景。

一楼带院的房子以后也很难遇了。很少见到高层的一楼带院子，即使带了院子，前边几十层的高楼挡着，也是终日不见阳光。价格合理，圆了我的田园梦，也解决了我上楼腿疼的问题。怎么想都觉得应该先定了再说，大不了再卖一次房。

卖水果的女人，可能是卖房策略，万一是真的呢？不能错失良机。想着想着，就打通了同事的手机。

下午同事和我一起去见老板。老板四十来岁，开发过几个小楼盘，气质上有点小土豪的意思。同事和老板是牌桌上的朋友。老板也说有个卖水果的女人要来交定金，也说那房子是给他弟弟留的，弟弟不要才卖掉。老板看在牌友的面上，按最低价给我，每平方一千八。如果要的话，马上交定金，五千、一万，多少都行，省得那女人来了再纠缠。

老板给的价比上午问的一平方便宜二百，感觉占了开发商的便宜，不要便是吃亏。我立即到银行取出全部积蓄两万五千块钱交了定金。询问住房公积金的贷款情况，我最高可以用十六万公积金贷款，首付只差两万块钱，决定留下五楼。渡过这个难关，以后就再也没有难关了。带院子的一楼是最好的养老房，住进去就再也不考虑搬家，五楼留着，儿子大学毕业回来就是他的婚房，如果在外发展，卖掉就是他的首付。尽管还缺着两万首付，近忧尚需解决，想着远虑也小有得意。

两万五千块钱换成购房定金的收据，失眠又找到床上来了。有时不能入睡，趴在枕边算账，算到睁不开眼才会命令自己睡觉；有时夜半醒来想起买房的事，翻身趴着算账。如果借父母两万块钱，什么时候能还二老，每个月的工资还了按揭还有多少，生活费要多少，孩子上学需要多少。就那么多钱，那么多事，算过来算过去，知道自己多此一举，耽误瞌睡，可就是说服不了自己，总是不由自主地算来算去。

觉得运气还是不错。第一次搬家正为地砖发愁，来了上门广告。这次买房，正愁两万首付，传来要涨工资的消息。人均四百，一下就补半年的。虽不能完全解决燃眉之急，总能缓解一点压力。每月多出四百块钱，还按揭也轻松不少。

从父母那里借出一万五，交上首付，办了公积金贷款。房子钥匙到手，打开房门，一个人进去，想着这套房是自己的，我的名下竟有了第二套房，将在这里开始田园诗一般的生活，被自己的能量感动，不禁眼眶湿润。

细细地看遍新房的每一个角落，涌出许多想法。孩子再过两年就上大学了，每年在家住的日子就是两个假期，朝北的房间给他住，两个朝南的房间，一大一小，开发商设计的功能是主卧次卧，我住次卧，主卧做书房。对我来说，卧室就是一个睡觉的地方，有一张床就够了。后半生的多半时间都应该在书房里度过。

邓小平说发展是硬道理，我说老百姓过日子有钱才是硬道理。按自己的想法，以方便实用为主，省着来，房子装下来再少也得四万块钱，加上整院子一万，需要五万。五万，对我可不是小数目。买房的首付还欠着父母。买房并不难，难的是没有钱还要买房。买房掏空了腰包，也掏空了我的精气神，该休养生息才是。反正房子就搁在那里，五楼好好的，先住着，缓缓劲儿，等孩子上了大学，还了父母，手中再有钱就可以装修房子了。

上午办公室一位同事来了熟人，是建设银行的职员。说银行正在办理信用卡业务，可以先消费，再还款。讲解得很详细。头脑灵活的同事马上就听出门道。大家都愿意尝试，许多人填表申请。我也申请到一张五万的卡。拿到卡时不敢用，总怕消费的时候气壮山河，还卡的时候气息奄奄。后来听明昕说社会上好多人不仅用信用卡消费，还用来做生意、搞投资，比贷款方便多了。

我试着用信用卡刷钱改装了水电。五十多天找认识的商家刷一次，并不觉得麻烦。办了第一张卡没多久，多家银行来单位开展信用卡业务。拿到第二张信用卡后，开始琢磨套钱装房子。搬进一楼，五楼一个月可以租八百块钱，一年差不多一万块钱。再用租金慢慢消化信用卡。房子空着不住是浪费资源，该住的住，该租的租，是有效利用。有了这想法，感觉再上五楼时腿也疼得厉害了。

三个月后，一楼的新房装好了。通风释放污染三个月。在五楼住了三年半，欢天喜地迁入新居。这次搬家，谁都没请，就只请了两位儿时的伙伴，只要接受了她们的检阅，搬家就算圆满。

我以极大的热情接待姐们儿。为了健康也因为信仰，姐们儿都奉行素食主义了。周末晚上在超市里搜罗了各种食材，择好洗净，只待第二天开火下锅。十点来钟，她们结伴到来。进门就啧啧赞叹，小区的位置好，楼间距够宽，房子不大不小正合适，还有院子，真是再好不过了，装修简约典雅，不造作，不累赘。总之哪里都是一个好，没有不好的。就连墙上挂的从儿子习作中挑出来的画，她们也说好。带她们看完了各个房间，让她们品茶聊天，我进了厨房。需要焯水的、过油的，她们来到之前就完成了，做起来又快又省事。她们参观厨房的时候，看到台面上装进盘子待炒的菜肴，整整齐齐，色泽诱人，调侃我资源闲置，这么好的厨娘竟没有慧眼发现收进房内做丫鬟。我忙说这是机会难得，才表现一回，平时饭菜一锅焖了，胡乱塞进胃里，没有半点讲究。

七个盘子端上桌，堪称色香味俱佳。我们都拒绝酒类，我准备了果汁和酸奶，请她们自便。她们端起果汁酸奶庆贺我乔迁新居。接受着朋友的祝贺，许多感慨，难以言表。明昕说怪不得你动不动就搬家，新房子就是舒服。我说我的亲啊，我哪一次买房子不是被迫无奈，赶鸭子上架，住进来看着舒服，买房子的煎熬和操心，酸甜苦辣，一言难尽。雪莹说这个地方具备养老房的所有优势，以后就别再搬了。我赶快说再不搬了，在这儿养老。

住进一楼，好好体验一把田园生活。每天早上起床的第一件事就是跑到院子里捣鼓菜园和花草。墙边的杏树第二年竟然结了几个果子。发现几个小小青杏之后，每天都要站在树下看看。青杏一天比一天个儿大，天慢慢热起来，青杏渐渐变红。

双休日的下午，从外面散步回来，在小区门口遇到一个熟人。熟人经营一个食品企业，是所谓的成功人士。本来一次意外的邂逅打个招呼就妥了，没想到他竟说上女秀才家看看。这样称呼我，可能在本市报纸上见过我发表的小文章。从来没有人称呼过我女秀才，听到这样的称呼，感觉挺好玩儿的，一兴奋就带他去了我家。他在我家喝了一杯茶，说突然来太冒昧，改天再专门拜访。他就要走的时候发现阳台外面是院子，说看看女秀才种的什么好东西，说着就自己开了阳台的门。我只好陪他看院子。他站在杏树底下自言自语，这是一棵杏树。我说是，去年种的，没想到今年就结果了。他的目光由树上的杏移向我说，一枝红杏出墙来。这话让人感觉像是脚上爬了癞蛤蟆，只想一脚踢出去。

一枝红杏出墙来，种杏树的时候只想杏与幸同音，怎么就没想到这个诗句，杏树会让女人招惹兰桃花吗？杏树成了我的心病，又一个双休日，我请小区搞卫生的老头砍了杏树。

砍掉杏树的第二天晚上，手机上出现一个陌生号码，犹豫犹豫，还是接了。竟然是成功人士，几句客气之后说总想着我，他的食品公司新出一款法式面包，要送一些请我品尝。这些不对劲儿的话让人不耐烦，竟然又说他在酒店开了房间，请我去说说话，给我报出租车费，他开车接我也行。上次是脚上爬了癞蛤蟆，这次简直就是脸上趴了苍蝇，直接一巴掌拍死。我说俺家的杏树砍掉了，到冬天种上白玉兰。说完就挂了。

十

住到三年多的时候，我的腿突然疼得走路都困难了。看遍了全市所有医院骨科，做了CT，说是椎间盘突出，所有医院的骨科主任都建议做手术。五月的最后一天，我进了手术室。手术很成功，第八天拆了线在医生的帮助下就能行走。出院后，每天在小区的小道上坚持倒走锻炼。一天下午又在小区锻炼，发现我家后边住一楼的邻居夫妻，和一个五十来岁的男人在我家窗后指指点点。我路过他们时，他们停止了说话。我走回来再到他们身边时，邻居女人说，妹子，这位老师是风水大师，好不容易才请来，他说你家有点小问题。我站在他们对面，听女人说完，问哪里有问题。男人说风水不是随便看的，你们是邻居，都是朋友介绍，我才给你说说，你家这个位置，容易在骨头上有病。

这话像点住我的麻骨，感觉浑身哆嗦。我才做了腰椎间盘手术，就说我家房子的风水犯了什么，容易在骨头上出毛病。恍惚间不知道说什么。男人像是安慰我，说不过问题不大，破破就行了。问他怎么个破法，他不说，却拐弯抹角开出五千的价格。我不懂风水，但是我觉得风水不是掏钱就能破的。近了说风水是几十年、上百年的建筑和道路造成的气流形成的，远了说是几百年上千年的地壳运行变化形成的。风水师是破不掉的。

小区里跑进几只流浪猫。白天满院子乱跑，总有人喂它们剩饭什么的，这些猫就在小区长住不走了。猫们白天在我家院墙上逗着玩儿。几只猫外表美丽，野性十足，没事的时候看它们在阳光下缠绵也很有趣。不知从哪天开始，每到夜深人静，就会在我家院墙上传出凄厉的叫声，撕心裂肺，凄凉悲惨，令人毛骨悚然。

野猫夜夜哀鸣是不是和风水师说的风水有关？我不懂这些，这些猫也赶不走。猫们子子孙孙，不断繁衍，这样的恐怖夜晚不知道要持续到多久。夜里再听到瘆人的惨叫声，便想它们不走，我走。这样，又开始卖房。吆喝了四个月，房子终于卖出。买主在外地做生意，趁生意清淡的时候专门回来买房，他们不急着住。让他给我留一段搬家的时间，他慷慨地让我住到春节前。房子五十万成交，赚了将近一倍。想着暂时搬回五楼。五楼向外租着，我也要给人家租户搬家的时间。时间这么充足，如果遇到合适的房子，完全可以再买一套直接搬进去，免得骚扰五楼的租户了。孩子打电话再三交代我的身体不能爬楼梯，要么买电梯房，要么还买一楼的房子。

星期六步行去看望父母，走着走着看到一处建筑工地上人头攒动，彩旗飘扬，鼓声阵阵，比农村的庙会还热闹。走近一看，是惠家福园举行盛大开盘仪式。工程进度真够快的，才几天没路过那里，座座高楼就都起来了。一段时间各大媒体竞相报道这个从外边引进的大项目，政府的重点工程。惠家福园旁边是惠家大厦。惠家集团是知名的连锁企业，全国各大城市都有他们的超市。台子搭在惠家福园旁边的空地上，四大班子领导笑容满面出席仪式，一位副市长还做重要讲话。台下看热闹的人真多，路都堵了。好不容易挤出人群。往前走几步，看到售房部也挤满了人。惠家福园都是高层楼房，有泳池，有会馆，创了本地房价新高。因为放不下院子的理想，希望能遇到一楼带院子的二手毛坯房。对惠家福园没兴趣，也不想在那里逗留。

脚步匆匆，只想赶快走过那个拥挤喧闹的路段。正走着，被一个白衬衣，黑领结，手拿一沓宣传页的小伙子拦住。叫一声大姐就递上了宣传页，说惠家福园怎么怎么好。出于礼貌，我慢下脚步说不买房，别耽误你的时间。说着就加快了脚步，小伙子并不放弃，仍然跟着我说大姐，买不买房进去看一下，我们今天搞活动，进门有礼。我肯定不会因为听到有礼去占小便宜。我说我还有事，别耽误你时间。小伙子说大姐，我一看你就是个善良的人，我们今天有任务，必须要拉进去十个人，你就给我帮个忙吧，你不买房子没关系，进去转一圈，问问房价，领一份礼品就行。

听他说有任务，看他年龄和我儿子差不多，如果儿子考不上大学，没准干啥呢，年轻人出来混不容易，为了拉进去一个人说半天好话，再不进去真的不善良。

从外边看不起眼的售楼部，进去却是另一番天地。门口摆着台子，台子上摆满了各种点心和咖啡牛奶果汁之类的饮料。正中是一个很大的喷泉，喷泉的一侧是沙盘，一侧是沙发和茶座。喷泉旁边有个铺着红地毯的台子，两位年轻俊俏的男女主持人在台子上不停地介绍惠家福园。每签一份认购书他们就公布一下，请认购的客户上台砸金蛋。

小伙子给我端来一杯果汁，并拿来一张登记表。说登记一下就可以领到一份价值五十元的礼品。我不想在开发商那里随便留电话，免得被打扰。我说不要礼品，我过来帮你完成一个人的任务就行了。小伙子说，登记才算任务。听他这话有种被绑架的感觉。小伙子说既然来了，你可以了解一下我们的楼盘，房子真不错。我不想再和他多说什么，朝着沙盘那边走去，想转一圈离开此地。

标有墅质空中宅院的沙盘让人眼前一亮。前庭后院的独特设计吸引了许多人。几年前整理院子时在网上无意中搜到北京的空中四合院。没想到这小小城市也有空中宅院了。小伙子看我有兴趣，马上说这样的房源只有一栋，位置非常好，在小区最南边，是十一层的小高层。问他能不能去看房，小伙子说都是准现房，当然可以。第一次见到前庭后院的高层楼房，感觉一下子开了眼界。其实前庭后院就是前后都带有露台。两种户型，大的一百七十平方，小的一百三十平方。当然房子大的露台也大。一百三十平方足够我住了，前庭后院的露台加在一起有七十多平方，完全能满足我种花弄草看星星的愿望。问小伙子二楼的房价，说六千三一平方，交全款优惠十个点，按揭只优惠三个点。让他算一百三十平方总价多少。小伙子用手机算，不到一分钟就告诉我全款优惠后的总价是七十三万七千一百。

这房子真是没说的，再有两个月交房，如果买一套，装修赶得紧一些，春节前不耽误给人家腾房子，只是不知道物业怎么样。小伙子像是看透我的心思，刚想到物业他就说大姐，我们是全国知名企业，有超一流的物业公司，住到这儿，你不仅是主人，我们的服务让你像老佛爷一样尊贵。回到售房部，走的时候，小伙子再让我登记联系方式，竟然欣然接受。

要不要买惠家福园的房子，很是纠结。比本市的平均价高了一千多，有点贵，位置稍偏，眼前市区的几条交通要道都差一段没到那里，如果贯通起来，就成了黄金地段。城市发展这么快，通路不是久远的事，往东去的路正在开通。

第二天，接到售房小伙子的电话，说公司的优惠活动就五天，再过三天就没有这么高的优惠了，墅质空中宅院定房的很多。如果售房小伙子不打电话，可能纠结几天就忘了。毕竟价格太高，按揭买，只优惠三个点。全款买，把卖房的五十万全用上，还差二十多万，就算用信用卡刷二十万，还没有装修的钱。

也确实喜欢那房子，接了电话，又去看一次。售房小伙子拿出认购书让我看，确实已经签了不少。我提出那里交通不便，有些偏。小伙子说，现在住宅就差收尾了，等水电一通，惠家大厦就开工，公司计划两年就开业，这么有名的商业大厦落地生根，这一片想不繁华都难。

再看感觉那房子还是好。售房小伙看出我喜欢二楼。说二楼只剩一套一百三十平方的，真想要就抓紧。问他贷款能不能多优惠几个点，小伙子说他不当家，价格都是公司定的。如果贷款和全款的优惠相差不大，我或许当场就决定买一套。在回家的路上仔细想想，如果买一套一楼带院子的或是二楼多层的二手房，五十万差不多可以满足好的地段和好的物业。感觉同样的面积就因为多出两个露台多花二十多万不划算。还是不考虑惠家福园，抓紧寻找合适的房子。第二天早上醒来，想起夜里做了一个梦，坐在惠家福园的空中花园，微风拂面，仰望满天星辰，幸福无比。

都想好了不要惠家福园的房子，咋会做这样一个梦。上午十点，售房小伙又打电话，说有人要定二楼那套房子，如果我不要就给人家定了。听着电话，方佛置身空中花园，仰望满天星辰。我说再去看看。我第三次站在露台上，细细寻找感觉。往南是所学校，教学楼隔着好远，一点都挡不住阳光，房内方正通透，布局合理。这一次和我一起站在露台的，除了那帅气的售房小伙，还有那个也想买房的人。那人有五十多岁，他说我不要他就要了，他就相中这个二楼，采光好，还不潮，不坐电梯上楼下楼没几步。

我更看重的是空中花园，他这样说，给那套房子加了分。要不要呢，买下来住到老，多花点钱也值吧。如果人家交了钱，就要不成了。回到售房部，说我想贷款买，又觉得同样的房子和全款相比多好几万，太亏了。小伙子说要不先交定金，三百、五百都行。交了三百定金，回到家里，感觉就像买了房子，动不动就学宋祖英唱房子大了电话小了，感觉越来越好。交定金时想着反正就三百块钱，不买就不要了，也不见得一定要买。

到第五天，售房小伙又打电话说优惠最后一天了，说我还犹豫呢，房子都快抢光了。我在买和不买之间徘徊。如果全款和贷款优惠得一样多，我肯定不犹豫。全款买，必须刷信用卡，二十多万难以消化。下午带着卡又去售房部，的确如售房小伙所说，好多人抢着交钱。在那样的氛围下，感性战胜理性，不再犹豫，在他们的POS机上刷了全款，签订了房屋认购书。感觉像从别人手里抢的。

拿着认购书和收据回家，交款前的顾虑全然消失，感觉真的是越来越好，庆幸上次贷公积金时没用房产抵押，而是让两位同事提供的担保。如果房产抵押，过户房产时就得还清，那样的话，可能就买不成带有前庭后院的空中花园了。上次装房子时套信用卡的四万多，去年才完全消化。我总在弟弟面前调侃自己既是房奴又是卡奴。刚刚甩掉的卡奴包袱，为了空中花园，又结结实实地背上了。

很快的，再有两个月就交房。我开始筹划怎么住进去。我的几张信用卡一共有四十五万的额度。已经透支二十万，装房子还得用信用卡套钱，不然住不进去。如果真倒腾不过来只好把弟弟弟媳的卡都借来用。想着没钱的时候感觉很焦虑，想到装房子整花园的时候激情迸发。我常常带着卷尺到惠家福园量房子。房子还没装上门窗，随时都能进去。我要弄清楚哪一点有多少公分，能放多大的家具，能摆几个花盆。每天都在网上搜索空中花园，看完装修要点注意事项看图片。美轮美奂的空中花园图片养心又养眼，看着那些图片感觉就像坐在自己的前庭后院，舍不得离开，一坐就是半夜。因为转移了注意力，窗外院墙上猫们的叫声不再凄厉瘆人，有时都听不到了。

去惠家福园越来越勤。有一次想在露台上坐一会儿，找不到坐的地方，再去的时候就带了一把椅子。我太喜欢那里了，几乎每天都要去那里坐一会儿。坐在露台上，居高临下，视野开阔，比一楼的院子感觉更好。想着后半生坐在露台上沐风冥想的美好，心都醉了。我还要在露台上搭一间阳光房，阳光房里放一张摇椅，冬天坐在摇椅上看书，困了就歪着眯一会儿。

住进这样的房子，面子里子都能满足了，即使我这样从来没有能力讲究面子的人，也觉得这套房子能给我足够的面子。我再也不搬家了，我要在这套房子里等待做奶奶的日子，以文艺的方式度过晚年。

我沉浸在自己的想象和筹划中，一晃一个月过去了，再一晃又过去半个月。突然想到再有半个月就该交房了，怎么还不见装门窗。看看小区的院子里，感觉和一个多月前开盘时没什么两样。到售楼部看看，也没了昔日的热闹景象。记得售房小伙子也是我的置业经理叫王小可。问王小可在不在，售楼部的女孩说他调外地的营销部了。我只好问和我答话的女孩，怎么不见工程进展，能不能按时交房。女孩不耐烦地说不是正干嘛，到时候干完肯定交房。问不出结果，只好悻悻退出。再回到小区施工现场，问施工的人，工人说开发公司不给工钱，人都撤走了，为了要债，只留几个人在这支门事。问他剩下的活儿半个月能不能干完，工人说只要给钱，活好干。

这是全国有名的大企业，又是政府引进的项目，政府的重点工程，不至于出大纰漏。问不出结果只有信政府。大公司也有资金紧张的时候，只认钱不认人的年头，建筑工人拿不到工资就拖工，也许惠家集团正筹钱，不会拖太久，协议都签了，能有多大问题，怀着一丝侥幸这样想。交房时间过了，工地还是没有进展，只两三个人看场子。到售楼部仍然问不出结果。

十一

又过两个月，天已经转凉。一天早上我正出门上班，突然一对农民模样的老夫妻敲门，问我是不是把房子卖给他们孩子了。问了他们孩子的名字，正是买我房子的人。我说是。他们说来看看，孩子说有个院子，趁天种点菜，过年孩子媳妇就回来了。我让他们进来，他们说去拿东西。他们骑电动三轮来的，车上装着种菜的农具、肥料和菜种。看着他们把那些搬进院子，老两口说不耽误我的事，让我锁上门去上班，他们就在院子里干活。说是这样，我住着人家的房子，怎么好意思把人家锁到院子里，需要如厕怎么办，想喝点水怎么办。我不能不去上班，不能锁门，又不放心把家交给两个陌生人。我站在院子里犹豫不定，老头用铁锨铲掉了我的月季。铲着月季像铲着我的心。我紧张地说，那是月季花，好品种。老太太说，搁这儿占地儿，要它弄啥。

我不再犹豫，开着门逃走了。不忍心看他们对待我像养女儿一样养的花草。中午回来，在楼前看到我的栀子、月季、海棠、白玉兰容颜惨淡地躺在垃圾桶旁。我揪着心进到屋里，屋里满地泥浆，再看院子，已经面目全非。我的树、我的花草、我的菜都被一扫而光，只有窗前那棵石榴树还在那里等我。他们把院子里全部种了菜，正在浇水。老两口说浇完就走。

我一个中午才弄干净满屋的鞋印和泥浆。搬家必须抓紧了。本来打算得挺好，直接入住惠家福园，眼看房子就完工了，这么大的工程怎么会欠着工资呢，房子卖得那么火爆，应该不缺钱。下午又去惠家福园工地。工地上看场子的人也没有了，再看售楼部，门也锁着，隔着玻璃往里看，满地废纸，一片狼藉。我与惠家福园能够联系的只有王小可，早就听说他调到外地了，无人可联系，只有再打他的电话。电话通了，他说他不是惠家集团的人，只是他们请过来帮助卖房子的，他早被售房公司调到别的城市帮助卖房，惠家福园出现什么情况与他无关。

真令人沮丧。惠家福园的前庭后院成了梦幻泡影。给人家腾房子是当务之急。租个一居室，房租少点，我租房子的钱还能节余几百。套信用卡的日子不好过。每次接到银行提示还款的短信都像条件反射一样，肚子莫名其妙地痉挛。想到欠信用卡二十多万，房子又不知道会有啥结果，胸口就堵得硬硬的，使劲从脖子沿着胸腺往下按，希望把气顺下去。好是好点，效果并不明显，想起碳酸饮料能让气体在体内运动，买一瓶可乐喝下去，果然咕噜咕噜一阵，打几个嗝感觉好多了，便买一箱可乐，感觉堵得厉害就喝一瓶咕噜咕噜。

紧锣密鼓地找房子，看了一套单位旁边的小两居，六十平方。房子很旧，是最早的单元楼。初走去看房简直难以忍受，到处黑黢黢，不堪入目。虽然年代久远，肮脏无比，但是南北通透，窗玻璃擦干净，墙上刷一刷，污垢深厚的水泥地面冲洗干净，卫生间厨房用消毒液清理一遍，也算不错吧。每月五百房租，我的五楼月租一千，还有五百差价。给房东商量不用家具，房子腾空我就租，按他所说，三个月交一次房租。房东想了一会儿，同意把家具拉走。

谈好租房的事，第二天早上，老夫妻又在我上班走的时候敲门。拉来一车砖。老头说要在院子里盖半间房，用太阳能洗澡，买了一些旧砖先拉来。我只好再次把门留着，让他们卸砖。中午下班，老夫妻走了，又是留下满屋泥浆和脚印，院子摆了一地旧砖，过路都要跳着走。我租的房子刷墙清洗用了一个星期。这一个星期里，老夫妻又来三趟，一趟送来两扇旧窗户，一次送来几块石棉瓦，最后一次是送水泥板。每次都是早上我准备出门他敲门，每次都要浇一遍菜，留下泥浆和脚印。

终于搬进租来的房子。搬进这个小房子才发现这些年添了那么多东西。六十平方的屋子摆得拥挤不堪。回想住在一楼时的情景，是那样宽敞。一切都归置就位，此一时，彼一时，本来已经到达了自己理想的生活，就因为一个不相干的人说说风水，就改变想法。这一折腾，不知道何时到头，前庭后院的空中花园不知道到底啥情况，更不知道何时会有结果。这段时间也是累了，搬进租的小房子，收拾利索就想做一顿好饭菜补偿一下自己的胃。吃着几个青青素素的小炒，想着空中花园。突然想到在网上查查。打开电脑，百度本地房产，惠家福园的楼盘好好地在推荐楼盘位置，一点也看不出已经停工的状况。输入“买房被骗惠家福园”，百度出长长一溜消息，惠家集团，还我们血汗钱！政府重点工程竟是无证开发！每一个标题都触目惊心。可口的饭菜再也吃不下去。

打开网页，不由得冷汗涔涔。有一篇记者的调查提供了比较准确的信息：这个占用耕地三百亩，投资六亿元的商住项目是一个典型的非法项目。由于市政府急着上马，又无法获得省政府的土地批文，再加上资金短缺，就让惠家集团和福园开发公司共同运作。这两家公司看项目获批无望，都不愿意再投资，房子封顶后，在没有建设许可证、安全施工许可证、预售许可证的情况下，连哄带骗卖房子，房子卖个差不多，两家分赃各走各路。

还有一条信息是寻找业主的微信群号，我立即申请加群。到群里一看，头皮都是麻的。有业主说这个非法项目是政府所为，根本不可能为业主维权，最后我们的钱很可能打了水漂，因为两家公司是政府请来建的，人家不怕政府，政府也没理由向人家诉求什么。

群主发帖组织业主上访，要求业主能去的都去，不能去的出五百块钱。我立即给群主转了五百块钱。有人说，如果市里不解决，就上省里上访，直到上国务院，上党中央。

看了这些信息，感觉像塌了天一样，不停地喃喃自语，这可咋办，这可咋办。住进出租屋的第一个晚上，想着这套房子花了七十多万，真打了水漂，公积金贷款和刷信用卡欠银行三十多万，实在不行，卖掉五楼，就在这出租屋里长住下去，反正孩子已经如愿上了国美，大二就靠画画挣钱养活自己了，最坏也不过是没了房产，就当从来没有拥有过房产吧，业主也在努力维护财产，目睹市里领导坐阵开盘，难道政府真会坐视不管，让业主的钱打水漂。想着想着，不知什么时候呼呼睡去。

自己都佩服自己的淡定了，遇到这么大的事居然没有失眠。一觉醒来，天已大亮，正抓紧穿衣洗漱去上班，雪莹打电话问中午有没有事，这么久没见，要妥事约明昕中午见见。从我卖一楼到又买空中花园，一直没见过她们。我说可不是嘛，这么久没见，该见见了。挂断电话，我想，这几个月的遭遇，就别告诉她们了。

空中花园或许就成了水中月、镜中花、空中楼阁了，我原本就一无所有，倒腾这么多年又回到出租屋，心有不甘，也没办法。在出租屋里住着住着也就习惯了，渐渐地看淡了空中花园，甚至不再幻想坐在空中的前庭后院看星星，望月亮。可是有一天突然接到一个电话，说是惠家福园售楼部，原来的所有问题都将解决，要我去补办相关手续。

对着手机，像听一件与自己不相关的事情。电话断了好大一会儿，才反应过来，我的空中花园、前庭后院真的有指望了。过不多久，我将告别出租屋，住进宽敞明亮的惠家福园，坐在属于自己的花园里望着满天星斗发呆。命运待我真的不薄，想着，流下泪来。

2016年12月

本文初刊于《莽原》2017年第5期

孟焕军，著有长篇小说《女人的战争》《女人不是花衬衫》《花红柳青》等，数篇中短篇小说、散文在《莽原》、《奔流》、《小说月报》(大字版)等发表和转载。曾获《莽原》文学奖和《奔流》文学奖。现为中国作协会员，河南省作协理事，漯河市作协主席。

来生不要错过我

班琳丽

安小雅走在上班的人群中，不直直地眺望远方，也不左顾右盼。顾盼生辉更不喜欢，也不敢喜欢了。一个人走路，生的哪门子辉？老公就警告过她，女人一个人走在街上，千万不要旁若无人地咧嘴一笑，那样会让人觉得她一准在想床上那些事，那就不叫失态，叫女人的失误了。尽管安小雅那一肩亚麻黄的大波浪，自由浪漫地铺展开来垂至腰际，摇曳生姿的。

在人生礼仪上，母亲没少教导她。她不记得自己小时候是不是走路常昂着头，反正不少听母亲唠叨她，说低头的汉子仰脸的婆，这样类型的男人女人多半不招人待见。低头的汉子城府太深，不好交往，仰脸的婆城府不深，却难伺候。女人走路不是不让抬头，而是稍微低着头，视线在二十米之内的扇面上，脚下不至于被绊着，前面不至于撞上树或电线杆，也不至于撞上人或被人撞上，这就行了。安小雅很注意这一点，所以走起路来，既不风风火火，像前面有什么急事就等她去化小化了，也不慢慢悠悠，像什么事都不放在心上。她安静地走着她的路，“嗒、嗒、嗒”地扭动着无与伦比的高傲和优雅。周遭明艳的方物于她是不尽的景致，她被它们滋润，但不贪婪。

这就是人们所谓的做人要有度吧。有度不说明一个人做事谨慎过了头令人生厌，而是表明一个人待人接物懂得自律、内敛。安小雅凡事就喜欢有个度，这让她感觉很踏实，也很安全。至于在老公那里，于“度”上左一下，右一下，很可以啊。而且那不叫出格，叫情调。即便反过来叫调情，也未尝不可，夫妻嘛，一切皆被允许。

见过安小雅的人，都说安小雅很女人，很小女人。安小雅的确很女人。她很安静，周身自然散发出一种安静、可人的温婉，混合着目光中隐隐的冷艳，就能那样令人着迷。

安小雅很小女人，而且是个很自恋的幸福小女人。已嫁到香港去的安小雅的闺密罗惜惜对安小雅这种自恋，老爱“啧啧”一番。她说：“安小雅，你实在自恋得可以哦。不过倒也是，不苛求不奢望，再就是摊上个知冷知热的老公疼着宠着，你自恋得起哦。”

安小雅还是那样若有若无地笑笑，说：“是吗？”安小雅爱这样对人若有若无地笑笑，之后问是吗。那意思，是吗，我很自恋吗？或者说是吗，我怎么没觉得？也或者说对啊，喜欢了就喜欢得起啊。其实，喜欢跟喜欢得起是两码事。喜欢是心情，喜欢得起是拥有。像女人喜欢珠宝，男人喜欢车，喜欢是一回事，拥有就是另一回事了。

不过，安小雅的自恋跟一般意义上的自恋又有不同。大千世界百杂碎，在这个百般杂碎的世界里，安小雅式的自恋一惯表现为随时随地她都能给自己一个世界，把自己装进去，谁也休想伤到她。在别人眼里，安小雅脚下踩的是云彩，而不是纷纷扰扰的凡尘和流俗。

这没办法，似乎女人能赶上的好事，都让安小雅赶上了。安小雅人长得好看，清清爽爽中透着一股子让人想多看几眼的优雅和贵气。安小雅还很会装扮，不少跟安小雅相熟的姐妹就常常羡慕她会淘衣服，能让自己只是自己，不是别人。有闲逛服装屋了，总想拉上安小雅，说要借她一双慧眼用用。只是这样的时候，安小雅仍旧多半笑笑推托。女人如花，各有各的姿态和芬芳。安小雅之所以不愿意被拉去逛街，答案就在这里，不想被别人左右，不想左右别人。

在冷艳外表下有着一副菩萨心肠的、温柔又善解人意的安小雅，还享有一份体面的工作——市外事办。平时，帮人办办签证。她很满足于这样一个位子和高度，工作是工作，生活是生活。工作时她是公务员，做好工作是天职。生活中她是女人，是母亲，经营好老公和儿子是本分。安小雅一向以为，女人工作不必像男人那样充满杀气，不必于名利场上跟男人寸土必争。女人家嘛，为的就是给自己在社会中找准一个位置，或是一个坐标，不至于让自己在茫茫人海中，像浮萍一样扎不下根儿，或像水草一样随波逐流，仅此而已。因此，安小雅姿态万千的生活不在工作上，而在八小时之外。在属于她的时空里，她有的是兴趣和爱好供她打发大把大把的时间。比如，看看书，听听歌，插插花，弹弹古筝，练练瑜伽，设计设计服装，等等。

安小雅什么都想喜欢，唯独不喜欢钱。女人结婚后，多半爱独掌家里的财权。安小雅不爱这些，凡事她听老公的，家里的财政也交给老公打理。她就想让老公施展，家里外头任老公铺排，这样老公反而对她更呵护备至。打打哈欠，伸伸懒腰，乖乖缩进老公大男人般的胸膛里，过着纯粹的快乐的在别人看来甚至有些傻傻的小女人的生活，她很知足。

安小雅不喜欢钱，可她总有钱花。哪一天她觉得钱包里要空了，而在用钱的时候打开来看，里面总就又有钱了，而且足够她开销的。钱自然是老公放进去的，不是钱包自个儿偷偷怀胎一朝生产的。而且这样的时刻，依然会令安小雅有如品尝初吻时一样，在拘谨地耸起肩膀，紧紧闭起眼睛的刹那，心潮翻滚，心旌摇荡。

安小雅眼下的生活很充实，她想要的疼爱，她不说，老公便做了，她不想插手的事情，她不说，老公也便做了。就像歌里唱的，工作不错，生活不错，心情也不错。常听身边的女人在抱怨，爱情不保鲜了，婚姻遭遇沉默了，老公酗酒不着家就是着家了臭袜子臭鞋到处扔脚不洗就上床头一挨枕头就呼噜等等习惯坏得人无法容忍了……可安小雅不，至今晚上睡觉的时候，老公还会像宴尔新婚那阵儿，与她十指紧扣着睡觉。即便半夜醒来，迷迷瞪瞪中，也要寻到她的手，仿佛十指紧紧扣住了，那觉才睡得踏实。

曾经，罗惜惜也着狠神这样问过安小雅："安小雅，我就不信，你对你的婚姻就一丁点儿的不满都没有，想没想过离婚？哪怕就一次？哪怕就一个一闪而过的念头？"这问题一经问出来，还着实令安小雅一怔。是呀，她对她的婚姻就一丁点儿的不满都没有吗？就一次也没想过要离婚？就如今每年离婚率攀高比春藤还快的现状里，这样说给谁谁信呀。

"让我说准了，嗯，是不是？"罗惜惜追问。

"你居心就那么叵测呀。"安小雅猛地点住罗惜惜日渐富贵张扬的额头，笑眼哂着，"不满，有过啊。至于离婚的念头，也动过啊。不过呢，我跟我老公就如同这一个巴掌上的指头，分不开了呀。"不过呢是不过呢，可是不过呢，那之后安小雅还真把罗惜惜的问题当问题想了。一个巴掌上的指头是分不开，可就是这五个指头，伸出来却就有了三长两短。就是，再自恋的心胸，也难做到十足的平衡啊。何况她安小雅的婚姻，哪能就那么满月似的完美无缺呢。可她不满什么呢？又不满老公什么呢？倒是话又说回来，她又怎能一丁点儿的不满也没有呢？自己的牙还咬自己的腮呢，何况是从陌路走到知根知底的一对男女。婚姻如同鞋子，舒不舒服，只有脚知道。不过呢谁都知道，新鞋子穿上脚紧，穿穿不紧脚了，新意却日渐淡去，到最后脚在鞋子里几乎没啥不适的感觉了，鞋子却也旧了，旧就旧了呗，旧的不去新的不来，换吧。就这换了，还换得心安理得了。是的，她安小雅的婚姻美不美满，只有她安小雅知道，即便是婚姻另一端的她老公，也有摸不准她心思的时候。这样一说，就像愣在鸡蛋里头挑骨头，她安小雅瞬间还真就挑出点儿不满的意思来。她记得她曾跟老公说，老公，我饿。她老公说，走，长安街上新开的一家巴湘情傻儿焖锅，还没带你去吃过。她嗲着声说，不是肠胃。的确不是肠胃。她老公蒙了，问那是哪儿？她嗲着声再说，我也不知道。她老公“呵”地笑了，说等你知道哪儿饿，我再领你去吃。别说，她有时的确有这种感觉，偶尔会没来由地觉到饿，不是肠胃，而是藏匿在身心深处的某一个地方。她也不能清楚那是个什么所在，只是觉得它绝对存在着，就像你不必看到空气的存在，而它无时无刻无处不自由自在地流淌着一样。

然而思量来思量去，到最后，安小雅又会问自己，这叫什么事？这又怎能叫作对婚姻或者说对老公的不满呢？

空气中月季花的清香淡淡洋溢，风里微微飘散着法国梧桐的甜腥味道。亭亭玉立的安小雅走在人群里，神态冷艳，目不旁落。这让她在与一位迎面走来的中年男人快要擦肩而过的时候，才猛然触到一种感觉，男人在看她。她也下意识地回望男人，因为一刹那的感觉，似曾相识。她不能肯定，却很强烈。

男人是在看她，从在熙攘的人群里一眼发现她的那一刻起。

男人梳着精神的板寸，体态挺拔，着装休闲，步履如军人般稳健、自信。男人脸上架一副宽边太阳镜，墨色镜片有如隐蔽而安全的军事掩体，这让男人于近在咫尺的距离内投向安小雅的目光，也能如此的从容，而且无所顾忌。

的确如此，从远远地看到安小雅起，这个男人就在细细地打量她。他觉得，从眼睛到心灵有突然被女人照亮的愉悦感。女人的样子真是唯美，似乎左右得了一条街的喜怒哀乐。男人很遗憾，他喜欢摄影，一切美的有个性的人事风物，他都喜欢收录到他的镜头里去。今天他却没带上相机。男人遗憾地摇摇头，自顾赶路，心间却开始晃动女人令人迷醉的样子，尤其是女人波浪如瀑的背影。有这么个女人走在街上，一条街都仿佛黯然失色了呢。男人想。

整整一个上午，除了一个学生模样的小伙子来拿去新加坡的签证，别的时间都在闲着。墙壁上一抬头就能看到几框框的规定，其中一条，工作时间不准聊天。要说安小雅压根不喜欢扎堆聊天，她不喜欢热闹。也并非安小雅不能跟人坐下来聊天，事实是，很多姐妹就愿意找安小雅聊天。安小雅是个好听众呢，你只管说，只管聊，说什么都行，聊什么都成。安小雅能够自始至终微笑着，胳膊肘支在桌沿上，左手攀着右手臂，右手托腮，眼神闪亮，样子专注。而且她还很会倾听。比如你话说到节骨眼上，说到需要调动情绪处，她就能一句“哦，是吗”，或者“难怪啊”“倒也是”等，轻易便做到了有力有序地激发你说的欲望。

安小雅似乎跟谁都谈得来，跟谁都做得朋友。可你想，好多人都跟你是朋友，那朋友还称得上朋友？所以好多人都把安小雅当朋友，安小雅却没几个称得上朋友的朋友。朋友是奢侈品，不在于多，而在于好。朋友其实就是一对一的组合，平白点说，如同家具中的组合柜，合适了肩并肩摆一块，不合适了就分开，不存在合不拢，也不存在掰不开。往郑重了说，朋友就如同“二人转”中男角跟女角搭的一副架，彼此不能交换的唯有肉体，此外什么都可以托付给彼此。朋友是相互的，光知根知底不行，是要交心交肝胆的。多半情况是，人家跟安小雅“相”，安小雅不跟人家“互”。并不是说安小雅不真诚，不坦荡，不善良，而是她不喜欢说人和被说。俗话说，谁人背后无人说？哪个人前不说人？聊天聊多了，极有可能聊到别人。别人聊天聊多了，就没有可能聊到自己？说别人，被人说，安小雅都不喜欢。人各有活法，谁是谁的判官？谁也不是谁的判官，因此安小雅即便听别人说别人，她也只笑笑，不掺和。让自己成为别人的谈资——当然，这个难免——她更不喜欢。而事情往往是，别人嘴里的自己，都是自己无意间给泄露出去的。既然防人之口甚于防川，不妨自己防自己之口好了。就这，做人低调的安小雅就能很成功地防紧自己的嘴巴，不说人，也不说己。她总是能将自己的心思捂在脏腑里，自己想自己的。像今天，她偶尔会想起，那个似曾相识的男人是谁呢？

话往回说，安小雅也有尽可以交付心思的朋友，像罗惜惜，再有就是老公。罗惜惜嫁到香港后，两人离得远了，想见个面再没有抬脚就到那么便捷，再没有一个电话煲一两个小时那么容易。她们的见面越来越少。好在安小雅有啥话，可以一股脑儿倒给老公。就是，那个似曾相识的男人是谁呢？当天晚上，安小雅就把那男人说道给老公了。当晚老公应酬完回到家，安小雅接好水，递上，聊上几句后，便跟老公描述起早上遇到的那个男人来。她说：“真怪，那感觉，就那样似曾相识。”

朋友中有这样一个人吗？她老公认真想想，说没有。而后跟安小雅开起玩笑说：“似曾相识极有可能是一见钟情，贾宝玉初见林黛玉那感觉不就是似曾相识。哈哈，傻老婆，说，是不是那男人让你一见钟情了？真是这样，小心我把你用铁链子拴在家里。”

安小雅冲她老公傻傻地笑着说：“人家要真动心了，你纵然拴得住脚，拴得住心吗？”

她老公又说：“傻老婆，你敢。”

她就再次傻傻地笑着冲她老公说：“你的傻老婆不敢，是至今没有一个像你一样让她敢的男人。如果某一天真的遇到一个，她会一头撞进那人的怀抱里去，你信不信？”

此后很长一段时间，安小雅与男人几乎每天的那个时刻，在第一次邂逅的那个地方，迎面走来，擦肩而过。明明似曾相识啊，怎么就想不起在哪儿见过呢？这感觉常常令安小雅不能释怀，就像内心里生生地多出一个角落，她掸啊，拂啊，努力清扫，却怎么也不见明朗。不明朗的感觉，不见得恼人，却总是伤神。

因了这种心情，安小雅在男人迎面走来的时候，会忍不住瞟男人，刻意地装出漫不经心，心有旁骛。而男人看安小雅就无须刻意，墨色的镜片像个能挺胸为他挡刀子的同谋，他安全着呢。有时男人也会不戴墨镜，或许是忘了，或许是别的原因。这样的时候，两人的目光就难免撞上。起初他们目光撞上了，会迅速闪开，装着被别处的风物吸引了，定定地看去，直到擦肩而过了，才将各自的心情放下，将向右转或向左转的目光收回，向前看，稍息。

两人的目光也有胶着不开的时候。四目相遇了，心思会迅速纷纷扰扰开来：看你了就看你了，我无意看的，真要忙着闪开，就是有意的了。有意而为，如同缺陷，越掩饰，越彰显。我不掩饰，我就是无意间看你一眼，别猜想，也不要心生波澜哦。事实上，彼此心间早波澜起伏了，心思全在心思上，因为无暇顾念，撞上的眼神压根就不曾分开，就胶着了。眼神胶着不开的时候，他们就相视笑笑。

后来的某一天，两人在温暖的晨曦里迎面走近，相视笑笑后，男人站下来，安小雅就也不由自主地站下来。

“您好。”

“您好。”

两人跟对方打着招呼。空气里凝结着丁香般的尴尬。两人再次笑笑。

“这么巧，总在这儿遇见你。”男人率先说。男人的声音很厚，低沉，富有磁性，听了让人感觉温暖，让人如同瞬间获得希望一样，安定、坦然。

“总在这儿遇见才叫巧啊。”安小雅笑笑回答。

“家离单位不远吧，总步行上班？”男人笑着问。男人的笑跟他的声音一样温暖、自持。

“不远，三站地。”安小雅也笑着答，笑得很浅，很矜持。

那之后，安小雅与男人迎面走来，多半会站下来，聊上三五句，聊的多是些面子上的话，从不深入到里子里去，轻松，简单，纯粹。有如风的相遇，只为相遇过，从没想过拥有。他们渐渐像熟人似的热络起来，只是从不过问对方的名字，让对方或给对方留下电话号码。他们就这样交往着，像彼此严守一道法则，矜持，内敛，温暖，陌生的熟人一般。

直到一个月后的一天。

那天快下晚班的时候，安小雅的老公给她打电话，要她打扮漂亮些，带她去吃饭。饭局是老公安排的，在位于青藏路上的香格里拉酒店。老公最要好的同学孟闻达从美国回来了，他电话召集了一大帮同学来市里聚会，理应他来安排。老公接了安小雅到达酒店三楼的布达拉厅时，厅里已坐满了人，轰轰烈烈，吵吵嚷嚷，热闹得像误闯了某新人的洞房。老公给安小雅找了个空位子，她坐下来，一扭头，正看到男人惊讶的眼神。

“这么巧。”男人说。

“是呀，这么巧！”安小雅说，目光亮亮的。

“你们认识?”一旁的老公有些莫名其妙。

“认识。”这话安小雅脱口而出。

“他是谁?”老公紧着问。那意思，我老婆认识的男人我都知道个一清二楚。这一个我不知道你认识，你咋就认识了？况且还是我的熟人?

是的，他是谁呢？安小雅难为情地笑了。相识这么久，还真不知道他是谁。她再次笑笑，摇摇头，老实作答："不知道。"此后，她压低声音告诉她老公："这个大哥就是那次我跟你提及的那个似曾相识的男人。"

"哦。"她老公"哦"的一声大笑道，"不是生人，是熟人，这下我可以高枕勿（无）忧了。"

等男人和一桌子的人弄明白事情的原委，全都放胆地大笑起来。笑声过后，老公隔着安小雅握of男人的手，而后将男人指给安小雅，说："我同学陈克的大哥，陈述。上学那会儿我们都佩服他，甭管是写的画的，拉的弹的，还是唱的演的，没大哥不行的。用宋丹丹的话说，他太有才了。"

"嗨，嗨，别夸得无边无际，没那么神乎。"男人朗声笑过，转向安小雅，从名片夹里掏出一张印刷精美的名片递过来，说，"陈述，陈述的陈，叙述的述，以后喊大哥好了。这是我的名片，策划师，如有需要，请随时联系。"

"我说呢，大哥与陈克很像啊。"安小雅边说边接过名片，放进包里。

"那是，亲哥热弟，不仅像，而且像。"陈述笑着说，而后问安小雅是否有名片。

安小雅一指已与别人交头接耳的她老公，说："我老公，我的活名片。"

“哈哈，有趣。”陈述大笑。

席间，老公陪着孟闻达不时跟这个同学喝“哥俩好”，跟某个女同学喝“多年同学成兄妹”，满场儿串，忙得胜似孟闻达。安小雅端着水杯，落落地盯着老公和孟闻达他们一大帮子人闹。他们真能闹，真敢闹，特别是跟女同学，都闹得嘴上无德了。安小雅看着老公紧紧攥着一个女同学眉飞色舞地说，当初要不是猴子横插一腿，你铁定是我的了。而后指定另一个女同学，说这酒你喝不喝，不喝倒头上了，话还在舌尖上打转，酒已在那女同学长长的秀发上飞流直下。

一屋子的人都在闹，狂放、妄为、纵情，却是亲密无间。

见安小雅眼神落落的，陈述忙给她的杯子续些水，说：“来来，弟妹，人家男同学、女同学，统统都同学，看来只咱俩是局外人。君子之交淡如水，看来酒不如水，这样吧，大哥陪你喝杯水，喝吧，都在水里了。”

安小雅回头冲陈述笑笑，说：“谢谢大哥。”而后举起水杯。

“你老公是个人物啊，想当年也是个大才子。”

“他啊，嘴上花，心一本正经得很呢。”

“这就是男人本色吧，理解就好。”

就这样，两人很投缘地聊起天来，从安小雅的老公聊到孩子，聊到工作，聊到音乐，聊到影视，聊到安小雅的老公红着脸从后面扳住安小雅。老公满嘴喷着酒气说：“我亲爱的老婆，你要小心，别看陈哥大我们几岁，他可依然是少女杀手啊。”

“是吗？可我不是少女了，是少妇，就是大哥有戏，怕也没我的份了。”老公可回来了，安小雅盯老公的眼波，瞬间柔情荡漾。

“陈哥，杀手由少女版升级为少妇版了，对不对？”老公边说边冲陈述使眼色。

“对，这会儿啥都讲升级，不升级就落后，落后就遭淘汰。”陈述幽默地做出他的一番陈述。

此时，老公的一大帮同学也上来起哄。安小雅一时不知接什么好，脸登时红了，红透了。

这事过后，安小雅再与陈述迎面走来，远远地，他们已相视笑笑，打起招呼。两人开始习惯于对方迎面走来，相视一笑后，站下来聊两句，而后挥手告别。

他们聊的话，已从大众话面子话深入到生活的里子里去了。

“今天天气不错，心情好吗？”

“昨晚酒喝多了？眼里的醉意还没全消呢？”

他们的语气不再因为要竭力委婉而变得生疏，而是亲和多了，兄妹般的亲和。安小雅发现陈述很健谈，睿智，有思想。陈述也发现，冷艳的安小雅，其实是一个很有情调、情趣的女人。

班上闲置下来的时间依然充裕得多，姐妹们会在头头们眼力洞察不到的角落里穿针引线，大绣各种十字绣品。这种绣活儿平民得很，只要掂得动针，都绣得。大人绣得，小孩绣得，女人绣得，男人绣得，怕三国时那个猛张飞都能像模像样地绣得。价格又不贵，从似乎是一夜间开满全城的任何一家十字绣品店拿来，你尽可以绣了，紧锣密鼓，或者随意而为，都由你，而后绣好了裱，裱好了往墙上一挂，哎，别说，还蛮像那么一回事，花小钱，换得赏心悦目，值得。只是要赔精力，赔时间，安小雅也喜欢，可她觉得把时间和精力赔给一件绣品，她赔不起，也不想赔。

班上大把大把的富裕时间，安小雅有时会拿来看书，像最近，她有时会拿来想陈述。陈述很男人，很有男人味道，如一坛老酒，陈酿的时日够了，味道也够了。陈述的一举手一投足，一个眼神一句话，都透着成功男人的成熟、稳重、沧桑、憨直、大气等等耐人寻味的味道。成功的男人不一定成熟，但成熟的男人一定稳重，稳重的男人一定历经沧桑，历经沧桑的男人一定憨直大气。男人的神情里尤其应该透着些沧桑，不能太多，太多了就老气横秋了，就无趣了。也不能少，沧桑感少了，就如同一杯水，会显得沉淀还不够。男人够不够男人，不在于长相，而在于气质、气度。而倜傥的气质和轩昂的气度，还要靠装扮才表达得出。成熟男人的装扮最讲细节，特别是衣服穿在身上的细节，休闲不能太过随意，正装不能太过花哨，色系、款型不能乱搭，裤脚踩在脚下不优雅，裤缝偏了裤腰外翻就显邋遢。

陈述似乎很懂这些，不是刻意而为，而是自然从容。只有被生活历练够了的男人，才会拥有这样的自然和从容，放松而不放纵，即便放纵，也不颓靡。

这样的陈述，安小雅很欣赏。所以回到家里，安小雅会时不时跟老公说起陈述来，言语间自然流露出对陈述的欣赏。陈述这，陈述那的，老公会冷不丁地问一声："你是不是已经中陈述的魔了，怎么整天唠叨的都是他？"

安小雅猛地一惊，说："是吗？怎么会？笑话吧？"

老公又问："是不是对他有意思了，抗拒从严。"

安小雅的脑子一下弯过来了，她倒是跟老公装傻充愣，一下吊在老公脖子上，说："坦白更严是不是？嗯，老公，女人要喜欢谁，压根就把他藏心里了，哪还愿意到处说哦。尤其是跟最爱的老公说，是不是？"

可过后静下来想想，就是，自己怎么老是在提陈述，是自己并不知情的时候，已经在心里接纳他了？这样一想，让安小雅自己吓自己一跳。随即，她宽解自己，爱上一个人，哪就那么容易？况且她跟老公，幸福得不知让多少人羡慕呢。不会不会，尤其是跟陈述，不会发生什么的。

可接下来的半个月，安小雅在那段路上再遇不到陈述了。陈述有些像她安小雅做过的一个梦，虽然不曾遗忘，不好遗忘，但却消失了，找不见了。

老公发现，安小雅不再提陈述，可也不再怎么爱说话，更爱抱着书读了，却有时会一个人发呆。老公很担心她，就前来扳住她的膀头，眼睛盯住眼睛，问她怎么了，要不要去医院看医生。她轻轻舒口闷气，幽幽地说:“工作上出差错了，挨领导批了。”

老公“哦”了一声将她拥进怀里，大声嚷道:“亲爱的，告诉老公，哪个领导批你的，我明天就去狠狠批他。领导嘛，要讲批评和自我批评，我倒要问问，他先自我批评了吗?”

盯住老公疼爱的样子，安小雅会突然一惊，自己是不是太过了？而且莫名其妙？于是，她吊住老公的脖子，吻住老公嚷:“还是老公疼我。老公，你赶紧做一把手吧，我跟着你上班。”

“那还用得着你上班，到时候我让你做全职太太。”

“老公，咱旅游去好不好。”

“暂时还不行，等忙完了手里这个项目再说。”

“老公，我想去。”

“不行，等下次。”

“老公，我饿。”

“走，一块儿接了儿子，去吃廖排骨。”

“老公，你真好。”

安小雅吊住老公的脖子说“老公，你真好”，使劲撒着娇，身体里却骤然攫住了那种“饿”，就是那次罗惜惜跟她对话起她的婚姻后，她反复思量出来的那种没来由的饥饿感，它依然在身心深处的某一个地方藏匿着，她依然不能清楚那是个什么所在。可她依然会清楚，她纵然吃到胃满肠满，也慰安不了它。

怎么了？自己怎么了？安小雅在老公的脖子上暗暗问自己。以往这样的时候，请求不见得有效果的时候，多半不知为何突然栓堵的心绪，会被自己近似于无理的取闹慢慢稀释掉。这次怎么有些异样了呢？

直到那个阳光如百合花般普照的早上，再次跟陈述迎面走来，安小雅犹如坠石的身心才突然觉得一爽，身轻如蝶。病来如山倒，病去如抽丝，连日来的感觉，就像一场病啊。

陈述望着她，温暖地笑笑，称自己到外地出差了，然后问她：“一切都好吗？”

她笑脸如花，语调欣喜地说：“好啊，一切都在好着。”

日子就这样平静如水地往前铺展，安小雅跟陈述之间没有发生什么，也好像有什么正在发生。犹如深深埋藏在地层下的滚烫的岩溶，你看不到它们，而它们一刻也没停止涌动。

两个月后的一天，老公突然告诉安小雅，他被领导临时抽调去摩洛哥，到那里去搞一项工程援助。

“出国吗?”安小雅有些难以相信自己的耳朵。

“是的，出国。”老公说得豪情满怀，“亲爱的，我很珍惜这个机会。我知道你和儿子离不开我，但这样的机会我或许一辈子就遇到这一回，放我去吧。”

“什么时候回来?”安小雅潮着眼神，未启程先问归期。

“三个月后就能回来。领导说了，回来后不仅给加薪，还给晋级，这好事梦都梦不到啊。”

看着老公喜出望外喜不自禁还有差点就喜极而泣的样子，她还能说什么呢，放他走呗。贤内助贤内助，不就是不怕你闲在家里只要你能于老公需要时默默站到他身边为他振臂高呼从而助他一臂之力的及时雨一样的内人吗？连日来，安小雅湿着眼睛给老公收拾起行囊来，什么都想给他带上，带双份。不说非洲穷吗，到那儿再发觉东西短缺了，尤其是手底下常用的这些小东小西，可去哪里买？在家千日好，出门一时难，还是有备无患好。

还有三天，安小雅就要泪水涟涟地将老公送上远行的列车了。想想那样一个时刻，手一挥，从此就要天各一方，安小雅总忍不住兴奋得难受。老实说，她为老公高兴，周围的人听说她老公要出国，对她羡慕得不行呢。可另一方面，她却为即将到来的万里之别心生愁绪。第一次这样跟老公远别、久别，光相思之苦就能杀了她啊。她满心里赞成老公出国，又满心里舍不得老公走。这种矛盾心理，让安小雅的心情在老公给予的极度自豪中变得糟糕起来。

生活总是令人难捉摸，总是爱在好事临头的时候，出些枝节。这不，老公离别的前两天，安小雅在班上接到一个匿名电话，问她认不认识一个叫吴莉莉的女孩子。她听得莫名其妙，但她老实说不认识。那人说你不认识就对了，说完，电话就挂了。

自从接了那个莫名其妙的电话，一向冷静、理性的安小雅内心就难以平静了。那人话说得不甚明白。可越含糊其词，越让人忍不住深思。这事如同一个箱子，你大敞着让人看，里面即便是金银珠宝，别人不一定稀罕。你若要紧紧地锁着抱着，里面就是破铜烂铁，别人也难忍一窥究竟的好奇了。

不过一开始，她是想不信来着，她的老公是啥样一个人，她最清楚。可最终，她忍不住想打听，尽管想法很漂亮：整明白事情的真相，才更能还老公一个清白。谁知事情不受打听，结果更是云山雾罩的，不仅有个吴莉莉，还是老公带过的实习生，还不见得有啥突出成绩，这次她竟获得跟着去的资格了。

凡事掰开来想，你的是你的，他的是他的，也没什么。可就怕把事情搅到一起想，思虑来思虑去，越要再掰开它们，它们就越发疑似事实了。事情令安小雅更难以释怀，但她还是极力劝慰自己，要保持清醒，疑似事实，可并没有证实是事实。这样的事是啥事？可不是说着闹着就能好收场的。这事弄不好，毁的可不是吴莉莉，而是她的家庭，她和儿子的幸福。天大地大，其实对一个女人来说，家最大。这会儿似乎什么都可以花钱买到，但唯有幸福的家庭花多少钱都买不到了。她要理智。

尽管这样想，这样劝，安小雅原本很明白事的心，还是被看不清的真相搅扰得六神无主了。当天中午午休的时候，安小雅做了个梦，那情景真的，就跟现实中正在发生的一样。她指着一个虚拟出的吴莉莉，像怒斥恶人似的义正词严：他爱你吗？你以为他会爱上你吗？不会。他爱的是我。是我们的儿子。是家庭。你信吗？别说三个月，就是给你们一年，你也无法让他爱上你。这样一个梦，在她醒来后，依然闭紧眼睛，想了好久。她骨子里爱着老公，她珍惜这个家。像出国、加薪、晋级，大不了不就是名利吗？家都没了，还要名利干吗呀？

可这事怎么跟老公开口呢，安小雅一时竟不得主意。她一向很维护老公人前人后的面子，她也很爱护自己的体面。她也想过私下里装着无意间撞见吴莉莉，看看她的反应。女孩子多半城府不深，不善掩饰，尤其是这事。但她压根不认识吴莉莉，务必要通过别人指点。可让别人掺和到家事中来，这不是她处事的风格，她也没这么弱智。终觉得这方式不妥，就放弃了。可没有真凭实据，她更不能贸然指责老公什么，夫妻间最起码的信任出现裂痕，她怕看到，更怕是自己一手导致。但难免郁闷像冷风似的袭来，令她委屈、难受。

老公已经不上班了，在做着出国前的准备和培训。应酬也多起来，多半是去赴老乡或是同学摆给他的饯行宴。回来的时候多半已经烂醉如泥，想要他说明白舌都难。你怎么了？怎么神经兮兮地乱猜疑？逮不住老公，安小雅就逮住自己问。而她也不知自己怎么了，就觉得烦躁，觉得委屈，觉得愤懑。后来还是逮住了一机会，她按耐不住，却竭力装着漫不经心冲正翻看摩洛哥地图的老公问："老公，听说跟你实习的吴莉莉也去？"

"是啊，她挺能干的，被选上了。"老公答得干脆。

"也得有女孩子去，要不有人想唱《蝶恋花》，就要找非洲黑女人了。语言不通，该着多麻烦。"安小雅跟老公开着玩笑，心里却刻意地警觉着老公的眼神和用语。

"怎么，听到啥风声了？"老公笑着扭头盯过来。

"是呀，不只是风声，还有风言风语。"安小雅笑着，故意让语调轻巧些，笑盈盈的眼神却充满挑衅。

老公"哈哈"大笑着快步走到安小雅面前，像以往那样紧紧拥住她说："亲爱的，没有的事，别信人家的话，坏自家的事。"

但看老公轻描淡写的态度，安小雅却有些恼了。这一切他明明知道啊，干吗要跟她隐瞒呢？先前她还想，或许是没争上的人从中作梗，想借此出一口恶气。可这会儿，她倒想，怕是真的被老公蒙在鼓里了。还有三天他就要远走高飞了，他跟她做醋的心情还是会有的。

安小雅突然之间就着了魔了。

老公似乎没时间顾及安小雅极端郁闷的情绪，天天奔波在推杯换盏的应酬中，直到离别当天。

要说安小雅的郁闷老公没发觉，那是假的，只是他错将老婆这种情绪理解为舍不得他了。他唯有拥抱安小雅，一再哄劝，一再讨好。可下药了，不能对症，就没用。最终，老公恼了，他大声喝道："安小雅，你还有完没完？"

第一次被老公大声呵斥，安小雅哭了，眼泪轰然而至，可她不吵，不闹。她闭着眼睛，在想老公当初跟她卿卿我我耳鬓厮磨的时候于她耳根处呢喃的话："老婆，我爱你！在我们今后执手偕老的日子里，我愿与你坦诚面对。如果有一天你厌倦了，不爱我了，只要你说一声，即便离不开你，我也会含泪看你离开。"头抵着头，眼睛盯着眼睛，语调温婉，弄得跟台词一样一样的。她那会儿多感动啊，唯有紧紧吊在老公的脖子上说：“我只爱你。永远只爱你。”不想七年之痒刚过，那个“有一天”来了。不过不是她厌了倦了，而是当初信誓旦旦的老公。可他却是在欺瞒她，用那么一个弥天大谎羞辱她。她想笑来着，是不是他还要一个响亮的耳光打在她的脸上，而后还要她笑容可掬地回答他，疼，还是不疼。

“你看，你怎么哭了？”见安小雅哭得那么痛，老公忙上来给她擦泪。她一挥手，给挡了回去。

“离婚，离婚还来得及。”安小雅闭起眼睛，声音歇斯底里起来，“你们不就是这个意思吗，等这边一离，你们就好牵手远走高飞了。我成全你们好不好？即便同床，也是异梦，还坚持什么呢？”

“嘀，离婚？因为吴莉莉吗？多大的事，能严重到要你提离婚？安小雅，我明明白白告诉你，我跟你没过够呢。”老公话说得像逗趣。

“你个大骗子，你要骗我到什么时候？你以为离不离婚必须以你为转移吗？”安小雅喊。

“水落石头总会出来，你等着看好不好？”

老公的话让安小雅的心抖了一下。但没用，依然委屈，依然难受，依然痛。不痛吗？原本跟比翼鸟似的，双飞双宿，贴心贴肉，举案齐眉，恩爱有加。这会儿像被人生生地劈掉一半去……而且是被曾经跟她相亲相爱的爱人，似乎是不相干的轻轻一下，便从“他们”这个整体上，将属于他的部分生生地撕裂掉。她仿佛听得到身心分崩离析的痛苦呻吟，以及血光淋淋的滴答声。原来，美好的一切，就能这么轻而易举地被撕得粉碎，彻彻底底。

突然看着安小雅一副撕破天都无所谓的样子，她老公脸都气紫了：“你要干吗，安小雅？原本多好的事，你非要这样搅和得不欢而散吗？我这就要上火车了，你还这样不依不饶的吗？”

安小雅眼睛湿着，可样子依然不妥协。结果，她老公不是给她一个难舍难分的吻，而是愤愤然丢给她一句话：“日久见人心。”言毕气呼呼拎起大包小包，甩门而去。如此响亮的甩门声惊得安小雅一震，脏腑猛然疼了一下，却居然没有软下来。

安小雅本是个很有涵养很内敛的女人，通常喜怒不形于色。可她这会儿真的魔怔了，那事竟搅得她不再会笑了，嘴巴冷漠地闭着，原本冷艳的一张脸更似冰冻一般了。就这，她还常常告诫自己，千万别在儿子面前带出样子来。事实是，她办不到。儿子不解她的这般变化，常仰起脸蛋小大人似的问她：“妈妈，你不高兴吗？是想爸爸了，还是挨领导批评了？”她会冷不丁地被儿子的问话惊扰到。为了掩饰，她就笑，努力地笑，可那笑容僵硬得像个蜡人。

婆婆一向很疼她。那事婆婆不说信，也不说不信，只告诉安小雅："孩子，去外面散散心吧。"

"孩子咋办?"她不放心儿子。

"放心，我和你爸保证给你带好。"

"外面"就是呼伦贝尔草原，五日游。那天登上旅游团的大巴，寻到自己的位子，一抬眼，安小雅便望到了陈述，正跟几个女孩子玩牌。刹那间，两人的眼神都惊了一跳。可随即，安小雅的心又"咚"的一下沉到谷底。

"又那么巧。"陈述说。

"是巧。"她淡淡地说。

"怎么了，那么忧郁?"

不等她说话，几个女孩子摇着陈述的胳膊嚷："来来，哥哥，我们玩牌嘛，我们玩牌。"

安小雅冲陈述艰难地笑笑，没再说什么。他们是前后座。陈述赶紧站起来，接过她手里的包，帮她塞进座位上面的支架里。"谢谢。"她再次冲陈述笑笑，而后坐下来，身子深深缩进位子的腔膛内，闭起眼睛，任一腔芜杂的心情风起云涌。

自己究竟怎么了？她再一次追问自己。跟老公闹个不欢而散，没想见到陈述，又跟他使起性子来。当然都不是无缘无故，老公那里是一个吴莉莉闹的，陈述这里是什么？是这些无惧无畏没大没小没远没近的女孩子突然惹她嫉妒？她恨老公守不住底线，可她又恨陈述什么？又嫉妒女孩们什么？她跟老公依然是夫妻关系，可她跟陈述是什么关系？

她想平静下来。可无论如何难以平静。

呼伦贝尔草原位于内蒙古呼伦贝尔盟，因境内的呼伦湖和贝尔湖而得名，是内蒙古主要的畜牧区，出产著名的三河马、三河牛。这儿没有黄土高原上的深沟、梁、峁等地貌，大部分是平缓的原野，绿波千里，一望无垠，微风拂过，羊群如流云飞絮点缀其间，草原风光极为绮丽，令人心旷神怡。

安小雅他们所要到达的旅游点叫呼和诺尔，位于呼伦贝尔盟陈巴尔虎旗境内，距海拉尔市61公里。呼伦贝尔草原是世界著名的天然牧场，呼和诺尔可称作呼伦贝尔草原风光的经典去处。坦荡无垠的草原环抱着波光潋滟的呼和诺尔湖。在零星散落的蒙古包映衬下，天空纯净明亮，草地辽阔壮丽，空气清新，牛羊成群，鲜花烂漫。对久居都市的人来说，这一切都是那么遥远而亲切。

旅游点上的活动项目丰富多彩。旅客可以穿着民族服装骑着骏马奔驰，也可以骑着双峰驼漫步，或乘坐原始的勒勒车漫游。游客还可以划着小舟在呼和诺尔湖中垂钓，或背着猎枪到附近的林中草地狩猎。旅游点为游客准备有整羊席、手扒肉、烤羊腿、涮羊肉、奶食等具有当地民族特点的风味食品，还设有旅游纪念品商店为游客服务。

到达呼和诺尔，已近午夜，十多个蒙古包沉浸在无边的夜色中，亮起的白炽灯光给人以宾至如归的归属感。这就是终点站了，呵欠连天的人们陆陆续续从豪华大巴上下来，拎着大包小包向各个包房散开去。草原上的夜色真美，扑面而来的夜风稍稍透着凉意，空气里散发出青草的味道，混合着淡淡的花香，沁人心脾，一切像被银色的月光浸透了一样，安静而安详。

安小雅住7号包。她扯起行李箱往7号包走去的时候，陈述也拎着大号的旅游包往2号包走。

“累不累?”陈述问。

“还行。”安小雅懒懒地答。

“做个好梦。”

“谢谢。”

猛然，陈述站下来，冲着安小雅的背影，莫名地摇了摇头。

到了呼伦贝尔草原，骑马是少不了的，骑在马上，感受“天苍苍，野茫茫，风吹草低见牛羊”的诱人画面，那感觉，很令人陶醉。正好，旅游点第一天安排下的游览项目，就是让这些在大都市住惯了水泥房子的游客，在一碧万顷无限坦荡的大草原上，骑马或骑上骆驼，尽情徜徉观光，然后享受野餐、野营的乐趣。

游客多半已换上颜色各异但都鲜艳无比的蒙古袍。导游小青快步穿梭在兴高采烈的人群中，不时给这个、那个指点一下，嘴上不忘讲解着蒙古袍中的穿文化：“蒙古袍的穿着是一件正经、严肃的事情，整洁端正的穿戴无论对自己还是对别人都是一种尊重。穿袍子时，一定要穿靴子戴帽子。景点上无法为每一位游客准备一双合脚的靴子，所以咱们帽子一定要带，靴子可以不穿。但要知道，尤其到祭祀的时候，蒙古朋友必须是袍子、靴子、帽子配套，这样才显得整体协调，严肃庄重。此外，蒙古人家在礼节上特别有讲究。穿着蒙古袍，在端茶敬酒的时候，不能捋袖，不能袒胸露颈，袍子的下摆不能从锅碗瓢盆上扫过。收拾存放袍子时，前襟要朝上，死人的衣服才朝下。领子冲西北放置，不能冲门。在缝制袍子时，忌讳留下线头。还有，男子扎腰带时，要把袍子向上提，束得很短，骑乘方便，又显得精悍潇洒。女子则相反，扎腰带时要将袍子向下拉展，以显示出娇美的身段……”

安小雅到底没有换。

陈述倒是换上一件蓝色绣着金色团花的蒙古袍，腰里束一条鲜橙色绸缎腰带，腰带上还挂把蒙古腰刀。他个子高大、挺拔，又肥又大的蒙古袍穿在他身上，不仅没给人张冠李戴的生硬感，倒彰显出了不少蒙古汉子的粗犷气度。

陈述是个很讨人喜欢——尤其讨女孩子喜欢的活跃分子，

胸前吊着相机，不停地摆出各样舒服的拍摄姿势，试图在将草原永恒的东西，高远的天空，悠然的云朵，阔美的草场，反刍的牛羊，还有牧民家里的蒙古包，以及蒙古包前戏耍的孩童，孩童身边忠诚的大型犬，摄进镜头，凝聚成瞬间的美丽。那些女孩子也不时围到他身边去，摆出这样那样的姿势，要他立此存照。有短暂休息的时刻，她们也不让他闲着。

“哥哥，会看手相吧?”

“会啊。”他答应得很爽快。所有围在他身边的女孩子就都齐刷刷地将手伸给他。

“这么多双可爱的小手，我都不知道先看哪个了。”陈述牵过这个看看，牵过那个看看。

“哥哥，帮我看看我的爱情什么时候开始好不好?”

“哥哥，我要你看看我一生有几个情人。”

“哥哥，看看我的这一个男朋友是不是我的真命天子。”

女孩们兴奋地吵吵嚷嚷，没个完了。

“好了，都看过了。”一番装模作样后，陈述稍稍坐正了说。

“哥哥，快说，快说。”

“啊，你们还让说?”陈述装着不明就里，而后无可奈何地摊摊手，“我只会看，不会说。”说完‘哈哈”大笑。

感觉被戏弄了，女孩们纷纷扑到陈述身上佯装捶打，边打边嚷:“你真坏。叫你坏。”

安小雅酸酸地看着这一切。当陈述问询的眼神飘过来的时候，她迅速地躲开了。

落日西沉的时候，驼队在一片相对平坦的地面上停了下来，这儿就是野营地了。“快快，搭帐篷了。”向导老王率先从马背上一跃而下，高声大嗓地吆喝。

陈述一看就像经常出游的，三下五除二，便把帐篷搭好了。这时导游小青和一群女孩子再次叽叽喳喳围住陈述，要他帮忙。陈述跨着大步，一会儿到这里，一会儿到那里，一脸的乐此不疲。

“哥哥，我们的帐篷跟你的搭在一起好不好嘛?”小青摇着陈述的胳膊央求。小青是个很会讨乖的女孩子，二十出头，梳着高高的马尾巴，笑起的样子甜美，笑声有如荡在风中的银铃一般脆响，说起话来很有感染力。

“怎样搭叫在一起，搭我帐篷上去?还是搭我帐篷里面去?”

“能吗，能就最好。”小青歪着头说。

“可惜不能啊。”陈述摊摊手表示遗憾。

“那就做我们的护花使者好不好，我们怕啊，怕狼来了。”一个化着彩妆的女孩子伸伸舌头装可怜。

“就不怕我这条大灰狼半夜三更钻你们帐篷里去使坏?”陈

述坏坏地笑着。

“不怕啊，我们求之不得。”女孩子们“嘻嘻”地乐，说出话来一点不脸红，不气短。

安小雅的心就又莫名地有些酸。她忍不住想，自己要是年轻十岁，跟那些女孩子那般大小，是不是也能像她们一样，大庭广众之下，也能放肆地摇着陈述的胳膊求他这求他那？放肆地跟他说一些不着边际的没心没肺的话？在这样胡思乱想的时候，她眼睛依然盯着手上图解模糊的说明书。她什么也没看进心里去，她真的不会搭帐篷。过去出游，帐篷都是老公搭，她从没插过手，老公也不让她插手，怕累着她，或是弄脏她的衣服，总说一边去玩，她就乖乖地一边去玩了。她压根不曾搭过帐篷。她倒是想求陈述，想得迫不及待。以致别人的帐篷都快搭好了，她还在看说明书。

想陈述，陈述就大步流星地走了来。“要帮忙吗？”陈述说，语调兴奋。

她偷眼瞥过去，就瞥见陈述紧绷在牛仔裤下面的双腿，和一双自然错开站立的大脚，给人一种稳健和坚实的无限让人可依赖的踏实感。她忽然心慌得厉害，她感觉到了陈述跟她站得很近，她听到了他粗重的呼吸。“不要，谢谢。”她却是头也不抬，一副拒人千里的口吻。

“你压根没干过这活儿。去吧，先到我帐篷里去休息一下，大哥为你搭帐篷。”

她的脸瞬间滚烫如沸。她真的想就这样到陈述的帐篷里躺一会儿，原本单薄的身子，在驼背上颠了大半天，快颠散架了。老实说，她想依赖陈述，跟那群女孩子一样，将柔弱的一面表达给他，等他双臂张开，强行将她揽入怀抱，轻轻吻住她的额头，呵护备至。那份温情，足以融化掉她的伤，她的痛，重新唤得她在轰然而至的泪水中，变得滋润，柔软。她却突然想忍了。那群目光如炬的女孩子此刻正往这边看呢，说不定她们已经对她说三道四。她眼睛依然盯住说明书，低声说道：“谢谢，不用。”

“怎么，像变了个人似的，出什么事了吗？是家里的，还是你自己的？”陈述问得焦急。

“没怎么，我自己来。”她语调缓和些了。

“那好吧，要帮忙，叫一声。”陈述神情有些茫然，不过最终冲她一笑，而后挥挥手走开了。

她眼睛还在说明书上。其实只有她自己清楚，她此刻的心情，如投进一粒石子的湖面，很不平静。

安小雅的帐篷是在野餐前搭好的。

野餐吃的是草原上有名的烤羊腿、手把肉、奶食等。空气里摇曳着浓郁的膻腥味道，这让她一点胃口也没有了。她倒很想吃些东西，比如一碟清淡的闪烁着绿意的小青菜，哪怕就是一块馒头。她饿了，空荡荡的胃肠早在跟她闹情绪，要她打发，要她抚慰，就是胡乱一些也好。最终，她胡乱也咽不下东西。

繁星已缀满无垠的天幕，月亮还迟迟没能出来。夜色中，白天里广袤无际的呼伦贝尔草原，此刻仿佛一位宽衣解带的男人，在游弋着青草混合龙胆花淡淡清香的大地上，卸下他的高傲和坦荡无羁，仰面躺下，用他的坚忍和温暖，成就一方温情的篝火台。强劲的沙风已将火堆燃得火光熊熊，四溅的火星也在亢奋的群情中恣意地纷纷扬扬。

野餐是围着一大堆篝火进行的。野餐后是篝火晚会，由导游小青主持。小青是谁，一个训练有素的导游。她的脑袋瓜里一准装着不少有趣的或是搞怪的活动项目，足以将联欢的气氛搅到火热。没有事先敲定好的节目单，没有敲定非得谁谁表演节目，你乐意了，歌一个，弹一曲，说一段，或正经八百，或幽默搞笑，在兹言兹，听凭心灵。虽然共同来自一个地区或城市，除了夫妻档，或三口之家以外彼此不认得彼此。有激情尽管释放，有才情尽管表达，即便表演得肆意妄为、狂放不羁，只要你敢，人家就敢看敢听。张大嘴巴笑出来，扯着嗓子喊出来，使劲拍响巴掌为人喝彩。在城市里，你还真不敢这样疯。

郁郁寡欢的安小雅突然觉得自己有些与将要进入狂欢的人群格格不入了，加上胃里不怎么舒服，就偷偷回到帐篷里，一个人裹紧自己，躺下来。

此时，外面响起了歌声，深情，舒缓，昂扬，音色纯正，音域宽广。歌是腾格尔的《天堂》。这样的时候，唱它正合适。如果是白天，头顶是蓝蓝的天空，就是牧人所膜拜的长生天，天上白云朵朵，身边是牛羊群自在地啃食青草，马背上是哼着长调的蒙古汉子，样子剽悍豪迈，声音浑厚悠长，三两条牧羊犬在马前马后或更远的地方奔跑着守护牛羊，尽职尽责……那就更有意境了。安小雅一直竖起耳朵听，不用辨析，是陈述的声音。此刻，安小雅想起老公跟她介绍陈述时的那番话来。的确，他很有才啊。

歌声落下不久，安小雅的手机短信提示音响了。是儿子，她一阵激动。还真想儿子了，突然爸爸妈妈都不在身边，真不知道他是吵闹个没完，还是像个小大人似的乖乖听话。安小雅匆忙间摸出手机，点开来看，却不是，号码很陌生，她异常失望。不过片刻的工夫，安小雅惊怪地瞪大眼睛，发来的是条彩信，一张照片，分明是她的照片：背景是壮美的草原和蓝天，她骑在高大的神态安详的双峰驼上，身后亚麻黄的瀑布随风扬起，尤其是她仰望着一碧如洗的长生天上一片被风扯碎的云彩，眼神沉静，心神笃定，像个女神。

她马上想到了陈述，原本冷硬的心头，一忽儿软软地震了一下。

此后是第二张、第三张。第二张是她托腮凝思的样子，她都不记得是在哪里的哪个瞬间了。第三张是她被燃烧的篝火映红了的忧郁样子。看到第三张，她不免“惊”了一下，自己就那么那么忧郁吗？

陈述可真懂得抓拍的时机和角度，她喜欢。

接着是一条文字短信：还要看吗？她断定是陈述，但没有回复。

陈述的又一条短信追来了：有什么不顺心的事，怎么那么忧郁？

此后又一条：如果你愿意，大哥是个好听众。

她依然没有回复。但眼泪已汹涌着来了。她想象得到，此刻的她泪水涟涟的痛苦样子。只是惟连她自己也说不清，这开闸的泪水是所谓老公给予她的巨大屈辱让她顷刻寻到的宣泄，还是陈述一句“怎么那么忧郁”让她感到了被关怀的委屈。

任眼泪静静地肆意流淌，她将拇指按在回复键上，这样几次后，她还是作罢了。她这会儿倒突然异常清醒了，怕这样的时候，真的跟陈述发生点什么。她能明白自己此时的心，依恋上陈述了。但这份依恋，能够说就是深到无法割舍的爱吗？可以说，她很可能已经背叛了她的老公，毕竟两人没离婚，在法律上，她还是个有夫之妇。退一步，老公真的伤害了她，伤得她痛彻脏腑，痛断肝肠，然而以牙还牙，一报还一报，就有意思吗？

第二天的旅游项目，上午是坐着原始的勒勒车在一望无际的呼伦贝尔草原上漫游，下午，观看牧人们为让游客一饱眼福而举行的那达慕大会。游客可以尽情观赏，可以参与其中，也可以于散落在周围的摊点上，选购些有民族风情以及草原特色的纪念品。

一整天，安小雅都在躲避陈述。不回应他探询的注视，甚至不往有他的地方观望。可她的脏腑里，无时无刻不在思考陈述，寻觅陈述。

跟她一样，陈述的心也跟投了石子似的，难以平静。他很想知道安小雅怎么了。以前她不这样，一准是有事，令人不快的事。他很想问明白是啥事，然后好开导她。出来了，就是高兴来了，纵然有不愉快，丢掉“不”就是愉快了。大老远地跑这儿一趟，岂是容易的？再说，哪有过不去的火焰山？就是过不去，不还可以绕远吗？

“哥哥，那个很有女人味的姐姐是谁？”有女孩子问陈述。

“我表妹。”陈述答。

“她不高兴啊。”

“好像家里出了点儿事。”

下午，那达慕大会上，陈述和团里的另两名体格健壮些的男人，一同参与了一个节目，与一拨蒙古汉子一起，飞马拾羊，就是一群人在飞奔的骏马上抢拾一只死羊。看着与那么威猛的蒙古汉子一道打马飞奔的陈述，安小雅紧张得心都揪了起来。陈述倒是劲头十足，双脚蹬紧马镫，小腿夹紧马腹，左手抓紧马缰绳，身子侧俯在奔马的一侧，全力以赴，与那群训练有素的壮汉拼抢在一起。但到底是久居城市，难能像牧人们这样，腿脚常常被紧迫的生活操练得异常强劲，陈述的速度渐渐慢了下来，脸上大汗淋淋。安小雅有些心疼了，可又不知道怎么去帮他。

很快，胜负决出，一位精瘦但模样特别干练的牧人小伙子拔得头筹，正接受欢呼。而此时，戏剧性的一幕出现了，于马上急速驰骋的陈述，在经过一个女孩子的时候，一个漂亮的侧翻，已身手敏捷地将那女孩抱到了马上。

欢呼的人群再次沸腾了。安小雅的心也在沸腾，她拼命拍起巴掌，为陈述喝彩。再看陈述他们，并没有停下，而是继续飞奔，大约奔出十步远的路，陈述在空中如同魔术师那样潇洒地挥了挥手。场面顿时一片寂静，人群屏住呼吸。安小雅也紧张地瞪大眼睛，眼神一刻不敢离开陈述，双手合十，竖在唇上。再看陈述，蓦然间，快速在女孩头上抓了一把，更戏剧性的一个包袱“哗啦”抖开：原本花枝招展的女孩子，眨眼间变成了一个大小伙子。所有在场的人再也忍俊不禁，一时“啊、噢”的欢呼声如同浊浪排空。

一向无比矜持的安小雅也“啊”地喊出来，忍不住笑啊，笑得一脸灿烂。

晚上，在蒙古包里躺下来，不久，安小雅便接到陈述的一条彩信，点开来，是她的照片，正是她忍不住笑容灿烂的那个时刻。他可抓拍得真快。时机真准。她笑了，心上有暖暖的东西荡漾开来，滋润得五脏六腑一塌糊涂。可他什么时间抓拍的，她竟一点儿也没觉察到。

安小雅将手机屏往心口处贴了贴，而后又举在眼前，心潮澎湃地盯着看了许久。

此后是陈述的一条文字信息：这样笑出来多好。

安小雅幽幽地轻舒一口气，默默地笑了。稍一迟疑，她回复道：谢谢。

陈述：不用谢，只要你高兴。

“不用谢，只要你高兴”，安小雅静静地看着这条信息，一遍又一遍，脸上不觉洋溢出幸福的笑靥。而后她将存有该条信息的页面留在手机屏上，安静地闭上眼睛，任一腔的温暖在纷飞的泪光中，潮起潮涌，翻卷蒸腾……

在草原上逗留的最后一天，一部分人选择背着猎枪到附近的树林中草地上狩猎，一部分人选择划着小舟在呼和诺尔湖中垂钓。以导游小青为首的女孩子非要拉着陈述去小树林里抓狼。陈述冲女孩们眨眨眼睛，摊开手，耸耸肩说：“不行啊，今天说啥我也得陪我表妹。就这三天的时间，我咋能对她不管不顾。嗨，我说你们这帮丫头，是不是真想让我回家就被我的老姨妈大骂一通?”

陈述管不了那么多了，这最后一天，他想陪安小雅。以后怕没这样的机会了，属于两个人的可以无所顾忌的机会。他想听安小雅笑，想看她开心的样子，像昨晚他梦到的她的那个样子，最好。

陈述很少做梦，可昨晚突然做起梦来，梦到安小雅了。在如丝绸般柔滑和坦荡的草甸子上，安小雅身着一袭洁白的曳地长裙，光着脚，迎着酒红的夕阳，双臂张开，如瀑的长发被风渐渐扯成舞动的水袖一般。她笑啊跑啊，那酣畅而罗曼的样子，如同一位正在享受热恋的少女。他的镜头紧紧追着她，不时按动快门。后来的后来，安小雅便湿漉漉地吊在他脖子上了，这令他想起海子的一首诗来，《写给脖子上的菩萨》：

呼吸，呼吸/我们是装满热气的/两只小瓶/被菩萨放在一起

菩萨是一位很愿意/帮忙的/东方女人/一生只帮你一次

这也足够了/通过她/也通过我自己/双手碰到了你，你的/呼吸

两片抖动的小红帆/含在我的唇间/菩萨知道/菩萨住在竹林里/她什么都知道/知道今晚/知道一切恩情/知道海水是我/洗着你的眉/知道你就在我身上/呼吸，呼吸

菩萨愿意/菩萨心里非常愿意/就让我出生/让我长成的身体上/挂着潮湿的你

如此的一个梦境，他被吓了一跳，等眼睛张开，发觉是梦，才长长地舒了口气，心下稍稍释然。

日头在高远的长生天上滚滚升腾，云淡风轻。在明镜似的呼和诺尔湖里，陈述与安小雅并肩坐在一条撑着凉棚的小船上。陈述架着一根长长的钓竿在垂钓，安小雅在一旁安静地盯着看。此刻的呼和诺尔湖，安静得像个处子，湖面平静，波光潋滟，悠然地开着三五云朵的长生天静静地投影湖心，那样自然、安详，那样神性。仰起头来，便有混合着青草味以及野菊花淡淡芳香的和风扑面而来。

“多美的去处啊，直让人心胸开阔，胸怀坦荡。”陈述抬头望向远方，深沉的眼睛微微眯起，“这儿很美，可我们能带走什

么？唯一能带走的，怕只有我们被陶冶后的好心情。你说呢？”言毕，陈述以征询的目光盯住安小雅。

“但愿吧。”安小雅冲陈述一笑，点点头。

“呵，什么叫但愿吧，就是说你希望心情好，却还没有好心情。能告诉我为什么吗？”陈述趁机追问。

安小雅盯一眼远方，侧过身去将手伸进水里，轻轻划了两下。而后稳稳情绪，给陈述讲述起一直困扰在她心头的那件事。“我不能确定那是不是就是事实，可也无法否定那一定不是事实。”安小雅说。

“依我说，没什么嘛，或许真的是你多虑了。”陈述话说得那么一针见血，“人在离别的时候，尤其是大的离别，往往都会不知不觉地患上一种焦虑症。它让人郁闷，让人无缘无故发脾气，让人胡思乱想，严重时，甚至出现歇斯底里等症状。但处在这个境况里的人多半这个时候意识不到这些。心境越是不平静，越爱挑起事端，激化矛盾。要不说时间是最高明的心理大师，它往往先由着事态发展，但最终，它会将事实的真相摆给你看。所以我说，你可能是患上这种焦虑症了。不过，话说回来，也没啥大不了的，闹过了，和好也就好了。听没听过那首诗：一坨黄泥，捏一个你，捏一个我，哭啼啼打破着水重和过，再捏一个你，再捏一个我，我中有你，你中有我。婚姻就是这样走过来的，吵也好闹也好，好也好歹也好，到后来你中有我，我中有你，掰都掰不开了。”

陈述一口气说了那么多，把个安小雅说乐了：“大哥学过医吗？”

陈述也被安小雅感染得乐了，他“哈哈”一笑说：“不学医，就不能看《本草纲目》了吗？学以致用，这不，有人病了，就派上用场了。”

安小雅脸微微红了。

“记住大哥的话，等你老公回来了，那边下车来，你这边扑上去，吊住他脖子，一声老公喊下来，保准一天的愁云都散了。”

“是吗？”安小雅说。

“不是吗？”陈述说。

突然，浮漂在急速下沉。陈述伸手将指头竖在安小雅唇上。安小雅会意，随即屏住呼吸。

车不停转，从草原上一路奔回家，已是夜里十一点。曲终人散，很快，熙攘的人群便被浓郁的夜色消化到各条归途上去了，急速得犹如退潮一般。

不会有谁来接车，这一点安小雅很清楚。所以离开大巴，她便牵着行李箱，来到马路牙子上，一个人立在转凉的夜风里，准备打出租回家。

“你一个人吗?”一辆私家车停在安小雅面前，车窗摇落，飘出男人的声音。是陈述，当初把车停在车场里的。“上车吧，我送你。”说着，陈述已经走下车，接过安小雅的大包小包，塞进车后座上。

“谢谢，不用。”安小雅还在说着推辞的话。

“会不会说谢谢，就这吧。”陈述笑着揶揄她，而后扶住车门，让她上车。

安小雅顺从地上了车。

“住哪里?”陈述问。

“清华路，梅园新区。”安小雅说。

“顺路，不算送你，算你搭上了顺风车。”陈述笑声爽朗。

十五分钟后，车子到达了安小雅指定的小区门口。此刻，两扇镂空的大铁门威严地关闭着。

“进得去吗?”

“我有钥匙。”

陈述比安小雅先从车上下来，帮她提包。安小雅赶紧上前来接，接包的瞬间，指尖无意间触碰到陈述握包的手，不觉肺腑一阵战栗，猛地抬头，正与陈述四目相遇。看陈述那眼神，是早已看穿了她心底里最真实的那点秘密。

“进去吧，多多珍重。”陈述声音低沉。

“你也多多珍重。”安小雅眼帘垂着，向陈述轻轻挥起手。

等载有陈述的车子渐渐驶进无边的暗夜，安小雅方抬起头，眼睛潮红。突然，她觉得，有一种情愫刹那间从脏腑的深处喷涌出来，让她难以自已。有一种情愫叫思念，此刻，安小雅心间云蒸霞蔚般蒸腾起来的，就是这种叫思念的情愫。而且从那样一个送别的时刻起，她就这样开始思念起陈述了。陈述……陈述……安小雅心底里轻轻呼唤着这个一时令她耳热心跳的名字来。

自此，进入安小雅视线的一切物事，她意识里的一切思绪，都开始仿佛融进了陈述的元素。她洗脸的时候，陈述温热的眼神在清水里。她装扮的时候，陈述俊朗的笑貌在衣镜里。她翻书的时候，陈述的名字在字里行间。她看电视的时候，陈述的声音切换在每一幅画面里。她叹息着，无奈而甜蜜。俨然，陈述的一切一切，已在渐渐盘踞她原本自以为专一而幸福的心灵。思念那么深，而且很痛，仿佛自己卡住自己的脖子，不让吃饭。

怎么办啊，她问自己。她不糊涂，她能明白自己为什么痛：没有资格去争，去表达。否则就不那么痛了。此时的家有些像一条搁浅的船，搁浅了，可并没有沉没。她还是一个妻子，一个母亲，一个有夫之妇。她很清楚，她与陈述之间横着一堵墙，她不害怕头破血流，而是不敢贸然撞上去。她似乎什么都明白，可她难受。前行的路让她一片茫然，跟陈述她不敢爱，害怕爱。可后退的路不知道还能否重走。

思念分秒俱增，一起俱增的，还有不知所以、不知所之的痛，纷纷扬扬，纷纷扰扰，如乱风中无力主宰自己命运的飘絮。这种错乱的心情下无法上班，无心照顾儿子，安小雅只好又向单位续了半个月的假。其间表妹正好要出国陪读，她便一个人搬过去住了。等搬去了，才知道一个人住，没有儿子牵绊着，没有工作劳心劳力，更难耐。那种进退维谷的难耐，是能够杀人的啊。

安小雅开始成夜成夜地失眠，因胡思乱想而失眠。反过来，失眠更是让安小雅无时无刻不沦陷进无边的胡思乱想中。安小雅再不能优雅地生活，书，音乐，瑜伽，服装设计，等等，她原本用来装点人生的一切，似乎是突然之间便失掉了它们固有的色彩和意义。渐渐地，这让她感觉到，错乱的自己在崩溃，一切都在走向无意义的蛮荒。

一个星期后的一个午夜，在表妹家的客厅里，实在找不出生活最佳答案的安小雅，在失意、迷惘的错乱中，在交织着极大的痛苦和惆怅的思绪中，拿起水果刀，毫不犹豫，向自己日益纤细的手腕划去……

及至看着鲜血不可遏止地喷涌，安小雅“啊”一个激灵，自己在干吗？父母只她一个女儿，儿子只她一个亲妈，她哪有资格先死？她哪能死得安然？不能，我还不能死。于是她忙哆哆嗦嗦给陈述发去信息：我割腕了。

不知过了多久，安小雅醒来了，艰难地睁开眼睛，发觉自己躺在医院里，病床一侧，陈述双手握紧她没扎针的那只手，眼神焦虑。见她醒来，一连声说：“干吗傻？干吗傻？”

她不顾手上还扎着针，一下扑上来，两只胳膊用力扣紧陈述，眼泪奔流。

出院后，安小雅坚持还住表妹那儿。

几天后的一个傍晚，安小雅弱弱地缩在沙发上，看着陈述围着围裙在厨房内外像模像样地忙活，她忽然触到了一种汹涌而至的暖，如同滴水成冰的隆冬里哈着寒气乖乖缩进一个滚烫的怀抱般，暖暖的，不想自拔。

陈述将几样精致的小菜摆好，喊安小雅吃饭。

“说说你的故事好吗？”安小雅在桌前坐下来盯一眼陈述，轻声央求。

“我哪有什么故事可讲，平凡男人的故事，平平凡凡。”陈述说。

“歌里唱的，平平淡淡才是真嘛。”

“平平淡淡的也听？”

“嗯，想听。”

“那我就给你讲一个平淡无奇的。”

陈述一边给安小雅夹菜，一边说着他平淡无奇的故事。陈述是有家室的，有一对冰雪聪明的儿女，妻子虽然不风韵犹存了，可他们一路走来，激情不再，亲情还在。“她很理解我，从来只过问我的生活，不过问我的生活之外。我懂她的意思，可生活之外哪能就好那么随由自便。”

安小雅很矜持地倾听，可脏腑里早是大浪滔天地翻腾。陈述不会不觉察到这些，安小雅一副兴趣盎然的倾听样子，事实上，眼睛早湿润了。那是爱的泄密，是她不想泄露给他的秘密，可又不由得都和盘端了给他。其实，他的脏腑也在桎梏他的情感。他发觉，他越来越爱上这个小他十多岁的小女人了。可一种全新的未知的开始，他不敢想，也不能想。

两人四目相遇，都想表现得心无杂念，自然而然。然而，眼神总是胶着在一起，似乎难以分开。

“你眼睛怎么了？那么红？疼吗？要不要滴些眼药水？”

“可能辣得吧，别管它，没关系了。”

“来，尝尝这个玫瑰鸡翅怎么样，这可是我的拿手好菜。”陈述不由自主就把夹起的鸡翅送往安小雅嘴里去了。轻轻捉住眼前这个男人送上来的体贴，安小雅哭了，她无论如何再也难以矜持。

陈述一时竟也有些无措了。他从纸巾盒里抽了一张纸巾递过去，一张一张地递过去，安小雅还是止不住哭。

这晚的月光真好。白白的月亮在幽远的天幕上静静地贴着，月光晶莹剔透，水一般，从夜空深处漫下来，漫下来，将一个怒放在霓虹灯中的不夜城，轻轻暖暖地拢在怀中。

夜在深去，城却了无睡意。远远近近的汽车鸣笛，以及各种各样驳杂的混响，犹如梦境里怪怪的天籁之音。

陈述与安小雅面对面坐在阳台上的茶桌旁看月亮。陈述燃起一根烟，深深吸了一口，看向安小雅。

“抽吧，我不介意。”安小雅笑笑。

陈述“哈哈”一乐，说：“我应该介意，你身体还没完全康复。”说着，把烟掐了。“给你讲个笑话。”陈述说着已讲起来：说是一所学校里有几个小男生吸烟被告密了，老师一一把他们叫来谈心。老师问男生A：老实说，你吸烟吗？男生A说，不吸。老师说不吸？嗯，吃根薯条吧。男生A很自然地伸出两根手指夹着接过来……老师说真不吸？叫家长来。此后男生B上场了。老师依然问：吸烟吗？男生B答不吸。老师说不吸？嗯，吃根薯条吧。B由于听了A的告诫，所以很小心地用手掌接过了薯条。老师问：不蘸点番茄酱吗？B盛情难却，不想一不小心蘸多了，于是马上用手指弹了弹。老师笑了说：弹烟灰的姿势很熟练嘛。叫家长来。因为有了前面两个例子，所以男生C更加小心翼翼了。老辣的老师还是那老一套，问吸烟吗？男生C答不吸。老师说不吸，好，吃根薯条吧。C很小心地流着汗吃完了薯条。老师问：不给同学带根回去吗？这下C接过薯条，顺手就夹在了耳朵上。老师“哈哈”一乐，说不吸？叫家长来。

安小雅早笑得难以自持起来，连说：“是吗，笑死人了，还会有DEFG的吗？”

浴一身银色月光的安小雅笑靥如花。陈述看得不免怔了。安小雅这回真乐了。陈述有些动情了。能让这个小女人这样笑起来，他也开心啊。他笑着说：“有啊，男生D信心满满地来见老师，老师问吸烟吗？男生D说不吸。老师依旧说：很好，吃根薯条吧。D就吃薯条。完了老师问：不给同学带根回去吗？D这回小心地将薯条放到了上衣袋里。不想老师突然大喊一声：校长来了。就见D赶忙从口袋里取出薯条扔在地上，用脚使劲地踩。老师：叫家长来。最后男生E登场了。老师问：你到底吸不吸烟？男生E说：向上帝保证，绝对不吸。老师又问：真的不吸？好，来吃根薯条吧。E非常自然地接过薯条，吃个干净。老师说：真是个好孩子，你一般喜欢什么牌子的薯条呢？E有点得意忘形了，脱口便说，大中华……”

“别讲了，我要笑死了。”安小雅一手抚住胸口，一手冲陈述轻摇。

陈述笑说：“我也要口干死了，喝口水。”说完，端起茶桌上的水杯，一阵豪饮。

再抬起头时，陈述正与安小雅四目相对，一时的尴尬让两人很不自在。他们彼此很明白，他们之间那条微妙的沟坎，似乎一个火星，便能燃起一沟的烈火。所以各自在小心退避，再退避。

“今晚的月光真好。”安小雅忙说。

“是啊。”陈述说，“这份闲情真是久违了。”于是也盯住月光看起来。

“嫂子是个很懂浪漫的人吧？”安小雅说，语调急促，“信不信，女人是男人的镜子，女人身上读得出男人。”

陈述笑说：“是吗，那我回去从她那儿照照，看看我是不是老之将至了。”

回陈述一个笑，安小雅迅速侧转身去看月亮了。“今晚的月亮也好看。”安小雅大声说，眼睛竭力张得大大的，因为有水一样的东西正肆意地漫过心灵的矮篱笆，向眼角处冲决。

这一切全被陈述看在眼里，心下就有些酸。眼前这个柔弱得令人心疼的小女人，分明也在压抑自己。他懂她，而且一股源自身心深处的冲动，一再蛊惑他，想要他用力将她拥进怀里，亲着她，吻着她，给她想要的温存和炽烈。可一个声音一再告诫他，你不能。你不能。他想，他该找个理由赶紧离开了。

这一刻，不知从对面高楼上哪扇窗口里，飘来一阵阵沉郁的歌声。

“这歌是苏曼的《夜晚》。”安小雅说着，将目光收回来，盯在陈述脸上，“我唱给你，要不要听？”

陈述努力爽快地笑了，说：“唱吧，我洗耳恭听。”

听风儿正轻轻地拂过窗台/看月光正悄悄地挥洒下来/这静谧的夜，和这无眠的夜/不经意又思念满载/信你我的邂逅是上苍安排/在繁星下背对着时光太快/那温暖的夜，和那难忘的夜/是永恒当偎在你怀……

安小雅唱着唱着，乍然失声了。

“怎么不唱了？”陈述问。安小雅唱歌很好听，声音厚厚的，深情的，犹如心灵絮语。

“后半太过悲情。”安小雅说完，竭力想要跟陈述莞尔一笑，不想眼泪已从眼角腮边处汹汹地滑落。月光下，安小雅一脸晶莹。

陈述轻说：“快别伤感了，你身体还没全好。”

“天晚了，你走吧。”安小雅催促陈述早些走，声音有些抖，身子也在微微发抖。

“好，外面凉，你回房睡下，我就走。”旁边一张椅子上正有安小雅的披肩，陈述伸手拿过来，递给安小雅。安小雅接披肩的一瞬间，陈述触到了她的手，冰凉凉的，像隆冬时节刚刚洗过冷水似的凉。

“你先走吧，带上门好了。路上小心。”安小雅切切叮嘱，一边将披肩披在肩上，这儿拉拉，那儿扯扯。

“早点睡。我走了。”陈述说，声音极轻。

“嗯，再见。”安小雅应，依旧低着头拉扯披肩的一角，似乎那儿让她很不舒服。

“走了，再见。”陈述说着立起身，大步走去。将要转过阳台门的那一刻，他忍不住回头，正看到安小雅泪流满面的脸，还有她泪水涌动的眸光中深深闪耀着的期许与怨怼。刹那间的迟疑过后，陈述一个转身，一步跨到安小雅近前，一躬身，将安小雅托进怀里，向卧室急切地走去……

这晚，陈述直到午夜时分才离开。

“居室的灯开着吧？灭灯了怕不怕？”临走的时候，陈述深深盯一眼安小雅。安小雅眼波里充满依恋，她乖乖点着头，手却伸向陈述。臂指上的期待让刚迈出脚步的陈述又折了回来。“知道你舍不得我走。”陈述将安小雅再次揽进怀里，咬着她耳朵说。

安小雅“嗯、嗯”着哭了，哭出声来，泪水恣肆滑落。

“干吗哭？不够幸福吗？”

“幸福。我幸福。”

安小雅说着往陈述怀里一缩再缩。陈述将她拥得更紧了。

等安小雅情绪平静下来，陈述深情地吻过她之后，才放心离开。

安小雅一个人静静地于床上躺下来，十指轻轻扣拥，放在胸口，闭起眼睛，看到的全是刚刚发生的一切……陈述将她有力地托起，抱进卧室。他们眼睛盯住眼睛，热烈而期待地盯住，呼吸急促，空气也呼吸急促起来。当外面纷扰、喧嚣的世界被遥远地隔挡在卧室外的那一刻起，一个只属于他们的世界，静静地在雷霆炸响的呼吸中，呼啸着怒放开来。她羞涩地仰躺在床上，身下如同波涛汹涌的深海。她在打开，像一本情节充满神秘和诱惑的奇书，被陈述打开，先是扉页，然后一页一页……剔透的文字战栗了，因为突然裸露在急迫而炽烈的悦读里，一阵一阵地战栗，惊恐地，想要退缩地，却又新奇地等待着，等待着……

温暖的灯光水一样漾满整个房间，依然了无睡意的安小雅整个被淹没在里面，一种柔软的被无限滋润的全新感觉，牢牢将她攫住，将她拥裹。稍稍迟疑了一下后，她将指端略略叉开的右手慢慢探向饱满而波动的小腹。那儿的里面，她觉到了一块崭新的和平域度，被陈述开垦出来，且从此只属于他了。连她自己，那之前，她也不清楚，她身体的深处居然还有那么一片荒芜的域度，只为一个叫陈述的男人默默等待着。

幸福地闭起眼睛，安小雅再一次看到陈述连同滚烫的眼神一起俯过来，俯过来。须臾，那种长驱直入的瞬间穿越身体直达她灵魂的痛的震撼感，让她貌似平静的身体顿然一阵战栗，犹如电击。这已经不是第一次了，而是一次又一次来临，在她幸福地闭起眼睛，在看到陈述连同滚烫的眼神一起俯过来、俯过来的那种时刻。

陈述在富商大道上开着一家创意公司。尽管有几个属下，可好多活儿还得他亲自做，即便是分发下去的，他务必要把关，有时这一把关，那活儿就又回到他手上来了。也是啊，顾客之所以络绎不绝，人家除冲着他头脑中那些独出心裁令中兴的企业绵长令濒死的企业回生的创意外，还冲着他的为人。陈述做人坦诚、大度，交际广，朋友多；做事苛求完美、精益求精，诚信度高，生意就越发多。陈述忙啊，常常跟拼命三郎似的，忙得夜以继日日以继夜。因此，那夜之后安小雅跟陈述的交往，多半就只是在网上聊聊天。

安小雅：你很好吗?

陈述：好。别牵挂我。你呢?

安小雅：我也好。你也别牵挂我。

陈述：可我很牵挂。好好照顾自己。记得一定要愉快。

安小雅：记下了。闭上眼睛。

陈述：闭上了。

安小雅：看到什么了？

陈述：你在想我。

这边安小雅“嗯”的一声，眼睛湿了，原本绷紧的整个人儿，瞬间变得柔软、熨帖。

许久，安小雅：还那么忙吗？

陈述：是啊。

陈述的回复，让安小雅顿时触到了如丝如缕的不安。她内疚了，因为打扰了陈述。可她总那么想打扰他啊，跟他说说话，听他说说话。最终，她告诫自己，还他安静。

安小雅：太吵了，丢掉她算了。

陈述：别这样说，宝贝，我喜欢。

安小雅痴了，静静地趴在电脑前，静静地盯住陈述的回复，泪水大滴大滴地滑落。文字是有温度的，安小雅静静盯着，就觉得陈述的笑貌陈述的声音陈述的疼爱陈述的一切瞬间破屏而出，顷刻将她拥裹、融化……不能再这样坐下去了，否则不知道还要怎样打扰陈述。跟陈述道声别，安小雅强行拉起自己，收拾好所带的东西，去“欧莱雅”女子会所做护理去了。

“来了，美女？”“欧莱雅”的老板洪姐见安小雅来了，即刻热情地迎上来。

“来了，洪姐。”安小雅灿烂地应。

“噢，安小雅，我第一次这样见你笑脸如花。说，是不是找情人了?”洪姐说着朝安小雅凑过来,“肤色这么水灵,笑得这么甜。老实说,是不是有情人了?”

这话听得安小雅“啊”地一惊,心下一慌,即刻变得语无伦次起来:“情人?没有啊?哪里……就找了?洪姐以为,找情人就像找饭吃?我咋觉得……不那么容易呀。”

洪姐笑得很有内容:“找没找,你脸上可都写着哪。”

被陈述深深爱恋着的安小雅,感觉被幸福温暖地拥裹其中,更大的幸福,洪流一样,有力,坚定,奔流不息。

但在感觉幸福拥裹的同时,安小雅也在品味一种挥之不去的痛。她爱陈述。爱是自私的,没有不想独自拥有的爱。但她明白,她跟陈述只能是情人。像一个妻子那样等陈述回家,然后为他做饭、洗衣服等平平淡淡中见真情的事情,她一件也无法做给他看。

可她想。她就那样想像一个妻子似的疼陈述,操心他吃,操心他穿,操心他起居。像头天晚上帮他熨烫好第二天穿的衣服,翌日早早起来悄然放在他一侧,然后轻手轻脚帮他去厨房煮粥。煮桂花莲子粥好,男人应酬多,这粥早上喝清淡,安神、养胃。一切在摆上餐桌的时候,他醒了,穿戴齐整,一番洗刷,神清气爽地站到她面前,表情夸张地盯住她,或许还会说,宝贝,这么能干。她会很开心,说是啊,或者佯作婆婆妈妈地唠叨，我想疼你啊，你自己不知道疼你，我再不疼你，你的肝胆脾胃跟你闹点情绪、使点性子，我会难受。等等。然后两人头抵头吃饭，说着恩爱的话，或者说些有趣的事。等他那里吃好了，吃舒心了，她先送他上班，或者一同去上班……每天每天，就这样对他迎来送往，知冷知热，贴心贴肉，会多好啊。

但她知道，她不能，她必须压抑自己，否则，就会让陈述难做，甚至是让他有负疚感。安小雅不愿意因为她让陈述难做，更不愿意让他对她生有负疚感。那会让他压抑，压抑多了会不愉快。她更不想让他不愉快。她爱他，就是想让他从她的爱中获得愉快，获得幸福，让所有在因漫长而沉默的婚姻中锈了钝了的感觉，重新焕发色彩和激情。就为这些，她也不愿意让陈述觉着爱她是一种负担。

安小雅：这回真要叫你哥了。

陈述：喜欢听你喊哥。

安小雅：哥。

陈述：嗯。

安小雅：我想疼你。

陈述：有你这句话，我知足了。

安小雅：我想做一个你喜欢的好女人。可我是吗？

陈述：你是挂在我脖子上的菩萨。

安小雅：我却想要拥有另一个女人的老公……哥，我们做坏人吧？坏人做坏事，就心安理得了。

陈述：你自责了？不要这样。

安小雅：我看到我的“灵”了。

陈述：灵？

安小雅：她不同于一个人的肉体，她只是一个人肉体的孪生体。我以前没发觉她的存在。她提醒过我，以饥饿的感觉。是的，以往我会偶尔觉到没来由的饿感，我不清楚她来自肉体里的哪个地方，就知道她像空气一样存在，她属于我。是你让她从我的肉体中诞生出来，成为一个独立的世界，而且关照到她的喜怒哀乐。她只属于你，只属于“我们”。她不再觉得空无，不再饥饿，而且变得充盈。因为，她满足于被你静静地守望。我突然明白，她就是觉悟的人们通常叫的“灵”。人是灵肉一体的。灵跟肉的不同，就是她是天使般的，圣洁，纯粹。今后我们就用天使的灵相爱，用魔鬼的肉纵情。一半天使一半魔鬼。

陈述：哈哈，你真能突发奇想。

安小雅：知道你和我现在叫什么吗？叫“我们”。“我们”谁都不是坏人，可这样的事无论如何不能称为好事。“我们”爱得纯粹，没有一点杂尘，是真感情。伤他们也伤得纯粹，没有一点可辩诉的借口。“我们”已难以自拔。“我们”想永远相爱。

最理性的存在是，一半天使一半魔鬼。做天使让我们感觉圣洁；做魔鬼让我们感觉心安理得。

陈述：别太自责。

安小雅：我不自责，也不想让你自责。所以才这样想，这样说。想象得到你的工作量和工作强度，所以只想让你心境愉快。被你的爱包裹着，我感觉自己更像小女人了，怕疼，怕忧伤，爱委屈，动不动眼泪就来了。哥是个敢担当能担当的好男人，孝顺，顾家，宽阔，坚毅。我就想和你一起爱你所爱的，即便是你的媳妇。其实就是多想到她一些。我们的爱不能在中心，只能在边缘，或是类似于真空的世界里。所以你的态度和所做，我理解。我能要到什么，要多少，我能知道，尽管想贪得更多。我努力隐忍思念，努力压抑欲望，努力按下想要疼你照顾你被你拥进怀抱里温存厮磨纠缠交融跟你贴心贴肉知冷知热的心情……

陈述：你说得我心里很酸。

安小雅：这份爱好像注定是一种心酸的幸福，是吗？

陈述：好像是。我幸福。

安小雅：我也幸福，痛得幸福。

陈述发回一颗示爱的“心”来。

安小雅回发去同样一颗“心”，而后打上：心心相印。

这天老公打来越洋电话，告诉安小雅到家的时间。老公他们援助摩洛哥的工程完工了，算下来正好三个月。

“是吗？真的要回来了吗？老公，你给我捎什么礼物了？人家很期待嘛。”安小雅电话中跟老公撒着娇，当初的不快似一笔勾销了，有些像拿到糖块即能忘却前嫌的孩子。但只有她自己清楚，她心里隐隐地不安，还有那么些诸如惆怅、慌乱和沉痛的驳杂情愫搅扰其间。

“我要把我漂亮的老婆，打扮成一个最迷人的摩洛哥女人。”

“老公，拜托，我是中国女人。”

“最具摩洛哥风情的中国女人，这样说好了吧？”

挂断电话，安小雅深深地缩进沙发一角，呆呆地愣神。她想起老公临走时甩给她的那句话：日久见人心。三个月不算太久，她已经见到老公的真心。而她的真心，已表达给陈述了。

安小雅就这样心怀忐忑地等待着老公回家的时刻。而这样一个时刻，来得那么步履矫健啊。当天，婆婆很理解他们小两口久别重逢，早早便把孙子哄骗到他们老两口那儿去了。把火烫的时间和炽烈的空间全都留给了她和老公。

当天接站的时间是凌晨两点一刻。或许因为太晚了，接站的人很少。老公原本也不让安小雅来接，只在家等他就好。安小雅还是坚持要接。夜的确是晚了，站台上的穿堂风袭在身上，很有些凉意。安小雅手捧一大束火玫瑰，想着陈述在呼和诺尔湖的那番叮嘱，立在稀稀落落的人群里，轻轻拥住自己，禁不住微微战栗。

终于，火车进站了。安小雅紧张地屏息以待。而当车门打开，第一眼看到老公，她还是身不由己扑上去吊住老公的脖子，一声“老公”喊出，眼泪已潸然滂沱。此后，二人便紧紧牵着手，快步走出车站，拦了一辆出租。二十分钟后，安小雅拧开家门。刚一进门，老公东西一丢，一把便箍住她，嘴唇已捉住她的嘴唇：“亲爱的，快想死我了！”

安小雅手里的东西也“哗啦”掉落一地，她僵硬了一下，即刻拥住老公：“这话用摩洛哥语言怎么说？”

老公刹那间愣了一下，方说：“忘了找个摩洛哥女人问问了。”

“吴莉莉不会说吗？”

“我没问。”

“她可能会。”

“你个傻瓜。我从来就只爱你一个傻瓜。”

老公说着将安小雅扳倒在床上，急切地将她剥开，俯过来，深情款款。

“想我吗？”

“想。”

“哪儿想？”

“……我的灵肉。”

似乎是前所未有的一番激烈的缱绻过后，老公依然像以往那样，捉住她的手，与她十指扣拥，而在一句话刚刚说到一半的时候，张扬着幸福的鼾声已然响起。

此刻的安小雅，轻轻熄灭灯，在暗夜中，眼泪骤然成行了。躺在被满足了的老公身边，却为另一个男人流泪……恣肆的泪水汹汹地滑过腮颊，滴在夜的肢体上，如同盐巴在火炭上瞬间发出的“吱吱啦啦”的疼痛呻吟……

足足有一个星期那么久，安小雅没联系陈述，陈述也没联系她。老公回家的消息，事先她告诉陈述了。

不是不想，是在克制。

安小雅跟老公搬回家住了，儿子也从婆婆那里接了来。三口人重新生活在一起，一切的一切似乎像抽刀后的水流，又回复到原来的样子。

努力的也好，自觉的也罢，安小雅常常会笑了，跟老公笑，跟儿子笑。安小雅鼓动老公从超市重又购得微波炉、烤箱、榨汁机等，还跑书店买来了八大菜系的菜谱书，她很憧憬地宣布，她从此要为老公和儿子，甘愿从社会退回锅台，老老实实做煮饭婆了。小家庭的气氛一时欢畅起来，温馨起来。稠密的日子仿佛在一场昏梦里稍稍跑偏之后，入轨了。

安小雅谨小慎微地生活着。她不再走着上下班了，而是听从老公车接车送。不过在车子经过她与陈述经常迎面走来的那个路段时，她会不经意间便扭过头看。坐在车里的时间，总赶不上她步行能经过的那个时间点，她一次也没看到过陈述了。于老公身边重又目视前方，张大眼睛，竭力装出若无其事的样子。五脏六腑却在翻腾，一个又一个的缠绵时刻，须臾间纷至沓来。

安小雅时时刻刻像在等待什么意外。尽管她不想这样，可总是不得不这样，总是就提心吊胆起来。她实在害怕在老公面前大把大把空起来的时间，于是就也学着时下不少女人，在单位附近的一家十字绣品店，拿了一幅足有一块匾额大的“爱”字绣起来。一针一线，也小媳妇似的认真。其实难以认真，常常会扎了手，或是绣着绣着发起呆来。但到底，这样在老公面前，做糖不甜，做醋总还算酸些。

“嗨，算了吧，亲爱的，你就不是干这活儿的人！”老公多次抓起她渗出血粒的手指肚含进嘴里，急急吮吸。

“我就要做嘛。将来我还要为我的儿子媳妇绣鸳鸯枕、鸳鸯被呢。”她望住老公，说着笑着，心下却酸了。

有时也穿针引线，绣得蛮像那么回事。那是在想陈述的时候，想着表达给陈述的爱与思念，一针一线，针眼里，针脚里，针缝里，密密匝匝，绣的全是。可绣着绣着，泪水在撕心裂肺的沉痛中，已夺眶而出。

想陈述，越压抑越想，越克制越热烈。晚上与老公同枕共眠，安小雅的身子会想得滚烫滚烫的，如同火铁一般。老公触到了，便会欣喜如狂，一个翻身，就要将她覆盖。她不拒绝，而是热烈地迎合，放声地呻吟。只是跟以往不同了，她会闭起眼睛，在老公唇上、发际以及猛烈的撞击中，寻觅陈述的感觉陈述的味道陈述的温存陈述的一切……而等老公沉沉睡去，等屋里的一切在最后的灯光中华丽谢幕，她会在突然如絮的黑暗里，静静重温与陈述走过的一幕一幕，静静垂泪，伴着灵肉深处想要冲出体外的狂想和钝响……

老公不好吗？陈述就好吗？这问题时时困扰着她，让她感觉如同绳捆索绑。可她回答不了自己。如果非要寻出答案，她不是没这样考量过，考量的结果是，老公的爱在漫长的婚姻中渐渐被一成不变的岁月设定得程式化起来，犹如一条溪流，流经什么样的河床，在哪儿转弯，在哪儿激起浪花，一年年，一月月，从始就能看到终。老公爱她，非常非常爱她，她很清楚。可老公越来越以他自己的方式爱她。这种爱的方式，总让人觉着他是想着怎样爱她，却没有想着她想怎样被爱。爱对方，是要爱进对方的灵里去的。老公的至爱却渐渐偏离了她的灵之需。而她，因为是爱，唯有享受，不抱怨。但难免会有被老公因爱不到灵里去而心生淡淡的落寞。这落寞沉睡在她的脏腑里，就成了美食也难以慰安的饥饿感。而陈述的出现，让她顿然感觉，她那种以往难以慰安的饥饿感没有了，而且知道了，那是源自她一个叫“灵”的所在，她就那样从她的肉上诞生出来，不是隶属的，而是精神的，是振奋的，是激情洋溢的。

可考量来考量去，那意思最终仍是像说陈述的爱很新鲜，老公的爱已不新鲜。而安小雅心底里无论如何不能赞成这样貌似有理的搪塞，因此就又沦陷进无解的困厄中。很痛，痛得像被人拧断了脖子；很闷，闷得像时常忘了呼吸。

再一次，安小雅沦陷进无边的痛楚里，水深火热。她想喊出来，想哭出来，可没有安全的时机。一个双休日，趁着儿子不在家，老公一个人陪她。她想发作了，就眼神挑衅语调冷硬地盯住老公：“老公，你要骗我到几时？你和吴莉莉不仅有事，还压根没断。”

“怎么，又来了？”老公一脸的莫名其妙。

“有人说见你们成双成对地进出单位，你们太不要脸了。”明明没有的事，安小雅说得底气十足，而且怒不可遏。

“谁血口喷人？”

“你们明明无耻，还怪别人血口喷人？”

“没有影儿的事，给传出来，就是血口喷人。”

“能传出来就是有影儿。遮遮掩掩最是无耻。”

“安小雅。你就这么不可理喻吗？就想这样无理取闹吗？就想这样揪住不放吗？”老公越说越恼，实在愤不过，“啪”地扇了她一个响亮的耳光。她哭了，痛痛地哭了出来。她清楚啊，只有她自己清楚，她就是找碴，就是找抽。她终于惹老公愤怒了，终于惹得一个响亮的耳光抽在她日益消瘦的脸上。她心里委屈，很委屈，不过不是因为挨老公打了。她不恼老公。她为的就是给老公一个理由，让他明白她为什么痛哭失声，仅此而已。

当一场骤雨迎来又一个燠热的傍晚的时候，早早下班的安小雅已系上围裙，下到厨房为老公和儿子煲汤，桂花牛排汤，最补身体了。刚刚看过，牛排肉已然离骨，这样的时候，味道和营养差不多已全留在汤里。就说这煲汤，啧，眼下的人们真是不知道怎么浪费好了，好端端的肉不吃，只喝汤，还愣要告诉自己，这就叫营养学，叫饮食文化，是一种吃的时尚。其实说透了，不就是给自己一个浪费而不心疼的理由吗？安小雅想想，真是可笑。安小雅刚刚尝过，不差味道了。她想象着待会儿老公和儿子喝汤的样子，急于品尝的表情极尽夸张，噏着碗沿的嘴巴尽情呼噜。老公或许还会反复向她竖拇指：“我老婆的手艺越发精湛了，啊？”

但随即，安小雅的眼神黯了一下，眼圈红了。她想到了陈述，她想象汤煲给陈述喝，他会是怎样的高兴样子呢……

门响了，动静很大，一准是老公回来了。安小雅稳稳情绪，用指端轻轻擦过眼睛，伸出头来，大声叫：“老公。”

“安小雅。”不想老公那里一声断喝。随后，安小雅便看到怒冲冲的老公跌跌撞撞闯进厨房，一把薅住她的头发，咬牙切齿，“安小雅，你可真会伪装啊。你可真会伪装啊。说，你都背着我干了什么？干了什么都？”

强劲的风头过后，呼啸的山雨还是来了。而此刻的安小雅却是异常冷静。从老公怒冲冲撞进来，她就明白，那个时常令她提心吊胆的意外终于来了，继之而来的，还有羞辱和审判。可她都得承受。她躲不开，就像突如其来的灾难，她已置身其中，只有承受和面对。

“你不羞耻吗？你不忏悔吗？你不求我可怜你吗？”老公愤怒得目光如炬。

“谢谢提醒，我不。”安小雅眼神如死水般平静。

“那个男人就那样好吗？就那样值得你魂不守舍？值得你奋不顾身？值得你飞蛾扑火？我还要怎样对你？怎样爱你？你就这么不安分守己吗？”

“请不要指责他。”

“哈哈，你还要为他辩诉吗？”

“是的，一切与他无关。不要羞辱他。不要迁怒他。他从来不愿伤害人，包括你。一切都是我自作多情，是我一厢情愿，如果不够贤良，那也是我，不是他。有愤怒冲我发吧，我做下的，我承担后果。”安小雅流着眼泪，异常冷静地盯住老公，异常得可怕。

“安小雅，你要不要脸？”

“如果爱一个人没错的话，我很要脸。”

不想这话让恼羞成怒的老公突然震怒得像头狮子，他突然松开安小雅，一拳擂向墙壁，即刻，雪白的瓷片上血红一片。直到这一刻，安小雅才有些傻了，只觉脏腑猛然一震，仿佛被撕裂了一样，疼得不可名状。老公没错啊，他是无辜的，可他跟她一样，在承受痛击。

“啊。”安小雅放声哭了，喊叫如同歇斯底里。

“怎么了？怎么了？醒醒，亲爱的，做啥噩梦了？”

安小雅睁开眼睛，老公已拉亮灯，双手摇着她，眼神关切。一个梦呀……而回想着梦里发生的一切，安小雅脊背处登时汗水淋漓。

“老公。”猛起身吊在老公脖子上的安小雅，此刻只觉得五脏六腑，一起发出沉痛的泣咽……

但日子依然因思念和不安而变得油煎水煮似的难挨了。

纸包不住火，一如墙挡不住风。事情的败露，或许犹如水落石出，铁定得仿佛法则一般。做过那样一个梦后，安小雅常常会问自己，走？还是回来？就是走，也不能走向陈述；就是回来，心也难以归属。

她可怎么办啊？

周末这天，老公出差去上海了。那时天还不亮，安小雅躺不住了，灵肉一阵阵剧烈战栗。她想见陈述，她要见陈述，即刻见到，马上见到，迫切得一如人之将死前的期待一般。

而她又不无担心，担心此时的陈述不在公司，而是在家里，就在老婆身边。她害怕伤害到另一个无辜的女人，尽管已经伤害。就像她不想伤害老公，伤害却已经实施。

她焦虑，她期待，可依然怕因不隐忍而让事情出现纰漏，尤其是让陈述难做。她不知如何是好。身边的儿子还在梦里，不知是怎样一个梦，让小家伙嘴角一咧，差点笑出声来。刹那间，安小雅一个激灵，她是一个母亲啊。她这番同样叫作刻骨铭心的爱，儿子将来能理解吗？儿子会理解吗？对这样一个母亲，他将来是依恋？还是诅咒？安小雅的眼泪刹那间氤氲而出。你有权审判母亲，因为你是儿子。安小雅低声唤着儿子，俯下身轻吻儿子的额头。你是有尊严的，谁都可以侵犯它，唯有母亲不可以践踏。儿子，只为你，妈妈愿意自省，好不好？这样想着，安小雅眼神坚定地伸手拉开床头柜第一个抽屉，拿出两片安定，没有水，她就深深送进喉头，咽下。可这样熬过了足有一分钟的工夫，她依然清醒如初。顺便又吞下两片，等等看，还是不行。

可是儿子，妈妈该怎么办啊？最终，安小雅心底里那种强烈的不安、愧疚，被一阵阵更加强烈的思念击得粉碎，齑粉不留。她不再犹豫，拇指决绝地按在手机键上，一阵急速拨动，给陈述发去信息：我想见你。

时间刚过了不足十秒，不见回复，她就又发去一条：你在哪儿？

这次很快，陈述回复：在公司。

瞬间，安小雅泪眼婆娑，肺腑中连日来郁结起来犹如顽石似的疼痛，也须臾间消融殆尽了。随后借故将儿子托付给婆婆，她即刻迈出家门。大门口正有一辆亮着“空车”的出租。安小雅双手合十，心存感激，这是不是又是上苍的一次安排？

太阳还没到照常升起的时间，休整了一夜的城市刚刚在破晓的天光里慵懒醒来，一切还那么安静。安小雅走进陈述公司的时候，从一楼上到三楼，一个人也没遇见。但她依然走得心惊肉跳。门开处，陈述眼睛里血丝密布，样子倦怠，像似一夜无眠。

“熬通宵了？”安小雅心疼地盯住陈述的眼睛，那一刻，刚刚干掉的眼泪骤然夺眶而出。

“您好，请问是什么业务需要帮忙？”陈述深情地用力拥抱安小雅，嘴上开着玩笑。

“请问您这里收买灵魂吗？疼痛的灵魂？”

“宝贝，知道你疼，知道你痛，因为我感同身受……”

“哥。”

“嗯。”

“收去我的灵吧，我不要她了，她只是你的，她已不属于我……她疼，她痛，我无法给她慰安，真的无法给她慰安……”

安小雅始终明白自己，努力不伤害老公，不伤害那个无辜的女人。她也明白陈述，不想伤害他的妻子，包括她的丈夫。他们不想伤害他人，就只能伤害自己。他们的自我伤害，就是克制，再克制，有如拧断脖子不让自己吞咽一样的克制。

安小雅很痛，有多幸福，就有多少痛。这痛让以往自恋的幸福的安小雅，再也做不到给自己一个世界，将自己装进去，谁也伤不到她。她被伤害了，不是来自她世界之外的伤害，而是来自她的世界之内，或者说来自她自己，她的灵魂深处。自己扎给自己的刀子，她无法闪躲。她的灵不再饥饿，可在接受来自炼狱的痛得幸福的蹂躏。如临大致的痛得幸福的生活，仿佛堵在了火山口上，随时被炸燃的可能和险情，一刻也不曾远离。各种极端对峙的或矛盾的惶惑心理，如同一台飞速工作着的搅拌机，安小雅只觉得自己又一次身陷其中，崩溃的灵肉被渐渐撕碎……

陈述会在安小雅上班的时候发信息给她：珍重。珍重。简单，但意蕴深厚。安小雅常常看啊看啊，就看到了“珍重”背后的那个陈述，他给予她的爱、牵挂、思念、担忧、祝愿……包括太多太多无言的东西，她全能领悟。领受。继而感动落泪……

其实陈述怎么能不明白安小雅呢？他像她思念自己一样思念她，满心里全是对她的牵挂，全是想着怎样让她快乐起来，怎样不让她痛苦下去。这绝不是一个容易想出来的答案，加上手边的活儿多得压头，半个月不到，他人瘦了一圈。有时候睡不着觉，他会一个人开着音响喝闷酒，成夜成夜喝。事情做下了，他准备好，不逃避，只担当。但他希望一切还是原来的样子，无辜者依然在享受着由惯性而延伸下来的平静和安宁，变化和煎熬只存在于他跟安小雅他们灵魂的最深处。如果能够，他愿意担当所有的煎熬，而将所有的幸福留给安小雅。

陈述近来老做噩梦，同一个噩梦。安小雅发信息给他：来生不要错过我。爱你。好好幸福。看完安小雅的短信，他会倏地从椅子上跳起来，脸色苍白，胸口胀闷。可即刻心惊肉跳地拨打回去，安小雅却总是已经关机。安小雅怎么了？她要做什么？联系不上她，他会心惊肉跳，坐立不安，思绪烦乱，心痛得难以名状。此后的梦境中，电脑荧屏上，他敲出的《夜晚》的字幕，在缓缓滚动，歌声低回。《夜晚》是当初安小雅极力推荐给他听的，并一再叮嘱他只听前半部分。他问她为什么？她说，前半部分唱的就是他们，被上苍安排下的邂逅，繁星下背对背的快乐，想要永恒偎依的心情……他又问，后半部分不好听吗？她低声说不是，说太悲情，令人伤感……

听风儿正轻轻地拂过窗台/看月光正悄悄地挥洒下来/这静谧的夜，和这无眠的夜/不经意又思念满载/信你我的邂逅是上苍安排/在繁星下背对背时光太快/那温暖的夜，和那难忘的夜/是永恒当偎在你怀

不明白温柔的你脾气渐坏/终有天消瘦的你说要离开/那清冷的夜，和那哀伤的夜/才知道你承担伤害/走出了房间我来到门外/桃花依旧盛开而你已不在/这悠长的夜，和这心痛的夜/我轻声呼唤你回来……

陈述的眼睛会一次次在沉郁的歌声中，涩涩得涨潮一般。《夜晚》的主旋律是蓝色的，忧伤惆怅的蓝，加上女歌手苏曼的深情演唱，回旋哀转，优美得令人窒息。而在他总是听到一声呼唤猛然回头望向窗外的时候，什么也没有。唯有苍茫的夜色，仿佛也受了音乐的感染，喧嚣沉落，月黑风清。

事实上，这样一个梦安小雅也在做。她只是不敢告诉陈述，怕打扰陈述的心情和工作。同样的噩梦里，她总是在给陈述发过信息后，手机随后便被扔进她脚下的一条河里。季节已是暮秋，河水在日渐深去的午夜里凉意袭人……她喜欢这如丝如缕的阵阵凉意，它让她清醒如佛地看到，在眼前无限延伸开去的水面上，月光浸透，夜色安详。河水越来越深，越来越深，一如无边的幸福越来越深地拥裹在她周围，拥裹，而后将是愉快地淹没……

2016年初初稿；2016年12月定稿。

本文初刊于《莽原》2017年第5期

班琳丽，笔名班若，中国作家协会会员，鲁网16期作家班学员。作品刊于《文艺报》《小说选刊》《解放军文艺》《中国作家》《北京文学》等。中短篇小说集《城市上空的麦田》入选鲁迅文学院“百草园”书系。获《中国作家》文学奖、第七届长征文艺奖、第一届浩然文学奖等。现居商丘。

编后记

张　莉

这些年来，我一直关注基层女性的写作成绩，我希望越来越多的女作者拿起笔写作，希望以编选集的形式鼓励她们的创作，进而推动中国女性文学的发展。某种意义上，“新世纪河南女作家作品选”的出版，实现了我的编选期待。

这套书共分为四卷，中篇小说卷（上、下）、短篇小说卷、散文卷和诗歌卷，旨在全面收集、整理新世纪以来河南女作家所取得的创作成绩。我们的编纂要求尽可能全面搜集到期刊上发表过的同时也能代表女作家文学品质的文本。每卷选本都经过编者们的仔细挑选，我们希望它既能代表二十多年来河南女性文学所取得的成就，也能展现各行各业女性写作者的风貌，尤其要关注到新世纪以来河南省培养的新一代女作家群体。

我所希望的是，这套书既有文学代表性，也有作者的广泛性。正如大家所看到的，这套作品选不仅收录了何向阳、邵丽、蓝蓝、梁鸿、乔叶、杜涯、计文君、傅爱毛等作家、诗人的作品，也收录了包括新一代作家鱼禾、牛红丽、碎碎、王苏辛等人的代表作，另外，我们尽最大可能地收录了河南各地基层写作者的作品。这些作者有的来自郑州、开封、许昌、平顶山、安阳、焦作、三门峡、周口，有的来自商丘、驻马店、信阳、南阳、漯河、鹤壁、济源、濮阳、新乡、洛阳等地，基本涵括了河南全省各个基层作协的女作者。我们在每篇作品后面附上了她们的个人简介，以便读者对她们有更多的了解。这些作品大多数是这些女性在工作和家务劳动的间隙写下的，很多作品也是第一次被收录。可以说，“新世纪河南女作家作品选”代表了河南各地女作者的集体创作风貌。在阅读这些作品时，我不仅感受到河南女性文学的繁荣，也对普通女性写作者的勤奋深为敬重。真希望更多的省市能编纂这样的地方性女作家作品选，以推动中国女性文学的发展。

感谢河南文联、河南作协对编纂工作的大力支持，正是因为有河南各地基层作协的帮助，编选才有如此广泛的作者群加入。

感谢四位分册主编程帅、程舒颖、赵浩宇、曹译的工作，她们为此书的整理及编选做了大量工作，尤其是我的博士后程帅小姐，她替我分担了诸多协调、统稿工作，使编纂工作得以顺利推进。

感谢北京十月文艺出版社总编辑韩敬群先生，感谢李婧婧、张小彩、窦玉帅、张玄喆四位责任编辑，没有他们的支持，就没有这套书的如期出版。

2023年2月2日